D1849468

Nobiltà

In Sachen Signora Brunetti

© Jerry Bauer

Donna Leon verließ mit 23 Jahren New Jersey, wo sie 1942 geboren worden war, um in Perugia und Siena weiterzustudieren. Sie blieb im Ausland, arbeitete als Reiseleiterin in Rom, als Werbetexterin in London und als Lehrerin an amerikanischen Schulen in Europa und Asien. Gegenwärtig lehrt sie englische und amerikanische Literatur an einer Universität in der Nähe von Venedig, wo sie seit 1981 lebt. Ihr erstes Buch *Venezianisches Finale*, ein raffinierter Opernkrimi, wurde mit dem renommierten japanischen Suntory-Preis für den besten Kriminalroman 1991 ausgezeichnet.

DONNA LEON

Nobiltà

In Sachen Signora Brunetti

Zwei Romane in einem Band

Aus dem Amerikanischen
von Monika Elwenspoek

Weltbild

Die amerikanische Originalausgabe von *Nobiltà* erschien 1998 unter dem Titel *A Noble Radiance* bei William Heinemann, London

Die amerikanische Originalausgabe von *In Sachen Signora Brunetti* erschien 1999 unter dem Titel *Fatal Remedies* bei William Heinemann, London

Besuchen Sie uns im Internet:
www.weltbild.de

Lizenzausgabe mit freundlicher Genehmigung der Diogenes Verlag AG Zürich für Verlagsgruppe Weltbild GmbH, Steinerne Furt, 86167 Augsburg

Nobiltà
Copyright der Originalausgabe © 1998 Donna Leon
Copyright der deutschen Ausgabe © 1999 Diogenes Verlag AG Zürich
Übersetzung: Monika Elwenspoek
Das Motto aus: Mozart, *Don Giovanni,* in der Übersetzung von Karl Dietrich Gräwe, Rowohlt Verlag, Reinbek 1981

In Sachen Signora Brunetti
Copyright der Originalausgabe © 1999 Donna Leon
Copyright der deutschen Ausgabe © 2000 Diogenes Verlag AG Zürich
Übersetzung: Monika Elwenspoek
Das Motto aus: Mozart, *La clemenza di Tito,* in der Übersetzung von Erna Neunteufel, Bärenreiter Verlag, Kassel 1980

Umschlaggestaltung: Jarzina Kommunikations-Design, Köln
Umschlagmotiv: Mauritius Images, Mittenwald
Gesamtherstellung: Bagel Roto-Offset GmbH & Co. KG,
Gewerbegebiet Sachsen-Anhalt Süd, Kirchweg, 06721 Schleinitz
Printed in Germany
ISBN 3-8289-7767-7

2009 2008 2007 2006
Die letzte Jahreszahl gibt die aktuelle Lizenzausgabe an.

DONNA LEON

Nobiltà

Roman

Aus dem Amerikanischen
von Monika Elwenspoek

Weltbild

La nobiltà ha dipinta
negli occhi l'onestà

Dem Adel steht die Ehrenhaftigkeit
auf die Stirn geschrieben

Don Giovanni

1

Es war nichts Besonderes an dem verwilderten Hektar Ackerland unterhalb eines Dorfes am Rande der Dolomiten. Er lag am Fuß eines Abhangs, der mit Hartholzbäumen bewachsen war, aus denen man gut Feuerholz machen konnte, was dann auch als Argument diente, den Preis nach oben zu drücken, als das Grundstück mit dem zweihundert Jahre alten Haus darauf zum Verkauf kam. Im Norden erhob sich ein kahler Berg über der Ortschaft Ponte nelle Alpi; knapp hundert Kilometer südlich lag Venedig, zu weit entfernt, um Politik oder Brauchtum der Gegend zu beeinflussen. In den Dörfern sprachen die Leute nur widerwillig Italienisch; sie fühlten sich in ihrem Belluneser Dialekt mehr zu Hause.

Das Land hatte fast ein halbes Jahrhundert brachgelegen, das Steinhaus darauf ebenso lange leergestanden. Die großen Schieferplatten auf dem Dach, die das Haus vor Regen und Schnee schützen sollten, hatten sich durch Alter und plötzliche Temperaturschwankungen verschoben, vielleicht auch durch das eine oder andere Erdbeben, das im Lauf der Zeit die Gegend heimgesucht hatte. Viele der Platten waren heruntergefallen und die oberen Zimmer dadurch den Elementen preisgegeben. Um Haus und Grundstück stritten acht Erben, von denen keiner sich die Mühe gemacht hatte, die Schäden einzudämmen, weil er die paar hunderttausend Lire dafür womöglich nie wiedergesehen hätte. So konnten Schnee und Regen zuerst einsickern, dann hineinströmen und Putz und Dielen aufweichen, und das Dach neigte sich von Jahr zu Jahr immer trunkener der Erde entgegen.

Der Acker war aus denselben Gründen verwildert. Keiner der Erbschaftsanwärter hatte Zeit und Geld in die Bearbeitung stekken oder seine rechtliche Position dadurch schwächen wollen, daß er das Land unentgeltlich nutzte. Das Unkraut gedieh prächtig, zumal die letzten Pächter das Land jahrzehntelang mit den Hinterlassenschaften ihrer Kaninchen gedüngt hatten.

Was den Erbstreit schließlich beilegte, war der Duft ausländischen Geldes: Zwei Tage nachdem ein deutscher Arzt im Ruhestand ein Angebot für Haus und Grundstück gemacht hatte, trafen die acht Erben sich im Haus des Ältesten. Noch ehe der Abend zu Ende ging, hatten sie einstimmig beschlossen, Haus und Grundstück zu verkaufen; des weiteren waren sie sich einig, erst dann zu verkaufen, wenn der Ausländer sein Angebot verdoppelte, womit der Preis auf das Vierfache dessen stieg, was ein Einheimischer hätte zahlen wollen – oder können.

Drei Wochen nach Abschluß des Handels wurde das Haus eingerüstet, und die jahrhundertealten, handgeschnittenen Schieferplatten zerschellten auf dem Hof. Die Kunst des Schieferdeckens war mit denen ausgestorben, die noch wußten, wie man die Platten schnitt, und so wurde das Dach mit vorgefertigten Betonvierecken gedeckt, die eine entfernte Ähnlichkeit mit Terrakotta-Kacheln hatten. Da der Arzt den ältesten der Erben als Bauleiter engagiert hatte, ging die Arbeit zügig voran; da man in der Provinz Belluno lebte, wurde sie redlich und gut ausgeführt. Als es richtig Frühling wurde, war die Restaurierung des Hauses fast abgeschlossen, und mit den ersten warmen Tagen richtete der neue Besitzer, der sein ganzes Berufsleben in hellerleuchteten Operationssälen eingesperrt gewesen war und die Arbeiten von München aus über Telefon und Fax dirigierte, sein Augenmerk auf die Gestaltung des Gartens, von dem er schon seit Jahren träumte.

Das Gedächtnis eines Dorfes ist lang, und man wußte noch, daß der alte Garten entlang der Reihe von Walnußbäumen hinter dem Haus verlaufen war, weshalb Egidio Buschetti, der Bauleiter, dort zu pflügen beschloß. Das Land war, solange er denken konnte, nie bearbeitet worden, darum würde sein Traktor wahrscheinlich zweimal darüberfahren müssen, einmal, um das meterhohe Unkraut umzulegen, dann noch einmal, um den fetten Boden darunter aufzubrechen.

Zuerst glaubte Buschetti, es wäre ein Pferd – er erinnerte sich, daß die früheren Besitzer zwei Pferde gehabt hatten –, und fuhr mit dem Traktor einfach weiter bis zu der Stelle, an der das Feld nach seiner Schätzung endete. Er drehte das große Lenkrad, wendete und fuhr zurück, stolz auf die schnurgeraden Furchen und froh, wieder einmal draußen in der Sonne zu sein und hören und fühlen zu können, was er tat, nun, da es endlich Frühling war. Er sah den Knochen schräg aus der zuletzt gezogenen Furche ragen, lang und weiß und scharf abgehoben von der fast schwarzen Erde. Nein, nicht lang genug für ein Pferd, aber er konnte sich nicht entsinnen, daß hier jemals Schafe gehalten worden wären. Neugierig verlangsamte er den Traktor, denn aus irgendeinem Grund mochte er über den Knochen nicht einfach hinwegfahren und ihn zerbrechen.

Er schaltete in den Leerlauf und hielt an. Nachdem er die Handbremse gezogen hatte, stieg er von seinem metallenen Sitz und ging zu dem schräg in den Himmel weisenden Knochen. Schon wollte er sich bücken, um ihn aus dem Weg zu räumen, da zögerte er plötzlich, richtete sich wieder auf und versuchte ihn mit einem Stiefeltritt aus dem Erdreich zu lösen. Der Knochen ließ sich nicht bewegen, worauf Buschetti wieder zu seinem Traktor ging, wo er hinter dem Sitz eine Schaufel klemmen hatte. Beim Umdrehen fiel sein Blick auf ein weiß schimmerndes Oval, das ein Stückchen weiter in der Furche lag. Kein Pferd, kein Schaf hatte je aus einem so runden Schädel geblickt, noch würden sie ihn mit diesem scharfen Fleischessergebiß angrinsen, das seinem eigenen so beängstigend glich.

2

Nie verbreiten sich Neuigkeiten auf dem Lande schneller, als wenn sie mit Tod oder Unglück zu tun haben, und so hatte sich die Kunde, daß im Garten des alten Orsez-Hauses menschliche Gebeine gefunden worden waren, noch vor dem Abendessen überall in Col di Cugnan verbreitet. Seit vor sieben Jahren der Sohn des Bürgermeisters bei diesem Verkehrsunfall unten bei der Zementfabrik ums Leben gekommen war, hatte keine Nachricht mehr so schnell die Runde gemacht; selbst die Geschichte von Graziella Rovere und dem Elektriker hatte zwei Tage gebraucht, um sich herumzusprechen. Aber an diesem Abend schalteten die Dörfler, alle vierundsiebzig, ihren Fernseher aus oder übertönten ihn, während sie beim Essen hin und her spekulierten, wie es sich zugetragen haben mochte und, noch interessanter, wer es war.

Die Nachrichtensprecherin von RAI 3, die Blonde mit dem Nerzpullover, die jeden Abend eine andere Brille trug, blieb unbeachtet, als sie die neuesten Schreckensmeldungen aus Ex-Jugoslawien verlas, und niemand interessierte sich einen Deut für die Festnahme des früheren Innenministers wegen Korruption. Beides war inzwischen Normalität, aber ein Schädel in einer Ackerfurche hinter dem Haus des Ausländers, das war eine Neuigkeit. Bis zur Schlafenszeit war der Schädel schon abwechselnd durch einen Axthieb oder eine Kugel zertrümmert worden oder wies Anzeichen dafür auf, daß jemand versucht habe, ihn in Säure aufzulösen. Die Polizei sollte festgestellt haben, daß es sich um die Knochen einer Schwangeren, eines jungen Burschen oder des Ehemannes von Luigina Menegaz handelte, der vor zwölf Jahren nach Rom gegangen war, worauf man nie wieder etwas von ihm gehört hatte. In dieser Nacht schlossen die Bewohner von Col di Cugnan ihre Türen ab, und diejenigen, die schon vor

Jahren ihre Schlüssel verlegt und nie danach gesucht hatten, schliefen unruhiger als die anderen.

Am nächsten Morgen um acht kamen zwei mit Carabinieri besetzte Geländewagen zum Haus von Doktor Litfin, fuhren über den frisch eingesäten Rasen und parkten rechts und links von den beiden langen, tags zuvor gepflügten Furchen. Erst eine Stunde später brachte ein Wagen aus der Provinzhauptstadt Belluno den *medico legale*. Er hatte von den Gerüchten über die Todesursache oder die Identität des Toten, dessen Knochen hier lagen, nichts mitbekommen und tat darum das Naheliegende: Er ließ seine beiden Assistenten die Erde nach weiteren Überresten durchsieben.

Während diese Arbeit langsam ihren Lauf nahm, fuhr bald der eine, bald der andere Carabinieriwagen über den binnen kurzer Zeit verwüsteten Rasen zurück in den Ort, wo die sechs Beamten erst einmal in der kleinen Bar Kaffee tranken und anschließend bei den Dorfbewohnern herumfragten, ob jemand vermißt werde. Daß die Knochen offenbar schon seit Jahren in der Erde lagen, hielt sie nicht davon ab, sich nur nach neuesten Geschehnissen zu erkundigen, und so blieben ihre Nachforschungen ergebnislos.

Auf dem Feld unterhalb des Dorfes hatten Doktor Bortots Gehilfen ein feinmaschiges Sieb schräg aufgestellt. Langsam schütteten sie eimerweise Erde hindurch und bückten sich hin und wieder, um einen kleinen Knochen herauszuholen, oder was danach aussah. Den zeigten sie dann ihrem Chef, der mit den Händen auf dem Rücken neben der Furche stand. Zu seinen Füßen lag eine lange Plastikfolie, und sowie man ihm einen Knochen gezeigt hatte, sagte er seinen Gehilfen, an welche Stelle er gelegt werden sollte. So setzten sie nach und nach ihr makabres Puzzle zusammen.

Hin und wieder ließ der Arzt sich von einem der Männer einen Knochen geben und betrachtete ihn kurz, bevor er sich bückte und ihm auf der Folie seinen Platz zuwies. Zweimal korrigierte er sich, einmal, indem er ein Knöchelchen von der rechten auf die linke Seite legte, das andere Mal verschob er mit einer leisen Unmutsäußerung eines vom unteren Ende des Mittelfußknochens ans Ende eines ehemaligen Handgelenks.

Um zehn Uhr traf Doktor Litfin ein, der am Abend zuvor von der Entdeckung in seinem Garten unterrichtet worden und die ganze Nacht von München durchgefahren war. Er parkte vor dem Haus und stieg steifbeinig aus. Hinter dem Haus sah er die unzähligen tiefen Reifenspuren auf dem frischen Rasen, den er vor drei Wochen mit solcher Freude eingesät hatte. Dann bemerkte er die drei Männer weiter hinten auf dem Grundstück, etwa da, wo er zur selben Zeit die aus Deutschland mitgebrachten Himbeersträucher gesetzt hatte. Er wollte über den verwüsteten Rasen gehen, blieb aber wie angewurzelt stehen, als irgendwo von rechts ein Kommandoruf ertönte. Er blickte um sich, sah aber nur die drei alten Apfelbäume um die Reste des früheren Brunnens und schickte sich an, weiter auf die drei Männer zuzugehen. Er hatte kaum ein paar Schritte gemacht, als unter dem nächsten Apfelbaum zwei Männer in der drohenden schwarzen Uniform der Carabinieri hervorgestürmt kamen, die Maschinenpistolen im Anschlag.

Doktor Litfin hatte die russische Besetzung Berlins miterlebt, und obwohl das gut fünfzig Jahre her war, erinnerte sein Körper sich an den Anblick bewaffneter Männer in Uniform. Er hob beide Hände über den Kopf und blieb stocksteif stehen.

Nun traten sie ganz aus dem Schatten, und es kam dem Doktor wie eine Halluzination vor, als er ihre todesschwarzen Uniformen vor dem unschuldigen Rosa der Apfelblüten sah. Ihre glänzenden Stiefel zertrampelten einen Teppich frisch herabgefallener Blütenblätter, während die Männer auf ihn zukamen.

»Was machen Sie hier?« fragte der erste barsch.

»Wer sind Sie?« blaffte der zweite im selben Ton.

Die Angst machte Litfins Italienisch unbeholfen: *»Io sono ... dottor Litfin, sono il padrone ...«*

Die Carabinieri wußten schon, daß der neue Besitzer ein Deutscher war, und der Akzent paßte, also ließen sie ihre Waffen sinken, behielten aber den Finger in der Nähe des Abzugs. Litfin verstand das als Erlaubnis, die Hände herunterzunehmen, was er aber ganz langsam tat. Von früher wußte er, daß Waffengewalt stets vor Recht ging, und so wartete er, bis sie bei ihm waren, jedoch nicht ohne kurz zu den drei Männern auf dem frisch gepflügten Feld hinüberzuspähen, die ebenso versteinert dastanden wie er und nur Augen für ihn und die näherkommenden Carabinieri hatten.

Angesichts des Mannes, der es sich leisten konnte, dieses Haus und das ganze Grundstück drumherum wiederherzurichten, wurden die Carabinieri plötzlich ganz klein, und während sie näherkamen, verschoben sich die Machtverhältnisse. Litfin merkte das und machte es sich zunutze.

»Was soll das hier eigentlich?« fragte er, wobei er über das Grundstück zeigte und es den beiden Carabinieri überließ, ob sie das auf seinen ruinierten Rasen oder die drei Männer im Hintergrund bezogen.

»Auf Ihrem Acker liegt ein Skelett«, antwortete der eine.

»Das weiß ich schon, aber was soll diese ganze ...« Er suchte nach dem passenden Wort, und ihm fiel nur *»distruzione«* ein.

Die Reifenspuren schienen unter den Blicken der drei Männer immer tiefer zu werden, bis schließlich einer der Carabinieri sagte: »Wir mußten ja auf den Acker fahren.«

Obwohl das eindeutig eine Ausrede war, ging Litfin darüber hinweg. Er wandte sich von den beiden Carabinieri ab und schritt so rasch auf die anderen drei zu, daß keiner der beiden ihn aufzuhalten versuchte. Als er das Ende der ersten Furche erreicht hatte, rief er zu dem Mann, der hier offensichtlich das Kommando führte, hinüber: »Was ist es?«

»Sind Sie Doktor Litfin?« fragte der Arzt, der schon von dem Deutschen gehört hatte und wußte, was er für das Haus bezahlt und wieviel er bisher für die Renovierung ausgegeben hatte.

Litfin nickte, und als die Antwort des anderen auf sich warten ließ, fragte er noch einmal: »Was ist es?«

»Ein junger Mann in den Zwanzigern, würde ich sagen«, antwortete Dr. Bortot und gab seinen Gehilfen gleichzeitig ein Zeichen weiterzumachen.

Litfin brauchte einen Moment, um diese kurz angebundene Antwort zu verdauen, aber dann überquerte er die umgepflügte Erde und stellte sich neben den anderen Arzt. Eine ganze Weile sagten beide nichts, während sie Seite an Seite standen und den beiden anderen zusahen, die in der Furche langsam das Erdreich durchsuchten.

Nach einigen Minuten reichte einer von ihnen Dr. Bortot einen weiteren Knochen, den dieser nach einem kurzen Blick ans Ende des zweiten Handgelenks legte. Es folgten zwei weitere Knochen, die beide rasch ihren Platz fanden.

»Da, links von Ihnen, Piazzetti«, sagte Bortot und zeigte auf einen kleinen weißen Klumpen, der ihm gegenüber aus der Furche hervorlugte. Der Angesprochene bückte sich, um den Knochen aufzuheben, und reichte ihn dem Arzt. Bortot hielt ihn vorsichtig zwischen zwei Fingern, betrachtete ihn kurz und wandte sich an den Deutschen: *»Lateralis cuneiformis?«* fragte er.

Litfin spitzte die Lippen und sah den Knochen an, und noch ehe er etwas sagen konnte, reichte ihn Bortot an ihn weiter. Litfin drehte ihn einen Moment hin und her, dann warf er einen Blick auf die Skeletteile, die schon auf der Folie lagen. »Möglich, vielleicht der *intermedius*«, antwortete er, mit dem Lateinischen vertrauter als mit dem Italienischen.

»Ja, das kann sein«, meinte Bortot. Er zeigte auf die Folie, und Litfin bückte sich, um das kleine Stück ans Ende des langen Schienbeinknochens zu legen. Er richtete sich auf, und beide Männer blickten auf das Ergebnis hinunter. »Ja, genau«, murmelte Litfin, und Bortot nickte.

So standen sie die nächste Stunde zusammen neben der Furche, die der Traktor gezogen hatte, und nahmen abwechselnd Knochenstücke von den beiden Gehilfen entgegen, die fortfuhren, die fette Erde durch den schrägstehenden Maschendraht zu sieben. Hin und wieder berieten sie sich kurz darüber, wohin ein Teil gehörte, aber meist waren sie sich sofort einig über das, was die beiden Ausgräber ihnen reichten.

Die Frühlingssonne schien; in der Ferne ließ ein Kuckuck so oft seinen Balzruf ertönen, daß die vier Männer es bald nicht mehr wahrnahmen. Als es wärmer wurde, legten sie zuerst ihre Mäntel, dann die Jacketts ab und hängten alles über die unteren Äste eines der Bäume, die das Grundstück begrenzten.

Zwischendurch stellte Bortot einige Fragen nach dem Haus, und Litfin erklärte, daß die Außenarbeiten abgeschlossen seien; es bleibe noch der Innenausbau, der nach seiner Schätzung den größten Teil des Sommers dauern werde. Als Bortot seinen Arztkollegen fragte, woher er so gut Italienisch spreche, erzählte dieser, daß er seit zwanzig Jahren seinen Urlaub immer in Italien verbringe und im Hinblick auf die Übersiedlung dreimal wöchentlich Unterricht nehme. Über ihnen im Dorf schlugen die Glocken zwölfmal.

»Ich glaube, das wäre es, Dottore«, sagte einer der Männer in der Grube und stieß zur Bekräftigung seine Schaufel tief in die Erde. Er stützte sich mit dem Ellbogen darauf, kramte ein Päckchen Zigaretten hervor und zündete sich eine an. Sein Kollege stellte ebenfalls die Arbeit ein, zog ein Taschentuch heraus und wischte sich das Gesicht ab.

Bortot blickte in die ausgehobene Grube, die inzwischen etwa drei mal drei Meter maß, dann auf die Knochen und die geschrumpften Organe zu seinen Füßen.

Plötzlich fragte Litfin: »Warum meinen Sie, daß es ein junger Mann war?«

Bortot bückte sich, bevor er antwortete, und hob den Schädel auf. »Die Zähne«, sagte er und reichte ihn dem anderen.

Aber anstatt die Zähne anzusehen, die in gutem Zustand waren und keine Spuren von Altersverschleiß aufwiesen, drehte Litfin den Schädel mit einem leisen Überraschungsruf um. Hinten in der Mitte, genau über der Vertiefung, in die der noch fehlende erste Wirbel paßte, befand sich ein kleines rundes Loch. Er hatte so viele Schädel und Spuren eines gewaltsamen Todes gesehen, daß er weder schockiert noch erschüttert war.

»Aber warum männlich?« fragte er weiter und gab Bortot den Schädel zurück.

Bevor Bortot antwortete, kniete er sich hin und legte den Schädel wieder an seinen Platz. »Deswegen. Das hier lag in der Nähe des Schädels«, sagte er im Aufstehen, nahm etwas aus seiner Tasche und reichte es Litfin. »Ich glaube nicht, daß eine Frau das tragen würde.«

Der Ring, den er Litfin gegeben hatte, war ein breiter Goldreif, der sich zu einer runden Fläche verbreiterte. Litfin legte ihn sich auf die linke Hand und drehte ihn mit dem Zeigefinger der rechten um. Die Gravur war so abgeschliffen, daß er genauer hinsehen mußte, bevor er etwas erkannte: das kunstvolle Flachrelief eines aufgerichteten Adlers, der in seiner linken Klaue eine Fahne, in der rechten ein Schwert hielt. »Ist das ein ... mir fällt das italienische Wort nicht ein«, sagte Litfin, während er auf den Ring blickte.

»Stemma«, half Bortot aus.

»Si, stemma«, wiederholte Litfin, dann fragte er: »Kennen Sie es?«

Bortot nickte.

»Und?«

»Das Wappen der Familie Lorenzoni.«

Litfin schüttelte den Kopf. Er hatte den Namen noch nie gehört. »Stammt sie aus der Gegend?«

Diesmal schüttelte Bortot den Kopf.

Als er den Ring zurückgab, fragte Litfin: »Und woher kommt sie?«

»Aus Venedig.«

3

Nicht nur Doktor Bortot, sondern beinah jedem im Veneto war der Name Lorenzoni ein Begriff. Studenten der Geschichte hätten sich an den Conte dieses Namens erinnert, der 1204 den fast erblindeten Dogen Dandolo bei der Einnahme von Konstantinopel begleitete; der Legende nach war es Lorenzoni, der dem alten Mann sein Schwert gab, als sie über die Stadtmauer stiegen. Musiker würden sich entsinnen, daß der Hauptsponsor des ersten venezianischen Opernhauses diesen Namen trug. Bibliophile kannten Lorenzoni als den Namen jenes Mannes, der Aldus Manutius 1495 das Geld für die erste Druckerpresse der Stadt lieh. Aber das ist Wissen von Fachleuten und Historikern, Personen, die Gründe haben, den Ruhm der Stadt und der Familie im Gedächtnis zu behalten. Gewöhnliche Venezianer kennen ihn als den Namen des Mannes, der 1944 der SS die Gelegenheit gab, an die Namen und Adressen der in der Stadt lebenden Juden zu kommen.

Von den 256 venezianischen Juden überlebten acht den Krieg. Doch das ist nur eine Sichtweise auf die Tatsachen und die Zahlen. Schlimmer ausgedrückt bedeutet es, daß 248 Menschen, italienische Bürger und Einwohner der einstigen Serenissima, gewaltsam aus ihren Häusern geholt und schließlich ermordet wurden.

Italiener denken pragmatisch, und so meinten viele, wenn nicht Pietro Lorenzoni, der Vater des derzeitigen Conte, das Versteck des Oberhauptes der jüdischen Gemeinde an die SS verraten hätte, dann eben ein anderer. Es wurde auch gesagt, er müsse dazu genötigt worden sein, denn immerhin hatten sich seit Kriegsende die Mitglieder der verschiedenen Zweige der Familie eindeutig dem Wohl der Stadt verschrieben, nicht nur durch mannigfachen großzügigen Einsatz für öffentliche und private wohltätige Einrichtungen, sondern auch durch ihr Wirken in öffentlichen Ämtern – einmal sogar dem des Bürgermeisters, wenn auch nur für ein halbes Jahr – und hatten sich in vielerlei Eigenschaften, wie es so schön heißt, um die Stadt verdient gemacht. Ein Lorenzoni war Rektor der Universität gewesen, ein anderer hatte in den Sechzigern einige Jahre lang die Biennale organisiert, und wieder ein anderer hatte seine Sammlung islamischer Miniaturen dem Museo Correr vermacht.

Und selbst wer von alledem nichts wußte, erinnerte sich meist doch an den Namen des jungen Mannes, der vor zwei Jahren entführt worden war, von zwei maskierten Männern vor der Villa der Familie in Treviso aus dem Auto gezerrt, in dem er mit seiner Freundin saß. Das Mädchen hatte statt der Familie zuerst die Polizei verständigt, und so waren die Konten der Lorenzonis sofort gesperrt worden, noch ehe die Familie von dem Verbrechen erfuhr. Die erste Lösegeldforderung lautete auf sieben Milliarden Lire, und es wurde damals viel darüber spekuliert, ob die Lorenzonis eine solche Summe auftreiben könnten. Im zweiten Brief der Entführer, der drei Tage nach dem ersten ankam, waren es dann nur noch fünf Milliarden.

Aber inzwischen hatten die Ordnungsmächte, auch wenn sie bei der Suche nach den Tätern noch keine erkennbaren Fortschritte gemacht hatten, die bei Entführungen üblichen Maßnahmen ergriffen, um die Familie daran zu hindern, sich Geld zu leihen oder es aus dem Ausland zu transferieren, so daß auch die zweite Forderung unerfüllt blieb. Conte Ludovico, der Vater des entführten Jungen, wandte sich ans staatliche Fernsehen und bat die Täter, seinen Sohn freizulassen. Er sagte, er sei bereit, sich ihnen anstelle seines Sohnes auszuliefern, konnte in seinem Schmerz aber nicht erklären, wie das zu machen wäre.

Sein Aufruf blieb unbeantwortet; eine dritte Lösegeldforderung gab es nicht.

Das war zwei Jahre her, und seitdem hatte es von dem jungen Roberto kein Lebenszeichen gegeben, auch keine weiteren Fortschritte in dem Fall, jedenfalls keine amtlichen. Zwar wurde das Vermögen der Familie nach sechs Monaten wieder freigegeben, aber es blieb noch ein Jahr unter Aufsicht eines staatlichen Treuhänders, der zu jeder Verfügung über mehr als hundert Millionen Lire seine Zustimmung geben mußte. Viele solcher Summen wurden in dieser Zeit aus den Familienunternehmen der Lorenzonis abgezogen, aber alle waren legitim und wurden darum genehmigt. Nachdem das Mandat des Treuhänders ausgelaufen war, beobachtete ein gütiges staatliches Auge weiterhin diskret und unsichtbar die Transaktionen der Lorenzonis, aber es wurden keine Ausgaben festgestellt, die über das Übliche hinausgingen.

Der Junge wurde von seiner Familie als tot betrachtet, obwohl er erst nach weiteren drei Jahren amtlich für tot erklärt werden konnte. Seine Eltern trauerten auf ihre Art: Conte Ludovico gab sich mit verdoppelter Energie seinen Geschäften hin, während die Contessa sich ganz in private Werke der Frömmigkeit und Wohltätigkeit zurückzog. Roberto war ein Einzelkind gewesen, so daß die Familie nun ohne Erben war, weshalb man einen Neffen, den Sohn von Ludovicos jüngerem Bruder, ins Unternehmen holte und darauf vorbereitete, die Leitung des Familienkonzerns zu übernehmen, zu dem die unterschiedlichsten Geschäftsanteile im In- und Ausland gehörten.

Die Nachricht, daß man das Skelett eines jungen Mannes nebst einem Ring mit dem Familienwappen der Lorenzonis gefunden hatte, wurde von den Carabinieri telefonisch an die Polizei in Venedig weitergegeben und dort von Sergente Lorenzo Vianello aufgenommen, der sich den Ort, den Namen des Grundstückbesitzers und des Mannes, der den Toten entdeckt hatte, sorgsam notierte.

Nachdem Vianello den Hörer aufgelegt hatte, ging er nach oben und klopfte bei seinem Vorgesetzten, Commissario Guido Brunetti. Auf dessen »*Avanti!*« öffnete Vianello die Tür und trat ein.

»*Buon dì,* Commissario«, sagte er und setzte sich, ohne eine entsprechende Aufforderung abwarten zu müssen, auf seinen üblichen Stuhl gegenüber Brunetti, der hinter seinem Schreibtisch saß und einen dicken Ordner aufgeklappt vor sich liegen hatte. Vianello fiel auf, daß sein Vorgesetzter eine Brille trug; er konnte sich nicht erinnern, sie schon einmal gesehen zu haben.

»Seit wann tragen Sie denn eine Brille, Commissario?« fragte er.

Brunetti sah ihn an; seine Augen wirkten durch die Gläser seltsam vergrößert. »Nur zum Lesen«, sagte er, dann nahm er die Brille ab und warf sie auf die vor ihm liegenden Papiere. »Eigentlich brauche ich sie gar nicht. Nur kann man damit die kleine Schrift in diesen Schreiben aus Brüssel besser lesen.« Er rieb sich mit Daumen und Zeigefinger die Nasenwurzel, als wollte er sowohl die Eindrücke von der Brille als auch das soeben Gelesene wegwischen.

Er sah den Sergente fragend an. »Was gibt's?«

»Ein Anruf von den Carabinieri in einem Ort namens ...« begann Vianello und warf einen Blick auf den Zettel in seiner Hand. »Col di Cugnan.« Er hielt inne, doch Brunetti sagte nichts. »Das liegt in der Provinz Belluno«, fügte Vianello hinzu, als könnte ein Hinweis auf die geographische Lage Brunetti weiterhelfen. Als dieser noch immer nichts sagte, fuhr Vianello fort: »Ein Bauer hat dort auf seinem Acker eine Leiche ausgegraben. Anscheinend ein junger Mann von Anfang Zwanzig.«

»Wer sagt das?« unterbrach Brunetti.

»Der *medico legale,* soviel ich weiß.«

»Wann war das?« fragte Brunetti.

»Gestern.«

»Und warum rufen die uns an?«

»Bei der Leiche wurde ein Ring mit dem Familienwappen der Lorenzonis gefunden, Commissario.«

Brunetti legte die Finger wieder an die Nasenwurzel und

schloß die Augen. »Ach ja, der arme Junge«, seufzte er. Dann ließ er die Hand wieder sinken und sah zu Vianello hinüber. »Sind die sich ihrer Sache sicher?«

»Ich weiß es nicht«, sagte Vianello und beantwortete auch gleich den unausgesprochenen Teil von Brunettis Frage. »Der Mann, mit dem ich telefoniert habe, sagte nur, daß sie den Ring identifiziert haben.«

»Das muß nicht heißen, daß es sein Ring war, es heißt nicht einmal, daß ...« Hier hielt Brunetti inne und versuchte sich den Namen des Jungen ins Gedächtnis zu rufen. »Daß Roberto so einen Ring besaß.«

»Aber würde jemand, der nicht zur Familie gehört, so einen Ring tragen, Commissario?«

»Ich habe keine Ahnung, Vianello. Aber wenn derjenige, der die Leiche da verscharrt hat, ihre Identifizierung verhindern wollte, hätte er den Ring bestimmt an sich genommen. Er war doch an der Hand, oder?«

»Das weiß ich nicht, Commissario. Mir wurde nur gesagt, daß der Ring bei der Leiche war.«

»Wer leitet dort die Ermittlungen?«

»Der Anrufer sagte, daß der *medico legale* ihn angewiesen habe, uns zu verständigen. Seinen Namen habe ich hier irgendwo notiert.« Er sah wieder auf seinen Zettel. »Bortot. Das ist alles. Den Vornamen hat er mir nicht genannt.«

Brunetti schüttelte den Kopf. »Wie hieß noch der Ort?«

»Col di Cugnan.« Als er Brunettis fragenden Blick sah, zuckte Vianello die Achseln, um anzudeuten, daß auch er den Namen noch nie gehört hatte. »Irgendwo bei Belluno. Sie wissen ja, was es da oben für komische Ortsnamen gibt: Roncan, Nevegal, Polpet.«

»Und komische Familiennamen, wenn ich mich recht erinnere.«

Vianello wedelte mit seinem Zettel. »Wie der von diesem Amtsarzt.«

»Haben die Carabinieri sonst noch etwas gesagt?« fragte Brunetti.

»Nein, ich fand nur, Sie sollten Bescheid wissen, Commissario.«

»Ja, gut«, meinte Brunetti, nur halb bei der Sache. »Hat schon jemand die Familie verständigt?«

»Das weiß ich nicht. Der Mann am Telefon hat nichts davon erwähnt.«

Brunetti griff zum Telefonhörer. Nachdem er die Vermittlung hatte, bat er um eine Verbindung mit dem Carabinieri-Posten in Belluno. Als dort abgenommen wurde, stellte er sich vor und sagte, er wolle den für den Leichenfund vom Vortag zuständigen Kollegen sprechen. Wenig später hatte er Maresciallo Bernardi am Apparat, der sich als Leiter der Ermittlungen vorstellte. Nein, er wisse nicht, ob der Ring an der Hand des Toten gewesen sei. Wenn der Commissario dagewesen wäre, hätte er selbst gesehen, wie schwer das festzustellen sei. Vielleicht könne der Arzt diese Frage besser beantworten. Überhaupt konnte der Maresciallo zu dem, was auf Vianellos Zettel stand, nicht viel ergänzen. Die Leiche sei ins städtische Krankenhaus von Belluno gebracht worden und werde bis zur Autopsie dort verbleiben. Aber er hatte die Nummer von Dottor Bortot und gab sie Brunetti, der keine weiteren Fragen hatte.

Brunetti drückte auf die Gabel und wählte sofort die Nummer, die der Carabiniere ihm genannt hatte.

»Bortot«, meldete sich der Arzt.

»Guten Morgen, *dottore,* hier ist Commissario Guido Brunetti von der Polizei in Venedig.« Er machte eine Pause, weil er es gewöhnt war, daß die Leute ihn an dieser Stelle unterbrachen und nach dem Grund seines Anrufs fragten. Bortot schwieg jedoch, und Brunetti fuhr fort: »Ich rufe wegen der Leiche des jungen Mannes an, die Sie gestern geborgen haben. Und wegen des Ringes, der bei ihm gefunden wurde.«

»Ja, Commissario?«

»Ich wüßte gern, wo der Ring sich befand.«

»Nicht an den Knochen der Hand, wenn Sie das meinen. Aber das muß natürlich nicht heißen, daß er nicht ursprünglich doch an der Hand war.«

»Können Sie mir das näher erklären, Dottore?«

»Schwer zu sagen, was sich hier zugetragen hat, Commissario. Es gibt Hinweise darauf, daß die Leiche bewegt wurde. Von Tieren. Das ist völlig normal, wenn sie längere Zeit in der Erde gelegen hat. Einige Knochen und Organe fehlen, und die noch da sind, wurden allem Anschein nach mehrmals von der Stelle bewegt. Man kann also schwer sagen, wo der Ring war, als die Leiche beseitigt wurde.«

»Beseitigt?« wiederholte Brunetti.

»Es besteht Grund zu der Annahme, daß er erschossen wurde.«

»Was für ein Grund?«

»An der Schädelbasis ist ein kleines Loch, etwa zwei Zentimeter im Durchmesser.«

»Nur eines?«

»Ja.«

»Und das Geschoß?«

»Meine Leute haben bei der Suche nach Knochen ein gewöhnliches Maschendrahtsieb benutzt, da könnten so kleine Sachen wie Geschoßfragmente durchgefallen sein.«

»Suchen die Carabinieri weiter?«

»Das kann ich Ihnen nicht sagen, Commissario.«

»Werden Sie die Autopsie vornehmen?«

»Ja. Heute abend.«

»Und die Ergebnisse?«

»Ich weiß nicht, was für Ergebnisse Sie erwarten, Commissario.«

»Alter, Geschlecht, Todesursache.«

»Das Alter kann ich Ihnen jetzt schon sagen: Anfang Zwanzig, und ich glaube nicht, daß ich bei der Autopsie etwas finden werde, was dem widerspricht oder eine genauere Altersbestimmung zuläßt. Das Geschlecht ist der Länge der Arm- und Beinknochen nach mit an Sicherheit grenzender Wahrscheinlichkeit männlich. Und ich würde sagen, Todesursache war die Kugel.«

»Werden Sie das bestätigen können?«

»Hängt davon ab, was ich noch finde.«

»In was für einem Zustand war die Leiche?«

»Meinen Sie, wieviel noch davon übrig war?«

»Ja.«

»Genug, um Gewebe- und Blutproben entnehmen zu können. Vom Gewebe war zwar nicht mehr viel übrig – Tiere, wie gesagt –, aber einige der kräftigeren Bänder und Muskeln, besonders die an Ober- und Unterschenkeln, sind in gutem Zustand.«

»Wann werden Sie die Ergebnisse haben, Dottore?«

»Ist das denn so eilig, Commissario? Schließlich war er über ein Jahr in der Erde.«

»Ich denke an die Familie, Dottore, nicht an die Polizeiarbeit.«

»Sie meinen den Ring?«

»Ja. Wenn es sich wirklich um den vermißten Lorenzoni-Jungen handelt, finde ich, sie sollte es so bald wie möglich erfahren.«

»Commissario, abgesehen von dem, was ich Ihnen schon sagte, stehen mir nicht genug Informationen zur Verfügung, um ihn als eine bestimmte Person identifizieren zu können. Bevor ich nicht die ärztlichen und zahnärztlichen Unterlagen des jungen Lorenzoni habe, kann ich mich außer auf Alter, Geschlecht und eventuelle Todesursache nicht festlegen. Höchstens noch darauf, wie lange er schon tot ist.«

»Haben Sie da schon eine Vorstellung?«

»Wann ist er denn verschwunden?«

»Vor ungefähr zwei Jahren.«

Es folgte eine lange Pause. »Dann wäre es möglich. Nach dem

bisherigen Augenschein. Aber ich brauche trotzdem noch diese Unterlagen, um ihn mit einiger Sicherheit zu identifizieren.«

»Dann setze ich mich gleich mit der Familie in Verbindung und versuche die zu bekommen. Sobald ich sie habe, faxe ich sie Ihnen.«

»Danke, Commissario. Für beides. Es ist mir nicht angenehm, mit den Familien sprechen zu müssen.«

Brunetti konnte sich niemanden vorstellen, dem das angenehm wäre, aber er sagte nichts, außer daß er am Abend noch einmal anrufen werde, um zu erfahren, ob die Autopsie die Vermutungen des Arztes bestätigt habe.

Brunetti legte auf und wandte sich an Vianello. »Alles mitbekommen?«

»Genug. Wenn Sie das mit der Familie erledigen wollen, rufe ich in Belluno an und frage, ob die Carabinieri das Geschoß gefunden haben. Wenn nicht, sage ich ihnen, sie sollen noch mal zu dem Acker gehen, wo die Leiche lag, und so lange suchen, bis sie es haben.«

Brunettis Nicken war Zustimmung und Dank zugleich. Als Vianello gegangen war, nahm er das Telefonbuch aus seiner untersten Schreibtischschublade und schlug bei L auf. Der Name Lorenzoni war dreimal vertreten, alle unter derselben Adresse in San Marco: Ludovico, *avvocato,* Maurizio, *ingegnere,* und Cornelia, ohne Berufsangabe.

Er griff schon zum Hörer, aber statt ihn abzunehmen, erhob er sich und ging nach unten, um mit Signorina Elettra zu sprechen.

Als er in das kleine Vorzimmer von Vice-Questore Giuseppe Patta kam, der sein Chef war, sprach die Sekretärin gerade am Telefon. Sie sah ihn, lächelte und hob einen Finger mit magentarotem Nagel. Er ging zu ihrem Schreibtisch, und während sie ihr Gespräch zu Ende führte, hörte er zu und las dabei die Schlagzeilen des Tages, obwohl sie für ihn auf dem Kopf standen; daß er das konnte, war ihm schon oft zugute gekommen.

»L'esule di Hammamet« lautete die eine, und Brunetti fragte sich, warum ehemalige Politiker, die aus dem Land flohen, um der Verhaftung zu entgehen, immer »Exilanten« und nie »Untergetauchte« waren.

»Also, wir sehen uns dann um acht«, sagte Signorina Elettra und fügte noch *»Ciao, caro«* hinzu, bevor sie auflegte.

Welcher junge Mann hatte dieses aufreizende abschließende Lachen ausgelöst und würde heute abend diesen dunklen Augen gegenübersitzen? »Eine neue Flamme?« fragte Brunetti, ehe er sich überlegen konnte, was das für eine dreiste Frage war.

Aber Signorina Elettra schien keinen Anstoß daran zu nehmen. »Schön wär's«, sagte sie resigniert. »Nein, das war mein Versicherungsagent. Wir treffen uns einmal im Jahr: Er spendiert mir etwas zu trinken, und ich spendiere ihm ein ganzes Monatsgehalt.«

Sosehr Brunetti an Elettras Übertreibungen gewöhnt war, fand er das doch recht erstaunlich. »Ein ganzes Monatsgehalt?«

»Na ja, fast«, schränkte sie ein.

»Und was lassen Sie da versichern, wenn Sie mir die Frage gestatten?«

»Mein Leben bestimmt nicht«, antwortete sie lachend, und als Brunetti merkte, wie aufrichtig er es so empfand, verkniff er sich die galante Erwiderung, daß ein solcher Verlust ja auch gar nicht zu ersetzen wäre. »Meine Wohnung samt Einrichtung, mein Auto, und seit drei Jahren habe ich eine private Krankenversicherung.«

»Weiß Ihre Schwester das?« fragte er, denn wie würde eine Ärztin, die fürs öffentliche Gesundheitswesen arbeitete, es wohl sehen, wenn ihre eigene Schwester extra dafür bezahlte, es nicht in Anspruch nehmen zu müssen?

»Was glauben Sie denn, wer es mir empfohlen hat?« fragte Elettra zurück.

»Warum?«

»Wahrscheinlich, weil sie soviel in Krankenhäusern zu tun hat und weiß, was dort läuft.« Sie überlegte einen Moment und fügte dann hinzu: »Oder nach allem, was sie mir schon erzählt hat, eher, was dort nicht läuft. Letzte Woche hat eine ihrer Patientinnen im Civile, die mit sechs anderen Frauen in einem Zimmer lag, zwei Tage lang nichts zu essen bekommen. Man hat ihnen einfach nichts gebracht, und niemand konnte ihnen erklären, warum.«

Von solchen Dingen hatte Brunetti auch schon gehört. »Und dann?« fragte er.

»Zum Glück bekamen vier der Frauen regelmäßig Besuch von Verwandten und haben das Mitgebrachte mit den anderen geteilt.«

Elettra war immer lauter geworden und wurde, während sie weitersprach, sogar noch lauter: »Wenn man frische Bettwäsche oder eine Bettpfanne will, muß man extra dafür bezahlen, sonst bringt sie einem keiner. Barbara hat inzwischen resigniert und mir darum geraten, in eine Privatklinik zu gehen, wenn ich je ins Krankenhaus muß.«

»Und daß Sie ein Auto haben, wußte ich auch nicht«, sagte Brunetti, der sich immer wunderte, wenn er erfuhr, daß jemand, der hier in Venedig lebte und arbeitete, eines besaß. Er selbst hatte nie ein Auto gehabt, auch seine Frau nicht, obwohl sie beide fahren konnten, mehr schlecht als recht.

»Ich habe es bei meinem Vetter in Mestre stehen. Er fährt es die Woche über, und ich benutze es, wenn ich am Wochenende irgendwohin will.«

»Und die Wohnung?« fragte Brunetti, der es nie der Mühe wert gefunden hatte, seine eigene zu versichern.

»Ich war mit einer Frau in der Schule, die eine Wohnung am Campo della Guerra hatte. Erinnern Sie sich noch an den Brand dort? Sie war eine von denen, die bei dem Feuer alles verloren.«

»Ich dachte, die Stadt sei für die Instandsetzung aufgekommen«, sagte Brunetti.

»Für die Grund-Instandsetzung«, verbesserte sie ihn. »Solche Kleinigkeiten wie Möbel, Kleidung oder sonstiger persönlicher Besitz waren darin aber nicht enthalten.«

»Wäre das bei einer privaten Versicherung denn besser?« erkundigte sich Brunetti, der schon zahllose Horrorgeschichten darüber gehört hatte, wie schwer es sei, von einer Versicherung Geld zu bekommen, egal wie berechtigt der Anspruch war.

»Ich würde mich lieber mit einer privaten Versicherung herumschlagen als mit der Stadt.«

»Wer nicht?« fragte Brunetti resigniert.

»Aber was kann ich für Sie tun, Commissario?« fragte sie mit einer Handbewegung, die ihr Gespräch und mit ihm alle Gedanken an die Widrigkeiten des Lebens fortwischte.

»Ich wollte Sie bitten, ins Archiv zu gehen und mir die Akte zum Entführungsfall Lorenzoni herauszusuchen«, sagte Brunetti und holte die Widrigkeiten des Lebens damit doch wieder zurück.

»Roberto?«

»Kannten Sie ihn?«

»Nein, aber der jüngere Bruder meines damaligen Freundes war mit ihm in der Schule. Im Vivaldi, glaube ich. Ist schon Ewigkeiten her.«

»Hat er je etwas über ihn erzählt?«

»Ich erinnere mich nicht genau, aber ich glaube, er mochte ihn nicht besonders.«

»Wissen Sie noch, warum?«

Sie hob das Kinn und zog eine Schnute, die der Schönheit jeder anderen Frau ziemlich abträglich gewesen wäre. Bei Elettra aber betonte sie nur den feinen Schwung ihres Kinns und das Rot ihrer geschürzten Lippen.

»Nein«, sagte sie endlich. »Was es auch war, es ist mir entfallen.«

Brunetti wußte nicht recht, wie er seine nächste Frage formulieren sollte. »Sie sagten, Ihr damaliger Freund. Sind Sie noch, äh, ich meine, haben Sie noch Kontakt zu ihm?«

Sie lächelte amüsiert, ebenso über die Frage wie über die Verlegenheit, mit der er sie gestellt hatte.

»Ich bin die Patin seines ersten Sohnes«, sagte sie. »Es wäre mir also ein leichtes, ihn anzurufen und darum zu bitten, er möchte seinen Bruder einmal fragen, was er noch weiß. Das tue ich gleich heute abend.« Sie stand auf. »Und jetzt gehe ich die Akte suchen. Soll ich sie Ihnen in Ihr Zimmer bringen?« Brunetti war dankbar, daß sie nicht fragte, warum er die Unterlagen einsehen wollte. Er hoffte abergläubisch, er könne, indem er es nicht aussprach, vielleicht verhindern, daß der Tote Roberto war.

»Ja, bitte«, sagte er und ging wieder nach oben, um zu warten.

4

Brunetti, der selbst Vater war, verschob seinen Anruf bei den Lorenzonis lieber bis nach der Autopsie. Der Ring und alles, was Dr. Bortot ihm gesagt hatte, ließ es kaum noch denkbar erscheinen, daß bei der Autopsie etwas herauskam, was ausschloß, daß es sich bei dem Toten um Roberto Lorenzoni handelte, aber solange diese Möglichkeit bestand, wollte Brunetti der Familie den vielleicht unnötigen Schmerz ersparen.

Während er auf die Entführungsakte wartete, versuchte er sich ins Gedächtnis zu rufen, was er selbst noch darüber wußte. Die Entführung hatte in der Provinz Treviso stattgefunden, und so hatte die dortige Polizei die Ermittlungen übernommen, obwohl das Opfer ein Venezianer war. Brunetti hatte damals an einem anderen Fall gearbeitet, erinnerte sich aber noch an die ohnmächtige Wut, die in der Questura geherrscht hatte, nachdem die Ermittlungen auf Venedig ausgeweitet wurden und die Polizei die Entführer des Jungen zu finden versuchte.

Brunetti hatte Entführung schon immer als das scheußlichste aller Verbrechen angesehen, nicht nur, weil er zwei Kinder hatte, sondern weil es eine Schande für die Menschheit war, wenn ein willkürlicher Preis auf ein Leben gesetzt und dieses Leben einfach ausgelöscht wurde, wenn der Preis nicht bezahlt wurde. Oder schlimmer noch, man nahm, wie es oft geschah, das Geld und ließ die Geisel dann doch nicht frei. Er war dabeigewesen, als man die Leiche einer siebenundzwanzigjährigen Frau geborgen hatte; sie war entführt und unter einem Meter Erde lebendig begraben worden, wo sie erstickte. Brunetti sah noch ihre Hände vor sich, schwarz wie die Erde über ihr und im Sterben hilflos ans Gesicht gepreßt.

Man konnte nicht sagen, daß er jemanden aus der Familie Lorenzoni persönlich kannte, wenngleich er einmal mit Paola bei einem Bankett gewesen war, an dem auch Conte Ludovico teilgenommen hatte. Wie es in Venedig an der Tagesordnung war, sah er den Älteren gelegentlich in der Stadt, aber sie hatten noch nie miteinander gesprochen. Der Commissario, der damals die Ermittlungen in Venedig geführt hatte, war vor einem Jahr nach Mailand versetzt worden, Brunetti konnte ihn also nicht unmittelbar fragen, wie seinerzeit vorgegangen worden war oder welchen Eindruck er von der Sache hatte. Solche persönlichen, inoffiziellen Eindrücke erwiesen sich oft als nützlich, besonders wenn ein Fall wieder aufgerollt wurde. Brunetti zog durchaus die Möglichkeit in Betracht, daß die Leiche auf dem Acker doch nicht Roberto Lorenzoni war und die Ermittlungen nicht wiederaufgenommen wurden, der Leichenfund also Sache der Belluneser Polizei blieb. Aber wie ließ sich dann der Ring erklären?

Signorina Elettra klopfte an seine Tür, noch ehe er sich die Frage beantworten konnte. »Kommen Sie herein«, rief er. »Die haben Sie ja schnell gefunden.« So war es mit Akten in der Questura nicht immer gewesen, jedenfalls nicht vor dem erfreulichen Tag ihrer Ankunft. »Wie lange sind Sie eigentlich schon bei uns, Signorina?« erkundigte er sich.

»Im Sommer werden es drei Jahre, Commissario. Warum fragen Sie?«

Er wollte schon sagen: »Damit ich meine Freudentage besser zählen kann«, aber das hätte ihm dann doch ein bißchen zu sehr nach einem ihrer eigenen rhetorischen Höhenflüge geklungen. Statt dessen antwortete er: »Damit ich zur Feier des Tages Blumen bestellen kann.«

Elettra lachte, und beide erinnerten sich, wie schockiert Brunetti anfangs gewesen war, als er erfuhr, daß sie, kaum als Sekretärin Vice-Questore Pattas eingestellt, den Auftrag gegeben hatte, zweimal wöchentlich frische Blumen für ihr Zimmer kommen zu lassen, oft recht pompöse Blumen, und nie weniger als ein Dutzend. Patta, der nur daran interessiert war, daß sein Spesenbudget seine regelmäßigen Mittagessen abdeckte – meist ebenso pompös wie die Blumen –, stellte die Ausgabe nie in Frage, und so war ihr Vorzimmer zu einem Quell der Freude für die ganze Questura geworden. Es ließ sich nie klären, ob diese Freude dem galt, was Signorina Elettra an dem jeweiligen Tag anzuziehen beschlossen hatte, oder den Blumen in ihrem kleinen Zimmer, oder einfach der Tatsache, daß der Staat dafür bezahlte. Brunetti fand das eine so erfreulich wie das andere und mußte an eine Zeile von Petrarca denken, in der er Monat, Tag und Stunde seiner ersten Begegnung mit Laura besingt. Er sagte von alledem aber nichts, sondern nahm den Ordner und legte ihn vor sich auf den Schreibtisch.

Nachdem Elettra gegangen war, schlug er die Akte auf und begann zu lesen. Er wußte nur noch, daß die Sache im Herbst passiert war; jetzt las er, daß es am 28. September kurz vor Mitternacht gewesen war. Robertos Freundin hatte ihren Wagen (es folgten Marke, Baujahr und Kennzeichen) vor dem Tor der Lorenzoni-Villa angehalten, die Scheibe heruntergekurbelt und den Nummerncode in die digitale Schließanlage eingetippt. Als das Tor nicht aufging, war Roberto ausgestiegen, um nachzusehen, woran das lag. Ein großer, schwerer Stein hatte innen vor dem Tor gelegen und das Öffnen verhindert.

Roberto hatte, wie das Mädchen im Vernehmungsprotokoll angab, den Stein fortzuwälzen versucht, und während er gebückt dastand, waren neben ihm zwei Männer aus dem Gebüsch gesprungen. Einer hatte dem Jungen eine Pistole an den Kopf gehalten, während der andere sich an ihr offenes Wagenfenster stellte und seine Waffe auf sie richtete. Beide hatten Ski-Masken getragen.

Sie sagte, sie habe zuerst an einen Raubüberfall gedacht und habe die Hände in den Schoß gelegt, um ihren Smaragdring abzustreifen und ihn auf den Wagenboden fallenzulassen, wo er vor den Dieben sicher gewesen wäre. Da das Autoradio lief, habe sie nicht verstehen können, was die Männer sagten, aber daß es kein Raubüberfall gewesen sei, habe sie gemerkt, als sie sah, wie Roberto sich umdrehte und vor dem ersten Mann her in die Büsche verschwand.

Der zweite Mann sei weiter an ihrem Fenster stehengeblieben, immer die Waffe auf sie gerichtet, habe aber nicht mit ihr zu reden versucht und sich nach einer kleinen Weile rückwärts in die Büsche verzogen.

Sie hatte als erstes ihre Autotür verriegelt, dann zwischen den Sitzen nach ihrem *telefonino* gegriffen, aber die Batterien waren leer gewesen. Sie hatte gewartet, ob Roberto zurückkäme. Als er nicht kam – wie lange sie gewartet hatte, wußte sie nicht mehr –, hatte sie den Wagen gewendet und war in Richtung Treviso gefahren, bis sie an der Straße eine Telefonzelle sah. Sie hatte 113 gewählt und den Vorfall gemeldet. Selbst da sei ihr noch nicht der Gedanke gekommen, daß es sich um eine Entführung handeln könnte; sie habe sogar gedacht, es sei vielleicht ein Streich.

Brunetti las den Rest des Protokolls. Er wollte wissen, ob der vernehmende Beamte nachgefragt hatte, wie sie darauf komme, daß es ein Streich sein könne, aber die Frage kam nicht. Er zog eine Schublade seines Schreibtischs auf und suchte nach einem Blatt Papier; als er keines fand, fischte er aus seinem Papierkorb einen Umschlag, drehte ihn um und machte sich auf der Rückseite eine Notiz; dann las er weiter.

Die Polizei hatte sich mit der Familie in Verbindung gesetzt, ohne mehr zu wissen, als daß der Junge unter Androhung von Waffengewalt mitgenommen worden war. Conte Ludovico traf um vier Uhr morgens mit seinem Neffen Maurizio, der ihn gefahren hatte, in der Villa ein. Die Polizei behandelte den Fall inzwischen als wahrscheinliche Entführung, und Maßnahmen waren ergriffen worden, um das Vermögen der Familie zu sperren. Das ging allerdings nur bei dem Inlandsvermögen, und die Familie hatte immer noch Zugang zu ihren Konten bei ausländischen Banken. In diesem Wissen versuchte der Commissario der Polizei in Treviso, der die Ermittlungen leitete, dem Conte klarzumachen, daß es sinnlos sei, auf Lösegeldforderungen einzugehen. Nur indem man den Entführern auf keinen Fall gebe, was sie verlangten, könne man sie von künftigen Verbrechen abhalten. In den meisten Fällen, so erklärte er dem Conte, werde die entführte Person nicht freigelassen, oft sogar nie gefunden.

Conte Ludovico blieb dabei, daß es keinen Grund gebe, an eine Entführung zu denken. Es könne ein Raubüberfall gewesen sein, ein Streich, eine Verwechslung. Brunetti kannte dieses Bedürfnis, das Schreckliche nicht wahrhaben zu wollen, und hatte schon oft genug mit Menschen zu tun gehabt, die einfach nicht glauben wollten, daß ein Familienmitglied in Gefahr oder vielleicht sogar tot war. Daß der Conte darauf beharrte, es sei keine Entführung, könne keine sein, war also vollkommen verständlich. Aber Brunetti wunderte sich erneut über die Mutmaßung, daß es sich um einen Streich handeln könne. Was war dieser Roberto für ein junger Mann, wenn die Menschen, die ihn am besten kannten, so etwas dachten?

Daß es kein Streich war, erwies sich zwei Tage später, als die erste Lösegeldforderung kam. Sie kam per Eilboten, abgeschickt von der Hauptpost in Venedig, wahrscheinlich in einen der Schlitze außen am Gebäude geworfen, und forderte sieben Milliarden Lire, allerdings stand nicht darin, wie das Geld übergeben werden sollte.

Inzwischen beherrschte die Geschichte die Titelseiten aller Zeitungen im Lande, so daß die Kidnapper zweifelsfrei wissen mußten, daß die Polizei eingeschaltet worden war. Im zweiten Brief, der einen Tag später aus Mestre kam, wurde die Lösegeldforderung auf fünf Milliarden reduziert und zugleich angekündigt, daß man das Wann und Wie der Geldübergabe einem Freund der Familie, der allerdings nicht namentlich genannt wurde, telefonisch mitteilen werde. Nach diesem Brief hatte Conte Ludovico dann übers Fernsehen an die Entführer appelliert, seinen Sohn freizulassen. Der Text dieser Botschaft war der

Akte beigeheftet. Der Conte erklärte darin, es sei ihm nicht möglich, die Summe aufzubringen, da sein Vermögen gesperrt sei. Er sagte auch, wenn die Entführer sich dennoch mit der Person in Verbindung setzen wollten, über die sie ihm ihre Anweisungen zu geben beabsichtigten, wolle er gern mit seinem Sohn tauschen: Er werde jede Anweisung befolgen. Brunetti notierte sich auf dem Umschlag, daß er versuchen wolle, sich ein Video vom Auftritt des Conte zu besorgen.

Im Anhang befand sich eine Liste mit den Namen und Adressen aller, die im Zusammenhang mit dem Fall vernommen worden waren, warum man sie vernommen hatte und in welcher Beziehung sie zu den Lorenzonis standen. Die Vernehmungsprotokolle waren auf mehreren Blättern zusammengefaßt.

Brunetti überflog die Liste. Er entdeckte die Namen von mindestens sechs bekannten Kriminellen, konnte aber keine Verbindung zwischen ihnen erkennen. Einer war ein Einbrecher, ein anderer ein Autodieb, und ein dritter saß, wie Brunetti wußte, da er ihn selbst dorthin gebracht hatte, wegen Bankraubs im Gefängnis. Vielleicht gehörten sie ja zu den Leuten, die der Polizei von Treviso als Informanten dienten. Es führte alles nicht weiter.

Einige andere Namen kannte er aufgrund der sozialen Stellung ihrer Träger, nicht weil es Kriminelle waren. Da war der Gemeindepriester der Familie Lorenzoni, der Direktor der Bank, die den größten Teil ihres Vermögens verwaltete, sowie der Anwalt und der Notar der Familie.

Verbissen las er die Akte bis zum Ende; er studierte die Blockbuchstaben auf den in Plastik verpackten Lösegeldbriefen und den daran gehefteten Laborbericht, wonach keine Fingerabdrücke darauf waren und das Papier zu gewöhnlich war, um zurückverfolgen zu können, wo es gekauft worden war. Er betrachtete die Fotos vom offenen Tor der Villa, sowohl in Nahaufnahme wie in der Totale. Zu ersterem gehörte auch ein Bild von dem Stein, der das Tor blockiert hatte. Brunetti sah, daß er zu groß war, um durch das Gitter zu passen: Er mußte von innen dorthin gelegt worden sein. Brunetti machte sich eine weitere Notiz.

Die letzten Blätter in der Akte befaßten sich mit den Finanzen der Lorenzonis und enthielten eine Aufstellung ihrer Vermögenswerte und Beteiligungen in Italien sowie in anderen Ländern. Die italienischen Firmen waren Brunetti, wie den meisten Italienern, mehr oder weniger vertraut. Wer »Stahl« oder »Baumwolle« sagte, sprach gewissermaßen den Namen Lorenzoni aus. Die ausländischen Beteiligungen waren weiter gestreut: Der Familie gehörten ein türkisches Fuhrunternehmen, Zuckerfabriken in Polen, eine Kette von Luxushotels auf der Krim und eine Zementfabrik in der Ukraine. Wie es bei vielen westeuropäischen Unternehmen der Fall war, reichten auch die Beteiligungen der Lorenzoni-Familie weit über die Grenzen des Kontinents hinaus und folgten vielfach dem Weg des siegreichen Kapitalismus nach Osten.

Er brauchte über eine Stunde, um alles durchzulesen, und als er fertig war, brachte er es wieder zu Signorina Elettra hinunter. »Könnten Sie mir das bitte alles fotokopieren?« fragte er, als er ihr den Ordner auf den Schreibtisch legte.

»Die Fotos auch?«

»Wenn es geht.«

»Hat man ihn gefunden, den jungen Lorenzoni?«

»Man hat jemanden gefunden«, antwortete Brunetti, und als er merkte, wie ausweichend das klang, fügte er hinzu: »Wahrscheinlich ist er es.«

Sie biß sich auf die Lippen und zog die Augenbrauen hoch, dann schüttelte sie den Kopf und meinte: »Der arme Junge. Die armen Eltern.« Sie schwiegen beide einen Augenblick, dann fragte sie: »Haben Sie ihn damals, als es passierte, im Fernsehen gesehen, den Conte?«

»Nein.« Er wußte nicht mehr, warum, aber er wußte, daß er ihn nicht gesehen hatte.

»Er war perfekt zurechtgemacht, wie sonst die Nachrichtensprecher. Ich kenne mich da aus. Ich weiß noch, wie seltsam es mich damals berührt hat, daß ein Mann sich darauf einläßt, zumal unter solchen Umständen.«

»Was hatten Sie denn für einen Eindruck von ihm?« fragte Brunetti.

Sie dachte kurz nach und antwortete dann: »Er kam mir hoffnungslos vor, vollkommen überzeugt, daß er bitten und betteln konnte, soviel er wollte, er würde es nicht bekommen.«

»Verzweifelt?« fragte Brunetti.

»Das sollte man eigentlich meinen, nicht?« Sie sah zur Seite und überlegte wieder. Endlich antwortete sie: »Nein, nicht verzweifelt. Es war eher so eine müde Resignation, als ob er wüßte, was passieren würde und daß er absolut nichts dagegen tun könnte.« Sie sah Brunetti wieder an und verband ihr Lächeln mit einem Achselzucken. »Tut mir leid, aber ich kann es nicht besser erklären. Vielleicht verstehen Sie, was ich meine, wenn Sie es sich selbst ansehen.«

»Wie komme ich denn an das Band?« fragte er.

»Ich nehme an, das hat RAI im Archiv. Ich rufe mal einen Bekannten in Rom an und versuche, eine Kopie zu bekommen.«

»Einen Bekannten?« Manchmal fragte er sich, ob es in Italien einen Mann zwischen einundzwanzig und fünfzig gab, den Signorina Elettra nicht kannte.

»Na ja, eigentlich ist es ein Bekannter von Barbara, ihr ehemaliger Freund. Sie haben zusammen Examen gemacht, und er arbeitet jetzt in der Nachrichtenredaktion der RAI.«

»Dann ist er auch Arzt?«

»Nun, er ist Mediziner, aber ich glaube, als Arzt hat er nie praktiziert. Sein Vater ist bei der RAI, und man hat ihm dort gleich nach dem Studium eine Stelle angeboten. Da sie behaupten können, daß er Arzt ist, lassen sie ihn auf medizinische Fragen antworten. Sie kennen das ja. Wenn in einer Sendung über Diätkuren oder Sonnenbrand gesprochen wird und sie sichergehen wollen, daß alles stimmt, was sie den Leuten sagen, lassen sie Cesare recherchieren. Manchmal wird er sogar interviewt, dann erklärt Dottor Cesare Bellini den Leuten die neuesten medizinischen Erkenntnisse.«

»Wie lange hat er denn Medizin studiert?«

»Sieben Jahre, glaube ich, genau wie Barbara.«

»Um jetzt über Sonnenbrand aufzuklären?«

Wieder lächelte sie kurz, dann zuckte sie wieder die Achseln. »Es gibt sowieso schon zu viele Ärzte; er konnte froh sein, daß er die Stelle bekam. Und er lebt gern in Rom.«

»Also, dann seien Sie so nett und rufen Sie ihn an.«

»Natürlich, Dottore, und die Kopien bringe ich Ihnen, sobald ich sie fertig habe.«

Brunetti sah, daß sie noch etwas sagen wollte. »Ja?«

»Wenn Sie die Ermittlungen wieder aufnehmen wollen, soll ich dann auch gleich eine Kopie für den Vice-Questore machen?«

»Es ist noch ein bißchen früh, um sagen zu können, ob wir den Fall noch einmal aufrollen, also genügt eine Kopie für mich«, antwortete Brunetti so vieldeutig, wie er konnte.

»Gut, Dottore«, kam Signorina Elettras unverbindliche Antwort. »Und ich sorge dafür, daß die Originale wieder in die Ablage kommen.«

»Ja. Vielen Dank.«

»Danach rufe ich Cesare an.«

»Ich danke Ihnen, Signorina«, sagte Brunetti, und auf dem Weg nach oben machte er sich Gedanken über ein Land, das zu viele Ärzte hatte, während es von Jahr zu Jahr schwieriger wurde, einen Zimmermann oder einen Schuhmacher zu finden.

5

Brunetti kannte zwar den Kollegen in Treviso nicht, der damals die Ermittlungen im Entführungsfall Lorenzoni geleitet hatte, erinnerte sich dafür aber noch sehr gut an Gianpiero Lama, der für den venezianischen Teil der Ermittlungen zuständig gewesen war. Lama, ein Römer, war aufgrund der erfolgreichen Festnahme und anschließenden Verurteilung eines Mafia-Killers nach Venedig geholt worden und dort nur zwei Jahre geblieben, bevor man ihn zum Vice-Questore beförderte und nach Mailand versetzte, wo er nach Brunettis Kenntnis immer noch war.

Lama und Brunetti hatten zusammen gearbeitet, allerdings ohne große Begeisterung auf beiden Seiten. Lama fand seinen Kollegen zu zaghaft bei der Verfolgung von Verbrechen und Verbrechern, zu wenig bereit, die Art von Risiken einzugehen, die Lama für nötig hielt. Da Lama es zudem völlig in Ordnung fand, das Gesetz hin und wieder zu ignorieren oder sogar zu beugen, um eine Festnahme durchzusetzen, kam es nicht selten vor, daß von ihm Festgenommene aufgrund irgendeines Formfehlers, den die *magistratura* feststellte, wieder auf freien Fuß gesetzt werden mußten. Allerdings geschah dies gewöhnlich erst lange, nachdem Lama den Fall bearbeitet hatte, und so wurde sein Vorgehen selten als Grund für die spätere Rücknahme einer Anklage oder Aufhebung eines Urteils erkannt. Wahrgenommen wurde nur die Kühnheit seiner Handlungen, und das war seiner Karriere förderlich, so daß er raketengleich immer höher stieg, wobei jede Beförderung bereits den Weg für die nächste bahnte.

Brunetti erinnerte sich, daß es Lama gewesen war, der die Freundin von Roberto Lorenzoni vernommen und es versäumt hatte, ihrer und Conte Lorenzonis Aussage nachzugehen, es könne sich bei der Entführung möglicherweise um einen Streich gehandelt haben. Oder wenn er danach gefragt hatte, stand davon jedenfalls nichts in seinem Protokoll.

Brunetti zog den alten Briefumschlag zu sich heran und begann eine neue Liste, diesmal von Leuten, die er befragen konnte, wenn schon nicht über die damalige Entführung, so doch über die Familie Lorenzoni. Zuoberst notierte er automatisch den Namen seines Schwiegervaters, Conte Orazio Falier. Wenn es in der Stadt jemanden gab, der ein Gespür für das feine Spinnennetz von Adel, Geschäftsinteressen und enormem Reichtum hatte, dann war es Conte Orazio.

Signorina Elettras Eintreten lenkte ihn vorübergehend von seiner Liste ab. »Ich habe mit Cesare gesprochen«, sagte sie, indem sie ihm eine Mappe auf den Schreibtisch legte. »Er hat in seinem Computer das Sendedatum gefunden und meint, er könne ohne Schwierigkeiten eine Kopie von dem Band beschaffen. Er will es heute nachmittag per Kurier schicken.« Noch ehe Brunetti fragen konnte, wie sie das gemacht habe, antwortete Elettra schon: »Es hat nichts mit mir zu tun, Dottore. Er sagt, er kommt nächsten Monat nach Venedig, und ich glaube, er will unser heutiges Gespräch als Vorwand benutzen, um wieder Kontakt mit Barbara aufzunehmen.«

»Und der Kurier?« erkundigte sich Brunetti.

»Den verrechnet er bei dem RAI-Bericht über die Flughafenstraße«, antwortete sie, womit sie Brunetti an einen der jüngsten Skandale erinnerte. Milliarden waren an Freunde von Regierungsbeamten geflossen, die den Bau der sinnlosen *autostrada* zu Venedigs winzigem Flughafen geplant und durchgeführt hatten. Einige waren daraufhin wegen Betrugs verurteilt worden, aber der Fall ging jetzt durch die Mühlen eines endlosen Berufungsverfahrens, während der Ex-Minister, der sich als Drahtzieher der ganzen Sache eine goldene Nase verdient hatte, nicht nur weiterhin seine Pension bezog, dem Vernehmen nach zehn Millionen Lire monatlich, sondern jetzt in Hongkong, wie es hieß, weiteres Vermögen anhäufte.

Brunetti riß sich aus seinem Tagtraum und sah zu Signorina Elettra auf. »Bitte richten Sie Cesare meinen Dank aus.«

»Nicht doch, Dottore, ich finde, wir sollten ihn in dem Glauben lassen, daß wir es sind, die ihm einen Gefallen tun, indem wir ihm einen Vorwand liefern, sich wieder mit Barbara in Verbindung zu setzen. Ich habe ihm sogar versprochen, es ihr gegenüber zu erwähnen, damit er einen Grund hat, sie anzurufen.«

»Und wozu das?« wollte Brunetti wissen.

Sie schien sich zu wundern, daß er das nicht selbst sah. »Für den Fall, daß wir ihn wieder mal brauchen. Weiß man denn, wann wir vielleicht einmal einen Fernsehsender für uns einspannen möchten?« meinte sie.

Brunetti dachte an die Katastrophe bei einer der letzten Wahlen, als der Besitzer dreier der größten Fernsehsender diese schamlos für seine Kampagne eingesetzt hatte. Er wartete auf Elettras Kommentar. »Ich finde es an der Zeit, daß statt der anderen die Polizei sich das Fernsehen zunutze macht.«

Brunetti, der bei politischen Diskussionen immer vorsichtig war, wollte sich da lieber zurückhalten, weshalb er die Aktenkopien nahm und ihr dankte, als sie ging.

Das Telefon klingelte, noch bevor er seinerseits über Anrufe auch nur hatte nachdenken können. Als er abnahm, hörte er die vertraute Stimme seines Bruders. »*Ciao,* Guido, *come stai*?«

»*Bene*«, antwortete Brunetti, während er sich fragte, warum Sergio ihn wohl in der Questura anrief. Sofort waren seine Gedanken und seine Gefühle bei seiner Mutter. »Was ist passiert, Sergio?«

»Nichts, gar nichts. Mein Anruf hat nichts mit *mamma* zu tun.« Wie schon seit ihrer Kindheit, beruhigte Sergios Stimme ihn auch jetzt und gab ihm die Gewißheit, daß alles in Ordnung war oder bald sein würde. »Das heißt nicht direkt.«

Brunetti sagte nichts.

»Guido, ich weiß, daß du an den letzten beiden Wochenenden bei *mamma* warst. Nein, sag nichts. Ich weiß, daß ich am

Sonntag an der Reihe wäre. Aber ich wollte dich fragen, ob du es noch einmal übernehmen könntest?«

»Klar kann ich das«, sagte Brunetti.

Sergio fuhr fort, als hätte er nichts gehört. »Es ist wichtig, Guido. Sonst würde ich dich nicht bitten.«

»Das weiß ich doch, Sergio. Natürlich fahre ich hin.« Nachdem er das schon gesagt hatte, war es Brunetti plötzlich peinlich, nach dem Grund zu fragen.

Aber Sergio redete von sich aus weiter. »Ich habe heute einen Brief bekommen. Drei Wochen war er unterwegs. Drei Wochen von Rom nach Venedig. *Puttana Eva,* ich würde zu Fuß keine drei Wochen brauchen. Dabei hatten sie die Faxnummer vom Labor, aber meinst du, die wären auf die Idee gekommen, es zu faxen? Nein, die Trottel mußten das mit der Post schicken.«

Brunetti wußte aus langer Erfahrung, daß man Sergio in die Zügel fallen mußte, wenn er erst einmal auf die Unfähigkeit der verschiedenen staatlichen Institutionen zu sprechen kam. »Was war das denn für ein Brief, Sergio?«

»Die Einladung natürlich. Deswegen rufe ich dich ja an.«

»Zu der Konferenz über Tschernobyl?«

»Ja, sie haben uns gebeten, unser Gutachten vorzutragen. Das heißt, Battestini wird es vortragen, weil sein Name draufsteht, aber er hat mich gebeten, meinen Teil der Forschungen zu kommentieren und ihm hinterher bei der Beantwortung von Fragen zu assistieren. Bevor die Einladung kam, wußte ich nicht, daß wir hinfahren würden. Darum konnte ich dich nicht früher anrufen, Guido.«

Sergio, der als Forscher in einem medizinisch-radiologischen Labor arbeitete, sprach von dieser Konferenz schon seit Jahren, wie es Brunetti vorkam, obwohl es eigentlich erst Monate waren. Die Schäden, die durch die Inkompetenz eines weiteren staatlichen Systems angerichtet worden waren, ließen sich nicht länger vertuschen und gaben Anlaß zu endlosen Konferenzen über die Folgen der Explosion und der anschließenden radioaktiven

Niederschläge, und die allerneueste sollte nun in Rom stattfinden. Wenn Brunetti gerade in zynischer Stimmung war, dachte er bei sich, daß niemand den Mut hatte, vorzuschlagen, keine weiteren Atomkraftwerke mehr zu bauen und alle Versuche einzustellen – hier verfluchte er im stillen die Franzosen –, aber alle liefen zu diesen endlosen Konferenzen, um im Kollektiv die Hände zu ringen und schauerliche Informationen auszutauschen.

»Es freut mich, daß du die Möglichkeit bekommst hinzufahren, Sergio. Herzlichen Glückwunsch. Kann Maria Grazia dich begleiten?«

»Das weiß ich noch nicht. Mit dem Haus drüben auf der Giudecca ist sie fast fertig, aber sie soll noch die Pläne und den Kostenvoranschlag für die komplette Restaurierung eines vierstökkigen Palazzo im Ghetto machen, und wenn sie das nicht mehr schafft, glaube ich kaum, daß sie mitkommen kann.«

»Sie läßt dich ganz allein nach Rom fahren?« fragte Brunetti und wußte im selben Moment, wie albern die Frage war. Sie hatten vieles gemeinsam, *i fratelli* Brunetti, darunter auch eine treue Anhänglichkeit gegenüber ihren Ehefrauen, die im Freundeskreis oft für gutmütigen Spott sorgte.

»Wenn sie den Auftrag bekommt, könnte ich allein zum Mond fliegen, und sie würde es nicht einmal merken.«

»Worum geht es denn in eurem Gutachten?« fragte Brunetti, obwohl er wußte, daß er wahrscheinlich nichts davon verstehen würde.

»Ach, um technischen Kram. Um Schwankungen bei den roten und weißen Blutkörperchen in den ersten Wochen nach einer intensiven Strahleneinwirkung. Wir stehen in Verbindung mit Wissenschaftlern in Auckland, die an derselben Frage arbeiten und offenbar zu den gleichen Ergebnissen gekommen sind. Das ist einer der Gründe, warum ich zu der Konferenz wollte – Battestini wäre ohnehin gefahren –, aber so bekommen wir es bezahlt und können diese Leute kennenlernen, mit ihnen reden und Ergebnisse vergleichen.«

»Sehr gut. Freut mich für dich. Wie lange bleibst du?«

»Die Konferenz dauert sechs Tage, von Freitag bis Mittwoch, und dann bleibe ich vielleicht noch ein oder zwei Tage in Rom und käme spätestens am nächsten Freitag zurück. Warte mal, ich gebe dir die genauen Daten.« Brunetti hörte Papier rascheln, dann war Sergios Stimme wieder da. »Vom sechsten bis zum dreizehnten. Da wäre ich zurück. Und, Guido, die nächsten Sonntage gehe dann ich zu *mamma*.«

»Sei nicht albern, Sergio. So etwas kommt doch vor. Ich gehe, solange du weg bist; du gehst, wenn du wieder da bist, und ich gehe dann am darauffolgenden Sonntag. Das hast du für mich ja auch schon getan.«

»Ich möchte nur nicht, daß du denkst, ich wollte sie nicht besuchen, Guido.«

»Reden wir nicht mehr darüber, Sergio, ja?« antwortete Brunetti, den es selbst erstaunte, wie weh ihm der Gedanke an seine Mutter noch immer tat. Das ganze letzte Jahr hatte er sich mit einzigartiger Erfolglosigkeit einzureden versucht, daß seine Mutter, diese vor Vitalität sprühende Frau, die sie beide mit Liebe und uneingeschränkter Hingabe aufgezogen hatte, sich nur an einen anderen Ort begeben hatte und dort, geistig rege und fröhlich wie eh und je, darauf wartete, daß die verwirrte Hülle ihres Leibes ihr nachfolgte, damit sie zusammen in den ewigen Frieden eingehen könnten.

»Ich bitte dich nicht gern, Guido«, wiederholte Sergio, und Brunetti mußte wieder daran denken, wie gewissenhaft sein Bruder es immer vermieden hatte, seine Stellung als der Ältere und die damit einhergehende Autorität auszunutzen.

Brunetti überlegte, wie er ihrem Gespräch eine Wende geben könne, und fragte unvermittelt: »Was machen denn die Kinder, Sergio?«

Sergio mußte laut lachen, als er merkte, wie sie in die alten Familiengewohnheiten verfielen: Er glaubte, immer alles rechtfertigen zu müssen, und sein jüngerer Bruder weigerte sich einfach, das nötig zu finden. »Marco hat seinen Militärdienst fast hinter sich; Ende des Monats kommt er für vier Tage nach Hause. Und Maria Luisa spricht nur noch Englisch, damit sie im Herbst gut vorbereitet ans Courtauld gehen kann. Ist das nicht verrückt, Guido, daß sie nach England muß, um Restauratorin zu werden?«

Paola, Brunettis Frau, lehrte Englisch an der Universität Ca' Foscari. Sein Bruder konnte ihm also kaum noch etwas über die Idiotie des italienischen Hochschulsystems sagen, was er nicht schon wußte.

»Ist ihr Englisch gut genug?« fragte er.

»Das will ich doch hoffen. Wenn nicht, schicke ich sie für den Sommer zu euch.«

»Und was sollen wir dann tun? Die ganze Zeit Englisch sprechen?«

»Ja.«

»Bedaure, Sergio, aber das tun wir nie, nur wenn die Kinder nicht mitbekommen sollen, worüber wir reden. Aber inzwischen haben beide in der Schule soviel gelernt, daß wir das auch schon nicht mehr können.«

»Versucht's mit Latein«, meinte Sergio lachend, »darin warst du doch immer gut.«

»Das ist leider sehr lange her«, antwortete Brunetti traurig.

Sergio, der schon immer eine Antenne mehr als andere gehabt hatte, spürte die Stimmung seines Bruders. »Ich rufe dich noch einmal an, bevor ich fahre, Guido.«

»Gut, *stammí bene*«, sagte Brunetti.

»*Ciao*«, antwortete Sergio und legte auf.

Brunetti hatte andere Leute schon oft einen Satz mit: »Wenn er nicht gewesen wäre ...« anfangen hören und konnte dann nie umhin, Sergios Namen dafür einzusetzen. Als Brunetti – anerkanntermaßen schon immer der Gelehrte in der Familie – achtzehn gewesen war, hatte seinen Eltern das Geld nicht gereicht, um ihn auf die Universität zu schicken und noch länger zu warten, bis er etwas zum Einkommen der Familie beitrug. Obwohl seine ganze Sehnsucht so sehr auf ein Studium gerichtet war wie die seiner Freunde auf Frauen, beugte er sich dieser Entscheidung und sah sich nach einer Arbeit um. Da hatte Sergio, der sich gerade verlobt und seine erste Stelle als Techniker in einem medizinischen Labor angetreten hatte, sich bereit erklärt, mehr Geld zu Hause abzugeben, wenn sein jüngerer Bruder dann studieren konnte. Schon damals hatte Brunetti gewußt, daß er Rechtswissenschaft studieren wollte, und zwar weniger das zur Zeit angewandte Recht als vielmehr seine Geschichte und die Gründe, warum es sich zu dem entwickelt hatte, was es jetzt war.

Da es in Venedig keine juristische Fakultät gab, mußte er nach Padua gehen, und die Hin- und Herfahrerei erhöhte die Kosten, die Sergio bereitwillig übernahm. Sergios Heirat wurde um drei Jahre verschoben, in denen Brunetti sich schnell an die Spitze seines Jahrgangs emporarbeitete und schon etwas Geld zu verdienen anfing, indem er jüngere Studenten betreute.

Wenn Brunetti nicht studiert hätte, wäre er nicht Paola in der Bibliothek begegnet, und dann wäre er auch nicht Polizist geworden. Manchmal fragte er sich, ob er wohl derselbe Mensch geworden wäre, ob das, was er in sich selbst als das Entscheidende betrachtete, sich in derselben Weise entwickelt hätte, wenn er Versicherungsvertreter oder Verwaltungsbeamter geworden wäre. Brunetti wußte aber auch, was eitle Spekulationen waren, und so streckte er die Hand aus und zog das Telefon zu sich heran.

6

Brunetti hätte es vulgär gefunden, Paola je zu fragen, wie viele Zimmer es im Palazzo ihrer Familie gab, und so kannte er ihre Zahl bis heute nicht, so wenig wie die Zahl der Telefonanschlüsse im Palazzo Falier. Er kannte drei Nummern: einmal die mehr oder weniger offizielle, die allen Freunden und Geschäftspartnern gegeben wurde; dann die Nummer, die nur Familienangehörige bekamen, und die Privatnummer des Conte, die zu benutzen er bisher nie für nötig befunden hatte.

Er wählte die erste, da es sich ja nicht gerade um einen Notfall oder um eine ausgesprochen private Angelegenheit handelte.

»Palazzo Falier«, meldete sich nach dem dritten Klingeln eine Männerstimme, die Brunetti noch nie gehört hatte.

»Guten Morgen. Hier ist Guido Brunetti. Ich möchte gern mit ...«, hier stockte er kurz, weil er nicht recht wußte, ob er den Conte unter seinem Titel oder als seinen Schwiegervater verlangen sollte.

»Er spricht gerade auf der anderen Leitung, Dottor Brunetti. Kann er Sie zurückrufen? Sagen wir in ...«, jetzt war es an dem anderen zu stocken. »Das Lämpchen ist eben ausgegangen. Ich verbinde Sie.«

Es folgte ein sanftes Klicken, dann hörte Brunetti den tiefen Bariton seines Schwiegervaters: »Falier.« Sonst nichts.

»Guten Morgen. Hier ist Guido.«

Die Stimme am anderen Ende wurde milder, wie immer in letzter Zeit. »Ah, Guido, wie geht es dir? Und was machen die Kinder?«

»Alle wohlauf. Und wie steht es bei euch?« Er konnte seine Schwiegermutter einfach nicht »Donatella« nennen, und »Contessa« wollte ihm auch nicht über die Lippen.

»Danke, uns geht es beiden gut. Was kann ich für dich tun?« Der Conte wußte, daß es kaum einen anderen Grund für Brunettis Anruf geben konnte.

»Ich wüßte gern alles über die Familie Lorenzoni, was du mir sagen kannst.«

In dem darauffolgenden Schweigen konnte Brunetti fast hören, wie der Conte die Jahrzehnte an Informationen, Skandalen und Gerüchten durchging, die er über die ersten Familien der Stadt besaß. »Warum interessierst du dich für sie, Guido?« fragte er endlich und fügte noch hinzu: »Wenn du mir das sagen darfst.«

»Man hat in der Nähe von Belluno die Leiche eines jungen Mannes ausgegraben. Bei ihm wurde ein Ring mit dem Familienwappen der Lorenzonis gefunden.«

»Es könnte natürlich die Leiche dessen sein, der den Ring gestohlen hat«, meinte der Conte.

»Es könnte praktisch jeder sein«, pflichtete Brunetti ihm bei. »Aber ich habe mir die Akte über die damaligen Ermittlungen in dem Entführungsfall angesehen und ein paar Dinge gefunden, die ich gern klären würde.«

»Was zum Beispiel?« wollte der Conte wissen.

In den zwanzig Jahren, die sie sich kannten, hatte Brunetti seinen Schwiegervater noch nie indiskret erlebt. Außerdem hatte Brunetti nichts mitzuteilen, was nicht jeder wissen durfte, der sich für die Ermittlungen interessierte. »Zwei Personen haben ausgesagt, sie hätten zuerst an einen Streich gedacht. Und der Stein, der das Tor blockierte, er muß von innen davorgelegt worden sein.«

»Ich habe die Einzelheiten nicht genau im Kopf, Guido. Ich glaube, wir waren damals gerade im Ausland. Das war vor ihrer Villa, nicht wahr?«

»Ja«, antwortete Brunetti, und ein Unterton in der Stimme des Conte ließ ihn fragen: »Warst du schon einmal dort?«

»Ein- oder zweimal.« Der Ton verriet diesmal nicht das Geringste.

»Dann kennst du das Eingangstor?« Brunetti wollte nicht so direkt danach fragen, wie gut sein Schwiegervater die Lorenzonis kannte. Jedenfalls noch nicht.

»Ja«, antwortete der Conte. »Ein Doppeltor, das nach innen aufgeht. An der Mauer ist eine Sprechanlage, da müssen Besucher klingeln und sich melden. Das Tor kann vom Haus aus geöffnet werden.«

»Oder von außen, wenn man den Nummerncode kennt«, ergänzte Brunetti. »Das hat die Freundin ja versucht, aber das Tor ging nicht auf.«

»Die kleine Valloni, nicht wahr?« fragte der Conte.

Brunetti kannte den Namen aus dem Bericht. »Ja. Francesca.«

»Hübsches Mädchen. Wir waren bei ihrer Hochzeit.«

»Hochzeit?« wiederholte Brunetti. »Wann war denn das?«

»Vor gut einem Jahr. Sie hat diesen jungen Salviati geheiratet; Enrico, Fulvios Sohn; der so eine Vorliebe für Rennboote hat.«

Brunetti brummte bestätigend, denn er erinnerte sich entfernt an den jungen Mann. »Kanntest du Roberto?«

»Ich bin ihm ein paarmal begegnet. Ich hielt nicht viel von ihm.«

Brunetti fragte sich, ob es die gesellschaftliche Stellung des Conte war, die es ihm erlaubte, schlecht über die Toten zu reden, oder der Umstand, daß der junge Mann schon zwei Jahre verschwunden war. »Warum nicht?«

»Weil er die ganze Arroganz seines Vaters hatte, aber nichts von dessen Talenten.«

»Was für Talente hat denn Conte Ludovico?«

Brunetti hörte ein Geräusch am anderen Ende der Leitung, als ginge eine Tür zu. Dann sagte der Conte: »Entschuldige mich einen Augenblick, Guido.« Ein paar Sekunden vergingen, bis er wieder am Apparat war und erklärte: »Tut mir leid, aber da kam gerade ein Fax, und ich muß jetzt einige Telefonate führen, solange mein Agent in Mexico-City noch in seinem Büro ist.«

Brunetti war sich nicht ganz sicher, glaubte aber zu wissen, daß es in Mexico-City jetzt einen halben Tag früher war. »Ist es da nicht mitten in der Nacht?«

»Doch. Aber er wird dafür bezahlt, daß er jetzt da ist, und ich möchte ihn erreichen, bevor er geht.«

»Aha«, sagte Brunetti. »Wann darf ich dich wieder anrufen?«

Die Antwort des Conte kam rasch. »Könnten wir uns vielleicht zum Mittagessen treffen, Guido? Ich wollte sowieso ein paar Dinge mit dir besprechen. So könnten wir beides auf einmal erledigen.«

»Gern. Wann?«

»Heute. Oder ist dir das zu früh?«

»Ganz und gar nicht. Ich rufe Paola an und sage ihr Bescheid. Soll sie mitkommen?«

»Nein«, erwiderte der Conte fast schroff und fügte dann etwas sanfter hinzu: »Was ich mit dir bereden will, betrifft sie zum Teil, und da möchte ich sie lieber nicht dabeihaben.«

Brunetti war so verwirrt, daß er nur antworten konnte: »Gut. Wo treffen wir uns?« Er erwartete, daß der Conte eines der berühmten Restaurants vorschlagen würde.

»Ich kenne ein Restaurant in der Nähe des Campo del Ghetto Nuovo. Es gehört der Tochter eines Freundes von mir und ihrem Mann. Das Essen ist sehr gut. Wenn dir das nicht zu weit ist, könnten wir uns dort treffen.«

»Fein. Wie heißt es?«

»La Bussola. Es liegt in einem der Nebengäßchen vom Rio Terrà San Leonardo, in Richtung Campo del Ghetto Nuovo. Ein Uhr?«

»Sehr gut. Also, bis dann. Um eins.« Brunetti legte auf und griff erneut nach dem Telefonbuch. Er blätterte bis zum S, wo etliche Salviatis aufgeführt waren, allerdings nur ein Enrico, und dahinter die Berufsbezeichnung *»consulente«*, die Brunetti immer ebenso belustigend wie verwirrend fand.

Es klingelte sechsmal, bevor eine genervte Frauenstimme antwortete: *»Pronto.«*

»Signora Salviati?«

Die Frau atmete rasch, als wäre sie zum Telefon gerannt. »Ja, worum geht es?«

»Signora Salviati, hier spricht Commissario Guido Brunetti. Ich möchte Ihnen gern ein paar Fragen zum Entführungsfall Lorenzoni stellen.« Irgendwo im Hintergrund hörte er schrilles Babygeschrei, diese genetisch programmierten Töne, die kein Mensch ignorieren kann.

Der Hörer wurde auf eine harte Oberfläche geknallt, und er meinte noch, so etwas wie eine gemurmelte Entschuldigung zu vernehmen, dann wurde alles von dem Geheul übertönt, das unvermittelt in ein Quieken überging und dann ebenso plötzlich verstummte, wie es angefangen hatte.

Kurz darauf war sie wieder am Apparat. »Ich habe Ihnen das alles schon vor Jahren gesagt. Inzwischen erinnere ich mich schon gar nicht mehr genau daran. Es ist so viel Zeit vergangen, so vieles passiert.«

»Das ist mir klar, Signora, aber es wäre uns trotzdem eine große Hilfe, wenn Sie etwas Zeit für mich erübrigen könnten. Es dauert ganz bestimmt nicht lange.«

»Warum können wir das dann nicht am Telefon erledigen?«

»Mir wäre ein persönliches Gespräch lieber. Ehrlich gesagt, ich mag das Telefon nicht besonders.«

»Wann?« lenkte sie unvermittelt ein.

»Wie ich gesehen habe, wohnen Sie in Santa Croce. Ich habe heute vormittag dort zu tun«, – das stimmte nicht, aber es war nicht weit vom Traghetto-Anleger San Marcuola entfernt, von wo er relativ schnell nach San Leonardo und zu seinem Mittagessen mit dem Conte käme – »und da könnte ich ohne Umstände einmal kurz bei Ihnen vorbeikommen. Natürlich nur, wenn es Ihnen paßt.«

»Ich sehe mal eben in meinem Terminkalender nach«, sagte sie und legte den Hörer wieder hin.

Sie war zur Zeit der Entführung siebzehn gewesen, also war

sie jetzt noch keine zwanzig und hatte, wie es sich anhörte, ein ziemlich kleines Kind. Terminkalender?

»Wenn Sie um Viertel vor zwölf hier sind, können wir uns unterhalten. Allerdings habe ich eine Verabredung zum Mittagessen.«

»Das paßt mir ausgezeichnet, Signora. Also bis dann«, sagte er rasch und legte auf, bevor sie es sich anders überlegen oder noch einmal in ihrem Terminkalender nachsehen konnte.

Er rief Paola an, um ihr zu sagen, daß er nicht zum Essen nach Hause käme. Wie gewöhnlich nahm sie es so gelassen hin, daß Brunetti einen Moment überlegte, ob sie vielleicht schon andere Pläne hatte. »Was wirst du tun?« erkundigte er sich.

»Wie?« fragte sie. »Ach so, lesen.«

»Und die Kinder? Was ist mit ihnen?«

»Ich werde sie schon abfüttern, Guido, keine Sorge. Du weißt doch, wie sie ihr Essen immer runterschlingen, wenn wir nicht beide da sind und einen zivilisierenden Einfluß auf sie ausüben. Ich werde also viel Zeit für mich haben.«

»Und du, ißt du nichts?« fragte er.

»Guido, du hast nichts als Essen im Kopf, ist dir das eigentlich klar?«

»Nur weil du mich ständig daran erinnerst, mein Schatz« versetzte er lachend. Er überlegte, ob er ihr sagen sollte, daß sie nichts als Lesen im Kopf habe, aber das würde Paola lediglich als Kompliment auffassen, und so sagte er nur noch, er werde dann zum Abendessen wieder da sein, und legte auf.

Er verließ die Questura, ohne jemandem zu sagen, wohin er ging, und nahm sicherheitshalber die Hintertreppe, um nicht womöglich noch Vice-Questore Patta in die Arme zu laufen, den man jetzt, da es schon nach elf war, mit Sicherheit in seinem Dienstzimmer vermuten durfte.

Brunetti hatte angesichts der morgendlichen Kühle einen wollenen Anzug und seinen Übergangsmantel an und war jetzt überrascht, wie warm es draußen geworden war. Er ging am Kanal entlang und wollte gerade nach links in Richtung Campo di Santa Maria Formosa und Rialto abbiegen, als er plötzlich stehenblieb, den Mantel auszog und umkehrte. Die Wachen in der Questura erkannten ihn und drückten auf den Knopf, der die großen Glastüren öffnete. Er ging rechts in das kleine Büro und sah Pucetti am Schreibtisch sitzen, den Telefonhörer am Ohr. Als Pucetti seinen Vorgesetzten sah, murmelte er noch etwas ins Telefon, legte auf und erhob sich rasch.

»Pucetti«, sagte Brunetti, wobei er dem jungen Mann mit einer Geste bedeutete, er solle sich wieder hinsetzen, »ich möchte diesen Mantel für ein paar Stunden hier deponieren. Ich hole ihn ab, wenn ich zurückkomme.«

Anstatt sich wieder hinzusetzen, kam Pucetti auf Brunetti zu und nahm ihm den Mantel ab. »Ich bringe ihn nach oben in Ihr Zimmer, Commissario, wenn es recht ist.«

»Nein, nein, nicht nötig. Hier liegt er gut.«

»Es wäre mir lieber, Dottore. Hier ist in den letzten Wochen so einiges weggekommen.«

»Was?« fragte Brunetti, aufrichtig erstaunt. »Aus der Wachstube der Questura?«

»Das sind die da, Commissario«, sagte Pucetti und nickte in Richtung der endlosen Schlange vor dem Ufficio Stranieri. Hunderte von Menschen schienen dort zu warten, um die Formulare auszufüllen, die ihren Aufenthalt in der Stadt legalisierten. »Da kommen so viele Albaner und Slawen, und Sie wissen doch, wie diebisch die sind.«

Hätte Pucetti das zu Paola gesagt, sie wäre ihm augenblicklich ins Gesicht gesprungen und hätte ihn einen Rassisten und Fanatiker geheißen. Es gebe nicht *die* Albaner und *die* Slawen, hätte sie ihm erklärt. Aber da sie nicht hier war und Brunetti dazu neigte, sich Pucettis Vorurteil im großen und ganzen anzuschließen, bedankte er sich nur und ging.

7

Als Brunetti über den Campo di Santa Maria Formosa ging, fiel ihm etwas ein, was er letzten Herbst auf dem Campo di Santa Marina gesehen hatte, worauf er den Weg über den kleineren *campo* nahm und sich dort gleich nach rechts wandte. Die Käfige hingen schon vor dem Schaufenster der Zoohandlung. Brunetti trat näher, um zu sehen, ob der *merlo indiano* noch da war. Ja, der da im obersten Käfig, der mit dem schwarzglänzenden Gefieder, der jetzt sein dunkles Auge auf ihn richtete.

Brunetti ging an den Käfig heran, beugte sich vor und sagte: »*Ciao.*« Nichts. Unbeirrt wiederholte er: »*Ciao*«, wobei er das Wort schön auf zwei Silben ausdehnte. Der Vogel hüpfte nervös von der einen Stange auf die andere, drehte sich um und betrachtete ihn nun mit dem anderen Auge. Als Brunetti sich umsah, bemerkte er eine weißhaarige Frau, die in der Mitte des *campo* vor dem Zeitungskiosk stehengeblieben war und sehr verwundert zu ihm herüberschaute. Er kümmerte sich nicht um sie und wandte sich wieder dem Vogel zu. »*Ciao*«, sagte er noch einmal.

Plötzlich kam Brunetti der Gedanke, daß es vielleicht doch ein anderer Vogel war; schließlich sahen alle mittelgroßen Beos ziemlich ähnlich aus. Er versuchte es noch einmal: »*Ciao.*« Schweigen. Enttäuscht wandte er sich ab und lächelte resigniert zu der Frau hinüber, die ihn noch immer anstarrte. Brunetti war keine zwei Schritte gegangen, als er seine eigene Stimme hinter sich »*Ciao*« rufen hörte, den letzten Vokal nach Vogelart in die Länge gezogen.

Sofort drehte er um und ging zu dem Käfig zurück. »*Come ti stai?*« fragte er diesmal, wartete einen Augenblick und wiederholte dann die Frage. Plötzlich spürte er, mehr als er sah, daß jemand neben ihm stand, und erkannte die weißhaarige Frau.

Er lächelte, und sie lächelte zurück. »*Come ti stai?*« fragte er den Vogel noch einmal, und vollkommen tongetreu kam es zurück: »*Come ti stai?*« Die Ähnlichkeit mit seiner eigenen Stimme war geradezu unheimlich.

»Was kann er noch sagen?« fragte die Frau.

»Ich weiß es nicht, Signora. Ich habe noch nie etwas anderes von ihm gehört.«

»Ist das nicht wunderbar?« fragte sie, und als er die schlichte Freude in ihrem Gesicht sah, schien es ihm, als wären Jahre von ihr abgefallen.

»Ja, wunderbar«, bestätigte er und ging, während sie vor dem Schaufenster stehenblieb und dem Vogel immer wieder »*Ciao*« vorsagte.

Brunetti setzte seinen Weg über den Campo SS. Apostoli und die Strada Nova bis San Marcuola fort, wo er das *traghetto* über den Canal Grande nahm. Das Wasser spiegelte so stark, daß er wünschte, er hätte seine Sonnenbrille dabei, aber wer hätte von einem dunstig-feuchten Frühlingsmorgen schon solchen Glanz für die Stadt erwartet?

Auf der anderen Seite wandte er sich nach rechts, dann wieder links und erneut nach rechts, dem inneren Stadtplan folgend, der sich ihm in Jahrzehnten eingeprägt hatte, wenn er durch diese Stadt ging, um Freunde zu besuchen, ein Mädchen nach Hause zu begleiten, irgendwo einen Kaffee zu trinken oder alle die vielen Dinge zu tun, die ein junger Mann eben tut, ohne groß über Weg oder Ziel nachzudenken. Bald erreichte er den Campo San Giovanni Decollato. Soviel Brunetti wußte, hätte niemand sagen können, ob man in der Kirche nun den enthaupteten Körper oder den fehlenden Kopf des Heiligen verehrte. Für ihn war das auch kein großer Unterschied.

Der Salviati, den Robertos ehemalige Freundin geheiratet hatte, war der Sohn Fulvios, des Notars, demnach mußte das Haus das dritte auf der linken Seite in der zweiten *calle* rechts sein. So war es auch; die Nummer war dieselbe wie die im Telefonbuch, und hier wohnten drei Salviatis. An der untersten Klingel stand vor dem Namen ein E, weshalb Brunetti auf diese drückte, während er überlegte, ob sie wohl weiter nach oben ziehen würden, wenn ältere Familienmitglieder starben und die Wohnungen leer zurückließen.

Die Tür sprang auf, und er ging hinein. Vor ihm lag ein schmaler Durchgang, der über einen Innenhof zu einer Treppe führte. Bunte Tulpen säumten den Weg, und auf dem Rasen links davon begann eine tapfere Magnolie ihre Blüten zu entfalten.

Er ging die Stufen hinauf und hörte das Schloß aufspringen, als er die Tür erreichte. Drinnen führten weitere Stufen zu einem Treppenabsatz mit zwei Türen.

Die linke Tür ging auf, und eine junge Frau trat heraus. »Sind Sie der Polizist?« fragte sie. »Ich habe Ihren Namen vergessen.«

»Brunetti«, sagte er, als er die letzten Stufen zu ihr hinaufging. Sie stand vor der Tür, ohne jeden Ausdruck in dem sonst eigentlich recht hübschen Gesicht. Wenn das Baby tatsächlich ihres und wirklich noch so klein war, wie es aus seinen Informationen hervorging, dann hatte sie sehr schnell ihre schlanke Figur zurückgewonnen, die sich unter einem engen roten Rock und einem noch engeren schwarzen Pullover abzeichnete. Ihr unbewegtes Gesicht war umgeben von einer Wolke aus lockigem dunklen Haar, das ihr bis auf die Schultern fiel. Ihr Blick war überraschend uninteressiert.

Als er oben war, sagte er: »Vielen Dank für Ihre Bereitschaft, mit mir zu sprechen, Signora.«

Sie machte sich nicht die Mühe zu antworten oder sonst irgendwie zu erkennen zu geben, daß sie ihn gehört hatte, vielmehr drehte sie sich um und führte ihn in die Wohnung. Auch sein gemurmeltes: *»Permesso«* ignorierte sie.

»Wir können hier reingehen«, sagte sie über die Schulter, während sie ihm voraus nach links in einen großen Wohnraum ging. An den Wänden sah Brunetti gerahmte Stiche hängen, die Szenen von solcher Gewalttätigkeit darstellten, daß es sich nur um

Goyas handeln konnte. Drei Fenster gingen auf einen Hof, wahrscheinlich den kleinen Innenhof, durch den er gekommen war; die gegenüberliegende Mauer war unangenehm nah. Sie setzte sich mitten auf eine niedrige Couch und schlug die Beine übereinander, wobei sie mehr Oberschenkel zeigte, als Brunetti bei jungen Müttern zu sehen gewohnt war. Sie deutete auf einen Sessel ihr gegenüber und fragte: »Was wollen Sie denn wissen?«

Brunetti versuchte zu erkennen, was in ihr vorging, wobei er wußte, daß er instinktiv Nervosität zu finden erwartete. Aber er stellte nur Unmut fest.

»Ich möchte gern von Ihnen wissen, wie lange Sie Roberto Lorenzoni gekannt haben.«

Sie strich sich mit dem Handrücken eine Haarlocke aus dem Gesicht, wobei ihr wahrscheinlich gar nicht bewußt war, wie ungehalten ihre Geste wirkte. »Das habe ich doch alles schon dem anderen Polizisten gesagt.«

»Ich weiß, Signora. Ich habe das Protokoll gelesen, aber ich möchte es gern mit Ihren eigenen Worten hören.«

»Ich will doch hoffen, daß in dem Protokoll meine eigenen Worte stehen«, versetzte sie schnippisch.

»Das ist sicher auch so. Aber ich würde doch lieber noch einmal selbst hören, was Sie über ihn zu sagen haben. Vielleicht kann ich dann besser verstehen, was er für ein Mensch war.«

»Haben Sie denn die Leute gefunden, die ihn entführt haben?« fragte sie mit dem ersten Anzeichen echten Interesses, das sie seit seiner Ankunft verriet.

»Nein.«

Sie schien enttäuscht, sagte aber nichts.

»Wie lange kannten Sie ihn?«

»Ich bin ungefähr ein Jahr lang mit ihm ausgegangen. Bevor das passierte, meine ich.«

»Und was für ein Mensch war er?«

»Wie meinen Sie das, was er für ein Mensch war? Er war ein

Schulkamerad. Wir hatten manches gemeinsam, hatten Spaß an den gleichen Dingen. Er konnte mich zum Lachen bringen.«

»Haben Sie deswegen gedacht, es könnte sich bei der Entführung um einen Streich gehandelt haben?«

»Was soll ich gedacht haben?« fragte sie ernstlich verwirrt.

»So steht es im Vernehmungsprotokoll«, erklärte Brunetti. »Daß Sie zuerst dachten, es handle sich vielleicht um einen Streich. Als es passierte, meine ich.«

Sie blickte an Brunetti vorbei, als lauschte sie einer leisen Musik aus dem Nebenzimmer, die aber nur sie hörte. »Das habe ich gesagt?«

Brunetti nickte.

Nach einer langen Pause meinte sie: »Na ja, kann schon sein. Roberto hatte ein paar sehr merkwürdige Freunde.«

»Was für Freunde?«

»Ach, Studenten von der Universität eben.«

»Ich glaube, ich verstehe nicht ganz, warum die so merkwürdig sein sollten«, sagte Brunetti.

»Also, von denen hat keiner gearbeitet, aber alle hatten reichlich Geld.« Als wäre ihr klargeworden, wie lahm das als Erklärung klang, fuhr sie fort: »Nein, das ist es nicht. Sie haben so merkwürdig geredet, zum Beispiel darüber, was sie alles im Leben oder mit ihrem Leben machen könnten. So etwas. Wie Studenten eben so reden.« Und als sie den Ausdruck höflicher Erwartung in Brunettis Gesicht sah, fügte sie noch hinzu: »Außerdem interessierten sie sich sehr für das Thema Angst.«

»Angst?«

»Ja, sie lasen diese Horrorbücher und gingen immer in Filme, in denen Gewalt und dergleichen vorkam.«

Brunetti nickte und murmelte etwas Unverbindliches.

»Genaugenommen war das einer der Gründe, warum ich schon so gut wie beschlossen hatte, mit Roberto Schluß zu machen. Aber dann passierte das, und ich brauchte es ihm nicht mehr zu sagen.« Hörte er da Erleichterung heraus?

Die Tür ging auf, und eine Frau mittleren Alters kam herein, auf dem Arm ein Baby, das schon den Mund zum Schreien geöffnet hatte. Als sie Brunetti sah, blieb die Frau stehen, und das Baby, das die Bewegung spürte, machte den Mund zu und wandte den Kopf nach der Ursache ihrer Überraschung.

Brunetti erhob sich.

»Das ist der Polizist, *mamma*«, sagte die junge Frau, ohne das Kind anzusehen. Dann fragte sie: »Wolltest du etwas?«

»Nein, nein, Francesca. Es ist nur Zeit zum Stillen.«

»Das muß eben noch etwas warten«, gab das Mädchen zurück, als befriedigte dieser Gedanke sie sehr. Sie sah Brunetti an, dann die Frau, die sie *mamma* nannte. »Falls du nicht willst, daß der Polizist mir dabei zusieht.«

Die Frau gab einen undefinierbaren Laut von sich und nahm das Kind fester in den Arm. Das Kleine – Brunetti konnte in diesem Alter nie unterscheiden, ob es Mädchen oder Jungen waren – starrte ihn weiter an, dann wandte es sich seiner Großmutter zu und lachte blubbernd.

»Zehn Minuten können wir wohl noch warten«, sagte die ältere Frau, bevor sie sich umdrehte und aus dem Zimmer ging. Das Lachen des Babys folgte ihr wie das Kielwasser einem Schiff.

»Ihre Mutter?« fragte Brunetti, obwohl er seine Zweifel hatte.

»Schwiegermutter«, antwortete sie knapp. »Was wollen Sie noch über Roberto wissen?«

»Hatten Sie damals den Eindruck, daß Freunde von ihm die Sache inszeniert haben könnten?«

Bevor sie antwortete, strich sie sich wieder die Haare aus dem Gesicht. »Sagen Sie mir dann auch, warum Sie das wissen wollen?« fragte sie. Der Ton ihrer Frage strafte ihr vorheriges Gebaren Lügen und erinnerte Brunetti daran, wie jung sie noch war.

»Hilft Ihnen das, meine Frage zu beantworten?« erkundigte er sich.

»Ich weiß es nicht. Aber ich kenne immer noch viele von diesen Leuten und will nichts sagen, was vielleicht ...« Sie ließ den

Satz unvollendet und machte Brunetti damit auf ihre Antwort neugierig.

»Wir haben eine Leiche gefunden, die Roberto sein könnte«, sagte er, ohne ihr Näheres zu erklären.

»Dann kann es ja wohl kein Scherz gewesen sein«, sagte sie sofort.

Brunetti lächelte und nickte, als wäre er ihrer Meinung, sagte ihr aber lieber nicht, wie oft er schon erlebt hatte, daß etwas, was als bloßer Scherz begann, in einer Gewalttat endete.

Sie betrachtete die Nagelhaut ihres linken Zeigefingers und fing an, mit der anderen Hand daran herumzuschieben. »Roberto hat immer gesagt, er glaube, daß sein Vater seinen Vetter Maurizio mehr liebte als ihn. Da hat er eben Sachen gemacht, die seinen Vater zwangen, ihm seine Aufmerksamkeit zu widmen.«

»Was zum Beispiel?«

»Na ja, sich in der Schule unbeliebt machen, die Lehrer ärgern und dergleichen Unsinn. Einmal hat er Freunde angestiftet, sein Auto kurzzuschließen und zu stehlen. Sie sollten das tun, während der Wagen vor dem Büro seines Vaters in Mestre stand und Roberto selbst drinnen war und mit ihm sprach; so konnte sein Vater nicht denken, er hätte die Schlüssel stecken lassen oder das Auto jemandem geliehen.«

»Und?«

»Sie sind damit nach Verona gefahren, haben es dort in einem Parkhaus abgestellt und sind mit dem Zug zurückgekommen. Es dauerte Monate, bis man es fand, und dann mußte die Versicherung zurückgezahlt werden, und die Parkgebühren kamen auch noch dazu.«

»Woher wissen Sie das alles, Signora?«

Sie wollte schon antworten, hielt aber inne und sagte dann: »Roberto hat es mir erzählt.«

Brunetti widerstand der Versuchung zu fragen, wann er ihr das erzählt hatte. Seine nächste Frage war ihm wichtiger.

»Waren das dieselben Freunde, die einen solchen Streich ausgeheckt haben könnten?«

»Was für einen Streich?«

»Eine vorgetäuschte Entführung.«

Sie blickte wieder auf ihre Finger. »Das habe ich nicht gesagt. Und wenn Sie seine Leiche gefunden haben, steht das doch gar nicht mehr zur Debatte, oder? Ich meine, ob es nun ein Scherz war oder nicht.«

Brunetti ließ das vorläufig auf sich beruhen und fragte stattdessen: »Könnten Sie mir die Namen nennen?«

»Warum?«

»Ich würde mich gern mit ihnen unterhalten.«

Er dachte schon, sie würde ablehnen, aber sie gab nach und sagte: »Carlo Pianon und Niccolò Pertusi.«

Brunetti erinnerte sich, die Namen im Ermittlungsbericht gelesen zu haben. Da es sich um Robertos beste Freunde handelte, hatte die Polizei geglaubt, sie könnten diejenigen sein, mit denen die Entführer angeblich in Kontakt treten wollten. Aber beide hatten sich zur Zeit der Entführung zu einem Sprachkurs in England aufgehalten.

Brunetti dankte ihr für die Namen und fuhr dann fort: »Sie sagten vorhin, das sei einer der Gründe gewesen, warum Sie beschlossen hatten, nicht mehr mit Roberto auszugehen. Gab es noch andere Gründe?«

»O ja, ziemlich viele«, antwortete sie ausweichend.

Brunetti ließ diese schwache Antwort einfach im Raum stehen, bis sie schließlich doch noch hinzufügte: »Na ja, es machte nicht mehr so viel Spaß mit ihm, jedenfalls in der letzten Woche nicht. Dauernd war er müde und sagte, er fühle sich nicht wohl. Er konnte schließlich nur noch darüber reden, wie müde und schwach er war. Ich hatte keine Lust, mir die ganze Zeit dieses Gejammer anzuhören. Oder ihn im Auto einschlafen zu sehen und so was.«

»Ist er denn zum Arzt gegangen?«

»Ja. Gleich nachdem er gesagt hatte, er könne nichts mehr riechen. Er hatte sich schon immer übers Rauchen beschwert – da war er schlimmer als die Amerikaner –, aber dann sagte er auf einmal, daß er den Rauch gar nicht mehr riecht.« Sie zog die Nase kraus, um zu zeigen, wie absurd sie das fand. »Daraufhin hat er dann beschlossen, zu irgendeinem Spezialisten zu gehen.«

»Und was hat der Arzt gemeint?«

»Daß ihm nichts fehlt.« Sie hielt kurz inne und ergänzte dann: »Bis auf den Durchfall, aber dagegen hat er ihm etwas verschrieben.«

»Und?« fragte Brunetti.

»Ich nehme an, es hat geholfen«, meinte sie wegwerfend.

»Aber war er weiterhin müde, so wie Sie es beschrieben haben?«

»Ja. Er hat immer wieder gesagt, daß er krank ist. Und die Ärzte haben immer gesagt, daß ihm nichts fehlt.«

»Ärzte? War er denn bei mehr als einem?«

»Ich glaube schon. Er hat einen in Padua erwähnt. Das war der Spezialist, der ihm schließlich Anämie bescheinigt und ihm irgendwelche Pillen dagegen gegeben hat. Aber kurz danach ist das dann passiert, und er war weg.«

»Glauben Sie, daß er krank war?« fragte Brunetti.

»Hm, ich weiß nicht recht.« Sie schlug die Beine andersherum übereinander und zeigte dabei noch mehr Oberschenkel. »Er hat immer gern die Aufmerksamkeit auf sich gelenkt.«

Brunetti versuchte sich zartfühlend auszudrücken, als er fragte: »Hat er Ihnen Grund gegeben zu glauben, daß er krank oder blutarm war?«

»Was verstehen Sie unter ›Grund gegeben‹?«

»War er, äh, weniger aktiv als sonst?«

Sie warf Brunetti einen Blick zu, als wäre er soeben aus einem anderen Jahrhundert hereingeschneit. »Ach, Sie meinen Sex?« Er nickte. »Ja, er hatte kein Interesse mehr daran; das war auch ein Grund dafür, daß ich Schluß machen wollte.«

»Wußte er, daß Sie die Beziehung beenden wollten?«

»Ich hatte keine Gelegenheit mehr, es ihm zu sagen.«

Brunetti nahm das zur Kenntnis, dann fragte er: »Warum sind Sie in der Nacht damals zur Villa gefahren?«

»Wir waren auf einer Party in Treviso gewesen, und Roberto hatte keine Lust, die ganze Strecke nach Venedig zurückzufahren. Darum wollten wir in der Villa übernachten und am nächsten Morgen zurückfahren.«

»Verstehe«, sagte Brunetti, bevor er fragte: »Abgesehen von der Müdigkeit, war sein Verhalten in den Wochen vor seiner Entführung irgendwie verändert?«

»Wie meinen Sie das?«

»Kam er Ihnen besonders nervös vor?«

»Nein, nicht daß ich wüßte. Er war reizbar, aber das war er nicht nur mir gegenüber. Er hatte einen Streit mit seinem Vater, und mit Maurizio auch.«

»Wissen Sie, worum es da ging?«

»Keine Ahnung. Solche Dinge hat er mir nie erzählt. Und es hat mich auch nicht sonderlich interessiert.«

»Was hat Sie denn an Roberto interessiert, Signora?« wollte Brunetti wissen, und als er ihren Blick sah, fügte er rasch hinzu: »Wenn ich das fragen darf.«

»Na ja, er war ein guter Kumpel. Jedenfalls am Anfang. Und er hatte immer Geld.«

Brunetti dachte, daß die Reihenfolge dieser beiden Gründe wohl eher umgekehrt gehörte, aber er sagte nichts. »Aha. Kennen Sie seinen Vetter?«

»Maurizio?« fragte sie überflüssigerweise, wie Brunetti fand.

»Ja.«

»Ich habe ihn ein paarmal getroffen. Bei Roberto zu Hause. Und einmal auf einer Party.«

»Mochten Sie ihn?« – Sie sah zu einem der Stiche an der Wand hinüber und sagte dann, als hätte die Grausamkeit der Darstellung sie irgendwie inspiriert: »Nein.«

»Warum nicht?«

Sie zuckte die Achseln, um anzudeuten, wie unwichtig sie etwas so lange Zurückliegendes fand. »Ich weiß nicht. Er kam mir arrogant vor.« Und als sie ihre eigenen Worte hörte, fügte sie rasch hinzu: »Natürlich konnte Roberto das auch manchmal sein, aber Maurizio war einfach ... na ja, er mußte immer allen sagen, was sie zu tun hatten. So kam es mir jedenfalls vor.«

»Haben Sie ihn seit Robertos Verschwinden noch einmal gesehen?«

»Natürlich«, antwortete sie, erstaunt über die Frage. »Gleich nach dieser Geschichte war er ja bei Robertos Eltern. Die ganze Zeit, während die Erpresserbriefe kamen. Da habe ich ihn natürlich gesehen.«

»Ich meine danach. Als die Briefe nicht mehr kamen.«

»Nein, jedenfalls haben wir nicht mehr miteinander gesprochen, wenn Sie das meinen. Ich sehe ihn manchmal auf der Straße, aber wir haben uns nichts zu sagen.«

»Und Robertos Eltern?«

»Die auch nicht.« Brunetti konnte sich auch nicht vorstellen, daß die Eltern des entführten Jungen den Kontakt zu seiner früheren Freundin aufrechterhalten würden, zumal sie inzwischen einen anderen Mann geheiratet hatte.

Brunetti hatte eigentlich keine weiteren Fragen mehr an sie, aber er wollte sie sich warmhalten für den Fall, daß ihm doch noch welche einfielen. »Ich will Sie Ihrem Kind nicht länger entziehen, Signora«, sagte er mit einem Blick auf seine Uhr.

»Ach, das macht nichts«, antwortete sie, und Brunetti war erstaunt, wie leicht er ihr das abnahm und wie unsympathisch sie ihm dadurch wurde.

Er stand rasch auf. »Vielen Dank, Signora. Das wäre vorerst alles.«

»Vorerst?«

»Wenn sich herausstellt, daß es Robertos Leiche ist, werden die Ermittlungen wiederaufgenommen, Signora, und ich nehme an, dann werden alle, die ursprünglich mit dem Fall zu tun hatten, noch einmal befragt.«

Sie verzog das Gesicht, um anzudeuten, wie ärgerlich und überflüssig sie das alles fand.

Er ging zur Tür, damit sie erst gar keine Zeit hatte, sich zu beklagen. »Noch einmal vielen Dank, Signora«, sagte er.

Sie erhob sich vom Sofa und kam auf ihn zu. Ihr Gesicht bekam wieder diese seltsame Starre, die ihm als erstes aufgefallen war, und die ganze Schönheit darin verschwand.

Sie brachte ihn hinaus, und als sie die Tür aufmachte, begann irgendwo hinten in der Wohnung das Baby zu brüllen. Ohne das zu beachten, sagte sie: »Geben Sie mir Bescheid, wenn es wirklich Roberto ist?«

»Natürlich, Signora«, antwortete Brunetti.

Er ging die Stufen hinunter. Die zuklappende Tür schnitt das Babygeschrei ab.

8

Brunetti sah auf die Uhr, als er das Haus der Salviatis verließ. Zwanzig vor eins. Er nahm wieder das *traghetto,* überquerte auf der anderen Seite des Kanals den Campo San Leonardo und bog gleich darauf links ab. Ein paar leere Tische standen vor dem Restaurant im Schatten.

Drinnen war linkerhand ein Tresen, dahinter standen auf einem Regal einige große Korbflaschen mit Wein, aus denen oben lange Schläuche heraushingen. Rechts führten zwei Bogentüren in einen anderen Raum, und dort sah er an der Wand seinen Schwiegervater sitzen, Conte Orazio Falier. Er hatte ein Glas vor sich stehen, wahrscheinlich Prosecco, und las die Lokalzeitung, *Il Gazzettino.* Brunetti war erstaunt, ihn mit diesem Blatt zu sehen, hieß das doch, daß er entweder eine höhere Meinung vom Conte hatte, als ihm bewußt war, oder eine schlechtere von der Zeitung.

»*Buon dì*«, sagte Brunetti beim Nähertreten.

Der Conte spähte über den Rand seiner Zeitung, erhob sich dann und legte sie aufgeschlagen vor sich auf den Tisch.

»*Ciao,* Guido«, sagte er und gab Brunetti die Hand. »Freut mich, daß du kommen konntest.«

»Ich habe ja um das Gespräch gebeten«, antwortete Brunetti.

»Richtig«, sagte der Conte. »Wegen der Lorenzonis, nicht wahr?«

Brunetti zog den Stuhl gegenüber seinem Schwiegervater unter dem Tisch hervor und setzte sich. Sein Blick fiel auf die Zeitung, und obwohl die Leiche noch gar nicht identifiziert war, überlegte er sofort, ob die Geschichte vielleicht schon darin stand.

Der Conte deutete den Blick richtig. »Noch nicht.« Damit nahm er die Blätter vom Tisch und faltete sie zu einem ordentlichen Rechteck. »Ganz schön heruntergekommen, wie?« meinte er dann, indem er die Zeitung zwischen ihnen in die Höhe hielt.

»Sofern man keine besondere Vorliebe für Kannibalismus, Inzest und Kindesmord hat«, antwortete Brunetti.

»Hast du sie heute schon gelesen?« Als Brunetti verneinte, erklärte der Conte: »Da steht etwas von einer Frau in Teheran drin, die ihren Mann umgebracht und dann sein Herz kleingehackt und in einem Gericht namens *ab goosht* verspeist hat.« Noch bevor Brunetti darauf mit Erstaunen oder Abscheu reagieren konnte, fuhr sein Schwiegervater fort: »Und dann bringen sie in Klammern das Rezept für *ab goosht.* Tomaten, Zwiebeln und gehacktes Fleisch.« Er schüttelte den Kopf. »Für wen schreiben die eigentlich? Wer will so etwas wissen?«

Brunetti hatte jeden Glauben an den Geschmack der Massen, sofern er ihn je gehabt hatte, schon längst verloren und antwortete: »Die Leser von *Il Gazzettino,* würde ich sagen.«

Der Conte sah ihn an und nickte. »Wahrscheinlich hast du recht.« Er warf die Zeitung auf den Nachbartisch. »Was möchtest du denn über die Lorenzonis wissen?«

»Du hast heute morgen gesagt, daß der Junge nichts vom Talent seines Vaters hatte. Was für ein Talent meintest du da?«

»*Ciappar schei*«, antwortete der Conte im venezianischen Dialekt.

Brunetti fühlte sich bei dem Klang sofort wohl und fragte: »Geld machen, auf welche Weise?«

»Auf jede: Stahl, Zement, Spedition. Was sich transportieren läßt, Lorenzoni bringt es dir. Was du bauen kannst, Lorenzoni liefert dir das Material.« Der Conte dachte über das soeben Gesagte kurz nach und meinte dann: »Wäre kein schlechter Werbeslogan für die Firma, oder?« Und als Brunetti nickte, fuhr er fort: »Nicht daß die Lorenzonis Werbung nötig hätten. Jedenfalls nicht im Veneto.«

»Hast du mit ihnen zu tun? Geschäftlich, meine ich.«

»Früher habe ich ihre Spedition für Textiltransporte nach Polen benutzt, auf der Rückfahrt hatten sie dann – warte mal, das Ganze ist mindestens vier Jahre her, aber ich glaube, es war Wodka – geladen. Aber seit die Grenzkontrollen und Zollbestimmungen gelockert wurden, finde ich es billiger, die Sachen mit der Bahn zu schicken, darum habe ich geschäftlich nichts mehr mit ihnen zu tun.«

»Und gesellschaftlich?«

»Nicht viel mehr als mit ein paar hundert anderen Leuten hier in der Stadt«, antwortete der Conte und sah auf, als die Bedienung an ihren Tisch trat.

Sie trug ein Herrenoberhemd zu frisch gebügelten Jeans und das Haar sehr kurz. Obwohl sie auch ungeschminkt war, wirkte sie alles andere als jungenhaft, denn die Jeans umspannten runde Hüften, und die drei offenen obersten Hemdknöpfe gaben allen Anlaß zu der Annahme, daß sie keinen BH trug, obwohl sie gut beraten gewesen wäre, es zu tun. *»Conte Orazio«,* sagte sie mit einer tiefen Altstimme voll Wärme und Verheißung. »Schön, Sie wieder einmal bei uns zu sehen.« Sie wandte sich Brunetti zu und schloß ihn in die Herzlichkeit ihres Lächelns mit ein.

Brunetti entsann sich, daß der Conte ihm erzählt hatte, das Lokal gehöre der Tochter eines Freundes, so war dessen Frage vielleicht die eines alten Freundes der Familie: *»Come stai,* Valeria?« Das vertrauliche Du klang allerdings alles andere als onkelhaft, und Brunetti beobachtete die junge Frau, um zu sehen, wie sie reagierte.

»Molto bene, Signor Conte. E Lei?« antwortete sie, und das formelle Sie vertrug sich ganz und gar nicht mit ihrem Ton.

»Danke, gut.« Er deutete zu Brunetti. »Das ist mein Schwiegersohn.«

»Piacere«, sagte Brunetti zu der jungen Frau, und sie erwiderte die Höflichkeitsfloskel, nur ein Lächeln fügte sie noch hinzu.

»Was empfiehlst du uns denn heute, Valeria?« fragte der Conte.

»Als Vorspeise haben wir *sarde in saor«,* sagte sie, »oder *latte di seppie.* Die Sardinen haben wir gestern abend eingelegt, und der Tintenfisch ist heute früh frisch vom Rialtomarkt gekommen.«

Aber wahrscheinlich tiefgefroren, dachte Brunetti. Es war zu früh für frischen Tintenfischrogen, aber die Sardinen waren sicher frisch. Paola hatte nie die Zeit, Sardinen zu putzen und mit Zwiebeln und Rosinen zu marinieren, weshalb sie für ihn ein besonderer Leckerbissen wären.

»Was meinst du, Guido?«

»Ich nehme die *sarde*«, sagte er, ohne zu zögern.

»Ja, für mich auch, bitte.«

»Danach *spaghetti alle vongole*«, sagte die junge Frau, nicht so sehr im Ton einer Empfehlung als einer Verordnung.

Beide Männer nickten.

»Und danach«, sagte Valeria, »würde ich Ihnen den *rombo* empfehlen, oder vielleicht *coda di rospo.* Beides frisch.«

»Wie zubereitet?« wollte der Conte wissen.

»Der Steinbutt ist gegrillt und der Seeteufel in Weißwein gedünstet, mit Zucchini und Rosmarin.«

»Ist die *coda di rospo* gut?« fragte der Conte.

Statt einer Antwort drückte sie sich den Zeigefinger der rechten Hand in die Wange, drehte ihn und schmatzte dabei.

»Dann weiß ich, was ich nehme«, sagte der Conte lächelnd, und zu Brunetti gewandt: »Und du, Guido?«

»Nein, ich nehme Steinbutt«, sagte Brunetti, dem das andere Gericht zu kompliziert erschien. Wahrscheinlich bekam man es mit einem Stück Karotte in Form einer Rose serviert, oder mit einem kunstvoll arrangierten Minzezweig.

»Wein?« fragte sie.

»Habt ihr den Chardonnay vom Weingut deines Vaters?«

»Wir trinken ihn selbst, Signor Conte, aber normalerweise

servieren wir ihn nicht.« Sie sah seine Enttäuschung und meinte: »Ich kann Ihnen aber eine Karaffe bringen.«

»Danke, Valeria. Ich habe ihn bei deinem Vater probiert. Er ist hervorragend.«

Sie bestätigte diese Wahrheit mit einem Nicken und fügte wie im Scherz hinzu: »Sagen Sie aber nichts davon, wenn die Finanza kommt.«

Bevor der Conte noch etwas erwidern konnte, ertönte aus dem anderen Raum ein Ruf. Sie drehte sich um und war verschwunden.

»Kein Wunder, daß dieses Land wirtschaftlich verkommen ist«, brach es plötzlich aus dem Conte hervor. »Der beste Wein, den sie haben, und den dürfen sie nicht ausschenken; wahrscheinlich irgendeine unsinnige Bestimmung über den Alkoholgehalt, oder weil so ein Idiot in Brüssel befunden hat, daß er einem anderen Wein aus Portugal zu sehr ähnelt. Himmel, wir werden von Schwachsinnigen regiert.«

Brunetti, der seinen Schwiegervater immer zu den Regierenden gezählt hatte, fand diesen Ausbruch mehr als sonderbar. Aber bevor er ihn darauf ansprechen konnte, kam Valeria zurück und brachte in einer Literkaraffe einen hellen Weißwein, dazu unaufgefordert eine Flasche Mineralwasser.

Der Conte goß Wein in zwei Gläser und schob Brunetti das eine hin. »Sag mir, was du davon hältst.«

Brunetti nahm das Glas und trank einen Schluck. Er hatte Urteile über Wein schon immer albern gefunden, all dieses Geschwätz von ›kerniger Fülle‹ und ›Bukett von zerdrückten Himbeeren‹, darum sagte er nur: »Sehr gut« und stellte sein Glas ab. »Erzähl mir mehr über den Jungen. Du hast gesagt, du mochtest ihn nicht.«

Der Conte hatte zwanzig Jahre Zeit gehabt, sich an seinen Schwiegersohn und dessen Art zu gewöhnen, also trank er einen Schluck und antwortete dann: »Wie ich schon sagte, er war dumm und eingebildet, eine ärgerliche Kombination.«

»Was hatte er denn für Aufgaben innerhalb der Firma?«

»Ich glaube, er lief unter der Bezeichnung *consulente,* wenngleich ich nicht weiß, wen er wozu beraten sollte. Wenn ein Kunde zum Essen ausgeführt werden mußte, war Roberto dabei. Ich nehme an, daß Ludovico hoffte, der Kontakt mit Kunden und die Geschäftsgespräche würden ihn solider machen, oder wenigstens die Geschäfte ernster nehmen lassen.«

Brunetti, der während seines Studiums in allen Semesterferien gearbeitet hatte, fragte: »Aber er ging doch sicher nicht nur zu Geschäftsessen und nannte das dann Arbeit?«

»Manchmal haben sie Roberto als Kurier benutzt, wenn wichtige Sendungen rasch zugestellt oder abgeholt werden mußten. Wenn zum Beispiel ein Vertrag nach Paris mußte, verstehst du, oder ein neues Musterbuch für die Textilfabriken mußte dringend irgendwohin gebracht werden, dann übernahm Roberto das und konnte noch ein Wochenende in Paris oder Prag oder sonstwo anhängen.«

»Angenehme Arbeit«, bemerkte Brunetti. »Und das Studium?«

»Zu faul. Oder zu dumm«, erklärte der Conte wegwerfend.

Brunetti wollte gerade einwenden, daß er nach allem, was Paola über ihre Studenten erzählte, den Eindruck hatte, dies seien beides keine Hindernisse, aber er verstummte, als Valeria an ihren Tisch kam und zwei Teller voll kleiner, von Öl und Essig glänzender Sardinen brachte.

»Buon appetito«, wünschte sie ihnen und ging an einen der Nachbartische, von wo jemand nach ihr gewinkt hatte. Beide Männer machten sich nicht die Mühe, die winzigen Fische zu zerlegen, sondern nahmen sie mitsamt dem herabtropfenden Öl, den Zwiebelringen und Rosinen auf die Gabel und aßen sie ganz.

»Bon«, sagte der Conte. Brunetti nickte nur und genoß den Fisch mit dem scharfen Essigaroma. Irgend jemand hatte ihm einmal erzählt, die venezianischen Fischer hätten vor Jahrhunderten ihren Fisch so essen müssen, kleingeschnitten und ein-

gelegt, damit er nicht verdarb, und eine andere Geschichte besagte, der Essig sei gegen Skorbut beigefügt worden. Er wußte nicht, ob die eine oder die andere Geschichte so stimmte, aber wenn ja, dann war er den Fischern dankbar.

Als alle Sardinen gegessen waren, nahm Brunetti ein Stück Brot und wischte seinen Teller damit sauber. »Hat er sonst noch etwas gemacht, dieser Roberto?«

»Du meinst geschäftlich?«

»Ja.«

Der Conte goß ihre Gläser noch einmal halb voll. »Nein. Ich glaube, viel mehr konnte er nicht tun, oder er hatte kein Interesse daran.« Er trank einen Schluck. »Er war bestimmt nicht schlecht, der Junge, nur dumm. Als ich ihn das letzte Mal sah, hat er mir sogar leid getan.«

»Wann war das? Und warum hat er dir leid getan?«

»Das muß wenige Tage vor seiner Entführung gewesen sein. Seine Eltern gaben zu ihrem dreißigsten Hochzeitstag ein Fest und hatten Donatella und mich dazu eingeladen. Roberto war auch da.« Der Conte hielt nach diesen Worten inne und setzte erst nach einer Pause hinzu: »Aber es war fast so, als wäre er nicht da.«

»Das verstehe ich nicht ganz«, sagte Brunetti.

»Er schien unsichtbar. Nein, das meine ich nicht. Er war dünner geworden, und mir fiel auf, daß sein Haar schon schütter wurde. Es war Spätsommer, aber er sah aus, als wäre er seit dem Winter nicht ins Freie gekommen. Dabei kannte ich ihn als einen Jungen, der immer am Strand oder auf dem Tennisplatz war.« Der Conte sah an Brunetti vorbei in die Ferne, als er sich den Abend ins Gedächtnis rief. »Ich habe nicht mit ihm gesprochen, und seinen Eltern gegenüber wollte ich es nicht erwähnen. Aber er sah merkwürdig aus.«

»Krank?«

»Nein, das nicht, jedenfalls nicht direkt krank. Nur sehr blaß und dünn, als hätte er eine Diätkur gemacht, und das zu lange.«

Als wäre sie gerufen worden, um dem ganzen Gerede über Abmagerungskuren ein Ende zu machen, erschien genau in diesem Augenblick Valeria und brachte zwei Teller, vollgehäuft mit Spaghetti und gekrönt von Unmengen kleiner Muscheln in ihren Schalen. Der Duft von Öl und Knoblauch wehte ihr verheißungsvoll voraus.

Brunetti stach seine Gabel in den Spaghettiberg und begann zu drehen. Als er genug aufgegabelt zu haben glaubte, hob er die Spaghetti zum Mund, angeregt von der Wärme und dem durchdringenden Knoblauchdunst. Kauend nickte er dem Conte zu, der lächelte und sich seinem eigenen Teller widmete.

Erst als Brunetti seine Pasta schon fast aufgegessen hatte und dabei war, sich die Muscheln vorzunehmen, fragte er den Conte: »Und was ist mit dem Neffen?«

»Wie ich gehört habe, soll er der geborene Geschäftsmann sein. Er hat die richtige Portion Charme für den Umgang mit den Kunden und den Verstand, vernünftig zu kalkulieren und die richtigen Leute einzustellen.«

»Wie alt ist er?« erkundigte sich Brunetti.

»Zwei Jahre älter als Roberto, demnach also um die fünfundzwanzig.«

»Weißt du sonst noch etwas über ihn?«

»Was zum Beispiel?«

»Alles, was dir so einfällt.«

»Das ist sehr allgemein.« Bevor Brunetti jedoch erklären konnte, was er meinte, fragte der Conte: »Du meinst etwas, woraus man schließen könnte, ob er das vielleicht getan hat? Falls es eine Tat war.«

Brunetti nickte und beschäftigte sich weiter mit seinen Muscheln.

»Sein Vater, Ludovicos jüngerer Bruder, ist gestorben, als Maurizio vielleicht acht Jahre alt war. Seine Eltern waren da schon geschieden, und die Mutter wollte von dem Jungen offenbar nichts wissen, denn als sich die Gelegenheit bot, übergab sie ihn Ludovico und Cornelia, die ihn aufgezogen haben; er könnte genausogut Robertos Bruder sein.«

Brunetti mußte an Kain und Abel denken und fragte: »Weißt du das, oder hat man so etwas zu dir gesagt?«

»Beides«, war die knappe Antwort des Conte. »Ich halte es aber eher für unwahrscheinlich, daß Maurizio da irgendwie die Finger drin hatte.«

Brunetti zuckte die Achseln und warf die letzte Muschelschale auf den Berg, der sich auf seinem Teller türmte. »Ich weiß noch nicht einmal, ob es der junge Lorenzoni ist.«

»Warum dann alle diese Fragen?«

»Ich sagte ja schon: Zwei Leute hielten die Entführung für einen Streich oder für vorgetäuscht. Außerdem wurde der Stein, der das Eingangstor blockierte, von innen hingelegt.«

»Die könnten über die Mauer geklettert sein«, meinte der Conte.

Brunetti nickte. »Schon möglich. Aber ich habe bei der ganzen Geschichte ein dummes Gefühl.«

Der Conte warf ihm einen neugierigen Blick zu, als könnte er seinen Schwiegersohn nicht recht mit Intuition in Verbindung bringen. »Abgesehen von dem, was du mir erzählt hast, was kommt dir noch alles komisch vor?«

»Daß dieser Aussage, man habe an einen Streich gedacht, niemand nachgegangen ist. Daß es von der Vernehmung des Vetters kein Protokoll gibt. Und der Stein: Keiner hat weiter danach gefragt.«

Der Conte legte seine Gabel auf die restlichen Spaghetti, die er noch auf dem Teller hatte, da kam schon Valeria, um abzuräumen. »Haben Ihnen die Spaghetti nicht geschmeckt, Signor Conte?«

»Sie waren köstlich, Valeria, aber ich brauche noch etwas Platz für den Seeteufel.«

Sie nickte und nahm zuerst seinen Teller, dann Brunettis. Der Conte schenkte ihnen gerade Wein nach, als sie wiederkam. Brunetti stellte befriedigt fest, daß er recht gehabt hatte mit dem Seeteufel. Er war mit kleinen Rosmarinzweigen und einem Radieschen garniert.

»Warum macht man so etwas mit Lebensmitteln?« fragte er, wobei er mit dem Kinn auf den Teller des Conte deutete.

»Ist das eine ernst gemeinte Frage, oder eine Kritik am Koch?« wollte sein Schwiegervater wissen.

»Nur eine Frage«, antwortete Brunetti.

Der Conte nahm Messer und Gabel und zerteilte den Fisch, um zu sehen, ob er durch war. Nachdem er sich vergewissert hatte, sagte er: »Ich erinnere mich noch gut an die Zeit, als man in jeder Trattoria oder Osteria dieser Stadt für ein paar tausend Lire ein anständiges Essen bekam. Risotto, Fisch, einen Salat und guten Wein. Nichts Aufwendiges, nur das gute Essen, das die Wirtsleute wahrscheinlich auch selbst auf dem Tisch hatten. Aber da war Venedig noch eine lebendige Stadt mit einer funktionierenden Industrie und Handwerkerschaft. Jetzt haben wir nur noch die Touristen, und die Betuchten unter ihnen sind eben an solchen Firlefanz gewöhnt. Als Zugeständnis an deren Geschmack bekommen wir dann Mahlzeiten vorgesetzt, die dekorativ aussehen.« Er nahm einen Bissen von seinem Fisch. »Wenigstens ist das hier ebenso gut wie dekorativ. Und dein Steinbutt?«

»Sehr gut«, antwortete Brunetti. Er legte eine Gräte auf den Tellerrand und sagte: »Du wolltest etwas mit mir bereden?«

Das Gesicht über seinen Fisch gesenkt, sagte der Conte: »Es geht um Paola.«

»Paola?«

»Ja, Paola. Meine Tochter. Deine Frau.«

Brunetti ärgerte sich über den herablassenden Ton des Conte, aber er hielt sich im Zaum, und seine Stimme ahmte nur die feine Ironie nach, als er erwiderte: »Und die Mutter meiner Kinder, deiner Enkel. Vergiß das nicht.«

Der Conte legte Messer und Gabel auf seinen Teller und schob ihn von sich. »Guido, ich wollte dich um Himmels willen nicht kränken …«

Brunetti unterbrach ihn: »Dann sprich nicht in diesem gönnerhaften Ton mit mir.«

Der Conte griff zur Karaffe und goß die Hälfte des restlichen Weins in Brunettis Glas, die andere in sein eigenes. »Sie ist nicht glücklich.« Er hielt inne und blickte zu Brunetti hinüber, um zu sehen, wie er das aufnahm, und als dieser schwieg, fuhr er fort: »Sie ist mein einziges Kind, und sie ist nicht glücklich.«

»Warum?«

Der Conte hob die Hand, an der er den Ring mit dem Familienwappen der Faliers trug. Bei dem Anblick mußte Brunetti sofort an die Leiche auf dem Acker denken, und ob sie sich wohl als der junge Lorenzoni entpuppen würde. Wenn ja, wen würde er als nächstes befragen müssen, den Vater, den Vetter, oder gar die Mutter? Wie konnte er sie in ihrer Trauer stören, die durch die Entdeckung der Leiche wieder aufleben würde?

»Hörst du mir zu?«

»Natürlich höre ich zu«, antwortete Brunetti, nur halb bei der Sache. »Du hast gesagt, Paola sei nicht glücklich, und ich habe gefragt, warum.«

»Und ich habe dir darauf geantwortet, Guido, aber du warst irgendwo bei der Familie Lorenzoni und der Leiche, die man gefunden hat, und hast überlegt, wie du für Gerechtigkeit sorgen kannst.« Er wartete kurz, ob Brunetti etwas sagen würde. »Genau das ist einer der Gründe, die ich dir erklären wollte – daß dein Streben nach Gerechtigkeit, oder was du darunter verstehst, zuviel …« hier machte er eine Pause und schob sein leeres Weinglas, das er zwischen Zeige- und Mittelfinger hielt, auf dem Tisch hin und her. Dann sah er zu Brunetti auf und lächelte, wenngleich der Anblick seines Lächelns Brunetti eher traurig stimmte. »Es nimmt dir zuviel von deinem Lebensgefühl, Guido, und ich glaube, darunter leidet Paola.«

»Du meinst, es nimmt meine Zeit zu sehr in Anspruch?«

»Nein. Ich meine, was ich gesagt habe. Du beschäftigst dich zu sehr mit diesen Verbrechen und den Menschen, die sie begehen und erleiden, und darüber vergißt du Paola und die Kinder.«

»Das stimmt nicht. Ich bin sehr selten nicht da, wenn ich da sein sollte. Wir unternehmen vieles gemeinsam.«

»Bitte, Guido«, sagte der Conte in milderem Ton. »Du bist zu intelligent, um zu glauben, oder mich glauben machen zu wollen, mit der körperlichen Anwesenheit sei man schon da. Ich war doch schon dabei, wenn du an einer Sache gearbeitet hast, und weiß daher, wie du dann bist. Dein Inneres ist abwesend. Du sprichst und hörst zu, unternimmst etwas mit den Kindern, aber du bist nicht wirklich da.« Der Conte goß sich ein Glas Mineralwasser ein und trank. »In gewisser Weise bist du dann wie Roberto Lorenzoni, als ich ihn zuletzt sah: geistesabwesend und eigentlich gar nicht vorhanden.«

»Hat Paola dir das gesagt?«

Der Conte warf ihm einen fast überraschten Blick zu. »Guido, ob du es glaubst oder nicht, aber Paola würde niemals auch nur ein Wort gegen dich sagen, weder zu mir noch zu sonst jemandem.«

»Woher bist du dann so sicher, daß sie unglücklich ist?« Brunetti war bemüht, sich bei dieser Frage seinen Ärger nicht anmerken zu lassen.

Der Conte griff abwesend nach einem Stückchen Brot, das links neben seinem Teller lag, und begann es zu zerkrümeln. »Paolas Geburt war für Donatella sehr schwer, und sie war danach lange krank, so daß es teilweise mir zufiel, das Kind zu versorgen.« Er sah Brunettis Verblüffung und lachte laut heraus. »Ich weiß, ich weiß. Man kann sich wahrscheinlich nur schwer vorstellen, wie ich ein Baby füttere oder ihm die Windeln wechsle, aber ich habe das in den ersten paar Monaten gemacht, und als Donatella wieder nach Hause kam, war ich so daran gewöhnt, daß ich es auch weiter gemacht habe. Wenn du ein Jahr lang ein Kleinkind gefüttert und gewickelt und in den

Schlaf gesungen hast, dann weißt du, wann es glücklich oder traurig ist.« Bevor Brunetti etwas einwenden konnte, fuhr der Conte fort: »Und es spielt keine Rolle, ob das Kind vier Monate oder vierzig Jahre alt ist oder ob die Ursache eine Kolik oder ein Eheproblem ist. Du weißt es einfach. Darum weiß ich, daß sie nicht glücklich ist.«

Hier gab Brunetti nun alle Unschulds- oder Unwissenheitsbeteuerungen auf. Er hatte selbst Windeln gewechselt und so manche Nacht die Kinder auf dem Schoß gehabt und ihnen vorgelesen, wenn sie weinten oder nicht einschlafen konnten, und er war immer der Meinung gewesen, daß diese Nächte ihm mehr als alles übrige eine Art Radar mitgegeben hatten, der – er wußte kein anderes Wort als sein Schwiegervater dafür – auf ihr Lebensgefühl reagierte.

»Ich weiß nicht, wie ich meine Arbeit sonst tun soll«, sagte er schließlich in einem Ton, in dem kein Ärger mehr mitschwang.

Der Conte sprach weiter: »Ich wollte dich immer schon einmal fragen, warum dir das so wichtig ist?«

»Warum mir was wichtig ist? Den, der ein Verbrechen begangen hat, hinter Schloß und Riegel zu bringen?«

Der Conte tat das mit einer Handbewegung ab. »Nein, ich glaube, das ist dir gar nicht so wichtig. Warum mußt du dafür Sorge tragen, daß Gerechtigkeit geschieht?«

In diesem Augenblick erschien Valeria an ihrem Tisch, aber keiner der beiden Männer hatte Appetit auf ein Dessert. Der Conte bestellte zwei Grappa und wandte seine Aufmerksamkeit wieder Brunetti zu.

»Du hast doch die alten Griechen gelesen, oder?« fragte Brunetti endlich.

»Einige.«

»Kritias?«

»Das ist so lange her, daß ich nur noch ganz verschwommen weiß, was er geschrieben hat. Warum?« Valeria kam, stellte ihnen die Gläser hin und entfernte sich wortlos.

Brunetti nahm sein Glas und nippte daran. »Ich kann ihn nur dem Sinn nach zitieren, aber irgendwo sagt er, daß die Gesetze des Staates sich der offen verübten Verbrechen annehmen und daß wir darum die Gottesfurcht brauchen, um darauf vertrauen zu können, daß göttliche Gerechtigkeit sich der heimlichen Verbrechen annimmt.« Er hielt inne und trank noch einen Schluck. »Aber die Gottesfurcht haben wir nicht mehr, nicht wahr? Jedenfalls keine wirkliche?« Der Conte schüttelte den Kopf. »Dann geht es mir vielleicht also darum, auch wenn ich darüber nie gesprochen oder überhaupt nur nachgedacht habe. Wenn göttliche Gerechtigkeit sich nicht mehr der heimlichen Verbrechen annimmt, dann ist es wichtig, daß irgend jemand das tut.«

»Was verstehst du unter heimlichen Verbrechen? Im Unterschied zu offen verübten Verbrechen, meine ich.«

»Jemandem einen schlechten Rat geben, um hinterher von seinem Fehler zu profitieren. Lügen. Vertrauen mißbrauchen.«

»Das muß alles nicht ungesetzlich sein«, erwiderte der Conte.

Brunetti schüttelte den Kopf. »Darum geht es nicht. Gerade deswegen komme ich ja darauf.« Er dachte kurz nach, bevor er weitersprach. »Vielleicht liefern die Politiker mir bessere Beispiele: Freunden Aufträge zuschustern, Regierungsentscheidungen nach persönlichen Wünschen treffen, Familienmitgliedern Posten verschaffen.«

Der Conte unterbrach ihn. »Du meinst die ganz normalen Praktiken in der italienischen Politik?«

Brunetti antwortete mit einem müden Nicken.

»Aber du kannst diese Dinge nicht einfach für illegal erklären und anfangen, die Leute dafür zu bestrafen, oder?« Der Conte sah Brunetti fragend an.

»Nein. Ich glaube, ich will damit sagen, daß ich darin aufgehe, den zu finden, der für Böses verantwortlich ist, nicht nur für Ungesetzliches, oder ich denke ständig über den Unterschied nach und finde, daß beides Unrecht ist.«

»Und deine Frau hat darunter zu leiden. Womit wir wieder bei meinem ursprünglichen Thema wären.« Der Conte griff über den Tisch und legte die Hand auf Brunettis Arm. »Ich weiß, wie kränkend du das finden mußt. Aber sie ist mein Kind und wird es immer bleiben, darum wollte ich mit dir darüber sprechen. Bevor sie es tut.«

»Ich weiß nicht, ob ich dir dafür danken kann«, gestand Brunetti.

»Das spielt keine wesentliche Rolle. Meine einzige Sorge ist Paolas Glück.« Der Conte hielt inne und wägte seine nächsten Worte ab. »Und – auch wenn es dir schwerfallen mag, das zu glauben, Guido – das deine ebenso.«

Brunetti nickte nur, denn er war plötzlich zu bewegt, um etwas sagen zu können. Der Conte sah das, winkte Valeria und machte eine schreibende Bewegung. Als er sich wieder Brunetti zuwandte, fragte er in völlig normalem Ton: »Und, wie fandest du das Essen hier?«

Brunetti antwortete im selben Ton: »Ausgezeichnet. Dein Freund kann stolz auf seine Tochter sein. Und du auf deine.«

»Das bin ich auch«, erklärte der Conte schlicht. Und nach kurzer Pause und einem Blick auf Brunetti fügte er hinzu: »Du wirst es vielleicht nicht glauben, aber ich bin auch stolz auf dich.«

»Danke. Das wußte ich gar nicht.« Brunetti hatte geglaubt, es würde ihm schwerfallen, das zu sagen, aber die Worte waren ihm ganz leicht und schmerzlos über die Lippen gekommen.

»Ja, das dachte ich mir.«

9

Brunetti war erst nach drei Uhr wieder in der Questura. Als er eintrat, kam Pucetti aus dem kleinen Büro bei der Tür, allerdings nicht, um Brunetti seinen Mantel zu geben; der war nirgends zu sehen.

»Hat ihn einer geklaut?« fragte Brunetti lächelnd, wobei er mit dem Kopf zum Ufficio Stranieri deutete, vor dem jetzt keine Schlange mehr stand, da es seit 12 Uhr 30 geschlossen hatte.

»Das nicht, Commissario. Aber der Vice-Questore hat uns wissen lassen, daß er Sie zu sehen wünscht, wenn Sie vom Essen kommen.« Selbst die Übermittlung durch jemanden, der Brunetti so wohlgesonnen war wie Pucetti, konnte den Unwillen aus Pattas Anweisung nicht herausfiltern.

»Ist er denn selbst schon vom Essen zurück?«

»Ja, Commissario. Seit zehn Minuten. Er wollte wissen, wo Sie sind.« Man mußte kein Fachmann für Geheimsprachen sein, um den in der Questura üblichen Code zu entschlüsseln: Hinter Pattas Frage steckte mehr als nur seine normale Unzufriedenheit mit Brunetti.

»Ich gehe gleich zu ihm«, sagte Brunetti und wandte sich zum Hauptaufgang.

»Ihr Mantel hängt im Schrank in Ihrem Zimmer, Commissario«, rief Pucetti ihm nach, und Brunetti hob dankend die Hand.

Signorina Elettra saß an ihrem Schreibtisch in Pattas Vorzimmer. Als Brunetti hereinkam, sah sie von der Zeitung auf, die offen vor ihr lag, und sagte: »Der Autopsiebericht liegt auf Ihrem Schreibtisch.«

Obwohl er neugierig darauf war, fragte er nicht nach dem Ergebnis, das sie bestimmt schon gelesen hatte. Wenn er es nicht kannte, brauchte er Patta schon nichts davon mitzuteilen. Er erkannte die hellorangefarbenen Seiten der Finanzzeitung *Il Sole*

Ventiquattro Ore. »Arbeiten Sie an der Mehrung Ihres Vermögens?« fragte er.

»So könnte man es nennen.«

»Und was heißt das genau?«

»Eine Firma, in die ich investiert habe, will in Tadschikistan eine pharmazeutische Fabrik eröffnen. Hier in der Zeitung ist ein Artikel über künftige Märkte in der früheren Sowjetunion, und ich wollte mir ein Bild davon machen, ob ich denen mein Geld lassen oder es abziehen soll.«

»Und?«

»Ich finde, es stinkt zum Himmel«, antwortete sie und schlug die Zeitung energisch zu.

»Warum?«

»Weil diese Leute sich offenbar kopfüber aus dem Mittelalter in den Kapitalismus hineingestürzt haben. Vor fünf Jahren mußten sie noch Kartoffeln gegen Hämmer tauschen, und jetzt sind sie alle Geschäftsleute mit Handy und BMW. Nach allem, was man so liest, haben sie die Moral von Giftschlangen. Ich glaube, mit denen will ich lieber nichts zu tun haben.«

»Zu riskant?«

»Im Gegenteil«, erklärte sie ruhig. »Ich glaube sogar, das wird ein sehr profitables Geschäft, aber ich möchte mein Geld lieber nicht in der Hand von Leuten wissen, die mit allem handeln, alles kaufen und verkaufen und vor nichts zurückschrecken, nur um Profit zu machen.«

»Wie die Bank?« fragte Brunetti. Signorina Elettra war ja vor ein paar Jahren in die Questura gekommen, nachdem sie ihre Stelle als Sekretärin des Direktors der Banca d'Italia aufgeben mußte, weil sie sich geweigert hatte, das Diktat für einen Brief an eine Bank in Johannesburg aufzunehmen. Offensichtlich glaubte die UN selbst nicht an ihre Sanktionen, aber Signorina Elettra hatte es für nötig befunden, daran festzuhalten, auch wenn es sie die Stelle kostete.

Sie sah auf, ihre Augen leuchteten, ein Schlachtroß, das die

Trompeten zum Angriff blasen hörte. »Genau.« Aber wenn Brunetti erwartet hatte, daß sie sich weiter darüber ausließ oder die beiden Fälle miteinander in Beziehung setzte, wurde er enttäuscht.

Sie warf einen bedeutungsvollen Blick zu Pattas Tür. »Er erwartet Sie.«

»Haben Sie eine Ahnung?«

»Keine«, antwortete sie.

Brunetti sah plötzlich ein Bild aus seinem Geschichtsbuch für die Oberstufe vor sich: Ein römischer Gladiator, der sich grüßend zum Kaiser umdrehte, bevor er sich in die Schlacht mit einem Feind warf, der nicht nur ein längeres Schwert hatte, sondern auch zehn Kilo schwerer war als er. *»Ave atque vale«,* sagte er lächelnd.

»Morituri te salutant«, antwortete sie so beiläufig, als läse sie einen Fahrplan.

Das altrömische Thema fand drinnen seine Fortsetzung, denn Patta saß im Profil und präsentierte seine wahrhaft römische Imperator-Nase. Als er den Kopf zu Brunetti umwandte, wich das Kaiserliche etwas eher Schweinsähnlichem, was daher kam, daß Pattas Augen mit der Zeit immer tiefer in dem ewig gebräunten Gesicht verschwanden.

»Sie wollten mich sprechen, Vice-Questore?« fragte Brunetti in neutralem Ton.

»Sind Sie verrückt geworden, Brunetti?« fragte Patta ohne Einleitung.

»Sollte ich erfahren, daß meine Frau irgendwelchen Kummer hat, und nichts dagegen tun, dann wäre ich es wohl«, versetzte Brunetti, aber nur im Geiste. Laut fragte er: »Inwiefern, Vice-Questore?«

»Diese Beförderungs- und Belobigungsvorschläge hier«, sagte Patta und ließ die Hand schwer auf eine Mappe fallen, die geschlossen vor ihm lag. »Ich habe in meinem ganzen Leben noch keinen schlimmeren Fall von Voreingenommenheit und Günstlingswirtschaft gesehen.«

Da Patta aus Sizilien stammte, mußte er von beidem mehr als genug gesehen haben, dachte Brunetti, sagte aber nur: »Ich glaube, das verstehe ich nicht ganz.«

»Und ob Sie verstehen. Sie haben ausschließlich Venezianer empfohlen: Vianello, Pucetti und diesen, wie heißt er noch?« sagte er und schlug die Mappe auf. Er überflog die erste Seite, drehte sie um und begann die zweite zu lesen. Plötzlich stieß er mit dem Zeigefinger auf eine Stelle. »Hier. Bonsuan. Mein Gott, wie sollen wir denn einen Bootsführer befördern?«

»Wie wir jeden anderen befördern, denke ich. Wir verleihen ihm einen höheren Dienstgrad und geben ihm das damit verbundene höhere Gehalt.«

»Und wofür?« fragte Patta ironisch, während er erneut auf die Unterlagen sah. »Für hervorragende Tapferkeit bei der Verfolgung eines flüchtigen Verbrechers«, las er mit hohntriefender Stimme. »Sie wollen ihn befördern, weil er mit seinem Boot hinter jemandem hergejagt ist?« Patta hielt inne, und als Brunetti nichts sagte, fügte er noch sarkastischer hinzu: »Und dann haben sie den Flüchtigen nicht einmal gefaßt, oder?«

Brunetti konnte zuerst nur schweigen, und als er dann antwortete, war seine Stimme so ruhig, wie Pattas Stimme es nicht gewesen war. »Nein, Vice-Questore, nicht weil Bonsuan mit seinem Boot hinter jemandem hergejagt ist. Sondern weil er, obwohl er von dem anderen Boot aus beschossen wurde, angehalten hat und ins Wasser gesprungen ist, um einen angeschossenen Kollegen zu retten.«

»Es war ja keine ernsthafte Verletzung«, sagte Patta.

»Ich weiß nicht, ob Bonsuan darüber nachgedacht hat, Vice-Questore, als er den anderen im Wasser sah.«

»Jedenfalls ist das unmöglich. Wir können nicht einen Mann befördern, der nur Bootsführer ist.«

Brunetti schwieg.

»Was Vianello angeht, da könnte man vielleicht zustimmen«, räumte Patta mißmutig ein. Vianello war eines Samstags früh bei

Standa gewesen, als ein messerbewehrter Mann hereinstürmte, die Kassiererin von ihrem Platz drängte und anfing, die Kasse auszuräumen. Der Sergente, der eigentlich nur eine Sonnenbrille kaufen wollte, duckte sich hinter den Kassentisch, und als der Mann zur Tür laufen wollte, stürzte er sich auf ihn, entwaffnete ihn und nahm ihn fest.

»Und Pucetti können wir gleich vergessen«, sagte Patta zornig. Vor sechs Wochen war Pucetti, ein begeisterter Radfahrer, in den Bergen nördlich Vicenza von einem Autofahrer, der sich später als betrunken entpuppte, fast von der Straße gedrängt worden. Einige Minuten später sah er denselben Wagen wieder; er war gegen einen Baum geprallt und stand in Flammen. Pucetti hatte den Fahrer aus dem Wrack geholt und sich dabei schwere Verbrennungen an den Händen zugezogen. »Das war außerhalb unseres Zuständigkeitsbereichs, also ist an eine Belobigung gar nicht zu denken«, fügte Patta zur Klarstellung hinzu.

Er stieß die Mappe beiseite und sah zu Brunetti auf. »Das ist aber nicht der Grund, warum ich Sie sprechen wollte, Brunetti.«

Wenn es um seine anderen Beurteilungen ging, dann wußte Brunetti schon, was jetzt kam.

»Sie haben nicht nur vergessen, Tenente Scarpa zur Beförderung vorzuschlagen, sondern sogar seine Versetzung empfohlen«, sagte Patta mit kaum verhohlener Wut. Patta hatte den Tenente mitgebracht, als er vor einigen Jahren nach Venedig versetzt wurde; seitdem diente Scarpa ihm als Assistent – und Spitzel.

»Stimmt.«

»Das kann ich nicht dulden.«

»Was können Sie nicht dulden, Vice-Questore? Daß der Tenente versetzt wird oder daß ich es empfehle?«

»Alles, beides.«

Brunetti schwieg, um zu sehen, wie weit Patta zur Verteidigung seiner Kreatur gehen würde.

»Sie wissen, daß ich es ablehnen kann, diese Empfehlungen weiterzugeben«, sagte Patta. »Und zwar alle.«

»Ja, das weiß ich.«

»Bevor ich also dem Questore meine eigenen Empfehlungen mache, schlage ich vor, daß Sie Ihre Äußerungen über den Tenente zurückziehen.« Als Brunetti weiter schwieg, fragte Patta: »Hören Sie mich, Commissario?«

»Ja.«

»Und?«

»Es gibt wenig, was meine Meinung über den Tenente ändern könnte, und nichts, das mich veranlassen könnte, meine Äußerungen zurückzuziehen.«

»Sie wissen, daß Ihre Empfehlung zu nichts führen wird, nicht wahr?« fragte Patta, während er die Mappe noch weiter von sich schob, wie um sich nicht daran zu infizieren.

»Aber sie bleibt in seiner Akte«, sagte Brunetti, obwohl er wußte, wie leicht man etwas aus einer Akte verschwinden lassen konnte.

»Ich weiß nicht, wozu das gut sein soll.«

»Ich habe eine Schwäche für Geschichte und bin sehr dafür, daß bestimmte Dinge schriftlich festgehalten werden.«

»In bezug auf Tenente Scarpa gibt es nur eines festzuhalten, nämlich, daß er ein ausgezeichneter Beamter ist, der mein volles Vertrauen verdient.«

»Dann können Sie das ja gern festhalten, Vice-Questore, und ich bleibe bei meiner Beurteilung. Dann mag die Geschichte entscheiden, wer von uns recht hatte.«

»Ich weiß nicht, was Sie da reden, Brunetti. Von Geschichte und bestimmten Dingen, die festgehalten gehören. Was wir brauchen, ist gegenseitiger Beistand, ist Vertrauen untereinander.«

Brunetti schwieg wohlweislich, um Patta nicht noch zu seinem üblichen Geschwätz über die Durchsetzung von Recht und Gesetz zu ermutigen, zwei Dinge, die für ihn ein und dasselbe waren. Der Vice-Questore brauchte allerdings keine Ermutigung und widmete sich einige Minuten diesem Thema, während Brunetti überlegte, welche Fragen er Maurizio Lorenzoni stellen könnte. Egal, was die Autopsie ergab, er wollte sich auf jeden Fall etwas eingehender mit dieser Entführung befassen; und der Neffe, der Goldjunge der Familie, erschien ihm da am vielversprechendsten.

Pattas erhobene Stimme riß ihn aus seinen Gedanken. »Wenn ich Sie langweile, Dottor Brunetti, brauchen Sie es nur zu sagen, und Sie können gehen.«

Brunetti stand unvermittelt auf, lächelte, sagte aber nichts und verließ Pattas Zimmer.

10

Als Brunetti wieder in sein Dienstzimmer kam, öffnete er als erstes das Fenster und blickte eine Weile hinunter zu der Stelle, an der für gewöhnlich Bonsuans Boot lag. Erst danach ging er an seinen Schreibtisch und schlug den Autopsiebericht auf. Im Lauf der Jahre war ihm der typische Stil dieser Berichte vertraut geworden. Die Terminologie war medizinisch, es wurden Knochen, Organe und Bindegewebe beim Namen genannt, und Sätze standen fast immer im Konjunktiv: »Hätten wir es mit der Leiche einer Person zu tun, die bei guter Gesundheit war.« »Wäre die Leiche nicht bewegt worden.« »Wenn ich eine Einschätzung vornehmen sollte.«

Jung, männlich, vermutlich Anfang Zwanzig, Anzeichen für kieferorthopädische Behandlung. Geschätzte Größe 180 Zentimeter, Gewicht wahrscheinlich höchstens sechzig Kilo. Todesursache sehr wahrscheinlich Kopfschuß; beigefügt war ein Foto von dem Loch im Schädel, nicht groß, aber darum nicht minder tödlich. Ein Kratzer an der Innenseite der linken Augenhöhle konnte durch das Austreten der Kugel entstanden sein.

An dieser Stelle hielt Brunetti inne und dachte über die ewige Vorsicht von Pathologen nach. Da konnte jemand mit einem Dolch im Herzen gefunden werden, und im Bericht würde stehen: »Die Todesursache dürfte dem Augenschein nach …« Er bedauerte, daß nicht Ettore Rizzardi, der *medico legale* von Venedig, die Autopsie vorgenommen hatte. Nach Jahren der Zusammenarbeit konnte Brunetti ihn meist dazu bewegen, sich über die kühle, spekulative Sprache seiner Berichte hinaus festzulegen, und das eine oder andere Mal hatte er den Pathologen sogar dazu gebracht, die Möglichkeit einzuräumen, daß die Todesursache vielleicht doch eine andere sein könnte als die im Autopsiebericht genannte.

Da der Traktor einige Knochen von der Stelle bewegt und andere zerbrochen hatte, konnte man nicht sagen, ob der Ring, den man bei der Leiche gefunden hatte, ursprünglich an der Hand des Toten gewesen war. Die zuerst am Fundort eingetroffenen Beamten hatten ihn gefunden, nicht aber die Stelle markiert, bevor sie ihn dem *medico legale* aushändigten, so daß man unmöglich sagen konnte, wo er in bezug zum Körper gelegen hatte, dessen Lage seinerseits seit ihrer Ankunft nicht mehr unverändert war.

Außer einem Paar schwarzer Lederschuhe der Größe 42 und dunklen Baumwollsocken hatte der Tote, als man ihn in die Erde legte, nur eine blaue Wollhose und ein weißes Hemd getragen. Brunetti rief sich den Polizeibericht in Erinnerung, in dem stand, daß Lorenzoni bei seinem Verschwinden einen blauen Anzug getragen hatte. Da es im letzten Herbst und Winter in der Provinz Belluno stark geregnet hatte und der Acker zwischen zwei Hügeln lag, wo das Wasser erst einmal stehenblieb, hatten Stoff und Körpergewebe sich schneller zersetzt als normal.

Die toxikologische Untersuchung der Organe sollte im Lauf der Woche abgeschlossen sein, ebenso ein paar weitere Untersuchungen an den Knochen. Obwohl die Reste des Lungengewebes schon zu stark verwest waren, um verläßliche Schlüsse zu erlauben, gab es Hinweise darauf, daß der Tote ein starker Raucher gewesen war. Brunetti dachte an die Worte von Robertos Freundin und zweifelte am Nutzen von Autopsien. In einer Klarsichthülle steckten Röntgenaufnahmen vom Gebiß.

»Also der Zahnarzt«, sagte Brunetti laut und griff nach dem Telefonhörer. Während er auf eine Verbindung nach draußen wartete, schlug er seine Kopie der Akte Lorenzoni auf und fand Conte Ludovicos Nummer.

»Pronto«, antwortete eine männliche Stimme auf das dritte Klingeln.

»Conte Lorenzoni?« fragte Brunetti.

»Signor Lorenzoni«, verbesserte ihn der Mann, ohne zu

erkennen zu geben, ob er der Neffe oder der Conte selbst war, der sich demokratisch gab.

»Signor Maurizio Lorenzoni?« fragte Brunetti.

»Ja.« Sonst nichts.

»Hier Commissario Guido Brunetti. Ich möchte gern mit Ihnen oder Ihrem Onkel sprechen, möglichst noch heute nachmittag.«

»In welcher Angelegenheit, Commissario?«

»Roberto. Ihr Vetter Roberto.«

Nach einer langen Pause fragte er: »Haben Sie ihn gefunden?«

»Es wurde eine Leiche in der Provinz Belluno gefunden.«

»Belluno?«

»Ja.«

»Ist es Roberto?«

»Ich weiß es nicht, Signor Lorenzoni. Möglicherweise. Es ist die Leiche eines jungen Mannes von Anfang Zwanzig, etwa einen Meter achtzig groß …«

»Die Beschreibung paßt auf die Hälfte aller jungen Männer in Italien«, sagte Lorenzoni.

»Ein Ring mit dem Familienwappen der Lorenzonis wurde bei ihm gefunden«, fügte Brunetti hinzu.

»Was?«

»Ein Siegelring mit dem Familienwappen ist bei ihm gefunden worden.«

»Wer hat den Ring identifiziert?«

»Der *medico legale.*«

»Ist er sicher?« fragte Lorenzoni.

»Ja. Es sei denn, das Wappen hätte sich inzwischen geändert«, antwortete Brunetti ruhig.

Lorenzonis nächste Frage kam nach einer weiteren langen Pause. »Wo war das?«

»In einem Ort namens Col di Cugnan, unweit Belluno.«

Die nächste Pause war noch länger. Dann fragte Lorenzoni mit viel weicherer Stimme: »Können wir ihn sehen?«

Wäre die Stimme nicht weicher geworden, hätte Brunetti geantwortet, da gäbe es nicht viel zu sehen, so aber sagte er: »Ich fürchte, die Identifizierung wird auf andere Weise erfolgen müssen.«

»Was heißt das?«

»Die Leiche, die gefunden wurde, hat einige Zeit in der Erde gelegen, und die Verwesung ist ziemlich weit fortgeschritten.«

»Verwesung?«

»Es wäre gut, wenn wir uns mit seinem Zahnarzt in Verbindung setzen könnten. Offenbar gibt es Anzeichen für eine kieferorthopädische Behandlung.«

»*O Dio*«, flüsterte der junge Mann, dann sagte er laut: »Roberto hat jahrelang eine Zahnspange getragen.«

»Können Sie mir den Zahnarzt nennen?«

»Francesco Urbani. Seine Praxis ist am Campo Santo Stefano. Wir gehen alle zu ihm.«

Brunetti notierte sich Namen und Adresse. »Vielen Dank, Signor Lorenzoni.«

»Wann werden Sie Gewißheit haben? Soll ich es meinem Onkel sagen?« Und nach kurzem Zögern setzte er noch hinzu: »Und meiner Tante.« Aber das war keine Frage mehr.

Brunetti nahm die weiß umrandeten Röntgenaufnahmen des Gebisses zur Hand. Er konnte Vianello heute nachmittag damit zu Doktor Urbani schicken. »Wahrscheinlich kann ich Ihnen noch heute etwas dazu sagen. Ich würde gern mit Ihrem Onkel sprechen, und mit Ihrer Tante, wenn es geht. Heute abend?«

»Ja, ja«, antwortete Lorenzoni abwesend. »Commissario, besteht eine Möglichkeit, daß es nicht Roberto ist?«

Falls diese Möglichkeit je bestanden hatte, schien sie mit jeder zusätzlichen Erkenntnis kleiner zu werden. »Ich halte es nicht für sehr wahrscheinlich, aber vielleicht möchten Sie lieber abwarten, bis ich mit dem Zahnarzt gesprochen habe, bevor Sie Ihrem Onkel etwas sagen.«

»Ich weiß gar nicht, wie ich ihm das beibringen soll«, sagte Lorenzoni. »Und meiner Tante, meiner Tante.«

Was immer der Zahnarzt zu sagen hatte, es würde nur bestätigen, was Brunetti instinktiv wußte. Er beschloß, mit den Lorenzonis zu reden, mit allen, und zwar bald. »Ich kann kommen und es ihnen sagen, wenn Sie wollen.«

»Ja, ich glaube, das wäre besser. Aber wenn der Zahnarzt nun meint, daß es nicht Roberto ist?«

»Dann rufe ich Sie an. Unter derselben Nummer?«

»Nein, ich gebe Ihnen lieber die Nummer meines Handys«, antwortete Lorenzoni. Brunetti notierte sie sich.

»Ich bin um sieben bei Ihnen«, sagte er und vermied bewußt jede Einschränkung für den Fall, daß die zahnärztlichen Unterlagen nicht mit den Röntgenbildern übereinstimmten.

»Gut, um sieben«, sagte Lorenzoni und legte auf, ohne Brunetti die Adresse oder eine Wegbeschreibung zu geben. In Venedig genügte offenbar der Name.

Brunetti rief sofort unten bei Vianello an und bat ihn heraufzukommen und sich die Röntgenbilder zu holen. Als der Sergente eintrat, gab Brunetti ihm Dottor Urbanis Adresse und schickte ihn mit der Anweisung los, das Ergebnis gleich telefonisch durchzugeben.

Wie war das, wenn einem das Kind entführt wurde? Wenn das Opfer nun Raffi gewesen wäre, sein eigener Sohn? Schon bei dem bloßen Gedanken zog sich Brunetti vor Angst und Abscheu der Magen zusammen. Er erinnerte sich an die Welle von Entführungen, die es in den 80er Jahren im Veneto gegeben hatte, und den Aufschwung, den dies privaten Sicherheitsdiensten beschert hatte. Die Bande war vor ein paar Jahren aufgeflogen, und die Anführer hatten lebenslänglich bekommen. Mit leisen Gewissensbissen ertappte Brunetti sich bei dem Gedanken, daß diese Strafe nicht hart genug war für ihre Taten, obwohl das Thema Todesstrafe in seiner Familie ein derart rotes Tuch war, daß er die logische Konsequenz seiner Überlegungen lieber nicht weiterverfolgte.

Er mußte diese Mauer sehen und sich ein Bild machen, wie

leicht sie zu überklettern wäre oder wie man den Stein sonst hinter das Tor hatte legen können. Er mußte die Kollegen in Belluno anrufen und sich nach Entführungsfällen in der Gegend erkundigen: Er hatte geglaubt, diese Provinz sei die an Verbrechen ärmste im Land, aber vielleicht gehörte ein solches Italien schon ins Reich der Erinnerungen. Es war genug Zeit vergangen, daß die Lorenzonis, falls es ihnen damals gelungen war, sich die Lösegeldsumme zusammenzuleihen, möglicherweise jetzt darüber sprechen würden. Und wenn ja, wie sie das Geld übergeben hatten, und wann?

Die Erfahrung von Jahren warnte ihn, nicht schon vom Tod des Jungen auszugehen, ohne den endgültigen Beweis dafür zu haben; dieselbe Erfahrung sagte ihm aber auch, daß hier kein endgültiger Beweis nötig war. Seine Intuition genügte.

Er mußte an das Gespräch mit Conte Orazio denken und wie sehr er sich gesträubt hatte, die Intuition des anderen zu akzeptieren. Paola hatte bisweilen gesagt, daß sie sich alt fühle, daß die beste Zeit des Lebens vorbei sei, aber es war Brunetti immer gelungen, sie von solchen Gedanken abzulenken. Er verstand nichts von Wechseljahren, schon das Wort machte ihn verlegen. Aber konnte dies ein Anzeichen dafür sein, daß so etwas vorging? Hatte man da nicht Hitzewallungen? Seltsame Anfälle von Heißhunger?

Er ertappte sich dabei, daß er hoffte, es wäre etwas in dieser Art, etwas Körperliches, wofür er in keiner Weise verantwortlich war und wogegen er nichts tun konnte. Als er noch ein Schuljunge war, hatte der Priester, der ihnen Religionsunterricht erteilte, ihnen gesagt, man müsse vor der Beichte unbedingt sein Gewissen erforschen. Man könne, so der Priester, sowohl durch Tun als auch durch Unterlassen sündigen, aber schon damals hatte Brunetti Schwierigkeiten mit der Unterscheidung gehabt. Jetzt, als erwachsener Mann, konnte er den Unterschied noch schwerer fassen.

Er überlegte, ob er Paola vielleicht Blumen mitbringen, sie

zum Essen ausführen, sich nach ihrer Arbeit erkundigen solle. Aber noch während er darüber nachdachte, begriff er, wie durchschaubar solche Gesten waren, auch für ihn. Wenn er den Grund für ihr Unglücklichsein wüßte, könnte er vielleicht etwas dagegen unternehmen.

Mit häuslichen Dingen hatte es bestimmt nichts zu tun, denn in den eigenen vier Wänden nahm sie kein Blatt vor den Mund. Also die Arbeit, und nach allem, was Paola ihm im Lauf der Jahre erzählt hatte, konnte er sich keinen intelligenten Menschen vorstellen, den die byzantinische Politik der Universität nicht zur Verzweiflung bringen würde. Aber normalerweise machte sie das nur wütend, und niemand stürzte sich genüßlicher in den Kampf als Paola. Und doch hatte der Conte gesagt, sie sei unglücklich.

Brunettis Gedanken wanderten von Paolas Glück zu seinem eigenen, und er stellte überrascht fest, daß er noch nie darüber nachgedacht hatte, ob er glücklich war oder nicht. Er liebte seine Frau, war stolz auf seine Kinder und machte seine Arbeit gut, wozu also über Glück nachdenken, und woraus konnte Glück sonst noch bestehen? Er hatte tagtäglich mit Menschen zu tun, die sich für unglücklich hielten und zudem glaubten, durch irgendein Verbrechen – Diebstahl, Mord, Betrug, Erpressung, sogar Menschenraub – den Zaubertrank zu finden, der ihr vermeintliches Elend in jenen heißersehnten Zustand verwandeln würde: Glück. Nur allzuoft war Brunetti gezwungen, sich mit den Folgen solcher Verbrechen zu befassen, und was er da sah, war häufig die Zerstörung allen Glücks.

Paola klagte oft darüber, daß niemand an der Universität ihr zuhörte, daß überhaupt kaum jemand einem anderen zuhörte, doch Brunetti hatte sich selbst nie zu den so Beschuldigten gezählt. Aber hörte er ihr zu? War er mit den Gedanken anwesend, wenn sie sich über das jäh sinkende Leistungsniveau ihrer Studenten und den schamlosen Eigennutz ihrer Kollegen ausließ? Kaum hatte er sich das gefragt, als sich der Gedanke einschlich: Hörte sie denn ihm zu, wenn er sich über Patta oder die vielfältigen Unzulänglichkeiten beklagte, die seinen Alltag bestimmten? Und die Folgen dessen, was er beobachtete, waren doch sicher viel ernster zu nehmen, als wenn ein Student nicht wußte, wer *I promessi sposi* geschrieben hatte, oder wer Aristoteles war.

Plötzlich angewidert von der Unsinnigkeit all dieser Überlegungen stand er auf und trat ans Fenster. Unten hatte Bonsuans Boot angelegt, aber der Bootsführer selbst war nirgends zu sehen. Brunetti wußte, daß seine Weigerung, Tenente Scarpa zur Beförderung vorzuschlagen, Bonsuan die Beförderung gekostet hatte, aber da er fast sicher war, daß Scarpa eine Zeugin verraten und ihren Tod verschuldet hatte, fiel es ihm schwer, sich mit diesem Mann auch nur im selben Raum aufzuhalten, erst recht aber konnte er ihm nicht schriftlich geben, daß er sein Verhalten guthieß. Er bedauerte, daß Bonsuan nun den Preis für die Verachtung zahlen mußte, die er für Scarpa empfand, aber er wußte nicht, was er dagegen tun konnte.

Wieder dachte er an Paola, aber er schob den Gedanken von sich und wandte sich vom Fenster ab, um nach unten zu Signorina Elettra zu gehen. »Signorina«, sagte er beim Eintreten, »ich glaube, es ist an der Zeit, den Fall Lorenzoni noch einmal unter die Lupe zu nehmen.«

»Dann war er es also?« fragte sie und sah von ihrer Tastatur auf.

»Ich denke ja, aber ich erwarte noch einen Anruf von Vianello. Er überprüft die zahnärztlichen Unterlagen.«

»Die arme Mutter«, sagte Elettra und fügte nach einer kurzen Pause hinzu, »ob sie wohl fromm ist?«

»Wie kommen Sie darauf?«

»Frömmigkeit kann ein Trost sein, wenn etwas Schreckliches passiert, bei Todesfällen zum Beispiel.«

»Sind Sie fromm?« fragte Brunetti.

»Per carità«, verwahrte sie sich mit erhobenen Händen gegen den bloßen Gedanken. »Das letzte Mal war ich zu meiner Fir-

mung in der Kirche. Meine Eltern wären sehr unglücklich gewesen, wenn ich da nicht hingegangen wäre, und meine Freunde hielten es auch nicht anders. Aber seitdem habe ich nichts mehr damit zu tun gehabt.«

»Warum sagen Sie dann, daß Frömmigkeit ein Trost ist?«

»Weil es wahr ist«, meinte sie schlicht. »Daß ich nicht daran glaube, heißt ja nicht, daß es nicht anderen hilft. Es wäre dumm von mir, das zu leugnen.«

Und Dummheit konnte man Signorina Elettra wirklich nicht nachsagen. »Was ist mit den Lorenzonis?« fragte er, und bevor sie nachfragen konnte, erklärte er: »Nein, nein, nicht ihre religiösen Überzeugungen. Ich wüßte gern alles andere: Wie ihre Ehe läuft, ihre Geschäfte, wo sie überall Wohnungen haben, wer ihre Freunde sind, die Namen ihrer Anwälte.«

»Das meiste findet man wahrscheinlich im *Gazzettino*«, sagte sie. »Ich kann nachsehen, was die im Archiv haben.«

»Geht das auch, gewissermaßen ohne Fingerabdrücke zu hinterlassen?« fragte er, wobei er selbst nicht recht wußte, warum er es nicht an die große Glocke hängen wollte, daß er sich für die Familie interessierte.

»Auf Samtpfötchen«, antwortete sie, und es klang fast genüßlich, oder zumindest stolz. Sie deutete mit dem Kinn auf ihren Computer.

»Damit?« fragte Brunetti.

Sie lächelte. »Da ist *alles* drin.«

»Was zum Beispiel?«

»Ob einer von ihnen je Ärger mit uns hatte«, antwortete sie, und Brunetti wunderte sich, wie selbstverständlich ihr das persönliche Fürwort über die Lippen gekommen war.

»Ah, ja«, sagte Brunetti. »Daran hatte ich nicht gedacht.«

»Wegen seines Titels?« fragte sie, eine Augenbraue hochgezogen und den entgegengesetzten Mundwinkel lächelnd aufwärts gebogen.

Brunetti konnte dem nichts entgegenhalten und schüttelte nur stumm den Kopf. »Ich kann mich nicht erinnern, den Namen je im Zusammenhang mit der Polizei gehört zu haben. Abgesehen von der Entführung. Wissen Sie etwas?«

»Ich weiß, daß Maurizios Temperament gelegentlich auf Kosten anderer geht.«

»Wie ist das zu verstehen?«

»Daß er es nicht vertragen kann, wenn nicht alles nach seinem Willen geht, und daß sein Verhalten dann unangenehm werden kann.«

»Woher wissen Sie denn das?«

»So, wie ich manches über die körperliche Gesundheit von Leuten hier in der Stadt weiß.«

»Barbara?«

»Ja. Sie war aber nicht als behandelnde Ärztin beteiligt, dann hätte sie mir wohl nichts davon gesagt. Wir waren einmal mit dem Kollegen zum Essen, der ihre Urlaubsvertretungen macht; dabei erzählte er von einer Patientin, der Maurizio Lorenzoni die Hand gebrochen hat.«

»Er hat ihr die Hand gebrochen? Wie denn das?«

»Er hat die Autotür zugeknallt, als sie die Hand dazwischen hatte.«

Brunetti hob die Augenbrauen. »Jetzt verstehe ich, was Sie mit ›unangenehm‹ meinen.«

Sie schüttelte den Kopf. »Nein, nein, es war nicht so schlimm, wie es sich anhört. Sogar das Mädchen hat gesagt, daß es keine Absicht war. Sie hatten sich gestritten. Offenbar waren sie irgendwo drüben auf dem Festland zum Essen gewesen, und er wollte sie dann noch in die Villa einladen, vor der Roberto gekidnappt wurde. Sie lehnte ab und wollte lieber nach Venedig zurückgefahren werden. Er war wütend, ist aber schließlich gefahren. Als sie ins Parkhaus am Piazzale Roma kamen, stand ein anderer Wagen auf seinem Platz, und er mußte direkt an der Wand parken, so daß sie auf der Fahrerseite aussteigen mußte. Das war ihm wohl entgangen, jedenfalls schlug er seine Tür gerade in dem Moment zu, als sie die Hand am Rahmen hatte, um sich daran hochzuziehen.«

»Und sie war sicher, daß er nichts gesehen hatte?«

»Ja. Als er sie schreien hörte und sah, was er angerichtet hatte, war er so entsetzt, daß er fast geheult hätte, jedenfalls hat das Mädchen es Barbaras Freund so erzählt. Er hat sie dann nach unten gebracht, ein Wassertaxi gerufen und sie im *pronto soccorso* des Ospedale Civile abgeliefert. Am nächsten Tag hat er sie zu einem Spezialisten nach Udine gefahren, der die Hand wieder eingerichtet hat.«

»Und warum war sie dann noch bei diesem Freund Ihrer Schwester?«

»Sie hatte irgendeine Hautinfektion unter dem Gips. Deswegen hat er sie behandelt und dabei natürlich gefragt, wie sie sich die Hand gebrochen hatte.«

»Und sie hat ihm diese Geschichte erzählt?«

»Er hat es jedenfalls so wiedergegeben. Er hatte wohl den Eindruck, daß es die Wahrheit war.«

»Hat sie auf Schadenersatz geklagt, oder Schmerzensgeld gefordert?«

»Nicht daß ich wüßte.«

»Kennen Sie ihren Namen?«

»Nein, aber ich kann Barbaras Freund danach fragen.«

»Tun Sie das bitte«, bat Brunetti. »Und sehen Sie zu, was Sie sonst noch über die Familie herausfinden können.«

»Nur Kriminelles, Commissario?«

Brunetti wollte schon ja sagen, aber dann dachte er an diesen offenkundigen Widerspruch bei Maurizio, der zuerst wütend geworden sein sollte, als eine Frau seine Einladung ausschlug, und dann den Tränen nah war, als er ihre gebrochene Hand sah. Das machte ihn neugierig darauf, was es in der Familie Lorenzoni sonst noch an Widersprüchlichem geben mochte. »Nein, sehen wir einfach mal, was wir noch alles über sie erfahren können.«

»Gut, Dottore«, sagte sie, drehte ihren Stuhl, und schon lagen ihre Hände auf der Tastatur. »Ich fange bei Interpol an und sehe dann mal nach, was *Il Gazzettino* zu bieten hat.«

Brunetti nickte zu dem Computer hinüber. »Und das können Sie wirklich damit machen, statt Telefon?«

Sie warf ihm einen unendlich geduldigen Blick zu, etwa wie früher sein Chemielehrer nach jedem mißglückten Experiment. »Übers Telefon kriegt man heutzutage nur noch obszöne Anrufe.«

»Und alle anderen Leute benutzen das da?« fragte er und deutete auf das kleine Kästchen auf ihrem Schreibtisch.

»Das nennt man ein Modem, Commissario.«

»Ach ja, ich erinnere mich. Gut, dann sehen Sie mal, was es Ihnen über die Lorenzonis sagen kann.«

Bevor Signorina Elettra, wieder einmal entsetzt über seine Unwissenheit, ihm auch nur ansatzweise erklären konnte, was ein Modem war und wie es funktionierte, drehte Brunetti sich um und verließ ihr Büro. Beide betrachteten seinen eiligen Abgang nicht als eine verpaßte Gelegenheit zur Mehrung menschlichen Wissens.

11

Schon vom Gang aus hörte er das Telefon klingeln und eilte im Laufschritt in sein Zimmer, um den Hörer abzunehmen. Noch bevor Brunetti sich melden konnte, sagte Vianello: »Es ist Lorenzoni.«

»Die Röntgenaufnahmen stimmen also überein?«

»Ja, genau.«

Obwohl Brunetti nichts anderes erwartet hatte, merkte er, daß er sich auf die Gewißheit erst einmal einstellen mußte. Es war eine Sache, jemandem mitzuteilen, daß mit hoher Wahrscheinlichkeit die Leiche seines Vetters gefunden worden war; aber es war etwas völlig anderes, Eltern sagen zu müssen, daß ihr einziges Kind tot war. Ihr einziger Sohn. *»Gesù pietà«* flüsterte er, dann fragte er etwas lauter: »Hat der Zahnarzt sonst noch etwas über den Jungen gesagt?«

»Nicht direkt, aber er schien traurig über seinen Tod zu sein. Ich würde sagen, er hat ihn gern gehabt.«

»Wie kommen Sie darauf?«

»Durch den Ton, wie er von ihm sprach. Schließlich war der Junge seit seinem elften Lebensjahr bei ihm Patient. Der Zahnarzt hat ihn gewissermaßen aufwachsen sehen.« Als Brunetti nichts weiter sagte, erkundigte Vianello sich: »Soll ich ihn noch irgend etwas fragen? Ich bin noch in der Praxis.«

»Nein, nicht nötig, Vianello. Kommen Sie lieber hierher zurück. Ich möchte, daß Sie morgen früh nach Belluno fahren und vorher die ganze Akte durchlesen.«

»In Ordnung, Commissario«, sagte Vianello und legte ohne weitere Fragen auf.

Einundzwanzig Jahre alt und tot, mit einer Kugel im Kopf. Mit einundzwanzig ist das Leben noch nicht gelebt, es hat noch nicht einmal richtig angefangen; der Mensch, der einmal aus dem

Kokon der Jugend schlüpfen wird, liegt noch im Schlaf. Und dieser Junge war tot. Brunetti dachte an den immensen Reichtum seines Schwiegervaters und daß es ebensogut dessen einziger Enkel, Raffi, hätte sein können, der entführt und ermordet worden war. Oder seine Enkelin. Dieser Gedanke trieb ihn aus seinem Zimmer, hinaus aus der Questura und nach Hause, erfüllt von einer irrationalen Angst um die Sicherheit seiner Familie: Wie der heilige Thomas konnte er nur glauben, was seine Hände berührten.

Obwohl er sich nicht bewußt war, die Treppen schneller als sonst hinaufgestiegen zu sein, kam er auf dem letzten Treppenabsatz so außer Atem an, daß er sich eine Weile an die Wand lehnen mußte, um wieder Luft zu bekommen. Endlich stieß er sich ab und ging die restlichen Stufen hinauf, wobei er schon seine Schlüssel herauskramte.

Er schloß auf und blieb im Flur stehen, um zu lauschen, ob er alle drei orten konnte, ob sie sicher und geborgen waren zwischen den vier Wänden, die er ihnen bot. Aus der Küche hörte er ein blechernes Klappern, als etwas auf den Boden fiel, dann Paolas Stimme: »Ist nicht schlimm, Chiara. Spül ihn einfach ab und leg ihn wieder auf den Topf.«

Er richtete seine Aufmerksamkeit auf den hinteren Teil der Wohnung, Raffis Zimmer, und vernahm von dort diese schrecklichen lauten Geräusche, die junge Leute als Musik bezeichnen. Und nie hatte ihm eine Melodie, auch wenn hier keine zu erkennen war, süßer geklungen.

Er hängte seinen Mantel in den Schrank und ging durch den langen Flur zur Küche. Chiara drehte sich zu ihm um, als er hereinkam.

»*Ciao, papà. Mamma* bringt mir gerade bei, wie man Ravioli macht. Wir essen sie heute abend.« Sie legte ihre mehlbestäubten Hände hinter den Rücken und kam ihm ein paar Schritte entgegen. Er bückte sich, und sie küßte ihn auf beide Wangen; er wischte ihr eine lange Mehlspur von der linken Backe. »Gefüllt mit *funghi,* nicht wahr, *mamma?*« fragte sie, an Paola gewandt, die am Herd stand und in einer großen Pfanne die Pilze anbriet. Paola nickte und rührte weiter.

Hinter ihnen auf dem Tisch lagen ein paar schiefe Stapel seltsam geformter, blasser Rechtecke. »Sind das die Ravioli?« fragte er, wobei er an die makellosen Quadrate denken mußte, die seine Mutter immer geschnitten und gefüllt hatte.

»Sie werden es, *papà*, sobald wir sie gefüllt haben.« Sie wandte sich zur Bestätigung an Paola. »Nicht wahr, *mamma?*«

Paola rührte und nickte, drehte sich zu Brunetti um und nahm kommentarlos seine Begrüßungsküsse entgegen.

»Nicht wahr, *mamma?*« wiederholte Chiara etwas schriller.

»Ja, sicher. Die Pilze brauchen nur noch ein paar Minuten, dann können wir mit dem Füllen anfangen.«

»Du hast gesagt, ich kann das ganz allein, *mamma*«, beharrte Chiara.

Bevor Chiara ihren Vater zum Zeugen des Unrechts aufrufen konnte, das ihr geschehen sollte, gab Paola nach. »Wenn dein Vater mir ein Glas Wein einschenkt, solange die Pilze noch schmoren, einverstanden?«

»Soll ich dir beim Füllen helfen?« fragte Brunetti halb im Scherz.

»Ach, *papà*, sei nicht albern. Du weißt doch, was du für eine Sauerei veranstalten würdest.«

»Sprich nicht so zu deinem Vater«, sagte Paola.

»Wie?«

»So.«

»Das verstehe ich nicht.«

»Du verstehst ganz genau.«

»Weiß oder rot, Paola?« unterbrach Brunetti. Er ging an Chiara vorbei, und als er sah, daß Paola sich wieder zum Herd umgedreht hatte, kniff er die Augen zusammen und schüttelte, mit der Kinnspitze auf Paola deutend, ganz leicht den Kopf.

Chiara schürzte die Lippen und zuckte die Achseln, nickte

dann aber. »Na gut, *papà*, wenn du unbedingt willst, kannst du helfen.« Und nach einer langen, mißmutigen Pause: »*Mamma* auch, wenn sie will.«

»Rot«, sagte Paola, während sie weiter die Pilze in der Pfanne umherschob.

Brunetti ging zu dem Schrank unter der Spüle und bückte sich. »Cabernet?« fragte er.

»Mhm«, machte Paola zustimmend.

Er öffnete die Flasche und goß Wein in zwei Gläser. Als sie die Hand danach ausstreckte, faßte er sie und drückte sie an seine Lippen. Paola sah ihn überrascht an. »Was soll denn das?« fragte sie.

»Nur, weil ich dich von ganzem Herzen liebe«, sagte er und gab ihr endlich das Glas.

»Oh, *papà*« stöhnte Chiara. »So was sagen doch nur die Leute im Kino.«

»Wie du weißt, geht dein Vater nie ins Kino«, bemerkte Paola.

»Dann hat er es in einem Buch gelesen«, meinte Chiara, schon nicht mehr interessiert an dem, was die Erwachsenen da miteinander zu reden hatten. »Sind die Pilze jetzt fertig?«

Paola, der die Ablenkung durch ihre ungeduldige Tochter offenbar gerade recht kam, antwortete: »Gleich. Aber du mußt noch warten, bis sie abgekühlt sind.«

»Und wie lange dauert das?«

»Zehn Minuten, oder fünfzehn.«

Brunetti stand mit dem Rücken zu den beiden und blickte aus dem Fenster zu den Bergen nördlich von Venedig.

»Kann ich dann solange was anderes machen?«

»Natürlich.«

Er hörte Chiara aus der Küche und über den Flur zu ihrem Zimmer gehen.

»Warum hast du das eben gesagt?« fragte Paola, als sie allein waren.

»Weil es wahr ist«, erklärte Brunetti, den Blick noch immer in die Ferne gerichtet.

»Aber warum sagst du es gerade jetzt?«

»Weil ich es sonst nie sage.« Er nippte an seinem Wein. Fast hätte er gefragt, ob sie es nicht glaube oder ob sie es nicht gern höre, aber er schwieg und trank noch einen Schluck.

Noch bevor er Paola hatte kommen hören, fühlte er sie neben sich. Sie schlang den linken Arm um seine Taille und schmiegte sich an ihn. Schweigend stand sie neben ihm, und sie sahen gemeinsam aus dem Fenster. »Ich weiß gar nicht mehr, wann es zuletzt so klar war. Ist das der Nevegal, was meinst du?« fragte sie, wobei sie mit der rechten Hand auf den nächstgelegenen Berg zeigte.

»Der ist in der Nähe von Belluno, nicht?« fragte er.

»Ich glaube, ja. Warum?«

»Weil ich da vielleicht morgen hin muß.«

»Weswegen?«

»Man hat die Leiche des jungen Lorenzoni gefunden. In der Nähe von Belluno.«

Es dauerte lange, bis sie etwas sagte. »Der arme Junge. Und die Eltern. Schrecklich.« Nach einer weiteren langen Pause fragte sie: »Wissen sie es schon?«

»Nein, ich muß es ihnen heute sagen. Vor dem Abendessen.«

»Ach, Guido, warum mußt du nur immer diese furchtbaren Sachen übernehmen?«

»Wenn andere Leute keine furchtbaren Sachen machten, brauchte ich das nicht, Paola.«

Einen Augenblick fürchtete er, sie könnte an seiner Antwort Anstoß nehmen, aber sie schmiegte sich nur fester an ihn. »Ich kenne die Leute ja nicht, aber sie tun mir leid. Was für eine schreckliche Geschichte.« Er spürte, wie sich ihre Muskeln anspannten, als sie sich klarmachte, daß es auch ihr Kind hätte sein können, ihr Sohn. Ihrer beider Sohn. »Wie entsetzlich. Wie entsetzlich, so etwas zu tun. Wie kann man das nur?«

Er wußte keine Antwort darauf, wie er noch nie eine Antwort auf jene großen Fragen gewußt hatte, warum Menschen Verbrechen begehen oder einander Grausamkeiten zufügen. Er hatte nur auf die kleineren Fragen eine Antwort. »Sie tun es des Geldes wegen.«

»Um so schlimmer«, kam sofort ihre Antwort. »Ich hoffe ja nur, daß sie gefaßt werden.« Dann erinnerte sie sich und sagte: »Ich hoffe, daß du sie faßt.«

Das hoffte er auch, und es überraschte ihn, wie stark sein Wunsch war, die zu finden, die das getan hatten. Aber er wollte jetzt nicht, noch nicht, darüber reden; er wollte vielmehr ihre Frage beantworten, warum er vorhin gesagt hatte, daß er sie liebe. Er war nicht der Mensch, der es gewohnt war, über seine Gefühle zu sprechen, aber er wollte es ihr sagen, sie mit der Kraft seiner Worte und seiner Liebe von neuem an sich binden. »Paola«, begann er, doch bevor er weiterreden konnte, riß sie sich so abrupt von ihm los, daß er vor Schreck verstummte.

»Die Pilze«, rief sie und riß mit einer Hand die Pfanne von der Flamme, während sie mit der anderen das Fenster öffnete. Und alles Liebesgeflüster ging mit den Pilzen in Rauch auf.

12

Nachdem Brunetti seinen Wein ausgetrunken hatte, ging er zu Raffis Zimmer und klopfte. Als von drinnen außer dem Dum, Dum, Dum der Musik nichts zu vernehmen war, stieß er die Tür auf. Raffi lag im Bett, auf der Brust ein offenes Buch, und schlief fest. Brunetti dachte an Paola, Chiara, die Nachbarn und die Nerven der Menschheit überhaupt und ging zu der kleinen Stereoanlage auf dem Bücherregal, um die Lautstärke zurückzudrehen. Dann blickte er auf Raffi hinunter, der sich nicht rührte, und stellte den Ton noch etwas leiser. Endlich trat er einen Schritt näher ans Bett und sah sich den Buchtitel an: *Lehrbuch der höheren Mathematik.* Kein Wunder, daß der Junge schlief.

In der Küche war Chiara dabei, finstere Drohungen gegen die Raviolistücke auszustoßen, die einfach nicht in der Form bleiben wollten, die sie ihnen zugedacht hatte. Brunetti ging weiter zu Paolas Arbeitszimmer. Er streckte den Kopf hinein und sagte: »Notfalls können wir immer noch zu Gianni gehen und eine Pizza essen.«

Sie sah von ihren Papieren auf. »Egal was sie mit diesen armen Ravioli anstellt, wir werden alles aufessen, was sie uns auf den Teller tut, und du wirst um einen Nachschlag bitten.« Bevor er überhaupt protestieren konnte, kam sie ihm zuvor und richtete drohend den Bleistift auf ihn: »Es ist das allererste Essen, das sie kocht, und es wird wunderbar schmecken.« Sie sah, daß er etwas sagen wollte, und kam ihm abermals zuvor. »Verbrannte Champignons, Pasta wie Tapetenkleister und ein Hähnchen, das sie unbedingt in Sojasoße marinieren wollte, so daß es den Salzgehalt des Toten Meeres haben wird.«

»Klingt ja richtig appetitlich, wie du das sagst.« Wenigstens kann sie am Wein nichts verderben, dachte er bei sich. »Und Raffi? Wie willst du ihn dazu bringen, alles aufzuessen?«

»Glaubst du denn, er liebt seine kleine Schwester nicht?« fragte sie mit jener gespielten Empörung, die er so gut kannte.

Brunetti antwortete nicht.

»Also gut«, gestand Paola, »ich habe ihm zehntausend Lire versprochen, wenn er aufißt.«

»Krieg ich die auch?« fragte Brunetti und verabschiedete sich.

Auf dem Weg in Richtung Rialto merkte Brunetti, daß ihm schon wohler war als die ganze Zeit seit dem Essen mit seinem Schwiegervater. Er hatte noch immer keine Ahnung, was Paola Kummer bereiten mochte, aber die Unbefangenheit ihres letzten Gesprächs überzeugte ihn, daß ihre Ehe immerhin auf gesunden Füßen stand. Auf und ab ging er, auf und ab über die Brücken, genau wie seine Stimmung den ganzen Tag auf und ab gegangen war, zuerst infolge der Aufregungen eines neuen Falles, dann durch die beunruhigende Einmischung seines Schwiegervaters und schließlich durch Paolas friedenstiftendes Geständnis, sie habe ihren Sohn bestochen. Über das Gespräch mit den Lorenzonis konnte ihm nur die Aussicht auf das Abendessen hinweghelfen, aber wie gern hätte er sich einen ganzen Monat von Chiara bekochen lassen, wenn es ihm dafür erspart geblieben wäre, wieder einmal der Überbringer von Trauer und Elend zu sein.

Der Palazzo lag in der Nähe des Rathauses, aber er mußte am Cinema Rossini vorbei und dann wieder zurück zum Canal Grande, um hinzukommen. Auf dem Ponte del Teatro blieb er kurz stehen und betrachtete die wiedererstandenen Fundamente der Gebäude zu beiden Seiten des Kanals. Als er ein Junge war, hatte man die Kanäle ständig gereinigt, und das Wasser war so sauber gewesen, daß man darin schwimmen konnte. Heute war die Reinigung eines Kanals ein großes Ereignis und kam so selten vor, daß sie mit Schlagzeilen bedacht und den Stadtoberen als besonderes Verdienst angerechnet wurde. Und den Kontakt mit dem Wasser würde manch einer vielleicht nicht überleben.

Als er den Palazzo gefunden hatte, ein hohes viergeschossiges Gebäude, dessen vordere Fenster auf den Canal Grande gingen, klingelte er, wartete ein Weilchen und klingelte noch einmal. Schließlich hörte er die Stimme eines Mannes über die Sprechanlage: »Commissario Brunetti?«

»Ja.«

»Kommen Sie bitte herein«, sagte die Stimme, und die Tür sprang auf. Brunetti ging hinein und fand sich in einem Garten wieder, der viel größer war, als er es in diesem Teil der Stadt erwartet hätte. Nur die Reichsten hatten es sich leisten können, ihre Palazzi um so viel freien Raum herum zu bauen, und nur ihre ebenso reichen Abkömmlinge konnten so etwas erhalten.

»Hier herauf«, hörte er jemanden vom Ende einer Treppe zu seiner Linken rufen. Er drehte sich um und ging hinauf. Oben wartete ein junger Mann im blauen Zweireiher. Er hatte dunkelbraunes Haar und eine ausgeprägt hohe Stirn, die er unter schräg nach vorn gebürsteten Haaren zu verstecken suchte. Als Brunetti nahe genug war, streckte der junge Mann die Hand aus und sagte: »Guten Abend, Commissario. Ich bin Maurizio Lorenzoni. Mein Onkel und meine Tante erwarten Sie.« Sein Händedruck war schlaff – nach so einer Berührung hätte Brunetti sich am liebsten immer die Hand an der Hose abgewischt, doch der Blick machte einiges wieder wett, denn er war direkt und offen. »Haben Sie mit Dottor Urbani gesprochen?« Eine taktvolle Art zu fragen, das mußte Brunetti zugeben.

»Ja, und ich muß Ihnen leider sagen, daß die Identifizierung der Leiche dadurch bestätigt wurde. Es ist Ihr Vetter Roberto.«

»Und ein Irrtum ist ausgeschlossen?« fragte der andere in einem Ton, der die Antwort schon vorwegnahm.

»Ja, völlig ausgeschlossen.«

Der junge Mann stieß die Fäuste in die Taschen seines Jacketts, bis es sich straff über die Schultern spannte. »Das bringt sie um. Ich weiß nicht, wie meine Tante das verkraften wird.«

»Es tut mir leid«, sagte Brunetti aufrichtig. »Wäre es vielleicht besser, wenn Sie es ihnen sagen?«

»Ich glaube, ich schaffe das nicht«, antwortete Maurizio, den Blick auf den Boden gerichtet.

In all den Jahren, in denen Brunetti den Familien Ermordeter eine solche Nachricht hatte überbringen müssen, hatte sich noch nie einer erboten, ihm das abzunehmen. »Ihr Onkel und Ihre Tante wissen, daß ich hier bin? Und wer ich bin?«

Der junge Mann nickte und sah auf. »Ich mußte es ihnen sagen. Damit sie wissen, was sie erwartet. Aber es ist …«

Brunetti beendete den Satz für ihn: »Es ist zweierlei, ob man mit etwas rechnet oder ob man es dann bestätigt bekommt. Vielleicht könnten Sie mich jetzt zu ihnen bringen.«

Der junge Mann drehte sich um und ging voraus, wobei er die Tür hinter ihnen offen ließ. Brunetti machte sie zu, ohne daß der andere davon Notiz nahm. Er führte Brunetti über einen mit Marmor gefliesten Korridor zu einer großen Flügeltür aus Nußbaum. Ohne anzuklopfen, öffnete er sie und trat zur Seite, um Brunetti den Vortritt zu lassen.

Brunetti erkannte den Conte von den Bildern her, die er gesehen hatte: silbergraues Haar, aufrechte Haltung und das eckige Kinn, das – er konnte es sicher schon nicht mehr hören – an Mussolini erinnerte. Brunetti wußte zwar, daß Conte Lorenzoni auf die Sechzig zuging, doch die Männlichkeit, die er ausstrahlte, ließ ihn zehn Jahre jünger wirken. Der Conte stand vor einem überdimensionalen Kamin und blickte starr auf das Bukett aus Trockenblumen, das darin stand, aber als Brunetti eintrat, drehte er sich um und sah ihn an.

Fast zwergenhaft in ihrem Armsessel, starrte eine spindeldürre Frau Brunetti an, als wäre er der Teufel, der ihre Seele holen wollte. Was ja auch stimmt, dachte Brunetti, den beim Anblick der mageren, nervös im Schoß gefalteten Hände plötzlich Mitleid überkam. Die Contessa war jünger als ihr Mann, aber das Leid der letzten beiden Jahre hatte sie aller Jugend und

Hoffnung beraubt und eine alte Frau aus ihr gemacht, die eher die Mutter des Conte hätte sein können als seine Frau. Brunetti wußte, daß sie früher zu den Schönheiten der Stadt gehört hatte, und gewiß waren die Konturen ihres Gesichts noch immer perfekt. Aber viel mehr als die Konturen war von dem Gesicht nicht übrig.

Noch bevor ihr Mann etwas sagen konnte, fragte sie so leise, daß ihre Stimme sich im Raum verloren hätte, wäre sie nicht das einzige Geräusch gewesen: »Sind Sie der Polizist?«

»Ja, Contessa.«

Der Conte kam jetzt auf Brunetti zu und reichte ihm die Hand. Mit einem Händedruck, der so fest war wie der seines Neffen schlaff, preßte er Brunettis Finger zusammen. »Guten Abend, Commissario. Entschuldigen Sie, wenn ich Ihnen nichts zu trinken anbiete. Sie werden das sicher verstehen.« Seine Stimme war tief, aber erstaunlich leise, fast so leise wie die seiner Frau.

»Ich überbringe Ihnen die schlimmste Nachricht, die es gibt, Signor Conte«, sagte Brunetti.

»Roberto?«

»Ja. Er ist tot. Seine Leiche wurde in der Nähe von Belluno gefunden.«

Aus ihrem Sessel fragte die Mutter des Jungen: »Wissen Sie das genau?« Brunetti sah zu ihr hinüber und stellte erstaunt fest, daß sie in diesen wenigen Augenblicken noch kleiner geworden, noch tiefer zwischen die hohen Seitenlehnen gesunken war.

»Ja, Contessa. Wir haben seinem Zahnarzt die Röntgenaufnahmen vom Gebiß gezeigt, und er hat bestätigt, daß sie mit denen von Roberto übereinstimmen.«

»Röntgenaufnahmen?« fragte sie. »Und was ist mit seiner Leiche? Hat sie noch niemand identifiziert?«

»Cornelia«, sagte ihr Mann sanft, »laß ihn ausreden, dann können wir Fragen stellen.«

»Ich will wissen, was mit der Leiche ist, Ludovico. Ich will wissen, was aus meinem Kind geworden ist.«

Brunetti wandte sich wieder dem Conte zu und wartete auf ein Zeichen zum Weiterreden. Als der Conte nickte, fuhr Brunetti fort: »Er lag auf einem Acker begraben. Offenbar hat er dort einige Zeit gelegen, über ein Jahr.« Er hielt inne, hoffte, daß sie sich denken konnten, was aus einer Leiche wurde, die ein Jahr lang in der Erde lag, und es nicht noch von ihm erklärt haben wollten.

»Aber wozu die Röntgenbilder?« fragte die Contessa. Wie so viele, denen Brunetti unter den gleichen Umständen begegnet war, wollte sie manches einfach nicht verstehen.

Ehe Brunetti den Ring erwähnen konnte, schaltete der Conte sich ein. Er blickte zu seiner Frau hinüber und sagte: »Das heißt, daß die Leiche verwest ist, Cornelia, und darum auf diese Art identifiziert werden muß.«

Brunetti, der die Contessa beobachtet hatte, während ihr Mann sprach, sah genau den Augenblick, in dem diese Erklärung den letzten Schutzwall durchbrach, den sie noch gehabt hatte. Vielleicht war es das Wort ›verwest‹, aber was auch immer, sie ließ jedenfalls in diesem Augenblick des Verstehens den Kopf gegen die Sessellehne sinken und schloß die Augen. Ihre Lippen bewegten sich, entweder im Gebet oder im Protest. Die Polizei von Belluno würde ihnen den Ring geben, also konnte Brunetti es sich ersparen, sie auch davon noch zu unterrichten.

Der Conte drehte sich um und richtete den Blick wieder auf die Blumen im Kamin. Lange sagte niemand etwas, bis schließlich der Conte fragte, ohne Brunetti anzusehen: »Wann können wir ihn wiederhaben?«

»Da müssen Sie sich mit den Behörden in Belluno in Verbindung setzen, Signor Conte, aber ich bin sicher, daß man Ihnen dort in jeder Weise entgegenkommen wird.«

»Wie erreiche ich die Leute dort?«

»Wenn Sie die Questura in Belluno anrufen ...« begann Brunetti, erbot sich dann jedoch: »Ich kann das aber auch für Sie erledigen. Vielleicht wäre es so einfacher.«

Maurizio, der die ganze Zeit geschwiegen hatte, schaltete sich ein. »Ich übernehme das, *zio*«, sagte er an den Conte gewandt und deutete, als er Brunettis Blick begegnete, mit dem Kopf zur Tür. Aber Brunetti ignorierte ihn.

»Signor Conte, ich müßte so bald wie möglich mit Ihnen über die damalige Entführung sprechen.«

»Nicht jetzt«, entgegnete der Conte, den Blick noch immer abgewandt.

»Ich weiß, wie furchtbar das alles für Sie ist, Signor Conte«, sagte Brunetti, »aber ich kann Ihnen dieses Gespräch nicht ersparen.«

»Das Gespräch wird stattfinden, wenn ich es sage, Commissario, nicht früher«, antwortete der Conte, noch immer ohne den Blick von den Blumen im Kamin zu wenden.

In dem Schweigen, das daraufhin entstand, verließ Maurizio seinen Platz an der Tür und ging zu seiner Tante. Er beugte sich über sie und legte ihr kurz eine Hand auf die Schulter. Dann richtete er sich wieder auf und sagte: »Ich bringe Sie hinaus, Commissario.«

Brunetti folgte ihm aus dem Zimmer. In der Diele erklärte er dem jungen Mann, wie er in Belluno die richtigen Leute erreichte, die Robertos Leiche freigeben und nach Venedig überführen lassen würden. Brunetti fragte ihn nicht, wann er noch einmal mit Conte Ludovico sprechen könne.

13

Als das Abendessen endlich soweit war, daß sie sich zu Tisch setzen konnten, fand Brunetti alle seine Erwartungen voll und ganz erfüllt, doch er ertrug es mit einem Stoizismus, der seinen liebsten römischen Schriftstellern alle Ehre gemacht hätte. Er ließ sich auch brav eine zweite Portion Ravioli auftun, gewälzt in einer Substanz, die wohl einmal Butter gewesen war, und vermengt mit angekohlten Salbeiblättern. Das Hähnchen war so salzig wie angedroht, und bevor das Mahl noch beendet war, hatte er bereits die dritte Flasche Mineralwasser geöffnet. Paola sagte ausnahmsweise einmal nichts, als er die zweite Flasche Wein aufmachte, und war ihm kräftig beim Austrinken behilflich.

»Und was gibt's zum Nachtisch?« fragte er, was ihm den seit Wochen zärtlichsten Blick von Paola eintrug.

»Ich hatte keine Zeit, einen zu machen«, sagte Chiara und verpaßte zum Glück die Blicke zwischen ihren drei Tischgenossen. Die gemalten Gesichter der Überlebenden auf Géricaults »Floß der Medusa« hätten keine größere Freude ausdrücken können, als sie die Segel der Schiffe erblickten, die zu ihrer Rettung kamen.

»Ich glaube, es ist noch etwas Eis da«, meldete sich Raffi, getreu der Vereinbarung mit seiner Mutter.

»Leider nein, ich habe den Rest heute nachmittag aufgegessen« gestand Chiara.

»Möchtet ihr beide denn vielleicht zum Campo di Santa Margherita gehen und neues holen?« fragte Paola.

»Aber was wird dann aus dem Abwasch, *mamma*?« wollte Chiara wissen. »Du hast gesagt, wenn ich koche, muß Raffi abwaschen.«

Noch bevor Raffi protestieren konnte, sagte Paola: »Wenn ihr das Eis holen geht, mache ich den Abwasch.« Unter begeisterten Zustimmungsrufen zückte Brunetti sein Portemonnaie und gab Raffi zwanzigtausend Lire. Beim Weggehen verhandelten sie bereits über die Sorten.

Paola stand auf und begann, den Tisch abzuräumen. »Meinst du, du wirst es überleben?« fragte sie.

»Wenn ich vor dem Zubettgehen noch einen Liter Wasser trinken darf und daran denke, mir eine weitere Flasche ans Bett zu stellen.«

»War ziemlich schlimm, nicht?« räumte Paola ein.

»Sie war glücklich«, meinte Brunetti ausweichend und fügte dann hinzu: »Und es spricht doch sehr dafür, daß man Mädchen etwas lernen lassen sollte, nicht?«

Paola stellte lachend das Geschirr in die Spüle. Dann sprachen sie unbeschwert über das Essen und freuten sich beide, daß Chiara so mit sich zufrieden gewesen war, ein sicherer Beweis für den Erfolg der familiären Intrige. Und der familiären Liebe, dachte Brunetti.

Als das Geschirr abgewaschen und zum Abtropfen ins Trokkengestell über der Spüle gestellt war, sagte er: »Ich werde wohl morgen mit Vianello nach Belluno fahren.«

»Wegen des jungen Lorenzoni?«

»Ja.«

»Wie haben die Eltern es aufgenommen?«

»Schlecht, besonders die Mutter.«

Er merkte, daß Paola über den Verlust des einzigen Sohnes lieber nicht nachdenken wollte. Wie immer in solchen Fällen lenkte sie mit Detailfragen ab. »Wo hat man ihn eigentlich gefunden?«

»In einem Acker.«

»Einem Acker? Wo?«

»In einem der Dörfer mit diesen seltsamen bellunesischen Namen – Col di Cugnan, glaube ich.«

»Und *wie* wurde er denn gefunden?«

»Ein Bauer hat den Acker gepflügt und dabei die Gebeine zutage gefördert.«

»Gütiger Himmel, wie schrecklich«, sagte sie und fügte unvermittelt hinzu: »Und du mußtest ihnen das mitteilen und dann zu diesem scheußlichen Essen nach Hause kommen.«

Brunetti mußte wider Willen lachen.

»Was ist daran so komisch?«

»Daß du als erstes ans Essen denkst.«

»Das habe ich von dir, mein Lieber«, sagte sie, und in ihrem Ton lag so etwas wie nachsichtiger Hochmut. »Vor unserer Heirat habe ich an Essen kaum einen Gedanken verschwendet.«

»Wie hast du dann so gut kochen gelernt?«

Sie winkte ab, aber er spürte außer ihrer Verlegenheit auch den Wunsch, sich die Wahrheit entlocken zu lassen, und bohrte nach. »Doch, sag es mir: Wie hast du so gut kochen gelernt? Ich habe gedacht, du tätest seit Jahren nichts anderes.«

»Ich habe mir ein Kochbuch gekauft«, antwortete sie verdächtig schnell.

»Ein Kochbuch? Du? Warum?«

»Als ich wußte, daß ich dich nun mal sehr gern hatte, und merkte, wie wichtig dir Essen ist, fand ich es an der Zeit, kochen zu lernen.« Sie sah ihn an und wartete auf seinen Kommentar, als keiner kam, sprach sie weiter: »Ich habe zu Hause damit angefangen, und glaub mir, manche meiner ersten Versuche waren sogar noch schlimmer als das, was wir heute abend hatten.«

»Schwer zu glauben«, sagte Brunetti. »Und?«

»Also, ich wußte, daß ich dich mochte, und wahrscheinlich wußte ich auch, daß ich mit dir zusammensein wollte. Da bin ich also drangeblieben, und mit der Zeit ...« Sie unterbrach sich, und ihre ausholende Geste umfaßte die ganze Küche. »Mit der Zeit habe ich es dann wohl gelernt.«

»Aus einem Kochbuch?«

»Und mit etwas Hilfe.«

»Von wem?«

»Damiano. Er kocht sehr gut, wie du weißt. Außerdem von meiner Mutter. Und nachdem wir verlobt waren, auch von deiner.«

»Meine Mutter hat dir Kochen beigebracht?« Paola nickte, und Brunetti sagte: »Sie hat mir nie etwas davon erzählt.«

»Das habe ich mir auch von ihr versprechen lassen.«

»Warum?«

»Ich weiß auch nicht, Guido«, log sie ganz offensichtlich. Er schwieg, denn er wußte aus langer Erfahrung, daß sie es ihm gleich erklären würde. »Wahrscheinlich wollte ich bei dir den Eindruck erwecken, daß ich alles kann, sogar kochen.«

Er beugte sich auf seinem Stuhl vor, faßte sie um die Taille und zog sie zu sich. Sie machte einen halbherzigen Versuch, sich ihm zu entwinden. »Ich komme mir so dämlich vor, dir das nach all den Jahren zu erzählen«, sagte sie, wobei sie sich an ihn lehnte und ihn auf den Kopf küßte. Plötzlich fiel ihr aus heiterem Himmel etwas ein, und sie sagte: »Meine Mutter kennt sie.«

»Wen?«

»Contessa Lorenzoni. Ich glaube, sie sitzen zusammen in irgendeinem Wohltätigkeitsausschuß, oder ...« Sie unterbrach sich. »Ich weiß es nicht mehr genau, aber sie kennen sich.«

»Hat deine Mutter einmal etwas über sie gesagt?«

»Nein, zumindest erinnere ich mich an nichts. Außer an die Sache mit ihrem Sohn. Es bringt sie um, sagt *mamma* jedenfalls. Sie war so vielseitig engagiert: bei den Freunden Venedigs, fürs Theater, bei Spendensammlungen für den Wiederaufbau des La Fenice. Aber als das dann passierte, hat sie alles fallengelassen. Meine Mutter sagt, daß sie nie mehr ausgeht und auch niemanden empfängt. Keiner sieht sie mehr. *Mamma* hat, glaube ich, gemeint, die Ungewißheit um sein Schicksal sei schuld daran und seinen Tod könnte sie wahrscheinlich noch eher hinnehmen. Aber nicht zu wissen, ob er noch lebt ... Ich kann mir nichts Entsetzlicheres vorstellen. Da ist es sogar besser, zu wissen, daß er tot ist.«

Brunetti, der gewöhnlich für das Leben plädierte, hätte unter anderen Umständen Einwände erhoben, aber er wollte das Thema heute abend lieber nicht diskutieren. Er hatte schon den ganzen Tag über das Verschwinden und den Tod von Kindern nachdenken müssen und mochte nichts mehr davon wissen. Ziemlich unvermittelt wechselte er das Thema. »Was tut sich denn in der Denkfabrik?« fragte er.

Sie machte sich von ihm los, nahm das Besteck von der Spüle und begann es abzutrocknen. »Das Niveau entspricht etwa dem heutigen Abendessen«, antwortete sie schließlich. Stück für Stück ließ sie die Messer und Gabeln in eine Schublade fallen. »Unser Fachbereichsleiter verlangt, daß wir uns mehr mit Kolonialliteratur befassen.«

»Was ist denn das?« fragte Brunetti.

»Da fragst du zu Recht« antwortete sie, während sie einen Vorlegelöffel abtrocknete. »Leute aus Kulturen, in denen Englisch nicht die Muttersprache ist, die aber Englisch schreiben.«

»Und was ist daran so schlimm?«

»Einige von uns sollen das Zeug nächstes Jahr lehren.«

»Du auch?«

»Ja«, sagte sie, dabei warf sie den letzten Löffel in die Schublade und knallte sie zu.

»Und wie soll dein Kind heißen?«

»›Die Stimme der karibischen Frauen‹.«

»Weil du eine Frau bist?«

»Jedenfalls nicht, weil ich aus der Karibik bin«, antwortete sie.

»Und?«

»Ich habe mich geweigert.«

»Warum?«

»Weil mich das Thema nicht interessiert. Weil ich es widerwillig und darum schlecht machen würde.« Brunetti ahnte, daß dies eine Ausflucht war, und wartete, daß sie es zugab. »Und weil ich mir von ihm nicht vorschreiben lassen will, was ich lehre.«

»War das der Grund für deinen Kummer?« fragte er so beiläufig wie möglich.

Obwohl sie ihn scharf dabei ansah, klang ihre Antwort so beiläufig wie seine Frage. »Ich wußte nicht, daß ich Kummer hatte.« Sie wollte noch etwas hinzufügen, aber da flog die Wohnungstür auf, die Kinder kamen mit dem Eis zurück, und Brunettis Frage blieb unbeantwortet.

In der Nacht wachte Brunetti tatsächlich zweimal auf, und jedesmal trank er zwei Gläser Mineralwasser. Das zweite Mal war kurz nach Tagesanbruch, und nachdem er sein Glas auf dem Fußboden abgestellt hatte, lag er auf den Ellbogen gestützt und betrachtete Paolas Gesicht. Eine Haarsträhne ringelte sich um ihr Kinn und zitterte leise unter ihrem Atem. Mit geschlossenen Augen und ohne Mienenspiel zeigte das Gesicht nur Kontur und Charakter. Fremd und für ihn undurchschaubar lag sie neben ihm, und er suchte in ihrem Gesicht nach irgend etwas, das ihm helfen würde, sie besser zu begreifen. Er wünschte sich plötzlich mit aller Macht, daß Conte Orazio unrecht habe und sie glücklich und mit ihrem Leben an seiner Seite zufrieden sei.

Wie ihm zum Hohn schlugen die Glocken von San Polo sechsmal, und die Spatzen, die sich zwischen den losen Backsteinen des Schornsteins ein Nest gebaut hatten, begrüßten den neuen Tag und riefen zur Arbeit. Brunetti überhörte sie geflissentlich und legte den Kopf wieder aufs Kissen. Er schloß die Augen in der Überzeugung, daß er sowieso nicht wieder einschlafen würde, sollte aber bald feststellen, wie leicht es war, den Ruf zur Arbeit zu überhören.

14

An diesem Morgen hielt Brunetti es für angezeigt, seine spärlichen Informationen über den Mordfall Lorenzoni – inzwischen konnte man ihn ja so nennen – an Patta weiterzugeben, und das tat er, kaum daß dieser in der Questura eingetroffen war. Brunetti fürchtete Nachwirkungen seines gestrigen Verhaltens gegenüber Patta, aber es gab keine, zumindest nicht offen. Patta hatte die Zeitungsberichte gelesen und äußerte gebetsmühlenhaft seine Bestürzung, die vor allem der Tatsache zu gelten schien, daß ein Adelshaus betroffen war.

Brunetti erklärte, er habe zufällig den Anruf entgegengenommen, in dem die Übereinstimmung der Gebißaufnahmen bestätigt worden sei, und es daraufhin gleich übernommen, die Eltern zu verständigen. Aus langer Erfahrung hütete er sich, Interesse an dem Fall zu zeigen, und fragte fast beiläufig, wem der Vice-Questore den Fall zu übergeben gedenke. Er ging sogar soweit, einen Kollegen vorzuschlagen.

»Woran sind Sie denn gerade, Brunetti?«

»An der illegalen Müllablagerung in Marghera«, antwortete Brunetti prompt und in einem Ton, als ob Umweltvergiftung wichtiger wäre als Mord.

»Ach ja«, sagte Patta; er hatte von Marghera gehört. »Nun, ich denke, das können wir den uniformierten Kollegen überlassen.«

»Aber ich muß noch den Hafenmeister vernehmen«, beharrte Brunetti. »Und jemand muß sich die Frachtpapiere dieses Tankers aus Panama ansehen.«

»Das soll Pucetti machen«, meinte Patta wegwerfend.

Brunetti fiel ein Spiel ein, das er früher gern mit seinen Kindern gespielt hatte. Man ließ eine Handvoll Holzstäbchen, ungefähr so lang wie Spaghetti, auf den Tisch fallen und mußte dann so viele wie möglich aus dem Gewirr herausklauben, ohne daß sich eines von den anderen bewegte. Dabei mußte man sehr behutsam vorgehen; eine falsche Bewegung, und alles kullerte durcheinander.

»Meinen Sie nicht, Mariani könnte das machen?« schlug Brunetti einen der beiden anderen *commissari* vor. »Er ist gerade aus dem Urlaub zurück.«

»Nein, ich finde, Sie sollten das übernehmen. Schließlich kennt Ihre Frau ja diese Sorte Leute, nicht wahr?«

›Diese Sorte Leute‹ war eine Formulierung, die Brunetti jahrelang nur im abwertenden Sinne gehört hatte, meist in einem rassistischen, und hier sprang sie nun dem Vice-Questore über die Lippen wie ein Lobgesang. Brunetti nickte unverbindlich; er war nicht sicher, welche ›Sorte Leute‹ seine Frau kannte und was sie möglicherweise über sie wußte.

»Gut, dann könnten Ihnen ja hier Ihre Familienbeziehungen zugute kommen«, sagte Patta, was wohl heißen sollte, daß die Macht des Staates oder die Befugnisse der Polizei im Zusammenhang mit dieser Sorte Leute nicht viel zählten. Und wenn Brunetti es recht bedachte, mochte das sogar stimmen.

Er überwand sich zu einem sehr widerstrebenden »Hm« und gab dann nach, wobei er alles, was nach Begeisterung klingen konnte, aus seiner Stimme heraushielt. »Wenn Sie es wollen, Vice-Questore, dann rede ich wegen Marghera mit Pucetti.«

»Halten Sie aber mich oder Tenente Scarpa über Ihr Tun auf dem laufenden, Brunetti«, fügte Patta wie abwesend hinzu.

»Selbstverständlich«, sagte Brunetti, ein Versprechen, so leer wie schon lange nicht mehr. Als er sah, daß sein Vorgesetzter ihm offenbar nichts weiter zu sagen hatte, stand er auf und ging.

Kaum hatte er die Tür von Pattas Zimmer hinter sich zugemacht, fragte Signorina Elettra: »Haben Sie ihn überzeugt, daß er Ihnen den Fall geben muß?«

»Überzeugt?« wiederholte Brunetti erstaunt. Wie konnte Signorina Elettra nach so langer Zeit mit Patta noch immer glauben, daß ihr Vorgesetzter für Argumente zugänglich sei?

»Natürlich, indem Sie ihm gesagt haben, wie sehr Sie mit anderen Dingen beschäftigt sind«, erklärte sie, während sie eine Tastenkombination auf ihrem Computer drückte und damit ihren Drucker zum Leben erweckte.

Brunetti konnte sich ein Lächeln nicht verkneifen. »Ich dachte schon, ich müßte mich mit körperlicher Gewalt dagegen wehren«, sagte er.

»Sie scheinen an dem Fall ja sehr interessiert zu sein, Commissario.«

»Das bin ich.«

»Dann wird Sie das hier vielleicht interessieren«, sagte sie, indem sie ein paar Blätter aus dem Drucker nahm und ihm reichte.

»Was ist das?«

»Eine Zusammenfassung aller Vorgänge, bei denen wir auf den Namen Lorenzoni gestoßen sind.«

»Wir?«

»Die Ordnungskräfte.«

»Und wer sind die?«

»Wir, die Carabinieri, Zoll- und Steuerfahndung.«

Brunetti machte ein erstauntes Gesicht. »Kein Draht zum Geheimdienst, Signorina?«

Ihre Miene verriet nichts. »Den nehme ich nur in Anspruch, wenn es wirklich nötig ist, Commissario. Ich möchte den Kontakt nicht übermäßig strapazieren.«

Brunetti suchte in ihren Augen nach Hinweisen darauf, ob sie vielleicht scherzte. Er wußte nicht, was ihn mehr beunruhigen würde: die Feststellung, daß sie die Wahrheit sprach, oder daß er den Unterschied nicht merkte.

Da ihre Miene weiterhin nichts verriet, ließ er diese Frage lieber auf sich beruhen und sah sich die Liste an. Der erste Eintrag war vom Oktober vor drei Jahren: Roberto wegen Trunkenheit am Steuer festgenommen. Geringes Bußgeld, Verfahren eingestellt.

Bevor er weiterlesen konnte, unterbrach sie ihn. »Ich habe nichts in die Liste aufgenommen, was mit der Entführung zu tun hat, Commissario. Dafür habe ich eine eigene Aufstellung gemacht. Ich fand das weniger verwirrend.«

Brunetti nickte. Auf dem Weg nach oben las er die Liste durch. Weihnachten desselben Jahres – genauer gesagt am ersten Weihnachtstag – war ein Laster der Spedition Lorenzoni auf der Autobahn bei Salerno entführt worden.

Die Ladung – Laboreinrichtungen aus Deutschland im Wert von einer Viertelmilliarde Lire – war nie wieder aufgetaucht.

Vier Monate später wurde bei der zufälligen Zollkontrolle eines Lorenzoni-Transporters festgestellt, daß auf den Begleitpapieren nur halb so viele ungarische Ferngläser standen, wie sich in dem Wagen fanden. Die festgesetzte Geldstrafe war umgehend bezahlt worden. Es folgte ein Jahr, in dem die Lorenzonis nichts mit der Polizei zu tun hatten, aber dann war Roberto an einer Schlägerei in einer Disco beteiligt gewesen. Strafanzeige wurde keine erstattet, aber eine Zivilklage wurde damit beigelegt, daß die Familie zwölf Millionen Lire an einen Jungen zahlte, der bei der Schlägerei einen Nasenbeinbruch erlitten hatte.

Das war's. Weiter nichts. In den acht Monaten zwischen der Schlägerei in der Disco und Robertos Entführung schienen weder er selbst noch seine Familie oder irgendein Unternehmen des weitverzweigten Lorenzoni-Imperiums für die Polizei, die mit ihren vielen Augen über Land und Bürger wachte, existiert zu haben. Dann, wie ein Blitz aus heiterem Himmel, die Entführung. Zwei Lösegeldforderungen, ein öffentlicher Aufruf an die Entführer, und wieder Schweigen. Bis die Leiche des Jungen auf einem Acker bei Belluno gefunden wurde.

Noch während ihm das durch den Kopf ging, fragte sich Brunetti, warum er Roberto eigentlich ›den Jungen‹ nannte. Immerhin war der ›Junge‹ einundzwanzig gewesen, als er entführt und offenbar bald danach ermordet wurde. Brunetti versuchte sich zu erinnern, wie die verschiedenen Leute von Roberto gesprochen hatten: Seine Freundin hatte seine Streiche und seine Selbstsucht erwähnt; Conte Orazio hatte sich fast herablassend über ihn geäußert, und seine Mutter hatte ihr *bambino* beweint.

Vianellos Eintreten riß ihn aus seinen Gedanken. »Ich habe mir überlegt, daß ich mit nach Belluno fahre, Vianello. Können Sie uns einen Wagen besorgen?«

»Ich kann etwas Besseres«, antwortete der Sergente mit einem breiten Grinsen. »Deswegen bin ich hier.« Brunetti wußte, was von ihm erwartet wurde, und fragte: »Was denn?«

»Bonsuan«, lautete die geheimnisvolle Antwort des Sergente.

»Bonsuan?«

»Ja, Commissario.«

»Ich wußte gar nicht, daß man einen Kanal dorthin gebaut hat.«

»Seine Tochter, Commissario.«

Bonsuans größter Stolz war, wie Brunetti wußte, daß von den drei Töchtern, die er auf die Universität geschickt hatte, eine Ärztin, eine Architektin und eine Anwältin geworden war. »Welche?« fragte er darum nur.

»Analisa, die Architektin«, antwortete Vianello, und bevor Brunetti nachfragen konnte, erklärte er: »Sie hat einen Pilotenschein. Ein Freund von ihr hat draußen am Lido eine Cessna stehen. Wenn wir wollen, setzt sie uns heute nachmittag auf ihrem Weg nach Udine in Belluno ab.«

»Und ob wir wollen«, meinte Brunetti, angesteckt von Vianellos Begeisterung über den bevorstehenden Tagesausflug.

Wie sich zeigte, ging die junge Frau mit dem Steuerknüppel so souverän um wie ihr Vater mit dem Ruder. Brunetti und Vianello waren immer noch so begeistert von der Gelegenheit, daß sie während des ganzen fünfundzwanzigminütigen Fluges mit den Nasen an den kleinen Fenstern der Maschine klebten. Dabei erfuhr Brunetti zwei Dinge, die ihm neu waren: daß die junge Frau bei Alitalia nicht als Pilotin eingestellt worden war, weil sie ein abgeschlossenes Architekturstudium hatte und mit ihrer

Bildung »die anderen Piloten beschämen« würde; und daß große Gebiete um Vittorio Veneto herum vom Militär zu ›Pio XII‹ erklärt worden waren – ein Ausdruck für ›*Proibito*‹ – und nicht überflogen werden durften. Die kleine Maschine nahm daher den Weg an der Adriaküste entlang über Pordenone, dann in nordwestlicher Richtung nach Belluno. Unter ihnen wechselten die Farben von Beige über Braun zu Grün und wieder zurück, während sie über noch brachliegende Flächen oder weite, frisch bestellte Felder flogen; dazwischen zeigten immer wieder Obstbäume ihre frühlingsfrischen Pastellfarben, oder ein Windstoß wirbelte Blütenblätter auf.

Ivo Barzan, der Commissario, der Roberto Lorenzonis Überreste von dem Acker ins Krankenhaus hatte bringen lassen und anschließend die Polizei in Venedig verständigt hatte, erwartete sie bei der Landung.

Er brachte sie zuerst zu Doktor Litfins Haus und ging dann mit ihnen zu dem dunklen Rechteck bei der Baumgruppe. Ein einsames beigefarbenes Huhn pickte eifrig in der frischen Erde und ließ sich durch die im scharfen Wind flatternden rot-weiß gestreiften Bänder, mit denen die Stelle abgegrenzt war, nicht stören. Man habe kein Geschoß gefunden, sagte Barzan, obwohl die Carabinieri das Gelände zweimal mit Metalldetektoren abgesucht hätten.

Während Brunetti in das Loch blickte und das Huhn scharren und picken hörte, fragte er sich, wie es hier wohl ausgesehen hatte, als der Junge starb, falls er wirklich hier gestorben war. Im Winter wäre es öde und trist gewesen; im Herbst hätte sich wenigstens noch Leben geregt. Dann schalt er sich selbst wegen dieser dummen Überlegungen. Wenn am Ende des Ackers der Tod wartete, spielte es wohl kaum eine Rolle, ob Schlamm oder Blumen die Erde bedeckten. Er steckte die Hände tief in die Taschen und wandte sich von der Grube ab.

Barzan teilte ihnen mit, daß die Nachbarn der Polizei nichts Nützliches hätten sagen können. Eine alte Frau behauptete steif und fest, der Tote sei ihr Mann, den der Bürgermeister, ein Kommunist, vergiftet habe. Niemand könne sich an etwas Ungewöhnliches erinnern, wobei Barzan ehrlicherweise zugab, daß ja auch niemand etwas Brauchbares aussagen könne, wenn die Polizei nichts Genaueres zu fragen wisse, als ob jemand vor zwei Jahren etwas Merkwürdiges beobachtet habe.

Brunetti sprach mit den Leuten, die auf der anderen Straßenseite wohnten, einem alten Ehepaar, weit über Achtzig. Zum Ausgleich dafür, daß sie nichts wußten, boten sie Kaffee an, den sie, als alle drei Polizisten dankend annahmen, großzügig mit Zucker und Grappa anreicherten.

Dottor Bortot, der sie in seinem Sprechzimmer im Krankenhaus erwartete, sagte ihnen, daß er seinem Bericht wenig hinzuzufügen habe. Es stehe schon alles darin: das tödliche Loch im Schädel, das Fehlen einer klar erkennbaren Austrittsöffnung, die Schädigung und Verwesung der inneren Organe.

»Schädigung?« fragte Brunetti.

»Die Lunge, soweit man ihr noch etwas ansah. Er muß geraucht haben wie ein Schlot, der Junge, und das jahrelang«, sagte Bortot und hielt inne, um sich eine Zigarette anzuzünden. »Und die Milz«, fuhr er fort und hielt wieder inne. »Die Schädigung könnte auf natürliche Einflüsse zurückgehen, aber das erklärt nicht, warum sie so klein ist. Allerdings kann man so etwas schwer beurteilen, wenn die Leiche derart lange in der Erde gelegen hat.«

»Über ein Jahr?« fragte Brunetti.

»Das wäre meine Schätzung, ja. Ist es denn der junge Lorenzoni?«

»Ja.«

»Dann stimmt die Zeit ungefähr. Wenn sie ihn kurz nach der Entführung umgebracht haben, wären es etwas weniger als zwei Jahre, und das entspricht in etwa meiner Schätzung.« Er drückte seine Zigarette aus. »Haben Sie Kinder?« fragte er an keinen direkt gewandt.

Alle drei Polizisten nickten.

»Na, dann«, sagte Bortot unbestimmt und entschuldigte sich gleich darauf damit, daß er heute nachmittag noch drei Autopsien vor sich habe.

Barzan bot ihnen mit erstaunlicher Großzügigkeit an, sie von seinem Fahrer nach Venedig zurückbringen zu lassen, und Brunetti, der vom Ort des Todes genug hatte, nahm an. Weder er noch Vianello hatten auf der Fahrt nach Süden viel zu sagen, obwohl Brunetti auffiel, wieviel weniger interessant die Landschaft durch das Fenster eines Autos aussah. Außerdem wurde hier unten nicht vor einer ›*Zona Proibita*‹ gewarnt.

15

Die Morgenzeitungen machten sich, wie Brunetti geahnt hatte, über die Lorenzoni-Geschichte her wie die Wölfe. Da sie ihre Leser für unfähig hielten, wenigstens die wichtigsten Einzelheiten einer achtzehn Monate zurückliegenden Geschichte noch im Gedächtnis zu haben – eine Annahme, die Brunetti teilte –, begann jeder Artikel mit einem ausführlichen Bericht über die damalige Entführung. Roberto wurde darin abwechselnd als ›der älteste Sohn‹, ›der Neffe‹ und ›der einzige Sohn‹ der Familie Lorenzoni bezeichnet, und die Entführung hatte sich je nachdem in Mestre, Belluno oder Vittorio Veneto zugetragen. Offenbar vergaßen nicht nur Leser wichtige Details.

Da die Presse es offensichtlich nicht geschafft hatte, an den Autopsiebericht heranzukommen, waren die Artikel merkwürdig frei von der leichenschänderischen Wollust, mit der sie sonst auf Exhumierungen einging, vielmehr begnügten die Autoren sich mit so glanzlosen Ausdrücken wie ›fortgeschrittenes Stadium der Verwesung‹ oder ›menschliche Überreste‹. Brunetti bemerkte beim Lesen mit einem gewissen Unbehagen, daß auch er ein bißchen enttäuscht war über die laue Sprache, und überlegte besorgt, ob auch sein Geschmack sich schon der deftigeren Kost angepaßt hatte.

Auf seinem Schreibtisch in der Questura erwartete ihn eine Videokassette in einem wattierten braunen Umschlag, auf dem sein Name stand. Er rief bei Signorina Elettra an. »Ist das die Videokassette von der RAI?« fragte er.

»Ja, Dottore. Gestern nachmittag gekommen.«

Er betrachtete den Umschlag, der aber unversehrt schien. »Haben Sie es sich zu Hause schon angesehen?« fragte er.

»Nein, ich habe keinen Videorecorder.«

»Sonst hätten Sie es getan?«

»Natürlich.«

»Wollen wir ins Labor gehen und es uns zusammen ansehen?« schlug er vor.

»Sehr gern, Commissario«, antwortete sie und legte auf.

Sie erwartete ihn vor der Tür zum Labor im Erdgeschoß, heute in einer fast totgebügelten Jeans. Die lässige Note wurde noch betont durch ein Paar gefährlich spitzer Cowboystiefel mit schrägen Absätzen. Eine Bluse aus Seidenkrepp stellte die Seriosität wieder her, ebenso wie der strenge Knoten, zu dem sie ihr Haar heute geschlungen hatte.

»Ist Bocchese nicht da?« fragte er.

»Nein, er muß vor Gericht aussagen.«

»In welchem Fall?«

»In der Raubsache Brandolini.«

Sie quittierten es beide nicht einmal mehr mit einem Kopfschütteln, daß dieser vier Jahre alte Raubüberfall, dem schon zwei Tage später die Festnahme gefolgt war, erst jetzt vor Gericht kam. »Aber ich habe ihn gestern gefragt, ob wir das Labor benutzen dürfen, um uns das Video anzusehen, und er hat ja gesagt«, erklärte sie.

Brunetti öffnete die Tür und ließ ihr den Vortritt. Signorina Elettra ging zum Recorder und stellte ihn an, als wäre sie hier zu Hause. Er schob die Kassette ein. Gleich darauf erschienen Logo und Testbild der RAI auf dem Bildschirm, rasch gefolgt vom Datum und ein paar Zeilen, die Brunetti für technische Angaben hielt.

»Müssen wir das zurückschicken?« fragte er, während er sich auf einen der hölzernen Klappstühle gegenüber dem Fernsehgerät setzte.

Sie nahm neben ihm Platz. »Nein. Cesare sagt, es ist nur eine Kopie. Aber es wäre ihm lieb, wenn niemand erführe, daß er sie uns gegeben hat.«

Die Stimme eines Sprechers schnitt Brunettis Antwort ab. Er

schilderte den damals frischen Entführungsfall und kündigte den Zuschauern an, daß RAI jetzt exklusiv eine Botschaft von Conte Ludovico Lorenzoni, dem Vater des Opfers, an die Entführer übertragen werde. Während die üblichen Touristenattraktionen Venedigs über den Bildschirm flimmerten, erklärte der Sprecher, man habe den Aufruf des Conte am Nachmittag aufgezeichnet und RAI werde ihn nun exklusiv und in der Hoffnung ausstrahlen, daß die Kidnapper den Bitten des verzweifelten Vaters Gehör schenken würden. Und während auf dem Bildschirm ein langer Schwenk über die Fassade von San Marco aus der Froschperspektive erschien, übergab er an das RAI-Team in Venedig.

Ein Mann im dunklen Anzug stand mit ernster Miene in einem großen Raum, den Brunetti als die Diele im Palazzo der Lorenzonis erkannte. Im Hintergrund waren die Flügeltüren zu dem Wohnzimmer zu erkennen, wo er mit der Familie gesprochen hatte. Der Mann faßte noch einmal zusammen, was der Sprecher gesagt hatte, dann drehte er sich um und öffnete einen der Türflügel. Die Kamera erfaßte, zuerst in der Totale, dann in Nahaufnahme, Conte Ludovico hinter einem Schreibtisch, an den Brunetti sich nicht erinnerte.

Anfangs blickte der Conte auf seine Hände, aber als die Kamera näherkam, hob er den Kopf und schaute direkt hinein. Einige Sekunden vergingen, bis die Kamera den richtigen Abstand fand und stillhielt; dann begann der Conte zu sprechen.

»Ich wende mich mit diesen Worten an diejenigen, die für das Verschwinden meines Sohnes Roberto verantwortlich sind, und bitte sie, mir aufmerksam und verständnisvoll zuzuhören. Ich bin bereit, für das Leben meines Sohnes jede Summe zu bezahlen, aber die staatlichen Behörden verhindern das. Ich kann nicht mehr über mein Vermögen verfügen, und ich habe keine Möglichkeit, an die geforderte Summe heranzukommen, weder hier in Italien noch im Ausland. Ich schwöre das bei meiner Ehre, und ich schwöre weiter, daß ich andernfalls mit Freuden diese

Summe, jede Summe geben würde, um meinen Sohn wohlbehalten wiederzubekommen.«

An dieser Stelle hielt der Conte inne und sah auf seine Hände. Kurz darauf blickte er wieder in die Kamera. »Ich bitte diese Leute um Mitgefühl für mich und meine Frau, die sich meiner Bitte anschließt. Ich appelliere an die Menschlichkeit der Entführer und bitte um die Freilassung meines Sohnes. Auf Wunsch werde ich auch gern Platz mit ihm tauschen. Wenn man mir sagt, was ich tun soll, werde ich es tun. Man hat angekündigt, über einen nicht namentlich genannten Freund mit mir Kontakt aufzunehmen. Ich bitte darum, dies zu tun und entsprechende Anweisungen zu hinterlassen. Was immer von mir verlangt wird, ich werde es tun, und zwar gern, wenn es mir die Rückkehr meines geliebten Sohnes garantiert.«

Erneut machte der Conte eine Pause, aber nur kurz. »Ich appelliere an das Mitgefühl der Entführer und bitte um Erbarmen mit meiner Frau und mir.« Der Conte verstummte, aber die Kamera verharrte auf seinem Gesicht, bis er einmal ganz kurz nach links und dann wieder in die Linse blickte.

Der Bildschirm verdunkelte sich vorübergehend, worauf wieder der Sprecher im Studio erschien. Er erinnerte die Zuschauer noch einmal daran, daß dies eine Exklusivsendung von RAI gewesen sei, und forderte jeden auf, der irgendwelche Informationen über Roberto Lorenzoni habe, unter der jetzt eingeblendeten Nummer anzurufen. Aber es erschien keine Nummer, wohl weil das Band nur eine Kopie aus dem Archiv und nicht das über die Sender der RAI ausgestrahlte Original war.

Der Bildschirm wurde dunkel.

Brunetti stand auf und stellte den Ton ab, ließ das Gerät aber an. Er drückte auf den Schnellrücklauf und wartete, bis das Geräusch verstummt war. Als das Band mit einem Klicken zum Stillstand kam, drehte er sich zu Signorina Elettra um. »Was sagen Sie dazu?«

»Ich hatte recht mit dem Make-up«, meinte sie.

»Ja«, bestätigte Brunetti. »Noch etwas?«

»Die Sprache?«

Brunetti nickte. »Sie meinen, daß er von den Entführern immer nur in der dritten Person gesprochen und sich nie direkt an sie gewandt hat?« fragte er.

»Ja«, antwortete sie. »Das kommt einem merkwürdig vor. Aber vielleicht konnte er das einfach nicht im Hinblick darauf, was sie mit seinem Sohn gemacht hatten.«

»Möglich«, stimmte Brunetti zu, während er sich vorstellte, wie ein Vater auf diesen größten aller Schrecken reagieren würde.

Er drückte noch einmal auf ›Play‹. Das Band begann von vorn, aber diesmal ohne Ton.

Er warf einen Blick zu Signorina Elettra, die nur die Augenbrauen hochzog. »Ich nehme auch im Flugzeug nie die Kopfhörer«, erklärte er. »Es ist erstaunlich, was man in Filmen alles sieht, wenn der Ton einen nicht ablenkt.«

Sie nickte, und beide schauten sich das Ganze noch einmal an. Diesmal sahen sie den Blick des Ansagers über den Text huschen, der irgendwo links neben der Kamera ablief. Der andere vor der Tür zum Wohnzimmer schien seinen Text auswendig zu können, obschon seine ernste Miene aufgesetzt und unnatürlich wirkte.

Wenn Brunetti erwartet hatte, daß Conte Ludovicos Nervosität oder Zorn auf diese Weise deutlicher herauskämen, so hatte er sich geirrt. Ohne Ton wirkte der Conte vielmehr völlig emotionslos. Als er auf seine Hände blickte, mußten jedem Zuschauer Zweifel kommen, ob er je die Kraft finden würde, wieder aufzusehen, und als sein Blick für diesen winzigen Moment an der Kamera vorbeiging, war das eine Geste, die jegliche Neugier oder Ungeduld vermissen ließ.

Der Bildschirm wurde wieder dunkel, und Signorina Elettra sagte: »Der arme Mann, und dafür mußte er auch noch stillsitzen und sich schminken lassen.« Sie schloß die Augen und schüttelte den Kopf, als wäre sie unwillentlich Zeugin von etwas Unanständigem geworden.

Brunetti ließ das Band wieder zurücklaufen, bis es erneut zum Stillstand kam. Er drückte die Auswurftaste, und die Kassette sprang heraus. Brunetti schob sie in ihre Hülle und steckte sie in seine Jackentasche.

»Denen sollte etwas Entsetzliches zustoßen«, sagte Signorina Elettra mit plötzlicher Wut.

»Die Todesstrafe?« fragte Brunetti, wobei er sich bückte, um Fernseher und Videorecorder auszuschalten.

Sie schüttelte den Kopf. »Nein. Egal wie verabscheuungswürdig diese Menschen sind, egal was sie getan haben, diese Macht darf man keinem Staat geben.«

»Weil man dem Staat nicht trauen kann?« fragte Brunetti.

»Würden Sie unserem Staat trauen?« fragte sie zurück.

Jetzt schüttelte Brunetti den Kopf.

»Können Sie mir einen Staat nennen, dem Sie trauen würden?« fragte sie weiter.

»Ihm zutrauen, über Leben und Tod eines Bürgers zu entscheiden?« Er schüttelte wieder den Kopf, dann fragte er: »Aber wie soll man Leute bestrafen, die solche Verbrechen begehen?«

»Ich weiß es nicht. Ich will sie vernichtet sehen, tot. Um das zu leugnen, müßte ich lügen. Aber diese Macht ist viel zu gefährlich, um sie ... irgend jemandem in die Hand zu geben.«

Ihm fiel ein, was Paola einmal gesagt hatte; in welchem Zusammenhang, wußte er nicht mehr. Immer wenn Leute unredlich argumentieren wollen, hatte sie gesagt, tischen sie ein so überzeugendes Beispiel auf, daß man unmöglich etwas dagegenhalten kann. Aber so zwingend ein Einzelfall auch sei, das Recht habe sich an Grundsätzen und Allgemeingültigkeit zu orientieren. Einzelfälle könnten als Beweis nur für sich selbst und für nichts anderes dienen. Nun hatte Brunetti schon soviel Schreckliches im Gefolge von Verbrechen gesehen, daß er den Ruf nach neuen, schärferen Strafgesetzen sehr gut verstand. Als

Polizist wußte er, daß die volle Härte des Gesetzes meist gegenüber den Schwachen und Armen angewendet wurde, und er wußte auch, daß alle Gesetzesstrenge keine Verbrechen verhinderte. Das alles wußte er als Polizist, aber als Mann und Vater wünschte er sich doch, daß die Leute, die das Leben dieses jungen Mannes ausgelöscht hatten, vor Gericht gestellt wurden und dafür büßen mußten.

Er ging zur Tür, und sie verließen das Labor, kehrten zurück zu ihrer Arbeit, in die Welt, in der Verbrechen etwas waren, dem man Einhalt gebieten mußte, nicht Gegenstand philosophischer Überlegungen.

16

Der gesunde Menschenverstand sagte Brunetti zwar, es wäre töricht, von den Lorenzonis zu erwarten, daß sie ihn noch vor der Beerdigung des Jungen zu einem Gespräch empfingen; was ihn jedoch letztlich an einem Vorstoß hinderte, war sein Mitgefühl. Die Zeitungen nannten den kommenden Montag als Beerdigungstermin, die Aussegnung sollte in der Kirche San Salvatore stattfinden. Bis dahin wollte Brunetti noch einiges über Roberto in Erfahrung bringen.

Von seinem Zimmer aus rief er in der Praxis von Doktor Urbani an und fragte die Sprechstundenhilfe des Zahnarztes, ob sie den Namen von Robertos Hausarzt wisse. Es dauerte ein paar Minuten, bis sie in ihren Unterlagen nachgesehen hatte, aber dort fand er sich tatsächlich auf der ersten Patientenkarte, die für Roberto vor zehn Jahren angelegt worden war.

Der Name, Luciano De Cal, war Brunetti vertraut; er war mit einem De Cal zur Schule gegangen, der hieß allerdings Franco und war jetzt Juwelier. Ja, Roberto sei die meiste Zeit seines Lebens bei ihm Patient gewesen, sagte der Arzt, als Brunetti ihn in seiner Praxis erreichte und den Grund seines Anrufs erklärte. Er habe ihn betreut, seit der ursprüngliche Arzt der Familie Lorenzoni in den Ruhestand gegangen sei.

Als Brunetti nach Robertos Gesundheitszustand in den Monaten vor der Entführung fragte, entschuldigte Doktor De Cal sich kurz, um die Karteikarte des Jungen zu holen. Er sei zwei Wochen vor der Entführung in die Sprechstunde gekommen, sagte Dr. De Cal, und habe über Mattigkeit und anhaltende Magenschmerzen geklagt. Der Arzt hatte zuerst an eine Kolik gedacht, für die Roberto besonders in den ersten Wochen der kühleren Jahreszeit anfällig gewesen sei. Aber als die Behandlung nicht anschlug, hatte De Cal ihm empfohlen, einen Internisten aufzusuchen.

»Ist er hingegangen?« fragte Brunetti.

»Ich weiß es nicht.«

»Warum nicht?«

»Kurz nachdem ich ihn an Dottor Montini überwiesen hatte, bin ich nach Thailand in Urlaub gefahren, und als ich zurückkam, war er entführt worden.«

»Hatten Sie je Anlaß, mit diesem Doktor Montini zu sprechen?«

»Über Roberto?«

»Ja.«

»Nein, nie. Wir verkehren privat nicht miteinander; er ist ein Berufskollege, mehr nicht.«

»Verstehe«, sagte Brunetti. »Könnten Sie mir seine Telefonnummer geben?«

De Cal legte den Hörer hin und war kurz danach wieder am Apparat. »Er wohnt in Padua«, erklärte er und nannte Brunetti die Nummer.

Brunetti bedankte sich und fragte: »Sie haben also an eine Kolik gedacht, Dottore?«

Am anderen Ende der Leitung war das Rascheln von Papier zu hören. »Nun ja, es hätte eine sein können.« Neuerliches Papiergeraschel. »Ich habe hier notiert, daß er innerhalb von zwei Wochen dreimal bei mir war. Das war im September, am zehnten, neunzehnten und dreiundzwanzigsten.«

Das hieß, der letzte Besuch hatte fünf Tage vor der Entführung stattgefunden.

»Was für einen Eindruck hat er auf Sie gemacht?« wollte Brunetti wissen.

»Ich habe mir hier notiert, daß er nervös und gereizt wirkte, aber genau erinnern kann ich mich nicht.«

»Was war er Ihrer Einschätzung nach für ein Junge, Dottore?« fragte Brunetti unvermittelt.

De Cal antwortete nach einer kurzen Pause. »Ich fand ihn ziemlich typisch.«

»Typisch wofür?«

»Für eine solche Familie, für diese Kreise.«

Brunetti fiel jetzt wieder ein, daß sein Klassenkamerad Franco überzeugter Kommunist gewesen war. So etwas lag ja oft in der Familie, weshalb er den Arzt jetzt fragte: »Sie meinen die reichen Müßiggänger?«

De Cal hatte den Anstand, über Brunettis Ton zu lachen. »Ja, wahrscheinlich meine ich das. Armer Junge, er war nicht schlecht. Ich kannte ihn seit seinem zehnten Lebensjahr, und es gab wenig, was ich nicht von ihm wußte.«

»Was wußten Sie zum Beispiel?«

»Nun, daß er nicht sonderlich intelligent war. Ich glaube, für Robertos Vater war seine Begriffsstutzigkeit eine Enttäuschung.«

Brunetti hatte den Eindruck, daß der Satz noch weitergehen sollte, und half nach: »Anders als sein Vetter?«

»Maurizio?«

»Ja.«

»Haben Sie ihn mal kennengelernt?« fragte De Cal.

»Flüchtig.«

»Und, wie fanden Sie ihn?«

»Sie würden von ihm nicht behaupten, daß er nicht intelligent wäre.«

De Cal lachte, und Brunetti grinste bei der nächsten Frage. »Er ist wohl nicht Ihr Patient, Dottore?«

»Nein, nur Roberto. Sehen Sie, ich bin ja eigentlich Kinderarzt, aber Roberto ist weiter zu mir gekommen, auch als er älter wurde, und ich hatte nie das Herz, ihm zu sagen, er solle sich mal einen anderen Arzt suchen.«

»Außer dann bei Dottor Montini«, erinnerte ihn Brunetti.

»Ja. Was es auch war, es war sicher keine Kolik. Ich dachte, es könnte vielleicht die Crohnsche Krankheit sein – ich habe sogar auf meiner Karte hier einen Vermerk gemacht. Darum wollte ich ihn zu Montini schicken. Er ist einer der besten Crohn-Experten in der Gegend.«

Brunetti hatte schon von der Krankheit gehört, erinnerte sich aber nicht an Einzelheiten, weshalb er fragte: »Was sind denn die Symptome?«

»Bauchschmerzen. Dann Durchfall, Blut im Stuhl. Es ist sehr schmerzhaft. Sehr ernst. Er hatte alle diese Symptome.«

»Und wurde Ihre Diagnose bestätigt?«

»Wie gesagt, Commissario, ich habe ihn an Montini überwiesen, aber als ich aus dem Urlaub kam, war er entführt worden, so daß ich die Sache dann nicht weiter verfolgt habe. Sie können ja Montini fragen.«

»Das werde ich tun, Dottore«, sagte Brunetti und verabschiedete sich höflich.

Er wählte sofort die Nummer in Padua. Doktor Montini machte gerade im Krankenhaus Visite und sollte erst am nächsten Morgen ab neun wieder in seiner Praxis zu erreichen sein. Brunetti hinterließ seinen Namen sowie seine dienstliche und private Telefonnummer mit der Bitte, ihn so bald als möglich zurückzurufen. Eigentlich gab es keinen besonderen Grund zur Eile, doch Brunetti verspürte eine unterschwellige Ungeduld, weil er nicht wußte, wonach er suchte oder was wichtig war, und glaubte dieses Unwissen durch Eile wenigstens übertünchen zu können.

Sein Telefon klingelte, kaum daß er aufgelegt hatte. Es war Signorina Elettra, die ihm sagen wollte, daß sie eine Akte über die Lorenzoni-Firmen in Italien wie auch im Ausland zusammengestellt habe und ob er sie sehen wolle. Er ging nach unten.

Der Ordner war so dick wie eine Zigarettenschachtel. »Signorina«, begann er, »wie haben Sie es nur geschafft, das alles in so kurzer Zeit zusammenzubekommen?«

»Ich habe mit ein paar Freunden gesprochen, die noch bei der Bank arbeiten, und sie gebeten, sich ein bißchen umzuhören.«

»Und das alles, seit ich Sie darum gebeten habe?«

»Ist doch ganz einfach, Commissario. Ich kriege alles darüber.« Wie es inzwischen schon zu einem Ritual geworden war, deutete sie auf ihren Computer, dessen Bildschirm hinter ihr schimmerte.

»Wie lange braucht man eigentlich, bis man mit so einem Ding umgehen kann, Signorina?«

»Sie selbst, Commissario?«

»Ja.«

»Das hängt von zwei Dingen ab. Nein, von dreien.«

»Und die wären?«

»Wie intelligent Sie sind. Wie ernst es Ihnen mit dem Lernen ist. Und wer es Ihnen beibringt.«

Die Bescheidenheit verbot ihm, sie nach einem Urteil über ersteres zu fragen. Unsicherheit hielt ihn davon ab, das zweite zu beantworten. »Könnten Sie es mir beibringen?«

»Natürlich.«

»Würden Sie es tun?«

»Sicher. Wann wollen Sie anfangen?«

»Morgen?«

Sie nickte, dann lächelte sie.

»Und wie lange dauert es?« wollte Brunetti wissen.

»Kommt darauf an.«

»Worauf?«

Wurde ihr Lächeln etwa noch breiter? »Auf dieselben drei Dinge.«

Er begann schon auf der Treppe zu lesen, und bis er wieder an seinem Schreibtisch saß, hatte er Listen über Listen von Geschäftsbeteiligungen durchgesehen, die sich auf Milliarden von Lire beliefen, und verstand allmählich, warum die Entführer sich die Lorenzonis ausgesucht hatten. Die Papiere waren nicht weiter geordnet, doch Brunetti versuchte ein System hineinzubringen, indem er sie stapelweise nach ihrer ungefähren geographischen Lage in Europa auf seinen Schreibtisch legte.

Speditionen, Stahl, Kunststoff-Fabriken auf der Krim: Er konnte eine explosionsartige Ausbreitung auf neue Märkte im Osten rekonstruieren, bei der immer mehr von Lorenzonis Unternehmungen über die Linie wanderten, die früher einmal ein eiserner Vorhang gewesen war. Im März hatten zwei Bekleidungsfabriken in Vercelli geschlossen, nur um zwei Monate danach in Kiew wieder aufzumachen. Eine halbe Stunde später legte Brunetti das letzte Blatt auf seinen Schreibtisch und sah, daß fast alles auf der rechten Seite lag, auch wenn er viele der genannten Orte nur sehr ungefähr einordnen konnte.

Brunetti brauchte nicht lange, um sich an die neuerdings in der Presse verbreiteten Geschichten über die sogenannte Russenmafia zu erinnern, an die Tschetschenenbanden, die nach diesen Berichten fast die ganze Wirtschaft in Rußland beherrschten, die legale wie die illegale. Von da war es nur ein kleiner Schritt zu der Vermutung, daß diese Leute irgendwie mit der Entführung zu tun haben könnten. Robertos Entführer hatten ja nichts weiter gesagt, ihm nur ihre Waffen unter die Nase gehalten und ihn weggeführt.

Aber wie wären sie dann auf diesen Acker bei Col di Cugnan gekommen, einem so kleinen Ort, daß selbst die meisten Venezianer den Namen wahrscheinlich noch nie gehört hatten? Er nahm die Entführungsakte zur Hand und blätterte darin, bis er die Lösegeldforderungen in ihren Plastikhüllen fand. Die Blockbuchstaben hätte zwar jeder schreiben können, aber das Italienisch war völlig korrekt, wobei Brunetti sich allerdings sagen mußte, daß damit noch nichts bewiesen war.

Er wußte nicht, wie ein typisch russisches Verbrechen aussah, aber sein Instinkt sagte ihm, daß es sich hier nicht um ein solches handelte. Wer Roberto entführt hatte, mußte über die Villa Bescheid gewußt haben und daß man dort unentdeckt warten konnte, bis das Opfer auftauchte. Es sei denn, fügte Brunetti für sich hinzu, es sei denn, sie wußten schon, wann Roberto kommen würde. Das war ja auch eine dieser Fragen, die bei der ursprünglichen Ermittlung nicht gestellt worden waren. Wer hatte Robertos Pläne für den Abend gekannt und von seiner Absicht gewußt, zur Villa zu fahren?

Wie so oft machte es Brunetti kribbelig, Berichte zu lesen, die andere Leute verfaßt hatten, zumal, wenn sie mit der Sache gar nicht mehr befaßt waren.

Nicht ohne ein gewisses Unbehagen ob der Leichtigkeit, mit der er seinem Gefühl nachgab, griff Brunetti zum Hörer und wählte Vianellos Nummer. Als der Sergente sich meldete, sagte Brunetti: »Wir wollen uns mal das Tor ansehen.«

17

Obwohl Brunetti ein ausgesprochener Städter war und nie woanders gelebt hatte als in der Stadt, nahm er mit der Begeisterung des Landmanns den Reichtum der Natur und jedes Zeichen ihrer Schönheit wahr. Seit seiner Kindheit liebte er den Frühling am meisten, mit einer Inbrunst, die sich aus der Erinnerung an seine Freude über die ersten warmen Tage nach langer winterlicher Kälte speiste. Außerdem entzückte ihn die Rückkehr der Farben: das provozierende Gelb der Forsythien, das Lila der Krokusse und das fröhliche Grün der neuen Blätter. Sogar aus dem Rückfenster des Autos, das auf der *autostrada* nach Norden fuhr, konnte er diese Farben sehen und darin schwelgen. Vianello, der vorn auf dem Beifahrersitz neben Pucetti saß, unterhielt sich mit diesem über den merkwürdig milden Winter, viel zu warm für den Frost, der sonst immer den Seetang in der Lagune zerstörte, was wiederum hieß, daß die Strände diesen Sommer voll davon sein würden.

In Treviso bogen sie auf die Schnellstraße Richtung Roncade ab. Nach ein paar Kilometern sahen sie rechts einen Wegweiser zur Kirche Sant' Ubaldo.

»Hier muß es irgendwo sein«, sagte Pucetti, der sich vor ihrer Abfahrt vom Piazzale Roma die Karte angesehen hatte.

»Ja«, antwortete Vianello, »nach etwa drei Kilometern, dann müßte es auf der linken Seite liegen.«

»Ich war noch nie in dieser Gegend«, sagte Pucetti. »Hübsch hier.«

Vianello nickte, sagte aber nichts.

Wenige Minuten später brachte eine Biegung der schmalen Straße sie in Sichtweite eines dicken steinernen Turms zu ihrer Linken. Von zwei Seiten des Turms führte im rechten Winkel je eine hohe Mauer weg, die sich bald zwischen den knospenden Bäumen verlor.

Brunetti tippte Pucetti auf die Schulter, der abbremste und langsam ein paar hundert Meter an der Mauer entlangfuhr. Als Brunetti dann vor ihnen das Tor sah, tippte er Pucetti wieder auf die Schulter, worauf dieser anhielt. Sie kamen auf einem breiten, mit Kies bestreuten Halbrund unmittelbar vor dem Tor zum Stehen. Die drei Männer stiegen aus.

In der Ermittlungsakte über die Entführung stand, daß der Stein, der das Tor von innen blockiert hatte, an seiner schmalsten Stelle zwanzig Zentimeter breit gewesen war; der Abstand zwischen den eisernen Gitterstäben der Tore betrug aber, wie Brunetti feststellte, als er die Hand hochhielt und nachmaß, höchstens zehn Zentimeter. Er ging nach links hinüber und folgte ein Stückchen der Mauer, die etwa anderthalbmal so hoch war wie er.

»Vielleicht mit einer Leiter«, rief Vianello, der mit den Händen an den Hüften und zurückgelegtem Kopf vor dem Tor stand und hinaufsah. Bevor Brunetti etwas antworten konnte, hörte er von links ein Auto nahen. Gleich darauf kam ein kleiner weißer Fiat mit zwei Männern in Sicht. Der Wagen verlangsamte seine Fahrt, und die Insassen versuchten ihre Neugier gar nicht erst zu verbergen, als sie das blau-weiße Polizeiauto und die uniformierten Männer sahen. Langsam fuhren sie vorbei, während sich von rechts ein anderer Wagen näherte. Auch dieser bremste ab, um den Insassen einen Blick auf die Polizei vor der Lorenzoni-Villa zu ermöglichen.

Eine Leiter, überlegte Brunetti, bedeutete einen Kleinlaster. Roberto war am 28. September entführt worden, so daß die herbstlich belaubten Büsche am Straßenrand jeder Art von Fahrzeug ausreichend Deckung geboten hätten, sogar einem Kleinlaster.

Brunetti ging zum Tor zurück und stellte sich vor das Kästchen für die Schließanlage, das sich links an einer Säule befand.

Er nahm einen Zettel aus der Tasche und warf einen kurzen Blick darauf. Dann tippte er eine Zahlenkombination ein. Das rote Licht an dem Kästchen erlosch, und ein grünes leuchtete auf. Hinter der Säule begann es zu summen, und die eisernen Torflügel schwenkten langsam auf.

»Woher wußten Sie, wie das geht?« fragte Vianello.

»Die Zahlenkombination steht im Ermittlungsbericht«, antwortete Brunetti, nicht ohne eine gewisse Befriedigung darüber, daß er daran gedacht hatte, sie zu notieren. Das Summen hörte auf, das Tor stand weit offen.

»Das ist Privatgelände, oder?« fragte Vianello und überließ es Brunetti, den ersten Schritt zu tun und damit den Befehl zu geben.

»Stimmt«, sagte Brunetti. Er trat durchs Tor und ging die geschotterte Zufahrt hinauf.

Vianello gab Pucetti ein Zeichen, er solle draußen warten, und folgte Brunetti. Buchsbaumhecken säumten den Weg zu beiden Seiten, so eng gepflanzt, daß sie feste grüne Mauern zwischen dem Weg und den Gärten bildeten, die gewiß dahinter lagen. Nach etwa fünfzig Metern unterbrachen zwei steinerne Bogen rechts und links die Hecke. Brunetti ging durch den rechten. Als Vianello ihm folgte, sah er seinen Vorgesetzten reglos dastehen, die Hände in den Hosentaschen, den Mantel weit offen. Brunetti betrachtete das Gelände vor ihnen, lauter erhöhte Blumenrabatten zwischen gepflegten Kieswegen.

Ohne etwas zu sagen, machte er kehrt, überquerte den Hauptweg und ging durch den anderen Steinbogen, wo er wieder stehenblieb und sich umsah. Hier wiederholte sich die peinliche Ordnung von Wegen und Rabatten: ein Spiegelbild des Gartens auf der gegenüberliegenden Seite. Hyazinthen, Maiglöckchen und Krokusse badeten im Sonnenschein und sahen aus, als würden sie ihrerseits am liebsten die Hände in die Taschen stecken und sich umsehen.

Vianello stellte sich neben Brunetti. »Nun, Commissario?«

fragte er, denn er wußte nichts damit anzufangen, daß sein Chef einfach nur dastand und sich die Blumen ansah.

»Weit und breit keine größeren Steine, Vianello.«

Vianello, der darauf nicht weiter geachtet hatte, antwortete: »Nein, Commissario. Warum?«

»Vorausgesetzt, daß sich hier inzwischen nicht viel verändert hat, müßten sie den Stein mitgebracht haben, richtig?«

»Und mit über die Mauer genommen haben?«

Brunetti nickte. »Die hiesige Polizei hat immerhin die Innenseite der Mauer abgeschritten, in voller Länge. Auf dem Boden waren keinerlei Spuren.« Er drehte sich zu Vianello um und fragte: »Was meinen Sie, wieviel der Stein gewogen hat?«

»Schätzungsweise fünfzehn Kilo«, antwortete Vianello. »Vielleicht auch nur zehn.«

Brunetti nickte wieder. Keiner von ihnen mußte aussprechen, wie schwierig es gewesen wäre, solch ein Gewicht über die Mauer zu schaffen.

»Sollen wir uns die Villa mal ansehen?« fragte Brunetti, und weder er selbst noch Vianello verstand es als Frage.

Brunetti ging durch den Bogen zurück, Vianello folgte ihm. Sie gingen nebeneinander weiter den Zufahrtsweg hinauf, der jetzt einen Bogen nach rechts beschrieb. Irgendwo vor ihnen zwitscherte ein Vogel, und die Luft war erfüllt vom schweren Geruch nach Lehm und Hitze.

Vianello, der beim Gehen auf seine Füße schaute, merkte zuerst nur, daß ihm kleine Steinchen an die Knöchel schlugen und Erde auf seine Schuhe fiel. Den Schuß registrierte er erst danach. Dem ersten folgte gleich ein zweiter, und die aufspritzenden Steine einen Meter hinter der Stelle, wo Vianello eben noch gestanden hatte, zeigten, daß dieser sein Ziel gefunden hätte. Doch als der Kies aufspritzte, lag Vianello schon rechts neben dem Weg auf dem Boden, wohin ihn Brunetti gestoßen hatte, der von seinem eigenen Schwung ein paar Meter über den hinstürzenden Sergente hinausgetragen worden war.

Ohne nachzudenken, stemmte Vianello sich hoch und rannte geduckt auf die Hecke zu. Das dichte Geäst bot keine Deckung, nur einen dunkelgrünen Hintergrund, vor dem seine blaue Uniform sich weniger abhob als vor dem weißen Kies.

Wieder krachte ein Schuß, dann noch einer. »Hierher, Vianello«, schrie Brunetti, und ohne zu sehen, wo Brunetti war, rannte Vianello tief gebückt der Stimme nach, den Blick vernebelt von Todesangst. Plötzlich packte ihn jemand am linken Arm und riß ihn um. Er sah eine Lücke in der Hecke und robbte wie ein gestrandeter Seehund hindurch.

Seine verzweifelten Bewegungen wurden von etwas Hartem gestoppt: Brunettis Knien. Er rollte zur Seite, kam torkelnd auf die Beine und zog seine Waffe. Seine Hand zitterte.

Brunetti stand vor ihm in einem schmalen Durchschlupf, der durch das Herausnehmen eines Busches entstanden war, und hatte ebenfalls die Waffe gezogen. Jetzt drehte er sich um. »Alles in Ordnung?« fragte er.

»Ja«, war alles, was Vianello einfiel. Dann: »Danke, Commissario.«

Brunetti nickte nur, ging in die Hocke und streckte kurz den Kopf durch die schützenden Äste.

»Sehen Sie etwas?« fragte Vianello.

Brunetti brummte verneinend. Hinter ihnen, vom Eingangstor her, schrillte der Doppelton einer Polizeisirene durch die Luft. Beide Männer wandten den Kopf und lauschten, ob er sich näherte, aber das Geräusch kam unverändert von derselben Stelle. Brunetti richtete sich auf.

»Pucetti?« fragte Vianello, der es für unwahrscheinlich hielt, daß die örtliche Polizei so schnell war.

Einen Augenblick hatte Brunetti gute Lust, zur Villa zu rennen und sich den vorzuknöpfen, der auf sie geschossen hatte, aber dann drang ihm die Sirene wieder ins Bewußtsein, und sein gesunder Menschenverstand griff ein. »Gehen wir zurück«, sagte er und machte sich auf, an den Blumenrabatten entlang, die hier den Weg säumten. »Er hat wahrscheinlich Hilfe angefordert.«

Sie hielten sich dicht an der Hecke, und selbst als diese einen scharfen Knick nach links machte und vom Haus aus nicht mehr in der Schußlinie war, blieben sie auf der Innenseite der Hecke, beide nicht erpicht darauf, auch nur einen Fuß auf den Kiesweg zu setzen. Erst als sie in Sichtweite der Mauer waren, erschien es Brunetti ungefährlich genug, sich durch das dichte Gezweig zu schlagen.

Das Tor war geschlossen, aber das Polizeiauto stand jetzt direkt davor, die Beifahrertür fast an den Gitterstäben, so daß die Ausfahrt wirkungsvoll versperrt war.

Als sie nur noch wenige Meter vom Tor entfernt waren, rief Brunetti laut, um die heulende Sirene zu übertönen: »Pucetti?«

Hinter dem Wagen hervor kam eine Antwort, aber der junge Polizist ließ sich nicht blicken.

»Pucetti?« rief Brunetti noch einmal.

»Halten Sie Ihre Waffe hoch, Commissario«, tönte Pucettis Stimme hinter dem Auto.

Brunetti verstand sofort und streckte die Hand hoch in die Luft, damit man gut sah, daß er seine Waffe noch hatte.

Jetzt kam Pucetti hinter dem Auto hervor, die eigene Waffe gezogen, aber mit dem Lauf zur Erde. Er griff durchs offene Wagenfenster, und die Sirene verstummte. In die plötzliche Stille hinein sagte er: »Ich wollte nur sichergehen, Commissario.«

»Sehr gut«, antwortete Brunetti, während er sich fragte, ob er selbst daran gedacht hätte, der Möglichkeit einer Geiselnahme vorzubeugen. »Haben Sie schon die Kollegen von hier benachrichtigt?«

»Ja, Commissario. Kurz vor Treviso ist eine Carabinieriwache. Die müßten bald hier sein. Was ist passiert?«

»Jemand hat auf uns geschossen, als wir die Auffahrt hinaufgingen.«

»Haben Sie gesehen, wer es war?« fragte Pucetti.

Brunetti schüttelte nur den Kopf, und Vianello sagte: »Nein.«

Die nächste Frage des jungen Polizisten wurde vom Heulen einer anderen Sirene unterbrochen, diesmal aus Richtung Treviso.

Brunetti rief ihm durch den Lärm die Zahlenkombination für das Tor zu, und Pucetti tippte sie ein. Die Torflügel öffneten sich langsam, und noch ehe Brunetti es sagen konnte, sprang Pucetti in den Wagen, setzte ein Stück zurück und fuhr ihn dann halb durchs Tor. Er lenkte scharf nach links und stellte den Wagen so, daß er mit der Stoßstange den einen Torflügel blokkierte, an der anderen Seite aber noch Platz zum Durchgehen blieb.

In dem Jeep, der jetzt hinter ihnen auftauchte, saßen zwei Carabinieri. Sie hielten hinter dem Polizeiauto, und der Fahrer kurbelte das Fenster herunter. »Was ist los?« fragte er, an alle drei gewandt. Er hatte ein hageres, fahles Gesicht, und seine Stimme klang so gelassen, als würde er alle Tage von Kollegen zu Hilfe gerufen, die beschossen wurden.

»Von da drüben hat jemand geschossen«, erklärte Brunetti.

»Wissen die, wer Sie sind?« fragte der Carabiniere. Diesmal war sein Akzent deutlicher. Sardinien. Vielleicht waren solche Einsätze für ihn wirklich alltäglich. Er machte keine Anstalten auszusteigen.

»Nein«, antwortete Vianello. »Spielt das denn eine Rolle?«

»Die hatten hier schon drei Einbrüche. Und dann die Entführung. Da kann man verstehen, daß sie schießen, wenn jemand über ihre Zufahrt spaziert. Täte ich auch.«

»Schießen, auf das hier?« fragte Vianello und klopfte sich theatralisch auf die Uniformbrust.

»Auf das da«, gab der Carabiniere zurück, indem er auf die Waffe in Brunettis Hand zeigte.

Brunetti ging dazwischen. »Es bleibt dabei, daß auf uns geschossen wurde«, sagte er. Alles weitere verkniff er sich.

Statt darauf zu antworten, zog der Carabiniere den Kopf zurück, kurbelte das Fenster hoch und nahm ein Mobiltelefon zur Hand. Brunetti sah ihn eine Nummer wählen; hinter ihm flüsterte Pucetti: *»Gesù bambino!«*

Es folgte ein kurzes Gespräch, dann wählte der Mann eine andere Nummer. Nach einer Pause begann er zu sprechen und redete eine ganze Weile. Zweimal nickte er, drückte dann wieder auf einen Knopf und beugte sich vor, um das Telefon aufs Armaturenbrett zurückzulegen.

Er öffnete das Fenster. »Sie können jetzt reingehen«, sagte er und deutete mit dem Kinn zum Tor.

»Wie?« fragte Vianello.

»Sie können reingehen. Ich habe angerufen. Ich habe denen gesagt, wer Sie sind, und die haben gesagt, Sie können reinkommen.«

»Mit wem haben Sie gesprochen?« wollte Brunetti wissen.

»Mit dem Neffen, wie heißt er noch?«

»Maurizio«, sagte Brunetti.

»Genau. Er ist noch da oben, hat aber gesagt, er schießt jetzt nicht mehr, nachdem er weiß, wer Sie sind.« Als keiner sich bewegte, ermunterte der Carabiniere sie: »Gehen Sie nur. Es ist ungefährlich. Die schießen jetzt nicht mehr.«

Brunetti und Vianello wechselten einen Blick, und Brunetti bedeutete Pucetti mit einer Handbewegung, er solle beim Wagen bleiben. Ohne ein weiteres Wort zu dem Carabiniere gingen sie durchs Tor und den Kiesweg entlang. Diesmal blickte Vianello nach vorn, ließ den Blick hin und her schweifen, während sie sich vom Tor entfernten.

Schweigend gingen sie weiter die Zufahrt hinauf.

Ein Mann kam vor ihnen um die Biegung. Brunetti erkannte ihn sofort als den Neffen Maurizio. Er hatte keine Schußwaffe bei sich.

Die Entfernung zwischen den drei Männern verringerte sich. »Warum haben Sie sich nicht angemeldet?« rief Maurizio, als er noch etwa zehn Meter von ihnen entfernt war. »So etwas Dummes habe ich noch nie erlebt. Sie brechen das Tor auf und dringen einfach hier ein. Seien Sie froh, daß keiner von Ihnen verletzt wurde.«

Großmäuligkeit war Brunetti nichts Neues. »Begrüßen Sie Ihre Besucher immer auf diese Weise, Signor Lorenzoni?«

»Wenn sie mein Tor aufbrechen, ja«, versetzte der junge Mann und blieb vor ihnen stehen.

»Es ist nichts kaputt«, sagte Brunetti.

»Aber der Code ist geknackt«, entgegnete Maurizio. »Die Kombination ist nur der Familie bekannt.«

»Und der Polizei«, ergänzte Brunetti. »Was ist eigentlich mit den Entführern? Was ist mit dem Stein?«

»Wovon reden Sie da?«

»Von dem großen Stein, der das Tor blockierte. Er wog über zehn Kilo.«

Und ohne näher darauf einzugehen, fragte Brunetti beiläufig: »Haben Sie eigentlich einen Waffenschein, Signor Lorenzoni?«

»Natürlich nicht«, versetzte dieser, ohne seine aufkommende Wut länger verbergen zu wollen. »Aber einen Jagdschein.«

Das würde die vielen Steinchen erklären, die Vianello vorhin um die Füße gespritzt waren, dachte Brunetti. »Sie haben also eine Schrotflinte genommen. Um damit auf Menschen zu schießen?«

»Um in ihre Richtung zu schießen«, verbesserte Lorenzoni. »Es wurde ja niemand verletzt. Außerdem hat ein Mensch schließlich das Recht, sein Eigentum zu verteidigen.«

»Und diese Villa ist Ihr Eigentum?« erkundigte Brunetti sich höflich.

Er sah, wie Lorenzoni sich eine scharfe Erwiderung verbiß. Als er antwortete, sagte er nur: »Sie ist Eigentum meines Onkels, wie Sie wissen.«

Hinter ihnen am Eingangstor hörten sie einen Motor anspringen und gleich darauf einen Wagen abfahren, zweifellos die Carabinieri, die des Wartens müde geworden waren und die Sache nur zu gern der venezianischen Polizei überließen.

Die Unterbrechung gab Lorenzoni Zeit, sich wieder zu fangen. »Wie sind Sie überhaupt hereingekommen?« wollte er von Brunetti wissen.

»Mit der Zahlenkombination. Sie stand in den Protokollen über die Entführung Ihres Vetters.«

»Sie haben nicht das Recht, hier einzudringen, jedenfalls nicht ohne richterliche Anordnung.«

»Das mit der richterlichen Anordnung gilt nur für die Verfolgung von Verdächtigen, Signor Lorenzoni. Ich sehe hier keine Verdächtigen. Sie vielleicht?« Brunettis Lächeln wirkte ganz natürlich. »Ich nehme an, daß Ihre Flinte bei der hiesigen Polizei registriert ist und sie die Gebühr für den Jagdschein bezahlt haben?«

»Ich wüßte nicht, was Sie das angeht«, versetzte Lorenzoni.

»Ich mag es nicht, wenn auf mich geschossen wird, Signor Lorenzoni.«

»Ich sagte Ihnen schon, daß ich nicht auf Sie geschossen habe, nur in Ihre Richtung, um Sie zu warnen.« Während des ganzen Wortgeplänkels stellte Brunetti sich schon Pattas unausweichliche Reaktion vor, wenn er erfuhr, daß Brunetti sich hatte erwischen lassen, wie er unbefugt das Anwesen eines reichen und einflußreichen Geschäftsmannes betrat. »Vielleicht sind wir ja beide im Unrecht, Signor Lorenzoni«, sagte er schließlich.

Man sah Lorenzoni an, daß er nicht recht wußte, ob er das als Entschuldigung verstehen sollte. Brunetti wandte sich von ihm ab und fragte Vianello: »Was meinen Sie, Sergente? Haben Sie Ihren Schrecken überwunden?«

Bevor Vianello noch antworten konnte, trat Lorenzoni plötzlich einen Schritt vor und legte Brunetti die Hand auf den Arm. Sein Lächeln ließ ihn viel jünger aussehen. »Es tut mir leid, Commissario. Ich war allein, und als das Tor plötzlich aufging, bekam ich es mit der Angst.«

»Haben Sie nicht gedacht, es wäre ein Mitglied der Familie?«

»Mein Onkel konnte es nicht sein. Er ist in Venedig, denn ich habe vor zwanzig Minuten noch mit ihm telefoniert. Und er kennt als einziger die Zahlenkombination.« Er ließ die Hand sinken, trat einen Schritt zurück und fügte hinzu: »Außerdem mußte ich immer daran denken, wie es Roberto ergangen ist. Ich dachte, die wären vielleicht wiedergekommen, aber diesmal meinetwegen.«

Angst hatte ihre eigene Logik, das wußte Brunetti, und so war es durchaus möglich, daß der junge Mann die Wahrheit sagte. »Wir bedauern, Sie geängstigt zu haben, Signor Lorenzoni«, sagte er. »Wir wollten uns nur einmal dort umsehen, wo die Entführung stattgefunden hat.« Vianello, der Brunettis Gedankengang ahnte, nickte bekräftigend.

»Warum das?« fragte Lorenzoni.

»Um festzustellen, ob vielleicht etwas übersehen wurde.«

»Was zum Beispiel?«

»Zum Beispiel, daß hier dreimal eingebrochen wurde.« Als Lorenzoni nichts dazu sagte, fragte Brunetti: »Wann war das? Vor oder nach der Entführung?«

»Davor und währenddessen.«

»Was wurde gestohlen?«

»Beim erstenmal haben sie nur einiges Silber aus dem Eßzimmer erwischt. Einer der Gärtner hat ein Licht bemerkt und kam nachsehen, was los war. Da sind sie über die Mauer geflüchtet.«

»Und die anderen Male?« fragte Brunetti.

»Der zweite Einbruch war in der Zeit der Entführung. Das heißt, nachdem Roberto verschwunden war, aber bevor die Lösegeldforderungen aufhörten. Wir waren alle in Venedig. Die müssen über die Mauer gestiegen sein, und diesmal haben sie einige Gemälde mitgehen lassen. In einem der Schlafzimmer ist im Fußboden ein Safe, aber den haben sie nicht gefunden. Darum glaube ich nicht, daß es Profis waren. Wahrscheinlich Drogenabhängige.«

»Und der dritte Einbruch?«

»Wir waren alle hier, mein Onkel, meine Tante und ich. Mitten in der Nacht wachte ich auf – ich weiß nicht warum, vielleicht hatte ich ein Geräusch gehört. Ich stand auf und ging an die Treppe, da hörte ich unten jemanden herumlaufen. Ich bin dann ins Arbeitszimmer meines Onkels gegangen und habe die Flinte geholt.«

»Dieselbe, mit der Sie heute geschossen haben?« fragte Brunetti.

»Ja. Sie war nicht geladen, aber das wußte ich nicht.« Lorenzoni lächelte verlegen bei diesem Geständnis, dann fuhr er fort: »Ich bin zum Treppenabsatz gegangen, habe Licht gemacht und laut hinuntergerufen. Dann bin ich mit erhobener Waffe die Treppe runter.«

»Das war mutig«, sagte Brunetti mit ehrlicher Anerkennung.

»Ich dachte ja, die Flinte wäre geladen.«

»Und dann?«

»Nichts. Als ich halb unten war, hörte ich eine Tür schlagen und gleich darauf Geräusche draußen im Garten.«

»Was für Geräusche?«

Lorenzoni wollte schon antworten, stockte kurz und sagte dann: »Ich weiß es nicht. Ich hatte solche Angst, daß ich nicht mitbekommen habe, was das für Geräusche waren.« Als weder Brunetti noch Vianello sich überrascht darüber zeigten, fügte er hinzu: »Ich mußte mich auf die Treppe setzen, so eine Angst hatte ich.«

Brunettis Lächeln war milde, als er sagte: »Gut, daß Sie nicht wußten, daß Ihre Waffe nicht geladen war.«

Lorenzoni schien nicht recht zu wissen, wie er das auffassen sollte, bis Brunetti ihm die Hand auf die Schulter legte und sagte: »Nicht viele Leute hätten den Mut gehabt, die Treppe hinunterzugehen, glauben Sie mir.«

»Meine Tante und mein Onkel waren immer sehr gut zu mir«, versuchte Lorenzoni das zu erklären.

»Haben Sie je herausbekommen, wer es war?« wollte Brunetti wissen.

Lorenzoni schüttelte den Kopf. »Nein, nie. Die Carabinieri waren hier und haben sich umgesehen, sogar ein paar Gipsabdrücke von Fußstapfen gemacht, die sie an der Mauer fanden. Aber Sie wissen ja, wie das ist«, meinte er mit einem Seufzer. »Hoffnungslos.« Plötzlich fiel ihm ein, wen er vor sich hatte, und er fügte hinzu: »So habe ich das nicht gemeint.«

Brunetti, der ihm das nicht abnahm, wischte die Bemerkung mit einer Handbewegung beiseite und fragte: »Wie sind Sie darauf gekommen, daß wir die Entführer sein könnten? Ich meine, daß sie wiedergekommen wären?«

Während des ganzen Gesprächs hatte Lorenzoni sie langsam in Richtung Villa geführt. Als sie um die letzte Biegung kamen, lag das Gebäude plötzlich vor ihnen, dreigeschossig, mit zwei niedrigeren Seitenflügeln. Die Steine, mit denen es gebaut war, glühten blaßrosa in der milden Sonne; die hohen Fenster spiegelten das wenige Licht.

Lorenzoni schien sich plötzlich seiner Gastgeberrolle zu entsinnen und fragte: »Kann ich Ihnen etwas anbieten?«

Brunetti sah aus dem Augenwinkel Vianellos schlecht verhohlenes Erstaunen: Erst versucht er uns umzubringen, und dann bietet er uns etwas zu trinken an.

»Sehr freundlich, aber nein, danke«, sagte er. »Dagegen würde ich von Ihnen gern etwas über Ihren Vetter hören.«

»Über Roberto?«

»Ja.«

»Was denn?«

»Was für ein Mensch er war. Was für Witze er gut fand. Was er für die Firma so gemacht hat. Solche Dinge eben.«

Brunetti fand diesen Fragenkatalog selbst etwas eigenartig, aber Lorenzoni schien sich nicht zu wundern. »Er war ...«, begann er und hielt wieder inne. »Ich weiß nicht, wie ich es mit Anstand ausdrücken soll. Er war ganz und gar unkompliziert.«

Wieder unterbrach er sich. Brunetti wartete, neugierig, was für Beschönigungen dem jungen Mann noch einfallen würden.

»Er war nützlich für die Firma, weil er immer *una bella figura* machte, so daß mein Onkel ihn als Repräsentanten überallhin schicken konnte.«

»Auch zu Verhandlungen?« fragte Brunetti.

»Nein, nein«, antwortete Lorenzoni wie aus der Pistole geschossen. »Roberto war eher fürs Gesellschaftliche geeignet; Kunden zum Essen ausführen oder ihnen die Stadt zeigen.«

»Was hat er noch gemacht?«

Lorenzoni dachte kurz nach. »Mein Onkel hat ihn oft mit wichtigen Unterlagen irgendwohin geschickt; wenn er sicher sein wollte, daß ein Vertrag rasch ankommt, hat Roberto das übernommen.«

»Und ist dann gleich noch ein paar Tage dageblieben?«

»Ja, manchmal«, antwortete Lorenzoni.

»War er auf der Universität?«

»Er war in der *facoltà di economia commerciale* eingeschrieben.«

»Und wo?«

»In Venedig, an der Ca' Foscari.«

»Wie lange?«

»Drei Jahre.«

»Hat er irgendwelche Examina abgelegt?«

Falls Lorenzoni die Wahrheit kannte, kam sie ihm nicht über die Lippen. »Ich weiß es nicht.« Aber die letzte Frage hatte das Einvernehmen getrübt, das Brunetti durch seine Antwort auf Lorenzonis Eingeständnis der Angst hergestellt hatte. »Warum wollen Sie das eigentlich alles wissen?« fragte der junge Mann.

»Ich möchte mir ein Bild von ihm machen«, antwortete Brunetti wahrheitsgemäß.

»Und was soll das noch für einen Sinn haben? Nach so langer Zeit?«

Brunetti zuckte die Achseln. »Ich weiß nicht, ob es einen Sinn hat. Aber wenn ich die nächsten Monate meines Lebens mit ihm verbringen soll, will ich möglichst viel über ihn wissen.«

»Monate?« fragte Lorenzoni.

»Ja.«

»Heißt das, die Ermittlungen wegen der Entführung werden wiederaufgenommen?«

»Es geht nicht mehr nur um Entführung. Es geht um Mord.«

Lorenzoni zuckte bei dem Wort zusammen, sagte aber nichts.

»Fällt Ihnen sonst noch etwas ein, was vielleicht wichtig sein könnte?«

Lorenzoni schüttelte den Kopf und wandte sich der Treppe zu, die zum Eingang der Villa hinaufführte.

»Ist Ihnen etwas an seinem Verhalten aufgefallen, bevor er entführt wurde?«

Wieder schüttelte Lorenzoni den Kopf, aber dann blieb er stehen und drehte sich zu Brunetti um. »Ich glaube, er war krank.«

»Warum sagen Sie das?«

»Er war ständig müde und sagte, er fühle sich nicht wohl. Ich glaube, er hat auch etwas von Magenbeschwerden und Durchfall gesagt. Außerdem sah er aus, als hätte er abgenommen.«

»Hat er dazu noch mehr gesagt?«

»Nein, nein. Roberto und ich haben uns in den letzten Jahren nicht so besonders nahegestanden.«

»Seit Sie anfingen, für die Firma zu arbeiten?«

Der Blick, mit dem Lorenzoni ihn daraufhin bedachte, war weder freundlich noch überrascht. »Was wollen Sie damit sagen?«

»Ich fände es ganz normal, wenn er von Ihrer Anwesenheit in der Firma nicht begeistert gewesen wäre, schon gar nicht, wenn er den Eindruck hatte, daß Ihr Onkel etwas von Ihnen hielt oder Ihrem Urteil vertraute.«

Brunetti erwartete eigentlich, daß Lorenzoni dazu etwas sagen würde, aber der junge Mann drehte sich nur unvermittelt schweigend um und ging die drei breiten Stufen zum Haus hinauf. Brunetti rief ihm nach: »Gibt es sonst noch jemanden, mit dem ich über ihn sprechen könnte?«

Oben angekommen, drehte Lorenzoni sich noch einmal um. »Nein. Keiner kannte ihn. Keiner kann Ihnen helfen.« Er wandte sich ab, ging ins Haus und machte die Tür hinter sich zu.

18

Da das Wochenende bevorstand, ließ Brunetti die Lorenzonis in Ruhe und beschäftigte sich erst am Montag wieder mit ihnen, als er zu Robertos Beerdigung ging, einer so feierlichen wie düsteren Zeremonie. Die Messe wurde in der Kirche San Salvatore gelesen, die am einen Ende des Campo San Bartolomeo und damit viel zu nah am Rialto lag, so daß sie den ganzen Tag, also auch während der Messe, von einem unablässigen Touristenstrom heimgesucht wurde. Brunetti, der auf einer der hinteren Bänke saß, fühlte sich gestört von dem Kommen und Gehen und den geflüsterten Beratungen, wie man nun wohl am besten Tizians Verkündigung und das Grabmal der Caterina Corner fotografierte. Während einer Totenmesse? Man konnte ja vielleicht ganz leise sein und den Blitz abschalten.

Der Priester ignorierte das Getuschel und fuhr mit dem tausendjährigen Ritual fort. Er sprach von der vorübergehenden Natur unseres Erdendaseins, von der Trauer der Eltern und Angehörigen dieses Gotteskindes, dessen Leben auf Erden so jäh beendet worden war. Aber dann forderte er seine Zuhörer auf, an die Freuden zu denken, die den Gläubigen und Gerechten erwarteten, wenn er heimging zum himmlischen Vater, dem Quell aller Liebe. Nur einmal ließ sich der Priester kurz von seiner Pflicht ablenken: Im hinteren Teil der Kirche fiel unter lautem Gepolter ein Stuhl um, gefolgt von einem unterdrückten Ausruf in einer Sprache, die nicht Italienisch war.

Doch das Ritual schluckte auch diese Störung; der Priester und sein Ministrant gingen unter Gebeten langsam um den geschlossenen Sarg herum und besprengten ihn mit Weihwasser. Brunetti fragte sich, ob er hier der einzige war, der an den physischen Zustand dessen dachte, was dort unter dem geschnitzten Mahagonideckel lag. Keiner der Anwesenden hatte es wirklich gesehen: Robertos Identität war nur durch ein paar zahnärztliche Röntgenaufnahmen und einen goldenen Ring bestätigt, bei dessen Anblick der Conte in herzzerreißendes Schluchzen ausgebrochen war, wie Brunetti von Commissario Barzan erfahren hatte. Brunetti selbst kannte zwar den Autopsiebericht, aber auch er wußte nicht genau, wieviel materielle Substanz von dem, was einmal Roberto Lorenzoni gewesen war, tatsächlich in dem Sarg lag. Einundzwanzig Jahre gelebt, und so wenig war geblieben, nur ein Paar gramgebeugte Eltern, eine Freundin, die inzwischen das Kind eines anderen geboren hatte, und ein Vetter, der rasch in die Position des Erben aufgestiegen war. Von Roberto, dem Sohn eines irdischen wie eines himmlischen Vaters, schien wenig übrig zu sein. Er hatte einem verbreiteten Typus angehört: verwöhnter Sohn reicher Eltern, von dem wenig verlangt und noch weniger erwartet wurde. Und nun lag er hier in einem Kasten in einer Kirche, ein Häufchen blanker Knochen und ein paar Fleischfetzen, und sogar der Polizist, der ausgesandt war, seinen Mörder zu finden, brachte keine wirkliche Trauer über seinen frühen Tod auf.

Das Ende der Zeremonie bewahrte Brunetti vor weiteren Überlegungen. Vier erwachsene Männer trugen den Sarg vom Altar zur Kirchentür. Ihnen folgten Conte Ludovico und Maurizio, die zwischen sich die Contessa stützten. Francesca Salviati war nicht da. Es betrübte Brunetti, daß fast alle Trauergäste, die nun die Kirche verließen, ältere Leute waren, offenbar Freunde der Eltern. Es war, als wäre Roberto nicht nur seiner Zukunft beraubt, sondern auch seiner Vergangenheit, denn er hinterließ keine eigenen Freunde, die gekommen wären, um von ihm Abschied zu nehmen oder ein Gebet für seine längst hingeschiedene Seele zu sprechen. Wie unermeßlich traurig, so unbedeutend gewesen zu sein, daß einzig die Tränen einer Mutter seinen letzten Weg begleiteten. Bei seinem eigenen Tod, dachte

Brunetti, gäbe es nicht einmal die: Seine Mutter, gefangen in ihrem Irrsinn, war längst darüber hinaus, noch zwischen Sohn und Vater oder Leben und Tod unterscheiden zu können. Und wenn der Sarg nun die spärlichen Überreste seines eigenen Sohnes enthielte?

Brunetti trat in den Gang und schloß sich dem dünnen Strom der Leute an, die zum Ausgang strebten. Auf der Treppe angekommen, überraschte es ihn, daß die Sonne schien und Menschen auf ihrem Weg zum Campo San Luca oder Rialto hier vorbeischlenderten, ohne den mindesten Gedanken an Roberto Lorenzoni und seinen Tod zu verschwenden.

Er beschloß, dem Sarg nicht zum Wasser zu folgen, wo er auf das Boot getragen würde, das ihn zur Friedhofsinsel bringen sollte. Statt dessen machte er sich auf den Weg Richtung San Lio und zurück zur Questura, wobei er unterwegs noch auf einen Kaffee und eine Brioche einkehrte. Den Kaffee trank er aus, aber von der Brioche bekam er nur einen Bissen hinunter. Er legte das Gebäckstück auf den Tresen, zahlte und ging.

Auf seinem Schreibtisch fand er eine Postkarte von seinem Bruder. Vorn war die *Fontana di Trevi* abgebildet, auf der Rückseite stand in Sergios ordentlicher Handschrift: »Vortrag ein voller Erfolg, wir sind die Helden«, darunter sein Name und daneben ein gekritzelter Zusatz: »Rom gräßlich und schmutzig.«

Brunetti versuchte, das Datum des Poststempels zu erkennen, aber wenn überhaupt eines darauf war, dann war es zu verschmiert, um leserlich zu sein. Es erstaunte ihn, daß eine Postkarte aus Rom nur wenige Tage gebraucht hatte, während es schon vorgekommen war, daß Briefe aus Turin ihn erst nach Wochen erreichten. Aber vielleicht hatten Ansichtskarten bei der Post Vorrang oder wurden lieber befördert, weil sie kleiner und leichter waren. Er las seine übrige Post durch, von der einiges wichtig, aber nichts interessant war.

Signorina Elettra stand am Tisch vor ihrem Fenster und arrangierte einen Strauß Iris in einer blauen Vase, die in einem vom Fenster her einfallenden Lichtstreifen stand. Ihr Pullover hatte fast die gleiche Farbe wie die Blumen, die ebenso schlank und aufrecht dastanden wie sie.

»Sind die aber schön«, sagte Brunetti schon auf der Schwelle.

»Ja, nicht? Aber ich hätte schon immer gern einmal gewußt, warum die aus der Gärtnerei gar nicht duften.«

»Tun sie das nicht?«

»Kaum«, antwortete sie. »Riechen Sie mal.« Sie trat zur Seite.

Brunetti beugte sich vor. Nein, sie rochen nach gar nichts, höchstens ganz schwach nach Grünzeug.

Bevor er aber etwas dazu sagen konnte, fragte hinter ihnen eine Stimme: »Ist das eine neue Ermittlungstechnik, Commissario?«

Tenente Scarpas Stimme schnurrte vor Neugier. Als Brunetti sich aufrichtete und zu ihm umdrehte, sah er in eine Maske respektvoller Aufmerksamkeit.

»Ja, Tenente«, antwortete er. »Signorina Elettra hat mir gerade erklärt, daß man wegen ihres schönen Aussehens nur schwer feststellen kann, ob sie innerlich verfault sind. Man muß also daran riechen. Dann weiß man es.«

»Und, sind sie innerlich verfault?« fragte Scarpa scheinbar interessiert.

»Noch nicht«, mischte sich Signorina Elettra ein, während sie an dem Tenente vorbei wieder zu ihrem Schreibtisch ging. Ein paar Schritte vor ihm blieb sie stehen und betrachtete seine Uniform von oben bis unten. »Bei Blumen läßt es sich schwerer sagen.« Sie setzte sich und fragte mit einem Lächeln, das so falsch war wie seines: »Wollten Sie etwas, Tenente?«

»Der Vice-Questore hat mich heraufgebeten«, antwortete er mit kaum verhohlener Wut.

»Dann gehen Sie nur hinein«, sagte sie und zeigte auf Pattas Zimmer. Scarpa ging wortlos an Brunetti vorbei, klopfte einmal an und trat ohne Aufforderung ein.

Brunetti wartete, bis die Tür wieder zu war, bevor er sagte: »Sie sollten sich vor ihm in acht nehmen.«

»Vor dem?« versetzte sie, ohne ihre Verachtung zu verbergen.

»Ja, vor ihm«, wiederholte Brunetti. »Er hat das Ohr des Vice-Questore.«

Sie griff nach einem braunen, in Leder gebundenen Notizbuch. »Und ich habe seinen Terminkalender. Das gleicht sich aus.«

»Da wäre ich nicht so sicher«, beharrte Brunetti. »Er könnte gefährlich werden.«

»Nehmen Sie ihm die Waffe ab, und er ist nichts anderes als ein *terrone maleducato*!«

Brunetti wußte nicht, ob es richtig von ihm war, Respektlosigkeit gegenüber dem Rang des Tenente sowie rassistische Bemerkungen über seinen Herkunftsort zu dulden. Dann fiel ihm aber wieder ein, von wem die Rede war, und er ließ es durchgehen. »Haben Sie eigentlich mit dem Bruder Ihres Freundes über Roberto Lorenzoni gesprochen, Signorina?«

»Ja, Dottore. Entschuldigen Sie, aber ich habe ganz vergessen, es Ihnen zu sagen.«

Brunetti fand es interessant, daß ihr das offenbar mehr Kummer bereitete als ihre Bemerkungen über Tenente Scarpa. »Was hat er denn gesagt?«

»Nicht sehr viel. Vielleicht habe ich es darum vergessen. Er meinte nur, daß Roberto faul und verwöhnt war und in der Schule immer bei anderen abgeschrieben hat.«

»Sonst nichts?«

»Nur noch, daß Roberto sich immer wieder in Schwierigkeiten gebracht hat, weil er es nicht lassen konnte, seine Nase in anderer Leute Dinge zu stecken – also bei Mitschülern zu Hause Schubladen öffnete und in ihren Sachen wühlte. Edoardo hat das fast mit einem gewissen Stolz erzählt. Roberto hat sich sogar einmal in der Schule einschließen lassen und sich dann die Schreibtische aller Lehrer vorgenommen.«

»Warum denn das? Um etwas zu stehlen?«

»Nein, nein. Er wollte nur sehen, was sie so hatten.«

»Und hatten die beiden noch Verbindung miteinander, als Roberto entführt wurde?«

»Nein, nicht direkt. Edoardo war da gerade beim Militär. In Modena. Er sagt, sie hätten sich schon seit über einem Jahr nicht mehr gesehen gehabt, als es passierte. Aber er konnte ihn gut leiden, sagt er.«

Brunetti hatte zwar noch keine Ahnung, was er mit diesen Informationen anfangen sollte, dankte aber Signorina Elettra, verkniff es sich, sie noch einmal vor Tenente Scarpa zu warnen, und ging wieder in sein Zimmer hinauf.

Er sah die Briefe und Berichte auf seinem Schreibtisch an und schob sie beiseite. Dann setzte er sich, zog mit der rechten Schuhspitze die unterste Schublade ein Stückchen heraus und legte die Füße darauf. Er verschränkte die Arme vor der Brust und starrte an die Wand über seinem Garderobenschrank. Er versuchte so etwas wie Mitgefühl für Roberto in sich zu wecken, und erst als er sich ausmalte, wie der Junge sich in der Schule hatte einschließen lassen, um in den Schubladen seiner Lehrer zu wühlen, konnte er sich endlich so etwas wie ein Bild von dem Toten machen. Es brauchte nichts weiter als dieses Wissen um eine unerklärliche menschliche Schwäche, damit er endlich jenes tiefe Mitleid mit dem Ermordeten empfinden konnte, das einen so großen Teil seines Leben ausmachte. Er dachte an die vielen Dinge, die in Robertos Leben noch hätten geschehen können; vielleicht hätte er noch eine Arbeit gefunden, die ihm Freude machte, eine Frau, die er lieben konnte; vielleicht hätte er einen Sohn gehabt.

Mit ihm starb die Familie aus; jedenfalls der direkte Zweig des Conte Ludovico. Brunetti wußte, daß die Lorenzonis ihren

Stammbaum bis in die graue Vorzeit zurückverfolgen konnten, wo Geschichte und Mythos miteinander verschmolzen. Wie mochte es sein, das Ende dieser Linie abzusehen? Wenn er sich recht erinnerte, hatte Antigone gesagt, das Schrecklichste am Tod ihres Bruders sei, daß ihre Eltern keine Kinder mehr bekommen könnten und die Familie mit den Leichen, die vor Thebens Mauern verwesten, aussterben werde.

Er lenkte seine Gedanken auf Maurizio, der jetzt aller Voraussicht nach Erbe des Lorenzoni-Imperiums war. Obwohl die beiden Jungen zusammen aufgewachsen waren, gab es keine Anzeichen für eine besondere Zuneigung oder gar Liebe zwischen ihnen. Maurizios Ergebenheit schien ausschließlich seiner Tante und seinem Onkel zu gehören. Das machte es unwahrscheinlich, daß er ihnen etwas so Furchtbares antun würde, wie sie ihres einzigen Kindes zu berauben. Doch Brunetti hatte genug Erfahrung mit den ungeheuerlichsten Selbstrechtfertigungen von Verbrechern, um zu wissen, daß Maurizio keine Sekunde brauchen würde, um sich einzureden, es sei doch eigentlich Nächstenliebe, wenn er ihnen einen gewissenhaften, ergebenen, fleißigen Erben bescherte, einen, der ihre Erwartungen an einen guten Sohn so vollkommen erfüllte, daß sie ihren Schmerz über den Verlust Robertos bald überwinden würden. Brunetti hatte schon Schlimmeres gehört.

Er rief bei Signorina Elettra an, um zu fragen, ob sie den Namen des Mädchens herausbekommen habe, dem Maurizio die Hand gebrochen hatte. Sie sagte, der Name stehe auf einem gesonderten Blatt am Ende der Liste mit den Unternehmen der Lorenzonis. Brunetti blätterte zur letzten Seite um. Maria Teresa Bonamini, eine Adresse in Castello.

Er wählte die Nummer und verlangte Signorina Bonamini, worauf die Frau am Telefon antwortete, Maria sei bei der Arbeit. Ohne sich zu erkundigen, wer der Anrufer sei, teilte sie Brunetti auf seine Frage mit, daß sie als Verkäuferin in der Damenabteilung von Coin beschäftigt sei.

Da er es besser fand, persönlich mit ihr zu sprechen, verließ er die Questura, ohne jemandem zu sagen, was er vorhatte, und machte sich auf den Weg in Richtung des Kaufhauses.

Seit dem Brand vor fast zehn Jahren war es ihm schwergefallen, das Kaufhaus zu betreten, weil die Tochter eines Freundes dort zu Tode gekommen war, nachdem ein unachtsamer Arbeiter Plastikfolien in Brand gesetzt hatte, die das Gebäude minutenschnell in eine raucherfüllte Hölle verwandelten. Damals hatte er es irgendwie als tröstlich empfunden, daß sie an Rauchvergiftung gestorben und nicht verbrannt war; jetzt, Jahre später, blieb nur noch ihr Tod.

Brunetti nahm den Fahrstuhl in den zweiten Stock und sah sich von Braun umgeben, der diesjährigen Sommerfarbe bei Coin: Blusen, Röcke, Kleider, Hüte – ein einziger Wirbel von Erdtönen. Bedauerlicherweise hatten auch die Verkäuferinnen beschlossen oder die Anweisung bekommen, diese Farben zu tragen, so daß sie in dem Meer von Umbra, Schoko, Mahagoni und Kastanie so gut wie unsichtbar waren. Doch zum Glück bewegte sich jetzt eine von ihnen von dem Kleiderständer, vor dem sie gestanden hatte, auf ihn zu. »Können Sie mir sagen, wo ich Maria Teresa Bonamini finde?« fragte Brunetti.

Sie drehte sich um und zeigte zum hinteren Teil des Ladens. »Da drüben, bei den Pelzen«, sagte sie und ging schon weiter zu einer Frau im Ledermantel, die ihr winkte.

Brunetti folgte der Richtungsangabe und fand sich zwischen Pelzmänteln und -jacken wieder, massenweise hingeschlachtetes Getier, dessen Verkauf offenbar von der Jahreszeit unabhängig war. Er sah langhaarigen Fuchs, glänzenden Nerz und einen besonders dichten Pelz, den er nicht identifizieren konnte. Vor einigen Jahren war eine Welle allgemeinen schlechten Gewissens über die italienische Modeindustrie hinweggeschwappt, und für die Dauer einer Saison hatte man die Frauen gedrängt, *la pelliccia ecologica* zu kaufen, Pelze in den wildesten Mustern und Farben, die gar nicht erst den Anschein der Echtheit zu erwecken versuchten. Aber mochten die Muster auch noch so einfallsreich, die Preise noch so hoch sein, man konnte sie nie so teuer verkaufen wie echten Pelz, und so wurde die Eitelkeit nie richtig befriedigt. Sie waren ein Prinzip, kein Statussymbol, und kamen somit schnell wieder aus der Mode; man schenkte sie der Putzfrau oder bosnischen Flüchtlingen. Schlimmer noch, sie waren zu einem ökologischen Alptraum geworden: Riesenmengen an biologisch nicht abbaubarem Kunststoff. Und so waren wieder echte Pelze an die Kleiderstangen gekommen.

»Si, Signore?« fragte die Verkäuferin, die auf Brunetti zukam und ihn aus seinen Gedanken über die Eitelkeit menschlicher Wünsche riß. Sie war blond, blauäugig und fast so groß wie er.

»Signorina Bonamini?«

»Ja«, antwortete sie und maß Brunetti, statt zu lächeln, mit einem argwöhnischen Blick.

»Ich würde gern mit Ihnen über Maurizio Lorenzoni sprechen, Signorina«, erklärte er.

Ihr Gesichtsausdruck wechselte schlagartig. Aus passiver Neugier wurde Unwille, sogar Schrecken. »Das ist alles erledigt. Sie können meinen Anwalt fragen.«

Brunetti trat einen Schritt zurück und lächelte höflich. »Entschuldigen Sie, Signorina, ich hätte mich vorstellen sollen.« Er zog seine Brieftasche heraus und hielt sie so, daß sie das Foto auf seinem Dienstausweis sehen konnte. »Ich bin Commissario Guido Brunetti und möchte Ihnen nur einige Fragen über Maurizio stellen. Dazu brauchen wir keinen Anwalt.«

»Was denn für Fragen?« erkundigte sie sich, noch immer in bangem Ton.

»Was er für ein Mensch ist. Über seinen Charakter.«

»Warum wollen Sie das wissen?«

»Wie Sie wahrscheinlich gehört haben, wurde die Leiche seines Vetters gefunden, und wir nehmen die Ermittlungen zu der

Entführung wieder auf. Darum müssen wir noch einmal von vorn anfangen und uns über die Familie informieren.«

»Dann geht es also nicht um meine Hand?«

»Nein, Signorina. Ich weiß zwar über diesen Vorfall Bescheid, aber deswegen bin ich nicht hier.«

»Ich habe ihn ja nie angezeigt. Es war ein Unfall.«

»Aber Ihre Hand war gebrochen, nicht wahr?« fragte Brunetti, wobei er es sich versagte, auf ihre Hände zu sehen.

Wie auf eine unausgesprochene Frage, hob sie die linke Hand und bog und streckte die Finger. »Völlig in Ordnung, sehen Sie?«

»Ja, freut mich für Sie«, sagte Brunetti und lächelte wieder. »Aber warum sprachen Sie von einem Anwalt?«

»Ich habe, nachdem das passiert war, eine Erklärung unterschrieben, daß ich nicht gegen ihn klagen werde. Es war nämlich wirklich ein Unfall«, fügte sie nachsichtig hinzu. »Ich wollte auf seiner Seite aus dem Auto steigen, und er hat die Tür zugeschlagen, ehe er das merkte.«

»Warum mußten Sie dann diese Erklärung unterschreiben, wenn es doch ein Unfall war?«

Sie zuckte die Achseln. »Ich weiß es nicht. Sein Anwalt hat gesagt, das müßte ich.«

»Wurde Geld gezahlt?« fragte Brunetti.

Bei der Frage war es wieder vorbei mit ihrer Gelassenheit. »Das ist nicht verboten«, verkündete sie mit der Bestimmtheit dessen, der das schon von mehr als einem Anwalt gehört hat.

»Ich weiß, Signorina. Es war auch nur reine Neugier. Mit dem, was ich über Maurizio wissen will, hat das nichts zu tun.«

Hinter ihm fragte eine Stimme, an die Verkäuferin gewandt: »Haben Sie diesen Fuchs auch in Größe vierzig?«

Ein Lächeln erschien auf ihrem Gesicht. »Leider nein, Signora. Vierzig ist ausverkauft. Aber in vierundvierzig haben wir ihn noch da.«

»Nein, danke«, sagte die Frau abwesend und ging weiter zu den Röcken und Blusen.

»Kannten Sie seinen Vetter?« fragte Brunetti, als Signorina Bonamini ihre Aufmerksamkeit wieder ihm zuwandte.

»Roberto?«

»Ja.«

»Nein, ich habe ihn nie kennengelernt, aber Maurizio hat manchmal von ihm gesprochen.«

»Und was hat er dann über ihn gesagt? Erinnern Sie sich daran?«

Sie überlegte eine Weile. »Nein, an nichts Bestimmtes.«

»Können Sie mir dann sagen, ob Maurizio so von ihm gesprochen hat, als hätten die beiden sich gern?«

»Sie waren Vettern«, antwortete sie, als wäre das Erklärung genug.

»Das weiß ich, Signorina, aber ich dachte, Sie könnten sich vielleicht erinnern, ob Maurizio einmal etwas über Roberto erzählt hat und ob Sie – egal wie – einen Eindruck davon bekommen haben, was er über ihn dachte.« Brunetti versuchte es noch einmal mit einem Lächeln.

Sie streckte abwesend die Hand aus und hängte eine Nerzjakke gerade. »Nun«, meinte sie, überlegte kurz und fuhr dann fort: »Wenn Sie mich so fragen, würde ich sagen, daß Maurizio nicht viel von ihm hielt.«

Brunetti hütete sich, sie zu unterbrechen oder weiter in sie zu dringen.

»Einmal haben sie ihn – ich meine Roberto – nach Paris geschickt. Ich glaube, es war Paris. Eine große Stadt jedenfalls, wo die Lorenzonis irgendein Geschäft laufen hatten. Ich habe nie richtig begriffen, was da eigentlich genau passiert ist, aber Roberto muß ein Päckchen oder so was aufgemacht haben, oder er hat gesehen, was in einem Vertrag stand und mit jemandem darüber gesprochen, der das nicht hätte wissen dürfen. Jedenfalls ist aus dem Geschäft dann nichts geworden.«

Sie blickte kurz zu Brunetti und sah die Enttäuschung in seinem Gesicht. »Ich weiß, ich weiß, das klingt nicht sehr interessant, aber Maurizio war richtig sauer, als das passierte.« Sie wägte ihre nächste Bemerkung kurz ab, sprach dann aber doch weiter. »Und er kann ziemlich wütend werden.«

»Ihre Hand?« fragte Brunetti.

»Nein«, antwortete sie, ohne zu zögern. »Das war wirklich ein Unfall. Das wollte er nicht. Sie können mir glauben, wenn er es absichtlich getan hätte, wäre ich am nächsten Morgen vom Krankenhaus direkt zur Polizei gegangen.« Sie griff mit der fraglichen Hand wieder nach einem Pelz und schob ihn zurecht. »Er schreit nur herum, wenn er wütend wird. Ich habe nie erlebt, daß er etwas *getan* hätte. Aber man kann in dieser Stimmung einfach nicht mit ihm reden; da ist er auf einmal ein völlig anderer.«

»Und wenn er kein anderer ist, wie ist er dann?«

»Ein Streber ist er. Darum habe ich auch mit ihm Schluß gemacht. Dauernd hat er angerufen und gesagt, er hätte noch zu tun, oder wir mußten Leute zum Essen ausführen, Geschäftsfreunde. Und dann ist das passiert«, sagte sie, wobei sie wieder die Hand hob, »und da habe ich ihm gesagt, ich wollte nicht mehr.«

»Wie hat er das aufgenommen?«

»Ich glaube, er war erleichtert, besonders nachdem ich ihm gesagt hatte, daß ich trotzdem diese Erklärung für seine Anwälte unterschreiben würde.«

»Haben Sie seitdem wieder mal von ihm gehört?«

»Nein. Ich sehe ihn manchmal auf der Straße, wie das hier eben so ist, und wir grüßen uns. Aber wir unterhalten uns nicht, höchstens ein ›Wie geht's‹ oder so.«

Brunetti zog noch einmal die Brieftasche heraus und entnahm ihr eine seiner Karten. »Wenn Ihnen noch irgend etwas einfällt, Signorina, rufen Sie mich dann bitte in der Questura an.«

Sie nahm die Karte und steckte sie in die Tasche ihrer braunen Jacke. »Natürlich«, sagte sie gleichgültig, und er hatte seine Zweifel, ob die Karte den Nachmittag überleben würde.

Er gab ihr die Hand und suchte sich zwischen den Pelzen einen Weg zur Treppe. Während er dem Ausgang zustrebte, überlegte er, wie viele unversteuerte Millionen man ihr wohl für die Unterschrift auf dieser Erklärung gegeben hatte. Aber Steuerhinterziehung war, wie er sich nur zu oft vorhalten mußte, nicht sein Ressort.

19

Als Brunetti nach dem Mittagessen in die Questura zurückkam, sagte ihm die Wache an der Tür, Vice-Questore Patta habe nach ihm gefragt. Weil er befürchtete, es könnte womöglich der Nachhall von Signorina Elettras Verhalten gegenüber Tenente Scarpa sein, ging er gleich hinauf.

Falls Scarpa etwas gesagt hatte, merkte man aber nichts davon, denn Brunetti traf Patta in ungewöhnlich freundlicher Stimmung an. Er war augenblicklich auf der Hut.

»Haben Sie schon Fortschritte im Mordfall Lorenzoni gemacht, Brunetti?« fragte Patta, nachdem Brunetti seinen Platz vor dem Schreibtisch des Vice-Questore eingenommen hatte.

»Nein, noch nicht, Vice-Questore, aber ich habe eine Reihe interessanter Hinweise.« Diese wohlüberlegte Lüge sollte den Eindruck erwecken, daß zwar genug geschah, um ihn auf Trab zu halten, aber noch keine Erfolge vorlagen, die Patta zu Nachfragen ermuntern könnten.

»Gut, gut«, murmelte Patta, woraus Brunetti schloß, daß er nicht im mindesten an den Lorenzonis interessiert war. Er fragte nicht nach; lange Erfahrung hatte Brunetti gelehrt, daß Patta sich Neuigkeiten gern wie Würmer aus der Nase ziehen ließ, statt geradewegs damit herauszurücken. Brunetti hatte nicht vor, ihm entgegenzukommen.

»Es geht um diese Sendung, Brunetti«, sagte Patta endlich.

»Ja, Vice-Questore?« fragte Brunetti höflich.

»Die RAI über die Polizei macht.«

Brunetti erinnerte sich dunkel an irgend so eine geplante Sendung über die Polizei, die in einem Filmstudio in Padua produziert werden sollte. Er hatte vor einigen Wochen einen Brief bekommen, in dem er gefragt worden war, ob er bereit sei, als Berater zu fungieren, oder war es als Kommentator? Er hatte den Brief in den Papierkorb geworfen und die ganze Sache vergessen. »Ja?« wiederholte er, nicht weniger höflich.

»Die wollen Sie haben.«

»Wie bitte?«

»Ja. Als Berater. Außerdem sollen Sie ein langes Interview über die Funktionsweise des Polizeiapparats geben.«

Brunetti dachte an die Arbeit, die seiner harrte, an die Ermittlungen im Lorenzoni-Fall. »Aber das ist doch vollkommen abwegig.«

»Genau, das habe ich auch gesagt«, stimmte Patta zu. »Ich habe gesagt, sie brauchen jemanden mit einem breiteren Erfahrungsspektrum, jemanden, der einen besseren Überblick über die Polizeiarbeit hat, sie als Ganzes sehen kann, nicht als eine Reihe einzelner Fälle.«

Zu den Dingen, die Brunetti am allerwenigsten an Patta schätzte, gehörten die miserablen Textbücher zu den billigen Melodramen seines Lebens.

»Und was haben die Leute zu Ihrem Vorschlag gesagt, Vice-Questore?«

»Sie müßten zuerst mit Rom telefonieren. Von dort kam der Vorschlag. Sie wollen sich morgen wieder bei mir melden.« Pattas Ton machte aus dem Satz eine Frage, und zwar eine, die nach einer Antwort verlangte.

»Ich kann mir nicht vorstellen, wer mich für so etwas vorgeschlagen haben könnte, Vice-Questore. Ich mache so etwas nicht gern und möchte auch nichts damit zu tun haben.«

»Das habe ich denen auch gesagt«, erklärte Patta, aber als er Brunettis überraschten Blick sah, fügte er noch hinzu: »Ich wußte ja, daß Sie von dieser Lorenzoni-Geschichte jetzt nicht gern abgezogen werden wollen, nachdem Sie die Ermittlungen gerade wiederaufgenommen haben.«

»Und?« fragte Brunetti.

»Ich habe vorgeschlagen, daß sie jemand anderen nehmen.«

»Mit einem größeren Erfahrungsspektrum?«

»Ja.«

»Und wen?« fragte Brunetti geradeheraus.

»Mich selbst natürlich«, antwortete Patta in einem Ton, als wollte er ihn über den Siedepunkt von Wasser belehren. Brunetti, der wirklich keine Lust hatte, im Fernsehen aufzutreten, fühlte sich plötzlich von einer unerklärlichen Wut darüber gepackt, daß Patta sich so ohne weiteres anmaßte, ihn zu übergehen.

»Ist das nicht Tele Padova?« fragte Brunetti.

»Doch. Aber was hat das damit zu tun?« wollte Patta wissen. Fernsehen war für den Vice-Questore Fernsehen.

Aus schierer Bosheit antwortete Brunetti: »Dann ist die Sendung möglicherweise für Zuschauer des Veneto gedacht, und die möchten lieber jemanden von hier haben. Einen, der venezianischen Dialekt spricht oder sich wenigstens so anhört, als ob er aus dem Veneto wäre, wissen Sie.«

Alle Freundlichkeit war aus Pattas Stimme und Benehmen gewichen, als er sagte: »Ich wüßte nicht, was das für eine Rolle spielen sollte. Verbrechen ist ein nationales Problem und wird nicht nach Provinzen aufgeteilt, wie es Ihrer Meinung nach offenbar sein sollte.« Seine Augen verengten sich zu Schlitzen, als er fragte: »Sie sind doch nicht etwa Mitglied dieser Lega Nord, oder?«

Das war Brunetti natürlich nicht, aber er fand auch nicht, daß Patta ein Recht zu dieser Frage oder Anspruch auf eine Antwort hatte. »Ich wußte nicht, daß Sie mich gerufen haben, um eine politische Diskussion mit mir zu führen, Vice-Questore.«

Nur mit Mühe konnte Patta, seinen großen Fernsehauftritt vor Augen, die Wut aus seiner Stimme heraushalten. »Ich sage Ihnen das nur, um Ihnen die Gefahren einer solchen Denkweise vor Augen zu führen.« Er rückte einen Aktenordner auf seinem Schreibtisch zurecht und fragte in so ruhigem Ton, als wären sie eben erst auf das Thema zu sprechen gekommen: »Also, was machen wir nun mit diesem Fernsehkram?«

Brunetti, der für die Versuchungen der Sprache stets ein offenes Ohr hatte, war entzückt über den Plural, den Patta gebraucht hatte, und erst recht darüber, daß er die Sendung als ›Fernsehkram‹ abtat. Er schien ja richtig gierig darauf zu sein.

»Wenn die wieder anrufen, sagen Sie einfach, daß ich kein Interesse habe.«

»Und dann?« fragte Patta, wohl in der Erwartung, daß Brunetti einen Preis dafür verlangen würde.

»Dann machen Sie einen Vorschlag nach Ihrem Ermessen, Vice-Questore.« Pattas Gesicht war anzusehen, daß er Brunetti kein Wort glaubte. Er hatte in der Vergangenheit reichlich Beweise über die Unzurechnungsfähigkeit seines Untergebenen sammeln können: Einmal hatte er von einem Canaletto gesprochen, den seine Frau in der Küche hängen habe; dann hatte Brunetti selbst eine Beförderung mit direkter Unterstellung unter den Innenminister in Rom abgelehnt, und nun das: der kaltschnäuzige Verzicht auf die Gelegenheit zu einem Fernsehauftritt. Wenn das nicht Irrsinn war!

»Nun gut. Wenn Sie es so sehen, Brunetti, dann werde ich das denen sagen.« Wie es seine Gewohnheit war, schob Patta ein paar Papiere auf seinem Schreibtisch hin und her, um zu zeigen, wieviel er zu tun hatte. »Und was tut sich bei den Lorenzonis?«

»Ich habe mit dem Neffen und noch mit einigen Leuten gesprochen, die ihn kennen.«

»Warum denn das?« fragte Patta aufrichtig verblüfft.

»Weil er jetzt der Erbe ist.« Ob dem wirklich so war, wußte Brunetti nicht genau, aber da es keinen weiteren männlichen Lorenzoni gab, hielt er es für eine vernünftige Annahme.

»Wollen Sie damit andeuten, daß er womöglich für den Mord an seinem eigenen Vetter verantwortlich war?« fragte Patta.

»Nein, Vice-Questore. Ich sage nur, daß er derjenige ist, der am meisten vom Tod seines Vetters profitiert, und darum finde ich, man sollte sich mit ihm befassen.«

Patta sagte nichts dazu, und Brunetti fragte sich, ob er wohl über diese hochinteressante neue Theorie nachgrübelte, daß persönlicher Profit als Motiv für Verbrechen dienen könnte, und ob dies vielleicht bei der Polizeiarbeit hilfreich sein könnte.

»Was noch?«

»Sehr wenig«, antwortete Brunetti. »Es gibt noch ein paar andere Leute, mit denen ich mich gern unterhalten möchte, und dann will ich auch noch einmal mit den Eltern reden.«

»Mit Robertos Eltern?« fragte Patta.

Brunetti verkniff sich die Bemerkung, daß er mit Maurizios Eltern schlecht sprechen könne, da sein Vater tot und seine Mutter verschwunden war. »Ja.«

»Sie wissen natürlich, mit wem Sie es zu tun haben« fragte Patta.

»Lorenzoni?«

»Conte Lorenzoni«, verbesserte Patta automatisch. Während die italienische Regierung alle Adelstitel schon vor Jahrzehnten abgeschafft hatte, gehörte Patta noch zu denen, die sich immer gern mit einem Conte schmückten.

Brunetti ließ es durchgehen. »Ich würde ganz gern noch einmal mit ihm sprechen. Und mit seiner Frau.«

Patta wollte schon etwas einwenden, aber dann fiel ihm wohl Tele Padova wieder ein, und er sagte nur: »Gehen Sie angemessen mit ihnen um.«

»Ja, Vice-Questore«, sagte Brunetti. Er spielte kurz mit dem Gedanken, Bonsuans Beförderung noch einmal ins Gespräch zu bringen, sagte dann aber doch nichts und stand auf. Patta wandte seine Aufmerksamkeit den Papieren vor ihm zu und nahm Brunettis Abgang nicht zur Kenntnis.

Signorina Elettra war noch immer nicht wieder an ihrem Platz, weshalb Brunetti nach unten ging, um Vianello zu suchen. Als er den Sergente an seinem Schreibtisch antraf, sagte er: »Ich glaube, wir sollten uns jetzt mal mit den Jungen unterhalten, die Robertos Auto gestohlen haben.«

Vianello lächelte und deutete mit einer Kopfbewegung auf ein paar Blatt Papier, die er vor sich liegen hatte. Als Brunetti das gestochene Schriftbild des Laserdruckers erkannte, fragte er: »Elettra?«

»Nein, Commissario. Ich bin auf die Idee gekommen, mal diese ehemalige Freundin von ihm anzurufen – sie hat sich über Belästigung durch die Polizei beklagt und mir erklärt, daß sie Ihnen schon alles gesagt hätte, aber ich habe trotzdem gefragt –, und ich habe die Namen bekommen und dann die Adressen ausfindig gemacht.«

Brunetti zeigte auf die Papiere, die so anders aussahen als Vianellos übliches Gekrakel.

»Sie bringt mir den Umgang mit dem Computer bei«, sagte Vianello, ohne seinen Stolz im mindesten verbergen zu wollen.

Brunetti nahm das Blatt und hielt es auf Armeslänge von sich ab, um das kleine Druckbild lesen zu können. »Hier stehen zwei Namen und Adressen drauf, Vianello. Braucht man dafür einen Computer?«

»Wenn Sie sich die Adressen ansehen, Commissario, werden Sie feststellen, daß der eine gerade in Genua seinen Militärdienst ableistet. Das hat der Computer für mich herausgefunden.«

»Oh«, sagte Brunetti und sah genauer hin. »Und der andere?«

»Wohnt hier in Venedig, und ich habe schon mit ihm gesprochen«, antwortete Vianello leicht gekränkt.

»Gute Arbeit«, lobte Brunetti, dem nichts anderes einfiel, womit er Vianello wieder besänftigen konnte. »Was hat er denn über den Autodiebstahl gesagt? Und über Roberto?«

Vianello blickte auf; die beleidigte Miene verschwand. »Was alle sagen. Daß er *un figlio di papà* war, der zuviel Geld und zuwenig zu tun hatte. Als ich nach der Autogeschichte fragte, wollte er zuerst leugnen. Aber ich habe ihm gesagt, er brauche keine Konsequenzen zu fürchten, wir wollten nur Bescheid wissen. Da hat er mir erzählt, Roberto hätte sie gebeten, das zu tun, um Beachtung von seinem Vater zu bekommen. Das heißt, so hat Roberto es nicht gesagt, aber der Junge sieht es so. Er schien sogar irgendwie Mitleid mit Roberto zu haben.«

Als Vianello sah, daß Brunetti etwas einwerfen wollte, fügte er erklärend hinzu: »Nein, nicht weil er tot ist, oder nicht nur. Es schien ihm für Roberto leid zu tun, daß er solche Sachen machen mußte, damit sein Vater ihn beachtete, daß er so einsam war, so verloren.«

Brunetti brummte zustimmend, und Vianello fuhr fort: »Sie haben den Wagen nach Verona gebracht und ihn dort in einem Parkhaus abgestellt. Dann sind sie mit dem Zug nach Hause gefahren. Roberto hat ihnen das Geld dafür gegeben und sie danach sogar noch zum Essen eingeladen.«

»Zur Zeit der Entführung waren sie noch befreundet, oder?«

»Sieht so aus, obwohl dieser – Niccolò Pertusi – ich kenne seinen Onkel, der sagt, er ist ein guter Junge – also, Niccolò meint, daß Roberto in den letzten Wochen vor seiner Entführung irgendwie anders war. Immer müde, keine Späße mehr, immer das Gejammer, wie schlecht es ihm ging und zu welchen Ärzten er laufen mußte.«

»Er war erst einundzwanzig«, warf Brunetti ein.

»Ich weiß. Schon eigenartig, nicht? Ich frage mich, ob er wirklich krank war.«

Vianello lachte. »Meine Tante Lucia würde sagen, es war« – und hier legte Vianello einen gespenstischen Unterton in seine Stimme – »eine Vorahnung.«

»Nein«, sagte Brunetti, »für mich hört sich das an, als wäre er wirklich krank gewesen.«

Sie brauchten beide nichts weiter zu sagen. Brunetti nickte und ging in sein Zimmer hinauf, um das Telefonat zu führen.

Wie üblich vergeudete er zehn Minuten damit, verschiedenen Krankenschwestern und Sekretärinnen zu erklären, wer er war und was er wollte, dann weitere fünf, um dem Spezialisten in Padua, Dottor Giovanni Montini, zu versichern, daß die Informationen über Roberto Lorenzoni benötigt wurden. Weitere Minuten verstrichen, während die Arzthelferin nach Robertos Patientenkarte suchte.

Als sie schließlich gefunden war, bekam Brunetti von dem Arzt nur zu hören, was er schon so oft gehört hatte, daß er allmählich die gleichen Symptome an sich selbst entdeckte: Abgeschlagenheit, Kopfschmerzen und allgemeines Unwohlsein.

»Haben Sie je die Ursache dafür herausgefunden, *dottore?*« fragte Brunetti. »Solche Symptome sind doch ziemlich ungewöhnlich bei einem Menschen in der Blüte seiner Jugend.«

»Es könnte eine Depression gewesen sein«, gab der Arzt zu bedenken.

»Roberto Lorenzoni schien mir nicht der Typ für Depressionen zu sein, *dottore*«, wandte Brunetti ein.

»Vielleicht nicht«, pflichtete der Arzt ihm bei. Dann hörte Brunetti ihn herumblättern. »Nein, ich habe keine Ahnung, was mit ihm los war«, sagte der andere schließlich. »Die Laborergebnisse hätten möglicherweise Aufschluß geben können.«

»Laborergebnisse?« fragte Brunetti.

»Ja, er war Privatpatient und konnte sie bezahlen. Ich hatte eine ganze Reihe von Untersuchungen angeordnet.«

Brunetti hätte fragen können, ob Patienten mit denselben Symptomen, die aber über den öffentlichen Gesundheitsdienst liefen, von solchen Untersuchungen ausgenommen waren. Stattdessen fragte er: »Und warum sagen Sie ›hätten Aufschluß geben können‹, *dottore*?«

»Ich habe die Ergebnisse nicht in meinen Unterlagen.«

»Wie kommt denn das?«

»Da er sich nicht mehr gemeldet hat, um einen neuen Termin zu vereinbaren, haben wir die Laborergebnisse wahrscheinlich nie abgerufen.«

»Könnte man das jetzt noch tun?«

Das Zögern des Arztes war hörbar. »Das ist eigentlich nicht üblich.«

»Aber könnten Sie die Ergebnisse trotzdem bekommen, *dottore*?«

»Ich verstehe nicht, wozu das gut sein soll.«

»*Dottore,* in der momentanen Situation könnte alles, was wir über den Jungen in Erfahrung bringen, dazu beitragen, daß wir diejenigen finden, die ihn ermordet haben.« Brunetti hatte immer wieder die Erfahrung gemacht, daß Leute, mochten sie gegen das Wort ›Tod‹ auch noch so abgehärtet sein, doch alle in gleicher Weise auf das Wort ›Mord‹ reagierten.

Nach einer langen Pause fragte der Arzt: »Können Sie die Ergebnisse nicht irgendwie auf amtlichem Wege anfordern?«

»Doch, aber das wäre ebenso kompliziert wie langwierig. Sie könnten uns sehr viel Zeit und Papierkram sparen, *dottore,* wenn Sie es täten.«

»Ja, da mögen Sie recht haben«, meinte Dottor Montini, allerdings noch immer recht zögerlich.

»Vielen Dank, *dottore*«, sagte Brunetti und nannte ihm die Faxnummer der Questura.

Nachdem der Arzt sich auf diese Weise dazu gedrängt sah, auch noch ein Fax zu schicken, griff er zur einzigen Rache, die ihm einfiel. »Also, bis Ende der Woche«, sagte er und legte auf, bevor Brunetti noch irgend etwas erwidern konnte.

20

Eingedenk Pattas Ermahnung, die Lorenzonis angemessen zu behandeln – was immer das heißen mochte –, wählte Brunetti die Nummer von Maurizios Handy und fragte, ob er am Abend noch einmal mit der Familie sprechen könne.

»Ich weiß nicht, ob meine Tante in der Lage ist, Besuch zu empfangen«, sagte Maurizio zwischen Geräuschen, die sich nach Verkehrslärm anhörten.

»Dann muß ich mit Ihnen und Ihrem Onkel sprechen«, beharrte Brunetti.

»Wir haben doch schon mit Ihnen gesprochen, seit zwei Jahren reden wir mit allen möglichen Polizisten, und was hat es uns gebracht?« fragte der junge Mann, was wohl sarkastisch gemeint war, aber eher traurig klang.

»Ich verstehe, wie Ihnen zumute ist«, sagte Brunetti in dem Bewußtsein, daß dem keineswegs so war, »aber ich brauche noch weitere Informationen von Ihrem Onkel, und von Ihnen auch.«

»Was für Informationen?«

»Über Robertos Freunde. Über alles mögliche. Zum Beispiel die Firmen der Familie Lorenzoni.«

»Was soll mit den Firmen sein?« fragte Maurizio, diesmal mit erhobener Stimme, um den Hintergrundlärm zu übertönen. Seine nächsten Worte wurden trotzdem von einer Männerstimme überlagert, die offenbar aus einem Lautsprecher kam.

»Wo sind Sie eigentlich?« fragte Brunetti.

»Auf dem 82er Boot, kurz vor der Rialto-Brücke«, antwortete Maurizio. Dann wiederholte er seine Frage: »Was soll mit den Firmen sein?«

»Die Entführung könnte damit zu tun haben.«

»Das ist doch Unsinn«, widersprach Maurizio heftig, der Rest ging in der Mitteilung unter, daß der nächste Halt Rialto sei.

»Wann kann ich heute abend kommen?« fragte Brunetti, als hätte Lorenzoni keine Einwände erhoben.

Es folgte eine Pause. Beide hörten die Lautsprecherstimme, diesmal auf englisch, dann sagte Maurizio: »Um sieben«, und trennte die Verbindung.

Der Gedanke, daß die Unternehmen der Lorenzonis bei der Entführung eine Rolle gespielt hatten, war alles andere als Unsinn. Im Gegenteil, ihre Geschäfte waren die Quelle des Reichtums, der den Jungen zum Zielobjekt machte. Nach allem, was Brunetti über Roberto gehört hatte, hielt er es für unwahrscheinlich, daß jemand ihn aus Vergnügen an seiner Gesellschaft entführen würde, oder weil er so ein guter Unterhalter war. Der Gedanke hatte sich ungebeten eingestellt, aber Brunetti schämte sich, daß er ihn auch nur eine Sekunde lang geduldet hatte. Gütiger Himmel, der Junge war erst einundzwanzig gewesen, und er war durch einen Kopfschuß getötet worden.

Irgendwelche seltsamen Gedankenverbindungen erinnerten Brunetti an etwas, was Paola vor Jahren einmal gesagt hatte, als er ihr erzählte, wie Alvise, der einfältigste Polizist in ganz Venedig, durch die Liebe völlig verwandelt worden war, wie er verzückt von den vielen Vorzügen seiner Freundin geschwärmt hatte – oder seiner Frau, das wußte Brunetti nicht mehr so genau. Er erinnerte sich, wie er schon bei der bloßen Vorstellung eines verliebten Alvise gelacht hatte, gelacht, bis Paola mit eisiger Stimme sagte: »Nur weil wir klüger sind als die meisten anderen, Guido, müssen unsere Gefühle noch lange nicht edler sein.«

Verlegen hatte er seine Einstellung zu begründen versucht, aber wie immer, wenn es um intellektuelle Redlichkeit ging, war sie unbeugsam geblieben. »Es ist sehr praktisch für uns, zu glauben, daß alle die häßlichen Gefühle wie Haß und Wut in den niederen Rängen zu Hause sind, als hätten diese ein verbrieftes Recht darauf. Kein Wunder also, wenn wir dann Liebe, Freude und alle diese erhabenen Gefühle für uns beanspruchen.« Er hatte aufbegehren wollen, aber sie hatte ihm mit einer Handbewegung das Wort abgeschnitten. »Die Dummen, die Langweiler, die Ungehobelten, sie können Liebe genauso stark empfinden wie wir. Sie verstehen ihre Gefühle nur nicht in so hübsche Worte zu kleiden.«

Ein Teil von ihm wußte, daß sie recht hatte, aber es dauerte Tage, bis er es sich eingestehen konnte. Daran mußte er jetzt denken: Mochte der Conte noch so arrogant, die Contessa noch so verwöhnt sein, sie waren Eltern, deren einziges Kind ermordet worden war. Adliges Blut und feine Manieren schlossen nicht aus, daß ihre Trauer echt war.

Punkt sieben stand er vor der Tür, und diesmal ließ ein Dienstmädchen ihn ins Haus. Sie führte ihn in dasselbe Zimmer, wo er dieselbe Gesellschaft traf wie beim letzten Mal. Und doch waren es nicht mehr dieselben Menschen. Das Gesicht des Conte wirkte eingefallener, die Nase dünner und stärker gebogen. Maurizio hatte seine gesunde oder zumindest jugendliche Ausstrahlung verloren, und seine Kleidung schien ihm eine Nummer zu groß zu sein.

Am schlimmsten aber stand es um die Contessa. Sie saß in demselben Sessel, doch man hatte den Eindruck, daß der Sessel sie allmählich verschlang, so wenig sah man zwischen den hohen Lehnen von ihrem Körper. Brunetti war entsetzt über die totenkopfähnlichen Vertiefungen unter ihren Schläfen, die Sehnen und Knochen ihrer Hände, die sich an die Perlen eines Rosenkranzes klammerten.

Keiner nahm sein Eintreten zur Kenntnis, obwohl das Mädchen seinen Namen genannt hatte. Brunetti war plötzlich unsicher, wie er vorgehen sollte, und wandte sich an einen Punkt irgendwo zwischen dem Conte und seinem Neffen: »Ich weiß, wie schmerzlich das für Sie ist, für Sie alle, aber ich muß mehr darüber erfahren, warum Roberto entführt worden sein könnte, um herauszubekommen, wer als Täter in Frage kommt.«

Die Contessa sagte etwas, aber so leise, daß Brunetti es nicht verstand. Er sah zu ihr hin, doch ihr Blick ruhte weiter auf ihren Händen und den Perlen, die durch ihre dünnen Finger glitten.

»Ich verstehe nicht, wozu das alles nötig sein soll«, sagte der Conte, ohne seinen Ärger verbergen zu wollen.

»Nachdem wir jetzt wissen, was passiert ist«, begann Brunetti, »führen wir unsere Ermittlungen weiter.«

»Zu welchem Zweck?« wollte der Conte wissen.

»Um die Schuldigen zu finden.«

»Was hat denn das noch für einen Sinn?«

»Vielleicht den, eine Wiederholung zu verhindern.«

»Die können meinen Sohn nicht noch einmal entführen. Sie können ihn nicht noch einmal umbringen.«

Brunetti sah zur Contessa, ob sie dem Gespräch folgte, doch ihr war nichts davon anzumerken. »Man könnte diese Leute aber davon abhalten, es wieder zu tun, mit jemand anderem, dem Sohn eines anderen.«

»Das ist für uns kaum noch von Interesse«, sagte der Conte, und Brunetti hatte den Eindruck, daß es sein Ernst war.

»Dann vielleicht, um sie ihrer gerechten Strafe zuzuführen«, bot Brunetti an. Vergeltung hatte für Verbrechensopfer meist etwas Verlockendes.

Der Conte zuckte nur die Achseln und wandte sich seinem Neffen zu. Da Brunetti das Gesicht des jungen Mannes nicht sehen konnte, wußte er nicht, was sich zwischen den beiden tat, aber als der Conte sich wieder umdrehte, fragte er: »Was wollen Sie denn wissen?«

»Ob Sie je Geschäfte mit ...«, hier legte Brunetti eine Pause ein, weil er nicht recht wußte, welchen beschönigenden Ausdruck er benutzen sollte. »Haben Sie schon einmal mit Firmen oder Leuten zu tun gehabt, die sich später als kriminell entpuppten?«

»Sie meinen die Mafia?« fragte der Conte.

»Ja.«

»Warum sprechen Sie es dann nicht aus, Herrgott noch mal?«

Maurizio machte bei diesem Ausbruch einen Schritt auf seinen Onkel zu, die eine Hand ein wenig angehoben, doch ein Blick des Conte gebot ihm Einhalt. Er ließ die Hand sinken und trat zur Seite.

»Also, die Mafia«, sagte Brunetti. »Hatten Sie schon einmal mit ihr zu tun?«

»Nicht daß ich wüßte«, antwortete der Conte.

»Waren Firmen, mit denen Sie geschäftlich zu tun hatten, in kriminelle Machenschaften verwickelt?«

»Wo leben Sie eigentlich, auf dem Mond?« fragte der Conte, plötzlich mit zornrotem Gesicht. »Natürlich habe ich mit Firmen zu tun, die in kriminelle Machenschaften verwickelt sind. Wir leben in Italien. Anders kann man hier keine Geschäfte machen.«

»Könnten Sie das bitte etwas genauer erklären, Signor Conte?« fragte Brunetti.

Der Conte riß die Hände hoch, als könnte er Brunettis Ahnungslosigkeit nicht fassen. »Ich kaufe Rohstoffe von einer Firma, die zu einer Geldstrafe verurteilt wurde, weil sie Quecksilber in die Wolga eingeleitet hat. Der Präsident einer meiner Lieferanten sitzt in Singapur im Gefängnis, weil er zehnjährige Kinder beschäftigt und sie vierzehn Stunden täglich arbeiten läßt. Ein anderer, Vizepräsident einer Raffinerie in Polen, wurde wegen einer Drogenaffäre verhaftet.« Während er sprach, ging der Conte vor dem leeren Kamin auf und ab. Dann blieb er vor Brunetti stehen und blaffte: »Wollen Sie noch mehr hören?«

»Das ist alles sehr weit weg«, sagte Brunetti leise.

»Weit weg?«

»Weit von hier. Ich dachte an Dinge, die näher liegen, etwa in Italien.«

Der Conte schien nicht recht zu wissen, wie er Brunettis Worte verstehen sollte, ob er böse werden oder ihm die gewünschte Auskunft geben sollte. Maurizio wählte diesen Augenblick, um sich einzumischen. »Wir hatten vor etwa drei Jahren Verdruß mit einem Lieferanten in Neapel.« Brunetti sah ihn fragend an, und der junge Mann fuhr fort: »Er hat uns Motorteile für unsere Lastwagen geliefert, aber wie sich herausstellte, waren sie gestohlen, aus Sendungen, die über den Hafen von Neapel liefen.«

»Und weiter?«

»Wir haben den Lieferanten gewechselt«, erklärte Maurizio.

»War das ein großer Lieferumfang?« fragte Brunetti.

»Groß genug«, unterbrach der Conte.

»Um was für Beträge ging es da so?«

»Etwa fünfzig Millionen Lire im Monat.«

»Hat es Krach gegeben? Drohungen?« fragte Brunetti.

Der Conte zuckte die Achseln. »Ein bißchen Krach schon, aber keine Drohungen.«

»Und wie ging es weiter?«

Der Conte zögerte die Antwort so lange hinaus, daß Brunetti sich veranlaßt sah, seine Frage zu wiederholen. »Wie ging es weiter?«

»Ich habe ihn an eine andere Spedition empfohlen.«

»Einen Konkurrenten?« erkundigte sich Brunetti.

»Jeder ist ein Konkurrent«, sagte der Conte.

»Hatten Sie sonst noch einmal irgendwelchen Ärger? Vielleicht mit einem Mitarbeiter? Hatte einer möglicherweise Kontakte zur Mafia?«

»Nein«, redete Maurizio dazwischen, bevor sein Onkel antworten konnte.

Brunetti hatte den Conte beobachtet, als er seine Frage stellte, und dessen Überraschung bei der Antwort des jungen Mannes.

Mit ruhiger Stimme stellte er die Frage noch einmal direkt an den Conte. »Wußten Sie von einem Mitarbeiter, der Verbindungen zum kriminellen Milieu hatte?«

Der Conte schüttelte den Kopf. »Nein, nein.«

Bevor Brunetti zu einer weiteren Frage ansetzen konnte, sagte die Contessa: »Er war mein Kind. Ich habe ihn so sehr geliebt.« Als er zu ihr hinsah, war sie aber schon wieder verstummt und zog weiter die glatten Perlen durch ihre Finger.

Der Conte beugte sich über sie und streichelte ihre magere Wange, doch sie zeigte mit keiner Regung, ob sie die Berührung wahrgenommen hatte, oder auch nur seine Anwesenheit. »Ich glaube, das genügt jetzt«, sagte er, als er sich wieder aufrichtete.

Brunetti wollte noch eines. »Haben Sie seinen Paß?«

Als der Conte die Antwort schuldig blieb, fragte Maurizio: »Robertos?« Und auf Brunettis Nicken hin sagte er: »Natürlich.«

»Ist er hier im Haus?«

»Ja, in seinem Zimmer. Da sah ich ihn liegen, als wir ... als wir aufgeräumt haben.«

»Könnten Sie ihn mir holen?«

Maurizio warf einen fragenden Blick zum Conte, der aber blieb stumm und reglos.

Maurizio entschuldigte sich, und drei volle Minuten lang hörten die beiden Männer den geflüsterten Ave Marias der Contessa zu, immer wieder von vorn, während die Rosenkranzperlen leise aneinanderklickten.

Maurizio kam zurück und gab Brunetti den Paß.

»Soll ich Ihnen eine Quittung dafür ausstellen?« fragte er.

Der Conte tat dies mit einer Handbewegung ab, und Brunetti steckte den Paß in seine Jackentasche, ohne ihn sich erst anzusehen.

Plötzlich wurde das Flüstern der Contessa lauter. »Wir haben ihm alles gegeben. Er war mein Alles«, sagte sie, aber dann folgte wieder ein Ave Maria.

»Ich glaube, das wird für meine Frau jetzt zuviel«, sagte der Conte. Er schaute sie mit vor Kummer verengten Augen an – die erste Gefühlsregung, die Brunetti ihn zeigen sah.

»Ja«, sagte er kurz und wandte sich zum Gehen.

»Ich bringe Sie hinaus«, erbot sich der Conte. Aus dem Augenwinkel sah Brunetti, wie Maurizio seinem Onkel einen scharfen Blick zuwarf, doch der Conte schien es nicht bemerkt zu haben, ging zur Tür und hielt sie für Brunetti auf.

»Ich danke Ihnen«, sagte Brunetti, an alle Anwesenden adressiert, obwohl er seine Zweifel hatte, ob die eine sein Hiersein überhaupt mitbekommen hatte.

Der Conte ging ihm voraus durch den Flur und öffnete die Eingangstür.

»Fällt Ihnen noch irgend etwas ein, Signor Conte? Etwas, das uns weiterhelfen könnte?« fragte Brunetti.

»Nichts kann mehr helfen«, antwortete der andere, fast so, als redete er mit sich selbst.

»Wenn Ihnen doch noch etwas einfällt, rufen Sie mich bitte an.«

»Es gibt nichts«, sagte der Conte und drückte die Tür zu, bevor Brunetti noch etwas erwidern konnte.

Brunetti wartete bis nach dem Essen, bevor er sich Robertos Paß näher ansah. Als erstes fiel ihm auf, wie dick er war: Hinten war eine Art Leporello eingeklebt. Brunetti faltete ihn bis auf Armeslänge auseinander und sah sich die vielen Visa in den verschiedenen Sprachen und Formen an. Er drehte das Ganze um und fand auf der Rückseite weitere Stempel. Schließlich faltete er alles wieder zusammen und schlug die erste Seite des Passes auf.

Seit seiner Ausstellung vor fünf Jahren bis zu Robertos Verschwinden war der Paß jährlich verlängert worden. Er enthielt die üblichen Angaben: Geburtsdatum, Größe, Augenfarbe und Adresse. Brunetti blätterte weiter. Es waren natürlich keine Stempel von EG-Mitgliedsstaaten darin, wohl aber von den USA, gefolgt von Mexiko, Kolumbien und Argentinien. Danach, in dieser zeitlichen Reihenfolge, Polen, Bulgarien und Rumänien, worauf die Chronologie abbrach, als hätten die Grenzbeamten ihren Stempel nur noch auf irgendeine Seite gedrückt, die sie zufällig aufschlugen.

Brunetti ging in die Küche, um sich Bleistift und Papier zu holen. Dann begann er Robertos Reisen streng zeitlich aufzulisten. Eine Viertelstunde später hatte er zwar zwei Blätter mit Orten und Einreisedaten gefüllt, aber ziemlich unübersichtlich infolge der vielen Einschübe, die er machen mußte, wenn er auf willkürlich gesetzte Stempel stieß.

Nachdem er alle Daten notiert hatte, schrieb er die Liste noch einmal in der richtigen Reihenfolge ab, und diesmal brauchte er dafür drei Blätter. Das letzte Land, das Roberto bereist hatte, und zwar zehn Tage vor seiner Entführung, war Polen, wo er über den Flughafen Warschau eingereist war. Dem Ausreisestempel konnte man entnehmen, daß er nur einen Tag geblieben war. Davor, drei Wochen vor seiner Entführung, hatte er zwei Länder besucht, deren Namen in kyrillischen Buchstaben angegeben waren, aus denen Brunetti Weißrußland und Tadschikistan herauslas.

Er ging über den Flur und blieb an der offenen Tür zu Paolas Arbeitszimmer stehen. Sie sah über ihre Brille hinweg zu ihm auf. »Na?«

»Wie gut kannst du Russisch?«

»Meinst du sprechen oder kochen?« fragte sie und nahm die Brille ab.

»Eher lesen«, versetzte er lächelnd.

»Kochen könnte ich nämlich höchstens russische Eier, aber beim Lesen liege ich, sagen wir, ziemlich genau zwischen Puschkin und Straßenschildern.«

»Und Städtenamen?« fragte er.

Sie streckte die Hand nach dem Paß aus, den er vor sich hochhielt. Er ging zu ihrem Schreibtisch, gab ihn ihr und blieb hinter ihr stehen. Geistesabwesend zupfte er einen Wollfussel von der Schulter ihres Pullovers.

»Welche?« fragte Paola und klappte den Paß auf.

»Hinten, auf der Zusatzseite.«

Sie blätterte weiter und zog die Seite auf volle Länge heraus. »Brest.«

»Wo liegt das?«

»In Weißrußland.«

»Haben wir irgendwo einen Atlas?« fragte Brunetti.

»Ich glaube, in Chiaras Zimmer.«

Bis er zurückkam, hatte sie die Namen der Städte und Länder auf ein Blatt Papier geschrieben. Als er den Atlas vor ihr auf den Schreibtisch legte, sagte sie: »Bevor wir anfangen, sollten wir nachsehen, in welchem Jahr dieser Atlas erschienen ist.«

»Warum das?«

»Viele Namen haben sich geändert. Nicht nur von Ländern, auch von Städten.«

Sie nahm den Atlas und sah sich das Impressum an. »Vielleicht tut er's ja«, meinte sie. »Letztes Jahr herausgekommen.« Sie schlug das Inhaltsverzeichnis auf, suchte nach Weißrußland und blätterte dann zu einer der Karten zurück.

Sie betrachteten ein Weilchen gemeinsam die Karte des kleinen Landes zwischen Polen und Großrußland. »Es ist eine der sogenannten abgefallenen Republiken.«

»Schade, daß so etwas nur bei den Russen geht«, sagte Brunetti, der sich ausmalte, wie herrlich es für Norditalien wäre, wenn es von Rom abfallen könnte.

Paola, die solche Bemerkungen von ihm gewöhnt war, antwortete nicht. Sie setzte ihre Brille wieder auf und beugte sich über die Karte. Dann legte sie einen Finger auf einen Namen. »Hier ist die eine. An der polnischen Grenze.« Sie ließ den Finger liegen und suchte weiter. Nach ein paar Augenblicken zeigte sie mit der anderen Hand auf einen neuen Punkt. »Und hier ist die zweite. Scheint höchstens hundert Kilometer von der ersten entfernt zu sein.«

Brunetti legte den aufgeschlagenen Paß daneben und sah sich

noch einmal die Visavermerke an. Zahlen und Daten waren in arabischen Ziffern geschrieben. »Derselbe Tag«, sagte er.

»Und das heißt?«

»Daß er zu Lande von Polen nach Weißrußland gereist und dort nur einen Tag geblieben ist, vielleicht sogar kürzer, bevor er zurückkam.«

»Ist das merkwürdig? Du sagst doch, daß er so etwas wie ein Laufbursche für die Firma war. Vielleicht mußte er nur einen Vertrag abliefern oder etwas abholen.«

»Hm«, stimmte Brunetti zu. Er nahm den Atlas und begann darin zu blättern.

»Wonach suchst du?«

»Ich wüßte gern, auf welchem Weg er hierher zurückgekommen sein könnte«, antwortete er, während er die Karte Osteuropas betrachtete und mit dem Finger die wahrscheinlichste Route nachzog. »Vermutlich über Polen und Rumänien, wenn er mit dem Auto unterwegs war.«

Paola unterbrach ihn. »Roberto kommt mir nicht wie einer vor, der mit dem Bus reisen würde.«

Brunetti grunzte, den Finger noch auf der Karte. »Dann Österreich und über Udine und Treviso hierher.«

»Findest du das wichtig?«

Brunetti zuckte die Achseln.

Paola verlor das Interesse. Sie klappte das Leporelloblatt wieder zusammen und gab Brunetti den Paß zurück. »Wenn es wichtig war, wirst du es leider nie erfahren. Er kann es dir nicht mehr sagen«, meinte sie und richtete ihre Aufmerksamkeit wieder auf das Buch, das sie offen vor sich liegen hatte.

»Es gibt mehr Dinge zwischen Himmel und Erde, als Eure Schulweisheit sich träumen läßt, Horatio«, zitierte er, wie sie es schon oft bei ihm getan hatte.

»Und was soll das nun wieder heißen?« fragte sie lächelnd und sah zu ihm auf. Es freute sie, daß die Runde an ihn ging.

»Es heißt, daß wir im Plastikzeitalter leben.«

»Plastik?« wiederholte sie ratlos.

»Und Computer.«

Als Paola immer noch nichts begriff, grinste er und sagte im perfekt nachgeahmten Ton der Fernsehwerbung: »Geh nie ohne deine Kreditkarte aus dem Haus.« Er sah, wie ihr etwas dämmerte, und fuhr fort: »Dann kann ich alle deine Bewegungen verfolgen, und zwar ...« und Paola, die endlich verstanden hatte, beendete mit ihm zusammen den Satz: »auf Signorina Elettras Computer.«

21

Natürlich kann man Prostituierte per Kreditkarte bezahlen«, erklärte Signorina Elettra zwei Tage später einem verblüfften Brunetti. Er stand neben ihrem Schreibtisch, in der Hand einen vierseitigen Computerausdruck aller Zahlungen, die Roberto Lorenzoni in den letzten beiden Monaten vor seiner Entführung mit seinen drei Kreditkarten getätigt hatte.

Die Ausgaben waren horrend, egal woran man sie maß – weit über fünfzig Millionen Lire, mehr als die meisten Leute in einem Jahr verdienten. Die einzelnen Beträge waren aus den verschiedensten Währungen in Lire umgerechnet: Pfund, Dollar, Mark, Zloti, Lew, Rubel.

Brunetti war auf der dritten Seite, wo die Rechnungen eines Hotels in St. Petersburg standen. Dort hatte Roberto in zwei Tagen über vier Millionen Lire für Zimmerservice ausgegeben. Man hätte glauben können, daß der junge Mann sein Zimmer überhaupt nicht verlassen, alle Mahlzeiten dort eingenommen und nichts als Champagner getrunken hatte, wären da nicht noch die enormen Rechnungen von Restaurants und offenbar Discos oder Nachtclubs auf der Liste gewesen: Pink Flamingo, Can-Can und Elvis.

»Es kann nichts anderes sein«, beharrte Signorina Elettra.

»Aber mit Visa Card?« fragte Brunetti, der einfach nicht glauben konnte, was ihm doch so deutlich ins Auge sprang.

»Bei den Leuten von der Bank war das gang und gäbe«, sagte sie. »In fast allen osteuropäischen Staaten kann man das jetzt so machen. Es läuft unter Zimmerservice oder Wäsche oder sonstige Dienstleistungen, was dem Hotel gerade so einfällt. Auf diese Weise sichern sie sich ihren Anteil. Und haben eine Kontrolle darüber, wer im Hotel ein und aus geht.« Da sie sah, daß Brunetti ihr aufmerksam zuhörte, fuhr sie fort: »In den Hotelhallen wimmelt es von ihnen. Sie sehen aus wie wir. Westlich aufgemacht, meine ich. Armani, Gucci, Gap, und richtig hübsch. Einer meiner damaligen Chefs hat mir erzählt, daß er einmal von einer angesprochen wurde, auf englisch. Das muß vor etwa vier Jahren gewesen sein. Astreines Englisch. Sie hätte Professorin in Oxford sein können. Und das war sie auch. Professorin. Zwar nicht in Oxford, aber an der dortigen Universität. Sie lehrte englische Lyrik und verdiente damit etwa 50 000 Lire im Monat. Da hatte sie beschlossen, ihr Einkommen etwas aufzubessern.«

»Und ihr Englisch« fügte Brunetti hinzu.

»In diesem Fall wohl eher Italienisch, Commissario.«

Brunetti sah wieder auf die Liste. Im Geiste unterlegte er die darin enthaltenen Informationen mit der Karte von Osteuropa, die er sich vorgestern mit Paola angesehen hatte. Er verfolgte Robertos Weg nach Osten, eine Tankquittung an der Grenze zur Tschechischen Republik, ein neuer Reifen, schockierend teuer, irgendwo in Polen, dann wieder Tanken in der Stadt, in der er sein Einreisevisum für Weißrußland bekommen hatte. Dann kam eine Rechnung für ein Hotelzimmer in Minsk, weitaus teurer als in Rom oder Mailand, und für ein sündhaft teures Abendessen. Drei Flaschen Burgunder standen auf der Rechnung – das einzige Wort, das Brunetti etwas sagte –, es konnte also nicht nur für Roberto allein gewesen sein. Wahrscheinlich eines dieser Geschäftsessen, für die er so reichlich entlohnt wurde. Aber in Minsk?

Da die Liste chronologisch geordnet war, konnte Brunetti auch Robertos Rückweg verfolgen, der ziemlich genau dem von ihm skizzierten entsprach: Polen, Tschechien, Österreich und wieder hinunter nach Italien, wo er in Treviso für fünfzigtausend Lire getankt hatte. Dann, drei Tage vor seiner Entführung, endeten die Belastungen auf seinem Kreditkartenkonto, allerdings erst nach Zahlung von über dreihunderttausend Lire in einer Apotheke in der Nähe seines Elternhauses.

»Was sagen Sie dazu?« fragte Brunetti.

»Ich glaube, er wäre mir nicht sonderlich sympathisch gewesen«, meinte Elettra kühl.

»Und warum nicht?«

»Ich mag keine Leute, die ihre Rechnungen nicht selbst bezahlen.«

»Hat er das nicht?«

Sie blätterte in der Liste zur ersten Seite zurück und zeigte auf die dritte Zeile, wo der Inhaber des zu belastenden Kontos stand: ›Lorenzoni Unternehmensgruppe‹.

»Dann ist das eben seine Firmenkarte.«

»Für Geschäftsausgaben?« fragte sie.

Brunetti nickte. »Scheint so.«

»Und was ist dann das hier?« Sie zeigte auf einen Betrag von über zwei Millionen siebenhunderttausend Lire an einen Schneider in Mailand. »Oder das da?« Diesmal deutete sie auf den Beleg über siebenhunderttausend Lire für eine Handtasche aus der Bottega Veneta.

»Es ist das Unternehmen seines Vaters«, meinte Brunetti.

Signorina Elettra zuckte die Achseln.

Brunetti fragte sich, wie es wohl kam, daß Signorina Elettra, von der er eigentlich nicht unbedingt konventionelle Moralvorstellungen erwartete, Robertos Verhalten so verurteilte.

»Mögen Sie vielleicht keine reichen Leute?« fragte er schließlich. »Ist es das?«

Sie schüttelte den Kopf. »Nein, das ist es ganz und gar nicht. Vielleicht mag ich nur einfach keine verwöhnten jungen Männer, die das Geld ihres Herrn Papas für Huren ausgeben.« Sie schob ihm die Liste hin und wandte sich ihrem Computer zu.

»Auch wenn er tot ist?« fragte Brunetti.

»Das ändert nichts, Dottore.«

Brunetti gab sich keine Mühe, seine Überraschung zu verbergen, vielleicht sogar seine Enttäuschung. Er nahm die Papiere an sich und ging.

Von der Apotheke erfuhr er, daß die Medikamente, die Roberto gekauft hatte, vom Hausarzt der Familie Lorenzoni verordnet worden waren, wahrscheinlich als Versuch, die allgemeinen Krankheitssymptome des jungen Mannes zu behandeln. Keiner der Mitarbeiter in der Apotheke erinnerte sich an Roberto oder konnte sich entsinnen, die Rezepte eingelöst zu haben.

Da Brunetti sich wie in einer Sackgasse fühlte, besessen einzig von dem Gedanken, daß sowohl mit der Entführung als auch mit der Familie Lorenzoni etwas ganz und gar nicht stimmte, beschloß er, sich der Familie zu bedienen, in die er eingeheiratet hatte, und wählte die Nummer des Conte. Diesmal war sein Schwiegervater selbst am Apparat.

»Ich bin's, Guido«, sagte er.

»Ja?« fragte der Conte.

»Ich wollte nur mal hören, ob du seit unserem Gespräch von neulich noch etwas über die Lorenzonis in Erfahrung gebracht hast?«

»Ich habe mit einigen Leuten gesprochen«, sagte der Conte. »Sie sagen alle, die Mutter sei sehr schlimm dran.« Bei jedem anderen wäre das eine Einladung zum Klatsch gewesen, keine bloße Feststellung einer Tatsache.

»Stimmt, ich habe sie gesehen.«

»Tut mir leid für sie«, sagte der Conte. »Sie war einmal so eine bezaubernde Frau. Ich kannte sie vor ihrer Ehe. Da war sie lebhaft und witzig, eine Augenweide.«

Brunetti stellte zu seiner eigenen Überraschung fest, daß er sich nie nach der Familiengeschichte erkundigt, sondern sich immer mit dem unbestimmten Gefühl begnügt hatte, daß sie eben reich war. Er fragte: »Und er, wie war er, kanntest du ihn auch?«

»Nein. Ich habe ihn erst später kennengelernt, als sie schon verheiratet waren.«

»Aber ich dachte, die Lorenzonis waren mit allen bekannt.«

Der Conte seufzte.

»Wie bitte?« fragte Brunetti.

»Nun, es war Ludovicos Vater, der damals die Juden an die Deutschen ausgeliefert hat.«

»Ja, das weiß ich.«

»Jeder wußte es, aber es gab keine Beweise, darum ist ihm nach dem Krieg nichts passiert. Aber von uns anderen wollte keiner etwas mit ihm zu tun haben. Nicht einmal seine eigenen Brüder wollten etwas von ihm wissen.«

»Und Ludovico selbst?« fragte Brunetti.

»Er war den Krieg über in der Schweiz, bei Verwandten. Er war ja damals noch ein kleines Kind.«

»Und nach dem Krieg?«

»Sein Vater hat nicht mehr lange gelebt. Ludovico hat ihn nie besucht und ist erst nach Venedig zurückgekommen, als er tot war. Es gab nicht viel zu erben, den Titel und den Palazzo, das war alles. Er kam zurück und schloß Frieden mit seinen Onkeln und Tanten. Schon damals schien es sein einziges Bestreben zu sein, den Namen so berühmt zu machen, daß die Sache mit seinem Vater in Vergessenheit geriet.«

»Das ist ihm ja offenbar gelungen«, bemerkte Brunetti.

»Ja, das kann man sagen.«

Brunetti kannte die Geschäfte seines Schwiegervaters gut genug, um zu wissen, daß viele von ihnen sich mit denen der Familie Lorenzoni überschnitten, vielleicht sogar konkurrierten, und so akzeptierte er das Urteil des einen Conte über den anderen. »Und jetzt?« fragte er.

»Jetzt? Jetzt hat er nur noch seinen Neffen.«

Brunetti merkte, daß sie sich auf unsicherem Terrain bewegten. Conte Orazio hatte keinen Sohn, der seinen Namen weitertragen würde, nicht einmal einen Neffen, um das Familienunternehmen fortzuführen. Vielmehr hatte er nur eine einzige Tochter, und die war mit einem Mann verheiratet, dessen Rang nicht dem ihren entsprach, der nur Polizist war und dazu bestimmt schien, nie über den Dienstgrad eines Commissario hinauszukommen. Derselbe Krieg, der Ludovicos Vater dazu gebracht hatte, Verbrechen gegen die Menschlichkeit zu begehen, hatte Brunettis Vater zum Hauptmann in einem Infanterie-Regiment gemacht, das mit dünnen Stiefeln nach Rußland marschiert war, um gegen die Feinde Italiens zu kämpfen. Statt dessen hatten sie einen aussichtslosen Kampf gegen den russischen Winter geführt, und die wenigen, die überlebten – darunter auch Brunettis Vater –, waren für Jahre in Stalins Lagern verschwunden. Der grauhaarige Mann, der 1949 zu Fuß nach Venedig zurückkam, war noch immer Hauptmann gewesen und hatte die ihm verbliebenen Jahre von der Pension eines Hauptmanns gelebt, aber es waren Verbrechen an seiner Seele begangen worden, und Brunetti, damals noch ein Kind, hatte seinen Vater nur selten als den fröhlichen, ausgelassenen jungen Mann erlebt, den seine Mutter geheiratet hatte.

Brunetti schüttelte diese Erinnerung und seine Gedanken an die Lorenzonis ab und sagte: »Ich habe versucht, mit Paola zu sprechen.«

»Versucht?«

»Es ist nicht so einfach.«

»Jemandem zu sagen, daß man ihn liebt?«

Brunetti war so erstaunt, fast so etwas wie Zorn aus den Worten seines Schwiegervaters herauszuhören, daß er schwieg.

»Guido?«

»Ja?« Brunetti machte sich schon auf wortreiche Vorwürfe gefaßt, aber auch vom anderen Ende der Leitung kam vorerst nur ein langes Schweigen.

»Ich verstehe schon, Guido«, sagte der Conte dann, »ich wollte dich nicht anfahren.« Mehr sagte er nicht, aber Brunetti nahm es als Entschuldigung. Seit zwanzig Jahren drückten er und der Conte sich vor der Erkenntnis, daß sie durch die Heirat zwar zu Verwandten, aber nie zu Freunden geworden waren. Und nun schien ihm der Conte gerade dieses anzubieten.

Erneutes Schweigen machte sich breit, bis der Conte es

schließlich mit den Worten beendete: »Nimm dich in acht vor diesen Leuten, Guido.«

»Vor den Lorenzonis?«

»Nein. Vor denen, die den Jungen entführt haben. Er war niemandem gefährlich. Und Lorenzoni hätte ihnen das Geld geben können. Das ist mir auch zu Ohren gekommen.«

»Was?«

»Ein Freund hat mir erzählt, er hätte munkeln hören, daß jemand dem Conte angeboten habe, es ihm zu leihen.«

»Die ganze Summe?«

»Ja, soviel er eben brauchte. Natürlich gegen hohe Zinsen, aber das Angebot wurde gemacht.«

»Wer?«

»Das spielt keine Rolle.«

»Glaubst du das?«

»Ja, es ist wahr. Und trotzdem haben sie ihn umgebracht. Lorenzoni hätte ihnen das Geld irgendwie zukommen lassen können, daran besteht kein Zweifel. Aber sie haben den Jungen umgebracht, bevor er die Möglichkeit hatte, es ihnen zu geben.«

»Wie hätte er das denn machen sollen? Er wurde von der Polizei überwacht.« Aus der Akte über die Entführung war ersichtlich gewesen, wie streng die Überwachung Lorenzonis und seines Vermögens gehandhabt worden war.

»Es werden dauernd Menschen entführt, Guido, und die Lösegelder werden bezahlt, ohne daß die Polizei je davon erfährt. So etwas ist nicht schwer zu arrangieren.«

Brunetti wußte das. »Hat er oder derjenige, der ihm das Geld leihen wollte, je etwas von den Kidnappern gehört?«

»Nein. Nach der zweiten Lösegeldforderung tat sich nichts mehr, er brauchte es sich also nie zu borgen.«

Der Akte hatte Brunetti entnehmen können, daß die Polizei bei dem Verbrechen völlig im Dunkeln getappt hatte. Keine Hinweise, keine Gerüchte von ihren Informanten; der Junge war einfach von der Bildfläche verschwunden, und es hatte nicht die kleinste Spur gegeben, bis die Überreste seiner Leiche in einer Ackerfurche auftauchten.

»Darum rate ich dir zur Vorsicht, Guido. Wenn diese Leute ihn umgebracht haben, obwohl sie wußten, daß sie das Geld ohne weiteres hätten bekommen können, dann sind sie gefährlich.«

»Ich werde mich vorsehen«, sagte Brunetti, wobei ihm einfiel, wie oft er genau das schon der Tochter dieses Mannes versprochen hatte. »Und vielen Dank für deine Hilfe.«

»Nichts zu danken. Ich rufe dich an, wenn ich noch etwas höre.« Mit diesen Worten legte der Conte auf. Warum würde man jemanden entführen und dann das Lösegeld nicht kassieren, überlegte Brunetti. Was über Robertos Gesundheitszustand in den Wochen vor seiner Entführung bekannt war, deutete kaum darauf hin, daß er Widerstand geleistet oder seinen Entführern zu entkommen versucht haben könnte. Sie hatten jemanden gehabt, den sie mühelos gefangenhalten konnten. Und dennoch hatten sie ihn getötet.

Und dann das Geld. Trotz aller Bemühungen des Staates wäre der Conte daran gekommen, und er war gewiß schlau genug und hatte die entsprechenden Verbindungen, um es den Kidnappern zukommen zu lassen.

Dennoch hatte es keine dritte Lösegeldforderung gegeben. Brunetti wühlte in den Papierstapeln auf seinem Schreibtisch herum, bis er den ursprünglichen Bericht der Polizei von Belluno fand. Er las die ersten Absätze noch einmal. Die Leiche, hieß es da, war teilweise nur von wenigen Zentimetern Erde bedeckt gewesen, einer der Gründe für den beträchtlichen ›Tierfraß‹. Er blätterte bis zum Ende und öffnete den Umschlag mit den vielen Fotos, die man von der Leiche gemacht hatte, nahm die Bilder vom Fundort heraus und breitete sie auf seinem Schreibtisch aus.

Ja, da waren die Knochen, dicht unter der Oberfläche. Auf einigen Bildern sah man so etwas wie Knochenteile in dem noch ungepflügten Teil des Ackers neben der Furche aus dem Gras emporragen. Roberto war so hastig und sorglos verscharrt worden, als wäre es seinen Mördern völlig egal gewesen, ob man die Leiche fand.

Und der Ring. Der Ring. Vielleicht hatte Roberto, genau wie seine Freundin, ihn anfangs zu verstecken versucht, als er möglicherweise noch dachte, es sei nur ein Raubüberfall. Er hatte ihn in die Tasche gesteckt und dann vergessen. Wie so vieles im Zusammenhang mit Robertos Verschwinden und Tod würde man auch das nie mehr genau erfahren.

Brunetti wurde von Vianello aus seinen Überlegungen gerissen, der ins Zimmer stürzte, noch ganz außer Atem, weil er so eilig die Treppe heraufgerannt war.

»Was gibt's?«

»Lorenzoni«, keuchte der Sergente.

»Was ist mit ihm?«

»Er hat seinen Neffen umgebracht.«

22

Vianello schien von der Neuigkeit ganz erschlagen. Ein paar Sekunden lang konnte er kaum sprechen und stand, einen Arm an die Türfüllung gestützt, nur schnaufend und mit hängendem Kopf da. Als er endlich seinen Atem wieder unter Kontrolle hatte, sagte er: »Der Anruf ist vor ein paar Minuten gekommen.«

»Wer hat angerufen?«

»Er. Lorenzoni.«

»Was ist passiert?«

»Ich weiß es nicht. Orsoni war am Apparat. Lorenzoni hat gesagt, der Junge sei auf ihn losgegangen, und es habe ein Handgemenge gegeben.«

»Sonst noch etwas?« fragte Brunetti, während er schon an Vianello vorbei auf den Flur ging. Zusammen steuerten sie zum Ausgang, wo die Polizeiboote lagen. Brunetti hob den Arm, um die Wache auf sich aufmerksam zu machen. »Wo ist Bonsuan?« rief er. Sein dringlicher Ton ließ Köpfe herumfahren.

»Draußen, Commissario.«

»Ich habe ihn schon verständigt«, sagte Vianello von hinten.

»Erzählen Sie«, sagte Brunetti, während er die schwere Glastür aufstieß.

Mit einem Nicken begrüßte er Bonsuan, sprang in das wartende Boot, drehte sich um und half Vianello an Bord, während sie schon Fahrt aufnahmen.

»Also, weiter«, forderte er Vianello erneut auf.

»Nichts weiter. Mehr hat er nicht gesagt.«

»Wie hat er ihn angegriffen? Womit?« Brunetti hob die Stimme, um den Motor zu übertönen.

»Ich weiß es nicht, Commissario.«

»Hat Orsoni denn nicht nachgefragt?« bohrte Brunetti weiter, allen Unmut auf Vianello gerichtet.

»Er sagt, der Conte hat einfach aufgelegt. Nur die Tat gemeldet und wieder aufgelegt.«

Brunetti klatschte mit der Handfläche auf die Reling, und wie von dem Schlag angetrieben, brauste das Boot auf die weite Fläche des Bacino hinaus, durchschnitt die Heckwelle eines Wassertaxis und platschte mit einem mißtönenden dumpfen Schlag aufs Wasser. Bonsuan schaltete die Sirene ein, deren Doppelton ihnen den Canal Grande hinauf vorausjaulte, bis sie am privaten Anlegesteg des Palazzo Lorenzoni beidrehten.

Das Wassertor stand zwar offen, aber es erwartete sie niemand. Vianello sprang als erster von Bord, verfehlte aber die oberste Stufe und landete auf der darunter, den Fuß knöcheltief im Wasser. Er schien es kaum zu merken, drehte sich um, ergriff Brunettis Arm und half ihm bei seinem längeren Schritt auf die oberste Stufe. Zusammen rannten sie in die dunkle Eingangshalle und nach rechts durch eine offene Tür, die in einen beleuchteten Treppenaufgang führte. Oben stand dasselbe Dienstmädchen, das Brunetti schon beim letzten Mal eingelassen hatte. Ihr Gesicht war weiß, und sie hielt die Arme um den Leib geschlungen, als hätte sie einen Schlag in den Magen bekommen.

»Wo ist er?« fragte Brunetti.

Sie löste einen Arm und zeigte mit der ausgestreckten Hand zu einer weiteren Treppe am Ende der Diele.

Die beiden Männer eilten zu dieser Treppe und rannten hinauf. Sie blieben stehen, lauschten, hörten aber nichts und liefen weiter nach oben. Noch auf der Treppe hörten sie einen leisen Ton, eine männliche Stimme, kaum vernehmbar. Sie kam aus einer offenen Tür zu ihrer Linken.

Brunetti ging geradewegs in das Zimmer. Conte Lorenzoni saß neben seiner Frau, hielt ihre Hand in seinen beiden Händen und redete leise auf sie ein. Auf den ersten Blick wirkte das wie eine friedliche, häusliche Szene: ein älterer Mann im trauten Gespräch mit seiner Frau, ihre Hand liebevoll umfaßt. Aber nur so lange, bis sie nach unten schauten und sahen, daß die Hosenbeine und Schuhe des Mannes voll Blut waren. Blutspritzer waren auch auf seinen Händen und den Manschetten.

»*Gesù bambino*«, flüsterte Vianello.

Conte Lorenzoni sah zu ihnen auf, dann wieder zu seiner Frau. »Mach dir keine Sorgen, Liebes, es ist jetzt alles gut. Mir ist nichts passiert. Es ist nichts.«

Brunetti sah den Conte die Hand seiner Frau loslassen und hörte ein leises, schmatzendes Geräusch, als seine blutbefleckten Hände sich von der ihren lösten. Lorenzoni erhob sich und kam auf sie zu. Soweit Brunetti es beurteilen konnte, hatte die Contessa überhaupt nicht wahrgenommen, daß er mit ihr gesprochen hatte oder daß er sie jetzt allein ließ.

»Kommen Sie mit«, sagte der Conte und ging ihnen voraus zur Treppe und nach unten. Er führte sie zu dem Zimmer, in dem Brunetti schon zweimal mit ihm gesprochen hatte. Er drückte die Tür auf, machte aber keine Anstalten, ins Zimmer zu gehen. Er sagte nichts und schüttelte nur den Kopf, als Brunetti ihn mit einer Geste zum Eintreten aufforderte.

Brunetti ging hinein, gefolgt von Vianello. Was er sah, machte ihm das Widerstreben des Conte verständlich. Am schlimmsten sahen die Vorhänge vor den Fenstern auf der anderen Seite aus. Sie waren oben von Schrotkugeln durchsiebt und über und über verklebt mit Hirnmasse und Blut aus Maurizios Kopf. Der junge Mann lag vor dem Fenster, zusammengekrümmt wie ein Fetus. Sein Gesicht war verschont geblieben, aber von seinem Hinterkopf war nichts mehr da. Die Mündung mußte genau unter seinem Kinn gewesen sein, als der Schuß fiel. Soviel sah Brunetti, bevor er sich abwandte.

Er ging in den Flur zurück und überlegte, was zu tun war. Ob nach seinem plötzlichen Weggang aus der Questura wohl in der Aufregung einer daran gedacht hatte, die Spurensicherung zu verständigen?

Der Conte war nirgends zu sehen. Vianello kam nach Brunetti aus dem Zimmer. Sein Atem ging mühsam, genau wie vorhin, als er in Brunettis Zimmer gestürzt war.

»Rufen Sie mal an, ob die Spurensicherung schon unterwegs ist?« sagte Brunetti.

Vianello setzte zum Sprechen an, blieb aber stumm und nickte nur.

»Hier gibt es sicher noch ein anderes Telefon«, sagte Brunetti. »Versuchen Sie's in einem der Schlafzimmer.«

Vianello nickte wieder. »Und Sie?«

Brunetti deutete mit dem Kopf zur Treppe. »Ich rede mit ihnen.«

»Mit ihnen?«

»Mit ihm.«

Diesmal bedeutete Vianellos Nicken, daß er sich wieder in der Gewalt hatte. Er drehte sich um und ging durch den Flur, ohne in das Zimmer zu sehen, in dem Maurizios Leiche lag.

Brunetti zwang sich, noch einmal an die Tür zu gehen und hineinzuschauen. Die Flinte lag rechts von der Leiche, der glänzende Schaft nur Zentimeter von der Blutlache entfernt, die sich langsam ausbreitete; zwei kleine Brücken lagen verschoben und teilweise umgeschlagen da, stumme Zeugen des Kampfes, der auf ihnen stattgefunden hatte. Gleich bei der Tür lag ein achtlos hingeworfenes Herrenjackett; Brunetti sah, daß die Vorderseite mit Blut durchtränkt war.

Er wandte sich ab, zog die Tür hinter sich zu und ging zur Treppe zurück. Er traf den Conte und die Contessa genauso an wie vorhin, nur daß der Conte kein Blut mehr an den Händen hatte. Als Brunetti eintrat, sah der Conte zu ihm auf.

»Kann ich Sie sprechen?« fragte Brunetti. Der Conte nickte und ließ die Hand seiner Frau los.

Auf dem Flur fragte Brunetti: »Wo können wir uns unterhalten?«

»Das können wir hier so gut wie anderswo«, antwortete der Conte. »Ich möchte ein Auge auf sie haben.«

»Weiß sie, was geschehen ist?«

»Sie hat den Schuß gehört«, sagte der Conte.

»Von hier oben?«

»Ja. Ja. Aber dann ist sie heruntergekommen.«

»In dieses Zimmer?« fragte Brunetti, der sein Entsetzen nicht verhehlen konnte.

Der Conte nickte nur.

»Hat sie ... ihn gesehen?«

Diesmal hob der Conte nur die Schultern. »Als ich sie kommen hörte – ich konnte ihre Pantoffeln in der Diele hören –, bin ich zur Tür gegangen. Ich dachte, wenn sie mich sieht, kann ich ihr den Blick auf ihn versperren.«

Brunetti dachte an das Jackett bei der Tür und fragte sich, welchen Unterschied das wohl noch machte.

Der Conte drehte sich plötzlich um. »Vielleicht gehen wir doch besser hier hinein«, sagte er und führte Brunetti in das Zimmer nebenan. Darin standen ein Schreibtisch mit Bürostuhl und ein Regal voller Aktenordner.

Der Conte setzte sich in einen Polstersessel und legte den Kopf an die Rückenlehne. Dann schloß er kurz die Augen, öffnete sie wieder und sah Brunetti an. Aber er sagte nichts.

»Können Sie mir schildern, was passiert ist?«

»Gestern abend, schon spät, nachdem meine Frau zu Bett gegangen war, habe ich Maurizio um eine Unterredung gebeten. Er war nervös. Ich auch. Ich sagte ihm, ich hätte mir diese ganze Entführungssache noch einmal durch den Kopf gehen lassen, wie das alles zugegangen war und daß die Täter einiges über die Familie und Roberto gewußt haben müssen. Ich meine, um bei der Villa auf ihn zu warten, mußten sie ja wissen, daß er an dem Abend dorthin fahren würde.«

Der Conte biß sich auf die Lippe und wandte den Blick ab. »Ich habe ihm, ich meine Maurizio, gesagt, ich glaubte nicht mehr, daß es eine Entführung war, daß jemand Geld für Roberto erpressen wollte.«

Er hielt inne, bis Brunetti fragte: »Und was hat er geantwortet?«

»Er schien mich nicht zu verstehen und meinte, es seien doch Lösegeldforderungen gekommen, es müsse also eine Entführung gewesen sein.« Der Conte hob den Kopf von der Rückenlehne und setzte sich aufrecht. »Er war fast sein ganzes Leben lang bei uns. Er und Roberto sind zusammen aufgewachsen. Er war mein Erbe.«

Beim letzten Wort füllten sich die Augen des Conte mit Tränen. »Darum«, sagte er plötzlich so leise, daß Brunetti sich anstrengen mußte, um ihn zu verstehen. Weiter sagte er nichts.

»Und was ist dann gestern abend noch passiert?« fragte Brunetti.

»Ich habe gesagt, ich wolle von ihm wissen, was er gemacht hat, als Roberto verschwand.«

»Laut Protokoll war er hier bei Ihnen.«

»Das war er auch. Aber ich erinnere mich, daß er an dem Abend einen Termin abgesagt hat, ein Geschäftsessen. Es war, als hätte er an dem Abend hier bei uns sein wollen.«

»Demnach kann er es nicht gewesen sein«, sagte Brunetti.

»Aber er hätte jemanden dafür bezahlen können«, erwiderte der Conte, und Brunetti bezweifelte nicht, daß er das wirklich glaubte.

»Haben Sie ihm das gesagt?«

Der Conte nickte. »Ich habe gesagt, ich wolle ihm Zeit geben, über meinen Verdacht nachzudenken. Und daß er dann selbst zur Polizei gehen könne.« Der Conte setzte sich noch etwas aufrechter. »Oder handeln wie ein Ehrenmann.«

»Wie ein Ehrenmann?«

»Ja«, antwortete der Conte, als bedürfe das keiner weiteren Erklärung.

»Und?«

»Heute war er den ganzen Tag fort. Aber nicht in der Firma, dort habe ich angerufen und nachgefragt. Am Spätnachmittag kam er dann zu mir ins Zimmer – mit der Flinte, er muß in die Villa gefahren sein, um sie zu holen. Und dann ... dann sagte er, ich hätte recht. Er sagte schreckliche Dinge über Roberto, die nicht wahr sind.« Hier vermochte der Conte die Tränen nicht länger zurückzuhalten, sie strömten ihm über die Wangen, aber er versuchte nicht, sie wegzuwischen.

»Er sagte, Roberto sei ein Taugenichts gewesen, ein verwöhnter Playboy, und er, Maurizio, sei der einzige, der etwas vom Geschäft verstehe, der einzige, der würdig sei, es zu erben.« Der Conte sah Brunetti an, ob dieser sein Entsetzen darüber verstand, daß er ein solches Monster aufgezogen hatte.

»Und dann kam er mit der Flinte auf mich zu. Zuerst konnte ich es nicht glauben, sowenig wie das, was er gesagt hatte. Aber dann erklärte er, es müsse so aussehen, als ob ich es selbst getan hätte, aus Kummer über Roberto. Da wußte ich, daß es ihm ernst war.«

Brunetti wartete.

Der Conte schluckte und wischte sich mit dem Ärmel übers Gesicht, wobei er sich Maurizios Blut über die Wangen schmierte. »Er stellte sich mit der Flinte vor mich hin und drückte sie mir gegen die Brust. Dann stieß er sie mir unters Kinn und sagte, er hätte darüber nachgedacht, und so müsse er es machen.« Der Conte hielt inne, während er sich die schreckliche Szene noch einmal vergegenwärtigte.

»Als er das sagte, muß ich ausgerastet sein. Nein, nicht weil er mich umbringen wollte, sondern weil er so kaltblütig vorging, es alles so genau geplant hatte. Und weil er Roberto das angetan hat.«

Der Conte schwieg, verloren in Erinnerungen. Brunetti mußte fragen: »Und dann?«

Der Conte schüttelte den Kopf. »Ich weiß es nicht mehr. Ich glaube, ich habe ihn getreten oder gestoßen. Ich weiß nur noch, daß ich die Flinte mit der Schulter von mir weggedrückt habe. Ich hoffte ihn zu Boden zu werfen. Aber dann löste sich ein

Schuß, und ich fühlte überall auf mir sein Blut. Und anderes.« Er hielt inne und klopfte heftig an seiner Brust herum, als spritzte das Blut noch einmal gegen ihn.

Er blickte auf seine Hände, die jetzt sauber waren. »Dann hörte ich meine Frau durch die Diele kommen, auf das Zimmer zu und meinen Namen rufen. Ich weiß noch, daß ich sie an der Tür stehen sah und auf sie zugegangen bin. Aber sonst erinnere ich mich an nichts mehr, jedenfalls nicht sehr deutlich.«

»Daß Sie uns angerufen haben?«

Der Conte nickte. »Ich glaube, ja. Aber dann waren Sie auf einmal hier.«

»Wie sind Sie und Ihre Frau nach oben gekommen?«

Kopfschütteln. »Keine Ahnung. Wirklich, von dem Moment an, als ich sie an der Tür stehen sah, bis Sie hier hereinkamen, weiß ich nicht mehr viel.«

Brunetti betrachtete den Mann, sah ihn zum erstenmal von allem Beiwerk seines Reichtums und seiner Stellung entblößt, und was er da sah, war ein hochgewachsener, hagerer alter Mann, das Gesicht tränenverschmiert, das Hemd noch feucht von Menschenblut.

»Wenn Sie sich vielleicht ein wenig säubern wollen«, meinte Brunetti. Etwas anderes fiel ihm nicht ein. Und noch während er es sagte, wußte er, daß es vollkommen gegen die Vorschrift war, daß man den Conte diese Sachen anbehalten lassen mußte, bis die Spurensicherung dagewesen war und ihn darin fotografiert hatte. Aber Brunetti fand die Vorstellung so abstoßend, daß er noch einmal sagte: »Vielleicht möchten Sie sich umziehen.«

Zuerst schienen Brunettis Worte den Conte zu verwirren, doch dann blickte er an sich herunter, und Brunetti sah, wie sich bei dem Anblick, den er bot, angewidert sein Mund verzog. *»O Dio mio«*, murmelte er und erhob sich, schwer auf die Armlehnen seines Sessels gestützt. Betreten stand er da und hielt die Arme vom Körper weg, als fürchte er sich davor, daß seine Hände mit der besudelten Kleidung in Berührung kommen könnten.

Er merkte, daß Brunetti ihn beobachtete, und drehte sich um. Brunetti ging ihm nach und sah ihn einmal anhalten und in Richtung Wand taumeln, aber bevor er ihm zu Hilfe eilen konnte, hatte er sich schon wieder gefangen. Der Conte stieß sich von der Wand ab und ging am Ende des Flurs nach rechts durch eine Tür, die er gar nicht erst hinter sich zumachte. Brunetti folgte ihm, blieb aber an der Tür stehen. Als er plötzlich Wasser laufen hörte, schaute er hinein und sah die Spur der abgeworfenen Kleidungsstücke, die der Conte auf dem Weg zu einer weiteren Tür, wahrscheinlich einem Gästebad, hinterlassen hatte.

Brunetti wartete mindestens fünf Minuten, aber das Rauschen des Wassers war weiterhin alles, was er hörte. Er lauschte noch ein Weilchen und überlegte schon, ob er hineingehen und nach dem Conte sehen sollte, als das Wasserrauschen verstummte. Erst in der darauffolgenden Stille hörte er die anderen Geräusche von unten, das vertraute Stampfen und Klappern, das ihm verriet, daß inzwischen die Spurensicherung angekommen war. Brunetti gab seine Rolle als Beschützer des Conte auf und ging nach unten, zurück in das Zimmer, in dem den zweiten Lorenzoni-Erben sein grausiger Tod ereilt hatte.

23

Für Brunetti waren die nächsten Stunden so ähnlich wie für jemanden, der einen Unfall überlebt hat und sich an das Eintreffen des Rettungsteams erinnert, an seine Ankunft in der Notaufnahme, vielleicht sogar an die Maske, die ihn gnädig in Narkose legte. Er stand in dem Zimmer, in dem Maurizio gestorben war, gab Anweisungen, beantwortete Fragen und stellte selbst welche, aber die ganze Zeit hatte er das seltsame Gefühl, nicht richtig dazusein.

Er erinnerte sich an die Fotografen, sogar an den obszönen Fluch, den einer ausstieß, als sein Stativ zusammenbrach und die Kamera herunterfiel. Und er erinnerte sich, wie er es schon im selben Moment albern gefunden hatte, inmitten all dessen, was da fotografiert wurde, an der ordinären Sprache Anstoß zu nehmen. Er wußte noch, daß der Anwalt der Lorenzoni-Familie gekommen war und danach eine private Krankenschwester, die sich der Contessa annehmen sollte. Er sprach mit dem Anwalt, den er schon seit Jahren kannte, und erklärte ihm, daß Maurizios Leiche erst in einigen Tagen zur Bestattung freigegeben werden könne, nach der Autopsie.

Und während er es sagte, dachte er, wie absurd das eigentlich war. Die Zeugnisse des Geschehens waren alle hier in diesem Zimmer: an den Vorhängen, auf den Läufern, eingesickert in die schmalen Parkettstreifen und in den besudelten Kleidungsstükken, die der Conte auf dem Weg zur Dusche abgelegt hatte. Brunetti hatte die Männer von der Spurensicherung zu diesen Kleidungsstücken geführt und sie angewiesen, sie einzusammeln und zu beschildern; auch sollten sie die Hände des Conte auf eventuelle Schmauchspuren untersuchen. Und Maurizios ebenso.

Er hatte mit der Contessa gesprochen, oder mit ihr zu sprechen versucht, aber sie hatte auf jede seiner Fragen mit einem der Geheimnisse des Rosenkranzes geantwortet. Er fragte, ob sie etwas gehört habe, und sie antwortete: »Jesus, der für uns Blut geschwitzt hat.« Er fragte, ob sie noch mit Maurizio gesprochen habe, und sie antwortete: »Jesus, der für uns das Kreuz auf sich genommen hat.« Er gab es auf und überließ sie der Krankenschwester und ihrem Gott.

Jemand hatte daran gedacht, einen Kassettenrecorder mitzubringen, und Brunetti machte davon Gebrauch, als er sich von Conte Lorenzoni noch einmal langsam die Ereignisse des vorigen Tages und des heutigen Nachmittags berichten ließ. Der Conte hatte nur die äußeren Spuren des Geschehens von sich abgewaschen; in seinen Augen stand immer noch der moralische Preis der von ihm begangenen Tat, der Tat, die Maurizio zu begehen versucht hatte. Er erzählte die Geschichte stockend und mit vielen langen Pausen, in denen er immer wieder den Faden zu verlieren schien. Jedesmal erinnerte Brunetti ihn sanft daran, wo sie waren, und fragte, was dann passiert sei.

Gegen neun Uhr waren sie fertig, und es gab keinen Grund mehr, noch länger im Palazzo zu bleiben. Brunetti schickte die Leute von der Spurensicherung in die Questura zurück und verabschiedete sich. Der Conte sagte auf Wiedersehen, schien aber nicht mehr zu wissen, daß man sich dabei die Hand gab.

Vianello stapfte neben Brunetti her, und gemeinsam gingen sie in die erstbeste Bar, die sie fanden. Jeder bestellte sich ein großes Glas Mineralwasser, danach noch eines. Keinem von beiden stand der Sinn nach Alkohol, und beide wandten den Blick von den schlaffen Sandwiches ab, die sich in einem Glaskasten neben dem Tresen stapelten.

»Gehen Sie nach Hause, Lorenzo«, sagte Brunetti schließlich. »Wir können nichts mehr tun. Jedenfalls nicht heute abend.«

»Der arme Mann«, sagte Vianello, während er in seiner Tasche kramte und ein paar Tausendlirescheine auf den Tresen legte. »Und die Frau. Wie alt mag sie sein? Noch nicht weit über fünfzig. Sieht aber aus wie siebzig. Oder noch älter. Das wird sie umbringen.«

Brunetti nickte betrübt. »Vielleicht kann er ja etwas machen.«

»Wer? Lorenzoni?«

Brunetti nickte erneut, sagte aber nichts weiter.

Zusammen verließen sie die Bar, ohne den Abschiedsgruß des *padrone* zu erwidern. Am Rialto sagte Vianello gute Nacht und ging zum Anleger, um ein Boot in Richtung Castello und nach Hause zu erwischen. Das *traghetto* hatte den Betrieb um sieben Uhr eingestellt, so daß Brunetti nichts anderes übrigblieb, als zur Brücke und auf der anderen Seite des Canal Grande wieder zurückzugehen, um nach Hause zu kommen.

Der Anblick von Maurizios Leiche und die schrecklichen Zeugnisse von der Art seines Todes an der Wand hinter ihm verfolgten Brunetti durch die Gassen bis zu seinem Haus und die Treppe hinauf zur Wohnungstür. Drinnen hörte er den Fernseher laufen: Seine Familie sah sich eine Polizeiserie an, die sie jede Woche verfolgte, normalerweise mit ihm zusammen, der sie dann von seinem Stammsessel aus auf die Fehler und Unstimmigkeiten aufmerksam machte.

»*Ciao papà*«, hörte er zweistimmig rufen und zwang sich zu einer freundlichen Erwiderung.

Chiaras Kopf erschien an der Tür zum Wohnzimmer. »Hast du schon gegessen, *papà*?«

»Ja, Engelchen«, log er, während er sein Jackett aufhängte und ihr dabei mit Bedacht den Rücken zukehrte.

Sie blieb einen Augenblick stehen, bevor sie sich wieder ins Zimmer verzog. Gleich darauf erschien Paola in der Tür und streckte ihm eine Hand entgegen. »Was ist los, Guido?« fragte sie mit vor Angst rauher Stimme.

Er blieb an der Garderobe stehen und fummelte in seiner Jackentasche herum, als suchte er etwas. Sie legte ihm den Arm um die Taille.

»Was hat Chiara denn gesagt?« brachte er schließlich heraus.

»Daß du etwas Entsetzliches erlebt haben mußt.« Sie zog seine geschäftigen Hände von der sinnlosen Suche in den Taschen seines Jacketts fort. »Was war denn?« fragte sie, wobei sie seine Hand an ihre Lippen hob und sie küßte.

»Ich kann jetzt nicht darüber reden«, sagte er.

Sie nickte nur. Dann führte sie ihn, immer noch seine Hände haltend, nach hinten in ihr Schlafzimmer. »Komm, Guido, geh zu Bett. Leg dich schon mal hin, und ich bringe dir eine *tisana.*«

»Ich kann nicht darüber reden, Paola«, sagte er noch einmal.

Ihr Gesicht blieb ernst. »Das will ich ja auch gar nicht, Guido. Ich möchte nur, daß du ins Bett gehst, etwas Warmes trinkst und schläfst.«

»Ja«, sagte er, und wieder holte ihn dieses seltsame Gefühl der Unwirklichkeit ein. Später, als er ausgezogen war und unter der Bettdecke lag, trank er den Kräutertee – Linde mit Honig – und hielt Paolas Hand, oder sie die seine, bis er einschlief.

Er hatte eine ruhige Nacht, wachte nur zweimal auf und fühlte Paolas Arme um sich und ihre Schulter unter seinem Kopf. Beide Male wurde er nicht richtig wach, sondern schlief gleich wieder ein, wenn sie ihn auf die Stirn küßte und ihm das tröstliche Gefühl gab, daß sie da war und über ihn wachte.

Am nächsten Morgen, nachdem die Kinder zur Schule gegangen waren, erzählte er ihr einen Teil von dem, was geschehen war. Sie hörte sich seine redigierte Fassung an, stellte keine Zwischenfragen, trank ihren Kaffee und beobachtete sein Gesicht beim Sprechen.

Als er fertig war, fragte sie: »Ist es damit zu Ende?«

Brunetti schüttelte den Kopf. »Ich weiß es nicht. Da sind immer noch die Entführer.«

»Aber wenn der Neffe sie engagiert hat, dann ist doch er der eigentlich Schuldige.«

»Das ist es ja gerade«, meinte Brunetti.

»Wie?« fragte Paola, die ihm nicht ganz folgen konnte.

»*Wenn* er sie engagiert hat.«

Sie kannte ihn zu gut, um Worte oder Zeit mit der Nachfrage zu verschwenden, wie er das meine. »Hmm«, machte sie nur, nippte an ihrem Kaffee und wartete.

»Es stimmt irgendwie nicht«, sagte Brunetti endlich. »Der Neffe schien mir zu so etwas nicht fähig.«

»Es kann einer lächeln und immer lächeln und doch ein Schurke sein«, sagte Paola in ihrem Zitierton, aber Brunetti war zu sehr mit anderem beschäftigt, um nachzufragen, woraus das war.

»Er schien Roberto wirklich gern zu haben, sich fast als sein Beschützer zu fühlen.« Brunetti schüttelte den Kopf. »Ich bin nicht überzeugt.«

»Wer dann?« fragte Paola. »Leute bringen doch nicht einfach ihre Kinder um; ein Mann tötet nicht seinen eigenen Sohn.«

»Ich weiß, ich weiß«, antwortete Brunetti; auch er fand das ja undenkbar.

»Wer also dann?«

»Das ist es ja, was nicht stimmt. Es gibt keine andere Möglichkeit.«

»Könntest du dich nicht doch in dem Neffen täuschen?« fragte sie.

»Natürlich«, räumte Brunetti ein. »Ich könnte mich überhaupt täuschen. Ich habe keine Ahnung, was passiert ist. Oder warum.«

»Um an Geld zu kommen. Ist das nicht der Grund für die meisten Entführungen?«

»Ich weiß inzwischen nicht mehr, ob es eine Entführung war«, sagte Brunetti.

»Aber du hast eben noch von Entführern gesprochen.«

»Ja, ja. Entführt worden ist er. Und jemand hat Lösegeldforderungen geschickt. Aber ich glaube nicht, daß je die Absicht bestand, wirklich Geld zu erpressen.« Er erzählte ihr von dem Angebot, das Conte Lorenzoni gemacht worden war.

»Woher weißt du denn das?« fragte sie.

»Dein Vater hat es mir gesagt.«

Sie lächelte zum erstenmal. »Ich finde es ja nett, daß so etwas in der Familie bleibt. Wann hast du denn mit ihm gesprochen?«

»Vor einer Woche. Und dann noch einmal gestern.«

»Darüber?«

»Ja, und über anderes.«

»Was denn für anderes?« fragte sie, plötzlich mißtrauisch geworden.

»Er hat gesagt, du wärst nicht glücklich.«

Brunetti wartete ab, wie Paola darauf reagierte; er fand es am aufrichtigsten, sie auf diese Weise zum Reden darüber zu bringen, was nicht in Ordnung war.

Paola schwieg lange. Sie stand auf, goß ihnen Kaffee nach, tat heiße Milch und Zucker hinein und setzte sich wieder ihm gegenüber. »Die Psychoschwätzer«, meinte sie dann, »nennen das Projektion.«

Brunetti kostete von seinem Kaffee, nahm sich noch etwas Zucker nach und sah sie an.

»Du weißt doch, wie die Leute immer ihre eigenen Probleme bei den Menschen in ihrem Umfeld sehen.«

»Worüber ist er denn unglücklich?« fragte Brunetti.

»Was hat er denn gesagt, worüber *ich* unglücklich wäre?«

»Über unsere Ehe.«

»Na bitte«, sagte sie nur.

»Hat deine Mutter etwas angedeutet?«

Sie schüttelte den Kopf.

»Du scheinst aber nicht überrascht zu sein«, sagte Brunetti.

»Er wird alt, Guido, und das wird ihm allmählich bewußt. Ich glaube, er fängt an, sich Gedanken darüber zu machen, was ihm wichtig ist und was nicht.«

»Und ist ihm seine Ehe nicht wichtig?«

»Ganz im Gegenteil. Ich glaube, er merkt langsam, wie wichtig sie ihm ist und daß er das seit Jahren ignoriert. Seit Jahrzehnten.«

Sie hatten über die Ehe von Paolas Eltern nie gesprochen,

obwohl Brunetti schon gerüchteweise von der Vorliebe des Conte für attraktive Frauen gehört hatte. Und obwohl es ihm ein leichtes gewesen wäre, herauszufinden, ob etwas Wahres an diesen Gerüchten war, hatte er doch nie die richtigen Fragen gestellt.

Als waschechter Italiener hegte er nicht die geringsten Zweifel daran, daß ein Mann der Frau, die er mit anderen betrog, mit Leib und Seele zugetan sein konnte. Für Brunetti stand es außer Frage, daß Conte Falier seine Frau liebte, und da er schon einmal beim Adel war, ging ihm auf, daß dies auch ganz offensichtlich auf Conte Lorenzoni zutraf: Das einzige wahrhaft Menschliche an ihm schien seine Liebe zur Contessa zu sein.

»Ich weiß nicht«, sagte er und ließ offen, auf welchen der beiden Herren Conti sich dieses Eingeständnis seiner Unwissenheit bezog.

Sie beugte sich über den Tisch und küßte ihn auf die Wangen. »Solange ich mit dir zusammen bin, könnte ich nie unglücklich sein.«

Brunetti senkte den Kopf und errötete.

24

Brunetti hätte das Drehbuch schreiben können. Patta mußte an diesem Morgen das Wort ergreifen, mit getragener Stimme von der doppelten Tragödie sprechen, die diese adlige Familie getroffen hatte, von dem schrecklichen Verstoß gegen die heiligsten Bande der Menschheit, vom Verfall der christlichen Gesellschaft und so weiter und so fort, ein Totengeläut auf Heim, Herd und Familie. Er hätte das blähsüchtige Wortgetöse vorhersagen können, die einstudierte Natürlichkeit einer jeden Geste. Er hätte in Klammern sogar schon die Stellen vorgeben können, an denen er innehalten und die Hände vor die Augen schlagen würde, wenn er sich über dieses unnennbare Verbrechen ausließ.

Ebenso leicht hätte er auch die Schlagzeilen schreiben können, die ihm mit Sicherheit von jedem Kiosk der Stadt entgegenschreien würden: *Delitto in famiglia; Caino e Abele; Figlio Adottivo – Assassino.* Um beidem zu entgehen, rief er in der Questura an und sagte, er werde nicht vor dem frühen Nachmittag da sein, und er weigerte sich, die Zeitungen auch nur anzusehen, die Paola geholt hatte, während er noch schlief. Da sie ahnte, daß er ihr alles über die Lorenzonis gesagt hatte, was er sagen wollte, ließ sie das Thema ruhen und ging zum Rialto, um Fisch einzukaufen. Brunetti, der seinem Gefühl nach zum erstenmal seit Wochen nichts zu tun hatte, nahm sich vor, in seine Bücher endlich die Ordnung zu bringen, die er in die Ereignisse der Welt offenbar nicht bringen konnte, und ging ins Wohnzimmer, wo er sich vor den deckenhohen Bücherschrank stellte. Vor Jahren waren die Bücher einmal nach Sprachen geordnet gewesen, und als diese Ordnung sich auflöste, hatte er es mit einer chronologischen versucht. Aber die Neugier der Kinder hatte dem bald ein Ende gemacht, und so stand jetzt

Petronius neben Johannes Chrysostomus, und Abaelard machte sich an Emily Dickinson heran. Er besah sich die aufgereihten Bände, zog zuerst einen heraus, dann noch zwei und noch einmal zwei. Doch dann verlor er urplötzlich das Interesse an dieser Arbeit, nahm alle fünf Bände und stopfte sie wahllos ganz unten in eine Lücke.

Er nahm Ciceros *De officiis* vom obersten Brett herunter und blätterte bis zu dem Kapitel vom rechten Handeln, wo Cicero von den Kategorien des sittlich Guten spricht. Die erste sei die Fähigkeit, Wahres vom Falschen zu unterscheiden und die Beziehung zwischen einem Phänomen und einem anderen sowie die Gründe und Folgen eines jeden einzelnen zu verstehen. Die zweite Kategorie sei die Fähigkeit, Leidenschaften zu zügeln. Und die dritte, sich in Beziehungen zu anderen überlegt und verständnisvoll zu verhalten.

Er klappte das Buch zu und stellte es wieder an den Platz, den ihm die wechselhaften Launen der Familie Brunetti zugewiesen hatten: zwischen John Donne zur rechten und Karl Marx zur linken. Die Beziehung zwischen einem Phänomen und einem anderen sowie die Gründe und Folgen eines jeden einzelnen zu verstehen, sagte er laut vor sich hin und fuhr beim Klang seiner eigenen Stimme zusammen. Er ging in die Küche, schrieb einen Zettel für Paola und machte sich doch früher als vorgehabt auf den Weg zur Questura.

Als er dort ankam, war es schon weit nach elf. Die Presse hatte ihren Auftritt schon gehabt und war wieder abgezogen, so daß es ihm wenigstens erspart blieb, Pattas Verlautbarungen mit anhören zu müssen. Er nahm die Hintertreppe zu seinem Dienstzimmer, machte die Tür hinter sich zu und setzte sich an seinen Schreibtisch. Dann klappte er die Akte Lorenzoni auf und las Seite für Seite alles noch einmal durch. Angefangen mit der Entführung vor zwei Jahren, notierte er in zeitlicher Reihenfolge alles, was er wußte. Er brauchte vier Blätter für diese Liste, die mit Maurizios Tod endete.

Er legte die vier Blätter vor sich, Tarot-Karten des Todes. Wahres vom Falschen zu unterscheiden. Die Beziehung zwischen einem Phänomen und einem anderen und die Gründe und Folgen eines jeden. Wenn Maurizio die Entführung organisiert hatte, erklärten sich daraus alle Phänomene, alle Beziehungen und Folgen waren klar. Das Verlangen nach Reichtum und Macht, vielleicht sogar Eifersucht wäre dann Grund für die Entführung gewesen. Und das wiederum hätte zu dem Mordversuch an seinem Onkel und somit zu seinem eigenen gewaltsamen Tod geführt, dem Blut am Jackett, dem Hirngewebe an den Fortuny-Vorhängen.

Aber wenn Maurizio nicht der Schuldige war, gab es keine Beziehung zwischen den Phänomenen. Ein Onkel mochte seinen Neffen umbringen, aber ein Vater brachte seinen Sohn nicht um, nicht auf solch ganz besonders kaltblütige Weise.

Brunetti hob den Blick und sah aus dem Fenster seines Zimmers. Auf einer Seite der Waage lag dieses unbestimmte Gefühl, daß Maurizio nicht das Zeug zum Mörder gehabt hatte, auch nicht um die Mörder zu dingen. Auf der anderen Waagschale lag ein Szenario, in dem Conte Ludovico seinen Neffen kaltblütig erschoß, und wenn das stimmte, mußte er auch der Mörder seines eigenen Sohnes sein.

Brunetti hatte sich bei der Beurteilung von Menschen und ihren Motiven durchaus schon geirrt. Hatte er sich nicht eben erst von seinem Schwiegervater zu falschen Annahmen verleiten lassen? Wie vorschnell hatte er glauben wollen, daß seine eigene Frau unglücklich, seine eigene Ehe in Gefahr sei, wo doch die Lösung so nahegelegen hatte und die Wahrheit in Paolas schlichter Liebeserklärung zu finden gewesen war.

Wie auch immer er die Tatsachen und Möglichkeiten von der einen Schale dieser schrecklichen Waage auf die andere schob, das Schwergewicht der Beweise landete immer auf Maurizios Seite. Und dennoch hatte Brunetti seine Zweifel.

Er mußte daran denken, wie Paola ihn seit Jahren damit aufzog, daß er sich so ungern von alten Kleidungsstücken trennte, ob Jackett, Pullover oder auch nur ein Paar Socken, das er besonders bequem fand. Es hatte nichts mit Geld oder der Mühe zu tun, sich etwas Neues zu kaufen, sondern nur mit seiner Gewißheit, daß nichts Neues so bequem und vertraut sein könnte wie das Alte. Und seine derzeitige Lage gründete auf dem gleichen Widerstreben, das Vertraute zugunsten von etwas Neuem aufzugeben.

Er nahm seine Notizen und begab sich zu einem letzten Versuch hinunter zu Patta, doch das Gespräch verlief genau so, wie er es in sein Drehbuch geschrieben hätte: Patta wies unbesehen »die beleidigende, wahnhafte Unterstellung« zurück, daß der Conte in irgendeiner Weise in das Geschehene verwickelt sein könne. Patta ging nicht so weit, von Brunetti eine Entschuldigung bei Conte Lorenzoni zu verlangen; schließlich hatte Brunetti lediglich Überlegungen angestellt, aber schon diese Überlegungen beleidigten Pattas atavistische Gefühle derart, daß er seine Wut auf Brunetti nur mühsam beherrschte, allerdings nicht so weit unterdrückte, daß er Brunetti nicht wenigstens aus seinem Zimmer warf.

Oben steckte Brunetti die vier Seiten zu den restlichen Unterlagen und ließ die Mappe in der Schublade verschwinden, die er gewöhnlich herauszog, um seine Füße daraufzulegen. Er schob die Schublade mit dem Fuß zu und wandte seine Aufmerksamkeit einer neuen Akte zu, die ihm jemand auf den Tisch gelegt hatte, während er bei Patta war: Aus vier Booten waren die Motoren gestohlen worden, während ihre Besitzer auf der kleinen Insel Vignole in einer Trattoria beim Essen saßen.

Das Klingeln des Telefons bewahrte ihn davor, über die ganze Banalität dieses Falles nachdenken zu müssen.

»*Ciao*, Guido«, tönte die Stimme seines Bruders aus dem Hörer. »Ich wollte mich nur zurückmelden.«

»Aber wolltet ihr nicht noch länger bleiben?« fragte Brunetti.

Sergio lachte. »Doch, schon, aber die Neuseeländer sind gleich nach ihrem Vortrag abgereist, da habe ich beschlossen, auch zurückzukommen.«

»Wie war es denn?«

»Wenn du versprichst, mich nicht auszulachen, sage ich, es war ein Triumph.«

Der richtige Zeitpunkt war wirklich alles. Wäre dieser Anruf an einem anderen Nachmittag gekommen, oder sogar nachts um drei, wenn er Brunetti aus tiefstem Schlaf gerissen hätte, er würde sich mit Freuden den Bericht seines Bruders über die Konferenz in Rom angehört haben, hätte sich begeistert vom Inhalt und der Aufnahme seines Vortrags erzählen lassen. Statt dessen starrte er, während Sergio von Röntgen und Restwerten sprach, auf die Seriennummern von vier Außenbordmotoren. Sergio sprach von zerstörten Lebern, und Brunetti war mit den Gedanken bei Pferdestärken zwischen fünf und fünfzehn. Sergio zitierte eine Frage, die jemand bezüglich der Milz gestellt hatte, und Brunetti las, daß nur einer der vier Motoren gegen Diebstahl versichert war, und auch der nur zum halben Wert.

»Guido, hörst du zu?« fragte Sergio.

»Aber ja, ja, natürlich höre ich zu«, beteuerte Brunetti unnötig heftig. »Ich finde das alles hochinteressant.«

Sergio lachte, widerstand aber der Versuchung, seinen Bruder zu einer Wiederholung der beiden letzten Sätze aufzufordern. Statt dessen fragte er. »Wie geht es Paola und den Kindern?«

»Gut, danke.«

»Ist Raffi noch mit diesem Mädchen befreundet?«

»Ja. Wir mögen sie alle sehr gern.«

»Bald wird Chiara an der Reihe sein.«

»Womit?« fragte Brunetti verständnislos.

»Sich einen Freund zu suchen.«

Richtig. Brunetti wußte nicht, was er darauf sagen sollte.

In das Schweigen hinein sagte Sergio: »Ihr müßt uns dieser Tage mal besuchen kommen. Alle zusammen.«

Brunetti begann schon zu überlegen, wann er dafür Zeit habe, antwortete dann aber: »Gern, nur muß ich zuerst Paola und die Kinder fragen, was sie so vorhaben.«

Sergios Stimme klang plötzlich ganz ernst, als er sagte: »Wer hätte das gedacht, Guido?«

»Was?«

»Daß wir unsere Frauen und Kinder fragen müssen, was sie vorhaben. Wir werden alt.«

»Ja, wahrscheinlich«, meinte Brunetti. Außer Paola war Sergio der einzige, den er fragen konnte: »Stört dich das?«

»Ich weiß nicht, ob es eine Rolle spielt, ob mich das stört oder nicht; wir können nichts dagegen tun. Aber warum so ernst heute?«

Statt einer Antwort fragte Brunetti: »Hast du die Zeitungen gelesen?«

»Ja, auf der Rückfahrt im Zug. Du meinst diese Lorenzoni-Geschichte?«

»Ja.«

»Dein Fall?«

»Ja«, antwortete Brunetti, ohne näher darauf einzugehen.

»Schrecklich. Die armen Leute. Erst der Sohn, und dann der Neffe. Schwer zu sagen, was schlimmer war.« Aber es war eindeutig, daß Sergio, eben aus Rom zurückgekehrt und noch ganz von seinem beruflichen Erfolg erfüllt, nicht über derlei Dinge reden wollte, weshalb Brunetti ihn unterbrach.

»Also, ich rede mit Paola. Sie kann mit Maria Grazia etwas verabreden.«

25

Zwiegesichtig wäre wahrscheinlich die passende Bezeichnung für die italienische Justiz oder – da dies ein verschwommener Begriff ist – für das Rechtssystem, das der italienische Staat zum Schutz seiner Bürger geschaffen hat. Viele haben den Eindruck, daß die Polizei immer dann, wenn sie nicht gerade Kriminelle vor ihre Richter bringt, ebendiese Richter verhaftet oder gegen sie ermittelt. Urteile sind schwer zu erlangen und werden oft in Berufungsverfahren wieder aufgehoben; Schwerverbrecher gehen durch Kuhhandel straffrei aus; Elternmörder bekommen Verehrerpost ins Gefängnis; hohe Staatsvertreter und Mafiosi tanzen Hand in Hand dem Ruin des Staates entgegen – dem Ruin des Staatsgedankens sogar. Doktor Bartolo hatte womöglich die italienischen Berufungsgerichte im Sinn, als er sang: *»Qualche garbuglio st troverà.«*

An den folgenden drei Tagen hatte Brunetti, den ein Gefühl der Sinnlosigkeit all seines Tuns in finstere Depressionen stürzte, reichlich Zeit, sich Gedanken über die Natur des Rechts und – mit Ciceros Stimme stets im Ohr – über die Natur des sittlich Guten zu machen. Alles erschien ihm ohne jeden Sinn und Zweck.

Wie der Troll in einer Geschichte, die er als Kind gelesen hatte, unter einer Brücke lauerte, so lauerte die Liste, die er aufgestellt hatte, in seiner Schreibtischschublade, stumm, aber nicht vergessen.

Am Montag ging er zu Maurizios Beerdigung, wo die Horden kamerabewehrter Leichenfledderer ihn noch mehr anwiderten als der Gedanke an das, was in dem schweren Sarg lag, dessen Fugen gegen die Feuchtigkeit in der Familiengruft der Lorenzonis mit Blei versiegelt waren. Die Contessa war nicht da, aber der Conte ging mit roten Augen, gestützt auf den Arm eines jüngeren Mannes, hinter dem Sarg des Jungen her, den er getötet hatte. Sein Auftreten und seine Haltung lösten in Italien eine Welle sentimentaler Bewunderung aus, wie es sie nicht mehr gegeben hatte, seit die Eltern eines ermordeten amerikanischen Jungen dessen Organe gespendet hatten, damit Kinder in Italien, dem Land seines Mörders, weiterleben konnten. Brunetti beschloß, keine Zeitungen mehr zu lesen, allerdings erst, nachdem sie berichtet hatten, daß der Untersuchungsrichter Maurizios Tod zu einem Fall von gerechtfertigter Notwehr erklärt hatte.

Wie einer, der Zahnschmerzen hat und den befallenen Zahn ständig mit der Zunge betasten muß, widmete Brunetti sich den gestohlenen Motoren. In einer Welt ohne Sinn waren Motoren so wichtig wie das Leben, warum also nicht nach ihnen suchen? Leider entpuppte ihre Auffindung sich als viel zu einfach – man entdeckte sie bald im Haus eines Fischers auf Burano, dessen Nachbarn, als sie ihn einen nach dem anderen von seinem Boot ins Haus tragen sahen, so mißtrauisch wurden, daß sie die Polizei verständigten.

Am Ende des Tages nach diesem Triumph erschien Signorina Elettra an der Tür zu seinem Zimmer. *»Buon giorno, dottore«*, sagte sie, das Gesicht verdeckt und die Stimme gedämpft von einem riesigen Gladiolenstrauß, den sie im Arm trug.

»Was ist denn das, Signorina?« fragte Brunetti und stand auf, um sie an dem Stuhl vor seinem Schreibtisch vorbei zu dirigieren.

»Ein Extrastrauß«, antwortete sie. »Haben Sie eine Vase?« Sie legte die Blumen auf seinen Schreibtisch, daneben ein Bündel Papiere, die sowohl unter ihrem Zugriff als auch unter der Nässe der Blumenstengel gelitten hatten.

»Vielleicht ist eine im Schrank«, antwortete er, noch immer ohne eine Ahnung, warum sie die Blumen zu ihm heraufbrachte. Und Extrastrauß? Ihre Blumen wurden gewöhnlich montags und donnerstags angeliefert; heute war Mittwoch.

Sie öffnete die Schranktür, suchte unten auf dem Boden herum und fand nichts. Mit einem Handzeichen in seine Richtung ging sie wortlos zur Tür.

Brunetti sah die Blumen an, dann nahm er die daneben liegenden Papiere zur Hand: ein Fax von Doktor Montini in Padua. Robertos Laborbericht also. Er legte ihn wieder hin. Die Blumen sprachen von Leben und Hoffnung und Freude; er wollte nichts mehr mit dem toten Jungen und seinen eigenen toten Gefühlen für ihn und seine Familie zu tun haben.

Signorina Elettra kam bald mit einer Barovier-Vase zurück, die Brunetti schon oft auf ihrem Schreibtisch bewundert hatte. »Ich glaube, die ist genau richtig für die Gladiolen«, sagte sie und stellte die mit Wasser gefüllte Vase neben die Blumen. Dann begann sie eine nach der anderen in der Vase zu arrangieren.

»Wieso ist das ein Extrastrauß, Signorina?« fragte Brunetti und lächelte, denn auf den Anblick Elettras und der Blumen war Lächeln die einzige angemessene Reaktion.

»Ich habe heute den Monatsetat des Vice-Questore abgerechnet, Dottore, und gesehen, daß noch etwa fünfhunderttausend Lire übrig waren.«

»Übrig wovon?«

»Von der Summe, die er jeden Monat für Büromaterial ausgeben darf«, antwortete sie, während sie eine rote Blume zwischen zwei weiße steckte. »Und da von diesem Monat nur noch ein Tag übrig ist, fand ich, daß ich davon eigentlich Blumen kaufen könnte.«

»Für mich?«

»Ja, und für Sergente Vianello, für Pucetti, und noch ein paar Rosen für die Leute unten im Wachlokal.«

»Und für die Frauen im Ufficio Stranieri?« fragte er mit dem leisen Verdacht, daß Signorina Elettra vielleicht zu denen gehörte, die Blumen nur an Männer verschenkten.

»Nein«, sagte sie. »Die bekommen sowieso schon seit langem zweimal die Woche welche mit der normalen Lieferung.« Sie steckte die letzte Blume in die Vase und drehte sich zu ihm um.

»Wo soll ich sie hinstellen?« fragte sie, indem sie die Vase an eine Ecke des Schreibtischs rückte. »Hierher?«

»Nein, vielleicht lieber aufs Fensterbrett.«

Gehorsam trug sie die Vase hinüber und stellte sie vor das mittlere Fenster. »Hier?« fragte sie und drehte sich zu Brunetti um, damit sie sein Gesicht sehen konnte.

»Ja«, sagte er mit einem entspannten Lächeln. »Wunderschön. Ich danke Ihnen, Signorina.«

»Freut mich, daß sie Ihnen gefallen, Dottore.« Ihr Lächeln spiegelte das seine.

Brunetti ging wieder an den Schreibtisch. Zuerst wollte er die Papiere schon ungelesen zu den anderen packen, doch dann fuhr er glättend mit der Handkante darüber und begann zu lesen. Das hätte er sich allerdings genausogut sparen können, denn es war nichts als eine Liste von lauter Namen und Zahlen. Die Namen sagten ihm nichts, obwohl er sich denken konnte, daß es die verschiedenen Tests waren, die der Arzt für den müden jungen Mann angeordnet hatte. Ebenso hätten die Zahlen auch Basketballergebnisse oder die Notierungen der Tokioter Börse sein können: Er konnte ihre Bedeutung nicht entschlüsseln. Die Wut über dieses neue Hindernis erlosch so schnell wieder, wie sie aufgeflammt war. Einen Augenblick spielte Brunetti mit dem Gedanken, die Blätter einfach wegzuwerfen, aber dann zog er sich das Telefon heran und wählte Sergios Nummer.

Als er mit seiner Schwägerin die passenden Artigkeiten getauscht und das von den Frauen verabredete gemeinsame Abendessen am Freitag bestätigt hatte, bat er sie, seinen Bruder an den Apparat zu holen, der schon von der Arbeit zurück war. Der Artigkeiten müde, sagte Brunetti ohne weitere Einleitung: »Sergio, verstehst du genug von Laboruntersuchungen, um mir zu erklären, was die Ergebnisse bedeuten?«

Sein Bruder hörte die Dringlichkeit in Brunettis Stimme und stellte keine Fragen. »Meist ja.«

»Glucose, vierundsiebzig.«

»Das ist ein Diabetes-Test. Nicht besorgniserregend.«

»Triglyzeride. Zweihundertfünfzig heißt das wohl.«

»Cholesterin. Ein bißchen hoch, aber nicht behandlungsbedürftig.«

»Leukozyten, eintausend.«

»Wie bitte?«

Brunetti wiederholte die Zahl.

»Bist du sicher?« fragte Sergio.

Brunetti sah genauer hin. »Ja, eintausend.«

»Hm. Das ist schwer zu glauben. Fühlst du dich nicht wohl? Wird dir schwindlig?« Man hörte Sergios Besorgnis, und noch etwas anderes.

»Was ist los?«

»Wann hast du diese Untersuchungen machen lassen?« wollte Sergio wissen.

»Nein, nein, das bin nicht ich. Jemand anderes.«

»Ach so. Gut.« Sergio legte eine kleine Denkpause ein, dann fragte er: »Was noch?«

»Was ist denn nun mit diesen tausend Leukozyten?« bohrte Brunetti weiter, durch Sergios Fragen beunruhigt.

»Das kann ich noch nicht sagen. Jedenfalls nicht, bevor ich nicht auch den Rest kenne.«

Brunetti las ihm die übrigen Untersuchungsergebnisse vor, die medizinischen Fachausdrücke auf der linken Seite, und die Zahlen rechts daneben. »Das war alles«, sagte er schließlich.

»Nichts weiter?«

»Hier unten steht noch mit der Hand geschrieben etwas von eingeschränkter Milzfunktion. Und ...« Brunetti sah sich das Gekritzel des Arztes genauer an. »Das sieht aus wie ›Hyalin‹ und noch so etwas wie ›Membran‹.«

Nach langem Schweigen fragte Sergio: »Wie alt war dieser Mensch?«

»Einundzwanzig«, antwortete Brunetti, und als ihm aufging, was Sergio da gesagt hatte, fragte er: »Warum sagst du ›war‹?«

»Weil mit solchen Werten keiner lange überlebt.«

»Mit welchen Werten?« wollte Brunetti wissen.

Aber statt zu antworten fragte Sergio: »Hat er geraucht?«

Brunetti erinnerte sich an Francesca Salviatis Bemerkung, daß Roberto mit seiner Abneigung gegen das Rauchen schlimmer gewesen sei als die Amerikaner. »Nein.«

»Getrunken?«

»Jeder trinkt, Sergio.«

Sergios Stimme klang ein wenig zornig. »Stell dich nicht dümmer, als du bist, Guido. Du weißt genau, was ich meine. Hat er viel getrunken?«

»Wahrscheinlich mehr als man normal nennen würde.«

»Krankheiten?«

»Nicht daß ich wüßte. Er war völlig gesund, oder sagen wir recht gesund, bis ungefähr zwei Wochen vor seinem Tod.«

»Woran ist er gestorben?«

»Er wurde erschossen.«

»Lebte er noch, als er erschossen wurde?« fragte Sergio.

»Natür ...« begann Brunetti und brach abrupt ab. Das wußte er nicht. »Wir haben es bisher angenommen.«

»Das würde ich nachprüfen«, sagte Sergio.

»Ich glaube nicht, daß wir das können«, meinte Brunetti.

»Warum nicht? Ihr habt doch die Leiche, oder?«

»Es war nicht mehr viel übrig.«

»Der junge Lorenzoni?«

»Ja«, antwortete Brunetti, und in das immer länger werdende Schweigen hinein fragte er schließlich: »Was hat das denn nun alles zu bedeuten, ich meine diese ganzen Untersuchungsergebnisse, die ich dir vorgelesen habe?«

»Du weißt, daß ich kein Arzt bin«, begann Sergio, aber Brunetti unterbrach ihn.

»Wir sind nicht vor Gericht, Sergio. Ich will es nur für mich wissen. Also, was steckt dahinter?«

»Strahlenkrankheit, glaube ich«, sagte Sergio. Und als Brunetti nicht reagierte, erklärte er: »Die Milz. Sie kann nicht derart geschädigt gewesen sein, wenn keine organische Krankheit vorlag. Außerdem sind die Blutwerte erschreckend niedrig. Und die Lungenkapazität. War von der Lunge noch viel übrig?«

Brunetti erinnerte sich an die Worte des Arztes, die Lunge sehe aus wie die eines starken Rauchers, eines viel älteren Mannes, der jahrzehntelang geraucht habe. Damals hatte Brunetti das nicht in Frage gestellt oder über den Widerspruch nachgedacht, der zwischen dieser Feststellung und der Tatsache bestand, daß Roberto Nichtraucher war. Jetzt erklärte er das Sergio und fragte dann: »Was noch?«

»Das alles zusammen – Milz, Blut, Lunge.«

»Bist du dir ganz sicher, Sergio?« fragte Brunetti, der ganz vergessen hatte, daß er mit seinem älteren Bruder sprach, der gerade im Triumph von einem internationalen Kongreß über radioaktive Kontamination in und um Tschernobyl zurückgekommen war.

»Ja.«

Brunettis Gedanken waren weit weg von Venedig. Sie folgten der Spur, die Robertos Kreditkarte kreuz und quer durch Europa gezogen hatte. Osteuropa. In die Republiken der ehemaligen Sowjetunion, reich an Bodenschätzen und ebenso reich an Waffen, die von den hastig abziehenden Russen zurückgelassen worden waren, als sie sich vor dem Zusammenbruch ihres ehemaligen Reiches in Sicherheit brachten.

»Madre di Dio«, flüsterte Brunetti, erschüttert über seine eigene Schlußfolgerung.

»Was ist denn los, Guido?« fragte sein Bruder am anderen Ende.

»Wie transportiert man solches Zeug, Sergio?«

»Was für Zeug?«

»Radioaktives Material, oder wie man das nennt.«

»Das kommt darauf an.«

»Worauf?«

»Wieviel es ist, und was.«

»Nenn mir mal ein Beispiel«, drängte Brunetti, und als er merkte, wie ungehalten seine Stimme klang, fügte er hinzu: »Es ist wichtig.«

»Wenn es das ist, was wir in der Röntgentherapie verwenden, das wird in einzelnen Behältern transportiert.«

»Wie groß sind die?«

»So groß wie ein Koffer. Vielleicht sogar kleiner, wenn es für kleinere Geräte oder geringere Dosierungen gedacht ist.«

»Verstehst du etwas von der anderen Sorte, Sergio?«

»Es gibt viele andere Sorten.«

»Ich meine die für Bomben. Er war in Weißrußland.«

Kein Ton kam durch die Leitung, nur die absolute Stille, die das neue Lasernetz der Telecom bewerkstelligte, aber Brunetti hatte das Gefühl, die Räder in Sergios Gehirn arbeiten zu hören.

»Aha«, war alles, was sein Bruder sagte. Und dann: »Solange der Behälter mit genug Blei ausgelegt ist, kann er sehr klein sein. Etwa Aktenkoffergröße. Er wäre zwar schwer, aber klein.«

Diesmal entfuhr Brunetti ein Seufzer. »Und das würde reichen?«

»Ich weiß nicht, woran du denkst, Guido, aber wenn du meinst, ob es für eine Bombe reichen würde, ja. Es wäre mehr als genug.«

Damit blieb ihnen beiden nicht mehr viel zu sagen. Nach einer langen Pause riet Sergio: »Ich würde mal mit einem Geigerzähler über die Fundstelle der Leiche gehen. Und über die Leiche.«

»Ist das denkbar?« fragte Brunetti, ohne erklären zu müssen, was er meinte.

»Ich glaube, ja.« In Sergios Ton mischte sich die Gewißheit des Experten mit der Trauer des Menschen. »Die Russen haben ihnen sonst nichts gelassen, was sie verkaufen könnten.«

»Dann gnade uns allen Gott«, sagte Brunetti.

26

Brunetti war von Berufs wegen schon lange an all die Greuel und vielerlei Schändlichkeiten gewöhnt, die Menschen einander zufügten, eigentlich sogar allen um sie herum, aber keine bisherige Erfahrung hatte ihn auf so etwas vorbereitet. Was das Telefongespräch mit Sergio ihm offenbart hatte, überschritt die Grenze zum Undenkbaren. Unschwer konnte Brunetti sich einen großangelegten Waffenhandel vorstellen; er konnte es sogar als Tatsache hinnehmen, daß Waffen auch an die verkauft wurden, von denen die Verkäufer wußten, daß sie Mörder waren. Wenn sich aber das, was er mutmaßte – oder befürchtete –, als wahr herausstellte, übertraf es an Bösartigkeit alles, was er aus eigener Anschauung kannte.

Brunetti zweifelte keine Sekunde daran, daß die Lorenzonis in den illegalen Handel mit Nuklearmaterial verwickelt waren, ebensowenig zweifelte er daran, daß dieses Material für Waffen bestimmt war: Es gibt keine illegalen Röntgengeräte. Außerdem war es ihm unmöglich zu glauben, daß Roberto so etwas eingefädelt haben könnte. Alles, was er über den Jungen wußte, sprach von Einfallsarmut und Antriebslosigkeit; er war nicht der Mann, der hinter einem Handel mit nuklearem Material stecken konnte.

Wer kam dafür eher in Frage als Maurizio, der intelligente Neffe, der geeignetere Erbe? Er war der ehrgeizige junge Mann, der die kommerziellen Möglichkeiten des nächsten Jahrtausends ins Auge faßte, der auf die riesigen neuen Märkte im Osten blickte. Seinem Bestreben, die Lorenzonischen Unternehmen zu neuen Triumphen zu führen, stand nur sein einfältiger Vetter Roberto im Wege, der Junge, den man zum Bringen und Holen einsetzen konnte wie einen gutmütigen Familienhund.

In Frage stand für Brunetti nur das Ausmaß, in dem der Conte in die Sache verwickelt war. Er konnte sich schwer vorstellen, daß ein solches Unterfangen, an dem das gesamte Lorenzoni-Imperium zugrunde gehen konnte, ohne Wissen und Einverständnis des Conte möglich gewesen wäre. Hatte er die Entscheidung getroffen, seinen Sohn nach Weißrußland zu schikken, um das tödliche Material zu holen? Wer wäre geeigneter und unauffälliger gewesen als der Playboy mit seinen Huren auf Kreditkarte? Wenn er genug Champagner trank, wer würde dann noch danach fragen, was in seinem Aktenkoffer war? Wer durchsucht schon das Gepäck eines Trottels?

Brunetti glaubte nicht, daß Roberto überhaupt gewußt hatte, was er da transportierte. Sein Bild von dem Jungen ließ das nicht zu. Aber wie war es dann dazu gekommen, daß er den tödlichen Strahlen dieses Materials ausgesetzt worden war?

Brunetti versuchte sich den Jungen vorzustellen, den er nie gesehen hatte, sah ihn in einem protzigen Hotel, die Huren waren nach Hause gegangen, und er saß allein in seinem Zimmer, allein mit dem Koffer, den er in den Westen bringen sollte. Wenn der Behälter undicht gewesen war, hätte er das nie erfahren, er hätte nichts weiter mit zurückgebracht als die seltsamen Krankheitssymptome, die ihn von Arzt zu Arzt getrieben hatten.

Er hätte darüber nicht mit seinem Vater gesprochen, wohl aber mit seinem Vetter, dem Jungen, der mit ihm Jugend und Unschuld geteilt hatte. Und Maurizio wäre gegenüber dem, was Roberto da beschrieb, sehr schnell mißtrauisch geworden, hätte die Symptome als das erkannt, was sie waren: Robertos Todesurteil.

Brunetti saß lange an seinem Schreibtisch, starrte auf die Tür seines Zimmers, dachte über das sittlich Gute nach und begann die Beziehungen zwischen einem Phänomen und dem anderen und die Folgen eines jeden einzelnen zu verstehen. Was er nicht verstand, noch nicht, das war, wie der Conte davon erfahren hatte.

Ciceros Rat war, die Leidenschaften zu zügeln. Wenn jemand seinen eigenen Sohn Raffi kaltblütig umgebracht hätte, würde er, Brunetti, seine Leidenschaft nicht zu zügeln vermögen, das wußte er. Er würde zornig, rücksichts- und erbarmungslos reagieren, vergessen, daß er Polizist war, nur Vater sein und die Täter jagen und vernichten. Er würde Vergeltung um jeden Preis suchen. Cicero ließ in seinen Regeln für das sittlich Gute keine Ausnahmen zu, aber ein solches Verbrechen würde einen Vater doch gewiß der Pflicht entheben, sich überlegt und verständnisvoll zu verhalten, und ihm das menschliche Recht geben, Vergeltung zu üben.

Brunetti grübelte darüber nach, bis die Sonne unterging und auch das letzte bißchen Licht aus seinem Zimmer mit sich nahm. Als es schon fast ganz dunkel war, knipste er das Licht an. Dann ging er an seinen Schreibtisch, nahm den Aktenordner aus der untersten Schublade und las alles noch einmal gründlich durch. Er machte sich keine Notizen, obwohl er oft den Blick hob und zu den inzwischen dunklen Fenstern hinübersah, als könnte er darin die neuen Formen und Muster gespiegelt sehen, die sich bei der Lektüre für ihn ergaben. Es dauerte eine halbe Stunde, alles zu lesen, und als er fertig war, legte er die Unterlagen wieder in die Schublade und schob sie leise zu, mit der Hand, nicht mit dem Fuß. Dann verließ er die Questura und ging in Richtung Rialto und zum Palazzo der Lorenzonis.

Das Dienstmädchen, das ihm öffnete, erklärte sofort, der Conte empfange keine Besucher. Brunetti bat sie, ihn mit seinem Namen anzumelden. Als sie zurückkam, das Gesicht unwillig verkniffen ob dieser Störung der familiären Trauer, sagte sie, der Conte habe nur wiederholt, daß er keine Besucher empfange.

Brunetti bat daraufhin das Mädchen zunächst, dann befahl er ihr, dem Conte auszurichten, er sei jetzt im Besitz wichtiger Informationen, die Robertos Tod beträfen, und wolle den Conte deswegen sprechen, bevor er die Ermittlungen offiziell wiederaufnehme, was er am nächsten Morgen tun werde, wenn der Conte sich weiterhin weigere, ihn zu empfangen.

Wie erwartet forderte sie ihn bei ihrer erneuten Rückkehr auf, ihr zu folgen, und führte ihn, eine Ariadne ohne Faden, über Treppen und Korridore in einen anderen Teil des Palazzos, den Brunetti noch nicht kannte.

Der Conte war allein in einem Raum, vielleicht Maurizios Büro, denn es standen mehrere Computer, ein Fotokopiergerät und vier Telefone herum. Die Plexiglastische, auf denen alle diese Geräte standen, wirkten fehl am Platz zwischen den Samtvorhängen vor den Spitzbogenfenstern mit Blick auf die Dächer der Stadt.

Der Conte saß hinter einem der Schreibtische, auf dem links von ihm ein Computer stand. Als Brunetti hereinkam, sah er auf und fragte: »Was gibt's denn?« Es war ihm nicht der Mühe wert, aufzustehen oder seinem Besucher einen Stuhl anzubieten.

»Ich bin gekommen, um mit Ihnen über einige neue Informationen zu sprechen«, sagte Brunetti.

Der Conte saß starr da, die Hände vor sich auf dem Tisch. »Es gibt nichts Neues. Mein Sohn ist tot. Mein Neffe hat ihn umgebracht. Und jetzt ist er tot. Danach gibt es nichts mehr. Nichts mehr, was ich noch wissen möchte.«

Brunetti sah ihn lange an. Er versuchte erst gar nicht, seine Skepsis gegenüber dem soeben Gehörten zu verbergen. »Meine Informationen könnten vielleicht Licht auf die Motive für die Tat werfen.«

»Die Motive sind mir egal«, blaffte der Conte. »Für mich und meine Frau genügt es zu wissen, was passiert ist. Ich will nichts mehr damit zu tun haben.«

»Ich fürchte, das geht nun nicht mehr«, entgegnete Brunetti.

»Was meinen Sie mit ›geht nicht mehr‹?«

»Es gibt Hinweise darauf, daß es sich um etwas weit Komplizierteres als eine Entführung gehandelt hat.«

Der Conte schien sich plötzlich seiner Gastgeberrolle zu entsinnen. Er winkte Brunetti zu einem Stuhl und schaltete das leise Surren des Computers ab. Dann fragte er: »Was sind das für Informationen?«

»Ihre Firma, oder Firmen, haben viel mit osteuropäischen Ländern zu tun.«

»Ist das eine Feststellung oder eine Frage?« wollte der Conte wissen.

»Ich glaube, beides. Ich weiß, daß Sie dort Geschäftsinteressen haben, aber ich weiß nicht, wie umfangreich sie sind.« Brunetti wartete einen Augenblick, und gerade als der Conte zu sprechen anfangen wollte, fügte er hinzu: »Oder welcher Art diese Geschäfte sind.«

»Signor ... entschuldigen Sie, ich habe Ihren Namen vergessen«, begann der Conte.

»Brunetti.«

»Signor Brunetti, die Polizei hat meine Familie jetzt zwei Jahre lang durchleuchtet. Das dürfte lange genug sein, sogar für die Polizei, um sich über Art und Umfang meiner Geschäfte in Osteuropa umfassend zu informieren.« Als Brunetti auf die Provokation nicht einging, fragte der Conte: »Oder stimmt das vielleicht nicht?«

»Wir haben vieles über Ihre dortigen Geschäfte in Erfahrung gebracht, das ist richtig, aber jetzt habe ich noch etwas herausgefunden, was in den Informationen, die Sie oder Ihr Neffe uns gegeben haben, nie erwähnt wurde.«

»Und was soll das sein?« fragte der Conte in einem Ton, der jegliches Interesse an dem, was dieser Polizist ihm sagen könnte, vermissen ließ.

»Handel mit Atomwaffen«, sagte Brunetti ruhig, und erst als er es sich aussprechen hörte, wurde ihm klar, wie dürftig seine Beweise waren, wie voreilig der Eifer, mit dem er durch die halbe Stadt geeilt war, um diesen Mann zur Rede zu stellen. Sergio war kein Arzt, und Brunetti hatte sich nicht die Mühe gemacht,

Robertos Überreste oder ihren Fundort auf Spuren von Verstrahlung zu untersuchen. Ebensowenig hatte er versucht, mehr über die Ostinteressen des Lorenzoni-Konzerns herauszufinden. Nein, er war aufgesprungen wie ein Kind, wenn der Eismann seine Glocke läutet, und quer durch die Stadt gerannt, um vor diesem Mann den Polizisten zu spielen.

Das Kinn des Conte fuhr hoch, sein Mund wurde zu einem dünnen Strich, und er wollte zu sprechen anfangen, aber dann ging sein Blick über Brunetti hinweg nach links, zur Tür, wo plötzlich und lautlos seine Frau erschienen war. Er stand auf und ging auf sie zu, und auch Brunetti erhob sich höflich. Als er aber die Frau an der Tür etwas genauer ansah, war er sich nicht mehr sicher, ob diese gebeugte, zerbrechliche Alte, die sich mit einer Hand, die eher einer Klaue glich, auf einen hölzernen Stock stützte, wirklich die Contessa war. Brunetti sah, daß ihre Augen trüb geworden waren, als hätte die Trauer schwarzen Rauch in sie hineingeweht.

»Ludovico?« sagte sie mit zittriger Stimme.

»Ja, mein Herz«, antwortete er, indem er sie beim Arm nahm und ein paar Schritte weit ins Zimmer führte.

»Ludovico?« sagte sie noch einmal.

»Was ist denn, Liebes?« fragte er und beugte sich zu ihr hinunter, noch weiter hinunter jetzt, da sie so klein geworden schien.

Sie blieb stehen, legte beide Hände auf den Knauf ihres Stocks und sah zu ihm auf. Ihr Blick schweifte zur Seite, dann wieder zu ihm. »Ich habe vergessen«, sagte sie, begann zu lächeln, vergaß aber auch das wieder. Plötzlich veränderte sich ihr Gesichtsausdruck, und sie sah ihren Mann an, als wäre er ein fremdes, bedrohliches Wesen in diesem Zimmer. Sie hob einen Arm und streckte ihm abwehrend die Hand entgegen, wie um sich vor Schlägen zu schützen. Aber dann schien sie auch das wieder vergessen zu haben, drehte sich um und verließ, den Stock suchend vorgestreckt, das Zimmer. Die beiden Männer hörten, wie das Tappen des Stocks sich über den Korridor entfernte. Eine Tür klappte zu, und sie waren wieder allein.

Der Conte kehrte an seinen Platz hinter dem Schreibtisch zurück, doch als er sich setzte und Brunetti ansah, schien es, als habe die Contessa ihn mit ihrem Alter angesteckt, denn seine Augen waren trüber geworden, sein Mund war nicht mehr so hart wie vor ihrem Auftritt.

»Sie weiß Bescheid«, sagte er, und seine Stimme klang düster vor Verzweiflung. »Aber wie sind Sie darauf gekommen, Commissario?« fragte er Brunetti in einem Ton, der so müde war wie vorhin der seiner Frau.

Brunetti setzte sich wieder und tat die Frage mit einer Handbewegung ab. »Das spielt keine Rolle.«

»Wie ich schon sagte«, versetzte der Conte. Und als er Brunettis fragenden Blick sah, fügte er hinzu: »Nichts spielt mehr eine Rolle.«

»Es spielt sehr wohl eine Rolle, warum Roberto gestorben ist«, entgegnete Brunetti. Die einzige Reaktion seines Gegenübers war ein kurzes Schulterzucken, dennoch fuhr er fort: »Es spielt eine Rolle, warum er gestorben ist, denn so kommen wir an die heran, die es getan haben.«

»Sie wissen, wer es war«, sagte der Conte.

»Ja, ich weiß, wer sie gedungen hat. Das wissen wir beide. Aber ich will sie haben«, sagte Brunetti, halb von seinem Stuhl erhoben und selbst ganz überrascht von dem hitzigen Ton, in dem er sprach, gegen den er aber nicht ankam. »Ich will ihre Namen wissen.« Schon wieder dieser heftige Ton. Er setzte sich, peinlich berührt von seinem Ausbruch, und blickte zu Boden.

»Paolo Frasetti und Elvio Mascarini«, sagte der Conte nur.

Im ersten Moment wußte Brunetti selbst nicht, was er da hörte, und als er es begriff, konnte er es noch nicht glauben; als er es dann glaubte, geriet das ganze Szenario der Lorenzoni-Morde, das mit der Entdeckung jener halbverwesten Überreste auf einem Acker begonnen hatte, wieder in Bewegung, und was sich dabei herausschälte, war grotesker und schrecklicher als die verrottenden Teile des Jungen. Brunetti reagierte instinktiv. Statt den Conte verblüfft anzusehen, zückte er sein Notizbuch, um sich die beiden Namen zu notieren. »Wo finden wir sie?« fragte er in bemüht ruhigem und beiläufigem Ton, während seine Gedanken ihm vorauseilten zu den Fragen, die er dem Conte stellen mußte, bevor dieser merkte, wie verhängnisvoll sein Mißverständnis gewesen war.

»Frasetti wohnt drüben in der Nähe von Santa Marta. Von dem anderen weiß ich es nicht.«

Brunetti hatte seine Gefühle und sein Mienenspiel inzwischen so weit unter Kontrolle, daß er den Conte wieder ansehen konnte. »Wie sind Sie an die beiden gekommen?«

»Sie haben vor vier Jahren einmal etwas für mich erledigt. Da habe ich sie wieder beauftragt.«

Dies war jetzt nicht der Augenblick, um der anderen Sache nachzugehen; er mußte nur die Entführung klären, Robertos Tod. »Wann haben Sie das mit der Verstrahlung erfahren?« Einen anderen Grund konnte es nicht geben.

»Ziemlich bald, nachdem er aus Weißrußland zurück war.«

»Wie ist es dazu gekommen?«

Der Conte faltete die Hände auf dem Tisch und hielt den Blick darauf gerichtet. »In einem Hotel. Es regnete, und Roberto hatte keine Lust auszugehen. Das Fernsehprogramm verstand er nicht – alles auf russisch oder deutsch. Und dieses Hotel konnte – oder wollte – ihm keine Frau besorgen. Er hatte also nichts zu tun, und da fing er an darüber nachzudenken, was wir ihn dort abholen geschickt hatten.«

Er sah kurz zu Brunetti. »Muß ich Ihnen das alles erzählen?«

»Ich glaube, ich sollte darüber Bescheid wissen«, antwortete Brunetti.

Der Conte nickte, aber es galt nicht wirklich dem, was Brunetti gesagt hatte. Er räusperte sich. »Er – so hat er es später Maurizio erzählt – er ist neugierig geworden und hat sich gefragt, warum wir ihn durch halb Europa schicken, um diesen Koffer zu holen, und er wollte sehen, was darin war. Er dachte an Goldbarren oder kostbare Steine. Weil der Koffer so schwer war.« Der Conte hielt inne, dann erklärte er: »Der Koffer war mit Blei ausgekleidet.« Wieder machte er eine Pause, und Brunetti überlegte schon, wie er ihn zum Weiterreden bewegen könne.

»Wollte er die stehlen?« fragte Brunetti.

Der Conte blickte auf. »O nein, Roberto hätte nie etwas gestohlen, und ganz bestimmt nicht von mir.«

»Warum denn dann?«

»Er war schon immer neugierig. Und ich nehme an, er war auch eifersüchtig, weil ich Maurizio anvertraut hatte, was in dem Koffer war, ihm aber nicht.«

»Und da hat er ihn geöffnet?«

Der Conte nickte. »Er sagte, er habe einen dieser altmodischen Dosenöffner dazu benutzt, die sie in dem Hotel hatten, Sie wissen schon, die mit der dreieckigen Spitze, die es früher auch bei uns gab.«

Brunetti nickte.

»Wenn dieser Öffner nicht im Zimmer gewesen wäre, hätte er den Koffer nicht aufbekommen, und nichts von alledem wäre passiert. Aber er war eben in Weißrußland, und dort haben sie so etwas noch. Er konnte das Schloß damit aufbrechen und den Koffer öffnen.«

»Was war darin?«

Der Conte sah überrascht zu Brunetti auf. »Sie haben mir doch eben selbst gesagt, was drin war.«

»Schon, aber ich will wissen, wie es transportiert wurde, in welcher Form.«

»Kleine Kügelchen. Sie sehen aus wie Kaninchenköttel, nur kleiner.« Der Conte hielt Daumen und Zeigefinger der rechten Hand hoch, um Brunetti die Größe zu zeigen, und wiederholte: »Kaninchenköttel.«

Brunetti schwieg; die Erfahrung hatte ihn gelehrt, daß es einen

Zeitpunkt gab, da man die Leute in Ruhe lassen mußte, damit sie nach eigenem Ermessen weiterreden konnten, sonst verstummten sie.

Schließlich fuhr der Conte fort: »Er hat den Koffer dann wieder zugemacht, aber er war lange genug offen gewesen.« Lange genug wofür, brauchte er nicht zu erklären. Brunetti hatte ja gelesen, welche Symptome das bei Roberto ausgelöst hatte.

»Wann haben Sie erfahren, daß er den Koffer geöffnet hatte?«

»Nachdem wir das Material weitergeschickt hatten, an unseren Kunden. Der rief mich an, um mir zu sagen, daß am Schloß manipuliert worden war. Aber das war erst knapp zwei Wochen später. Die Sendung war per Schiff weitergegangen.«

Brunetti ließ das vorläufig auf sich beruhen. »Und wann traten die ersten Probleme bei ihm auf?«

»Probleme?«

»Symptome.«

Der Conte nickte. »Ach so.« Nach kurzer Pause sprach er weiter. »Etwa nach einer Woche. Zuerst dachte ich, es wäre eine Grippe oder so etwas. Wir hatten ja noch nichts von unserem Käufer gehört. Aber dann ging es ihm immer schlechter. Und ich erfuhr, daß der Koffer geöffnet worden war. Es gab nur eine Erklärung.«

»Haben Sie ihn gefragt?«

»Nein, nein. Das war nicht nötig.«

»Hat er mit jemandem darüber gesprochen?«

»Ja, wie gesagt, mit Maurizio. Aber erst, als es ihm schon sehr schlecht ging.«

»Und dann?«

Der Conte blickte auf seine Hände herunter und hielt wieder den Daumen und Zeigefinger der Rechten auseinander, als wollte er noch einmal die Größe der Kügelchen anzeigen, die seinen Sohn getötet hatten, oder zu dem Mord an ihm geführt hatten. Er sah auf. »Und dann wußte ich, was ich tun mußte.«

»Mußte?« fragte Brunetti, bevor er sich eines anderen besinnen konnte.

»Ja.« Zuerst schien es, als wollte der Conte das nicht weiter erklären, aber er fuhr fort: »Wenn herausgekommen wäre, was ihm fehlte, dann wäre auch alles übrige herausgekommen, das mit den Transporten.«

»Ich verstehe«, sagte Brunetti mit einem Nicken.

»Es hätte uns ruiniert, es hätte Schande über uns gebracht. Das konnte ich nicht zulassen. Nicht nach all den Jahren. Den Jahrhunderten.«

»Aha«, machte Brunetti leise.

»Da habe ich beschlossen, was zu tun war, und mich mit diesen Männern in Verbindung gesetzt, Frasetti und Mascarini.«

»Wessen Idee war es, das so zu machen?«

Der Conte wischte das als unwichtig beiseite. »Ich habe ihnen gesagt, was zu tun war. Wichtig war mir vor allem, daß meine Frau nicht zu leiden hatte. Wenn sie erfahren hätte, was Roberto machte, was seinen Tod verursacht hatte ... ich weiß nicht, was mit ihr passiert wäre.« Er sah noch einmal zu Brunetti und dann wieder auf seine Hände. »Aber jetzt weiß sie es.«

»Woher?«

»Sie hat mich mit Maurizio gesehen.«

Brunetti dachte an die gebeugte Vogelfrau, die mageren Hände um den Griff ihres Stocks geklammert. Der Conte hatte ihr Leid und Schande ersparen wollen. Aha.

»Und die Entführer? Warum haben sie keine dritte Lösegeldforderung geschickt?«

»Weil er gestorben war«, antwortete der Conte mit tonloser Stimme.

»Roberto? Gestorben?«

»Das haben sie mir gesagt.«

Brunetti nickte, als ob er das verstehen könnte und mit Sympathie dem verschlungenen Pfad folgte, den der Conte ihn führte. »Und?« fragte er nur.

»Ich habe ihnen gesagt, sie müssen ihm eine Kugel in den Kopf schießen, damit es aussieht, als wäre das die Todesursache.« Während der Conte fortfuhr, das alles zu erklären, wurde Brunetti allmählich klar, daß der Mann von der inneren Logik und der Richtigkeit alles dessen, was er getan hatte, vollkommen überzeugt war. Aus seinem Ton war kein Zweifel zu hören, keine Unsicherheit.

»Aber warum haben die ihn dann bei Belluno begraben?«

»Einer der beiden hat dort im Wald eine kleine Hütte, für die Jagdsaison. Dort haben sie Roberto gefangengehalten, und als er starb, habe ich gesagt, sie sollen ihn da begraben.« Das Gesicht des Conte bekam vorübergehend einen weichen Zug. »Aber ich habe gesagt, sie sollen ihn in ein flaches Grab legen. Mit seinem Ring.« Als er Brunettis Verwirrung sah, erklärte er: »Damit er gefunden wurde. Für seine Mutter. Sie mußte es ja erfahren. Ich hätte mir nicht vorstellen können, daß sie es nie erfuhr, nie wissen würde, ob er lebte oder tot war. Das hätte sie umgebracht.«

»Ja, das verstehe ich«, sagte Brunetti leise, und auf eine irrwitzige Weise verstand er es tatsächlich. »Und Maurizio?«

Der Conte legte den Kopf schief, vielleicht um sich den anderen jungen Mann ins Gedächtnis zu rufen, der ebenfalls tot war. »Er wußte nichts von alledem. Aber als alles wieder von vorn losging, als Sie Ihre Fragen zu stellen begannen ... da fing auch er an zu fragen, nach Roberto und der Entführung. Er wollte zur Polizei gehen und sagen, was passiert war.« Der Conte schüttelte den Kopf über diese Schwäche und Torheit des jungen Mannes. »Aber dann hätte meine Frau alles erfahren. Wenn er zur Polizei gegangen wäre, hätte sie gewußt, was geschehen war und worum es ging.«

»Und das konnten Sie nicht zulassen?« fragte Brunetti ruhig.

»Natürlich nicht. Das wäre zuviel für sie gewesen.«

»Ich verstehe.«

Der Conte streckte eine Hand aus, dieselbe Hand, die vorhin

diese kleinen Kügelchen abgemessen hatte, Plutonium oder Uran oder was immer es war.

Hätte er an einem Knopf gedreht, um ein Fernsehbild schärfer zu stellen oder das Rauschen bei einer Rundfunksendung abzustellen, der Wechsel hätte nicht auffallender sein können, denn an dieser Stelle begann der Conte zu lügen. Sein Ton veränderte sich nicht, als er nahtlos von seiner Gemütsbewegung beim Gedanken an den Schmerz seiner Frau zu seinen weiteren Erklärungen überging, aber für Brunetti war es so deutlich hörbar, als wäre der Mann plötzlich auf seinen Schreibtisch gesprungen und hätte angefangen, sich die Kleider vom Leib zu reißen.

»Er kam an dem Abend zu mir und sagte, er wisse, was ich getan hatte. Er bedrohte mich. Mit der Flinte.« Er konnte sich nicht enthalten, einen Blick zu Brunetti zu werfen, um zu sehen, wie der das aufnahm, aber Brunetti ließ sich nicht anmerken, daß ihm bewußt war, was hier vorging.

»Er kam mit der Flinte herein«, fuhr der Conte fort. »Er richtete sie auf mich und sagte, er werde zur Polizei gehen. Ich versuchte ihn zur Vernunft zu bringen, aber er kam immer näher und hielt mir die Waffe vors Gesicht. Und da bin ich, glaube ich, ein bißchen außer Fassung geraten, denn ich weiß nicht mehr, was dann passiert ist. Nur noch, daß sich ein Schuß löste.«

Brunetti nickte, aber das Nicken galt der Richtigkeit seiner Annahme, daß alles, was der Conte von jetzt an sagte, gelogen war.

»Und Ihr Kunde?« fragte er. »Der das Material gekauft hat?«

Das Zögern des anderen war kaum merklich. »Nur Maurizio wußte, wer er war. Er hatte alles arrangiert.«

Brunetti stand auf. »Ich glaube, das genügt, Signore. Wenn Sie wollen, können Sie Ihren Anwalt anrufen. Aber dann möchte ich, daß sie mich in die Questura begleiten.«

Der Conte war sichtlich überrascht. »Warum?«

»Weil ich Sie verhafte, Ludovico Lorenzoni, wegen Mordes an Ihrem Sohn und an Ihrem Neffen.«

Die Verblüffung im Gesicht des Conte hätte nicht aufrichtiger sein können. »Aber ich habe es Ihnen doch eben gesagt. Roberto ist eines natürlichen Todes gestorben. Und Maurizio hat mich zu ermorden versucht.« Er erhob sich, blieb aber hinter dem Schreibtisch. Er streckte die Hand aus, schob ein Blatt Papier von einer Seite auf die andere und rückte die Tastatur des Computers ein wenig nach links. Aber ihm fiel nichts weiter zu sagen ein.

»Wie gesagt, Sie können Ihren Anwalt anrufen, aber dann müssen Sie mitkommen.«

Brunetti sah den Conte einlenken. Der Umschwung war so unmerklich wie der, bevor er zu lügen begann, aber Brunetti wußte, daß er von jetzt an nicht mehr zu lügen aufhören würde.

»Darf ich mich von meiner Frau verabschieden?« fragte er.

»Ja. Natürlich.«

Wortlos kam der Conte um den Schreibtisch herum, blieb kurz vor Brunetti stehen und verließ das Zimmer.

Brunetti trat an das Fenster hinter dem Schreibtisch und blickte hinaus über die Dächer. Er hoffte, der Conte werde »wie ein Ehrenmann« handeln. Er hatte ihn gehen lassen, ohne zu wissen, was sich noch alles an Schußwaffen im Haus befinden mochte. Der Conte hatte sich in seinen eigenen Eingeständnissen gefangen; seine Frau wußte, daß er ein Mörder war; sein Ruf und der seiner Familie würden bald in Scherben liegen, und es konnte sich eine Waffe irgendwo im Haus befinden. Wenn der Conte ein Mann von Ehre war, würde er entsprechend handeln.

Aber Brunetti wußte, daß er es nicht tun würde.

27

Aber was spielt es noch für eine Rolle, ob er bestraft wird oder nicht?« fragte Paola ihn drei Abende später, nachdem das Gekreisch der Presse um die Festnahme des Conte sich etwas gelegt hatte. »Sein Sohn ist tot. Sein Neffe ist tot. Seine Frau weiß, daß er beide umgebracht hat. Sein Ruf ist ruiniert. Er ist ein alter Mann, und er wird im Gefängnis sterben.« Sie saß auf der Bettkante, angetan mit einem von Brunettis alten Bademänteln und einem dicken Wollpullover darüber. »Was wünschst du ihm denn noch alles?«

Brunetti saß im Bett, die Decken bis zur Brust hochgezogen, und hatte gelesen, bis sie hereinkam und ihm einen großen Becher mit honiggesüßtem Tee brachte. Sie hatte ihm den Becher gegeben, ihm mit einem Nicken bedeutet, daß sie daran gedacht hatte, Cognac und Zitrone hineinzutun, und sich dann neben ihn gesetzt.

Als er den ersten Schluck trank, schob sie die vor dem Bett verstreuten Zeitungen beiseite. Das Gesicht des Conte blickte sie von Seite vier an, wohin ein Mafiamord in Palermo es verdrängt hatte, der erste seit Wochen. In der Zeit seit der Verhaftung des Conte hatte Brunetti nicht von ihm gesprochen, und Paola hatte sein Schweigen respektiert. Aber jetzt wollte sie, daß er redete, nicht weil es ihr besonderen Spaß machte, von einem Vater zu hören, der sein Kind umgebracht hatte, sondern weil sie aus langer Erfahrung wußte, daß es Brunetti helfen würde, sich von der Last dieses Falles zu befreien.

Sie fragte ihn, was denn seiner Meinung nach mit dem Conte geschehen werde, und während er antwortete, nahm sie hin und wieder seinen Becher, um von der heißen Flüssigkeit zu nippen. Brunetti erklärte ihr, mit welcher Taktik die Anwälte des Conte – inzwischen drei an der Zahl – wohl vorgehen würden und welchen Ausgang des Verfahrens er erwartete. Dabei war es ihm unmöglich – vor allem gegenüber Paola –, seinen Widerwillen angesichts der Vorstellung zu verbergen, daß die beiden Morde wahrscheinlich ungesühnt bleiben und der Conte nur wegen des Handels mit illegalen Substanzen hinter Gitter kommen würde, denn er behauptete jetzt, Maurizio habe die Entführung ausgeheckt.

Schon war die Streitmacht der bezahlten Presse in Aktion getreten, und jede Titelseite im Lande, gar nicht zu reden von dem, was in Italien unter der Bezeichnung Kommentar läuft, hatte bereits das traurige Los dieses Edelmannes beklagt, des noblen Mannes, der von einem Menschen seines eigenen Blutes so elend verraten worden war, und welch grausameres Schicksal konnte es geben, als zehn Jahre lang diese Schlange am Busen der Familie genährt zu haben, nur damit sie sich gegen ihn wandte und zubiß, geradewegs ins Herz? Nach und nach drehte sich auch die öffentliche Meinung nach dem Wind dieser Worte. Daß da mit waffentauglichem Kernmaterial gehandelt worden war, ging in den Verharmlosungen unter, die vom »Handel mit illegalen Substanzen« sprachen, als ob diese tödlichen Kügelchen, die ausreichten, um eine ganze Stadt zu verdampfen, das gleiche wären wie zum Beispiel iranischer Kaviar oder Elfenbeinstatuetten. Robertos zeitweiliges Grab wurde mit Geigerzählern untersucht, aber es wurde keine Spur von Verstrahlung gefunden.

Die Bücher und Geschäftsunterlagen der Lorenzoni-Unternehmen waren beschlagnahmt worden, und ein Team von Wirtschafts- und Computerspezialisten der Polizei hatte sich tagelang damit beschäftigt, um den Versandweg des Kofferinhalts zu dem Kunden aufzuspüren, dessen Namen der Conte nach wie vor nicht zu kennen behauptete. Der einzige verdächtige Posten, den sie entdeckten, war eine Sendung mit zehntausend Plastikspritzen, die zwei Wochen vor Robertos Verschwinden per Schiff von Venedig nach Istanbul gegangen war. Die türkische Polizei meldete zurück, daß nach den Unterlagen des Empfängers in Istanbul die Spritzen per Lastwagen weiter nach Teheran geschickt worden waren, wo die Spur endete.

»Er hat es getan«, beharrte Brunetti, kaum weniger wütend als vor Tagen, als er den Conte zur Questura gebracht hatte. Schon damals, gleich zu Beginn, war er ausmanövriert worden, denn der Conte hatte darauf bestanden, daß ein Polizeiboot nach ihm geschickt werde: Ein Lorenzoni ging nicht zu Fuß, nicht einmal ins Gefängnis. Als Brunetti sich weigerte, hatte der Conte ein Wassertaxi bestellt, worauf er und der Polizist, der ihn begleitete, eine halbe Stunde später in der Questura angekommen waren. Dort erwartete sie bereits die Presse. Niemand hatte je erfahren, wer sie verständigt hatte.

Von Anfang an war die ganze Geschichte so präsentiert worden, daß sie an das Mitleid und jene gedankenlose Sentimentalität appellierte, die Brunetti an seinen Landsleuten so wenig schätzte. Fotos waren erschienen, herbeigezaubert von denen, die sich auf billige Effekte verstanden: Roberto bei der Feier zu seinem achtzehnten Geburtstag, den Arm um die Schulter seines Vaters gelegt; ein jahrzehntealtes Foto von der Contessa beim Tanz mit ihrem Mann, beide elegant und strahlend von Jugend und Reichtum; sogar der arme Maurizio schaffte es auf die Zeitungsseiten: Ein Foto zeigte ihn auf der Riva degli Schiavoni, sinnigerweise drei Schritte hinter seinem Vetter Roberto.

Frasetti und Mascarini hatten sich zwei Tage nach der Verhaftung des Conte in der Questura eingefunden, begleitet von zwei Lorenzonischen Anwälten. Ja, es sei Maurizio gewesen, der sie angeheuert habe, Maurizio, der die Entführung geplant und ihnen gesagt habe, was sie tun sollten. Sie blieben dabei, daß Roberto eines natürlichen Todes gestorben sei und Maurizio ihnen befohlen habe, seinem toten Vetter eine Kugel in den Kopf zu schießen, um die wahre Todesursache zu vertuschen. Und beide verlangten eine gründliche ärztliche Untersuchung, um festzustellen, ob sie in der Zeit, die sie mit ihrem Opfer verbracht hatten, womöglich selbst verstrahlt worden waren. Die Untersuchung fiel negativ aus.

»Er hat es getan«, wiederholte Brunetti, wobei er Paola seinen Becher wieder aus der Hand nahm und den Tee austrank. Er drehte sich zur Seite und wollte ihn auf sein Nachttischchen stellen, aber Paola nahm ihm den Becher ab und legte die Hände um das noch warme Gefäß.

»Und dafür kommt er ins Gefängnis«, sagte sie.

»Darum geht es mir nicht«, erklärte Brunetti.

»Worum geht es dir dann?«

Brunetti ließ sich tiefer in sein Bett sinken und zog die Decken bis ans Kinn. »Wirst du mich auslachen, wenn ich sagte, daß es mir um die Wahrheit geht?«

Sie schüttelte den Kopf. »Natürlich nicht. Aber was spielt das für eine Rolle?«

Er streckte eine Hand unter der Decke hervor, nahm ihr den Becher ab und stellte ihn auf den Nachttisch, dann nahm er ihre Hände in die seinen. »Für mich spielt es eine Rolle, glaube ich.«

»Warum?« fragte sie, obwohl sie es zu wissen glaubte.

»Weil ich es unerträglich finde, wenn ich solche Leute, Leute wie ihn, durchs Leben gehen sehe, ohne daß sie für ihre Taten je bezahlen müssen.«

»Findest du den Tod seines Sohnes und seines Neffen nicht genug?«

»Paola, er hat diese Männer dafür gedungen, den Jungen umzubringen; zu entführen und dann umzubringen. Und dann hat er kaltblütig seinen Neffen erschossen.«

»Das weißt du nicht«, wandte sie ein.

Er schüttelte den Kopf. »Ich kann es nicht beweisen und werde es nie beweisen können. Aber ich weiß es so sicher, als wäre ich dabeigewesen.« Paola sagte nichts dazu, und ihr Gespräch versiegte für eine Weile.

Schließlich sagte Brunetti: »Der Junge wäre sowieso gestorben. Aber denk mal daran, was er vorher durchzumachen hatte, die Angst, die Ungewißheit, was mit ihm geschehen würde. Das ist es, was ich dem Mann nie verzeihen werde.«

»Es steht dir nicht an, zu verzeihen, Guido, oder?« fragte sie, aber ihr Ton war liebevoll.

Er lächelte und schüttelte den Kopf. »Nein, das nicht. Aber du weißt, was ich meine.« Als Paola nicht gleich antwortete, fragte er: »Oder nicht?«

Sie nickte und drückte seine Hand. »Doch.« Und noch einmal: »Doch.«

»Was tätest du denn?« fragte er unvermittelt.

Paola ließ seine Hand los und strich sich eine Haarsträhne aus dem Gesicht. »Wie meinst du das? Wenn ich Richter wäre? Oder wenn ich Robertos Mutter wäre? Oder wenn ich du wäre?«

Er lächelte wieder. »Das klingt so, als wolltest du, daß ich endlich Ruhe gebe, stimmt's?«

Paola stand auf und bückte sich, um die Zeitungen einzusammeln. Sie faltete sie, legte sie zusammen und drehte sich wieder zum Bett um. »Ich habe in letzter Zeit oft über die Bibel nachgedacht«, sagte sie, sehr zu Brunettis Verwunderung, denn er kannte sie als den areligiösesten Menschen überhaupt.

»Die Sache mit dem Auge um Auge«, fuhr sie fort. Er nickte, und sie sprach weiter: »Früher habe ich das als das Schlimmste angesehen, was dieser furchterregende Gott zu sagen hat, diesen Ruf nach Vergeltung, diesen Blutdurst.« Sie drückte die Zeitungen an ihre Brust und wandte den Blick von ihm, schien zu überlegen, wie sie es ausdrücken sollte.

Sie sah ihn wieder an. »Aber in letzter Zeit ist mir der Gedanke gekommen, daß er vielleicht das genaue Gegenteil von uns verlangt.«

»Das verstehe ich nicht«, sagte er.

»Daß da gar nicht ein Auge und ein Zahn gefordert wird, sondern nur eine Grenze gezeigt werden soll; das heißt, wenn wir ein Auge verlieren, dürfen wir nicht mehr als ein Auge dafür verlangen, und wenn wir einen Zahn verlieren, können wir dafür nur einen Zahn bekommen, nicht etwa eine Hand oder« – hier hielt sie wieder inne – »ein Herz.« Sie lächelte, bückte sich und küßte ihn auf die Wange. Die Zeitungen knisterten empört.

Als sie wieder aufrecht stand, sagte sie: »Ich will das hier zusammenbinden. Ist die Schnur in der Küche?«

»Ja, wo sie immer ist«, antwortete er.

Sie nickte und ließ ihn allein.

Brunetti nahm seine Brille und seinen Cicero und las weiter. Eine gute Stunde später klingelte das Telefon, aber es war schon jemand an den Apparat gegangen, bevor er abnehmen konnte.

Er wartete ein Weilchen, aber Paola rief nicht nach ihm. So wandte er sich wieder Cicero zu; es gab niemanden, mit dem er jetzt hätte reden wollen.

Nach einigen Minuten kam Paola ins Schlafzimmer. »Guido«, sagte sie, »das war Vianello.«

Brunetti legte sein Buch aufgeschlagen auf die Bettdecke und sah sie über den Rand seiner Brille an. »Und?« fragte er.

»Contessa Lorenzoni«, begann Paola, dann schloß sie die Augen und hielt inne.

»Was ist mit ihr?«

»Sie hat sich erhängt.«

Ehe er noch darüber nachgedacht hatte, flüsterte Brunetti: »Der arme Mann.«

DONNA
LEON

In Sachen Signora Brunetti

Roman

Aus dem Amerikanischen
von Monika Elwenspoek

Weltbild

Di questo tradimento
Chi mai sarà l'autor?

Wer wird wohl der Urheber
dieses Verrates sein?

La Clemenza di Tito

I

Die Frau ging ruhigen Schrittes auf den leeren *campo*. Zu ihrer Linken gähnten die vergitterten Fenster einer Bank, leer in jenem wohlbehüteten Schlaf, der sich in den frühen Morgenstunden einstellt. Sie ging bis zur Mitte des Platzes und blieb dort neben den durchhängenden Ketten um das Denkmal für Daniele Manin stehen, der sich für die Freiheit der Stadt geopfert hatte. Wie passend, dachte sie.

Von links hörte sie ein Geräusch und drehte sich danach um, aber es war nur ein Wachmann der Guardia di San Marco mit seinem hechelnden Schäferhund, der viel zu jung und gutmütig aussah, um auf Diebe gefährlich zu wirken. Falls der Wachmann es seltsam fand, morgens um Viertel nach drei eine Frau in mittleren Jahren reglos auf dem Campo Manin stehen zu sehen, ließ er sich davon nichts anmerken; er steckte weiter seine orangefarbenen Zettel zwischen die Türrahmen und Schlösser der Geschäfte, Beweise dafür, daß er seine Runde gemacht und den jeweiligen Besitz unangetastet vorgefunden hatte.

Als der Wachmann und sein Hund fort waren, ging die Frau von der Absperrkette weg und stellte sich vor ein großes Schaufenster auf der gegenüberliegenden Seite des Platzes. Im schwachen Licht der Innenbeleuchtung betrachtete sie die Poster, las die Preise der verschiedenen Sonderangebote und sah, daß Mastercard, Visa und American Express akzeptiert wurden. Über ihrer linken Schulter trug sie eine blaue Stofftasche. Mit einer Körperdrehung schwang sie die schwere Tasche nach vorn, stellte sie ab und blickte darauf hinunter, bevor sie mit der rechten Hand hineingriff.

Noch ehe sie etwas herausnehmen konnte, wurde sie durch Schritte von hinten so erschreckt, daß sie die Hand wieder aus der Tasche riß und sich aufrichtete. Aber es waren nur vier Männer und eine Frau, die um drei Uhr vierzehn am Rialto aus einem Boot der Linie 1 gestiegen waren und nun auf dem Weg in einen anderen Stadtteil den *campo* überquerten. Keiner von ihnen beachtete die Frau, und ihre Schritte verhallten, als sie über die Brücke zur Calle della Mandola gingen.

Wieder bückte die Frau sich, griff in ihre Tasche, und diesmal kam ihre Hand mit einem großen Stein heraus, der jahrelang auf ihrem Schreibtisch gelegen hatte, Andenken an einen Strandurlaub in Maine vor gut zehn Jahren. Er hatte die Größe einer Grapefruit und paßte genau in ihre behandschuhte Hand. Sie betrachtete den Stein und warf ihn sogar ein paarmal kurz hoch wie einen Tennisball beim Aufschlag. Dann blickte sie von dem Stein zum Schaufenster und wieder auf den Stein.

Sie trat etwa zwei Meter weit zurück und drehte sich zur Seite, noch immer mit Blick auf die Scheibe. Sie führte die rechte Hand in Kopfhöhe nach hinten und hob den linken Arm als Gegengewicht, wie ihr Sohn es sie in einem Sommer gelehrt hatte, als er ihr beibringen wollte, wie ein Junge zu werfen und nicht wie ein Mädchen. Einen Augenblick ging ihr der Gedanke durch den Kopf, daß ihre nächste Handlung ein immerwährender Einschnitt in ihrem Leben sein könnte, aber sie tat dies sogleich als pathetische Wichtigtuerei ab.

Mit einer fließenden Bewegung brachte sie die Hand mit aller Kraft nach vorn. Erst als der Arm ganz ausgestreckt war, ließ sie den Stein los. Der Schwung der eigenen Bewegung riß sie dabei nach vorn, so daß sie unwillkürlich den Kopf senkte und die Glassplitter, die von der berstenden Scheibe spritzten, in ihren Haaren landeten und sie nicht verletzten.

Der Stein mußte eine Spannungsverwerfung im Glas getroffen haben, denn statt ein kleines Loch von seiner eigenen Größe zu schlagen, öffnete er ein etwa zwei Meter hohes und ebenso breites Dreieck. Sie wartete, bis das Klirren der fallenden Scherben verstummte, doch kaum hatte es aufgehört, begann im hinteren Teil des Büros der schrille Doppelton einer Alarmanlage in den stillen Morgen hineinzuplärren. Die Frau stand aufrecht da und zupfte abwesend die Glassplitter vorn von ihrem Mantel, dann schüttelte sie, als wäre sie soeben aus einer Welle aufgetaucht, energisch den Kopf, um die Splitter wegzuschleudern, die sie in ihrem Haar fühlte. Sie trat zurück, hob ihre Tasche auf und warf sie sich über die Schulter, doch als sie plötzlich merkte, wie weich ihre Knie geworden waren, ging sie zu einem der niedrigen Pfosten, an denen die Ketten hingen, und setzte sich darauf.

Sie hatte sich vorher keine Gedanken darüber gemacht, aber nun überraschte es sie doch, wie groß das Loch war, so groß, daß ein Mensch leicht hindurchgepaßt hätte. Ein Spinnennetz feiner Risse breitete sich bis in alle vier Ecken aus; um das Loch herum war das Glas milchig und undurchsichtig, aber die scharfen, nach innen weisenden Splitter waren darum nicht weniger gefährlich.

Hinter ihr, links neben der Bank, gingen in der obersten Wohnung Lichter an, dann auch in der Wohnung über der immer noch jaulenden Alarmanlage. Minuten vergingen, doch das interessierte sie erstaunlich wenig: Die Dinge würden von jetzt an ihren Lauf nehmen, egal, wie lange die Polizei für ihren Weg hierher brauchte. Nur der Lärm regte sie auf. Dieser schrille Doppelton störte den Frieden der Nacht. Aber schließlich war das der ganze Sinn der Sache, dachte sie dann: Ruhestörung.

Fensterläden wurden aufgestoßen, drei Köpfe erschienen und verschwanden ebenso rasch wieder, weitere Lichter gingen an. Es war nicht an Schlaf zu denken, solange die Alarmanlage in die Welt hinausbrüllte, daß in der Stadt ein Frevel geschah. Nach etwa zehn Minuten kamen zwei Polizisten auf den *campo* gerannt, einer mit der Pistole in der Hand. Er lief zu dem eingeschlagenen Schaufenster und rief: »Polizei. Kommen Sie heraus!«

Nichts rührte sich. Die Sirene jaulte weiter.

Er rief noch einmal, doch als sich noch immer nichts tat, drehte er sich zu seinem Kollegen um, der den Kopf schüttelte und mit den Achseln zuckte. Der erste steckte seine Pistole wieder ein und ging einen Schritt auf die zerbrochene Scheibe zu. Über ihm wurde ein Fenster geöffnet, und jemand rief heraus: »Könnt ihr dieses verdammte Ding nicht abschalten?« Eine weitere wütende Stimme brüllte herunter: »Ich will endlich schlafen!«

Der zweite Polizist stellte sich neben seinen Kollegen, und sie schauten zusammen nach drinnen, dann hob der erste den Fuß und trat gegen die gläsernen Stalagmiten, die gefährlich aus dem unteren Rahmen emporragten. Gemeinsam stiegen sie hinein und verschwanden nach hinten. Dann gingen gleichzeitig die Lichter im Büro und die Alarmanlage aus.

Die beiden kamen wieder nach vorn, wobei der eine ihnen mit einer Taschenlampe leuchtete. Sie sahen um sich, ob etwas ganz offensichtlich gestohlen oder kaputtgemacht worden war, und stiegen durch das Loch wieder auf den *campo* hinaus. Erst jetzt entdeckten sie die Frau auf dem steinernen Pfosten.

Der eine, der vorhin seine Pistole gezogen hatte, ging zu ihr. »Haben Sie gesehen, was hier passiert ist, Signora?«

»Ja.«

»Was? Wer war es?« Der andere Polizist hörte die Fragen und kam hinzu, sichtlich erfreut, daß sie so schnell eine Zeugin gefunden hatten. Das würde die Sache beschleunigen und es ihnen ersparen, von Tür zu Tür gehen und ihre Fragen stellen zu müssen. Sie würden eine Täterbeschreibung erhalten, rasch aus dieser feuchten Herbstkälte zurück in die warme Questura kommen und ihren Bericht schreiben.

»Wer war es?« fragte der erste.

»Jemand hat einen Stein ins Schaufenster geworfen«, sagte die Frau.

»Wie sah er denn aus?«

»Es war kein Mann«, antwortete sie.

»War es eine Frau?« unterbrach der zweite, und sie verkniff sich die Gegenfrage, ob es vielleicht noch eine weitere Alternative gebe, von der sie noch gar nichts wisse. Nein, keine Witze. Keine Witze. Bevor das alles vorbei war, sollte es keine Witze mehr geben.

»Ja, eine Frau.«

Der erste Polizist warf seinem Partner einen raschen Blick zu und fragte weiter: »Wie sah die Frau aus?«

»Etwa Anfang Vierzig, blondes, schulterlanges Haar.«

Die Frau hatte ihr Haar unter einem Kopftuch, so daß der Polizist zunächst nichts begriff. »Und was hatte sie an?« fragte er.

»Einen gelbbraunen Mantel, braune Stiefel.«

Er sah die Farbe ihres Mantels, dann blickte er auf ihre Füße. »Das ist kein Scherz, Signora. Wir wollen wissen, wie diese Frau aussah.«

Sie blickte ihm voll ins Gesicht, und im Schein der Straßenlaterne sah er in ihren Augen so etwas wie eine versteckte Leidenschaft aufblitzen. »Ohne Scherz, *agente.* Ich habe Ihnen gesagt, was die Frau anhatte.«

»Aber Sie beschreiben sich selbst, Signora.« Wieder hielt ihr inneres Alarmsystem sie von einem pathetischen »Ihr habt wahr gesprochen« ab. Statt dessen nickte sie.

»*Sie* waren das?« fragte der erste, ohne sein Erstaunen verbergen zu können.

Sie nickte wieder.

Der andere versuchte klarzustellen: »*Sie* haben einen Stein in das Schaufenster geworfen?«

Noch einmal nickte sie.

In stillschweigendem Einvernehmen traten die beiden ein paar Schritte beiseite, bis sie außer Hörweite waren, ohne dabei jedoch die Frau aus den Augen zu lassen. Sie steckten die Köpfe zusammen und tuschelten kurz miteinander, dann zückte der eine sein Handy und wählte die Nummer der Questura. Über ihnen ging ein Fenster auf, und ein Kopf erschien, verschwand aber gleich wieder. Das Fenster wurde zugeschlagen.

Der Polizist sprach eine ganze Weile ins Telefon, berichtete, was sich zugetragen hatte, und meldete, daß die verantwortliche Person bereits ergriffen sei. Als der Wachhabende sagte, sie sollten den Mann herbringen, korrigierte der Polizist ihn erst gar nicht. Er klappte sein Handy zusammen und steckte es wieder in die Tasche. »Danieli sagt, ich soll sie in die Questura bringen«, teilte er seinem Kollegen mit.

»Das heißt, ich muß hierbleiben?« fragte der andere, ohne seinen Unmut darüber zu verhehlen, daß er nun verurteilt war, in der Kälte auszuharren.

»Du kannst ja drinnen warten. Danieli ruft den Besitzer an. Ich glaube, er wohnt hier irgendwo in der Nähe.« Er gab seinem Partner das Handy. »Melde dich, wenn er nicht aufkreuzt.«

Mit einem Lächeln machte der zweite Polizist gute Miene zum bösen Spiel und nahm das Handy. »Ich warte, bis er kommt. Aber nächstes Mal bin ich mit der Überstellung in die Questura an der Reihe.«

Sein Partner nickte. Nachdem damit der Frieden wiederhergestellt war, gingen die beiden zu der Frau zurück, die sich während des langen Wortwechsels nicht von der Stelle gerührt hatte und noch auf dem Pfosten saß, den Blick auf das eingeschlagene Fenster und die Glassplitter gerichtet, die in einem glitzernden Bogen verstreut lagen.

»Kommen Sie bitte mit«, sagte der erste Polizist.

Sie erhob sich stumm und ging auf den Eingang einer schmalen *calle* links neben dem kaputten Schaufenster zu.

Keinem der beiden Polizisten fiel dabei auf, daß sie offensichtlich den kürzesten Weg zur Questura kannte.

Sie brauchten zehn Minuten dorthin, und in der ganzen Zeit sprachen die Frau und der Polizist kein Wort. Hätte jemand von den sehr wenigen Leuten, denen sie begegneten, auf die beiden geachtet, wie sie über die schlafende Piazza San Marco und weiter durch die schmale *calle* in Richtung San Lorenzo und Questura gingen, er hätte nur eine attraktive, gutgekleidete Frau in Begleitung eines uniformierten Polizisten gesehen. Ein ungewohnter Anblick um vier Uhr früh, aber vielleicht war in ihrem Haus eingebrochen worden, oder man holte sie, um ein verirrtes Kind zu identifizieren.

Es erwartete sie niemand am Eingang zur Questura, und der Polizist mußte mehrmals klingeln, bevor aus dem Wachraum rechts von der Tür das verschlafene Gesicht eines jungen Kollegen erschien. Als er sie sah, verschwand er und kam kurz darauf in seiner Uniformjacke wieder. Er öffnete die Tür und murmelte eine Entschuldigung. »Keiner hat mir gesagt, daß du kommst, Ruberti«, sagte er. Der andere wischte die Entschuldigung beiseite und bedeutete ihm, er könne sich wieder hinlegen, denn er wußte noch gut, wie es war, wenn man neu bei der Polizei und ganz verschlafen war.

Dann führte er die Frau die Treppe linker Hand hinauf in den ersten Stock. Er öffnete die Tür und hielt sie ihr höflich auf, und als die Frau hineinging, folgte er ihr ins Zimmer und setzte sich an seinen Schreibtisch. Aus der rechten Schublade nahm er einen dicken Block mit Formularen, klatschte ihn vor sich auf den Schreibtisch, sah die Frau an und bedeutete ihr mit einer Handbewegung, daß sie ihm gegenüber Platz nehmen solle.

Während sie sich hinsetzte und ihren Mantel aufknöpfte, füllte er schon einmal den oberen Teil des Formulars aus, wo nach Datum, Uhrzeit und seinem Namen und Dienstgrad gefragt wurde. Als er zur Spalte »Art des Vergehens« kam, zögerte er kurz und schrieb dann »Vandalismus« in das leere Rechteck.

Nun blickte er zu ihr auf und sah sie zum erstenmal richtig. Dabei hatte er einen Eindruck, der ihm widersinnig erschien, denn alles an ihr – Kleidung, Frisur, sogar ihre Art zu sprechen – strahlte ein Selbstbewußtsein aus, das nur Geld einem Menschen gibt, viel Geld. Bitte, laß sie keine Irre sein, betete er stumm.

»Haben Sie Ihren Ausweis dabei, Signora?«

Sie nickte und griff in ihre Tasche. Er kam nicht auf die Idee, daß es gefährlich sein könnte, eine Frau, die er eben erst wegen einer Gewalttat festgenommen hatte, in eine große Tasche greifen und etwas herausnehmen zu lassen.

Ihre Hand kam mit einer ledernen Brieftasche wieder zum Vorschein. Sie klappte sie auf, nahm den beigefarbenen Ausweis heraus, klappte auch diesen auf und legte ihn mit dem Bild nach oben vor ihn auf den Schreibtisch.

Der Beamte sah das Foto an und stellte fest, daß es schon vor einiger Zeit aufgenommen worden sein mußte, als sie noch eine wirkliche Schönheit war. Dann las er den Namen. »Paola Brunetti?« fragte er, ohne sein Erstaunen verbergen zu können.

Sie nickte.

»Gütiger Himmel, dann sind Sie Brunettis Frau!«

2

Als das Telefon klingelte, lag Brunetti gerade am Strand, den Arm über die Augen gelegt, um sie vor dem Sand zu schützen, den die tanzenden Nilpferde aufwirbelten. Das heißt, Brunetti lag in der Welt seines Traumes am Strand, und zweifellos war diese Ortswahl die Folge seiner heftigen Auseinandersetzung mit Paola vor ein paar Tagen, und die Nilpferde waren ein Überbleibsel seiner Flucht aus diesem Streit, denn er war zu Chiara ins Wohnzimmer gegangen und hatte sich mit ihr die zweite Hälfte von *Fantasia* angesehen.

Das Telefon klingelte sechsmal, bevor Brunetti es richtig wahrnahm und an die Bettkante rutschte, um nach dem Hörer zu greifen.

»Sí?« sagte er, noch ganz dösig von dem unruhigen Schlaf, den ungelöste Konflikte mit Paola ihm immer bescherten.

»Commissario Brunetti?« fragte eine Männerstimme.

»Un momento«, sagte Brunetti. Er legte den Hörer weg und knipste das Licht an. Dann legte er sich zurück und zog sich die Decke über die rechte Schulter. Dabei sah er zu Paola, ob er sie ihr nicht weggezogen hatte. Ihre Bettseite war leer. Sicher war sie im Bad, oder sie war in die Küche gegangen, um einen Schluck Wasser zu trinken, vielleicht auch, falls der Streit ihr ebenso nachging wie ihm, ein Glas heiße Milch mit Honig. Er würde sich entschuldigen, wenn sie wiederkam, sowohl für das, was er gesagt hatte, als auch für diesen Anruf, obwohl der sie gar nicht geweckt hatte.

Er griff hinüber und nahm den Hörer wieder in die Hand. »Ja, was gibt's?« fragte er, wobei er sich ganz tief in die Kissen sinken ließ und hoffte, daß es nicht die Questura war, die ihn aus dem warmen Bett holte und an den Ort irgendeines Verbrechens schickte.

»Wir haben Ihre Frau, Commissario.«

Ihm stand bei den Eröffnungsworten der Verstand still. So fingen doch Entführer immer an.

»Wie bitte?« fragte er, als er wieder denken konnte.

»Wir haben Ihre Frau, Commissario«, wiederholte die Stimme.

»Wer spricht denn da?« fragte er, jetzt schon hörbar verärgert.

»Ruberti, Commissario. Ich bin in der Questura.« Es folgte eine lange Pause, dann fuhr der Mann fort: »Wir haben Nachtdienst, Commissario; Bellini und ich.«

»Was sagen Sie da über meine Frau?« herrschte Brunetti ihn an, nicht im geringsten daran interessiert, wer wo war oder Nachtdienst hatte.

»Wir haben sie hier, das heißt, ich habe sie hier. Bellini ist noch am Campo Manin.«

Brunetti schloß die Augen und lauschte nach Geräuschen in einem anderen Teil der Wohnung. Nichts. »Was macht sie denn da, Ruberti?«

Nach wieder einer langen Pause sagte Ruberti: »Wir haben sie festgenommen, Commissario.« Und als Brunetti darauf nicht reagierte, fügte der andere hinzu: »Ich meine, ich habe sie mit hierhergebracht. Festgenommen ist sie noch nicht.«

»Lassen Sie mich mit ihr sprechen«, befahl Brunetti.

Nach einer erneuten langen Pause hörte er Paolas Stimme. »*Ciao*, Guido.«

»Du bist in der Questura?« fragte er.

»Ja.«

»Dann hast du es also getan?«

»Ich habe dir doch gesagt, daß ich es tun werde«, antwortete Paola.

Brunetti schloß erneut die Augen und hielt den Telefonhörer auf Armlänge von sich ab. Nach einer Weile nahm er ihn wieder ans Ohr und sagte: »Ich bin in einer Viertelstunde da. Sag inzwischen nichts, und unterschreibe nichts.« Ohne ihre

Antwort abzuwarten, legte er auf und schwang sich aus dem Bett.

Er zog sich rasch an, ging in die Küche und schrieb einen Zettel für die Kinder, daß er und Paola fortgemußt hätten, aber bald zurück sein würden. Dann verließ er die Wohnung, zog vorsichtig die Tür hinter sich zu und schlich leise wie ein Dieb die Treppe hinunter.

Draußen wandte er sich nach rechts, schon fast im Laufschritt, getrieben von Wut und Angst. Er eilte über den verlassenen Markt und die Rialto-Brücke, ohne etwas zu sehen oder auf andere Passanten zu achten, den Blick nur nach unten gerichtet und blind für alle Eindrücke. Er erinnerte sich nur noch an ihre Wut, die Hitzigkeit, mit der sie auf den Tisch geschlagen hatte, daß die Teller klirrten und ein Glas Rotwein umfiel. Er sah den Wein noch in der Tischdecke versickern und erinnerte sich, wie er sich darüber gewundert hatte, daß dieses Thema sie so in Rage bringen konnte. Denn er hatte genau wie jetzt – und was immer sie getan hatte, war zweifellos von derselben Wut diktiert – nicht begriffen, wie sie sich über eine so weit entfernte Ungerechtigkeit derart aufregen konnte. In den Jahrzehnten ihrer Ehe waren ihre Zornesausbrüche ihm vertraut geworden, und er hatte gelernt, daß behördliche, politische oder soziale Ungerechtigkeiten sie wahnsinnig machen und in blindwütige Empörung versetzen konnten, aber er hatte nie gelernt, halbwegs zutreffend vorauszusagen, *was* ihr jeweils diesen letzten Anstoß gab, der sie über die Grenze trieb, ab der es kein Halten mehr gab.

Während er über den Campo Santa Maria Formosa ging, fiel ihm einiges von dem wieder ein, was sie gesagt hatte, taub für seinen Einwand, daß die Kinder zuhören konnten, blind für sein Erstaunen über ihre Reaktion. »Das kommt nur daher, daß du ein Mann bist«, hatte sie ihn wütend angezischt. Und später: »Es muß einfach dafür gesorgt werden, daß es sie mehr kostet, es zu tun, als es zu lassen. Vorher wird sich nichts ändern.« Und schließlich: »Es ist mir egal, ob das erlaubt ist. Es ist unrecht, und irgend jemand muß etwas dagegen tun.«

Wie so oft, hatte Brunetti weder ihre Wut ernst genommen noch ihr Versprechen – oder war es eine Drohung gewesen? –, selbst etwas zu unternehmen. Und nun, drei Tage später, befand er sich auf dem Weg zur Questura, wo Paola war, aufgegriffen bei einer Tat, die sie ihm angekündigt hatte.

Derselbe junge Polizist öffnete Brunetti die Tür und salutierte, als er an ihm vorbeiging. Brunetti hatte keinen Blick für ihn, sondern ging schnurstracks zur Treppe und rannte, immer zwei Stufen auf einmal nehmend, ins Zimmer des Diensthabenden hinauf, wo er Ruberti an seinem Schreibtisch antraf, ihm gegenüber eine schweigende Paola.

Ruberti stand auf und salutierte, als sein Vorgesetzter eintrat.

Brunetti nickte. Er sah zu Paola, die seinen Blick erwiderte, aber er hatte ihr nichts zu sagen.

Er bedeutete Ruberti, wieder Platz zu nehmen, und als der Polizist saß, sagte Brunetti: »Berichten Sie mir, was vorgefallen ist.«

»Wir wurden vor einer Stunde gerufen, Commissario. Am Campo Manin war eine Alarmanlage ausgelöst worden. Bellini und ich sind hingegangen.«

»Zu Fuß?«

»Jawohl, Commissario.«

Als Ruberti nicht weitersprach, nickte Brunetti ihm ermunternd zu, worauf er fortfuhr: »Als wir hinkamen, war das Schaufenster eingeschlagen. Und die Alarmanlage brüllte wie verrückt.«

»Und wo war die Alarmanlage?« fragte Brunetti, obwohl er es schon wußte.

»Im hinteren Büro, Commissario.«

»Ja, aber in welchem Haus?«

»Im Reisebüro, Commissario.«

Ruberti sah Brunettis Gesicht und verstummte wieder, bis sein Vorgesetzter ihn aufforderte: »Weiter!«

»Ich bin hineingegangen, Commissario, und habe den Strom abgeschaltet. Damit die Alarmanlage aufhörte«, erklärte er unnötigerweise. »Als wir dann wieder herauskamen, saß auf dem Campo die Frau, als ob sie auf uns gewartet hätte, und wir haben sie gefragt, ob sie etwas gesehen hatte.« Ruberti blickte auf seinen Schreibtisch, dann zu Brunetti, dann zu Paola, und als beide nichts sagten, fuhr er fort: »Sie sagte, sie hätte gesehen, wer es war, und als ich sie um eine Beschreibung des Mannes bat, sagte sie, daß es eine Frau war.«

Wieder verstummte er und sah sie beide abwechselnd an, und wieder sagte keiner von ihnen etwas. »Als wir sie dann baten, uns die Frau zu beschreiben, hat sie sich selbst beschrieben, und als ich sie darauf aufmerksam machte, hat sie gesagt, sie hätte es getan. Ich meine, das Fenster eingeworfen. So war es.« Er dachte einen Augenblick nach und fügte dann hinzu: »Also, direkt gesagt hat sie es nicht, aber sie hat genickt, als ich fragte, ob sie es war.«

Brunetti setzte sich auf einen Stuhl rechts von Paola und legte die gefalteten Hände auf Rubertis Schreibtisch.

»Wo ist Bellini?« fragte er.

»Noch am Tatort, Commissario. Er wartet auf den Besitzer.«

»Wie lange schon?« wollte Brunetti wissen.

Ruberti warf einen Blick auf seine Uhr. »Seit einer guten halben Stunde.«

»Hat er ein Telefon?«

»Ja, Commissario.«

»Dann rufen Sie ihn an«, sagte Brunetti.

Ruberti zog den Apparat zu sich heran, aber bevor er noch zu wählen anfangen konnte, hörten sie Schritte auf der Treppe, und gleich darauf kam Bellini herein. Als er Brunetti sah, salutierte er, wenngleich er sein Erstaunen darüber, den Commissario zu dieser Stunde hier anzutreffen, kaum verbergen konnte.

»*Buon dí,* Bellini«, sagte Brunetti.

»*Buon dí,* Commissario«, antwortete der junge Polizist und sah zu Ruberti hinüber, ob dieser ihm vielleicht andeuten konnte, was hier vorging.

Ruberti zuckte kaum merklich die Achseln.

Brunetti griff über den Schreibtisch und zog den Stapel Protokolle zu sich. Er sah Rubertis ordentliche Handschrift, las Uhrzeit und Datum, den Namen des Beamten, das Wort, das Ruberti für das Vergehen gewählt hatte. Sonst stand noch nichts auf dem Blatt, kein Name unter »Festgenommen«, nicht einmal unter »Verhört«.

»Was hat meine Frau gesagt?«

»Also, wie ich schon erwähnte, direkt gesagt hat sie eigentlich nichts, nur genickt, als ich sie fragte, ob sie es war«, antwortete Ruberti. Und um das Luftschnappen zu übertönen, das sein Partner unwillkürlich vernehmen ließ, fügte er noch rasch hinzu: »So war es, Commissario.«

»Ich könnte mir vorstellen, daß Sie vielleicht mißverstanden haben, was sie meinte, Ruberti«, sagte Brunetti. Paola beugte sich vor, als wollte sie etwas sagen, aber Brunetti schlug plötzlich mit der Hand auf das Formular und zerknüllte es.

Ruberti dachte erneut an die Zeit zurück, als er noch ein junger Polizist gewesen war, oft übermüdet, einmal sogar mit nassen Hosen vor Angst, und erinnerte sich, wie der Commissario so manches Mal über die Ängste und Fehler der Jugend hinweggesehen hatte. »Ja, gewiß kann ich sie mißverstanden haben, Commissario«, antwortete er, ohne zu zögern. Ruberti sah zu Bellini auf, der nickte, ohne etwas zu begreifen, wohl aber wußte, was er zu tun hatte.

»Gut«, sagte Brunetti und stand auf. Das Protokoll befand sich, zu einem Ball zusammengeknüllt, in seiner Hand. Er stopfte es in seine Manteltasche. »Ich bringe meine Frau jetzt nach Hause.«

Ruberti stand ebenfalls auf und stellte sich neben Bellini, der sagte: »Der Besitzer ist jetzt da, Commissario.«

»Haben Sie irgend etwas zu ihm gesagt?«

»Nein. Nur, daß Ruberti in die Questura gegangen ist.«

Brunetti nickte. Er bückte sich zu Paola hinunter, berührte sie aber nicht. Sie erhob sich, auf die Armlehnen ihres Stuhls gestützt, stellte sich aber nicht neben ihren Mann.

»Also, gute Nacht. Wir sehen uns am Morgen.« Die beiden Beamten salutierten, und Brunetti hob die Hand, dann trat er beiseite, um Paola zur Tür zu lassen. Sie ging als erste hinaus, und Brunetti folgte ihr. Er schloß die Tür, und sie gingen hintereinander die Treppe hinunter. Unten hielt der junge Beamte ihnen die Tür auf. Er nickte Paola zu, obwohl er keine Ahnung hatte, wer sie war. Wie es sich gehörte, salutierte er seinem Vorgesetzten, als dieser an ihm vorbei zur Tür hinaus und in den kühlen venezianischen Morgen trat.

3

Vor der Questura wandte sich Brunetti nach links und ging bis zur nächsten Ecke. Dort blieb er stehen und wartete auf Paola. Immer noch sagten beide kein Wort. Seite an Seite gingen sie durch die verlassenen *calli* weiter, ließen sich von ihren Füßen wie von selbst nach Hause tragen.

Als sie in die Salizzada di San Lio einbogen, konnte Brunetti sich endlich überwinden, etwas zu sagen, aber nichts von Bedeutung. »Ich habe den Kindern einen Zettel hingelegt. Für den Fall, daß sie aufwachen.«

Paola nickte, aber er vermied es angelegentlich, sie anzusehen, so daß er es nicht mitbekam. »Ich wollte nicht, daß Chiara sich ängstigt«, sagte er, und als ihm klar wurde, wie sehr das nach dem Versuch klang, ihr ein schlechtes Gewissen zu machen, stellte er zugleich fest, daß ihm das ziemlich egal war.

»Das hatte ich vergessen«, sagte Paola.

Sie gingen durch die Unterführung und waren bald auf dem Campo San Bartolomeo, wo ihnen das heitere Lächeln im Gesicht der Goldoni-Statue reichlich deplaziert vorkam. Brunetti warf einen Blick zur Uhr hinauf. Als Venezianer wußte er, daß er eine Stunde dazuzählen mußte: fast fünf also, nicht mehr so früh, daß es sich gelohnt hätte, noch einmal ins Bett zu gehen, aber wie sollte er die Stunden von jetzt bis zu dem Zeitpunkt ausfüllen, an dem er sich mit Fug und Recht auf den Weg zur Arbeit machen konnte? Er blickte nach links, doch von den Bars hatte noch keine geöffnet. Er brauchte einen Kaffee, aber noch viel dringender: Er brauchte die damit verbundene Ablenkung.

Hinter der Rialto-Brücke wandten sie sich beide nach links, dann rechts in den Durchgang an der Ruga degli Orefici. Ein Stückchen weiter vorn machte gerade eine Bar auf, und in stiller Übereinkunft gingen sie beide hinein. Ein großer Stapel mit frischen Brioches lag auf dem Tresen, noch im weißen Papier der *pasticceria*. Brunetti bestellte zweimal Espresso, ignorierte jedoch das Gebäck. Paola bemerkte es nicht einmal.

Als der Barmann ihnen den Kaffee hinstellte, löffelte Brunetti Zucker in beide Tassen und schob Paola die ihre hin. Der Barmann ging ans Ende des Tresens und begann die Brioches einzeln in einen Glaskasten zu räumen.

»Nun?« fragte Brunetti.

Paola nippte an ihrem Kaffee, tat noch einen halben Löffel Zucker hinein und sagte: »Ich habe dir doch gesagt, daß ich es tun würde.«

»Für mich klang das aber nicht so.«

»Wie klang es denn für dich?«

»Als ob du sagen wolltest, *alle* sollten das tun.«

»Es sollten auch alle tun«, sagte Paola, aber aus ihrem Ton war nicht mehr diese Wut herauszuhören, die beim erstenmal in ihren Worten gelegen hatte.

»Ich hätte nicht gedacht, daß du *das* damit gemeint hast.« Brunettis Geste bezog sich nicht auf die Bar, sondern auf alles, was passiert war, bevor sie hierherkamen.

Paola stellte ihre Tasse ab und sah ihm zum erstenmal voll ins Gesicht. »Können wir reden, Guido?«

Er war nahe daran, zu sagen, das täten sie doch schon, aber er kannte sie gut genug, um zu wissen, was sie meinte, und nickte statt dessen.

»Ich habe dir vor drei Tagen gesagt, was die machen.« Bevor er etwas einwerfen konnte, sprach sie weiter: »Und du hast mir erklärt, es sei nichts Verbotenes dabei, sie hätten als Reiseunternehmer dieses Recht.«

Brunetti nickte, und als der Barmann sich näherte, gab er ihm ein Zeichen, noch einmal Kaffee zu bringen. Nachdem der Mann wieder zu seiner Maschine gegangen war, fuhr Paola fort: »Aber es ist unrecht. Das weißt du, das weiß ich. Es ist widerwärtig, Sexreisen zu organisieren, damit reiche – und weniger reiche –

Männer nach Thailand und auf die Philippinen fliegen und Zehnjährige vergewaltigen können.« Bevor er etwas einwenden konnte, hob sie abwehrend die Hand. »Ich weiß, daß es inzwischen verboten ist. Aber wurde schon jemand verhaftet? Verurteilt? Du weißt so gut wie ich, daß sie nur die Wortwahl in ihren Anzeigen ändern müssen, und alles geht weiter seinen Gang. ›Tolerante Hotelrezeption. Freundliche einheimische Begleitung.‹ Erzähl mir nicht, du wüßtest nicht, was das heißt. Das Geschäft geht ganz normal weiter, Guido. Und es widert mich an.«

Brunetti sagte immer noch nichts. Der Barmann brachte ihnen zwei frische Tassen Kaffee und nahm die alten mit. Die Tür ging auf, und zwei vierschrötige Männer kamen mit einer Wolke feuchter Luft in die Bar. Der Barmann ging zu ihnen.

»Ich habe dir gesagt«, nahm Paola ihre Rede wieder auf, »daß es unrecht ist und man ihnen das Handwerk legen muß.«

»Und du glaubst, du kannst das?« fragte er.

»Ja«, antwortete sie, und ehe er nachfragen oder ihr widersprechen konnte, fuhr sie fort: »Nicht ich allein, nicht hier in Venedig, indem ich einem Reisebüro auf dem Campo Manin das Schaufenster einwerfe. Aber wenn alle Frauen Italiens nachts mit Steinen auf die Straße gingen, um allen Reisebüros, die Sexreisen anbieten, die Schaufenster einzuwerfen, dann würden sehr bald in Italien keine Sexreisen mehr organisiert, oder?«

»Ist das eine rhetorische oder eine ernstgemeinte Frage?« erkundigte er sich.

»Ich glaube, sie ist ernst gemeint«, sagte sie. Diesmal tat Paola den Zucker in ihre Tassen.

Brunetti trank seinen Kaffee, bevor er etwas sagte. »Du kannst das nicht machen, Paola. Du kannst nicht hingehen und allen Büros oder Läden die Fenster einwerfen, die etwas tun, was sie deiner Meinung nach nicht tun sollten, oder etwas verkaufen, was sie deiner Ansicht nach nicht verkaufen sollten.« Bevor sie etwas erwidern konnte, fragte er: »Weißt du noch, wie die Kirche den Verkauf von Verhütungsmitteln verbieten wollte? Und wie du da reagiert hast? Falls nicht, *ich* weiß es noch sehr gut. Es war genau das gleiche: auf zum Kreuzzug gegen etwas, das du als böse erkannt hattest. Nur warst du damals auf der anderen Seite, gegen die Leute, die genau das taten, wozu jetzt du ein Recht zu haben glaubst, nämlich andere von etwas abzuhalten, was ihrer Meinung nach unrecht war. Nicht nur das Recht, sondern sogar die moralische Pflicht.« Er merkte, wie er immer mehr der Wut freien Lauf ließ, die ihn erfüllte, seit er aus dem Bett gestiegen war, die ihn durch die Straßen begleitet hatte und jetzt in dieser morgendlich stillen Bar neben ihm stand.

»Es ist dasselbe«, fuhr er fort. »Du entscheidest nach eigenem Gutdünken und ganz allein für dich, daß etwas unrecht ist, und dann hältst du dich für so wichtig, daß nur du etwas dagegen tun kannst, nur du die ganze Wahrheit erkennst.«

Er dachte, sie würde an dieser Stelle etwas sagen, aber als sie schwieg, redete er wie unter Zwang weiter: »Das war heute nacht ein perfektes Beispiel. Was willst du erreichen? Daß du mit Bild auf die Titelseite des *Gazzettino* kommst, du, die große Beschützerin kleiner Kinder?« Er mußte sich zwingen, hier abzubrechen. Er griff in seine Tasche, ging zum Barmann und bezahlte den Kaffee. Dann öffnete er die Tür und hielt sie ihr auf.

Draußen wandte Paola sich nach links, ging ein paar Schritte weit und blieb dann stehen, bis er sie eingeholt hatte. »Siehst du das wirklich so? Ich meine, daß ich nur Aufmerksamkeit erregen und von den Leuten als wichtig angesehen werden will?«

Er ging an ihr vorbei und ignorierte ihre Frage.

Hinter sich hörte er ihre Stimme, zum erstenmal laut: »Siehst du das so, Guido?«

Er blieb stehen und drehte sich nach ihr um. Von hinten kam ein Mann mit einem Karren voller Zeitungs- und Illustriertenbündel. Er wartete, bis der Mann vorbei war, und antwortete: »Ja. Zum Teil.«

»Zu einem wie großen Teil?« schoß sie zurück.

»Weiß ich nicht. Man kann das nicht so aufteilen.«

»Du glaubst, das sei der Grund, warum ich das tue?«

Seine Entrüstung legte ihm die Erwiderung in den Mund: »Warum muß für dich alles so ein *Anliegen* sein, Paola? Warum muß alles, was du tust oder liest oder sagst – oder anziehst und ißt, um Himmels willen –, warum muß das alles immer so bedeutungsschwer sein?«

Sie sah ihn lange an, ohne etwas zu sagen, dann senkte sie den Kopf und ging an ihm vorbei, weiter nach Hause.

Er holte sie ein. »Was sollte das heißen?«

»Was sollte was heißen?«

»Dieser Blick.«

Sie blieb stehen und sah zu ihm auf. »Manchmal frage ich mich, wo der Mann geblieben ist, den ich einmal geheiratet habe.«

»Und was soll das nun wieder heißen?«

»Es heißt, Guido, daß du damals, als wir heirateten, an alle diese Dinge geglaubt hast, über die du dich jetzt lustig machst.« Noch ehe er fragen konnte, was das für Dinge seien, antwortete sie. »Dinge wie Gerechtigkeit und Recht, und daß man sich immer für das Rechte entscheiden soll.«

»Daran glaube ich immer noch«, beharrte er.

»Du glaubst jetzt an das Gesetz, Guido«, sagte sie, aber in sanftem Ton, als spräche sie mit einem Kind.

»Genau das meine ich«, entgegnete er mit lauter Stimme, taub und blind für die Leute, die jetzt in immer größerer Zahl an ihnen vorbeigingen, denn demnächst würden schon die ersten Stände aufmachen. »Wenn man dich hört, ist das, was ich tue, dumm oder schmutzig. Herrgott noch mal, ich bin Polizist. Was würdest du denn anderes von mir wollen, als daß ich dem Gesetz gehorche? Und ihm Geltung verschaffe?« Er fühlte seinen ganzen Körper vor Wut glühen, als er sah oder zu sehen glaubte, daß sie die ganzen Jahre alles, was er tat, belächelt oder verachtet hatte.

»Und warum hast du dann Ruberti angelogen?« fragte sie.

Sein Zorn verflog. »Ich habe nicht gelogen.«

»Du hast gesagt, es sei ein Mißverständnis gewesen, er habe nicht richtig verstanden, was ich meinte. Aber er weiß so genau wie du und ich oder auch wie dieser andere Polizist, was ich gemeint und was ich getan habe.« Als er schwieg, kam sie einen Schritt auf ihn zu. »Ich habe gegen Gesetze verstoßen, Guido. Ich habe dieses Schaufenster eingeschlagen und würde es jederzeit wieder tun. Und ich werde es so lange tun, bis dein Gesetz, dieses kostbare Gesetz, auf das du so stolz bist, sich endlich gegen sie oder gegen mich wendet. Weil ich nicht zulasse, daß sie einfach so weitermachen wie bisher.«

Bevor er wußte, was er tat, hatte er die Arme ausgestreckt und sie bei den Ellbogen gefaßt. Aber er zog sie nicht an sich. Vielmehr machte er einen Schritt auf sie zu, legte die Arme um ihren Rücken und drückte ihr Gesicht gegen seinen Halsansatz. Er küßte sie auf den Kopf und grub sein Gesicht in ihr Haar. Plötzlich fuhr er zurück und faßte sich mit der Hand an den Mund.

»Was ist?« fragte sie, zum erstenmal erschrocken.

Brunetti nahm die Hand vom Mund und sah, daß Blut daran war. Er fuhr sich mit dem Finger über die Lippe und fühlte etwas Hartes, Scharfes.

»Nein, laß mich das machen«, sagte Paola, wobei sie ihre rechte Hand an seine Wange legte und sein Gesicht zu sich drehte. Dann streifte sie ihren Handschuh ab und berührte mit zwei Fingern seine Lippe.

»Was ist es?« fragte er.

»Ein Glassplitter.«

Ein kurzer stechender Schmerz, dann küßte sie ihn auf die Unterlippe, aber ganz sanft.

4

Auf dem Heimweg gingen sie in eine *pasticceria* und kauften ein großes Tablett voller Brioches, für die Kinder, wie sie einander versicherten, aber beide wußten, daß es so etwas wie eine Feier für ihren Friedensschluß war, mochte der auch noch so wacklig sein. Zu Hause angekommen, nahm Brunetti als erstes den Zettel vom Küchentisch und stopfte ihn tief in die Mülltüte unter der Spüle. Dann ging er leise, weil die Kinder noch schliefen, ins Bad, wo er lange heiß duschte, um die Sorgen wegzuspülen, die heute morgen so früh und unerwartet über ihn gekommen waren.

Als er rasiert und angezogen in die Küche kam, war Paola inzwischen wieder in Schlafanzug und Morgenmantel, einem alten karierten Ding aus Flanell, so alt, daß beide schon nicht mehr wußten, wo sie es einmal erstanden hatte. Sie saß am Tisch, vor sich eine Zeitschrift, und tunkte eine Brioche in eine große Tasse Milchkaffee, als wäre sie soeben nach einer langen, erholsamen Nacht aufgestanden.

»Soll ich jetzt hereinkommen, dich auf die Wange küssen und sagen: ›*Buon giorno, cara,* hast du gut geschlafen?‹«, fragte er, als er sie sah, aber es lag keine Ironie darin, weder in seinem Ton noch in seiner Absicht. Wenn er überhaupt etwas beabsichtigte, dann höchstens, Abstand zu schaffen von den Ereignissen der Nacht, obwohl er wußte, wie unmöglich das war. Dann also wenigstens die unausweichlichen Konsequenzen von Paolas Tun hinauszögern, auch wenn diese Konsequenzen nichts weiter sein würden als erneute verbale Auseinandersetzungen, in denen beide die Haltung des anderen nicht akzeptieren konnten.

Sie sah auf, dachte über seine Worte nach und lächelte, was hieß, daß auch sie sich mit Abwarten zu begnügen gedachte. »Kommst du heute zum Mittagessen nach Hause?« fragte sie, indem sie aufstand und zum Herd ging, um Kaffee in eine große Tasse zu gießen. Dann tat sie noch heiße Milch hinein und stellte sie ihm an den gewohnten Platz.

Beim Hinsetzen dachte Brunetti über diese merkwürdige Situation und den noch merkwürdigeren Umstand nach, daß beide sie so bereitwillig hinnahmen. Er hatte einmal etwas von dem spontanen weihnachtlichen Waffenstillstand an der Westfront im Ersten Weltkrieg gelesen; da waren Deutsche über die Kampflinie gegangen, um den Tommies die Zigaretten anzuzünden, die sie ihnen gerade geschenkt hatten; und die Briten hatten den Hunnen zugelächelt und gewinkt. Schweres Artilleriefeuer hatte dem bald ein Ende gemacht. Besser schätzte Brunetti die Chancen für einen längeren Waffenstillstand mit seiner Frau auch nicht ein. Aber er wollte ihn genießen, solange er währte, und so tat er Zucker in seinen Kaffee, nahm sich eine Brioche und antwortete: »Nein, ich muß nach Treviso und mir einen Zeugen des Banküberfalls vornehmen, den wir letzte Woche am Campo San Luca hatten.«

Da Banküberfälle in Venedig so etwas Sensationelles waren, konnte das gut als Ablenkung herhalten, und Brunetti erzählte Paola – obwohl jeder in der Stadt bestimmt schon in der Zeitung davon gelesen hatte – das wenige, was er selbst wußte: Vor drei Tagen war ein junger Mann mit einer Pistole in eine Bank gekommen, hatte Geld verlangt und sich dann, das Geld in der einen Hand, die Waffe in der anderen, seelenruhig in Richtung Rialto davongemacht. Die in der Decke des Schalterraums versteckte Kamera hatte der Polizei ein verwaschenes Bild geliefert, aber immerhin hatten sie danach den Bruder eines Einheimischen vorläufig identifizieren können, dem enge Beziehungen zur Mafia nachgesagt wurden. Der Räuber hatte beim Betreten der Bank einen Schal über Mund und Nase gehabt, diesen aber beim Hinausgehen abgenommen, so daß ein Mann, der gerade in die Bank kam, sein Gesicht deutlich hatte sehen können.

Der Zeuge, ein Pizzabäcker aus Treviso, der in die Bank

gekommen war, um seine Hypothekenrate zu bezahlen, hatte sich den Räuber genau ansehen können, und Brunetti hoffte, daß er ihn anhand der Fotos von Verdächtigen, die sie bei der Polizei zusammengestellt hatten, wiedererkennen würde. Das würde für eine Verhaftung und vielleicht auch für eine Verurteilung reichen. Dies war also Brunettis Vorhaben für den Vormittag.

Irgendwo in der Wohnung ging eine Tür auf, und sie hörten Raffis unverkennbar schwere, schlaftrunkene Schritte in Richtung Bad.

Brunetti nahm sich noch eine Brioche, überrascht, daß er um diese Zeit schon hungrig war. Normalerweise hatte er für Frühstück wenig Verständnis und noch weniger Sympathie. Während sie beide auf weitere Lebenszeichen aus dem hinteren Teil der Wohnung warteten, beschäftigten sie sich angelegentlich mit ihrem Kaffee und ihren Brioches.

Brunetti war gerade fertig, als eine andere Tür aufging. Kurz darauf kam Chiara in die Küche getorkelt, eine Hand an den Augen, als müsse sie ihnen beim komplizierten Vorgang des Öffnens helfen. Wortlos schlurfte sie barfuß durch die Küche und setzte sich auf Brunettis Schoß, schlang einen Arm um seinen Hals und legte den Kopf an seine Schulter.

Brunetti legte beide Arme um sie und küßte sie aufs Haar. »Gehst du heute so in die Schule?« fragte er in völlig normalem Ton, wobei er das Muster auf ihrem Pyjama eingehend studierte. »Hübsch. Deine Klassenkameradinnen werden begeistert sein. Lufballons. Sehr geschmackvolle Ballons. Ich würde sogar fast sagen, schick. Der neueste Schrei, um den dich alle Zwölfjährigen beneiden werden.«

Paola senkte den Kopf und widmete sich wieder ihrer Zeitschrift.

Chiara drehte sich ein bißchen von ihm weg, um ihren Pyjama anzusehen. Bevor sie etwas sagen konnte, kam Raffi in die

Küche, bückte sich, um seiner Mutter einen Kuß zu geben, und ging zum Herd, um sich aus der großen Moka Express eine Tasse Kaffee einzuschenken. Er tat heiße Milch dazu, kam an den Tisch, setzte sich und sagte: »Du hast doch hoffentlich nichts dagegen, daß ich deinen Rasierapparat benutzt habe, *papà*?«

»Wozu denn? Um dir die Fingernägel zu schneiden?« fragte Chiara. »In deinem Gesicht wächst jedenfalls nichts, wofür man einen Rasierapparat braucht.« Nach diesen Worten zog sie sich schnell aus Raffis Reichweite zurück und kuschelte sich fester an Brunetti, der sie durch den dicken Flanellstoff ihres Pyjamas tadelnd zwickte.

Raffi beugte sich zwar drohend über den Tisch, aber er war nicht richtig bei der Sache, und seine Hand hielt über den Brioches inne und nahm dann eine. »Wo kommen die denn her?« fragte er, und als niemand antwortete, erkundigte er sich bei Brunetti: »Warst du schon fort?«

Brunetti nickte und ließ Chiara los, schlüpfte unter ihr weg und stand auf.

»Hast du auch die Zeitungen mitgebracht?« fragte Raffi mit vollem Mund.

»Nein«, antwortete Brunetti, schon auf dem Weg zur Tür.

»Wie denn das?«

»Vergessen«, log Brunetti seinen einzigen Sohn an, ging in den Flur, zog seinen Mantel über und verließ die Wohnung.

Draußen schlug er die Richtung zum Rialto ein und ging den seit Jahren vertrauten Weg zur Questura. An den meisten Morgen sah er auf diesem Weg irgend etwas, woran sich sein Herz erfreute: eine besonders absurde Schlagzeile auf einer der Zeitungen des Landes, einen neuen Rechtschreibfehler auf den billigen Sweatshirts, die man in den Buden auf beiden Seiten des Marktes feilbot, das erste Erscheinen einer lang vermißten Gemüse- oder Obstsorte. Aber heute morgen sah er wenig und bemerkte gar nichts, während er über den Markt und über die

Brücke ging und in die erste der vielen schmalen Gassen einbog, die ihn zur Questura und zu seiner Arbeit führen würden.

Die meiste Zeit, die er für diesen Gang brauchte, war er mit den Gedanken bei Ruberti und Bellini und fragte sich, ob ihre Loyalität gegenüber einem Vorgesetzten, der sie stets mit einer gewissen Menschlichkeit behandelt hatte, ein ausreichendes Motiv für sie war, um ihren Treueid gegenüber dem Staat zu vergessen. Wahrscheinlich ja, aber als ihm aufging, wie verdächtig nah er sich bei der Werteskala bewegte, die Paola zu ihrem Tun veranlaßt hatte, zwang er seine Gedanken in eine andere Richtung und wandte sie der Heimsuchung zu, die ihm heute als erstes bevorstand, nämlich der neunten dieser *›convocations du personnel‹*, die sein unmittelbarer Vorgesetzter, Vice-Questore Giuseppe Patta, in der Questura eingeführt hatte, nachdem er vor kurzem auf einem Lehrgang bei Interpol in Lyon gewesen war.

Dort in Lyon hatte Patta sich den Elementen der verschiedenen Nationen ausgesetzt, die jetzt das vereinte Europa bildeten: Champagner und Trüffel aus Frankreich, Schinken aus Dänemark, Bier aus England und sehr altem Brandy aus Spanien. Bei dieser Gelegenheit hatte er sich auch über die verschiedenen Führungsstile kundig gemacht, die den Bürokraten der jeweiligen Länder eingefallen waren. So war er am Ende dieses Lehrgangs nach Italien zurückgekehrt, die Koffer voll Räucherlachs und irischer Butter, den Kopf voll progressiver Ideen, wie man mit den Leuten umzugehen habe, die für einen arbeiteten. Deren erste – und bisher einzige, von der die Mitarbeiter der Questura etwas zu spüren bekamen – waren diese wöchentlichen *›convocations du personnel‹*, endlose Sitzungen, auf denen die ganze Belegschaft über Fragen von unübertroffener Banalität zu diskutieren und sie von allen Seiten zu beleuchten hatte, um alles anschließend gleich wieder zu vergessen.

Als das vor zwei Monaten angefangen hatte, war Brunetti noch mit den meisten anderen der Meinung gewesen, es würde nach höchstens zwei Wochen wieder vorbei sein, aber nun war nach acht Wochen noch immer kein Ende abzusehen. Nach der zweiten Sitzung hatte Brunetti begonnen, seine Zeitung mitzunehmen, doch das hatte Tenente Scarpa, Pattas persönlicher Assistent, schnell unterbunden, indem er Brunetti wiederholt gefragt hatte, ob die Vorgänge in der Stadt ihn wirklich so wenig interessierten, daß er während der Sitzungen die Zeitung lese. Er hatte es daraufhin mit einem Buch versucht, aber nie eines gefunden, das klein genug war, um es mit den Händen verdecken zu können.

Die Erlösung war, wie schon so oft in den letzten Jahren, von Signorina Elettra gekommen. Am Morgen der fünften Sitzung war sie zehn Minuten vorher in seinem Zimmer erschienen und hatte ihn ohne weitere Erklärung um zehntausend Lire gebeten.

Er hatte sie ihr gegeben und dafür von ihr zwanzig Fünfhundertliremünzen bekommen. Auf seinen fragenden Blick hin hatte sie ihm noch ein kleines Kärtchen gegeben, kaum größer als eine CD-Hülle.

Die Karte war in fünfundzwanzig gleich große Quadrate unterteilt, und in jedem stand in winziger Schrift ein Wort oder ein Satz. Einige konnte Brunetti nur lesen, wenn er sie sich ganz dicht vor die Augen hielt: »Maximieren«, las er, oder »Prioritäten«, »Auslagerung«, »Vernetzung«, »Schnittstelle«; »Anliegen« und was es sonst noch an Worthülsen gab, die sich in den letzten Jahren in die Sprache eingeschlichen hatten.

»Was ist das?« fragte er.

»Bingo«, lautete Signorina Elettras schlichte Antwort. Bevor er nachfragen konnte, erklärte sie es ihm schon: »Meine Mutter hat das immer gespielt. Man wartet, bis jemand eines der Wörter auf dieser Karte benutzt – alle Karten sind verschieden –, und sowie man es hört, legt man eine Münze darauf. Wer als erster fünf Wörter in einer Reihe hat, gewinnt.«

»Gewinnt was?«

»Die Einsätze aller anderen Mitspieler.«

»Welcher anderen?«

»Das werden Sie sehen«, hatte sie gerade noch antworten können, bevor sie zur Sitzung gerufen wurden.

Und von diesem Tag an waren die Sitzungen erträglich gewesen, wenigstens für die Besitzer dieser Kärtchen. Am ersten Tag waren das nur Brunetti, Signorina Elettra und eine Kommissarin gewesen, die gerade aus dem Mutterschaftsurlaub zurückgekommen war. Inzwischen war aber die Zahl derer, die so ein Kärtchen auf dem Schoß oder in ihrem Notizblock hatten, ständig gestiegen, und Woche für Woche fand Brunetti die Frage, wer alles mitspielte, ebenso spannend wie das Spiel selbst. Außerdem änderten sich jede Woche die Wörter, und zwar in Übereinstimmung mit den wechselnden Vorlieben in Pattas Sprachgebrauch. Manchmal spiegelten sie die Versuche des Vice-Questore wider, sich weltmännisch oder multikulturell zu gebärden – ein Wort, das ebenfalls schon vorgekommen war –, oder seine Bemühungen, sich des Vokabulars von Sprachen zu bedienen, die er nicht beherrschte, wie ›*voodoo economics*‹, ›*performance*‹ oder ›*Wirtschaftsaufschwung*‹.

Brunetti war eine halbe Stunde vor dem angesetzten Beginn der Veranstaltung in der Questura. Weder Ruberti noch Bellini hatten noch Dienst, als er ankam, und ein anderer gab ihm die Protokolle der vergangenen Nacht, als er danach fragte. Scheinbar unbeteiligt blätterte er sie durch: Einbruch in Dorsoduro, während die Bewohner in Urlaub waren; Schlägerei zwischen Seeleuten eines türkischen Frachters und eines griechischen Kreuzfahrtschiffes in einer Bar in Santa Marta; drei der Beteiligten waren in der Ambulanz des Ospedale Giustinian gelandet, einer mit gebrochenem Arm, aber da beide Schiffe am Nachmittag wieder ausliefen, war keine Strafanzeige gestellt worden; am Campo Manin hatte jemand das Schaufenster eines Reisebüros mit einem Stein eingeschlagen, aber niemand war festgenommen worden, und Zeugen gab es nicht; außerdem war an einer Apotheke in Cannaregio der Kondomautomat geknackt worden, wahrscheinlich mit einem Schraubenzieher, und nach den Berechnungen des Apothekers waren siebzehntausend Lire und sechzehn Päckchen Kondome abhanden gekommen.

Als die Sitzung dann endlich stattfand, brachte sie keine Überraschungen. Zu Beginn der zweiten Stunde verkündete Vice-Questore Patta, daß man die gemeinnützigen Organisationen in der Stadt, um auszuschließen, daß sie zur Geldwäsche mißbraucht würden, auffordern müsse, ihre Bücher für die Polizeicomputer zu *»accessen«*. An dieser Stelle hob Signorina Elettra kurz die Hand, lächelte, sah zu Vianello hinüber und sagte, allerdings sehr leise: »Bingo.«

»Ja, bitte, Signorina?« Vice-Questore Patta hatte schon seit einiger Zeit den Eindruck, daß irgend etwas vorging, aber er wußte nicht, was.

Sie sah den Vice-Questore an, lächelte erneut und sagte: »Dingo, Signore.«

»Dingo?« Er sah über den Rand der Lesebrille, die er bei diesen Sitzungen gern trug, fragend zu ihr hinüber.

»Die Tierschützer, Vice-Questore, die ihre Sammelbüchsen in die Geschäfte stellen und sich um entlaufene Tiere kümmern. Das ist so eine gemeinnützige Organisation. Die sollten wir also auch ansprechen.«

»Ach ja?« fragte Patta, nicht ganz sicher, ob er richtig gehört oder diese Antwort erwartet hatte.

»Man sollte sie auf keinen Fall vergessen«, erklärte Signorina Elettra.

Patta wandte sich wieder den vor ihm liegenden Papieren zu, und die Sitzung ging weiter. Brunetti, das Kinn auf die Hand gestützt, beobachtete, wie sechs andere Leute kleine Münzstapel vor sich aufbauten. Auch Tenente Scarpa beobachtete sie aufmerksam, aber die zuvor durch Hände, Notizblöcke und Kaffeetassen verdeckten Kärtchen waren allesamt verschwunden. Es blieben nur die Münzen – und die Sitzung, die sich lahm noch eine weitere halbe Stunde dahinschleppte.

Genau im letzten Moment vor Ausbruch einer Meuterei – und

die meisten Anwesenden trugen Waffen – nahm Patta seine Brille ab und legte sie müde auf den Stapel Papiere vor sich. »Hat noch jemand etwas zu sagen?« fragte er.

Wer noch etwas zu sagen gehabt haben mochte, verzichtete lieber darauf – zweifellos eingedenk der vielen Waffen –, und die Sitzung war beendet. Patta ging, gefolgt von Scarpa. Kleine Münzhäufchen wurden auf beiden Seiten über den Tisch geschoben, bis sie vor oder gegenüber Signorina Elettra lagen. Mit der Eleganz eines Croupiers fegte sie die Stapel in ihre hohle Hand und stand auf, das Zeichen, daß die Sitzung nun wirklich beendet war.

Brunetti ging mit ihr zusammen nach oben, seltsam erheitert vom Klang der Münzen, die in der Tasche ihres grauen Seidenjacketts klimperten. *»Accessen?«* wiederholte er Pattas Wort, nur daß er es englisch aussprach.

»Computerspeak, Commissario«, sagte sie.

»Accessen?« fragte er. »Kann man *access* jetzt als Verb benutzen?«

»Ich glaube, ja.«

»Das ist mir neu«, sagte Brunetti, der das Wort als Substantiv in Erinnerung hatte.

»Die Amerikaner können so etwas mit ihren Wörtern machen, Commissario.«

»Aus Substantiven Verben, aus Verben Adjektive, ganz wie es ihnen beliebt. Aber wir?«

»Auch, seit neuestem.«

»Aha«, sagte Brunetti.

Auf dem ersten Treppenabsatz nickte er ihr zu, und sie ging zu ihrem Vorzimmer, das an der Vorderseite des Gebäudes lag, gleich neben Pattas Dienstzimmer. Er selbst ging weiter hinauf in sein eigenes Zimmer, mit den Gedanken bei den Freiheiten, die manche Leute sich mit der Sprache herausnehmen zu dürfen glaubten. Genau wie die Freiheiten, die Paola sich gegenüber dem Gesetz herausnehmen zu dürfen glaubte.

Brunetti ging in sein Zimmer und schloß die Tür. Während er die Papiere auf seinem Schreibtisch zu lesen versuchte, merkte er, wie alles, was er tat, ihn immer wieder auf Paola und die Ereignisse der vergangenen Nacht zurückbrachte. Es gab keine Lösung, und sie würden sich nie davon freimachen können, bevor sie darüber geredet hätten, aber der bloße Gedanke an das, was sie sich da herausgenommen hatte, machte ihn so wütend, daß er sich noch immer außerstande sah, sich in Ruhe mit ihr darüber zu unterhalten.

Er schaute aus dem Fenster, ohne etwas zu sehen, und versuchte hinter den wahren Grund für seine Wut zu kommen. Wenn er die Spuren nicht verwischt hätte, wäre durch ihr Tun seine Stelle, seine Karriere in Gefahr geraten. Ohne Rubertis und Bellinis stillschweigende Komplizenschaft würde die Geschichte bald in allen Zeitungen stehen. Und es gab so manchen Journalisten – Brunetti beschäftigte sich einige Minuten damit, im Geiste eine Liste von ihnen aufzustellen –, dem es ein Fest sein würde, über die kriminelle Ehefrau des Commissario zu berichten. Die Worte standen ihm schon als fette Schlagzeile vor Augen.

Aber jetzt war ihr das Handwerk gelegt, vorerst zumindest. Er erinnerte sich, wie er sie in die Arme genommen und die pure Angst in ihr gespürt hatte. Vielleicht genügte ihr diese Begegnung mit wirklicher Gewalt, auch wenn es nur Gewalt gegen eine Sache war, als Geste gegen das Unrecht. Und vielleicht hatte sie inzwischen Zeit gehabt, zu begreifen, daß ihr Tun Brunettis Karriere in Gefahr gebracht hatte. Ein Blick auf die Uhr sagte ihm, daß er gerade noch Zeit hatte, zum Bahnhof zu kommen und den Zug nach Treviso zu erreichen. Bei der Aussicht, sich wieder mit so etwas Eindeutigem wie einem Banküberfall befassen zu dürfen, überkam ihn eine große Erleichterung.

5

Als Brunetti am Spätnachmittag von Treviso wieder nach Hause fuhr, hatte er kein besonderes Erfolgsgefühl, obwohl der Zeuge den Mann, von dem die Polizei glaubte, daß es der vom Videoband war, auf einem Foto wiedererkannt hatte und bereit war, gegen ihn auszusagen. Brunetti hatte sich verpflichtet gefühlt, ihm zu sagen, wer der Verdächtige war und daß es gefährlich sein könne, ihn zu identifizieren und vor Gericht zu belasten. Zu seiner Überraschung hatte Signor Iacovantuono, der als Koch in einer Pizzeria arbeitete, sich daran gar nicht gestört, nicht einmal Interesse daran gezeigt. Er hatte ein Verbrechen beobachtet. Er hatte den Täter auf Fotos erkannt. Also war es seine Bürgerpflicht, gegen diesen Verbrecher auszusagen, ungeachtet der Gefahr für ihn und seine Familie. Über Brunettis wiederholte Versicherung, man werde ihnen Polizeischutz geben, hatte er sich allenfalls ein bißchen gewundert.

Noch unheimlicher war, daß Signor Iacovantuono aus Salerno stammte und somit zu diesen kriminell veranlagten Südländern gehörte, deren Anwesenheit hier im Norden angeblich das soziale Gefüge der Nation zerstörte. »Aber Commissario«, hatte er mit seinem starken Akzent betont, »wenn wir gegen diese Leute nichts tun, was werden unsere Kinder dann für ein Leben haben?«

Brunetti bekam diese Worte gar nicht mehr aus den Ohren und fürchtete allmählich, für den Rest seiner Tage vom Gekläff der moralischen Hunde verfolgt zu werden, die durch Paolas Tat von letzter Nacht in seinem Gewissen losgelassen worden waren. Für diesen dunkelhaarigen Pizzabäcker aus Salerno war das alles so einfach gewesen: Ein Unrecht war geschehen, und es war seine Pflicht, dafür zu sorgen, daß es gesühnt wurde. Selbst angesichts der Warnung vor der möglichen Gefahr war er unerschütterlich bei seinem Vorsatz geblieben, zu tun, was er für das richtige hielt.

Während die schlummernden Äcker am Rande Venedigs an den Zugfenstern vorbeiglitten, fragte sich Brunetti, wie es wohl kam, daß dies für Signor Iacovantuono so einfach und für ihn so kompliziert war. Vielleicht wurde es ihm ja dadurch erleichtert, daß Banküberfälle ungesetzlich waren. Darüber war man sich in der Gesellschaft einig. Und kein Gesetz erklärte es für unrecht, Flugtickets nach Thailand oder den Philippinen zu verkaufen; oder eines zu kaufen. Auch kümmerte sich kein Gesetz darum, was einer zu tun beliebte, wenn er erst dort war, kein Gesetz jedenfalls, das in Italien jemals angewandt worden wäre. Solche Gesetze existierten, ähnlich wie die gegen Blasphemie, in einer Art juridischer Rumpelkammer, für deren Vorhandensein noch niemand je einen wirklichen Beweis gesehen hatte.

Seit einigen Monaten, sogar schon länger, erschienen in den Zeitungen und Zeitschriften des Landes immer wieder Artikel, in denen alle möglichen Experten den internationalen Sextourismus statistisch, psychologisch und soziologisch beleuchteten – in der Weise eben, wie die Presse gerne heiße Themen durchkaute. Brunetti erinnerte sich an einige davon, sogar noch an das Foto von vorpubertären Mädchen, die angeblich in einem kambodschanischen Bordell arbeiteten. Ihre knospenden Brüste hatten seine Augen beleidigt, und ihre kleinen Gesichter waren durch irgendwelche Computermanipulationen unkenntlich gemacht worden.

Er hatte die Interpol-Berichte zu diesem Thema gelesen und gesehen, daß die geschätzten Zahlen der Beteiligten, sowohl der Kunden wie der Opfer – ein anderes Wort fiel ihm dafür nicht ein –, um etwa eine halbe Million schwankten. Er hatte diese Zahlen gelesen, und etwas in ihm hatte sich immer für die niedrigsten entschieden; an die höchsten zu glauben hätte sein Menschsein zu sehr beschmutzt.

Der jüngste dieser Artikel – soviel Brunetti wußte, hatte er in

Panorama gestanden – war der Auslöser für Paolas flammende Wut gewesen. Die erste Salve hatte er vor zwei Wochen vernommen, als Paola plötzlich von hinten aus der Wohnung *»Bastardi!«* geschrien und unvermittelt den Sonntagsfrieden zerstört hatte; mehr als den Sonntagsfrieden, wie Brunetti jetzt fürchtete.

Er hatte sich nicht erst in ihr Arbeitszimmer begeben müssen, denn sie war ins Wohnzimmer gerannt gekommen, die zusammengerollte Zeitschrift in der rechten Hand. Ohne Einleitung hatte sie gerufen: »Hör dir das an, Guido!«

Paola hatte die Zeitschrift auseinandergefaltet, das Blatt auf ihrem Knie glattgestrichen, sich wieder aufgerichtet und vorgelesen: »›Ein Pädophiler ist, wie schon das Wort sagt, zweifelsohne jemand, der Kinder liebt.‹« Hier hatte sie innegehalten und ihn angesehen.

»Und ein Vergewaltiger ist dann wohl jemand, der Frauen liebt?« hatte Brunetti gefragt.

»Kannst du das glauben?« hatte Paola sich ereifert, ohne auf seine Zwischenbemerkung einzugehen. »Eine der bekanntesten Zeitschriften des Landes – und weiß der Himmel, wie das zugeht – verbreitet solchen Mist!« Sie warf einen kurzen Blick auf das Blatt und fuhr fort: »Und dieser Mensch lehrt Soziologie. Mein Gott, haben diese Leute überhaupt kein Gewissen? Wann wird in diesem widerwärtigen Land endlich einmal jemand sagen, daß wir für unser Tun selbst verantwortlich sind, statt immer alles auf die Gesellschaft zu schieben oder auf das Opfer, zum Donnerwetter?«

Da Brunetti solche Fragen nie beantworten konnte, hatte er erst gar keine Anstalten gemacht. Statt dessen hatte er sich erkundigt, was sonst noch in dem Artikel stand.

Sie hatte es ihm gesagt, und daß sie dazu ihren Verstand zusammennehmen mußte, hatte ihren Zorn nicht im mindesten gedämpft. Wie bei jeder guten Reiseführung wurden in dem Artikel alle die berühmten Orte gestreift: Phnom Penh, Bangkok,

Manila, und um dann der Heimat etwas näher zu kommen, wurden noch die kürzlich bekanntgewordenen Fälle in Belgien und Italien hervorgewürgt. Aber der Ton war es, der sie erzürnt und ihn, wie er zugeben mußte, angewidert hatte: Ausgehend von der ungeheuerlichen Prämisse, daß Pädophile Kinderfreunde seien, hatte der hauseigene Soziologe dieser Zeitschrift weiterhin erklärt, wie eine permissive Gesellschaft Männer zu solchen Dingen verleite. Ein Grund seien, so der Gelehrte, auch die ungeheuer verführerischen Reize von Kindern. Paola hatte vor Wut nicht mehr weiterlesen können.

»Sextourismus«, hatte sie gezischt und die Zähne dabei so fest zusammengepreßt, daß Brunetti die Sehnen an ihrem Hals vortreten sah. »Mein Gott, die bloße Vorstellung, daß die das einfach so machen können – sich ein Flugticket kaufen, eine Tour buchen und dann Zehnjährige vergewaltigen!« Sie hatte die Zeitschrift aufs Sofa geschleudert und war wieder in ihr Zimmer gegangen, aber am selben Abend hatte sie nach dem Essen zum erstenmal davon gesprochen, dieser Industrie das Handwerk zu legen.

Brunetti hatte zuerst an einen Scherz geglaubt, und jetzt im nachhinein fürchtete er, daß er mit seiner Weigerung, das ernst zu nehmen, sie womöglich erst zu diesem verhängnisvollen Schritt von der Empörung zur Tat getrieben hatte. Er erinnerte sich noch, wie er sie gefragt hatte – und zwar in ziemlich herablassendem Ton, soviel er wußte –, ob sie denn auf eigene Faust gegen dieses Geschäft vorgehen wolle.

»Und wenn es ungesetzlich ist?«

»Was ist ungesetzlich?«

»Steine in Schaufenster zu werfen, Paola.«

»Und zehnjährige Kinder zu vergewaltigen ist nicht ungesetzlich?«

Brunetti hatte das Gespräch an dieser Stelle abgebrochen, vor allem weil er, wie er im Rückblick zugeben mußte, keine Antwort für sie hatte. Nein, wie es aussah, war es in manchen Ländern der Erde nicht ungesetzlich, Zehnjährige zu vergewaltigen. Aber es war hier in Venedig, in Italien ungesetzlich, Steine in Schaufenster zu werfen, und sein Beruf war es, dafür zu sorgen, daß die Leute so etwas nicht taten oder, wenn doch, dafür bestraft wurden.

Der Zug fuhr in den Bahnhof ein und kam langsam zum Stehen. Viele der Aussteigenden hatten eingewickelte Blumengestecke bei sich, was Brunetti daran erinnerte, daß heute der 2. November war, Allerseelentag, an dem die meisten Leute auf die Friedhöfe gingen und Blumen auf die Gräber ihrer Angehörigen legten. Es war ein Zeichen seiner Niedergeschlagenheit, daß er den Gedanken an tote Angehörige als tröstliche Ablenkung empfand. Er selbst würde nicht hingehen; das tat er nur sehr selten.

Brunetti beschloß, gleich nach Hause und nicht noch einmal in die Questura zu gehen. Augen, die nicht sehen, Ohren, die nicht hören: Er ging durch die Stadt, blind und taub für ihren Zauber, und ließ sich wieder und wieder alle die Gespräche und Auseinandersetzungen mit Paola durch den Kopf gehen, die durch ihren ersten großen Wutausbruch ausgelöst worden waren.

Zu Paolas vielen Wunderlichkeiten gehörte die Angewohnheit, beim Zähneputzen, das sie sehr ausgiebig besorgte, in der Wohnung herumzulaufen. So war es ihm völlig normal vorgekommen, als sie vor drei Tagen abends mit der Zahnbürste in der Hand an der Schlafzimmertür erschienen war und ohne jede Einleitung gesagt hatte: »Ich tu's.«

Brunetti hatte gewußt, was sie meinte, ihr aber nicht geglaubt und darum nur ganz kurz zu ihr aufgesehen und genickt. Damit war die Sache erledigt gewesen, wenigstens so lange, bis Rubertis Anruf ihm zuerst seinen Schlaf geraubt hatte und nun seinen Frieden störte.

Er ging noch rasch in die *pasticceria* unweit seiner Wohnung und kaufte ein Tütchen *fave*, jene kleinen runden Mandelkekse, die es nur zu dieser Jahreszeit gab. Chiara war ganz versessen darauf. Dem Gedanken folgte rasch die Erkenntnis, daß dies für praktisch alles Eßbare galt, und damit die erste Erlösung von der Anspannung, unter der Brunetti seit letzter Nacht stand.

In der Wohnung war es still, aber bei dem derzeit herrschenden Klima bedeutete das nicht viel. Paolas Mantel hing neben der Tür, daneben Chiaras, und auf dem Fußboden darunter lag Chiaras roter Wollschal. Brunetti hob ihn auf und legte ihn über den Mantel, zog dann den eigenen Mantel aus und hängte ihn rechts neben Chiaras. Wie die drei Bären, dachte er: Mama, Papa und der kleine Bär.

Er öffnete die Papiertüte und schüttelte sich ein paar *fave* auf die Hand. Er steckte eine in den Mund, dann noch eine und schließlich noch zwei. Wie aus heiterem Himmel fiel ihm plötzlich ein, daß er sie vor Urzeiten auch für Paola gekauft hatte, als sie noch studierten und frisch verliebt waren.

»Hast du es nicht langsam satt, daß die Leute jedesmal von Proust reden, wenn sie in einen Kuchen beißen?« hatte er sie gefragt, als wäre ihm ein offenes Fenster zu ihren Gedanken gewährt worden.

Eine Stimme von hinten erschreckte ihn und riß ihn aus diesem Erinnerungstraum. »Krieg ich auch eine, *papà*?«

»Sie sind ja für dich, Engelchen«, antwortete er und gab Chiara die Tüte.

»Stört es dich, wenn ich nur die mit Schokolade esse?«

Er schüttelte den Kopf. »Ist deine Mutter in ihrem Arbeitszimmer?«

»Willst du mit ihr streiten?« fragte sie zurück, die Hand über der offenen Tüte.

»Wie kommst du darauf?« wollte er wissen.

»Weil du immer ›deine Mutter‹ sagst, wenn du mit ihr streiten willst.«

»Hm, wahrscheinlich hast du recht«, räumte er ein. »Also, ist sie da?«

»Mhm«, antwortete sie. »Wird es ein großer Krach?«

Brunetti zuckte die Achseln. Er hatte keine Ahnung.

»Dann esse ich sie nämlich besser alle auf. Falls es ein großer Krach wird.«

»Warum?«

»Weil es dann erst spät Essen gibt. Das ist immer so.«

Er griff in die Tüte und nahm sich noch ein paar *fave*, überließ ihr aber gewissenhaft die mit Schokolade. »Ich will versuchen, gar keinen Streit daraus zu machen.«

»Gut.« Sie drehte sich um und ging zu ihrem Zimmer, die Kekstüte in der Hand. Brunetti folgte ihr kurz darauf den Flur entlang und blieb vor Paolas Arbeitszimmer stehen. Er klopfte.

»Avanti«, rief sie.

Als er eintrat, saß sie, wie gewöhnlich, wenn er von der Arbeit kam, an ihrem Schreibtisch vor einem Stapel Papiere, die sie durch ihre tief unten auf der Nase sitzende Brille las. Sie sah zu ihm auf und fragte lächelnd: »Wie ist es in Treviso gelaufen?«

»Genau, wie ich es nicht erwartet hatte. Oder nicht erwarten konnte«, sagte Brunetti, während er zu seinem angestammten Platz ging, einem alten Sofa rechts an der Wand.

»Er will also aussagen?« fragte Paola.

»Er ist ganz versessen darauf. Er hat den Mann sofort auf dem Foto erkannt und kommt morgen her, um ihn sich anzusehen. Aber ich würde sagen, er ist sich seiner Sache sicher.« Und auf ihre sichtliche Überraschung hin fügte er hinzu: »Dabei ist er aus Salerno.«

»Und er ist tatsächlich bereit?« Sie versuchte aus ihrer Verwunderung erst gar kein Hehl zu machen. Als Brunetti nickte, sagte sie: »Erzähl mir etwas über ihn.«

»Ein kleiner Mann, um die Vierzig, der seine Frau und zwei Kinder ernährt, indem er in Treviso in einer Pizzeria arbeitet. Er wohnt seit zwanzig Jahren hier, fährt aber noch immer jedes Jahr nach da unten in Urlaub. Wenn es geht.«

»Arbeitet seine Frau?« fragte Paola.

»Ja, als Putzfrau in einer Schule.«

»Was hatte er in Venedig in einer Bank zu tun?«

»Er wollte die Hypothekenrate für seine Wohnung in Treviso bezahlen. Die Bank, die ihm ursprünglich das Darlehen gegeben hatte, wurde von einer hiesigen Bank übernommen, und nun kommt er einmal im Jahr her, um die Rate persönlich einzuzahlen. Wenn er das über seine Bank in Treviso macht, berechnen die ihm jedesmal zweihunderttausend Lire, darum ist er an seinem freien Tag nach Venedig gekommen, um das Geld zu bringen.«

»Und dabei ist er gleich in einen Banküberfall geraten?«

Brunetti nickte.

Paola schüttelte den Kopf. »Wirklich erstaunlich, daß er zur Aussage bereit ist. Du sagst, der Mann, den sie festgenommen haben, steht mit der Mafia in Verbindung?«

»Sein Bruder.« Brunetti behielt seine Überzeugung für sich, daß die Feststellung damit vermutlich für beide Männer galt.

»Weiß das der Mann aus Treviso?«

»Ja. Ich habe es ihm gesagt.«

»Und trotzdem will er aussagen?« Als Brunetti erneut nickte, sagte Paola: »Dann gibt es für uns alle vielleicht doch noch Hoffnung.«

Brunetti zuckte die Achseln in dem Bewußtsein, daß es nicht ganz aufrichtig, vielleicht sogar sehr unaufrichtig von ihm war, Paola nicht zu berichten, was Iacovantuono noch gesagt hatte, nämlich daß man seinen Kindern zuliebe mutig zu handeln habe. Er ließ sich tiefer in die Sofapolster sinken, streckte die Beine aus und schlug die Füße übereinander.

»Bist du jetzt fertig damit?« fragte er. Sie würde schon wissen, was er meinte.

»Ich glaube nicht, Guido«, antwortete sie, und in ihrem Ton lag sowohl Zögern als auch ein gewisses Bedauern.

»Warum nicht?«

»Weil die Zeitungen, wenn sie darüber schreiben, einen willkürlichen Akt von Vandalismus daraus machen werden, so, als hätte jemand eine Mülltonne umgeworfen oder die Sitze im Zug aufgeschlitzt.«

Brunetti antwortete nicht darauf, wiewohl er versucht war, und wartete, was sie weiter sagen würde.

»Es war aber keine Willkür, Guido, und es war auch kein Vandalismus.« Sie legte ihr Gesicht in die Hände und schob diese langsam höher, bis auf den Kopf hinauf. Von unten tönte ihre Stimme zu ihm herüber: »Die Öffentlichkeit muß begreifen, warum das getan wurde – daß diese Leute Dinge tun, die nicht nur widerwärtig, sondern auch unmoralisch sind, und daß man sie zwingen muß, es zu unterlassen.«

»Hast du auch die Folgen bedacht?« fragte Brunetti ruhig.

Sie sah zu ihm auf. »Wie könnte ich zwanzig Jahre mit einem Polizisten verheiratet sein und die Folgen nicht bedenken?«

»Die Folgen für dich?«

»Natürlich.«

»Und für mich?«

»Ja.«

»Und das tut dir nicht leid?«

»Natürlich tut es mir leid. Ich möchte weder meine Arbeit verlieren noch deine Karriere in Mitleidenschaft ziehen.«

»Aber ...?«

»Guido, ich weiß, daß du meinst, ich spielte mich mächtig auf«, begann sie. Und noch ehe er etwas einwenden konnte, sprach sie schon weiter: »Das stimmt ja auch, aber nur manchmal. Diesmal ist es etwas ganz, ganz anderes. Ich tue das nicht, um in die Zeitung zu kommen. Ich kann dir sogar ehrlich sagen, daß ich Angst vor dem Ärger habe, den wir alle dadurch bekommen werden. Aber ich muß das tun.« Als sie sah, daß er sie unterbrechen wollte, korrigierte sie sich rasch: »Ich meine, jemand muß es tun, oder um eine Floskel zu gebrauchen, die du gar nicht magst«, sagte sie mit einem sanften Lächeln, »es muß sein.«

Immer noch lächelnd fuhr sie fort: »Ich will mir gern anhören, was du zu sagen hast, aber ich glaube nicht, daß ich anders handeln kann, als ich es mir vorgenommen habe.«

Brunetti schlug die Füße andersherum übereinander und drehte sich ein wenig nach rechts. »In Deutschland hat man die Gesetze geändert. Danach können jetzt Deutsche für etwas belangt werden, was sie in anderen Ländern tun.«

»Ich weiß. Ich habe den Artikel gelesen«, erwiderte sie scharf.

»Und?«

»Und *ein* Mann hat ein paar Jahre Gefängnis bekommen. Toll, kann ich da nur sagen. Hunderttausende von Männern fliegen dort jedes Jahr hin. Einen davon ins Gefängnis zu stecken – ein wohlbeleuchtetes deutsches Gefängnis mit Fernsehen in der Zelle und wöchentlichen Besuchen der Ehefrau –, das wird nicht einen Mann davon abhalten, als Sextourist nach Thailand zu fliegen.«

»Aber was du vorhast, das wird sie abhalten?«

»Wenn da keine Flugzeuge mehr hinfliegen, wenn keiner mehr das Risiko eingehen will, solche Touren zu organisieren, mit Hotelzimmer und Vollpension und kundiger Führung zu den Bordellen, dann werden weniger es machen. Das bringt nicht viel, ich weiß, aber doch immerhin etwas.«

»Die Leute werden auf eigene Faust hinreisen.«

»Aber weniger.«

»Immer noch so einige. Immer noch sehr viele.«

»Wahrscheinlich.«

»Und warum machst du es dann?«

Sie schüttelte unwirsch den Kopf. »Vielleicht kannst du das nur nicht begreifen, weil du ein Mann bist.«

Zum erstenmal, seit er in ihr Arbeitszimmer gekommen war, begann Brunetti sich zu ärgern. »Was soll das bitte heißen?«

»Es soll heißen, daß Männer und Frauen eine verschiedene Sicht auf so etwas haben. Und immer haben werden.«

»Wieso?« Sein Ton war ruhig, aber beiden war klar, daß Zorn

ins Zimmer geschlichen war und sich zwischen sie gestellt hatte.

»Weil ihr euch noch so bemühen könnt, euch vorzustellen, wie das ist, es wird immer nur eine theoretische Vorstellung sein. Dir kann so etwas nicht passieren, Guido. Du bist groß und stark, und Gewalt in irgendeiner Form ist dir von Kindesbeinen an vertraut: durch Fußball, Rangeleien mit anderen Jungen, in deinem Fall auch noch durch die Polizeiausbildung.«

Sie sah, wie seine Aufmerksamkeit ihr entglitt. Er hatte das schon so oft zu hören bekommen und nie geglaubt. Sie war überzeugt, daß er es nur nicht glauben wollte, doch das hatte sie nie laut gesagt. »Für uns Frauen verhält es sich anders«, fuhr sie fort. »Uns wird ein Leben lang beigebracht, uns vor Gewalt zu fürchten, ihr nach Möglichkeit aus dem Weg zu gehen. Und dennoch weiß jede Frau, daß alles, was diesen jungen Dingern in Kambodscha oder Thailand oder auf den Philippinen widerfährt, ebensogut ihr hätte widerfahren können oder immer noch widerfahren könnte. So einfach ist das, Guido: Ihr seid groß, wir sind klein.«

Er antwortete nicht, und sie fuhr fort: »Guido, wir reden über dieses Thema schon seit Jahren und waren nie wirklich einer Meinung. Das sind wir auch jetzt nicht.« Sie hielt kurz inne und fragte dann: »Bist du bereit, dir noch zweierlei anzuhören, bevor ich dir zuhöre?«

Brunetti hätte sich gern freundlich und aufgeschlossen gegeben und »Ja, natürlich« gesagt, aber er brachte nur ein gepreßtes »Ja« heraus.

»Denk an diesen widerlichen Artikel, den in der Zeitschrift. Das Blatt gilt als eine der Hauptinformationsquellen des Landes, und darin darf ein Soziologe – ich weiß nicht, an welcher Universität er lehrt, aber bestimmt an einer bedeutenden, also gilt er als Autorität, und die Leute glauben, was er schreibt –, er darf also darin schreiben, Pädophile seien Kinderfreunde. Und er darf das schreiben, weil es für Männer so praktisch ist, wenn alle das glauben. Und Männer regieren dieses Land.«

Nach einer kleinen Pause fuhr sie fort: »Ich bin mir nicht sicher, ob das etwas mit dem zu tun hat, worüber wir sprechen, aber ich glaube, ein anderer Grund für die Kluft, die uns trennt – nicht nur dich und mich, Guido, sondern alle Männer und alle Frauen –, ist der, daß die Vorstellung, Sex könne manchmal auch etwas Unangenehmes sein, für die meisten Männer undenkbar, für alle Frauen aber sehr real ist.« Als sie sah, daß er aufbegehren wollte, sagte sie: »Guido, es gibt keine Frau, die auch nur eine Sekunde lang glaubt, Pädophile liebten Kinder. Sie begehren sie oder wollen sie beherrschen, aber das hat beides nichts mit Liebe zu tun.«

Er hielt den Blick gesenkt; sie sah es, als sie zu ihm hinüberschaute. »Das war also das zweite, was ich dir sagen wollte, mein lieber Guido, den ich von ganzem Herzen liebe. So sehen wir Frauen es, die meisten Frauen: daß Liebe niemals etwas mit bloßer Begierde und mit Beherrschen zu tun hat.« Sie schwieg, blickte auf ihre rechte Hand und zupfte abwesend an der Nagelhaut ihres Daumens. »Das wäre alles, glaube ich. Ende der Predigt.«

Das Schweigen zwischen ihnen wurde immer länger, bis Brunetti es schließlich, wenn auch nur zögernd, brach.

»Meinst du, daß alle Männer so denken, oder nur einige?« fragte er.

»Nur einige, nehme ich an. Die Guten, gute Männer wie du, natürlich nicht.« Aber bevor er dazu etwas sagen konnte, fuhr sie wieder fort: »Sie denken aber auch nicht so wie wir, wie wir Frauen. Ich glaube nicht, daß die Vorstellung von Liebe als bloßer Begierde und Gewalt und Machtausübung ihnen so vollkommen fremd ist wie uns.«

»Allen Frauen? Ist das allen Frauen fremd?«

»Ich wünschte es mir. Nein, leider nicht allen.«

Er sah zu ihr auf. »Haben wir also jetzt irgend etwas gelöst?«

»Ich weiß es nicht. Aber ich möchte, daß du weißt, wie ernst mir die Sache ist.«

»Und wenn ich dich nun bitte, damit aufzuhören, nichts weiter zu unternehmen?«

Sie preßte die Lippen ganz fest zusammen, ein Gesichtsausdruck, den er schon seit Jahrzehnten an ihr beobachtete. Sie schüttelte nur den Kopf, sagte aber nichts.

»Heißt das, du willst nicht damit aufhören, oder du willst nicht, daß ich dich darum bitte?«

»Beides.«

»Ich bitte dich aber und werde dich weiter darum bitten.« Und bevor sie antworten konnte, hob er abwehrend die Hand und sagte: »Nein, Paola, sag jetzt nichts, denn ich weiß schon, was du sagen willst, und möchte es nicht hören. Aber vergiß bitte nicht, daß ich dich gebeten habe, es zu unterlassen. Nicht meinetwegen oder meiner Karriere zuliebe, was immer das heißt. Sondern weil ich das, was du tust und wovon du glaubst, es müsse getan werden, für unrecht halte.«

»Ich weiß«, sagte Paola und stand auf.

Bevor sie von ihrem Schreibtisch fortging, fügte er noch hinzu: »Ich liebe dich auch von ganzem Herzen. Und das werde ich immer tun.«

»Ah, das ist gut zu hören und zu wissen.« Er hörte die Erleichterung in ihrer Stimme und wußte aus langer Erfahrung, daß jetzt noch eine scherzhafte Schlußbemerkung folgen würde. Und wie in all den entscheidenden Jahren seines Lebens enttäuschte sie ihn auch diesmal nicht. »Dann können wir zum Abendessen also beruhigt Messer auf den Tisch legen.«

6

Am nächsten Morgen nahm Brunetti nicht den üblichen Weg zur Questura, sondern wandte sich hinter der Rialto-Brücke nach rechts. Rosa Salva galt als eine der besten Bars in der Stadt; Brunetti mochte besonders die kleinen Kuchen mit Ricotta. Also ging er dort auf einen Espresso und ein Stück Gebäck hinein, tauschte mit einigen Leuten Höflichkeiten aus und nickte ein paar anderen zu, die er nur vom Sehen kannte.

Danach machte er sich auf den Weg durch die Calle della Mandola in Richtung Campo San Stefano und schließlich zur Piazza San Marco. Der erste *campo*, den er überquerte, war der Campo Manin, wo vier Arbeiter gerade eine große Glasscheibe aus einem Boot auf einen hölzernen Rollwagen wuchteten, um sie zu dem Reisebüro zu bringen, wo sie eingesetzt werden sollte.

Brunetti stellte sich zu den anderen Zuschauern, die sich eingefunden hatten, um dem Transport der großen Scheibe über den *campo* zuzusehen. Die Arbeiter hatten Handtücher zwischen das Glas und den Holzrahmen gesteckt. Nun rollten sie, zwei an jeder Seite, ihre Last zu dem wartenden Loch.

Während die Männer den *campo* überquerten, wurden hinter ihnen die unterschiedlichsten Meinungen laut. »Das waren Zigeuner.« – »Nein, es war ein früherer Angestellter mit einem Gewehr.« – »Ich habe gehört, es war der Besitzer, der die Versicherung kassieren will.« – »Ach, Quatsch, da hat der Blitz eingeschlagen.« Wie immer in solchen Fällen war jeder überzeugt, die einzig richtige Version zu kennen, und hatte für alles andere nur Verachtung übrig.

Als der Rollwagen sein Ziel erreicht hatte, löste Brunetti sich aus der kleinen Versammlung und setzte seinen Weg fort.

In der Questura ging er zuerst in den großen Raum, wo die

Uniformierten ihre Schreibtische hatten, und bat um die Berichte der letzten Nacht. Es war wenig passiert, und nichts davon interessierte ihn. Oben in seinem Zimmer verbrachte er den größten Teil des Vormittags mit der scheinbar endlosen Aufgabe, Papiere von der einen Seite seines Schreibtischs auf die andere umzuschichten. Bei seiner Bank hatte man ihm vor Jahren einmal gesagt, daß die Belege aller Transaktionen, auch der unbedeutendsten, zehn Jahre lang im Archiv aufbewahrt werden müßten, bevor sie vernichtet werden dürften.

Sein Blick wandte sich, wie zuvor schon seine Gedanken, von den Papieren ab, und er sah im Geiste ein Italien, das überall knöchelhoch mit Papier zugedeckt war: Berichte, Fotokopien, Durchschläge, kleine Quittungen aus den Bars, Geschäften und Apotheken. Und in diesem Papiermeer brauchte ein Brief noch immer zwei Wochen von Venedig nach Rom.

Er wurde von diesen Überlegungen abgelenkt, als Sergente Vianello kam, um Brunetti mitzuteilen, daß er ein Treffen mit einem dieser kleinen Ganoven hatte arrangieren können, die der Polizei gelegentlich Informationen zukommen ließen. Der Mann hatte zu Vianello gesagt, er habe etwas Interessantes anzubieten; da er aber Bedenken habe, in Gesellschaft eines Polizisten gesehen zu werden, müsse Brunetti sich in einer Bar in Mestre mit ihm treffen. Das hieß, daß er nach dem Mittagessen den Zug nach Mestre nehmen und dort mit dem Bus zu der Bar fahren mußte. Dorthin fuhr man nicht mit dem Taxi.

Es kam nichts dabei heraus, wie Brunetti insgeheim schon befürchtet hatte. Angeregt durch Zeitungsberichte über die Millionen, die der Staat denen zahlte, die sich von der Mafia lossagten und als Zeugen gegen sie auftraten, wollte dieser junge Mann von Brunetti fünf Millionen im voraus. Der Gedanke war absurd und der Nachmittag vergeudet, aber wenigstens war er dadurch bis weit nach vier Uhr unterwegs. Als er wieder in sein Dienstzimmer trat, erwartete ihn ein aufgeregter Vianello.

»Was gibt's?« fragte Brunetti, als er Vianellos Gesicht sah.
»Dieser Mann in Treviso.«
»Iacovantuono?«
»Ja.«
»Was ist mit ihm? Hat er beschlossen, doch nicht zu kommen?«
»Seine Frau ist tot.«
»Wie das?«
»Sie ist in ihrem Wohnhaus die Treppe hinuntergefallen und hat sich das Genick gebrochen.«
»Wie alt war sie?« fragte Brunetti.
»Fünfunddreißig.«
»Irgendwelche Krankheiten?«
»Keine.«
»Zeugen?«
Vianello schüttelte den Kopf.
»Wer hat sie gefunden?«
»Ein Nachbar, der gerade zum Essen nach Hause kam.«
»Hat er irgend etwas gesehen?«
Wieder schüttelte Vianello stumm den Kopf.
»Wann ist das passiert?«
»Der Mann meinte, es könnte sein, daß sie noch lebte, als er sie kurz vor eins fand. Aber sicher ist er sich nicht.«
»Hat sie noch etwas gesagt?«
»Er hat 113 angerufen, aber als der Krankenwagen kam, war sie schon tot.«
»Haben die mit den Nachbarn gesprochen?«
»Wer?« fragte Vianello.
»Die Kollegen in Treviso.«
»Die haben mit niemandem gesprochen. Und ich glaube auch nicht, daß sie noch mit jemandem sprechen werden.«
»Warum denn nicht, zum Donnerwetter?«
»Sie betrachten es als Unfall.«
»Ist doch klar, daß es wie ein Unfall aussieht!« explodierte

Brunetti, und als Vianello darauf nichts sagte, fragte er: »Hat denn wenigstens schon jemand mit dem Mann gesprochen?«

»Er war bei der Arbeit, als es passierte.«

»Ja, aber hat jemand mit ihm gesprochen?«

»Ich glaube nicht, Commissario. Man hat ihm nur gesagt, was passiert ist.«

»Können wir ein Auto bekommen?« fragte Brunetti.

Vianello nahm den Telefonhörer ab, wählte eine Nummer und sprach kurz. Als er aufgelegt hatte, sagte er: »Um halb sechs wartet eines am Piazzale Roma auf uns.«

»Ich sage noch schnell meiner Frau Bescheid«, sagte Brunetti. Paola war nicht zu Hause, und er trug Chiara auf, ihr zu sagen, er müsse nach Treviso und komme wahrscheinlich spät nach Hause.

In seinen über zwei Jahrzehnten bei der Polizei hatte Brunetti einen Instinkt entwickelt, der ihn Mißerfolge schon vorausahnen ließ, und oft erwies er sich als richtig. Noch ehe er und Vianello einen Fuß vor die Questura gesetzt hatten, wußte er, daß diese Fahrt nach Treviso umsonst sein würde und jede Chance, Iacovantuono zur Aussage zu bewegen, mit seiner Frau gestorben war.

Es war schon sieben, als sie ankamen, acht, bevor sie Iacovantuono dazu bringen konnten, überhaupt mit ihnen zu sprechen, und zehn, als sie sich endlich damit abfanden, daß er nichts mehr mit der Polizei zu tun haben wollte. Das einzige, was Brunetti von diesem Abend als eine gewisse Erleichterung oder Befriedigung mitnahm, war, den Mann nicht mit der Frage konfrontiert zu haben, was aus ihrer aller Kinder werden solle, wenn er die Aussage verweigerte. Es lag, zumindest nach Brunettis Einschätzung der Dinge, allzu offensichtlich auf der Hand, was in diesem Fall passieren würde: Iacovantuono und seine Kinder würden am Leben bleiben. Als er dem *pizzaiolo* mit den rotgeweinten Augen seine Karte gab, bevor er und Vianello wieder zum Auto gingen, war ihm jämmerlich zumute.

Der Fahrer hatte schlechte Laune, weil er so lange hatte herumsitzen müssen, weshalb Brunetti vorschlug, daß sie auf der Rückfahrt eine Rast einlegen und etwas essen könnten, obwohl er wußte, daß ihre Heimkehr sich dadurch bis weit nach Mitternacht hinauszögern würde. Es war schließlich schon kurz vor eins, als der Chauffeur ihn und Vianello am Piazzale Roma absetzte, und Brunetti, zu erschöpft, um zu Fuß nach Hause zu gehen, beschloß, ebenfalls das Vaporetto zu nehmen. Während sie beide auf das Boot warteten, und auch danach in der Kabine, als sie majestätisch auf der schönsten Wasserstraße der Welt dahinglitten, unterhielten sie sich nur über Belanglosigkeiten.

Brunetti stieg bei San Silvestro aus, blind für die Schönheit der Mondnacht. Er wollte nur noch zu seiner Frau und in sein Bett und endlich die Erinnerung an Iacovantuonos traurige, wissende Augen abschütteln. In der Wohnung angekommen, hängte er seinen Mantel weg und ging zum Schlafzimmer. Kein Lichtschein fiel aus den Zimmern der Kinder, trotzdem öffnete er kurz die Türen, um sich zu vergewissern, daß beide schliefen.

Dann machte er leise die Schlafzimmertür auf. Wenn er sich in dem schwachen Licht auszog, das vom Flur hereinfiel, hoffte er Paola nicht zu stören. Aber die Rücksichtnahme war umsonst: Das Bett war leer. Obwohl auch unter ihrer Arbeitszimmertür kein Licht hervorschien, ging er hin, um seine Gewißheit bestätigt zu bekommen, daß es leer war. Nirgendwo sonst in der Wohnung brannte Licht, trotzdem ging er auch noch ins Wohnzimmer, aber eigentlich kaum noch in der Hoffnung, sie dort auf dem Sofa schlafend vorzufinden.

Das einzige Licht in diesem Teil der Wohnung war das rote Lämpchen des Anrufbeantworters. Drei Anrufe. Der erste war sein eigener, mit dem er Paola gegen zehn Uhr aus Treviso hatte mitteilen wollen, daß es noch später werde. Der zweite war ein Schweiger, der dritte kam, wie Brunetti schon geahnt und befürchtet hatte, von der Questura. Agente Pucetti bat den Commissario um Rückruf, sobald er wieder zu Hause sei.

Brunetti wählte die Durchwahl zum Dienstraum der Schutzpolizei. Beim zweiten Klingeln wurde abgenommen.

»Pucetti, hier Commissario Brunetti. Was ist los?«

»Ich glaube, Sie kommen am besten hierher, Commissario.«

»Was ist denn los, Pucetti?« wiederholte Brunetti, aber seine Stimme klang nur müde, nicht unwirsch oder gebieterisch.

»Ihre Frau, Commissario.«

»Was ist mit ihr?«

»Wir haben sie festgenommen.«

»Aha. Können Sie mir mehr dazu sagen?«

»Ich halte es für besser, wenn Sie herkommen, Commissario.«

»Kann ich sie sprechen?« fragte Brunetti.

»Natürlich«, antwortete Pucetti, hörbar erleichtert.

Kurz darauf sagte Paola: »Ja?«

Plötzlich packte ihn die Wut. Erst läßt sie sich verhaften, dann fällt ihr nichts Besseres ein, als die Primadonna zu spielen. »Ich bin schon unterwegs, Paola. Hast du es wieder getan?«

»Ja.« Sonst nichts.

Er legte auf und ging in die Küche, um den Kindern einen Zettel zu schreiben, und ließ das Licht brennen. Dann machte er sich auf den Weg zur Questura, das Herz schwerer als die Füße.

Es hatte zu regnen angefangen, ganz leicht nur, mehr angefeuchtete Luft als richtiger Regen. Dennoch schlug er im Gehen automatisch den Kragen hoch.

Nach einer Viertelstunde kam er zur Questura. Ein sehr verwirrt dreinblickender Uniformierter stand an der Tür und öffnete sie mit einem zackigen Gruß, der um diese Uhrzeit reichlich unangebracht wirkte. Brunetti nickte dem jungen Mann zu, dessen Name ihm im Moment nicht einfiel, obwohl er wußte, daß er ihn kannte, und ging in den ersten Stock hinauf.

Pucetti erhob sich bei Brunettis Eintreten von seinem Platz

hinter dem Schreibtisch. Paola, die ihm gegenübersaß, sah auf, lächelte aber nicht.

Brunetti setzte sich neben Paola und zog das Festnahmeprotokoll zu sich herüber, das sein Untergebener vor sich auf dem Schreibtisch liegen hatte. Er las es langsam durch.

»Sie haben sie also auf dem Campo Manin festgenommen?« fragte Brunetti den jungen Mann.

»Ja, Commissario«, antwortete Pucetti, noch immer stehend.

Brunetti bedeutete ihm mit einer Geste, sich zu setzen, was der andere mit offensichtlicher Scheu tat. »War noch jemand bei Ihnen?«

»Ja, Commissario. Landi war dabei.«

Das wär's dann, dachte Brunetti und schob das Formular zurück. »Was haben Sie unternommen?«

»Wir sind hierher zurückgekommen und haben sie – Ihre Frau – gebeten, uns ihre *carta d'identità* zu zeigen. Daran haben wir dann gesehen, wer sie war, und Landi hat gleich Tenente Scarpa angerufen.«

Das sieht Landi ähnlich, dachte Brunetti. »Warum sind Sie beide hierher zurückgekommen? Warum ist nicht einer am Tatort geblieben?«

»Einer von der Guardia di San Marco hatte die Alarmanlage gehört und war gekommen, da haben wir ihm gesagt, er soll dableiben und auf den Besitzer warten.«

»Aha«, sagte Brunetti, und dann: »Ist Tenente Scarpa hergekommen?«

»Nein, Commissario. Er hat eine Weile mit Landi gesprochen, uns aber keine Anweisungen gegeben. Wir sollten nur wie üblich vorgehen.«

Brunetti wollte schon sagen, es gebe wahrscheinlich kein übliches Vorgehen bei der Festnahme der Frau eines Commissario der Polizei, aber er ließ es, stand auf, sah Paola an und richtete zum erstenmal das Wort an sie. »Ich glaube, wir können jetzt gehen, Paola.«

Sie antwortete nicht, stand aber sofort auf.

»Ich bringe sie nach Hause, Pucetti. Wir kommen morgen früh beide wieder. Wenn Tenente Scarpa nachfragt, sagen Sie ihm das bitte.«

»Jawohl, Commissario«, antwortete Pucetti. Er wollte noch etwas sagen, aber Brunetti hob die Hand und schnitt ihm das Wort ab.

»Schon gut, Pucetti. Sie hatten ja keine andere Wahl.« Er warf einen Blick zu Paola und fügte hinzu: »Außerdem wäre das früher oder später sowieso passiert.« Er rang sich ein Lächeln ab.

Als sie die Treppe hinunter waren, stand der junge Polizist schon an der Tür und öffnete sie. Brunetti ließ Paola vorgehen, hob die Hand, ohne den Mann direkt anzusehen, und trat in die Nacht hinaus. Die feuchte Luft umfing sie und verwandelte ihren Atem in flauschige Wölkchen. Sie gingen nebeneinanderher, das Schwert der Zwietracht fast so fühlbar zwischen sich, wie ihr Atem in der Luft sichtbar war.

7

Beide sprachen auf dem Heimweg kein Wort, und beide schliefen den Rest der Nacht nicht, sanken höchstens hin und wieder in einen wirren, unruhigen Traum. Ein paarmal drehten sich zwischen Wachsein und Vergessen ihre Körper einander zu, aber nichts von der Selbstverständlichkeit jahrelanger Vertrautheit lag in der Berührung. Im Gegenteil, es hätte jeweils der Körper eines Fremden sein können, und beide reagierten darauf mit Rückzug. Sie besaßen dabei noch den Anstand, keine ruckartige Bewegung daraus zu machen, nicht entsetzt und voll Abscheu zurückzuweichen vor diesem Fremden, der sich in ihr Ehebett gedrängt hatte. Vielleicht wäre es ja ehrlicher von ihnen gewesen, ihre Seelen durch die Stimmen ihrer Körper sprechen zu lassen, aber beide konnten sich beherrschen und unterdrückten diesen Impuls aus einem Gefühl der Loyalität heraus, das aus der Erinnerung an die Liebe erwuchs, von der sie beide fürchteten, daß sie Schaden genommen oder sich irgendwie verändert hatte.

Brunetti zwang sich, das Siebenuhrläuten von San Polo abzuwarten und nicht schon vorher aufzustehen. Aber die Glockentöne waren noch nicht verhallt, da war er schon aus dem Bett und im Bad, wo er lange unter der Dusche stand, um die Nacht und den Gedanken an Landi und Scarpa und all das fortzuspülen, was ihn mit Sicherheit erwartete, wenn er heute zum Dienst ging.

Während er unter dem Wasserstrahl stand, überlegte er, daß er wohl etwas zu Paola sagen müsse, bevor er ging, aber er wußte beim besten Willen nicht, was. Er beschloß, es davon abhängig zu machen, wie sie sich verhielt, wenn er ins Schlafzimmer zurückkam, aber dort war sie dann schon gar nicht mehr. Er hörte sie in der Küche hantieren, vernahm die vertrauten Geräusche von Wasserhahn und Kaffeekanne, das Scharren eines Stuhls auf dem Boden. Er band sich noch auf dem Flur die Krawatte um, und dann sah er sie an ihrem gewohnten Platz sitzen und nahm zur Kenntnis, daß auf dem Tisch zwei große Tassen ebenfalls an ihren gewohnten Plätzen standen. Er zog die Krawatte fest, bückte sich und küßte sie auf den Kopf.

»Warum tust du das?« fragte sie, wobei sie mit dem rechten Arm nach hinten griff und ihn um seinen Schenkel legte. Sie zog ihn näher zu sich.

Er ließ es geschehen, berührte sie aber nicht mit der Hand. »Aus Gewohnheit, nehme ich an.«

»Gewohnheit?« wiederholte sie, schon fast gekränkt.

»Aus der Gewohnheit, dich zu lieben.«

»Aha«, sagte sie, aber alles Weitere wurde durch das Zischen der Kaffeemaschine abgeschnitten. Paola schenkte ihnen Kaffee ein, goß dampfende Milch dazu und rührte Zucker in beide Tassen. Er setzte sich nicht, sondern trank seinen Kaffee im Stehen.

»Wie geht es nun weiter?« fragte sie nach dem ersten Schluck.

»Da es deine erste Straftat ist, gibt es wahrscheinlich eine Geldstrafe.«

»Ist das alles?«

»Es genügt ja«, sagte Brunetti.

»Und was ist mit dir?«

»Hängt davon ab, was die Zeitungen daraus machen. Ich wüßte ein paar Journalisten, die auf so etwas schon Jahre warten.«

Bevor er die denkbaren Schlagzeilen zitieren konnte, sagte sie: »Ich weiß, ich weiß«, und er konnte es ihnen beiden ersparen.

»Aber es könnte auch sein, daß sie dich zur Heldin stempeln, zur Rosa Luxemburg der Sexindustrie.«

Sie lächelten beide, enthielten sich aber jeder Ironie.

»Das ist es nicht, worauf es mir ankommt, Guido. Das weißt du ja.« Aber bevor er fragen konnte, worauf es ihr denn ankomme, sagte sie schon: »Ich will erreichen, daß die damit Schluß machen. Sie sollen sich für ihr Tun so schämen, daß sie damit aufhören.«

»Wer, die Reisebüros?«

»Ja, genau die«, sagte sie und widmete sich für ein paar Augenblicke ihrem Kaffee. Dann stellte sie ihre fast leere Tasse hin und sagte: »Aber ich will, daß sich alle für ihr Tun schämen.«

»Die Männer, die als Sextouristen reisen?«

»Ja, die auch. Alle.«

»Daraus wird nichts, Paola, da kannst du machen, was du willst.«

»Ich weiß.« Sie trank ihre Tasse vollends leer und stand auf, um neuen Kaffee zu machen.

»Laß nur«, sagte Brunetti. »Ich trinke unterwegs noch einen.«

»Es ist noch früh.«

»Irgendeine Bar hat immer offen«, sagte er.

»Stimmt.«

Und richtig, er fand eine Bar und ging auf einen Kaffee hinein, wobei er sich Zeit ließ, um seine Ankunft in der Questura hinauszuzögern. Er kaufte den *Gazzettino*, obwohl er wußte, daß da frühestens morgen etwas drinstehen konnte. Trotzdem studierte er die erste Seite des ersten Teils, dann des zweiten, der den lokalen Ereignissen gewidmet war, aber er fand nichts.

Am Eingang zur Questura stand jetzt ein anderer Polizist. Da es noch nicht acht war, mußte er für Brunetti die Tür aufschließen und salutierte, als dieser vorbeiging.

»Ist Vianello schon da?« fragte Brunetti.

»Nein, Commissario, ich habe ihn noch nicht gesehen.«

»Wenn er kommt, sagen Sie ihm bitte, er soll zu mir heraufkommen.«

»Jawohl, Commissario«, sagte der Mann und salutierte noch einmal.

Brunetti nahm die Hintertreppe. Dort begegnete ihm Marinoni, die frisch aus dem Mutterschaftsurlaub zurückgekehrte Kollegin, aber sie sagte nur, sie habe das von dem Mann in Treviso gehört und bedauere es sehr.

In seinem Zimmer hängte Brunetti den Mantel fort, setzte sich an den Schreibtisch und nahm sich noch einmal die Zeitung vor. Das Übliche: Behördenvertreter ermittelten gegen andere Behördenvertreter, ehemalige Minister beschuldigten andere ehemalige Minister, in der albanischen Hauptstadt gab es Aufruhr, und der Gesundheitsminister forderte Untersuchungen gegen die illegale Herstellung gefälschter Pharmaprodukte für die dritte Welt.

Er blätterte im zweiten Teil und fand dort auf Seite drei den Bericht über den Tod der Signora Iacovantuono. *»Casalinga muore cadendo per le scale«* (Hausfrau tödlich die Treppe hinuntergestürzt). Aber ja doch.

Das hatte er alles schon gestern gehört: Sie war gestürzt, der Nachbar hatte sie am Fuß der Treppe gefunden, die Sanitäter hatten sie für tot erklärt. Die Beerdigung war für morgen angesetzt.

Er war gerade mit dem Artikel fertig, als Vianello anklopfte und eintrat. Brunetti brauchte nur schon sein Gesicht zu sehen. »Was erzählt man sich?« fragte er.

»Landi hat gleich zu reden angefangen, aber Ruberti und Bellini haben kein Wort gesagt. Und die Zeitungen haben noch nicht angerufen.«

»Scarpa?« fragte Brunetti.

»Der ist noch nicht da.«

»Was erzählt Landi denn?«

»Daß er Ihre Frau letzte Nacht hierhergebracht hat, nachdem sie auf dem Campo Manin das Schaufenster eines Reisebüros eingeworfen hatte. Und daß dann Sie gekommen sind und sie mit nach Hause genommen haben, ohne die entsprechenden Formulare auszufüllen. Er bläst sich zum Rechtsgelehrten auf und behauptet, eigentlich sei sie als flüchtig anzusehen.«

Brunetti faltete die Zeitung einmal zusammen, dann noch einmal. Er erinnerte sich, daß er zu Pucetti gesagt hatte, er werde seine Frau heute vormittag mitbringen, aber er glaubte kaum, daß ihre Abwesenheit schon genügte, um sie als »flüchtig« einzustufen. »Aha«, sagte er. Dann schwieg er lange und fragte endlich: »Wie viele Leute wissen über das letzte Mal Bescheid?«

Vianello antwortete nach kurzem Überlegen: »Offiziell überhaupt niemand. Offiziell ist gar nichts passiert.«

»Das war nicht meine Frage.«

»Ich glaube nicht, daß jemand davon weiß, den es nichts angeht«, sagte Vianello, offenbar nicht zu genaueren Auskünften gewillt.

Brunetti wußte nicht, ob er seinem Sergente oder Ruberti und Bellini danken sollte. Er fragte statt dessen: »Haben wir heute schon etwas von den Kollegen in Treviso gehört?«

»Iacovantuono war bei ihnen und hat gesagt, er sei sich wegen der Identifizierung, die er letzte Woche gegeben hat, doch nicht ganz sicher. Er glaubt jetzt, sich geirrt zu haben. Weil er solche Angst hatte. Und nun ist er plötzlich sicher, daß der Bankräuber rote Haare hatte. Offenbar hat er sich daran schon vor einigen Tagen erinnert, ist aber nicht dazu gekommen, es der Polizei zu sagen.«

»Bis seine Frau tot war?« fragte Brunetti.

Vianello antwortete nicht sofort. Nach einer Weile fragte er zurück: »Was würden Sie denn tun, Commissario?«

»In welchem Fall?«

»Wenn Sie an seiner Stelle wären.«

»Ich würde mich wahrscheinlich auch an rote Haare erinnern.«

Vianello steckte die Hände in die Taschen seiner Uniformjakke und nickte. »Das würden wir wohl alle, besonders wenn wir Familie haben.«

Brunettis Sprechanlage schnarrte. »Ja«, sagte er, nachdem er abgenommen hatte. Er hörte kurz zu, legte den Hörer zurück und stand auf. »Der Vice-Questore. Er will mich sprechen.«

Vianello schob den Ärmel zurück und sah auf die Uhr. »Viertel nach neun. Dann wissen wir ja, was Scarpa inzwischen gemacht hat.«

Brunetti legte penibel die Zeitung auf seinen Schreibtisch, genau in die Mitte, bevor er sein Zimmer verließ. In Pattas Vorzimmer saß Signorina Elettra an ihrem Computer, aber der Bildschirm war leer. Sie sah bei Brunettis Eintreten auf, nahm die Unterlippe zwischen die Zähne und zog die Augenbrauen hoch. Es konnte Überraschung sein, ebensogut aber auch eine Aufmunterung von der Art, wie Schüler sie einander zukommen lassen, wenn einer zum Direktor zitiert wird.

Brunetti schloß kurz die Augen, kniff unwillkürlich die Lippen zusammen. Er sagte nichts zu Signorina Elettra, klopfte an die Tür zu Pattas Zimmer und öffnete sie auf das gebrüllte *»Avanti«* hin, das von drinnen kam.

Er hatte erwartet, nur den Vice-Questore anzutreffen, und so konnte er kaum seine Überraschung verbergen, als er gleich vier Leute sah: den Vice-Questore, Tenente Scarpa, der links von seinem Vorgesetzten saß, genau auf dem Platz, den auf Gemälden vom Abendmahl immer Judas innehat, und noch zwei Männer, der eine etwa Ende Fünfzig, der andere vielleicht zehn Jahre jünger. Brunetti hatte keine Zeit, sie sich genauer anzusehen, er hatte nur den Eindruck, daß der Ältere das Sagen hatte, obwohl der Jüngere aufmerksamer wirkte.

Patta begann ohne Einleitung: »Commissario Brunetti, das ist Dottor Paolo Mitri.« Er wies mit einer eleganten Geste auf den älteren der beiden Männer. »Und sein Anwalt, Avvocato Giuliano Zambino. Ich habe Sie kommen lassen, um mit Ihnen über die Ereignisse der vergangenen Nacht zu sprechen.«

Links neben dem Anwalt stand ein fünfter Stuhl, aber niemand bot ihn Brunetti an. Er nickte den Männern zu.

»Vielleicht sollte der Commissario sich zu uns setzen«, schlug Dottor Mitri vor, wobei er auf den freien Stuhl zeigte.

Patta nickte, und Brunetti nahm Platz.

»Sie wissen wahrscheinlich, warum Sie hier sind«, sagte Patta.

»Ich würde es gern ausdrücklich zu hören bekommen«, antwortete Brunetti.

Patta gab dem Tenente ein Zeichen, der anfing: »Letzte Nacht, so gegen Mitternacht, rief mich einer meiner Leute an und meldete, daß die Schaufensterscheibe des Reisebüros auf dem Campo Manin – es gehört Dottor Mitri«, erklärte er mit einer kleinen Kopfbewegung in dessen Richtung – »erneut von Vandalen eingeworfen worden sei. Er sagte mir, eine Verdächtige sei festgenommen und in die Questura gebracht worden, und diese Verdächtige sei die Frau von Commissario Brunetti.«

»Stimmt das?« unterbrach ihn Patta, an Brunetti gewandt.

»Ich habe keine Ahnung, was Landi letzte Nacht zu Tenente Scarpa gesagt hat«, antwortete Brunetti ruhig.

»Das meine ich nicht«, sprach Patta erneut dazwischen, bevor Scarpa etwas sagen konnte. »War es Ihre Frau?«

»In dem Protokoll, das ich heute nacht gelesen habe«, begann Brunetti, noch immer ganz ruhig, »hat Agente Landi ihren Namen und ihre Adresse angegeben, und daß sie zugegeben habe, die Scheibe zertrümmert zu haben.«

»Und das andere Mal?« wollte Scarpa wissen.

Brunetti fragte gar nicht erst, welches andere Mal er meinte. »Was soll damit sein?«

»War das Ihre Frau?«

»Das werden Sie meine Frau schon selbst fragen müssen, Tenente.«

»Das werde ich auch«, erwiderte letzterer. »Verlassen Sie sich darauf.«

Dottor Mitri hustete einmal kurz hinter vorgehaltener Hand. »Vielleicht darf ich hier einmal unterbrechen, Pippo«, sagte er zu Patta. Der Vice-Questore nickte, offenbar geschmeichelt durch die vertrauliche Anrede.

Mitri wandte sich an Brunetti. »Commissario, ich glaube, es wäre hilfreich, wenn wir uns in dieser Sache verständigen könnten.« Brunetti sah ihn an, sagte aber nichts. »Der Schaden für mein Büro war beträchtlich; die erste Scheibe hat mich fast vier Millionen Lire gekostet, und diesmal wird es wohl wieder genausoviel sein. Hinzu kommen die entgangenen Geschäfte in der Zeit, die das Büro wegen der Reparaturarbeiten schließen mußte.«

Mitri hielt inne, als wartete er, ob Brunetti etwas sagen wollte; als dieser aber keine Anstalten machte, fuhr er fort: »Da beim ersten Mal niemand ermittelt wurde, nehme ich an, daß meine Versicherung diesen Schaden übernehmen wird, vielleicht auch einen Teil des Verdienstausfalls. Das wird sich natürlich lange hinziehen, aber ich bin sicher, daß wir da eine Regelung finden werden. Ich habe schon mit meinem Versicherungsagenten gesprochen, und er hat mich in dieser Auffassung bestärkt.«

Brunetti beobachtete den anderen beim Sprechen, vernahm die Sicherheit in seiner Stimme. Dieser Mann war es gewöhnt, daß die Leute, mit denen er zu tun hatte, ihm zuhörten; er strömte eine Selbstsicherheit und ein Selbstbewußtsein aus, die man fast fühlen konnte. Alles an ihm vermittelte diesen Eindruck: der Messerhaarschnitt, kürzer als nach der momentanen Mode, eine leichte Sonnenbräune, Haut und Fingernägel, die eindeutig von fremder Hand gepflegt wurden. Er hatte hellbraune, fast bernsteinfarbene Augen und eine sehr angenehme, beinahe schon verführerische Stimme. Da er saß, konnte Brunetti seine Größe nicht einschätzen, aber er wirkte so, als ob er groß wäre und die langen Gliedmaßen eines Läufers hätte.

Der Anwalt saß die ganze Zeit über ruhig und aufmerksam dabei und hörte seinem Klienten zu, sagte aber nichts.

»Bin ich im Genuß Ihrer Aufmerksamkeit, Commissario?« fragte Mitri, der Brunettis abschätzenden Blick bemerkt hatte und vielleicht nicht davon erbaut war.

»Ja.«

»Im zweiten Fall liegt die Sache anders. Da Ihre Frau ja offenbar zugegeben hat, die Scheibe zerbrochen zu haben, erscheint es nur gerecht, wenn sie den Schaden bezahlt. Deswegen wollte ich mit Ihnen reden.«

»Ja?« meinte Brunetti.

»Ich dachte, Sie und ich könnten da eine Einigung erzielen.«

»Verzeihung, aber das verstehe ich nicht«, sagte Brunetti, während er sich fragte, wie weit er bei diesem Mann wohl gehen konnte und was passierten würde, wenn er zu weit ging.

»Was verstehen Sie nicht, Commissario?«

»Worüber Sie mit mir reden wollen.«

Mitris Ton wurde etwas verkniffener, blieb aber freundlich. »Ich möchte diese Sache regeln. Unter Kavalieren.« Er nickte Patta zu. »Ich habe die Ehre, ein Freund des Vice-Questore zu sein, und würde es darum vorziehen, der Polizei in dieser Angelegenheit jede Peinlichkeit zu ersparen.«

Das also, dachte Brunetti, könnte das Schweigen der Presse erklären.

»Und so dachte ich, wir könnten uns vielleicht in aller Stille und ohne unnötige Komplikationen einigen.«

Brunetti wandte sich an Scarpa. »Hat meine Frau heute nacht zu Landi etwas darüber gesagt, warum sie das getan hat?«

Scarpa wurde von der Frage überrumpelt und warf einen raschen Blick zu Mitri, der vor ihm antwortete: »Ich bin sicher, das spielt im Augenblick keine Rolle. Entscheidend ist, daß sie die Tat zugegeben hat.« Er wandte sich Patta zu. »Ich glaube, es ist in unser aller Interesse, die Sache beizulegen, solange wir es noch können. Dieser Meinung bist du doch sicher auch, Pippo?«

Patta erlaubte sich ein forsches »Selbstverständlich«.

Mitri wandte sich wieder Brunetti zu. »Wenn Sie mit mir dieser Meinung sind, können wir fortfahren. Wenn nicht, dann vergeude ich hier leider meine Zeit.«

»Ich weiß immer noch nicht genau, worüber ich mit Ihnen einer Meinung sein soll, Dottor Mitri.«

»Ich möchte Ihre Zustimmung dazu haben, daß Ihre Frau mir den Schaden an der Fensterscheibe und den Verdienstausfall während der Reparaturarbeiten ersetzt.«

»Dem kann ich nicht zustimmen«, sagte Brunetti.

»Und warum nicht?« erkundigte sich Mitri recht ungehalten.

»Weil es nicht meine Sache ist. Wenn Sie mit meiner Frau darüber reden wollen, steht Ihnen das gewiß frei. Aber ich kann keine Entscheidung, schon gar nicht eine solche, für sie treffen.« Brunetti fand, daß sein Ton so vernünftig war wie das, was er sagte.

»Was sind Sie denn für ein Mann?« fragte Mitri ärgerlich.

Brunetti wandte sich an Patta. »Kann ich Ihnen sonst noch in irgendeiner Weise behilflich sein, Vice-Questore?« Patta schien zu überrascht oder zu wütend, um zu antworten, also stand Brunetti auf und verließ rasch das Zimmer.

8

Auf Signorina Elettras fragend hochgezogene Augenbrauen und ihren gespitzten Mund hin schüttelte Brunetti nur kurz den Kopf, was heißen sollte, daß er es ihr später erklären werde. Er ging wieder in sein Zimmer hinauf und machte sich dabei Gedanken über die wahre Bedeutung dessen, was sich da eben abgespielt hatte.

Mitri, der sich seiner Freundschaft zu Patta rühmte, hatte zweifellos ausreichenden Einfluß, um eine Meldung von solch potentieller Brisanz aus den Zeitungen herauszuhalten. Die Geschichte enthielt einfach alles, was ein Reporter sich nur wünschen konnte: Sex, Gewalt, Verstrickung der Polizei. Und wenn sie auch noch dahinterkämen, wie Paolas erster Anschlag vertuscht worden war, würde das ihren Lesern noch mehr Vergnügen bereiten – Korruption und Amtsmißbrauch bei der Polizei.

Welcher Redakteur würde sich so etwas entgehen lassen? Welche Zeitung konnte sich den Spaß versagen, so eine Geschichte zu drucken? Obendrein war Paola die Tochter des Conte Orazio Falier, eines der bekanntesten und wohlhabendsten Männer der Stadt. Das Ganze war für die Presse ein derart gefundenes Fressen, daß es die Zeitung, die sich das entgehen lassen würde, einfach nicht gab.

Das hieß, es mußte für den Redakteur oder die Redakteure, die keinen Gebrauch davon machten, höherer Lohn winken. Oder, ergänzte er nach kurzem Nachdenken, für die Behördenvertreter, denen es gelang, die Sache aus den Zeitungen herauszuhalten. Es bestand auch noch die Möglichkeit, daß eine Nachrichtensperre verhängt worden war, bemäntelt mit Staatsraison, so daß die Presse gar nicht erst herankam. Brunetti hatte nicht den Eindruck, daß Mitri derart große Macht besaß, aber er mußte sich entgegenhalten, daß man so etwas nicht immer sah. Er dachte an einen ehemaligen Politiker, dem zur Zeit wegen seiner Beziehungen zur Mafia der Prozeß gemacht wurde, ein Mann, dessen Erscheinung jahrzehntelang Zielscheibe der Karikaturisten gewesen war. Normalerweise brachte man einen Mann von solch biederem Äußeren nicht mit großer Macht in Verbindung, aber Brunetti zweifelte keine Sekunde daran, daß ein Blick dieser hellgrünen Augen jeden vernichten konnte, der ihm auch nur im mindesten in die Quere kam.

Brunettis Behauptung, er könne nicht an Paolas Stelle entscheiden, war aus dem Mut der Verzweiflung geboren gewesen, aber bei nüchternem Nachdenken sah er mehr und mehr, daß es ihm auch Ernst damit war.

Mitri war mit einem Anwalt bei Patta erschienen, den Brunetti zumindest seinem Ruf nach kannte. Er erinnerte sich dunkel, daß Zambino sich normalerweise mit Handelsrecht befaßte und vorwiegend für große Firmen auf dem Festland tätig war. Der Mann wohnte vielleicht in Venedig, aber es gab hier so wenige Unternehmen, daß Zambino zumindest beruflich gezwungen war, der Arbeit aufs Festland zu folgen.

Wieso brachte einer einen Wirtschaftsanwalt mit zur Polizei? Warum befaßte man ihn mit einer Sache, die eher strafrechtlicher Natur war oder werden konnte? Zambino stand, soviel Brunetti wußte, in dem Ruf, ein einflußreicher Mann zu sein, nicht ohne Feinde, und dennoch hatte er die ganze Zeit, die Brunetti in Pattas Zimmer gewesen war, kein einziges Wort gesprochen.

Er rief unten an und bat Vianello zu sich herauf. Als der Sergente einige Minuten später hereinkam, winkte Brunetti ihn zu einem Stuhl. »Was wissen Sie über einen gewissen Dottor Paolo Mitri und Avvocato Giuliano Zambino?«

Vianello mußte die Namen schon aus anderem Zusammenhang kennen, denn seine Antwort kam wie aus der Pistole geschossen: »Zambino wohnt in Dorsoduro, nicht weit von der Salute. Großes Haus, schätzungsweise dreihundert Quadratmeter. Hat sich auf Unternehmens- und Handelsrecht spezialisiert. Die meisten seiner Klienten sitzen auf dem Festland: Chemie, Petrochemie und ein Hersteller für Tiefbaumaschinen. Eine der Chemiefirmen, für die er arbeitet, wurde vor drei Jahren dabei erwischt, wie sie Arsen in der Lagune deponierte; er hat erreicht, daß die mit drei Millionen Lire Geldstrafe und dem Versprechen davonkam, es nicht wieder zu tun.«

Brunetti hörte seinem Sergente bis zu Ende zu und fragte sich, ob wohl Signorina Elettra die Quelle dieser Informationen gewesen war. »Und Mitri?«

Brunetti merkte, daß Vianello seinen Stolz darauf, das alles so rasch in Erfahrung gebracht zu haben, nur mit Mühe verbergen konnte. Der Sergente fuhr eifrig fort: »Er hat gleich nach dem Studium bei einem der Pharmabetriebe angefangen. Eigentlich ist er Pharmazeut, aber diese Tätigkeit übt er nicht mehr aus, seitdem er zuerst eine Firma und später noch zwei weitere übernommen hat. Er hat sich in den letzten Jahren sehr vergrößert und besitzt jetzt außer einigen Fabriken auch noch dieses Reisebüro und zwei Immobilienbüros, und Gerüchten zufolge soll er der Hauptaktionär dieser Schnellimbißkette sein, die letztes Jahr den Betrieb aufgenommen hat.«

»Ist einer der beiden schon irgendwie aufgefallen?«

»Nein«, sagte Vianello. »Weder der eine noch der andere.«

»Könnte da ein Versäumnis vorliegen?«

»Auf welcher Seite?«

»Auf unserer.«

Der Sergente überlegte kurz. »Kann schon sein. Das kommt ja öfter vor.«

»Vielleicht sollten wir da einmal etwas genauer hinsehen.«

»Signorina Elettra spricht schon mit ihren Banken.«

»Spricht?«

Statt zu antworten, legte Vianello die Hände flach auf Brunettis Schreibtisch und klimperte auf einer nicht vorhandenen Computertastatur.

»Wie lange gehört ihm dieses Reisebüro schon?« fragte Brunetti.

»Seit fünf oder sechs Jahren, glaube ich.«

»Möchte wissen, wie lange die schon diese Touren anbieten«, meinte Brunetti.

»Ich erinnere mich, die Poster schon vor ein paar Jahren gesehen zu haben, in dem Reisebüro bei uns in Castello«, sagte Vianello. »Ich habe mich noch gewundert, wieso eine Woche Thailand so billig sein kann. Ich habe Nadia gefragt, und sie hat es mir erklärt. Seitdem habe ich gewissermaßen ein Auge auf die Schaufenster der Reisebüros.« Vianello erklärte das Motiv für seine Neugier nicht, und Brunetti fragte nicht nach.

»Wohin gehen die sonst noch?«

»Die Touren?«

»Ja.«

»Die meisten nach Thailand, soviel ich weiß, aber viele auch auf die Philippinen. Und nach Kuba. Und seit einigen Jahren werden welche nach Birma und Kambodscha angeboten.«

»Wie sehen diese Reklamen denn aus?« fragte Brunetti, der sich nie dafür interessiert hatte.

»Früher waren sie ziemlich unverblümt: ›Mitten im Rotlichtviertel, freundliche Begleitung, alle Träume werden wahr‹ und so ähnlich. Aber seitdem das Gesetz geändert wurde, benutzen sie eine Art Code: ›Aufgeschlossenes Hotelpersonal, Nachtleben gleich nebenan, freundliche Hostessen.‹ Es bedeutet aber immer noch dasselbe: jede Menge Nutten für Männer, die zu faul sind, auf die Straße zu gehen und sich eine zu suchen.«

Brunetti hatte keine Ahnung, wie Paola das alles erfahren hatte oder was sie im Hinblick auf Mitris Reiseagentur wußte. »Wirbt Mitri auch mit solchen Anzeigen?«

Vianello zuckte die Achseln. »Ich nehme es an. Alle, die das machen, benutzen offenbar eine ähnlich verschlüsselte Sprache.

Man versteht sie nach einer Weile. Aber die meisten haben auch viele legale Angebote: auf die Malediven, die Seychellen, überallhin, wo man billig seinen Spaß haben kann und viel die Sonne scheint.«

Einen Augenblick fürchtete Brunetti schon, daß Vianello, der sich vor einigen Jahren ein Melanom vom Rücken hatte entfernen lassen und seitdem ein militanter Sonnengegner war, jetzt auf sein Lieblingsthema kommen würde, aber der Sergente sagte nur: »Ich habe mich nach ihm erkundigt. Unten. Nur um zu sehen, ob die Kollegen etwas wissen.«

»Und?«

Vianello schüttelte den Kopf. »Nichts. Als wenn es ihn gar nicht gäbe.«

»Was er macht, ist schließlich nicht ungesetzlich«, sagte Brunetti.

»Ich weiß, daß es nicht ungesetzlich ist«, meinte Vianello nach kurzer Pause. »Sollte es aber sein.« Und bevor Brunetti antworten konnte, fügte er hinzu: »Ich weiß, daß es nicht an uns ist, die Gesetze zu machen. Wahrscheinlich nicht einmal, sie in Frage zu stellen. Aber es dürfte wirklich nicht erlaubt sein, ausgewachsene Männer auf die Reise zu schicken, damit sie Sex mit Kindern haben können.«

So ausgedrückt, war wenig dagegen einzuwenden, fand Brunetti. Aber die Reisebüros taten, soweit es das Gesetz betraf, nichts weiter, als den Leuten Flugtickets zu verkaufen, damit sie an andere Orte reisen konnten, und ihnen an diesen anderen Orten Hotels zu vermitteln. Was die Leute dann dort taten, war deren eigene Sache. Brunetti fühlte sich plötzlich an sein Logikseminar an der Universität erinnert, und wie begeistert er von der beinah mathematischen Einfachheit des Ganzen gewesen war. Alle Menschen sind sterblich. Giovanni ist ein Mensch. Also ist Giovanni sterblich. Es hatte Regeln gegeben, nach denen die Gültigkeit eines Syllogismus zu überprüfen war, irgend etwas mit einem Mittelbegriff und Außenbegriffen, die eine bestimmte Stellung im Satz haben mußten, und nicht zu viele von ihnen durften verneinend sein.

Die Einzelheiten hatten sich verflüchtigt und zu all den anderen Fakten, Statistiken und Axiomen gesellt, die ihm im Lauf der Jahrzehnte entfallen waren, seit er sein Studium abgeschlossen und sich unter die *doctores jurisprudentiae* hatte einreihen dürfen. Doch er erinnerte sich selbst nach so langer Zeit noch, welche Sicherheit es ihm gegeben hatte, zu wissen, daß gewisse Gesetze über die Gültigkeit eines Schlusses entschieden und man sie dazu anwenden konnte, zu beweisen, ob ein Schluß richtig oder wenigstens auf die richtige Weise abgeleitet worden war.

In den darauffolgenden Jahren hatte sich diese Sicherheit verschlissen. Die Wahrheit schien inzwischen im Besitz derer zu sein, die am lautesten schreien oder die besten Anwälte anheuern konnten. Und es gab keinen Syllogismus, der es mit einer Pistole oder einem Messer oder all den anderen Formen der Argumentation aufnehmen konnte, mit denen sein Berufsleben gespickt war.

Er riß sich von diesen Gedanken los und wandte seine Aufmerksamkeit wieder Vianello zu, der gerade mitten in einem Satz war: »... einen Anwalt zu nehmen?«

»Wie bitte?« fragte Brunetti. »Entschuldigung, ich war gerade mit den Gedanken woanders.«

»Ich hatte gefragt, ob Sie daran denken, sich in dieser Sache einen Anwalt zu nehmen?«

Seit er aus Pattas Zimmer heraus war, hatte Brunetti diesen Gedanken weit von sich geschoben. So entschieden, wie er sich geweigert hatte, diesen Leuten im Namen seiner Frau zu antworten, hatte er es sich selbst verboten, über eine Strategie nachzudenken, wie man mit den rechtlichen Konsequenzen aus Paolas Handeln umgehen könnte. Obwohl er die meisten Strafverteidiger in der Stadt kannte und mit vielen von ihnen auf halbwegs gutem Fuß stand, waren diese Bekanntschaften doch streng beruflicher Natur. Jetzt ertappte er sich dabei, wie er im Geiste ihre Namen durchging und sich an den einen zu erinnern versuchte, der vor zwei Jahren in einem Mordfall so erfolgreich agiert hatte. Er riß sich auch davon los. »Darum wird meine Frau sich selbst kümmern müssen, denke ich.«

Vianello nickte und stand auf. Ohne noch etwas zu sagen, verließ er Brunettis Dienstzimmer.

Sowie er fort war, stand Brunetti auf und begann zwischen Schrank und Fenster hin und her zu gehen. Signorina Elettra war also schon dabei, die Geldangelegenheiten zweier Männer zu überprüfen, die nichts weiter getan hatten, als eine Straftat anzuzeigen und vorzuschlagen, daß man die Sache doch lieber in einer Weise regeln solle, die der Person, die sich geradezu damit brüstete, die Tat begangen zu haben, das wenigste Ungemach bereiten würde. Sie hatten sich dazu eigens in die Questura bemüht und einen Kompromiß angeboten, der die Schuldige vor den rechtlichen Folgen ihres Tuns bewahren würde. Und Brunetti sah untätig zu, wie nun *ihre* Finanzen auf eine Weise durchleuchtet wurden, die wahrscheinlich ebenso ungesetzlich war wie die Tat, deren Opfer der eine von ihnen geworden war.

Brunetti hegte nicht den mindesten Zweifel an der Ungesetzlichkeit dessen, was Paola getan hatte. Er blieb stehen. Nein, sie selbst hatte das auch nie bestritten. Es war ihr schlicht egal. Er verbrachte seine Tage, sein Leben damit, das Recht als solches zu schützen, und sie konnte darauf einfach spucken, als wäre es nur irgendeine dumme Übereinkunft, die für sie keinerlei bindende Wirkung hatte, nur weil sie nicht damit einverstanden war. Er fühlte, wie sein Herzschlag schneller wurde, während er sich in seiner Empörung mehr und mehr in den Zorn hineinsteigerte, den er schon seit Tagen mit sich herumschleppte. Sie handelte aus einer Laune heraus, indem sie einer selbstgestrickten Definition richtigen Verhaltens folgte, und er sollte tatenlos dabeistehen und ehrfürchtig ihr edles Tun bestaunen, während seine Karriere dabei in die Binsen ging.

Brunetti merkte, wie er immer tiefer in diese Stimmung hineingeriet, und gebot sich selbst Einhalt, bevor er noch darüber zu lamentieren anfing, wie sich das auf seine Stellung unter seinesgleichen in der Questura auswirken und seine Selbstachtung beschädigen würde. Er sah sich gezwungen, sich selbst hier dieselbe Antwort zu geben wie vorhin Mitri: daß er für die Taten seiner Frau nicht verantwortlich war.

Allerdings konnte diese Erkenntnis seinen Ärger auch nicht sehr dämpfen. Er begann wieder auf und ab zu gehen, und als auch das nichts nützte, ging er zu Signorina Elettra hinunter.

Sie lächelte, als er eintrat. »Der Vice-Questore ist zum Essen gegangen«, sagte sie, weiter noch nichts, um erst einmal zu sehen, in welcher Stimmung Brunetti war.

»Sind die anderen mitgegangen?«

Sie nickte.

»Signorina«, begann er, dann mußte er schon innehalten und überlegen, wie er es am besten sagen sollte. »Ich glaube, es ist nicht nötig, weitere Erkundigungen über diese Männer einzuholen.«

Er sah, daß sie protestieren wollte, und sprach schnell weiter, bevor sie einen Einwand machen konnte. »Keiner von ihnen steht in dem Verdacht, eine Straftat begangen zu haben, und ich hielte es für unklug, irgendwelche Ermittlungen gegen sie anzustellen. Besonders unter den gegebenen Umständen.« Er überließ es ihrer Phantasie, die Art dieser Umstände zu ergänzen.

Sie nickte. »Ich verstehe, Commissario.«

»Ich habe nicht gefragt, ob Sie das verstehen, Signorina. Ich sage, daß Sie von einer Durchleuchtung ihrer Finanzen Abstand nehmen sollen.«

»Ja, Commissario«, sagte sie, dann wandte sie sich von ihm ab und schaltete ihren Computer ein.

»Signorina«, wiederholte er ganz ruhig, und als sie von ihrem Bildschirm aufblickte, sagte er: »Ich meine das ernst, Signorina. Ich möchte nicht, daß Sie irgendwelche Nachforschungen über sie anstellen.«

»Dann werden keine angestellt, Commissario«, sagte sie mit strahlend falschem Lächeln. Wie eine Soubrette in einer billigen Filmkomödie stützte sie die Ellbogen auf den Tisch, verschränkte die Finger und legte ihr Kinn darauf. »Ist das alles, Commissario, oder haben Sie auch noch etwas für mich zu tun, nicht nur zu lassen?«

Er drehte sich schweigend um und ging zur Treppe, machte dann aber kehrt und verließ die Questura. Er ging am Kanalufer entlang auf San Giorgio dei Greci zu, dann über die Brükke und in die Bar gegenüber.

»Buon giorno, Commissario«, begrüßte ihn der Barmann. *»Cosa desidera?«*

Bevor er überhaupt wußte, was er bestellen sollte, sah Brunetti auf die Uhr. Er hatte jedes Zeitgefühl verloren und war überrascht, daß es fast Mittag war. *»Un'ombra«,* antwortete er, dann leerte er das kleine Glas Weißwein in einem Zug, ohne vorher auch nur zu kosten. Es half nichts, und er hatte Verstand genug, um zu wissen, daß ein zweites ihm noch weniger helfen würde. Er legte einen Tausendlireschein auf den Tresen und ging in die Questura zurück. Dort sprach er mit niemandem, ging nur in sein Zimmer hinauf, nahm seinen Mantel und machte sich auf den Heimweg.

Beim Mittagessen wurde deutlich, daß Paola den Kindern erzählt hatte, was geschehen war. Chiara betrachtete ihre Mutter mit offensichtlicher Ratlosigkeit, während Raffi sie eher interessiert beäugte, schon fast neugierig. Niemand brachte das Thema zur Sprache, so daß ihre Mahlzeit relativ ruhig verlief. Normalerweise hätte Brunetti die frischen *tagliatelle* mit *porcini* genossen, aber heute schmeckte er beides kaum. Auch von den darauf folgenden *spezzatini* mit gebratenen *melanzane* hatte er nicht viel. Als sie fertig waren, ging Chiara zu ihrer Klavierstunde und Raffi zu einem Freund, um Mathematik zu pauken.

Paola und Brunetti saßen allein am Tisch, auf dem noch die

leer gegessenen Teller und Schüsseln standen, und tranken ihren Kaffee, er den seinen mit einem Schuß Grappa, sie den ihren schwarz und süß. »Hast du vor, dir einen Anwalt zu nehmen?« fragte er.

»Ich habe heute vormittag mit meinem Vater gesprochen«, antwortete sie.

»Und, was hat er gesagt?«

»Meinst du, bevor oder nachdem er mich angebrüllt hatte?«

Brunetti mußte wohl oder übel lächeln. »Brüllen« war ein Wort, das er in seinen wildesten Phantasien nicht mit seinem Schwiegervater in Verbindung gebracht hätte. Der Widerspruch amüsierte ihn. »Danach, denke ich.«

»Er hat gemeint, ich hätte wohl den Verstand verloren.«

Brunetti erinnerte sich, daß genau dies die Worte des Conte gewesen waren, als Paola ihm vor zwanzig Jahren eröffnet hatte, sie wolle einen Polizisten heiraten. »Und dann?«

»Dann hat er gesagt, ich soll Senno nehmen.«

Brunetti nickte. Senno war der beste Strafverteidiger in der Stadt. »Vielleicht ein bißchen übertrieben.«

»Warum?«

»Senno versteht sich gut auf die Verteidigung von Vergewaltigern und Mördern, reichen Jünglingen, die ihre Freundinnen verprügeln, oder ebendiesen Freundinnen, wenn sie mit Heroin handeln, um ihr Laster zu finanzieren. Ich glaube kaum, daß du in diese Liga gehörst.«

»Ich bin mir nicht sicher, ob das ein Kompliment sein soll.«

Brunetti zuckte die Achseln. Er wußte es auch nicht. Als Paola nichts weiter dazu sagte, fragte er: »Nimmst du ihn?«

»So einen würde ich nicht nehmen.«

Brunetti zog die Grappaflasche zu sich her und goß sich einen Schluck in die leere Kaffeetasse. Er schwenkte die Flüssigkeit darin herum und trank sie dann auf einen Satz aus. Ohne auf ihre letzte Bemerkung näher einzugehen, fragte er: »Wen willst du denn nehmen?«

Sie hob die Schultern. »Ich warte erst einmal ab, wie die Anklage lautet. Dann entscheide ich mich.«

Er überlegte kurz, ob er noch einen Grappa trinken sollte, merkte aber, daß er gar keinen mehr wollte. Ohne seine Hilfe beim Abwaschen oder wenigstens beim Abräumen anzubieten, stand er auf und schob seinen Stuhl unter den Tisch. Er sah auf die Uhr und war diesmal überrascht, daß es noch so früh war, noch nicht einmal zwei. »Ich glaube, ich lege mich ein bißchen hin, bevor ich wieder zum Dienst gehe«, sagte er.

Sie nickte, stand ebenfalls auf und begann das Geschirr zusammenzustellen.

Er ging ins Schlafzimmer, zog die Schuhe aus, setzte sich auf die Bettkante und merkte plötzlich, wie müde er war. Er legte sich hin, verschränkte die Hände hinter dem Kopf und schloß die Augen. Aus der Küche hörte er das Rauschen von Wasser, das Klappern von Geschirr, das Scheppern von Töpfen und Pfannen. Er zog einen Arm unter dem Kopf fort und legte ihn sich über die Augen. Dabei dachte er an seine Schulzeit, wie er sich immer, wenn er eine schlechte Note mit nach Hause brachte, in sein Zimmer verkrochen und sich aus Angst vor Vaters Zorn und Mutters Enttäuschung ins Bett gelegt hatte.

Die Erinnerung schlug ihre Zähne tief in sein Gemüt und trug ihn fort. Irgendwann fühlte er Bewegung neben sich im Bett und gleichzeitig einen warmen, weichen Druck auf seiner Brust. Er roch zuerst und fühlte dann ihr Haar auf seinem Gesicht, diese Mischung aus Seife und Gesundheit, die sich ihm in Jahrzehnten eingeprägt hatte. Er nahm den Arm von den Augen, ohne sie zu öffnen. Während er ihn um ihre Schultern legte, zog er den anderen Arm unter dem Kopf hervor und verschränkte die Hände auf ihrem Rücken.

Nach einer Weile schliefen beide ein, und als sie wieder aufwachten, hatte sich nichts geändert.

9

Der nächste Tag verlief ruhig, in der Questura ging alles seinen gewohnten Gang. Patta befahl, Iacovantuono nach Venedig zu holen und wegen seiner Aussageverweigerung ins Gebet zu nehmen, was auch geschah. Brunetti begegnete ihm an der Treppe, wie er gerade von zwei mit Maschinenpistolen bewaffneten Polizisten zu Pattas Zimmer hinaufgeführt wurde. Der Pizzabäcker sah Brunetti kurz an, ließ sich aber nicht anmerken, ob er ihn wiedererkannte. Sein Gesicht war zu dieser Maske der Unwissenheit erstarrt, die Italiener beim Umgang mit der Obrigkeit aufzusetzen gelernt haben.

Als Brunetti die traurigen Augen des Mannes sah, fragte er sich, ob es wirklich etwas ändern würde, wenn man wüßte, was sich in Wahrheit zugetragen hatte. Ob die Mafia seine Frau ermordet hatte oder Iacovantuono das nur glaubte, so oder so würde er den Staat und seine Organe für unfähig halten, ihn vor der Bedrohung durch eine weit größere Macht zu schützen.

Das alles ging Brunetti gleichzeitig durch den Kopf, als er den kleinen Mann auf der Treppe sah, aber diese Gedanken waren zu konfus, als daß er sie hätte in Worte fassen können, nicht einmal für sich selbst, und so nickte er Iacovantuono, der zwischen den beiden viel größeren Polizisten noch kleiner wirkte, nur kurz im Vorbeigehen zu.

Im Weitergehen dachte Brunetti an die Sage von Orpheus und Eurydike, dem Mann, der seine Frau verlor, weil er hinter sich blickte, um sich zu vergewissern, daß sie noch da war, womit er dem Befehl der Götter zuwiderhandelte und sie dazu verdammte, auf ewig im Hades zu bleiben. Die Götter, die Italien regierten, hatten Iacovantuono befohlen, etwas nicht anzusehen, und als er nicht gehorchte, wurde ihm seine Frau für immer genommen.

Es war gut, daß Vianello ihn auf dem Treppenabsatz erwartete, was ihn von diesen Überlegungen ablenkte.

»Commissario«, sagte der Sergente, als Brunetti näher kam, »eben hat eine Frau aus Treviso angerufen, aus der Nachbarschaft von Iacovantuono; so wie sie sprach, hatte ich den Eindruck, daß sie im selben Haus wohnt.«

Brunetti ging an Vianello vorbei und bedeutete ihm mit einer Kopfbewegung, ihm zu seinem Zimmer zu folgen. Während er seinen Mantel in den *armadio* hängte, fragte er: »Was hat sie denn gesagt?«

»Daß sie sich gestritten hätten.«

Brunetti dachte an seine eigene Ehe und antwortete: »Viele Eheleute streiten sich.«

»Er hätte sie geschlagen.«

»Und woher weiß die Frau das?« fragte Brunetti, sofort neugierig.

»Sie sagt, Signora Iacovantuono sei oft zu ihr heruntergekommen, um sich bei ihr auszuweinen.«

»Hat sie einmal die Polizei gerufen?«

»Wer?«

»Signora Iacovantuono.«

»Keine Ahnung. Ich habe nur mit dieser Frau gesprochen«, sagte Vianello und warf einen Blick auf den Zettel, den er in der Hand hielt. »Signora Grassi. Vor zehn Minuten. Ich hatte gerade erst aufgelegt, als Sie kamen. Sie sagt, er ist im ganzen Viertel bekannt.«

»Wofür?«

»Dafür, daß er Krach mit den Nachbarn anfängt. Mit ihren Kindern herumbrüllt.«

»Und die Sache mit seiner Frau?« fragte Brunetti, während er hinter seinem Schreibtisch Platz nahm und sich einen Stapel Briefe und Papiere heranzog, ohne sie jedoch durchzusehen.

»Das weiß ich nicht. Noch nicht. Ich hatte ja noch keine Zeit, mit jemandem zu sprechen.«

»Wir sind dort nicht zuständig«, sagte Brunetti.

»Ich weiß, aber Pucetti sagt, man bringt ihn heute vormittag hierher, weil der Vice-Questore wegen des Banküberfalls mit ihm reden will.«

»Ja. Ich habe ihn gesehen.« Brunetti blickte auf den Briefumschlag, der zuoberst auf dem Stapel lag, den Blick zwar fest auf die Briefmarke geheftet, aber so abgelenkt von dem, was Vianello ihm sagte, daß er nur ein blaßgrünes Viereck wahrnahm. Ganz langsam wurde ein Bild daraus: ein gallischer Krieger, seine sterbende Frau zu Füßen und ein Schwert tief in die eigene Brust gebohrt. *»Roma, Museo Nazionale Romano«* stand auf der einen Seite, *»Galatea Suicida«* auf der anderen. Darunter die Zahl »750«.

»Versicherung?« fragte Brunetti endlich.

»Ich weiß es nicht, Commissario. Ich habe ja eben erst diesen Anruf bekommen.«

Brunetti stand auf. »Ich gehe mal hin und frage ihn«, sagte er und verließ allein das Zimmer. Er ging die Treppe zu Vice-Questore Pattas Dienstzimmer hinunter.

Das Vorzimmer war leer, und kleine Toaster segelten auf Signorina Elettras Computerbildschirm dahin. Brunetti klopfte an Pattas Tür und wurde zum Eintreten aufgefordert.

Drinnen bot sich ihm das vertraute Bild: Patta hinter seinem Schreibtisch thronend, dessen Platte so leer geräumt war, daß sie schon dadurch einschüchternd wirkte. Ihm gegenüber saß Iacovantuono auf einer Stuhlkante, die Hände an den Sitz geklammert und die Ellbogen durchgestreckt, um sich zu stützen.

Patta sah mit teilnahmsloser Miene zu Brunetti auf. »Ja?« fragte er. »Was gibt's?«

»Ich möchte Signor Iacovantuono etwas fragen«, antwortete Brunetti.

»Ich fürchte, da vergeuden Sie Ihre Zeit, Commissario«, sagte Patta, um mit erhobener Stimme fortzufahren: »So wie ich meine Zeit vergeudet habe. Signor Iacovantuono scheint vergessen zu haben, was sich in der Bank abgespielt hat.« Patta beugte sich – dräuend, könnte man sagen – über seinen Schreibtisch und hieb mit der Faust darauf, nicht einmal schwer, aber kraftvoll genug, daß die Faust aufsprang und vier Finger auf Iacovantuono zeigten.

Als der Pizzabäcker nicht reagierte, sah Patta wieder zu Brunetti. »Was wollten Sie ihn denn fragen, Commissario? Ob er sich erinnert, Stefano Gentile in der Bank gesehen zu haben? Ob er sich an die erste Beschreibung erinnert, die er uns gegeben hat? Oder ob er Gentile auf dem Foto erkannt hat?« Patta lehnte sich wieder zurück, die Hand noch in der Luft, die Finger noch immer auf Iacovantuono gerichtet. »Nein, ich glaube nicht, daß er sich an irgend etwas von alledem erinnert. Sie sollten also lieber keine Zeit mit Fragen verschwenden.«

»Danach wollte ich gar nicht fragen, Vice-Questore«, sagte Brunetti, seine sanfte Stimme ein seltsamer Gegensatz zu Pattas theatralischem Zorn.

Iacovantuono drehte sich zu Brunetti um.

»Also, was denn?« forschte Patta.

»Ich wollte fragen«, begann Brunetti, an Iacovantuono gewandt, ohne Patta zu beachten, »ob Ihre Frau versichert war?«

Iacovantuono riß in ungespielter Überraschung die Augen auf. »Versichert?« fragte er.

Brunetti nickte. »Lebensversicherung.«

Iacovantuono blickte zu Patta zurück, doch als von dort keine Hilfe kam, wandte er seine Aufmerksamkeit wieder Brunetti zu. »Ich weiß es nicht«, sagte er.

»Danke.« Brunetti wandte sich zum Gehen.

»War das alles?« rief Patta ihm ärgerlich nach.

»Ja, Vice-Questore«, sagte Brunetti, zu Patta gewandt, aber den Blick auf Iacovantuono gerichtet. Der Mann hockte immer noch auf der Stuhlkante, aber jetzt hatte er die Hände im Schoß zusammengekrampft. Er hielt den Kopf gesenkt und schien angelegentlich seine Hände zu studieren.

Brunetti drehte sich wieder zur Tür um und ging hinaus. Die Toaster segelten immer noch auf ewiger Wanderschaft vorbei, elektronische Lemminge auf ihrem unbeirrten Zug in die eigene Vernichtung.

Er ging in sein Zimmer zurück und traf Vianello am Fenster wartend an, von wo er in den Garten auf der anderen Seite des Kanals und zur Kirche San Lorenzo blickte. Der Sergente drehte sich um, als er die Tür aufgehen hörte. »Und?« fragte er bei Brunettis Eintreten.

»Ich habe ihn nach einer Versicherung gefragt.«

»Und?« wiederholte Vianello.

»Er wußte es nicht.« Vianello gab dazu keinen Kommentar, weshalb Brunetti fragte: »Hat Nadia eine Versicherung?«

»Nein«, sagte Vianello, um nach kurzem Nachdenken anzufügen: »Ich glaube es zumindest nicht.« Beide dachten darüber nach, dann fragte Vianello: »Was haben Sie jetzt vor?«

»Ich kann nichts anderes tun als es denen in Treviso weitersagen.« Dabei kam ihm plötzlich der Gedanke: »Warum hat sie eigentlich bei *uns* angerufen?« fragte er, eine Hand halb zum Mund erhoben.

»Was meinen Sie damit?«

»Warum ruft eine Nachbarin die Polizei in Venedig an? Die Frau ist in Treviso gestorben.« Brunetti merkte auf einmal, daß er rot wurde. Natürlich, natürlich. Iacovantuono mußte nur in Venedig angeschwärzt werden, denn wenn er sich doch noch zur Aussage entschloß, dann dort. Beobachteten sie ihn so genau, daß sie wußten, wann die Polizei ihn hierher brachte? Oder schlimmer noch: Wußten sie das sogar schon im voraus? *»Gesù bambino«,* flüsterte er. »Welchen Namen hat sie noch angegeben?«

»Grassi«, antwortete Vianello.

Brunetti nahm den Hörer vom Telefon und ließ sich mit der Polizei in Treviso verbinden. Nachdem das Gespräch durchgestellt war, meldete er sich und verlangte den für den Fall Iacovantuono zuständigen Kollegen. Es dauerte einige Minuten, bis der Mann, mit dem er sprach, ihm sagte, die Sache sei als Unfalltod zu den Akten gelegt.

»Haben Sie den Namen des Mannes, der Ihnen den Fund der Toten gemeldet hat?«

Der Hörer wurde für eine Weile fortgelegt, dann meldete der Beamte sich wieder. »Zanetti«, sagte er. »Walter Zanetti.«

»Wer wohnt noch in diesem Haus?« wollte Brunetti wissen.

»Nur zwei Familien, Commissario. Die Iacovantuonos oben und die Zanettis unten.«

»Wohnt dort nicht auch noch jemand namens Grassi?«

»Nein, nur diese beiden Familien. Warum fragen Sie?«

»Nicht so wichtig. Wir hatten hier ein kleines Durcheinander in den Akten und konnten Zanettis Namen nicht finden. Nur den brauchen wir. Vielen Dank für Ihre Hilfe.«

»Gern geschehen, Commissario«, sagte der andere und legte auf.

Bevor Brunetti etwas erklären konnte, sagte Vianello schon: »Die gibt es gar nicht, wie?«

»Wenn doch, dann wohnt sie jedenfalls nicht im selben Haus.«

Vianello dachte ein Weilchen nach, dann fragte er: »Und was machen wir jetzt?«

»In Treviso Bescheid sagen.«

»Sie meinen, da ist es passiert?«

»Daß etwas durchgesickert ist?« fragte Brunetti zurück, obwohl er wußte, daß Vianello gar nichts anderes meinen konnte.

Vianello nickte.

»Dort oder hier. Das spielt keine Rolle. Es reicht, daß es überhaupt passiert ist.«

»Es muß nicht heißen, daß die wußten, daß er heute hierherkam.«

»Wozu dann der Anruf?« wollte Brunetti wissen.

»Um für alle Fälle schon einmal das Gerücht zu streuen.«

Brunetti schüttelte den Kopf. »Nein. Dafür paßte das zeitlich zu gut. Mein Gott, der Mann kam gerade hier ins Haus, als Sie den Anruf bekamen.« Brunetti überlegte kurz, dann fragte er: »Wen hat diese Frau eigentlich verlangt?«

»Die Vermittlung sagte, sie wolle den sprechen, der in Treviso war und mit ihm geredet hat. Ich glaube, man hat zuerst zu Ihnen verbunden, und als Sie nicht da waren, kam das Gespräch bei uns an. Pucetti hat es an mich weitergegeben, weil ich mit Ihnen in Treviso war.«

»Wie klang denn die Stimme?«

Vianello rief sich das Gespräch in Erinnerung. »Irgendwie verlegen. Als wollte sie ihm keinen Ärger machen. Sie hat sogar ein paarmal gesagt, er hätte ja eigentlich schon genug gelitten, aber sie müsse uns sagen, was sie wisse.«

»Sehr pflichtbewußt.«

»Eben.«

Brunetti ging ans Fenster und blickte auf den Kanal und die Polizeibarkassen hinunter, die sich an den Anlegesteg vor der Questura kuschelten. Er sah noch immer den Ausdruck in Iacovantuonos Gesicht vor sich, als er ihn auf die Versicherung ansprach, und wieder fühlte er, wie er rot wurde. Er hatte sich benommen wie ein Kind mit einem neuen Spielzeug, war sofort losgerannt, ohne erst einmal nachzudenken oder nachzuprüfen, was sie schon an Informationen besaßen. Er wußte zwar, daß es inzwischen gängige Praxis war, bei zweifelhaften Todesfällen zuerst den Ehepartner zu verdächtigen, aber er hätte bei Iacovantuono seinem Instinkt vertrauen, sein Gedächtnis bemühen und sich an die zögernde Stimme des Mannes erinnern sollen, seine spürbare Angst um seine Kinder. Darauf hätte er vertrauen sollen, statt gleich auf die erste Beschuldigung anzuspringen, die ihm aus heiterem Himmel vor die Füße geflattert kam.

Er konnte sich nicht einmal bei dem Pizzabäcker entschuldigen, denn jede Erklärung würde sein eigenes Schuldgefühl und seine Scham nur noch schlimmer machen. »Könnte man das Gespräch eventuell zurückverfolgen?« fragte er.

»Es waren Hintergrundgeräusche zu hören. Etwa wie Straßenlärm. Ich nehme an, der Anruf kam aus einer Zelle«, sagte Vianello.

Wenn sie schlau genug waren, diesen Anruf zu machen, dachte Brunetti – oder gut genug informiert, wie eine kalte innere Stimme hinzufügte –, dann wären sie wohl auch so vorsichtig gewesen, aus einer Zelle anzurufen. »Das war dann wohl alles.« Er sank auf seinen Stuhl und fühlte sich plötzlich sehr müde.

Ohne noch etwas zu sagen, verließ Vianello das Zimmer, und Brunetti widmete sich den Papieren auf seinem Schreibtisch.

Er las als erstes ein Fax von einem Kollegen aus Amsterdam, der sich erkundigte, ob Brunetti vielleicht etwas tun könne, um die Bearbeitung einer Anfrage der niederländischen Polizei wegen eines Italieners zu beschleunigen, der wegen Mordes an einer Prostituierten verhaftet worden war. Da im Paß des Mannes Venedig als ständiger Wohnsitz angegeben war, hatten die Holländer bei der Polizei dieser Stadt nachgefragt, ob er vorbestraft sei. Die Anfrage war schon vor über einem Monat abgeschickt worden, und bisher lag noch keine Antwort vor.

Brunetti wollte gerade unten anrufen, ob dieser Mann ein Strafregister habe, da klingelte sein Telefon – und es ging los.

Er hatte im Grunde gewußt, daß es kommen würde, hatte sich sogar darauf vorzubereiten versucht, sich eine Strategie für den Umgang mit der Presse zurechtgelegt. Trotzdem erwischte es ihn jetzt auf dem falschen Fuß, als es soweit war.

Zuerst sagte der Journalist – Brunetti kannte ihn, er arbeitete für *Il Gazzettino* –, er rufe an, um einer Meldung nachzugehen, nach der Commissario Brunetti aus dem Polizeidienst ausgeschieden sei. Als Brunetti antwortete, das sei ihm völlig neu und er habe nie an einen Abschied gedacht, wollte der Reporter, Piero Lembo, wissen, wie er denn mit der Festnahme seiner

Frau und den Konflikten umzugehen gedenke, die sich aus ihrer Situation und seiner Stellung ergäben.

Brunetti antwortete, er sei mit dem Fall in keiner Weise befaßt und sehe nicht, wo sich da ein Konflikt ergeben könne.

»Aber Sie haben sicher Freunde in der Questura«, meinte Lembo, wenngleich er es schaffte, auch dies so klingen zu lassen, als hätte er da seine Zweifel. »Und Freunde in der *magistratura*. Würde das nicht deren Urteil oder Entscheidungen beeinflussen?«

»Das halte ich für unwahrscheinlich«, log Brunetti. »Außerdem gibt es keinen Grund zu der Annahme, daß es zu einem Prozeß kommen wird.«

»Warum nicht?« wollte Lembo wissen.

»In einem Prozeß geht es gewöhnlich um die Feststellung von Schuld oder Unschuld. Das ist hier nicht die Frage. Ich denke, es wird eine richterliche Vernehmung und daraufhin eine Geldbuße geben.«

»Und dann?«

»Ich weiß nicht, ob ich Ihre Frage verstehe, Signor Lembo«, sagte Brunetti, während er aus dem Fenster über den Kanal blickte, wo soeben eine Taube auf dem Dach des Hauses gegenüber landete.

»Was passiert, wenn die Geldbuße verhängt ist?«

»Diese Frage kann ich nicht beantworten.«

»Warum nicht?«

»Weil die Geldbuße meiner Frau auferlegt wird und nicht mir.« Er fragte sich, wie oft er diese Antwort wohl noch würde geben müssen.

»Und welche Meinung haben Sie zu der Tat?«

»Ich habe keine Meinung dazu.« Jedenfalls keine, die er der Presse mitteilen würde.

»Das finde ich aber merkwürdig«, sagte Lembo und fügte noch ein »Commissario« an, als glaubte er mit dem Titel Brunettis Zunge lösen zu können.

»Das steht Ihnen frei«, sagte Brunetti. Und dann mit lauterer Stimme: »Wenn Sie keine weiteren Fragen haben, Signor Lembo, wünsche ich Ihnen einen guten Tag.« Damit legte er den Hörer auf. Er wartete, bis die Leitung wieder frei war, und wählte dann die Vermittlung. »Stellen Sie bitte heute keine Anrufe mehr zu mir durch«, sagte er und legte auf.

Anschließend rief er unten in der Registratur an, nannte den Namen des Mannes in Amsterdam und wies die Beamten an, nachzusehen, ob es eine Akte über ihn gab und, falls ja, sie sofort an die niederländische Polizei zu faxen. Er erwartete eine Protestarie über die enorme Arbeitsbelastung, doch es kam keine. Statt dessen sagte man ihm, das werde noch heute nachmittag erledigt, vorausgesetzt natürlich, es gebe eine solche Akte.

Brunetti verbrachte den Rest des Vormittags damit, seine Post zu erledigen und Berichte über zwei Fälle zu verfassen, die er gerade, beide nicht sehr erfolgreich, bearbeitete.

Kurz nach eins stand er auf, um in die Mittagspause zu gehen. Er ging die Treppe hinunter und durch die Eingangshalle. Dort stand kein Posten an der Tür, aber das war um die Mittagszeit, wenn die Büros geschlossen waren und Besucher keinen Zutritt hatten, nicht ungewöhnlich. Brunetti drückte den Knopf, der die große Glastür aufschloß, und öffnete sie. Die Kälte war in die Vorhalle gedrungen, und er schlug den Kragen hoch und versteckte sein Kinn im warmen Tuch seines Mantels. Den Kopf gesenkt, trat er hinaus ins Feuer.

Dieses zeigte sich zuerst in einem grellen Lichtblitz, dann noch einem und noch einem. Seine auf den Boden gerichteten Augen sahen Füße nahen, fünf oder sechs Paar, bis sein Weg verstellt war und er stehenbleiben und aufblicken mußte, um zu sehen, was los war.

Er fand sich eingekeilt von fünf Männern, die ihm Mikrophone entgegenstreckten. Dahinter tanzten in einem nicht so fest geschlossenen Kreis drei weitere Männer herum und hielten Videokameras auf ihn gerichtet, deren rote Lämpchen blinkten.

»Commissario, ist es wahr, daß Sie Ihre Frau festnehmen mußten?«

»Wird es zum Prozeß kommen? Hat Ihre Frau sich einen Anwalt genommen?«

»Und das mit der Scheidung? Stimmt das?«

Sie fuchtelten ihm mit ihren Mikrophonen vor dem Gesicht herum, aber er widerstand dem momentanen Drang, sie wütend wegzuschlagen. Angesichts seiner Überraschung begannen sie zu kreischen wie Tiere vorm Futtertrog, und ihre Fragen übertönten einander. Er konnte nur einzelne Satzfetzen heraushören: »Schwiegervater«, »Mitri«, »freie Wirtschaft«, »Behinderung der Justiz.«

Er steckte die Hände in die Manteltaschen, senkte den Kopf und setzte sich wieder in Bewegung. Er stieß mit der Brust gegen einen Menschenkörper, ging aber weiter, wobei er zweimal schwer auf fremde Füße trat. »... können doch nicht einfach weggehen ...«, »... Verpflichtung ...«, »Recht auf Information ...«

Wieder stellte sich ihm jemand in den Weg, aber er ging einfach weiter, den Blick gesenkt, diesmal um *nicht* auf Füße zu treten. An der ersten Ecke bog er nach links ab und wandte sich in Richtung Santa Maria Formosa, stetigen Schrittes und ohne den Anschein zu erwecken, daß er floh. Eine Hand packte ihn bei der Schulter, aber er schüttelte sie ebenso ab wie seinen ersten Drang, diese Hand von sich wegzureißen und ihren Besitzer an die Wand zu schleudern.

Sie folgten ihm noch ein paar Minuten, aber er verlangsamte weder seine Schritte, noch nahm er ihre Gegenwart überhaupt zur Kenntnis. Unvermittelt bog er nach rechts in eine schmale *calle* ein. Als Ortsunkundige mußten einige der Reporter wohl Angst vor der Dunkelheit und Enge in dieser Gasse bekommen haben, denn sie folgten ihm nicht hinein. Am Ausgang der *calle* wandte er sich nach links und ging am Kanal entlang, endlich von ihnen befreit.

Aus einer Telefonzelle auf dem Campo Santa Marina rief er zu Hause an und erfuhr von Paola, daß vor ihrem Haus ein Kamerateam Aufstellung genommen habe und drei Reporter vergeblich versucht hätten, sie lange genug am Eintreten zu hindern, um ein Interview von ihr zu bekommen.

»Dann esse ich irgendwo unterwegs«, sagte er.

»Es tut mir leid, Guido«, sagte sie. »Ich habe nicht ...« Sie hielt inne, aber er hatte in ihr Schweigen hinein nichts zu sagen.

Nein, sie hatte wohl nicht über die Folgen ihres Tuns nachgedacht. Eigentlich sonderbar bei einer so intelligenten Frau wie Paola.

»Was wirst du tun?« fragte sie.

»Ich gehe heute nachmittag wieder hin. Und du?«

»Ich muß erst übermorgen wieder unterrichten.«

»Du kannst nicht die ganze Zeit im Haus bleiben, Paola.«

»Mein Gott, das ist wie Gefängnis, nicht?«

»Gefängnis ist schlimmer.«

»Kommst du heute abend nach Hause? Nach Dienstschluß?«

»Natürlich.«

»Wirklich?«

Er wollte schon sagen, er habe ja sonst nichts, wohin er gehen könne, merkte aber rechtzeitig, daß sie das mißverstehen würde. Darum sagte er: »Ich habe sonst nichts, wohin ich gehen möchte.«

»Oh, Guido«, hörte er, und mit einem *»Ciao, amore«* legte sie auf.

10

Solche Sentimentalitäten nützten ihm aber nichts im Angesicht der Menge, die nach der Mittagspause auf seine Rückkehr zur Questura wartete. Vogelbilder kamen ihm in den Sinn, als er vom Ponte dei Greci her auf die versammelten Presseleute zuging: Krähen, Aasgeier, Harpyien, die sich dicht an dicht vor der Questura drängten; es fehlte nur noch ein verwesender Leichnam zu ihren Füßen, um das Bild zu vervollständigen.

Einer sah ihn und löste sich – Verräter! – von den Kollegen, ohne ihnen ein Zeichen zu geben, und eilte auf Brunetti zu, das Mikrophon wie einen Viehstachel vor sich gestreckt. »Commissario«, begann er, nur noch einen Meter von Brunetti entfernt, »hat Dottor Mitri die Absicht, Ihre Frau auf Schadenersatz zu verklagen?«

Brunetti blieb lächelnd stehen. »Ich glaube, das müssen Sie Dottor Mitri fragen.« Während er das sagte, sah er, wie das Rudel die Abwesenheit des Kollegen bemerkte und sich wie ein Mann ruckartig nach den Stimmen umdrehte. Sofort kamen alle angerannt und schwenkten ihre Mikrophone, als könnten sie noch ein Wort erhaschen, das um Brunetti herum in der Luft schwebte.

In der Hektik verfing sich einer der Kameraleute mit dem Fuß in einem Kabel, stürzte, und neben ihm fiel seine Kamera krachend zu Boden. Dabei löste sich das Objektiv von dem zerbrochenen Gehäuse und rollte wie eine Getränkedose, mit der Kinder Fußball spielen, aufs Kanalufer zu. Alle blieben stehen, wie gelähmt vor Überraschung oder anderen Empfindungen, und sahen zu, wie es auf die Treppe zurollte, die zum Wasser hinunterführte. Es erreichte die oberste Stufe, kullerte über die Kante, setzte kurz auf der nächsten auf, dann auf der dritten, und versank mit einem leisen Platschen im grünen Wasser des Kanals.

Brunetti machte sich den Augenblick allgemeiner Ablenkung zunutze und ging weiter auf den Eingang zur Questura zu, aber auch die Reporter berappelten sich schnell und versuchten ihn aufzuhalten. »Werden Sie aus dem Polizeidienst ausscheiden?« – »Stimmt es, daß Ihre Frau schon einmal festgenommen wurde?« – »... außergerichtlich beigelegt?«

Mit seinem schönsten Plastiklächeln ging er weiter. Er stieß sie nicht aus dem Weg, ließ sich aber auch nicht von seinem Ziel abbringen. Gerade als er die Eingangstür erreichte, ging diese auf, und heraus traten Vianello und Pucetti und bauten sich mit ausgebreiteten Armen beiderseits auf, um die Meute am Hereinkommen zu hindern.

Brunetti ging hinein, Vianello und Pucetti folgten ihm. »Wie die wilden Tiere?« meinte Vianello, mit dem Rücken zur Glastür. Anders als Orpheus drehte Brunetti sich nicht um und sprach auch nicht, sondern ging die Treppe zu seinem Zimmer hinauf. Er hörte Schritte hinter sich und sah, daß Vianello, immer zwei Stufen auf einmal nehmend, ihm nachgerannt kam. »Er will Sie sprechen.«

Noch im Mantel ging Brunetti zu Pattas Vorzimmer, wo Signorina Elettra, die heutige Ausgabe des *Gazzettino* vor sich ausgebreitet, an ihrem Schreibtisch saß. Er warf einen Blick darauf und sah auf der ersten Seite des Innenteils sein Foto, schon vor Jahren aufgenommen, neben dem von Paola, demselben, das sie in ihrem Personalausweis hatte. Signorina Elettra sagte: »Wenn Sie noch berühmter werden, muß ich Sie demnächst um ein Autogramm bitten.«

»Will der Vice-Questore das etwa auch?« fragte er lächelnd.

»Nein, ich glaube, er will Ihren Kopf.«

»Dachte ich mir doch fast«, sagte er und klopfte an Pattas Tür.

Pattas Stimme scholl heraus, unheildräuend. Wieviel einfacher wäre es doch, wenn sie mit der ganzen Operette Schluß machen könnten und fertig, dachte Brunetti. Als er eintrat, schoß ihm ein Satz aus Donizettis *Anna Bolena* durch den Kopf – »*Ah! Segnata è la mia sorte, se mi accusa chi condanna.* Wenn sie, die über mich urteilen, jene sind, die mich schon verurteilt haben, so bin ich verloren.« Großer Gott, wenn das keine Operette war!

»Sie wollten mich sprechen, Vice-Questore?« fragte er.

Patta saß hinter seinem Schreibtisch, sein Gesicht war ungerührt. Fehlte nur noch die schwarze Kopfbedeckung, die englische Richter auf ihre Perücken setzten, wenn sie einen Delinquenten zum Tode verurteilten. »Ja, Brunetti. Sie brauchen sich gar nicht erst hinzusetzen. Was ich Ihnen zu sagen habe, ist ganz kurz. Ich habe mit dem Questore gesprochen, und wir haben entschieden, Sie bis zur Beilegung dieser Sache vorläufig zu suspendieren.«

»Und was heißt das?«

»Es heißt, daß Sie nicht mehr in die Questura zu kommen brauchen, bis die Sache geregelt ist.«

»Geregelt?«

»Bis ein Urteil ergangen ist und Ihre Frau eine Geldstrafe bezahlt oder Dottor Mitri den Schaden ersetzt hat, den sie ihm finanziell und geschäftlich zugefügt hat.«

»Das setzt voraus, daß sie angeklagt und verurteilt wird«, sagte Brunetti, der wußte, wie wahrscheinlich beides war. Patta geruhte darauf nicht zu antworten. »Und das kann Jahre dauern«, ergänzte Brunetti, dem das Gerichtswesen nicht fremd war.

»Das bezweifle ich«, entgegnete Patta.

»Vice-Questore, in meinen Akten liegen Fälle, die schon seit über fünf Jahren anhängig sind und bis heute auf einen Verhandlungstermin warten. Ich wiederhole: Es kann Jahre dauern.«

»Das hängt ganz allein von Ihrer Frau ab, Commissario. Dottor Mitri war so entgegenkommend, ich würde sogar sagen, so freundlich, eine angemessene Lösung des Problems vorzuschlagen. Aber Ihre Frau hat sich offenbar entschieden, den Vorschlag nicht anzunehmen. Die Konsequenzen hat sie sich also selbst zuzuschreiben.«

»Mit Verlaub, Vice-Questore«, sagte Brunetti, »das stimmt nicht ganz.« Und bevor Patta etwas einwenden konnte, fuhr er fort: »Dottor Mitri hat mir eine Lösung angeboten, nicht meiner Frau. Wie ich schon sagte, ist das eine Entscheidung, die ich nicht für meine Frau treffen kann. Wenn er sich direkt an sie gewandt und sie es abgelehnt hätte, dann wäre das, was Sie sagen, richtig.«

»Haben Sie es ihr denn nicht gesagt?« fragte Patta, ohne seine Verblüffung zu verbergen.

»Nein.«

»Warum nicht?«

»Ich meine, es wäre Dottor Mitris Sache, das zu tun.«

Wieder war Pattas Überraschung nicht zu übersehen. Er überlegte eine Weile und meinte dann: »Ich werde es ihn wissen lassen.«

Brunetti nickte, ob dankbar oder nur zur Bestätigung, wußte keiner von beiden. »Ist das dann alles, Vice-Questore?« fragte er.

»Ja. Aber betrachten Sie sich dennoch als vorläufig suspendiert. Ist das klar?«

»Ja, Vice-Questore«, sagte Brunetti, obwohl er keine Ahnung hatte, was es bedeutete, außer daß er nicht mehr als Polizist arbeiten durfte, genaugenommen also arbeitslos war. Er sagte erst gar nicht noch etwas zu Patta, sondern drehte sich um und ging.

Draußen saß Signorina Elettra noch immer an ihrem Schreibtisch, aber inzwischen las sie in einer Zeitschrift, da sie mit dem *Gazzettino* fertig war. Sie sah zu ihm auf, als er herauskam.

»Wer hat die Presse informiert?«

Sie schüttelte den Kopf. »Keine Ahnung. Wahrscheinlich der Tenente.« Sie warf einen kurzen Blick zu Pattas Tür.

»Vorläufig suspendiert.«

»So was habe ich ja noch nie gehört«, sagte sie. »Das hat man wohl eigens zu diesem Anlaß erfunden. Was wollen Sie machen, Commissario?«

»Nach Hause gehen und lesen«, antwortete er, und mit der Antwort kam der Gedanke und mit dem Gedanken der Wunsch. Er brauchte nur noch an den Reportern draußen vorbeizukommen und ihren Kameras und ihrer Fragerei auszuweichen, dann konnte er nach Hause gehen und so lange lesen, bis Paola sich entschieden hatte oder die Sache beigelegt war. Er konnte sich von seinen Büchern aus der Questura entführen lassen, aus Venedig, aus diesem schäbigen Jahrhundert voll billiger Sentimentalität und Blutrünstigkeit, und sich in Welten zurückversetzen, in denen sein Geist sich wohler fühlte.

Signorina Elettra lächelte, denn sie glaubte aus seiner Antwort einen Scherz herauszuhören, und wandte sich wieder ihrer Zeitschrift zu.

Er ging nicht einmal mehr in sein Dienstzimmer, sondern geradewegs aus der Questura hinaus. Merkwürdigerweise waren die Reporter verschwunden, und davon, daß sie vorhin noch dagewesen waren, kündeten nur noch ein paar Plastikstückchen und ein zerrissener Kamerariemen.

II

Er fand die versprengten Reste der Rotte vor seinem Haus, als er dort ankam; drei von ihnen waren dieselben, die schon versucht hatten, ihn vor der Questura ins Verhör zu nehmen. Er machte keine Anstalten, die Fragen zu beantworten, die sie ihm zuschrien, sondern drängte sich an ihnen vorbei und zückte seinen Schlüssel, um das Schloß des großen Portals zur Eingangshalle aufzuschließen. Eine Hand kam von hinten hervorgeschossen, packte seinen Arm und versuchte seine Hand vom Türschloß wegzuziehen.

Brunetti warf sich herum, den großen Schlüsselbund wie eine Waffe in der erhobenen Hand. Der Reporter sah die Schlüssel gar nicht, nur Brunettis Gesicht, und wich zurück, eine Hand beschwichtigend nach vorn gestreckt. »Entschuldigung, Commissario«, sagte er mit einem Lächeln, das so falsch war wie seine Worte. Die anderen hörten nackte Angst in seiner Stimme und reagierten instinktiv. Keiner sagte einen Ton. Brunetti sah in die Gesichter ringsum. Kein Blitzlicht flammte auf, und die Videokameras blieben unten.

Brunetti drehte sich wieder um und steckte den Schlüssel ins Türschloß. Er schloß auf, trat in die Eingangshalle, machte die Tür zu und lehnte sich mit dem Rücken dagegen. Seine Brust, sein ganzer Oberkörper war bedeckt vom Schweiß der plötzlichen Wut, und sein Herz pochte wie wild. Er knöpfte seinen Mantel auf und ließ sich von der feuchtkalten Luft im Treppenhaus abkühlen. Dann stieß er sich mit den Schultern von der Tür ab und ging die Treppe hinauf.

Paola mußte ihn kommen gehört haben, denn sie öffnete die Wohnungstür, als er an den letzten Treppenabsatz kam. Sie hielt sie ihm auf, und als er in der Wohnung war, nahm sie ihm den

Mantel ab und hängte ihn weg. Er bückte sich und küßte sie auf die Wange; ihr Duft war angenehm.

»Na?« fragte sie.

»Vorläufige Suspendierung oder wie das heißt. Eigens aus diesem Anlaß erfunden, nehme ich an.«

»Und das bedeutet?« fragte sie, während sie neben ihm her ins Wohnzimmer ging.

Er ließ sich aufs Sofa fallen und streckte die Beine aus. »Das heißt, ich muß zu Hause bleiben, bis du dich mit Mitri irgendwie geeinigt hast.«

»Geeinigt?« fragte sie, wobei sie sich zu ihm auf die Sofakante setzte.

»Patta scheint der Meinung zu sein, du solltest Mitri die Scheibe bezahlen und dich entschuldigen.« Er dachte an Mitri und verbesserte sich. »Oder nur die Scheibe bezahlen.«

»Eine oder zwei?« wollte sie wissen.

»Spielt das eine Rolle?«

Sie blickte zu Boden und strich mit dem Fuß den Rand des Teppichs glatt, der vor dem Sofa lag. »Nein, eigentlich nicht. Ich kann ihm keine Lira geben.«

»Kannst oder willst nicht?«

»Kann nicht.«

»Nun, dann werde ich wohl endlich einmal Zeit haben, Gibbon zu lesen.«

»Und das soll heißen?«

»Daß ich zu Hause bleiben werde, bis die Sache geregelt ist, entweder privat oder gerichtlich.«

»Wenn sie mir eine Geldstrafe aufbrummen, bezahle ich sie«, sagte sie, und es klang so schön nach braver Staatsbürgerin, daß Brunetti grinsen mußte.

Immer noch lächelnd, sagte er: »Ich glaube, es war Voltaire, der so etwas Ähnliches gesagt hat wie: ›Ich mißbillige, was Ihr sagt, aber Euer Recht, es zu sagen, werde ich bis an mein Ende verteidigen.‹«

»Solche Sachen hat Voltaire viele gesagt. Hört sich gut an. Er hatte es überhaupt an sich, Dinge zu sagen, die sich gut anhörten.«

»Du scheinst aber skeptisch zu sein.«

Sie zuckte die Achseln. »Ich bin immer skeptisch bei noblen Sprüchen.«

»Besonders, wenn sie von Männern kommen?«

Sie beugte sich zu ihm hinüber und nahm seine Hand. »Das hast du gesagt, nicht ich.«

»Darum ist es nicht weniger wahr.«

Sie zuckte erneut die Achseln. »Willst du wirklich Gibbon lesen?«

»Das wollte ich schon immer mal. Aber ich denke, ich lese lieber die Übersetzung. Sein Stil ist mir ein bißchen zu onduliert.«

»Das ist doch das Schöne daran.«

»Hochtrabendes Geschwätz kann ich genug in den Zeitungen lesen; das brauche ich nicht auch noch in einem Geschichtsbuch.«

»Die Zeitungen werden das genüßlich auswalzen, wie?« meinte sie.

»Es hat schon so lange keiner mehr versucht, Andreotti zu verhaften, und über irgend etwas müssen die ja schreiben, oder?«

»Anzunehmen.« Sie stand auf. »Kann ich dir etwas bringen?«

Brunetti, der wenig und ohne Genuß zu Mittag gegessen hatte, sagte: »Ein Sandwich und ein Glas Dolcetto.« Er bückte sich und schnürte seine Schuhe auf. Als Paola zur Tür ging, rief er ihr nach: »Und den ersten Band Gibbon.«

Zehn Minuten später war sie mit allen drei Dingen zurück, und er genoß es ungeniert, legte sich lang aufs Sofa, das Glas auf dem Tischchen daneben, den Teller auf der Brust, während er das Buch aufschlug und zu lesen anfing. Sein *panino* war mit Speck und Tomate belegt, dazwischen dünne Scheiben von einem mittelalten Pecorino. Nach ein paar Minuten kam Paola herein und schob ihm eine Stoffserviette unters Kinn, gerade rechtzeitig, um ein Stück Tomate aufzufangen, das ihm vom Brot fiel. Er legte das Sandwich auf den Teller, griff nach dem Glas und trank einen großen Schluck. Dann wandte er sich seiner Lektüre zu und las das hochtrabende Anfangskapitel mit seiner politisch inkorrekten Lobeshymne auf die Glorie des Römischen Reiches.

Nach einer Weile, als Gibbon gerade erklärte, mit welcher Toleranz der Polytheist alle Religionen gelten läßt, kam Paola und füllte sein Glas nach. Sie nahm ihm den leeren Teller und die Serviette von der Brust und ging wieder in die Küche. Gibbon hatte zweifellos noch etwas über die Ergebenheit der braven römischen Hausfrau zu sagen. Brunetti freute sich schon darauf, es zu lesen.

Am nächsten Tag las er abwechselnd Gibbon und die überregionalen und lokalen Zeitungen, die ihm die Kinder von draußen mitbrachten. *Il Gazzettino,* dessen Reporter seinen Arm von der Tür hatte wegziehen wollen, geiferte über den Machtmißbrauch städtischer Behörden, Brunettis Mißachtung des Rechts der Presse auf freie Information, seine Arroganz, seinen Hang zur Gewalttätigkeit. Paolas Motiv, das zu kennen sie vorgaben, wurde verächtlich gemacht, und hart ging die Zeitung mit diesem Geist der Selbstjustiz ins Gericht und stellte sie als eine Frau dar, der es nur um das Aufsehen ging, wodurch sie völlig ungeeignet für ihre Stellung als Universitätsprofessorin sei. Daß Paola selbst nie dazu gehört worden war, wurde in dem Artikel nicht erwähnt. Die größeren Zeitungen ereiferten sich nicht so sehr, aber überall wurde die Geschichte als Beispiel für die gefährliche Tendenz von Privatpersonen dargestellt, im irregeleiteten Streben nach einem falschen Begriff von »Gerechtigkeit« die legitime Macht des Staates in Frage zu stellen, wobei das Wort »Gerechtigkeit« unfehlbar zwischen den Anführungszeichen ihrer Verachtung stand.

Nachdem Brunetti die Zeitungen gelesen hatte, wandte er sich wieder seinem Buch zu, und aus dem Haus ging er nicht ein einziges Mal. Auch Paola nicht, die meist in ihrem Arbeitszimmer saß und die Dissertation eines Studenten durchging, der sich unter ihrer Anleitung auf sein Examen vorbereitete. Die Kinder, wiewohl von ihren Eltern über die Vorgänge aufgeklärt, kamen und gingen ungestört, erledigten die Einkäufe, holten die Zeitungen und benahmen sich angesichts dieser Störung des Familienlebens überhaupt ganz tadellos.

Am zweiten Tag gestattete Brunetti sich nach dem Mittagessen ein langes Schläfchen und legte sich dazu sogar richtig ins Bett, statt sich einfach auf dem Sofa auszustrecken und abzuwarten, ob ihn der Schlaf mehr oder weniger zufällig überkam. Am Nachmittag klingelte ein paarmal das Telefon, aber er überließ es Paola, die Gespräche anzunehmen. Wenn Mitri oder sein Anwalt anrief, würde sie es ihm schon erzählen, vielleicht aber auch nicht.

Am dritten Tag dieser Einsiedelei, wie Brunetti es im stillen nannte, klingelte das Telefon kurz nach dem Frühstück. Nach einigen Minuten kam Paola ins Wohnzimmer und sagte, es sei für ihn.

Er beugte sich auf dem Sofa vor, ohne die Beine herunterzunehmen, und angelte sich den Hörer. *»Sì?«*

»Vianello hier, Commissario. Hat man Sie schon angerufen?«

»Wer?«

»Die Kollegen, die letzte Nacht Dienst hatten.«

»Nein. Warum?«

Was Vianello sagen wollte, wurde von lauten Stimmen im Hintergrund übertönt.

»Wo sind Sie, Vianello?«

»Unten in der Bar, bei der Brücke.«

»Was ist denn los?«

»Mitri wurde gestern abend umgebracht.«

Jetzt setzte Brunetti sich doch auf und stellte die Füße auf den Boden. »Wie? Wo?«

»Bei sich zu Hause. Garottiert – so sieht es jedenfalls aus. Jemand muß sich von hinten angeschlichen und ihn erdrosselt haben. Womit, weiß man nicht, denn sie haben es mitgenommen. Aber«, sagte er, und wieder wurde seine Stimme von Geräuschen übertönt, die offenbar aus einem Radio kamen.

»Was war?« fragte Brunetti, als der Lärm wieder verstummt war.

»Sie haben einen Zettel neben der Leiche gefunden. Ich habe ihn nicht gesehen, aber wie Pucetti sagt, stand da etwas von Pädophilen und den Leuten drauf, die ihnen helfen. Etwas von Gerechtigkeit.«

»Gesù bambino«, flüsterte Brunetti. »Wer hat ihn gefunden?«

»Corvi und Alvise.«

»Wer hatte sie gerufen?«

»Seine Frau. Sie war von einem Essen mit Freunden zurückgekommen und fand ihn in der Küche auf dem Fußboden.«

»Mit wem war sie zum Essen?«

»Das weiß ich nicht, Commissario. Ich weiß nur das wenige, was Pucetti mir sagen konnte, und der wußte auch nur, was Corvi ihm erzählt hat, bevor er heute morgen seinen Dienst beendete.«

»Wem ist der Fall übertragen worden?«

»Ich glaube, Scarpa ist hingefahren und hat sich die Leiche angesehen, nachdem Corvi die Questura angerufen hatte.«

Brunetti sagte nichts dazu, obwohl es ihn wunderte, daß Pattas persönlicher Assistent damit beauftragt wurde. »Ist der Vice-Questore schon da?«

»Als ich vor ein paar Minuten wegging, war er noch nicht da, aber Scarpa hat ihn zu Hause angerufen und ihm von der Sache berichtet.«

»Ich komme«, sagte Brunetti, wobei er schon mit den Füßen nach seinen Schuhen angelte.

Vianello schwieg lange, doch dann sagte er: »Ja, ich glaube, das ist besser.«

»Zwanzig Minuten.« Brunetti legte auf.

Er band seine Schuhe und ging in den hinteren Teil der Wohnung. Die Tür zu Paolas Arbeitszimmer stand offen, eine unausgesprochene Einladung an ihn, hereinzukommen und ihr von dem Anruf zu berichten. »Das war Vianello«, sagte er, als er eintrat.

Sie blickte auf, sah sein Gesicht, legte das Blatt beiseite, das sie gerade las, schraubte ihren Füllfederhalter zu und legte ihn auf den Schreibtisch. »Was hat er gesagt?«

»Mitri ist gestern abend ermordet worden.«

Sie warf sich auf ihrem Stuhl nach hinten, als hätte jemand eine drohende Hand nach ihr gestoßen. »Nein!«

»Pucetti hat etwas von einem Zettel erzählt, auf dem von Pädophilen und Gerechtigkeit die Rede war.«

Ihr Gesicht wurde starr, dann hielt sie sich den Handrücken vor den Mund. *»O Madonna Santa.«* Dann flüsterte sie hinter der vorgehaltenen Hand hervor: »Wie?«

»Erdrosselt.«

Sie schüttelte mit geschlossenen Augen den Kopf. »O mein Gott, nein!«

Brunetti wußte, daß jetzt der richtige Augenblick war. »Paola«, sagte er, »bevor du das gemacht hast, hast du da mit irgend jemandem darüber gesprochen? Oder gibt es jemanden, der dir zugeredet hat?«

»Wie meinst du das?«

»Hast du ganz allein auf eigene Faust gehandelt?«

Er sah, wie ihr Blick sich veränderte, ihre Pupillen sich vor Schreck weiteten. »Du willst wissen, ob irgend jemand, den ich kenne, ein Fanatiker, davon wußte, daß ich die Schaufensterscheibe einschlagen wollte? Und dann hingegangen ist und ihn umgebracht hat?«

»Paola«, sagte er, sehr um einen sachlichen Ton bemüht, »ich frage dich das, um schon einmal eine Möglichkeit auszuschließen, bevor jemand anders zwei und zwei zusammenzählt und dich dasselbe fragt.«

»Da gibt es nichts zusammenzuzählen«, antwortete sie ohne Zaudern, aber mit ironischer Betonung auf dem letzten Wort.

»Also niemand?«

»Nein. Ich habe darüber mit niemandem gesprochen. Es war einzig und allein meine Entscheidung. Und keine leichte.«

Er nickte. Wenn sie es allein getan hatte, dann mußte jemand durch die Art, wie die Presse damit umging, sich angeregt oder aufgestachelt gefühlt haben. Himmel, dachte er, wir gehen schon denselben Weg wie Amerika, wo die Polizei in Angst vor Nachahmungstätern lebt, wo schon die Erwähnung eines Verbrechens genügt, um zur Nachahmung anzuregen. »Ich gehe in die Questura«, sagte er. »Ich weiß noch nicht, wann ich zurück sein werde.«

Sie nickte, blieb aber an ihrem Schreibtisch sitzen und sagte nichts.

Brunetti ging über den Flur, nahm seinen Mantel und verließ die Wohnung. Niemand wartete draußen, aber er wußte, daß der Waffenstillstand bald enden würde.

12

Er endete vor der Questura, deren Eingangstür von einer Dreierreihe aus Reportern blockiert war. Ganz vorn standen die Männer und Frauen mit Notizblöcken, dahinter die mit den Mikrophonen und hinter diesen, der Tür am nächsten, die Phalanx der Videokameras, davon zwei auf Stativen, und über dem Ganzen die Scheinwerfer.

Einer der Männer sah Brunetti kommen und drehte das leere Kameraauge in seine Richtung. Brunetti tat, als sehe er es nicht, ebensowenig wie die Leute um ihn herum. Seltsamerweise stellte ihm keiner eine Frage oder richtete das Wort an ihn; sie streckten ihm nur ihre Mikrophone entgegen und ließen es schweigend geschehen, daß er wie Moses ungehindert durch die geteilten Wasser ihrer Neugier in die Questura ging.

Drinnen salutierten Alvise und Riverre, als sie ihn erblickten, wobei Alvise sein Erstaunen darüber nicht verbergen konnte, ihn hier zu sehen.

»*Buon dì*, Commissario«, sagte Riverre, und sein Partner sprach es ihm nach.

Brunetti nickte den beiden nur kurz zu, weil er wußte, daß es Zeitverschwendung wäre, Alvise etwas zu fragen, und ging die Treppe hinauf zu Pattas Zimmer. Im Vorzimmer telefonierte Signorina Elettra gerade, als er hereinkam. Sie nickte ihm zu, nicht im mindesten überrascht, und hob die Hand, um ihn aufzuhalten. »Ich hätte das gern bis heute nachmittag«, sagte sie, wartete auf die Antwort ihres Gesprächspartners, verabschiedete sich und legte auf. »Herzlich willkommen, Commissario«, sagte sie zu Brunetti.

»Bin ich das wirklich?«

Sie zog fragend die Augenbrauen hoch.

»Ich meine, ob ich willkommen bin«, erklärte er.

»Mir auf jeden Fall. Beim Vice-Questore weiß ich es nicht, aber er hat heute schon gefragt, ob Sie kommen würden.«

»Was haben Sie ihm geantwortet?«

»Daß ich Sie jeden Moment erwarte.«

»Und?«

»Er schien erleichtert.«

»Gut.« Brunetti war ebenfalls erleichtert. »Was ist mit Tenente Scarpa?«

»Er ist seit seiner Rückkehr vom Tatort beim Vice-Questore.«

»Wann war das?«

»Der Anruf von Signora Mitri wurde um zweiundzwanzig Uhr siebenundzwanzig registriert. Corvi hat ihn um dreiundzwanzig Uhr drei verständigt.« Sie blickte kurz auf einen Zettel, den sie vor sich liegen hatte. »Tenente Scarpa war um Viertel nach elf hier und hat sich gleich zu den Mitris begeben. Zurückgekommen ist er erst wieder um eins.«

»Und er ist schon die ganze Zeit da drin?« fragte Brunetti, wobei er mit dem Kinn nach der Tür zu Pattas Zimmer wies.

»Seit heute früh halb neun«, antwortete Signorina Elettra.

»Da hat Warten wohl keinen Sinn«, meinte Brunetti, ebenso zu sich selbst wie zu ihr, und ging zur Tür. Er klopfte; Pattas Stimme rief ihn sofort hinein.

Brunetti drückte die Tür auf und trat ein. Patta posierte wie immer hinter seinem Schreibtisch; das Licht, das durchs Fenster hinter ihm hereinfiel, wurde von der Schreibtischplatte so reflektiert, daß es dem, der ihm gegenübersaß, in die Augen schien.

Tenente Scarpa stand neben seinem Chef, seine Haltung so aufrecht, seine Uniform so perfekt gebügelt, daß er Maximilian Schell in einer seiner Rollen als guter Nazi erschreckend ähnlich sah.

Patta begrüßte Brunetti mit einem Nicken und winkte ihn auf den Stuhl vor seinem Schreibtisch. Brunetti rückte den Stuhl ein wenig zur Seite, so daß der Teil der Schreibtischplatte, vor dem er saß, in Scarpas Schatten lag. Der Tenente trat von einem Fuß auf den anderen und machte einen kleinen Schritt nach rechts, woraufhin Brunetti ein Stückchen weiter nach links rückte und sich ein wenig zur Seite drehte.

»Guten Morgen, Vice-Questore«, sagte Brunetti. Scarpa nickte er nur zu.

»Sie haben es also gehört?« fragte Patta.

»Ich habe nur gehört, daß er umgebracht wurde. Darüber hinaus weiß ich nichts.«

Patta sah zu Scarpa auf. »Setzen Sie ihn ins Bild, Tenente.«

Scarpa sah zuerst zu Brunetti, dann zu Patta, und als er zu sprechen anfing, tat er dies mit einer kleinen Verneigung in Pattas Richtung. »Mit allem Respekt, Vice-Questore, aber ich dachte, der Commissario sei vorläufig suspendiert.« Als Patta nichts sagte, fuhr er fort: »Ich wußte nichts davon, daß er in diese Ermittlung wieder eingeschaltet werden sollte. Und wenn ich mir die Bemerkung erlauben darf: Die Presse könnte es eigenartig finden, daß er den Fall übertragen bekommt.«

Brunetti fand es interessant, daß die ganze Geschichte, zumindest in Scarpas Vorstellung, als ein einziger Fall angesehen wurde. Ob damit wohl die Ansicht des Tenente zum Ausdruck kam, daß Paola irgendwie in den Mord verstrickt sein müsse?

»Ich entscheide, wer welchen Fall bearbeitet, Tenente«, sagte Patta gelassen. »Berichten Sie dem Commissario, was passiert ist.«

»Ja, Vice-Questore«, antwortete Scarpa unbewegt. Er richtete sich noch etwas gerader auf und begann zu erklären: »Corvi rief mich kurz nach dreiundzwanzig Uhr an, und ich begab mich sofort zu Mitris Haus. Dort angekommen, fand ich seine Leiche in der Küche auf dem Fußboden. Soweit ich feststellen konnte, schien er erdrosselt worden zu sein, obwohl von einer Mordwaffe nirgendwo etwas zu sehen war.« Scarpa hielt inne und sah Brunetti an, doch als der Commissario schwieg, fuhr er fort: »Ich habe mir die Leiche angesehen und dann sofort Dottor Rizzardi rufen lassen, der nach ungefähr einer halben Stunde kam. Er bestätigte meine Ansicht über die Todesursache.«

»Konnte er irgendeine Meinung dazu äußern, womit Mitri erdrosselt worden war?« unterbrach Brunetti.

»Nein.«

Brunetti fiel auf, daß Scarpa ihn nicht mit seinem Titel ansprach, aber er ließ es durchgehen. Er brauchte sich nicht erst zu fragen, wie der Tenente wohl mit Dottor Rizzardi umgesprungen war, von dem man allgemein wußte, daß er ein freundschaftliches Verhältnis zu Brunetti hatte, und so wunderte es ihn nicht, zu hören, daß Rizzardi nicht willens gewesen war, eine vorschnelle Vermutung zur Frage der Tatwaffe zu äußern.

»Und die Autopsie?« fragte Brunetti.

»Heute, wenn möglich.«

Brunetti nahm sich vor, Rizzardi gleich nach diesem Gespräch anzurufen. Es würde sicher möglich sein.

»Darf ich fortfahren, Vice-Questore?« fragte Scarpa, an Patta gewandt.

Patta sah Brunetti lange an, wie um sich zu erkundigen, ob der Commissario noch weitere störende Fragen habe, doch als Brunetti diesen Blick ignorierte, wandte er sich zu Scarpa um und sagte: »Natürlich.«

»Mitri war an dem Abend allein zu Hause. Seine Frau war mit Freunden essen gegangen.«

»Warum war Mitri nicht mit dabei?« fragte Brunetti.

Scarpa sah Patta an, als wollte er wissen, ob er Brunettis Fragen beantworten solle. Als Patta nickte, erklärte Scarpa: »Seine Frau hat gesagt, es seien alte Freunde von ihr gewesen, noch aus der Zeit vor ihrer Ehe, und Mitri habe sie selten begleitet, wenn sie zusammen essen gingen.«

»Kinder?« fragte Brunetti.

»Eine Tochter, aber die lebt in Rom.«

»Dienstboten?«

»Das steht doch alles im Bericht«, sagte Scarpa patzig, aber mit Blick zu Patta, nicht zu Brunetti.

»Dienstboten?« wiederholte Brunetti.

Scarpa schwieg kurz, aber dann antwortete er: »Nein. Jedenfalls keine, die mit im Haushalt leben. Zweimal die Woche kommt eine Frau zum Saubermachen.«

Brunetti stand auf. »Wo ist die Ehefrau?« fragte er Scarpa.

»Als ich ging, war sie noch im Haus.«

»Danke, Tenente«, sagte Brunetti. »Ich hätte gern eine Kopie von Ihrem Bericht.«

Scarpa nickte, sagte aber nichts.

»Ich muß mit der Frau sprechen«, sagte Brunetti zu Patta, und bevor der Vice-Questore es aussprechen konnte, fügte er hinzu: »Ich werde behutsam mit ihr umgehen.«

»Und Ihre Frau?« fragte Patta.

Diese Frage konnte vielerlei Bedeutungen haben, aber Brunetti entschied sich, auf die naheliegendste zu antworten. »Sie war den ganzen gestrigen Abend zu Hause, mit mir und den Kindern. Keiner von uns hat nach halb acht, als unser Sohn vom Lernen mit einem Freund zurückkam, die Wohnung verlassen.« Hier legte Brunetti eine Pause ein, um abzuwarten, ob Patta sonst noch eine Frage hatte, und als das nicht der Fall zu sein schien, ging er ohne ein weiteres Wort aus dem Zimmer.

Signorina Elettra sah von einem Stapel Papiere auf ihrem Schreibtisch hoch und fragte, ohne ihre Neugier verhehlen zu wollen: »Nun?«

»Ich habe den Fall«, sagte Brunetti.

»Aber das ist doch verrückt«, entfuhr es Signorina Elettra, ehe sie sich bremsen konnte. Dann fügte sie hastig hinzu: »Ich meine, die Presse wird sich überschlagen, wenn sie das erfährt.«

Brunetti zuckte die Achseln. Gegen die Purzelbäume der Presse war sowieso nicht viel zu machen. Ohne auf ihre Bemerkung einzugehen, fragte er: »Haben Sie die Informationen, die zu beschaffen ich Ihnen verboten hatte?«

Er sah sie an, während sie die Frage mitsamt den eventuellen Folgen bedachte: Vorwurf des Ungehorsams, Mißachtung eines Befehls von einem Vorgesetzten, Entlassungsgrund, Ende ihrer Karriere. »Natürlich, Commissario«, antwortete sie.

»Können Sie mir eine Kopie geben?«

»Das dauert ein paar Minuten. Ich habe sie da drin versteckt«, erklärte sie mit einer Handbewegung zum Bildschirm ihres Computers.

»Wo?«

»In einer Datei, an die außer mir keiner herankommt, glaube ich.«

»Gar niemand?«

»Oh«, meinte sie hochmütig, »höchstens vielleicht jemand, der so gut ist wie ich.«

»Ist das denkbar?«

»Nein, nicht hier.«

»Fein. Würden Sie mir dann den Ausdruck bringen, wenn Sie ihn haben?«

»Gern, Commissario.«

Er hob kurz die Hand und ging wieder nach oben.

Als erstes rief er Rizzardi an und erreichte den Pathologen in seinem Büro im Krankenhaus. »Hatten Sie schon Zeit?« fragte Brunetti, nachdem sie sich begrüßt hatten.

»Nein, aber in etwa einer Stunde kann ich darangehen. Vorher habe ich noch einen Selbstmord. Ein junges Mädchen, erst sechzehn. Ihr Freund hat sie verlassen, und da hat sie sämtliche Schlaftabletten ihrer Mutter geschluckt.«

Brunetti fiel ein, daß Rizzardi spät geheiratet hatte und seine Kinder noch Teenager waren. Zwei Töchter, soviel er wußte. »Armes Mädchen«, sagte er.

»Ja.« Rizzardi ließ eine kurze Pause eintreten, bevor er

weitersprach. »Ich glaube, es gibt keinen Zweifel. Könnte ein dünner Draht gewesen sein, wahrscheinlich mit Plastik ummantelt.«

»Wie ein Elektrokabel?«

»Das ist anzunehmen. Wenn ich es mir erst genauer ansehen kann, weiß ich mehr. Es könnte sogar eines dieser Doppelkabel für Stereolautsprecher gewesen sein. Da sind schwache Spuren eines zweiten Eindrucks, parallel zu dem anderen, aber es könnte auch sein, daß der Mörder nur mal einen Moment locker gelassen hat, um nachzufassen. Unter dem Mikroskop werde ich das besser sehen.«

»Mann oder Frau?« fragte Brunetti.

»Sowohl als auch. Ich meine, es könnte sowohl ein Mann als auch eine Frau gewesen sein. Wenn man mit einer Schnur von hinten kommt, hat das Opfer keine Chance; wie stark man ist, spielt dabei keine Rolle. Aber erdrosseln, das tun meist Männer. Ich glaube, Frauen sind sich nicht sicher, ob sie genug Kraft dafür haben.«

»Dafür wollen wir wenigstens dankbar sein«, meinte Brunetti.

»Und wie es aussieht, könnte etwas unter den Fingernägeln seiner linken Hand sein.«

»Etwas?«

»Haut, wenn wir Glück haben. Oder Flusen von dem, was der Mörder anhatte. Wenn ich es mir genauer ansehe, werde ich es wissen.«

»Würde das reichen, um jemanden zu identifizieren?«

»Wenn Sie diesen Jemand finden, ja.«

Brunetti dachte darüber kurz nach, dann fragte er: »Die Tatzeit?«

»Das weiß ich erst, wenn ich ihn von innen gesehen habe. Aber seine Frau hat ihn um halb acht noch lebend gesehen, als sie aus dem Haus ging, und dann hat sie ihn bei ihrer Rückkehr kurz nach zehn gefunden. Da bestehen also kaum Zweifel, und ich werde nichts finden können, was den Zeitpunkt genauer bestimmt.« Rizzardi unterbrach sich, hielt die Hand über die Sprechmuschel und sprach mit jemandem, der bei ihm im Zimmer war. »Ich muß jetzt gehen. Sie liegt auf dem Tisch.« Noch bevor Brunetti ihm danken konnte, sagte Rizzardi: »Ich schikke Ihnen den Bericht morgen rüber.« Dann legte er auf.

So sehr Brunetti darauf brannte, mit Signora Mitri zu sprechen, zwang er sich doch, an seinem Platz zu bleiben, bis Signorina Elettra ihm die Informationen über Mitri und Zambino heraufbrachte, was sie nach etwa fünf Minuten tat.

Sie kam herein, nachdem sie angeklopft hatte, und legte ihm schweigend zwei Mappen auf den Schreibtisch. »Wieviel davon ist Allgemeinwissen?« fragte Brunetti mit einem Blick auf die Papiere.

»Das meiste stammt aus Zeitungen«, antwortete sie. »Aber einiges kommt von ihren Banken und aus den Gesellschaftsregistern verschiedener Firmen.«

Brunetti konnte es sich nicht verkneifen. »Woher wissen Sie das?«

Da sie aus seinem Ton nur Neugier, kein Lob heraushörte, lächelte sie nicht. »Ich habe Freunde bei Banken und in der Stadtverwaltung. Gelegentlich kann ich sie bitten, mir die eine oder andere Frage zu beantworten.«

»Und womit revanchieren Sie sich?« stellte Brunetti endlich die Frage, die schon seit Jahren in ihm umging.

»Die meisten Informationen, die wir hier haben, sind sehr bald darauf Allgemeinwissen, Commissario, oder zumindest öffentlich bekannt.«

»Das beantwortet meine Frage nicht, Signorina.«

»Ich gebe niemals polizeiliche Informationen an Leute, die keinen Anspruch darauf haben.«

»Einen rechtlichen oder moralischen?« fragte Brunetti.

Sie sah ihn lange nachdenklich an, dann antwortete sie: »Einen rechtlichen.«

Brunetti wußte, daß man bestimmte Informationen nur mit

anderen Informationen bezahlen konnte, darum bohrte er weiter: »Wie kommen Sie dann an das alles hier?«

Sie überlegte kurz. »Ich berate meine Freunde auch über effizientere Methoden der Informationsbeschaffung.«

»Und was heißt das in Normalsprache?«

»Ich bringe ihnen bei, wie und wo man am besten schnüffelt.« Bevor Brunetti dazu etwas sagen konnte, fuhr sie fort: »Aber ich habe noch nie – wirklich noch *nie,* Commissario – irgend jemandem eine Information gegeben, weder Freunden noch Leuten, die nicht meine Freunde sind, mit denen ich aber Informationen austausche. Und ich möchte, daß Sie mir das glauben.«

Er nickte zum Zeichen, daß er dazu willens war, und widerstand der Versuchung, zu fragen, ob sie schon einmal jemandem erklärt hatte, wie man an polizeiliche Informationen herankam. Statt dessen tippte er mit dem Finger auf die Mappen. »Kommt da noch mehr?«

»Vielleicht noch eine längere Klientenliste von Zambino, aber ich glaube, über Mitri gibt es nichts mehr zu erfahren.«

Aber natürlich gibt es das, dachte Brunetti bei sich: Es gab noch den Grund, warum ihm jemand ein Kabel um den Hals gelegt und zugezogen hatte, bis ihm das Lebenslicht ausging. »Dann sehe ich mir das jetzt mal an«, sagte er.

»Ich denke, es ist alles klar, aber wenn Sie noch Fragen haben, wenden Sie sich ruhig an mich.«

»Weiß noch jemand, daß Sie mir diese Sachen gegeben haben?«

»Natürlich nicht«, sagte sie und ging.

Er nahm sich zuerst den dünneren Ordner vor: Zambino. Der Anwalt stammte aus Modena und hatte nach dem Studium vor knapp zwanzig Jahren in Venedig zu praktizieren angefangen. Er war auf Gesellschaftsrecht spezialisiert und hatte sich in der Stadt einen Namen damit gemacht. Signorina Elettra hatte eine Liste seiner bekannteren Klienten beigelegt; Brunetti kannte nicht wenige von ihnen. Ein erkennbares Muster gab es nicht, und gewiß arbeitete Zambino nicht nur für die Betuchten: Die Liste enthielt so viele Kellner und Handelsvertreter wie Ärzte und Banker. Zwar übernahm er auch immer wieder ein paar Strafrechtsfälle, aber seine Haupteinnahmequelle waren die handelsrechtlichen Verfahren, von denen Vianello schon gesprochen hatte. Zambino war seit zwanzig Jahren mit einer Lehrerin verheiratet und hatte vier Kinder, von denen keines je mit der Polizei zu tun gehabt hatte. Außerdem war er, wie Brunetti feststellte, kein reicher Mann; zumindest hatte er eventuelle Reichtümer nicht in Italien angelegt.

Das unselige Reisebüro am Campo Manin gehörte Mitri seit sechs Jahren, wenngleich er mit dessen Alltagsgeschäften paradoxerweise nichts zu tun hatte. Ein Geschäftsführer, der die Agenturlizenz von ihm gepachtet hatte, kümmerte sich um alles Praktische; offenbar war er es, der die Reisen vermittelte, die Paola zu ihrer Tat provoziert und anscheinend zu dem Mord an Mitri geführt hatten. Brunetti notierte sich den Namen des Geschäftsführers und las weiter.

Mitris Frau war ebenfalls Venezianerin und zwei Jahre jünger als er. Obwohl sie nur ein Kind hatten, war sie nie berufstätig gewesen, und Brunetti kannte ihren Namen auch von keiner Mitgliederliste einer der wohltätigen Organisationen in der Stadt. Mitri hatte einen Bruder, eine Schwester und einen Vetter hinterlassen. Der Bruder, ebenfalls Pharmazeut, lebte in der Nähe von Padua, die Schwester in Verona und der Vetter in Argentinien.

Es folgten die Nummern von drei verschiedenen Bankkonten in der Stadt und eine Aufstellung von Staatsanleihen und Aktien, alles zusammen im Wert von über einer Milliarde Lire. Das war alles. Mitri war nie einer Straftat angeklagt gewesen und in einem guten halben Jahrhundert nie in irgendeiner Weise der Polizei aufgefallen.

Dafür, überlegte Brunetti weiter, war er wahrscheinlich jemandem aufgefallen, der – er versuchte den Gedanken zu verdrängen, aber es gelang ihm nicht – genauso dachte wie Paola und wie sie beschlossen hatte, seine Abneigung gegen die von der Agentur angebotenen Reisen mit den Mitteln der Gewalt zum Ausdruck zu bringen. Brunetti kannte aus der Geschichte viele Beispiele, bei denen die falschen gestorben waren. Kaiser Wilhelms guter Sohn Friedrich hatte seinen Vater nur um wenige Monate überlebt und so den Weg für seinen eigenen Sohn, Wilhelm II., und damit für den ersten wirklich weltweiten Krieg frei gemacht. Und der Tod des Germanicus hatte die Erbfolge in Frage gestellt und letztlich zu Nero geführt. Aber das waren alles Fälle, in denen das Schicksal – oder die Historie – eingegriffen hatte; da war niemand mit einem Stück Draht gekommen und hatte das Opfer zu Tode gebracht; es hatte sich nicht um eine vorsätzliche Tat gehandelt.

Brunetti rief Vianello an, und der Sergente meldete sich beim zweiten Klingeln. »Sind die im Labor schon mit dem Zettel fertig?« fragte er ohne Einleitung.

»Wahrscheinlich ja. Soll ich mal runtergehen und fragen?«

»Ja. Und bringen Sie ihn mit, wenn es geht.«

Während er auf Vianello wartete, las Brunetti noch einmal die kurze Liste von Zambinos strafrechtlichen Mandanten durch und versuchte sich bei den Namen, die er kannte, daran zu erinnern, worum es da gegangen war. Einmal war es ein Totschlag gewesen, und der Mann war zwar verurteilt, die Strafe aber auf nur sieben Jahre herabgesetzt worden, nachdem Zambino ein paar Frauen aus demselben Haus aufgeboten hatte, die bezeugten, daß der Getötete sie jahrelang im Fahrstuhl und auf den Gängen belästigt habe. Zambino hatte dann die Richter überzeugen können, daß sein Mandant die Ehre seiner Frau verteidigt habe, als in einer Bar ein Streit zwischen ihnen ausbrach. Zwei des Raubüberfalls Verdächtige waren aus Mangel an Beweisen freigesprochen worden; da hatte Zambino argumentiert, sie seien nur festgenommen worden, weil sie Albaner waren.

Brunetti wurde aus diesen Gedanken gerissen, als es klopfte und Vianello eintrat. Er brachte eine große Klarsichthülle mit, die er beim Eintreten in die Höhe hielt. »Sie waren gerade damit fertig. Nichts. *Lavata con Perlana«*, schloß Vianello mit dem beliebtesten Fernsehwerbespruch des Jahrzehnts. Nichts konnte so sauber sein wie ein mit Perlana gewaschenes Hemd. Höchstens ein am Tatort eines Mordes liegengelassener Zettel, den die Polizei auf jeden Fall finden und untersuchen würde, dachte Brunetti.

Vianello kam an den Schreibtisch und legte die Hülle darauf. Dann stützte er sich mit beiden Händen auf die Tischplatte und beugte sich darüber, um sich den Zettel noch einmal zusammen mit Brunetti anzusehen.

Für Brunetti sah es aus, als ob die Buchstaben aus *La Nuova* ausgeschnitten worden wären, der sensationslüsternsten und oft vulgärsten Zeitung der Stadt. Ganz sicher war er sich nicht, aber die Techniker wußten es bestimmt. Die Wörter waren auf einen halben Bogen liniertes Schreibpapier geklebt. »Dreckige Päderasten und Kinderschänder. Ihr werdet alle so sterben.«

Brunetti faßte die Hülle an einer Ecke und drehte sie um. Aber er sah auf der Rückseite nur dieselben Linien und ein paar kleine graue Flecken, wo der Klebstoff durchs Papier gedrungen war. Er drehte das Blatt wieder um und las noch einmal. »Da scheint es ein paar vorschnelle Verbindungen gegeben zu haben, wie?« meinte er.

»Um es gelinde auszudrücken«, bestätigte Vianello.

Paola hatte zwar den Polizisten, die sie festgenommen hatten, gesagt, warum sie die Fensterscheibe eingeworfen hatte, aber sie hatte nie mit einem der Reporter gesprochen, war höchstens zu ein paar Worten genötigt worden, weshalb alles, was in den Zeitungen über ihre Motive berichtet wurde, aus anderer Quelle stammen mußte; Tenente Scarpa kam dafür sehr wohl in Frage. In allen Artikeln, die Brunetti gelesen hatte, war höchstens angedeutet worden, daß ihre Triebfeder »Feminismus« gewesen sei, ohne daß dieser Begriff näher erläutert worden wäre. Es war von den Reisen die Rede gewesen, die von der Agentur angeboten wurden, aber dem Vorwurf, es handle sich um Sextourismus, hatte der Geschäftsführer des Reisebüros heftig widersprochen, wobei er behauptet hatte, die meisten Männer, die bei ihm eine Reise nach Bangkok buchten, nähmen ihre Frauen mit. Der *Gazzettino* hatte, wie Brunetti sich erinnerte, ein langes Interview mit ihm gebracht, in dem er seinem Entsetzen und Ekel gegenüber dem Sextourismus Ausdruck gegeben und mehrmals betont darauf hingewiesen hatte, daß so etwas in Italien verboten und es somit für jedes zugelassene Reiseunternehmen undenkbar sei, an der Organisation solcher Reisen mitzuwirken.

Also standen öffentliche und amtliche Meinung vereint gegen Paola, eine hysterische »Feministin«, und auf der Seite des gesetzestreuen Geschäftsführers sowie des ermordeten Dottor Mitri. Wer immer die Idee mit den »Kinderschändern« gehabt hatte, mußte einige Dinge furchtbar verwechselt haben.

»Ich glaube, es ist an der Zeit, daß wir uns mit ein paar Leuten unterhalten«, sagte Brunetti, schon im Aufstehen. »Fangen wir mit dem Geschäftsführer dieses Reisebüros an. Ich möchte von ihm etwas über die vielen Ehefrauen hören, die nach Bangkok reisen wollen.«

Er schaute auf die Uhr und sah, daß es schon fast zwei war. »Ist Signorina Elettra noch da?« fragte er Vianello.

»Ja, Commissario. Als ich heraufkam, war sie noch da.«

»Gut. Dann rede ich noch kurz ein paar Worte mit ihr, und danach sollten wir vielleicht irgendwo etwas essen gehen.«

Vianello nickte verwirrt und folgte seinem Vorgesetzten hinunter zu Signorina Elettras Büro. Von der Tür aus sah er, wie Brunetti sich bückte und etwas zu ihr sagte, sah und hörte sie lachen. Sie nickte und wandte sich ihrem Computer zu, während Brunetti wieder herauskam. Dann gingen sie in die Bar beim Ponte dei Greci, bestellten Wein und Tramezzini und redeten über dieses und jenes. Brunetti schien es nicht eilig zu haben, also bestellten sie weitere Tramezzini und noch ein Glas Wein.

Eine halbe Stunde später kam Signorina Elettra herein und heimste sofort ein Lächeln vom Barmann und von zwei Männern am Tresen eine Einladung zum Kaffee ein. Obwohl es nur ein paar Schritte von der Questura waren, hatte sie einen gesteppten schwarzen Seidenmantel an, der ihr bis an die Knöchel ging. Sie schlug mit einem höflichen Kopfschütteln den Kaffee aus und kam zu den beiden Polizisten. Aus ihrer Tasche zog sie ein paar Blätter Papier und hielt sie hoch. »Kinderspiel«, meinte sie mit gespielter Empörung. »Das geht einfach viel zu leicht.«

»Natürlich.« Brunetti lächelte und bezahlte das karge Mittagessen.

13

Brunetti und Vianello kamen zu dem Reisebüro, als es um halb vier gerade wieder aufmachte, und fragten nach Signor Dorandi. Brunetti warf einen Blick zurück auf den Campo und stellte fest, daß die neue Schaufensterscheibe vor Sauberkeit fast unsichtbar war. Die Blondine am Empfang drückte auf einen Knopf an ihrem Telefon, woraufhin die Tür links neben ihrem Schreibtisch aufging und Signor Dorandi heraustrat.

Er war nicht ganz so groß wie Brunetti und hatte einen bereits ergrauenden Vollbart, obwohl er nicht weit über Dreißig sein konnte. Als er Vianellos Uniform sah, kam er mit ausgestreckter Hand auf sie zu, und ein Lächeln zog sich von den Mundwinkeln aufwärts übers ganze Gesicht. »Ah, die Polizei. Ich bin froh, daß Sie gekommen sind.«

Brunetti sagte guten Tag, nannte jedoch weder seinen noch Vianellos Namen; dessen Uniform mußte als Vorstellung genügen. Er fragte Signor Dorandi, ob sie sich in seinem Büro unterhalten könnten. Der bärtige Mann drehte sich um, hielt ihnen die Tür auf und bot ihnen Kaffee an. Beide lehnten ab.

Die Wände des Büros waren mit den zu erwartenden Postern von Stränden, Tempeln und Palästen tapeziert, Beweis genug, daß auch eine schlechte Wirtschaftslage und das dauernde Gerede von Finanzkrisen die Italiener nicht zu Hause hielt. Dorandi nahm hinter seinem Schreibtisch Platz, schob ein paar Schriftstücke beiseite und sah Brunetti an, der seinen Mantel über eine Stuhllehne legte und sich Dorandi gegenüber hinsetzte. Vianello nahm den anderen Stuhl.

Dorandi hatte einen Anzug an, aber irgend etwas stimmte damit nicht. Geistesabwesend versuchte Brunetti herauszufinden, woran es lag, ob er vielleicht zu groß oder zu klein war, aber beides schien nicht der Fall zu sein. Das Jackett des

Zweireihers war aus einem dicken, blauen Stoff, der aussah wie Wolle, aber ebensogut aus Fasergips hätte sein können. Das Jackett hing ohne eine einzige Falte in gerader Linie von seinen Schultern nach unten, bis es hinter dem Schreibtisch verschwand. Auch Dorandis Gesicht vermittelte Brunetti den Eindruck, daß etwas nicht stimmte, aber er kam nicht darauf, was es war. Dann sah er das Schnurrbärtchen. Dorandi hatte den oberen Teil abrasiert, so daß dieses Stück seiner Oberlippe glatt war und der Gesichtsschmuck nur noch einen dünnen, geraden Strich unter der Nase bildete, der zu beiden Seiten in seinen Vollbart überging. Das Ganze war sehr sorgfältig gestutzt, eindeutig nicht einer ungeschickten Hand zu verdanken, aber die Proportionen waren zerstört, so daß man eher den Eindruck eines angeklebten als eines natürlich gewachsenen Bärtchens hatte.

»Was kann ich für Sie tun, meine Herren?« fragte Dorandi lächelnd, während er die Hände zusammengefaltet vor sich auf den Schreibtisch legte.

»Ich möchte gern von Ihnen etwas über Dottor Mitri und dieses Reisebüro hören«, sagte Brunetti.

»Aber gern.« Dorandi überlegte, wo er anfangen sollte. »Ich kenne ihn seit Jahren, seit ich hier zu arbeiten anfing.«

»Wann war das genau?« erkundigte sich Brunetti.

Vianello zog ein Notizbuch aus der Tasche, legte es aufgeklappt auf seinen Schoß und begann zu schreiben.

Dorandi drehte das Kinn zur Seite und sah zu einem Poster an der gegenüberliegenden Wand, als suchte er die Antwort in Rio. Dann sah er wieder Brunetti an und sagte: »Im Januar werden es genau sechs Jahre.«

»Und in welcher Stellung haben Sie hier angefangen?« fragte Brunetti.

»In derselben wie jetzt: als Geschäftsführer.«

»Aber sind Sie nicht auch der Besitzer?«

Dorandi lächelte, als er antwortete: »Bis auf den Namen

gehört es mir. Ich bin der Besitzer, aber Dottor Mitri hat immer noch die Lizenz.«

»Was heißt das genau?«

Erneut konsultierte Dorandi die hilfreiche Stadt an der Wand gegenüber. Als er die Antwort fand, wandte er sich wieder Brunetti zu. »Es bedeutet, daß ich bestimme, wer hier eingestellt oder entlassen wird, welche Art von Werbung und was für Sonderangebote wir machen. Und ich behalte auch den größten Teil der Einnahmen.«

»Einen wie großen Teil?«

»Fünfundsiebzig Prozent.«

»Und der Rest ging an Dottor Mitri?«

»Ja, ebenso wie die Pacht.«

»Wie hoch?«

»Die Pacht?« fragte Dorandi.

»Ja.«

»Drei Millionen Lire im Monat.«

»Und die Gewinne?«

»Wozu müssen Sie das denn wissen?« fragte Dorandi, immer noch im selben gleichmütigen Ton.

»In diesem Stadium, Signore, habe ich noch keine Ahnung, was ich wissen muß und was nicht. Ich versuche lediglich, so viele Informationen wie möglich über Dottor Mitri und seine Angelegenheiten zu sammeln.«

»Zu welchem Zweck?«

»Um besser zu verstehen, warum er umgebracht wurde.«

Dorandi antwortete wie aus der Pistole geschossen: »Ich dachte, das ginge ziemlich klar aus dem Zettel hervor, den Sie gefunden haben.«

Brunetti hob beschwichtigend die Hand, als wollte er einräumen, daß da etwas dran war. »Ich glaube, es ist trotzdem wichtig für uns, soviel wie möglich über ihn zu erfahren.«

»Da war doch ein Zettel, oder?« fragte Dorandi nach.

»Woher wissen Sie das, Signor Dorandi?«

»Es stand in den Zeitungen, in zweien.«

Brunetti nickte. »Ja, es war ein Zettel da.«

»Stand da drauf, was die Zeitungen berichten?«

Brunetti, der die Zeitungen gelesen hatte, nickte wieder.

»Aber das ist absurd«, sagte Dorandi mit erhobener Stimme, als hätte Brunetti diese Worte geschrieben. »Es geht hier nicht um Kinderpornographie. Wir bieten keine Reisen für Päderasten an. Das Ganze ist einfach lächerlich.«

»Haben Sie eine Vorstellung, warum jemand das geschrieben haben könnte, Signore?«

»Wahrscheinlich wegen dieser Verrückten«, antwortete Dorandi ohne jeden Versuch, seinen Abscheu und seine Wut zu verbergen.

»Welche Verrückte meinen Sie?« fragte Brunetti.

Dorandi ließ sich mit der Antwort lange Zeit und studierte eingehend Brunettis Gesicht, als suchte er, welche Finte in dieser Frage stecken mochte. Schließlich sagte er: »Diese Frau, die den Stein geworfen hat. Sie hat das Ganze ausgelöst. Wenn sie nicht mit ihren irrwitzigen Vorwürfen angefangen hätte – Lügen, nichts als Lügen –, dann wäre von alledem nichts passiert.«

»Sind es Lügen, Signor Dorandi?«

»Wie können Sie das fragen!« Dorandi beugte sich zu Brunetti vor, und seine Stimme wurde lauter. »Natürlich sind es Lügen. Wir haben nichts mit Kinderschändern oder Päderasten zu tun.«

»Das stand nur auf dem Zettel, Signor Dorandi.«

»Wo ist da der Unterschied?«

»Es sind zwei verschiedene Anschuldigungen, Signore. Ich versuche zu verstehen, warum die Person, die diesen Zettel geschrieben hat, glauben konnte, daß Ihre Agentur in Päderastie und Kinderpornographie verwickelt ist.«

»Und ich habe es Ihnen schon gesagt«, erklärte Dorandi mit zunehmender Empörung. »Wegen dieser Frau. Sie ist zu allen

Zeitungen gerannt und hat mich verleumdet, hat das Reisebüro verleumdet und behauptet, wir organisierten Sexreisen ...«

»Aber nichts von Päderasten und Kinderschändung«, unterbrach Brunetti.

»Was ist denn da für eine Irre schon der Unterschied? Für solche Leute ist doch alles dasselbe, alles, was mit Sex zu tun hat.«

»Dann haben die Reisen, die Ihre Agentur organisiert, also etwas mit Sex zu tun?«

»Das habe ich nicht gesagt«, schrie Dorandi. Als er dann selbst merkte, wie laut er geworden war, schloß er kurz die Augen, nahm die Hände auseinander, legte sie bedächtig wieder zusammen und wiederholte in völlig normalem Ton: »Das habe ich nicht gesagt.«

»Dann habe ich das falsch verstanden.« Brunetti zuckte die Achseln, dann fragte er: »Aber warum sollte diese Verrückte, wie Sie die Frau nennen, so etwas sagen? Warum sollte überhaupt jemand so etwas sagen?«

»Mißverständnisse.« Dorandis Lächeln war wieder da. »Sie wissen doch, wie das mit den Leuten ist: Sie sehen, was sie sehen wollen, und geben den Dingen die Bedeutung, die ihnen gerade in den Kram paßt.«

»Zum Beispiel?« fragte Brunetti freundlich.

»Zum Beispiel, was diese Frau getan hat. Sie sieht unsere Werbeposter für Reisen in exotische Länder – Thailand, Kuba, Sri Lanka – dann liest sie so einen hysterischen Artikel in irgendeiner feministischen Zeitschrift, in dem behauptet wird, in diesen Ländern gäbe es Kinderprostitution und die Reiseunternehmen organisierten Reisen dorthin, Sexreisen, und sie schmeißt diese zwei Dinge in ihrer irren Art zusammen und kommt mitten in der Nacht hierher, um mir das Schaufenster einzuschlagen.«

»Wäre das nicht eine Überreaktion? Ich meine, so ganz ohne Beweise?« Brunettis Stimme war die Einsichtigkeit selbst.

In Dorandis Antwort lag mehr als ein Hauch von Ironie.

»Genau deswegen nennt man diese Leute ja verrückt: weil sie Verrücktes tun. Natürlich ist das eine Überreaktion. Und völlig grundlos.«

Brunetti ließ eine lange Pause entstehen, und schließlich sagte er: »Im *Gazzettino* werden Sie mit den Worten zitiert, es flögen so viele Frauen nach Bangkok wie Männer. Das heißt, die meisten Männer, die einen Flug nach Bangkok buchten, nähmen ihre Frauen mit.«

Dorandi blickte auf seine gefalteten Hände und antwortete nicht. Brunetti griff in seine Jackentasche und nahm die Papiere heraus, die Signorina Elettra ihm gegeben hatte. »Wären Sie bereit, mir darüber etwas genauere Auskunft zu geben, Signor Dorandi?« fragte er, den Blick auf den Papieren.

»Worüber?«

»Über die Zahl der Männer, die ihre Frauen mit nach Bangkok genommen haben. Sagen wir, im letzten Jahr.«

»Ich weiß nicht, wovon Sie sprechen.«

Brunetti würdigte ihn keines Lächelns. »Signor Dorandi, ich darf Sie daran erinnern, daß wir hier in einem Mordfall ermitteln, und das heißt, wir haben das Recht, von den Beteiligten Informationen zu erbitten oder, wenn wir dazu gezwungen werden, einzufordern.«

»Was meinen Sie mit ›Beteiligten‹?« stotterte Dorandi.

»Das dürfte Ihnen doch klar sein«, antwortete Brunetti ruhig. »Sie betreiben hier ein Reisebüro, das eine gewisse Zahl von Flügen und Pauschalreisen in exotische Länder verkauft, wie Sie es nennen. Nun wird der Vorwurf erhoben, es handle sich dabei um Sextourismus, und der ist, wie ich Ihnen wohl nicht zu sagen brauche, in diesem Land verboten. Ein Mann, der Besitzer dieser Agentur, wird ermordet und bei seiner Leiche ein Zettel hinterlassen, aus dem hervorgeht, daß diese Reisen der Grund für das Verbrechen gewesen sein könnten. Diesen Zusammenhang sehen Sie ja anscheinend selbst. Woraus zu folgern ist, daß die Agentur und Sie als ihr Geschäftsführer beteiligt sind.« Brunetti schwieg ein paar Sekunden, bevor er fragte: »Habe ich mich verständlich ausgedrückt?«

»Ja.« Dorandis Stimme klang sehr verdrießlich.

»Also, würden Sie mir nun sagen, wie zutreffend – oder deutlicher ausgedrückt – wie wahr Ihre Aussage ist, daß die meisten Männer, die nach Bangkok geflogen sind, ihre Frauen mitgenommen hätten.«

»Natürlich ist das wahr«, beharrte Dorandi, wobei er, eine Hand noch immer auf der Schreibtischplatte, auf seinem Stuhl ein wenig nach links rutschte.

»Aus Ihren Ticketverkäufen geht das aber nicht hervor, Signor Dorandi.«

»Woraus, bitte?«

»Den Flugtickets, die Ihre Agentur verkauft hat. Wie Sie sicher wissen, werden die alle in einem Zentralcomputer gespeichert.« Brunetti sah, daß er verstanden worden war, und fuhr fort: »Die meisten Flüge nach Bangkok, die in den vergangenen sechs Monaten über Ihre Agentur gebucht wurden, gingen an alleinreisende Männer.«

Fast ohne nachzudenken, platzte Dorandi heraus: »Dann sind die Frauen ihnen eben nachgereist. Die Herren mußten geschäftlich dorthin, und die Damen haben sich später mit ihnen getroffen.«

»Haben die Frauen ihre Flüge auch über Ihre Agentur gebucht?«

»Woher soll ich das wissen?«

Brunetti legte die Papiere offen vor sich auf den Schreibtisch, so daß Dorandi sie einsehen konnte, wenn er wollte. Er holte tief Luft. »Signor Dorandi, wollen wir noch einmal von vorn anfangen? Ich wiederhole meine Frage, und diesmal möchte ich, daß Sie sich Ihre Antwort vorher genau überlegen.« Er machte eine lange Pause und fragte dann: »Sind die Männer, die bei Ihnen einen Flug nach Bangkok gebucht haben, mit ihren Frauen gereist oder nicht?«

Dorandi ließ sich mit der Antwort lange Zeit und sagte schließlich: »Nein.« Nur dieses eine Wort.

»Und diese Reisen, die Sie mit ›toleranter Hotelleitung‹ und ›günstiger Lage‹ anpreisen« – Brunettis Stimme klang gänzlich neutral, nicht die Spur einer Gefühlsregung war da herauszuhören –, »sind das Sexreisen?«

»Ich weiß nicht, was die Leute tun, wenn sie erst dort sind«, behauptete Dorandi. »Das geht mich nichts an.« Er zog den Kopf in den zu weiten Kragen seines Jacketts, fast wie eine Schildkröte, die sich angegriffen sieht.

»Wissen Sie etwas über die Hotels, in denen diese Touristen absteigen?« Bevor Dorandi antworten konnte, stützte Brunetti seine Ellbogen auf den Schreibtisch, legte das Kinn auf die Hände und blickte auf seine Liste.

»Sie werden tolerant geführt«, antwortete Dorandi schließlich.

»Heißt das, sie erlauben es Prostituierten, dort ihrem Gewerbe nachzugehen, oder besorgen sogar welche?«

Dorandi zuckte die Achseln. »Vielleicht.«

»Mädchen? Nicht Frauen, sondern Mädchen?«

Dorandi funkelte ihn über seinen Schreibtisch hinweg an. »Ich kenne von diesen Hotels nur die Preise. Was meine Kunden dort tun, geht mich nichts an.«

»Mädchen?« wiederholte Brunetti.

Dorandi fuhr ärgerlich mit der Hand durch die Luft. »Ich sagte Ihnen schon, das geht mich nichts an.«

»Aber jetzt geht es uns etwas an, Signor Dorandi, und darum hätte ich gern eine Antwort.«

Dorandi blickte wieder zur Wand, fand dort aber keinen brauchbaren Ausweg. »Ja«, sagte er.

»Wählen Sie die Hotels nach diesem Gesichtspunkt aus?«

»Ich habe sie gewählt, weil sie mir die günstigsten Preise anbieten. Wenn ein Mann, der dort absteigt, sich eine Prostituierte mit aufs Zimmer nehmen will, ist das seine Sache.« Er versuchte vergeblich, seine Wut zu unterdrücken. »Ich verkaufe Pauschalreisen. Ich predige nicht Moral. Ich habe mit meinem Anwalt jedes Wort in unserer Werbung abgesprochen, und es ist nichts darin, was auch nur im entferntesten illegal wäre. Ich verstoße gegen kein Gesetz.«

»Davon bin ich überzeugt«, rutschte es Brunetti heraus.

Plötzlich mochte er sich hier nicht länger aufhalten. Er erhob sich. »Ich fürchte, wir haben Ihre Zeit schon zu sehr in Anspruch genommen, Signor Dorandi. Wir gehen jetzt, aber es kann sein, daß wir Sie noch einmal sprechen wollen.«

Dorandi gab darauf erst gar keine Antwort. Er stand auch nicht auf, als Brunetti und Vianello das Zimmer verließen.

14

Als sie über den Campo Manin gingen, wußten sowohl Vianello als auch Brunetti, ohne erst darüber zu sprechen, daß sie jetzt die Witwe aufsuchen mußten, da sie sowieso schon unterwegs waren. Um zu Mitris Wohnung am Campo del Ghetto Nuovo zu kommen, gingen sie zum Rialto zurück und nahmen das Einserboot in Richtung Bahnhof.

Sie blieben draußen stehen, weil sie die Kälte des offenen Decks der feuchten Luft in der Kabine vorzogen. Brunetti wartete, bis sie unter der Brücke hindurch waren, dann fragte er Vianello: »Nun?«

»Der würde für hundert Lire seine eigene Mutter verkaufen, nicht wahr?« meinte Vianello, ohne seine Verachtung verhehlen zu wollen. Dann schwieg er eine Weile, bevor er fragte: »Meinen Sie, das ist das Fernsehen?«

Brunetti wußte nicht, worauf er hinauswollte. »Was soll das Fernsehen sein?«

»Das uns solchen Abstand zu dem Bösen gibt, das wir tun.« Er sah, daß er Brunettis Aufmerksamkeit besaß, und fuhr fort: »Ich meine, wenn wir es auf dem Bildschirm sehen, ist es echt, aber doch nicht wirklich, oder? Das heißt, wir bekommen so oft zu sehen, wie Menschen erschossen oder erschlagen werden, und dann sehen wir uns selbst zu ...« Hier unterbrach er sich, lächelte ein wenig und erklärte: »Ich meine, der Polizei. Wir sehen uns selbst dabei zu, wie wir alle möglichen schrecklichen Dinge aufdecken. Aber die Polizisten sind nicht echt und die Dinge auch nicht. Und wenn wir soviel davon gesehen haben, kommen uns die wirklichen Scheußlichkeiten, die passieren, oder die anderen passieren, auch nicht mehr echt vor.«

Brunetti war von Vianellos Rede etwas verwirrt, aber er glaubte zu verstehen, was er meinte – und war derselben Ansicht –, weshalb er antwortete: »Wie weit sind sie weg, diese Mädchen, von denen er nichts weiß – fünfzehntausend Kilometer? Zwanzigtausend? Ich denke mal, es ist sehr leicht, das, was ihnen widerfährt, nicht als wirklich zu betrachten, oder wenn doch, ist es ihm wahrscheinlich nicht sehr wichtig.«

Vianello nickte. »Sie glauben, das wird immer schlimmer?«

Brunetti hob die Schultern. »Es gibt Tage, an denen ich glaube, es wird alles schlimmer, und dann gibt es Tage, an denen ich das weiß. Aber dann kommt die Sonne heraus, und ich ändere meine Meinung.«

Vianello nickte wieder und machte leise: »Mhm, mhm.«

»Und Sie?« fragte Brunetti.

»Ich denke, es wird schlimmer«, antwortete der Sergente, ohne zu zögern. »Aber es geht mir wie Ihnen, ich habe Tage, an denen ich alles schön finde: Die Kinder springen an mir hoch, wenn ich nach Hause komme, oder Nadia ist glücklich, und das ist ansteckend. Aber insgesamt finde ich, daß es immer schlimmer wird, in dieser Welt zu leben.«

In der Hoffnung, diese für den Sergente ungewöhnliche Stimmung etwas aufzuhellen, meinte Brunetti: »Viel Auswahl haben wir ja nicht, oder?«

Vianello ließ sich herab, darüber zu lachen. »Nein, das wohl nicht. Sie ist im guten wie im schlechten alles, was wir haben.« Er schwieg ein Weilchen und sah den Palazzo näher kommen, in dem das Casino war. »Vielleicht ist es für uns anders, weil wir Kinder haben.«

»Wieso?« fragte Brunetti.

»Weil wir nach vorn in die Welt sehen können, in der sie einmal leben werden, und zurück in die, in der wir selbst aufgewachsen sind.«

Brunetti, der mit großer Ausdauer Geschichtsbücher las, erinnerte sich an die unzähligen Tiraden alter Römer gegen die Zeiten, in denen sie gerade lebten, wobei sie stets behaupteten, daß die Generation ihrer eigenen Jugend oder die ihrer Eltern der jeweils jetzigen in jeder Hinsicht überlegen gewesen sei. Er dachte an ihre wütenden Ausfälle gegen die Gefühllosigkeit der Jugend, ihre Trägheit, ihre Dummheit, ihren Mangel an Respekt und Ehrerbietung gegenüber den Älteren, und diese Erinnerung munterte ihn beträchtlich auf. Wenn jede Zeit so dachte, dann war jede vielleicht im Irrtum, und die Dinge wurden gar nicht schlimmer. Er wußte nicht, wie er Vianello das erklären sollte, und er scheute davor zurück, Plinius zu zitieren, weil er fürchtete, daß der Sergente diesen Autor gar nicht kannte und sich womöglich beschämt fühlen würde, wenn er das zugeben müßte.

Statt dessen klopfte er ihm kameradschaftlich auf die Schulter, als das Boot bei San Marcuola anlegte, wo sie ausstiegen und von da an hintereinander durch die schmale *calle* gingen, um denen Platz zu lassen, die zum Anleger hasteten.

»Wir werden das wohl nicht lösen, nicht wahr, Commissario?« meinte Vianello, als sie die breitere Straße hinter der Kirche erreichten und wieder nebeneinander gehen konnten.

»Ich fürchte, da kann überhaupt niemand etwas lösen«, sagte Brunetti und war im selben Moment unzufrieden mit seiner ausweichenden Antwort.

»Darf ich Sie etwas fragen, Commissario?« fragte der Sergente im Weitergehen. Beide kannten die Adresse und wußten, wo das Haus ungefähr sein mußte. »Zu Ihrer Frau.«

Brunetti hörte schon am Ton der Frage, worum es gehen würde. »Ja?«

Den Blick starr nach vorn gerichtet, obwohl ihnen niemand mehr entgegenkam, fragte Vianello: »Hat sie Ihnen gesagt, warum sie das getan hat?«

Brunetti blieb im Gleichschritt mit seinem Sergente. Er sah ihn kurz von der Seite an und antwortete: »Ich denke, das steht im Festnahmeprotokoll.«

»Ach«, sagte Vianello. »Das wußte ich nicht.«

»Haben Sie es denn nicht gelesen?«

Vianello blieb kurz stehen und wandte sich Brunetti zu. »Da es darin um Ihre Frau ging, hätte ich es nicht recht gefunden, es zu lesen.« Vianello war als ein Getreuer Brunettis bekannt, daher war es unwahrscheinlich, daß Landi als Gefolgsmann Scarpas mit ihm darüber gesprochen hatte, und schließlich hatte Landi Paola festgenommen und ihre Aussage protokolliert.

Die beiden Männer gingen wieder weiter, bevor Brunetti antwortete: »Sie sagt, es sei unrecht, Sexreisen zu organisieren, und jemand müsse etwas dagegen tun.« Er wartete, ob Vianello ihm eine Zwischenfrage stellen wollte, und als der Sergente das nicht tat, fuhr er fort: »Sie hat zu mir gesagt, wenn das Gesetz nichts dagegen unternehme, werde sie es eben tun.« Er verstummte erneut und wartete auf Vianellos Reaktion.

»Das erste Mal, war das auch Ihre Frau?«

»Ja«, antwortete Brunetti, ohne zu zögern.

Links, rechts, links, rechts – vollkommen im Gleichschritt. Schließlich sagte der Sergente: »Klasse.«

Brunetti fuhr herum und starrte den Sergente an, aber er sah nur sein kantiges Profil mit der langen Nase. Bevor er jedoch nachfragen konnte, blieb Vianello stehen und sagte: »Wenn es Nummer 607 ist, müßte es gleich hier um die Ecke sein.« Und als sie um diese Ecke bogen, standen sie tatsächlich vor dem Haus.

Mitris Klingel war die oberste von dreien; Brunetti drückte darauf, wartete und klingelte noch einmal.

Eine Stimme, die infolge Trauer oder schlechter Qualität der Sprechanlage wie aus dem Grab klang, fragte, wer da sei.

»Commissario Brunetti. Ich möchte mit Signora Mitri sprechen.«

Ein längeres Schweigen folgte, dann antwortete die Stimme: »Warten Sie bitte«, und weg war sie.

Sie warteten weit über eine Minute, bevor das Türschloß klickte. Brunetti drückte die Tür auf und trat als erster in den großen Innenhof, auf dem rechts und links von einem runden Brunnen zwei hohe Palmen wuchsen. Licht spendete der offene Himmel über ihnen.

Sie begaben sich zum rückwärtigen Teil des Gebäudes, wo die Treppe war. Genau wie in Brunettis Palazzo blätterte auch hier die Farbe von den Wänden, Opfer des Salzes, das von unten aus dem Wasser emporstieg. Placken so groß wie Hundertlirestücke lagen, zur Seite gefegt oder getreten, rechts und links auf den Stufen; wo sie abgefallen waren, sah man die nackten Backsteinwände. Auf dem ersten Treppenabsatz angekommen, erkannten sie den horizontalen Strich, bis zu dem die Feuchtigkeit gekommen war; darüber gab es keine Farbplacken mehr auf den Treppen, und die Wände waren glatt und weiß.

Brunetti dachte an den Kostenvoranschlag, den eine Baufirma den sieben Eigentümern seines Palazzo für die Beseitigung der Feuchtigkeit gemacht hatte, und an die gewaltige Höhe der Summe, worauf er den deprimierenden Gedanken sogleich verdrängte.

Oben stand die Tür offen, und ein Mädchen, etwa in Chiaras Alter, stand halb versteckt dahinter.

Brunetti blieb stehen und sagte, ohne die Hand auszustrekken: »Ich bin Commissario Brunetti, und das ist Sergente Vianello. Wir möchten mit Signora Mitri sprechen.«

Das Mädchen rührte sich nicht. »Meine Großmutter fühlt sich nicht wohl.« Ihre Stimme klang zittrig vor Nervosität.

»Das tut mir leid«, sagte Brunetti. »Und mir tut auch sehr leid, was deinem Großvater zugestoßen ist. Aber deswegen sind wir hier, weil wir da etwas tun wollen.«

»Meine Großmutter sagt, da kann keiner mehr etwas tun.«

»Vielleicht können wir den finden, der es getan hat.«

Das Mädchen überlegte. Sie war so groß wie Chiara und hatte braunes Haar, das in der Mitte gescheitelt war und ihr bis auf die Schultern fiel. Zu einer Schönheit würde sie nicht heranwachsen, dachte Brunetti, aber das hatte nichts mit ihren Zügen zu tun, die sowohl regelmäßig als auch gut geschnitten waren: weit auseinanderstehende Augen, ausdrucksvoller Mund. Aber die völlige Leblosigkeit beim Sprechen und auch beim Zuhören ließ ihre spätere Unansehnlichkeit zwangsläufig erscheinen. Sie wirkte so unbeteiligt, als hätte sie mit dem, was sie sagte, gar nichts zu tun und interessierte sich auch sonst nicht für das, was gesprochen wurde. »Dürfen wir hereinkommen?« fragte er und machte dabei schon einen Schritt nach vorn, um ihr die Entscheidung zu erleichtern oder sie überhaupt erst zu einer zu zwingen.

Sie sagte nichts, trat aber zurück und hielt ihnen die Tür auf. Beide Männer folgten ihr mit einem höflichen *»permesso«* in die Wohnung.

Ein langer Mittelgang führte von der Tür zu vier gotischen Fenstern am anderen Ende. Wenn Brunettis Orientierungssinn ihn nicht täuschte, kam das Licht vom Rio di San Girolamo, zumal die Entfernung zu den von hier aus sichtbaren Häusern sehr groß war: So breit konnte nur der Rio sein.

Das Mädchen führte sie ins erste Zimmer rechts, ein großes Wohnzimmer mit einem Kamin zwischen zwei Fenstern, die mindestens zwei Meter hoch waren. Sie zeigte auf das Sofa vor dem Kamin, aber keiner der beiden setzte sich.

»Würdest du deiner Großmutter bitte sagen, daß wir hier sind?« bat Brunetti.

Sie nickte, erwiderte aber: »Ich glaube nicht, daß sie mit jemandem reden will.«

»Sag ihr bitte, es ist sehr wichtig«, beharrte Brunetti, und um klarzumachen, daß er zu bleiben gedachte, zog er den Mantel aus, legte ihn über eine Stuhllehne und setzte sich ans eine Ende des Sofas. Er bedeutete Vianello, dasselbe zu tun, und der Sergente legte seinen Mantel über den von Brunetti und setzte sich auf das andere Sofaende. Dann zückte er sein Notizbuch und klemmte seinen Kugelschreiber daran. Keiner sagte ein Wort.

Das Mädchen verließ das Zimmer, und die beiden Männer nutzten die Gelegenheit, sich umzusehen. Ein großer vergoldeter Spiegel hing über einem Tisch mit einem riesigen Strauß roter Gladiolen, deren Farbe und Zahl von dem Glas reflektiert wurden, so daß sie sich scheinbar verdoppelten und das ganze Zimmer füllten. Ein Seidenteppich, den Brunetti für einen Nain hielt, lag vor dem Kamin, aber so dicht beim Sofa, daß man, wenn man dort saß, nicht umhin kam, die Füße daraufzustellen. An der Wand gegenüber den Blumen stand eine Eichentruhe, darauf ein großer, altersgrauer Messingteller. Der Reichtum war diskret, aber offenkundig.

Bevor sie etwas sagen konnten, ging die Tür auf, und eine Frau in den Fünfzigern kam herein. Sie war stämmig und trug ein graues Wollkleid, das ihr bis gut über die Knie ging. Sie hatte dicke Fesseln und kleine Füße, die in unbequem eng aussehenden Schuhen steckten. Frisur und Make-up waren perfekt und verrieten einen großen Aufwand an Zeit und Mühe. Ihre Augen waren heller als die ihrer Enkelin, ihre Züge gröber; überhaupt war, abgesehen von dieser sonderbaren Leblosigkeit, die Familienähnlichkeit zwischen ihnen nicht sehr groß.

Beide Männer erhoben sich sofort, und Brunetti ging auf sie zu. »Signora Mitri?« fragte er.

Sie nickte, sagte aber nichts.

»Ich bin Commissario Brunetti, und das ist Sergente Vianello. Wir möchten kurz mit Ihnen über Ihren Mann und diese schreckliche Sache sprechen, die ihm zugestoßen ist.« Sie schloß bei diesen Worten die Augen, blieb aber stumm.

Ihr Gesicht war ebenso leblos wie das ihrer Enkelin, und Brunetti fragte sich unwillkürlich, ob die Tochter in Rom, deren Kind das Mädchen sein mußte, wohl auch so unbewegliche Züge hatte.

»Was möchten Sie wissen?« fragte Signora Mitri, die immer noch vor Brunetti stand. Ihre Stimme hatte etwas Quäkiges, wie es bei Frauen nach den Wechseljahren oft der Fall ist. Obwohl sie, wie Brunetti wußte, aus Venedig war, sprach sie reines Italienisch, genau wie er.

Bevor Brunetti auf ihre Frage antwortete, trat er vom Sofa fort und zeigte auf den Platz, auf dem er gesessen hatte. Sie ließ sich mechanisch darauf nieder, und erst jetzt nahmen auch die beiden Männer wieder Platz, Vianello dort, wo er vorher schon gesessen hatte, Brunetti in einem samtbezogenen Sessel dem Fenster gegenüber.

»Signora, ich möchte wissen, ob Ihr Gatte zu Ihnen je etwas von Feinden gesagt oder davon gesprochen hat, daß jemand ihm schaden will.«

Sie schüttelte schon den Kopf, bevor Brunetti auch nur zu Ende gesprochen hatte, sagte aber nichts, sondern beließ es dabei.

»Er hat nie über Meinungsverschiedenheiten mit anderen gesprochen, mit Geschäftspartnern? Vielleicht über eine Abmachung oder einen Vertrag, bei dem nicht alles nach Wunsch gelaufen ist?«

»Nein, nichts dergleichen«, sagte sie endlich.

»Und im Privatleben? Hatte er je Ärger mit Nachbarn, vielleicht mit einem Freund?«

Sie schüttelte auf diese Frage den Kopf, sagte aber wieder nichts.

»Signora, ich bitte um Entschuldigung für meine Unwissenheit, aber ich weiß so gut wie nichts über Ihren Mann.« Sie reagierte nicht. »Würden Sie mir sagen, wo er gearbeitet hat?« Sie schien sich über diese Frage zu wundern, als hätte Brunetti damit ausdrücken wollen, daß Mitri acht Stunden täglich in einer Fabrikhalle gearbeitet habe, darum erklärte er: »Ich meine, in welcher seiner Fabriken er sein Büro hatte oder wo er die meiste Zeit verbrachte.«

»Eine Chemiefabrik. In Marghera. Da hat er ein Büro.«

Brunetti nickte, fragte aber nicht nach der Adresse. Die würden sie leicht herausbekommen. »Haben Sie eine Vorstellung, inwieweit er mit den verschiedenen Firmen und Geschäften, die er besaß, zu tun hatte?«

»Zu tun?«

»Unmittelbar, meine ich, mit dem Tagesgeschäft.«

»Da müßten Sie seine Sekretärin fragen«, sagte sie.

»In Marghera?«

Sie nickte.

Wenn sie sprach, und sei es noch so kurz, beobachtete Brunetti sie auf Anzeichen von Verzweiflung oder Trauer. Die Leblosigkeit ihres Gesichts machte es ihm schwer, aber er glaubte doch Spuren von Traurigkeit zu entdecken, auch wenn es mehr die Art war, wie sie ständig auf ihre gefalteten Hände hinunterblickte, weniger ihre Worte oder ihr Ton.

»Wie lange waren Sie verheiratet, Signora?«

»Fünfunddreißig Jahre«, antwortete sie, ohne zu zögern.

»Ist das Mädchen, das uns aufgemacht hat, Ihre Enkelin?«

»Ja«, sagte sie, und die winzigste Andeutung eines Lächelns durchbrach die Reglosigkeit ihres Gesichts. »Giovanna. Meine Tochter lebt in Rom, aber Giovanna hat gesagt, daß sie herkommen und bei mir sein will. Jetzt.«

Brunetti nickte zum Zeichen, daß er verstand, obwohl diese Sorge der Enkelin um ihre Großmutter das teilnahmslose Auftreten des Mädchens noch merkwürdiger erscheinen ließ. »Es muß Ihnen ein großer Trost sein, sie hier zu haben«, sagte er.

»O ja«, bestätigte Signora Mitri, und diesmal entspannte sich ihr Gesicht in einem richtigen Lächeln. »Es wäre schrecklich, hier allein sein zu müssen.«

Brunetti senkte den Kopf und wartete ein paar Sekunden, bevor er wieder zu ihr aufsah. »Nur noch einige wenige Fragen, Signora, dann überlassen wir Sie wieder Ihrer Enkelin.« Er wartete nicht, ob sie darauf etwas antworten wollte, sondern fragte ohne weitere Überleitung: »Sind Sie die Erbin Ihres Mannes?«

Ihre Überraschung verriet sich in ihrem Blick – zum erstenmal schien etwas sie zu berühren. »Ich glaube, ja«, sagte sie ohne Zögern.

»Hat Ihr Mann noch andere Angehörige?«

»Einen Bruder und eine Schwester, und noch einen Vetter, aber der ist schon vor Jahren nach Argentinien ausgewandert.«

»Sonst niemanden?«

»Nein, nicht in der engeren Familie.«

»Ist Signor Zambino ein Freund Ihres Mannes?«

»Wer?«

»Avvocato Giuliano Zambino.«

»Nicht daß ich wüßte, nein.«

»Ich glaube, er war der Anwalt Ihres Mannes.«

»Ich weiß leider sehr wenig über die Geschäfte meines Mannes«, sagte sie, und Brunetti mußte daran denken, wie viele Frauen ihm im Lauf der Jahre schon dieselbe Antwort gegeben hatten. Die wenigsten von ihnen hatten dabei die Wahrheit gesagt, wie sich später herausstellte, weshalb er eine solche Antwort nie für bare Münze nahm. Manchmal war ihm unwohl bei dem Gedanken, wieviel Paola über seine eigenen beruflichen Angelegenheiten wußte, wenn man dazu die Identität vermutlicher Vergewaltiger zählen konnte oder die Ergebnisse schauriger Autopsien und die Nachnamen all der Verdächtigen, die in den Zeitungen als »Giovanni S., 39, Busfahrer aus Mestre« oder »Federico G., 59, Maurer aus San Donà di Piave« bezeichnet wurden. Er wußte, wie wenige Geheimnisse im Ehebett sicher waren, und so mißtraute er Signora Mitris vorgeblicher Unwissenheit, aber er hakte nicht nach.

Die Namen der Leute, mit denen sie am Mordabend zum Essen gewesen war, hatten sie schon, so daß er dieses Thema jetzt nicht weiterzuverfolgen brauchte. Statt dessen fragte er: »War das Verhalten Ihres Mannes in den letzten Wochen irgendwie anders? Oder in den letzten Tagen?«

Sie schüttelte energisch den Kopf. »Nein, er war genau wie sonst immer.«

Brunetti hätte sie gern gefragt, wie er denn sonst immer war, aber er ließ es und stand auf. »Signora, wir danken Ihnen für die Zeit, die Sie uns geopfert haben, und für Ihre Hilfe. Ich fürchte aber, ich werde Sie noch einmal behelligen müssen, wenn wir erst mehr wissen.« Er sah ihr an, wie wenig sie sich darauf freute, glaubte aber nicht, daß sie sich einer Bitte um weitere Informationen widersetzen würde. Seine letzten Worte kamen von Herzen: »Signora, ich hoffe, daß diese Zeit nicht allzu schmerzlich für Sie sein wird, und wünsche Ihnen die Kraft, sie durchzustehen.«

Sie lächelte ob der erkennbaren Aufrichtigkeit seiner Worte, und wieder sah er in ihrem Lächeln so etwas wie Wärme.

Vianello stand auf, nahm ihre Mäntel vom Stuhl und reichte Brunetti den seinen. Beide zogen sich an, und Brunetti ging voraus zur Tür. Signora Mitri stand ebenfalls auf und folgte ihnen zur Schwelle der Wohnung.

Dort verabschiedeten Brunetti und Vianello sich von ihr und gingen hinunter in den Innenhof, wo die Palmen noch immer prächtig gediehen.

15

Auf dem Weg zurück zum *embarcadero* redeten beide eine ganze Weile nicht. Als sie ankamen, legte gerade das 82er Boot vom Bahnhof an, und sie stiegen ein, weil sie wußten, daß es dem weiten Bogen des Canal Grande folgen und sie zum Anleger San Zaccharia bringen würde, von wo es nur noch ein paar Schritte zur Questura waren.

Da es kühler geworden war, gingen sie nach drinnen und setzten sich in den vorderen Teil der halbleeren Kabine. Vor ihnen steckten zwei alte Frauen die Köpfe zusammen und unterhielten sich in lautem Veneziano über die plötzliche Kälte.

»Zambino?« fragte Vianello.

Brunetti nickte. »Ich wüßte gern, warum Mitri zu dem Gespräch mit Patta einen Anwalt mitgebracht hat.«

»Dazu noch einen, der hin und wieder Strafrechtsfälle übernimmt«, ergänzte Vianello unnötigerweise. »Er hat doch nichts verbrochen, oder?«

»Vielleicht wollte er seinen Rat, wie er zivilrechtlich gegen Paola vorgehen könnte, falls es mir gelingen sollte, die Polizei ein zweites Mal von einer Strafverfolgung abzuhalten.«

»So eine Chance hat doch nie bestanden, oder?« fragte Vianello in einem Ton, der sein Bedauern deutlich machte.

»Nein. Sowie Scarpa und Landi ins Spiel kamen, nicht mehr.«

Vianello brummelte etwas vor sich hin, aber Brunetti verstand es nicht und bat den Sergente auch nicht, es zu wiederholen. Stattdessen sagte er: »Ich weiß auch nicht, wie es jetzt weitergeht.«

»Was?«

»Diese Geschichte. Nachdem Mitri tot ist, werden seine Erben wohl kaum noch zivilrechtlich gegen Paola vorgehen wollen. Höchstens der Geschäftsführer.«

»Und die …« Vianello schien im Moment nicht recht zu wissen, wie er in dieser Situation die Polizei nennen sollte, und entschied sich für »... unsere Kollegen?«

»Kommt auf den Untersuchungsrichter an.«

»Wissen Sie, wer das ist?«

»Pagano, glaube ich.«

Vianello dachte darüber nach, rief sich seine jahrelangen Erfahrungen in der Arbeit für und mit dem Untersuchungsrichter in Erinnerung, einem älteren Mann, der kurz vor der Pensionierung stand. »Ich glaube kaum, daß er einen Prozeß fordern wird, oder?«

»Das glaube ich auch nicht. Er hat sich nie gut mit dem Vice-Questore verstanden, wird sich also kaum zu so etwas drängen lassen oder sich freuen, wenn man ihn zu beschwatzen versucht.«

»Was kommt also heraus? Eine Geldbuße?« Brunetti zuckte die Achseln, und Vianello ließ das Thema fallen und fragte: »Was jetzt?«

»Ich will noch nachsehen gehen, ob sich etwas getan hat, und anschließend mit Zambino reden.«

Vianello sah auf die Uhr. »Haben wir dafür noch Zeit?«

Brunetti hatte, wie schon so oft, vollkommen die Zeit vergessen und war überrascht zu sehen, daß es schon weit nach sechs war. »Nein, das nicht. Dann hat es auch eigentlich keinen Sinn, noch einmal in die Questura zu gehen.«

Vianello lächelte, zumal das Boot noch festlag. Er sprang auf und strebte zur Tür. Als er dort ankam, hörte er den Motor auf eine höhere Drehzahl gehen und sah den Bootsmann die Leine einziehen und festmachen. »Warte«, rief er.

Der Mann reagierte nicht, sah nicht einmal hoch, und der Motor drehte sich noch schneller.

»Warte«, rief Vianello noch lauter, erreichte aber nichts.

Er drängte sich durch die Leute an Deck und legte dem Mann die Hand leicht auf den Arm. »Ich bin's, Marco«, sagte er in normaler Lautstärke. Der andere blickte auf, sah die Uniform, erkannte das Gesicht und gab dem Bootsführer, der durch sein

Kabinenfenster nach hinten auf die Unruhe an Deck blickte, ein Zeichen.

Nachdem er das Zeichen wiederholt hatte, legte der Bootsführer plötzlich den Rückwärtsgang ein. Einige Passagiere an Deck kamen ins Schwanken und bemühten sich, ihr Gleichgewicht zu halten. Eine Frau taumelte schwer gegen Brunetti, der den Arm um sie legte und sie festhielt. Er hatte eigentlich keine Lust, sich eine Anzeige wegen polizeilicher Übergriffe einzuhandeln, oder was im umgekehrten Fall herauskäme, wenn sie stürzte, aber er hatte schon zugegriffen, ehe er darüber nachdenken konnte, und war froh, ihr dankbares Lächeln zu sehen, als er sie wieder losließ.

Langsam schloß das Boot wieder die Lücke zum Anleger. Der Bootsmann öffnete das Gitter, und Vianello und Brunetti gingen über den Holzsteg. Vianello hob die Hand zum Dank; der Motor heulte auf, und das Boot zog davon.

»Warum sind Sie denn mit hier ausgestiegen?« fragte Brunetti. Die Haltestelle war für ihn richtig, aber Vianello hätte bis Castello sitzen bleiben sollen.

»Ich nehme das nächste Boot. Was ist nun mit Zambino?«

»Morgen vormittag«, antwortete Brunetti. »Aber erst später. Vorher möchte ich Signorina Elettra nachsehen lassen, ob es noch etwas gibt, was sie bisher vielleicht übersehen hat.«

Vianello nickte zustimmend. »Sie ist das reine Wunder«, sagte er. »Wenn ich ihn besser kennte, würde ich sagen, Tenente Scarpa hat Angst vor ihr.«

»Ich kenne ihn ganz gut«, antwortete Brunetti, »und er *hat* Angst vor ihr. Weil sie nämlich nicht die mindeste Angst vor ihm hat. Und damit gehört sie zu einer sehr kleinen Minderheit in der Questura.« Da er und Vianello ebenfalls zu dieser Minderheit gehörten, konnte er so reden. »Das macht ihn aber zugleich sehr gefährlich. Ich habe ihr das schon zu sagen versucht, aber sie nimmt ihn einfach nicht ernst.«

»Das sollte sie aber«, meinte Vianello.

Ein Boot kam unter der Brücke hervor und hielt auf den Anleger zu. Als alle Passagiere ausgestiegen waren, ging Vianello mit einem großen Schritt an Deck. »*A domani, capo*«, sagte er. Brunetti hob die Hand und machte kehrt, bevor noch die anderen Passagiere zugestiegen waren.

Er ging zu einem der öffentlichen Telefone beim Anleger und wählte aus dem Gedächtnis Rizzardis Nummer im Krankenhaus. Rizzardi war schon fort, hatte aber bei seinem Assistenten eine Nachricht für Brunetti hinterlassen: Es sei alles so, wie er vermutet habe. Ein einadriges Kabel, mit Kunststoff ummantelt, etwa sechs Millimeter dick. Nichts weiter. Brunetti bedankte sich und machte sich auf den Heimweg.

Der Tag war gegangen und hatte alle Wärme mitgenommen. Brunetti wünschte sich, er hätte seinen Schal dabei, aber so mußte er sich damit begnügen, den Mantelkragen hochzuschlagen und den Kopf einzuziehen. Er ging mit raschen Schritten über die Brücke, wandte sich dahinter nach links und schlug den Weg entlang der *riva* ein, angezogen von den Lichtern der vielen Restaurants an ihrem Ufer. Er wandte sich nach rechts und eilte durch die Unterführung zum Campo San Silvestro, dann links in Richtung nach Hause. Bei Biancat verlockten ihn die Iris im Schaufenster, doch da fiel ihm sein Zorn auf Paola ein, und er ging vorbei. Nach ein paar Schritten dachte er aber nur noch an Paola, kehrte um, betrat das Blumengeschäft und kaufte ein Dutzend von den dunkelroten.

Sie war in der Küche, als er heimkam, und streckte den Kopf heraus, um zu sehen, ob er es war oder eines der Kinder, da sah sie das Paket in seinem Arm. Sie kam auf ihn zu, ein feuchtes Tuch in den Händen. »Was ist denn da drin, Guido?« fragte sie, ehrlich verwirrt.

»Mach's auf und sieh nach«, sagte er und überreichte ihr die Blumen.

Sie warf sich das Handtuch über die Schulter und nahm sie

ihm ab. Er drehte sich um, zog seinen Mantel aus, hängte ihn in den Schrank und hörte das Papier rascheln. Plötzlich war es still, totenstill, und er sah sich besorgt nach ihr um, ob er wohl etwas falsch gemacht hatte. »Was ist denn?« fragte er, als er ihr betroffenes Gesicht bemerkte.

Sie faßte den Strauß mit beiden Händen und zog ihn an ihre Brust. Ihre Antwort ging im Rascheln des zerknitterten Papiers unter.

»Wie?« fragte er und bückte sich ein wenig, denn sie hatte den Kopf gesenkt und ihr Gesicht in die Blüten gesteckt.

»Ich ertrage den Gedanken nicht, daß etwas, was ich getan habe, am Tod dieses Mannes schuld ist.« Ein Schluchzer erstickte ihre Stimme, aber sie fuhr fort: »Es tut mir leid, Guido. All der Ärger, den ich dir gemacht habe, tut mir leid. Ich tue dir so etwas an, und du bringst mir noch Blumen mit.« Sie fing an zu schluchzen, das Gesicht in den weichen Blütenblättern der Iris, und ihre Schultern bebten unter der Macht ihrer Gefühle.

Er nahm ihr die Blumen ab und sah sich um, wo er sie ablegen könnte. Es war nirgendwo Platz, weshalb er sie kurzerhand auf den Fußboden legte und die Arme um Paola schlang. Sie schluchzte an seiner Brust mit einer Hemmungslosigkeit, die seine Tochter noch nie an den Tag gelegt hatte, nicht einmal als ganz kleines Kind. Er hielt sie schützend im Arm, als fürchtete er, sie könnte unter ihren Schluchzern auseinanderbrechen. Er küßte sie auf den Kopf, trank ihren Duft in sich hinein, sah den kurzen Haarwirbel über ihrem Nacken. Er hielt sie fest umschlungen und wiegte sie ein wenig hin und her, sagte ein ums andere Mal ihren Namen. Noch nie hatte er sie mehr geliebt als in diesem Augenblick. Für einen Sekundenbruchteil wollte ihn ein Gefühl gehässigen Triumphs überkommen, doch sogleich stieg ihm deswegen die Schamröte ins Gesicht. Er verdrängte mit Gewalt jedes Gefühl der Rechthaberei, des Sieges und empfand nichts anderes mehr als Schmerz darüber, daß seine Frau, seine andere Hälfte, sich so quälte. Er küßte sie noch einmal aufs Haar, und als er fühlte, wie ihre Schluchzer abebbten, hielt er sie an den Schultern von sich weg. »Alles wieder gut, Paola?«

Sie nickte, konnte aber nicht sprechen und hielt den Kopf gesenkt, damit er ihr Gesicht nicht sehen konnte.

Er griff in die Hosentasche und holte sein Taschentuch hervor. Es war nicht unbedingt bügelfrisch, aber das spielte jetzt wohl keine Rolle. Er tupfte ihr das Gesicht damit ab, unter den Augen, unter der Nase, dann drückte er es ihr fest in die Hand. Sie nahm es, wischte sich auch das übrige Gesicht ab und schneuzte sich zuletzt vernehmlich. Dann hielt sie sich das Taschentuch vor ihre Augen, um sich vor ihm zu verstecken.

»Paola«, sagte er mit einer Stimme, die wieder halbwegs, wenn auch noch nicht völlig normal war, »was du getan hast, war durch und durch ehrenhaft. Ich finde es nicht gut, daß du es gemacht hast, aber du hast ehrenhaft gehandelt.«

Im ersten Moment dachte er, das würde sie wieder zum Weinen bringen, aber dem war nicht so. Sie nahm das Taschentuch vom Gesicht und sah ihn aus geröteten Augen an. »Wenn ich gewußt hätte ...«, begann sie.

Er hob die Hand, um sie zu unterbrechen. »Nicht jetzt, Paola. Vielleicht später, wenn wir beide darüber reden können. Jetzt laß uns in die Küche gehen und sehen, ob wir etwas zu trinken finden.«

Sie brauchte keine Sekunde, um anzufügen: »Und zu essen.« Sie lächelte, froh über den Aufschub.

16

Am nächsten Morgen ging Brunetti zur üblichen Zeit in die Questura und kaufte sich unterwegs drei Zeitungen. *Il Gazzettino* widmete dem Mord an Mitri noch immer ganze Seiten und beklagte einen Verlust für die Stadt, den er nicht näher bezeichnete, aber die überregionalen Blätter schienen das Interesse verloren zu haben, nur eines erwähnte ihn überhaupt noch in zwei kurzen Absätzen.

Auf seinem Schreibtisch lag Rizzardis Abschlußbericht. Der Doppelstriemen an Mitris Hals war, wie er herausgefunden hatte, auf ein »Zögern« des Mörders zurückzuführen, der das Kabel wahrscheinlich kurz losgelassen hatte, um nachzufassen, und dabei war der zweite Striemen auf Mitris Haut entstanden. Das Gewebe unter den Nägeln von Mitris linker Hand war tatsächlich Menschenhaut, dazu noch ein paar dunkelbraune Wollfasern, wahrscheinlich von einem Jackett oder Mantel, und beides mit Sicherheit das Ergebnis von Mitris verzweifeltem und vergeblichem Versuch, seinen Angreifer abzuwehren. »Liefern Sie mir einen Verdächtigen, und ich beweise die Übereinstimmung«, hatte Rizzardi an den Rand gekritzelt.

Um neun Uhr fand Brunetti, daß es nicht mehr zu früh sei, seinen Schwiegervater, den Conte Orazio Falier, anzurufen. Er wählte die Geschäftsnummer, nannte seinen Namen und wurde sofort verbunden.

»Buon dì, Guido«, sagte der Conte. *»Che pasticcio, eh?«*

Ja, es war ein Schlamassel, mehr als das. »Deshalb rufe ich an.« Brunetti wartete, aber der Conte sagte nichts, also sprach er weiter. »Hast du schon etwas gehört? Oder dein Anwalt?« Wieder machte er eine kleine Pause, bevor er fortfuhr: »Ich weiß ja gar nicht, ob dein Anwalt überhaupt damit befaßt ist.«

»Noch nicht«, antwortete der Conte. »Ich warte erst einmal

ab, was der Richter macht. Außerdem weiß ich nicht einmal, was Paola vorhat. Hast du eine Ahnung?«

»Wir haben gestern abend darüber gesprochen«, sagte Brunetti und hörte seines Schwiegervaters geflüstertes »Gut«.

»Sie hat gesagt«, sprach Brunetti weiter, »daß sie die Strafe bezahlen und das Schaufenster ersetzen will.«

»Und andere Forderungen?«

»Danach habe ich sie nicht gefragt. Mir hat erst einmal ihre Zusage genügt, die Strafe zu bezahlen und den Sachschaden zu ersetzen, prinzipiell zumindest. Dann könnte es sein, daß sie sich mit eventuellen anderen Forderungen auch einverstanden erklärt.«

»Gut, sehr gut. Das könnte klappen.«

Es störte Brunetti, daß der Conte offenbar annahm, sie beide heckten zusammen ein Komplott aus, um Paola zu überlisten oder zu manipulieren. Mochten sie noch so gute Motive haben und beide noch so sehr davon überzeugt sein, das Beste für sie zu tun, so mißfiel Brunetti doch die stillschweigende Unterstellung des Conte, er könne die Absicht haben, seine Frau zu täuschen.

Er wollte dieses Thema nicht weiterverfolgen. »Darum rufe ich aber nicht an. Ich möchte gern von dir hören, was du über Mitri oder Avvocato Zambino weißt.«

»Giuliano?«

»Ja.«

»Zambino ist so aufrecht wie ein Zinnsoldat.«

»Er hat Manolo verteidigt«, versetzte Brunetti. Manolo war ein Mafia-Killer, den Zambino vor drei Jahren erfolgreich verteidigt hatte.

»Manolo hat man in Frankreich entführt, um ihn hier vor Gericht zu stellen, und das war illegal.«

Da gingen die Meinungen auseinander. Manolo hatte in einer kleinen Ortschaft kurz hinter der französischen Grenze in einem Hotel gewohnt und war jeden Abend nach Monaco ins Spielkasino gefahren. Eine junge Frau, die er beim Bakkarat kennenlernte, hatte ihn eingeladen, bei ihr zu Hause auf der italienischen Seite noch etwas zu trinken. Beim Grenzübertritt war Manolo verhaftet worden, und zwar von ebendieser Frau, die ein Colonnello der Carabinieri war. Zambino hatte mit Erfolg argumentiert, sein Mandant sei in eine Polizeifalle gegangen und entführt worden.

Brunetti ließ das Thema auf sich beruhen. »Hat er schon einmal für dich gearbeitet?« fragte er den Conte.

»Ein- oder zweimal. Ich kenne ihn also. Und für Freunde von mir war er auch schon tätig. Er ist gut. Er arbeitet wie ein Pferd, um seinen Mandanten zu verteidigen. Aber er ist aufrichtig.« Der Conte machte eine lange Pause, als kämpfte er mit sich, ob er Brunetti die nächste Information anvertrauen dürfe, dann sprach er weiter: »Letztes Jahr ging das Gerücht, er sei steuerehrlich. Angeblich soll er ein Einkommen um die fünfhundert Millionen Lire angegeben haben.«

»Du glaubst, soviel hat er verdient?«

»Ja, das glaube ich«, antwortete der Conte in einem Ton, den er normalerweise für die Verkündigung von Wundern reservierte.

»Was halten seine Kollegen davon?«

»Das wirst du dir ja wohl denken können, Guido. Es macht es für sie alle schwer, wenn einer wie Zambino ein solches Einkommen angibt und die übrigen behaupten, sie hätten zweihundert Millionen oder noch weniger verdient. Es kann ihre eigenen Steuererklärungen nur in Mißkredit bringen.«

»Muß hart für sie sein.«

»Ja. Er ist ...«, begann der Conte, bevor er merkte, was er da in welchem Ton von sich gab, und sich unterbrach. »Was Mitri angeht«, sagte er ohne Überleitung, »da könnte sich ein genaueres Hinsehen lohnen, glaube ich. Vielleicht ist da etwas nicht ganz sauber.«

»Womit? Mit den Reisebüros?«

»Das weiß ich nicht. Genaugenommen weiß ich über ihn gar

nichts, nur was ein paar Leute nach seinem Tod gesagt haben. Du weißt ja, was so geredet wird, wenn jemand einem Gewaltverbrechen zum Opfer gefallen ist.«

Ja, das wußte Brunetti. Er hatte solches Gerede schon über Leute gehört, die bei Banküberfällen ins Feuer geraten waren, ebenso über ermordete Entführungsopfer. Immer kam da jemand und warf die Frage auf, warum der Betreffende wohl in diesem Augenblick an dieser Stelle war oder warum er und nicht ein anderer hatte sterben müssen und in welcher Weise er wohl mit den Tätern verquickt gewesen war. Nichts konnte hier in Italien einfach so sein, wie es aussah. Mochten die Umstände noch so unverdächtig sein, das Opfer noch so ehrenwert, immer kam irgendwer daher und malte das Gespenst obskurer Hintergründe an die Wand, wollte wissen, daß mehr dahinterstecke, daß jeder käuflich sei oder nur bekommen habe, was er verdiente, und daß überhaupt immer alles anders sei, als es den Anschein habe. »Was hast du denn gehört?« fragte er.

»Nichts Direktes oder Genaues. Alle haben sich sehr betont über die Sache gewundert. Aber bei einigen war so ein Unterton herauszuhören, der vermuten läßt, daß sie anders darüber denken.«

»Bei wem?«

»Guido«, sagte der Conte, und sein Ton wurde um einige Grade kühler. »Wenn ich es wüßte, würde ich es dir nicht sagen. Aber wie es so ist, ich weiß es nicht mehr. Es hat ja auch niemand direkt etwas gesagt, es wurde nur unausgesprochen angedeutet, daß es ihm nicht völlig überraschend so ergangen sei. Mehr kann ich dazu nicht sagen.«

»Wir haben diesen Zettel gefunden«, sagte Brunetti. Sicher hatte das manchen Leuten schon genügt, um darüber zu spekulieren, ob Mitri nicht in irgendwelche Machenschaften verwickelt war, die ihn nun das Leben gekostet hatten.

»Ja, ich weiß.« Der Conte schwieg kurz und fragte dann: »Was hältst du davon?«

»Warum fragst du?«

»Weil ich nicht will, daß meine Tochter bis ans Ende ihrer Tage glauben muß, der Mord sei durch etwas ausgelöst worden, was sie getan hat.«

Dieser Hoffnung konnte Brunetti sich nur von ganzem Herzen anschließen.

»Was sagt sie denn dazu?« fragte der Conte.

»Gestern abend hat sie gesagt, daß es ihr leid tut, und davon gesprochen, daß sie das alles ausgelöst habe.«

»Ist das deine Meinung? Daß sie der Auslöser war?«

»Ich weiß es nicht«, gestand Brunetti. »Heutzutage laufen so viele Verrückte durch die Gegend.«

»Man muß schon verrückt sein, um jemanden umzubringen, weil er eine Agentur hat und Reisen organisiert.«

»Sexreisen«, verbesserte Brunetti.

»Sexreisen. Reisen zu den Pyramiden«, erwiderte der Conte hitzig. »Ob das eine oder das andere, deswegen geht keiner hin und bringt einen Menschen um.«

Brunetti verkniff sich die Erwiderung, daß Leute normalerweise auch nicht hingingen und Steine in Schaufenster warfen. Vielmehr sagte er: »Die Leute tun vieles aus den verrücktesten Gründen, darum glaube ich, daß wir die Möglichkeit nicht ganz ausschließen können.«

»Aber glaubst du es?« bohrte der Conte, und Brunetti hörte an seinem angespannten Ton, was es ihn kostete, seinen Schwiegersohn das zu fragen.

»Wie ich dir schon sagte, ich möchte es nicht glauben«, antwortete Brunetti. »Ich weiß nicht genau, ob es ganz dasselbe ist, jedenfalls soll es heißen, daß ich nicht bereit bin, es zu glauben, solange wir nicht triftige Gründe dafür finden.«

»Und was für Gründe könnten das sein?«

»Ein Tatverdächtiger zum Beispiel.« Er selbst war mit der bisher einzigen Tatverdächtigen verheiratet und wußte, daß sie zur Mordzeit neben ihm gesessen hatte, also blieb entweder jemand, der wegen der Sexreisen zu morden bereit war, oder jemand, der es aus völlig anderen Gründen getan hatte. Er war ganz und gar gewillt, entweder den einen oder den anderen zu finden, solange er nur überhaupt jemanden fand. »Sagst du mir Bescheid, wenn du etwas Genaueres hörst?« fragte er. Und bevor der Conte seine Bedingungen stellen konnte, fügte er hinzu: »Du brauchst mir keine Namen zu nennen. Erzähl mir nur weiter, was er oder sie gesagt hat.«

»Na gut«, willigte der Conte ein. »Und läßt du mich wissen, wie es Paola geht?«

»Du könntest sie mal anrufen. Führ sie zum Essen aus. Tu irgend etwas, was ihr Freude macht.«

»Danke, Guido. Das werde ich tun.« Brunetti glaubte schon, der Conte habe ohne ein weiteres Wort aufgelegt, so lange zog sich das Schweigen hin, aber dann meldete er sich doch wieder: »Ich hoffe, du findest den Täter. Und ich will dir dabei helfen, so gut ich kann.«

»Danke«, sagte Brunetti.

Diesmal legte der Conte wirklich auf.

Brunetti zog seine Schublade auf und nahm die Fotokopie des Zettels heraus, den man bei Mitri gefunden hatte. Was sollte dieser Vorwurf der Pädophilie? Und wem galt er? Mitri persönlich? Oder Mitri, dem Eigentümer eines Reisebüros, das ihr durch seine Angebote Vorschub leistete? Wenn der Mörder verrückt genug war, so etwas zu schreiben und dann hinzugehen und den Menschen umzubringen, den er beschuldigte – wäre das dann jemand, den einer wie Mitri abends in seine Wohnung lassen würde? Brunetti wußte zwar, daß es ein überholtes Vorurteil war, aber er glaubte eben doch daran, daß man den total Verrückten mit einem Blick ansah, was sie waren. Um dafür Bestätigung zu finden, brauchte er nur an die zu denken, die er frühmorgens oft um den Palazzo Boldù sah.

Aber dieser Mensch hatte es geschafft, in Mitris Wohnung zu

gelangen. Außerdem hatte er – oder sie, räumte Brunetti ein, obwohl er diese Möglichkeit nicht ernsthaft in Betracht zog; auch so ein Vorurteil von ihm – Mitri so in Sicherheit wiegen können, daß dieser ihm den Rücken zuwandte und er ihm von hinten die Schnur oder den Draht, was immer es gewesen war, um den Hals legen konnte. Und er war ungesehen gekommen und wieder gegangen, denn keinem der Hausbewohner – sie waren alle befragt worden – war an diesem Abend irgend etwas Ungewöhnliches aufgefallen; die meisten hatten sich die ganze Zeit in ihren Wohnungen aufgehalten und erst gemerkt, daß etwas nicht in Ordnung war, als Signora Mitri schreiend ins Treppenhaus rannte.

Nein, das sah für Brunetti alles nicht nach einem Verrückten aus oder nach jemandem, der solch eine ominöse Botschaft hinterlassen würde. Abgesehen davon, konnte er sich auch nur schwer mit dem Paradox anfreunden, daß jemand, der bereit war, gegen ein von ihm so empfundenes Unrecht vorzugehen – und hier kam ihm als Beispiel unvermittelt wieder Paola in den Sinn –, einen Mord begehen würde, um dieses Unrecht aus der Welt zu schaffen.

Er verfolgte diese Gedanken weiter, schloß Irre beiderlei Geschlechts aus und ließ Fanatiker und Eiferer außer acht. Blieb am Ende genau die eine Frage übrig, die es bei allen Mordermittlungen zu klären galt: *cui bono?* Und das rückte die Möglichkeit, daß Mitris Tod mit den Aktivitäten des Reisebüros zusammenhing, in noch größere Ferne. Sein Ableben änderte ja nichts. Das Aufsehen würde sich rasch legen. Signor Dorandi würde allenfalls noch von der Geschichte profitieren, und sei es nur, weil sich durch den Medienrummel der Name des Unternehmens ins Gedächtnis der Leute gebrannt hatte; und er hatte das öffentliche Forum, das ihm die Presse bot, wahrlich gut genutzt, um immer wieder seinen Abscheu und Ekel vor jeder Form des Sextourismus zu betonen.

Also etwas anderes. Brunetti senkte den Kopf und starrte den

Zettel an, die mit ausgeschnittenen Buchstaben zusammengeklebten Worte. Etwas anderes. »Sex oder Geld«, sagte er laut und hörte Signorina Elettra erschrocken nach Luft schnappen. Sie war hereingekommen, ohne daß er es gehört hatte, und stand vor seinem Schreibtisch, einen Aktenordner in der Hand.

Er sah zu ihr auf und lächelte.

»Entschuldigung, Commissario, was war das?«

»Der Grund, warum er umgebracht wurde, Signorina. Sex oder Geld.«

Sie verstand sofort. »Beides sehr beliebt«, meinte sie, während sie ihm die Akte hinlegte. »Hier geht es um letzteres.«

»Bei wem von beiden?«

»Beiden.« Sie runzelte mißmutig die Stirn. »Aus diesen Zahlen da, denen von Dottor Mitri, werde ich nicht schlau.«

»Inwiefern?« fragte Brunetti. Wenn Signorina Elettra schon aus irgendwelchen Zahlen nicht schlau wurde, hatte er selbst erst recht keine Chance, etwas damit anfangen zu können.

»Er war sehr reich.«

Brunetti nickte; er hatte die Wohnung gesehen.

»Aber die Fabriken und Geschäfte, die ihm gehörten, werfen gar nicht soviel Geld ab.«

Das war nun allerdings, wie Brunetti wußte, ein weitverbreitetes Phänomen. Nach den Steuererklärungen zu urteilen, hatte niemand in Italien genug zum Leben; sie waren ein Volk von armen Leuten, die nur so gerade die Kurve kriegten, indem sie ihre Kragen wendeten, die Schuhe bis zur Brandsohle auftrugen und, wie er annehmen mußte, von Kleie und Brennesseln lebten. Und doch waren die Restaurants voll von gutgekleideten Menschen, jeder schien ein neues Auto zu besitzen, und die Flughäfen schickten Ladung um Ladung fröhlicher Touristen in alle Welt. Denk dir deinen Teil, konnte man da nur sagen.

»Ich kann mir nicht vorstellen, daß Sie das überrascht«, sagte Brunetti.

»Das tut es auch nicht. Wir schummeln alle bei der Steuer.

Aber ich habe mir die Bücher aller seiner Firmen angesehen, und sie scheinen zu stimmen. Das heißt, keine bringt ihm mehr als etwa zwanzig Millionen Lire im Jahr ein.«

»Was zusammen ergibt ...?«

»Rund zweihundert Millionen.«

»Gewinn?«

»Die hat er jedenfalls angegeben«, antwortete sie. »Nach Steuern blieb ihm davon weniger als die Hälfte.«

Es war erheblich mehr, als Brunetti im Jahr verdiente, und bedeutete wohl kaum ein Leben in Armut. »Aber warum sind Sie sich so sicher?« fragte er.

»Weil ich auch seine Kreditkartenabrechnungen geprüft habe.« Sie deutete mit dem Kopf zu dem Aktenordner. »Das sind nicht die Ausgaben eines Mannes, der so wenig verdient.«

Brunetti wußte nicht recht, wie er auf dieses wegwerfende »so wenig« reagieren sollte, und fragte: »Wieviel hat er denn so ausgegeben?« Er bedeutete ihr, Platz zu nehmen.

Sie raffte ihren langen Rock unter sich zusammen und setzte sich auf die vorderste Stuhlkante, wobei ihr Rücken mit der Lehne nicht einmal flirtete. Mit einer Handbewegung antwortete sie: »Die genaue Summe weiß ich nicht mehr. Über fünfzig Millionen, glaube ich. Wenn man die normalen Lebenshaltungskosten hinzuaddiert, die Ausgaben fürs Haus und so weiter, läßt sich nicht recht erklären, wie er zu fast einer Milliarde Lire in Sparguthaben und Wertpapieren kommt.«

»Vielleicht hat er in der Lotterie gewonnen«, meinte Brunetti lächelnd.

»Niemand gewinnt in der Lotterie«, antwortete Signorina Elettra, ohne zu lächeln.

»Warum läßt einer soviel Geld auf der Bank?« fragte Brunetti.

»Ich denke, weil niemand mit dem Sterben rechnet. Aber er hat es kräftig hin und her geschoben. Im letzten Jahr ist so einiges davon verschwunden.«

»Wohin?«

Sie zuckte die Achseln. »Wohin Geld eben verschwindet, nehme ich an: in die Schweiz, nach Luxemburg, auf die Kanalinseln.«

»Wieviel?«

»Etwa eine halbe Milliarde.«

Brunetti blickte auf die vor ihm liegende Mappe, schlug sie aber nicht auf. Er hob den Blick. »Können Sie das herausfinden?«

»Ich habe noch gar nicht richtig zu suchen angefangen, Commissario. Das heißt, angefangen habe ich schon, aber mich sozusagen nur ein bißchen umgesehen. Ich habe noch nicht angefangen, Schubladen aufzubrechen oder in seinen privaten Unterlagen zu schnüffeln.«

»Ob Sie dafür wohl die Zeit finden könnten?«

Brunetti konnte sich nicht erinnern, wann er das letztemal einem Kind ein Bonbon angeboten hatte, aber im Geiste sah er so ein ähnliches Lächeln vor sich, wie es jetzt auf Signorina Elettras Gesicht erblühte. »Nichts könnte mir größere Freude bereiten«, sagte sie, wobei ihn nur ihre Wortwahl überraschte, nicht die Antwort an sich. Sie stand so eilig auf, als könnte sie es kaum erwarten.

»Und Zambino?«

»Überhaupt nichts. Ich bin noch nie einem Menschen begegnet, dessen Geldgeschäfte so klar und ...« Sie unterbrach sich und mußte nach dem richtigen Wort suchen. »So klar und so ehrlich sind«, sagte sie und vermochte ihr Erstaunen über den Klang des letzten Wortes nicht zu unterdrücken. »Noch nie.«

»Wissen Sie etwas über ihn?«

»Privat?« Brunetti nickte, aber statt zu antworten, fragte sie zurück: »Warum möchten Sie das wissen?«

»Aus keinem bestimmten Grund«, antwortete er, neugierig gemacht durch ihr offenkundiges Widerstreben. »Also, wissen Sie etwas?«

»Er ist ein Patient von Barbara.«

Brunetti überlegte. Er kannte Signorina Elettra gut genug, um sich darüber klar zu sein, daß sie niemals etwas preisgeben würde, das für ihre Begriffe unter Familiengeheimnisse fiel; und ihre Schwester war durch ihre ärztliche Schweigepflicht gebunden. Er ließ das Thema fallen. »Und beruflich?«

»Freunde von mir haben ihn schon engagiert.«

»Als Anwalt?«

»Ja.«

»Warum? Ich meine, in was für Angelegenheiten?«

»Erinnern Sie sich an den Überfall auf Lily?« fragte sie.

Brunetti erinnerte sich an den Fall, der ihn sprachlos vor Zorn gemacht hatte. Vor drei Jahren war Lily Vitale, eine Architektin auf dem Heimweg von der Oper überfallen worden. Es hatte wie ein Straßenraub begonnen, aber als schwere Körperverletzung geendet, bei der sie mehrere Faustschläge ins Gesicht bekommen und ein gebrochenes Nasenbein davongetragen hatte. Gestohlen hatte man ihr nichts; ihre Handtasche hatte unberührt neben ihr gelegen, als auf ihre Hilferufe hin die Leute aus den umliegenden Häusern gerannt kamen.

Ihr Angreifer wurde noch in derselben Nacht festgenommen und schnell als derjenige identifiziert, der schon mindestens drei andere Frauen in der Stadt zu vergewaltigen versucht hatte. Aber er hatte ihnen nie etwas gestohlen und war, wie sich herausstellte, gar nicht zu einer Vergewaltigung fähig, und so hatte er drei Monate Hausarrest bekommen, aber erst, nachdem seine Mutter und seine Freundin vor Gericht aufgetreten waren und ein Loblied auf seine Tugend, seine Treue und seine Ehrenhaftigkeit gesungen hatten.

»Lily hat ihn dann auf Schadenersatz verklagt. Zambino war ihr Anwalt.«

Davon wußte Brunetti nichts. »Und?«

»Sie hat verloren.«

»Warum?«

»Weil der Mann ja nicht versucht hatte, sie zu berauben. Er

hatte ihr nur das Nasenbein gebrochen, und das war für den Richter kein so schweres Verbrechen wie ein Handtaschendiebstahl. Er hat ihr nicht einmal Schmerzensgeld zugesprochen. Er meinte, der Hausarrest sei Strafe genug.«

»Und Lily?«

Signorina Elettra zuckte die Achseln. »Sie geht nicht mehr allein aus und kommt dadurch weniger unter die Leute.«

Der junge Mann saß zur Zeit im Gefängnis, weil er seine Freundin niedergestochen hatte, aber Brunetti glaubte nicht, daß dies für Lily etwas änderte oder daß es überhaupt etwas änderte.

»Wie hat Zambino es aufgenommen, daß er den Fall verloren hat?«

»Das weiß ich nicht. Lily hat nie darüber gesprochen.« Mehr sagte Signorina Elettra nicht; sie wandte sich vielmehr zum Gehen. »Ich muß mich auf die Suche begeben«, meinte sie, womit sie ihn daran erinnerte, daß es hier um Mitri ging, nicht um eine Frau, deren Mut gebrochen worden war.

»Ach ja, und vielen Dank. Ich glaube, ich werde mich einmal mit Avvocato Zambino unterhalten.«

»Wie Sie meinen, Commissario.« Sie ging zur Tür. »Aber glauben Sie mir, wenn einer eine reine Weste hat, dann er.« Da die Person, von der sie sprachen, Rechtsanwalt war, nahm Brunetti diese letzte Bemerkung so ernst wie das Gebrabbel der Irren vor dem Palazzo Boldù.

17

Er beschloß, Vianello nicht mitzunehmen, damit sein Besuch bei dem Anwalt hoffentlich einen inoffizielleren Charakter bekam, obwohl er andererseits nicht glaubte, daß ein Mann, der mit dem ganzen Justizwesen so vertraut war wie Zambino, sich von einer Uniform beeindrucken ließ. Gerade fiel ihm ein Satz von Chaucer ein, den Paola oft zitierte: »... und schien sogar beschäftigter, als er es wirklich war«, hieß es da über den Mann des Rechts, weshalb Brunetti es für besser hielt, vorher bei dem Anwalt anzurufen; das würde es ihm vielleicht ersparen, warten zu müssen, während der Advokat noch seiner Juristerei nachging.

Seine Sekretärin, oder wer auch immer sich am anderen Ende meldete, sagte ihm, Zambino werde in ungefähr einer halben Stunde frei sein und den Commissario empfangen können.

Die Kanzlei befand sich am Campo San Polo, so daß Brunetti den Vormittag nicht weit von zu Hause beenden konnte und damit reichlich Zeit für die Mittagspause hätte. Er rief Paola an, um ihr das zu sagen. Beide sprachen ausschließlich über die Zeit und das Essen.

Nach diesem Anruf ging Brunetti hinunter in den Bereitschaftsraum, wo Vianello an seinem Schreibtisch saß und die Morgenzeitung las. Als er Brunetti kommen hörte, schlug er sie zu.

»Irgendwas Neues?« fragte Brunetti. »Ich hatte noch keine Zeit, alles zu lesen.«

»Nein, das Interesse läßt nach, wohl weil es nicht mehr viel zu sagen gibt. Jedenfalls nicht, bevor wir jemanden festnehmen.«

Vianello wollte aufstehen, aber Brunetti sagte: »Nein, bleiben Sie nur sitzen, Sergente. Ich gehe zu Zambino. Allein.« Bevor Vianello dazu etwas sagen konnte, sprach Brunetti weiter: »Signorina Elettra will Mitris Finanzen etwas genauer durchleuchten, und da dachte ich, Sie möchten ihr dabei vielleicht gern zusehen.«

Vianello interessierte sich in letzter Zeit zunehmend dafür, wie Signorina Elettra mit Hilfe ihres Computers und vieler Freunde, die sie zum Teil nur über das Internet kannte, an Informationen herankam. Keinerlei nationale oder sprachliche Grenzen behinderten anscheinend mehr den freien Austausch von Informationen, von denen viele für die Polizei hochinteressant waren. Brunettis eigene Versuche, auf diesem Gebiet Schritt zu halten, waren kläglich gescheitert, und so freute er sich über Vianellos Begeisterung. Er wollte, daß noch jemand anderer in der Lage war, zu tun, was Signorina Elettra tat, oder wenigstens verstand, wie sie es machte, falls sie einmal ohne sie auskommen müßten. Noch während er das dachte, betete er stumm, daß es dahin nie kommen möge.

Vianello war mit dem Zusammenfalten der Zeitung fertig und legte sie auf den Schreibtisch. »Gern. Sie hat mir schon vieles gezeigt, aber ihr fällt immer noch etwas Neues ein, wenn es auf den normalen Wegen nicht klappt. Meine Kinder können es gar nicht fassen«, fuhr er fort. »Sie haben mich immer gehänselt, weil ich so wenig von dem verstand, was sie aus der Schule mit nach Hause brachten oder wovon sie redeten, aber jetzt kommen sie schon zu mir und fragen mich, wenn sie Probleme haben oder keinen *access* zu irgendwas bekommen.« Ja, Vianello beherrschte sogar schon die international übliche Terminologie.

Leicht irritiert von diesem kurzen Gespräch verließ Brunetti die Questura. Ein einzelner Kameramann stand draußen, aber mit dem Rücken zum Eingang, weil er sich gerade gegen den Wind eine Zigarette anzündete, und so kam Brunetti unbemerkt an ihm vorbei. Am Canal Grande angekommen, entschied er sich wegen des Windes gegen das *traghetto* und nahm den Weg über den Rialto-Markt. Beim Gehen achtete er nicht auf die

Schönheit, die ihn auf allen Seiten umgab, sondern überlegte nur, was für Fragen er Avvocato Zambino stellen wollte. Nur einmal ließ er sich ablenken, als er an einem der Gemüsestände Pilze sah, die er für *porcini* hielt. Er hoffte, auch Paola würde sie sehen und sie ihnen vielleicht mit Polenta zum Mittagessen servieren.

Er ging mit raschen Schritten die Rughetta entlang, an seiner eigenen *calle* vorbei, durch die Unterführung und hinaus auf den *campo*. Die Bäume hatten ihre Blätter schon längst verloren, so daß der große Platz seltsam nackt und ungeschützt wirkte.

Die Anwaltskanzlei befand sich im ersten Stock des Palazzo Soranzo, und Brunetti war überrascht, als Zambino ihm persönlich die Tür öffnete.

»Ah, Commissario Brunetti. Sehr erfreut«, sagte der Anwalt und begrüßte Brunetti mit einem festen Händedruck. »Ich kann nicht sagen: ›Es freut mich, Sie kennenzulernen‹, denn wir kennen uns ja schon, aber ich freue mich, daß Sie zu mir gekommen sind und mit mir sprechen wollen.« Bei ihrem ersten Zusammentreffen hatte Brunetti sich fast ausschließlich auf Mitri konzentriert und den Anwalt nicht weiter beachtet.

Der Mann war klein und untersetzt, und seine Figur deutete auf gutes Essen und wenig Bewegung hin. Brunetti glaubte denselben Anzug zu erkennen, den er schon bei dem Gespräch mit Patta getragen hatte, aber ganz sicher war er sich nicht. Schütteres Haar bedeckte einen Schädel, der irritierend rund war; dasselbe konnte man von seinem Gesicht und den Wangen sagen. Er hatte die Augen einer Frau: dicht bewimpert, mandelförmig, kobaltblau und auffallend schön.

»Danke«, sagte Brunetti und wandte den Blick von dem Anwalt, um sich in dessen Vorzimmer umzusehen. Es war, wie er überrascht feststellte, ein betont schlichter Raum, wie er eher bei einem frisch niedergelassenen jungen Arzt zu erwarten gewesen wäre. Die Stühle hatten Metallrahmen, die Sitzflächen und

Lehnen waren aus Plastik, das schlecht als Holz getarnt war. In der Mitte stand ein niedriger Tisch, auf dem ein paar alte Zeitschriften lagen.

Zambino führte ihn durch eine offene Tür in einen zweiten Raum, der offenbar sein Büro war. Hier waren die Wände mit Bücherregalen vollgestellt, und Brunetti erkannte juristische Kommentare, Fallstudien und die Gesetzestexte des italienischen Zivil- und Strafrechts. Die Regale reichten alle vom Boden bis zur Decke. Vier oder fünf Bücher lagen aufgeschlagen auf Zambinos Schreibtisch.

Während Brunetti auf einem der drei Stühle vor dem Schreibtisch Platz nahm, ging Zambino zu seinem eigenen Stuhl und klappte die Bücher zu, nachdem er gewissenhaft kleine Papierschnipsel in jedes gesteckt hatte, dann legte er die Bücher auf einen Stapel und schob diesen beiseite.

»Um gleich zur Sache zu kommen, ich nehme an, daß Sie gekommen sind, um mit mir über Dottor Mitri zu sprechen«, begann Zambino. Brunetti nickte. »Gut. Wenn Sie mir dann sagen, was Sie wissen möchten, will ich versuchen, Ihnen zu helfen, so gut ich kann.«

»Sehr freundlich von Ihnen, Avvocato«, antwortete Brunetti überaus höflich.

»Das hat nichts mit Freundlichkeit zu tun, Commissario. Es ist meine Pflicht als Bürger und mein Wunsch als Anwalt, auf jede erdenkliche Weise dazu beizutragen, daß Sie Dottor Mitris Mörder finden.«

»Sie nennen ihn nicht Paolo, Avvocato?«

»Wen, Mitri?« fragte der Anwalt zurück, und als Brunetti nickte, antwortete er: »Nein. Dottor Mitri war ein Klient, kein Freund.«

»Gibt es einen Grund dafür, daß er kein Freund war?«

Zambino war schon zu lange Anwalt, um auf irgendeine Frage mit Überraschung zu reagieren, und antwortete ruhig: »Nein, es gibt dafür keinen Grund außer dem, daß wir nie etwas miteinander zu tun hatten, bevor er mich um Rat wegen des Vorfalls im Reisebüro gebeten hat.«

»Meinen Sie denn, er hätte Ihr Freund werden können?« erkundigte sich Brunetti.

»Darüber kann ich nicht spekulieren, Commissario. Ich habe einmal mit ihm telefoniert, mich hier in meiner Kanzlei mit ihm getroffen und bin dann mit ihm zum Vice-Questore gegangen. Das war der einzige Kontakt, den ich je mit ihm hatte, also kann ich nicht wissen, ob er mein Freund hätte werden können.«

»Aha«, sagte Brunetti. »Können Sie mir sagen, was er wegen des Vorfalls im Reisebüro, wie Sie das nennen, zu tun beschlossen hatte?«

»Sie meinen, hinsichtlich einer Klage?«

»Ja.«

»Nach dem Gespräch mit Ihnen und dann mit dem Vice-Questore habe ich ihm vorgeschlagen, Schadenersatz für das Schaufenster und den geschätzten Umsatzausfall für das Reisebüro zu fordern, an dem er ja prozentual beteiligt war.«

»War es schwer, ihn zu überreden, Avvocato?«

»Nein, überhaupt nicht«, antwortete Zambino, fast als hätte er diese Frage schon erwartet gehabt. »Ich möchte sogar behaupten, er hatte sich schon vor seinem Gespräch mit mir zu diesem Kurs entschieden und wollte sich seine Meinung nur noch von einem Anwalt bestätigen lassen.«

»Haben Sie irgendeine Ahnung, warum er sich dafür Sie ausgesucht hat?« fragte Brunetti.

Ein Mann, der sich seiner Position weniger gewiß gewesen wäre, hätte jetzt sicher gestutzt und sich erst einmal erstaunt darüber gegeben, daß jemand auch nur die Frage zu stellen wagte, warum man ihn zum Anwalt erwählte. Zambino aber sagte nur: »Nein, nicht die mindeste. Er hatte es sicher nicht nötig, zu einem wie mir zu kommen.«

»Meinen Sie damit, zu einem, der sich in erster Linie mit Handelsrecht befaßt, oder einem, der so angesehen ist wie Sie?«

Zambino lächelte, und das nahm Brunetti noch mehr für ihn ein.

»Das haben Sie schön gesagt, Commissario. Sie lassen mir kaum eine andere Möglichkeit, als mein eigenes Loblied zu singen.« Als er Brunettis Lächeln sah, fuhr er fort: »Wie gesagt, ich weiß es nicht. Kann sein, daß ein Bekannter von ihm mich empfohlen hat. Es könnte aber ebensogut sein, daß er meinen Namen rein zufällig aus dem Telefonbuch herausgesucht hat.« Bevor Brunetti den Einwand machen konnte, fügte Zambino schon selbst hinzu: »Obwohl ich eigentlich nicht glaube, daß Dottor Mitri der Mensch war, der seine Entscheidungen auf diese Weise traf.«

»Waren Sie denn lange genug mit ihm zusammen, um sich ein Urteil darüber zu bilden, was er für ein Mensch war, Avvocato?«

Zambino antwortete nach einigem Nachdenken: »Ich hatte den Eindruck, er war ein mit allen Wassern gewaschener Geschäftsmann und sehr auf Erfolg bedacht.«

»War es für Sie überraschend, daß er so ohne weiteres auf eine Klage gegen meine Frau zu verzichten bereit war?« Als Zambino nicht gleich antwortete, fuhr Brunetti fort: »Ich meine, mit einem Urteil zu seinen Ungunsten war ja auf keinen Fall zu rechnen. Sie hat die Verantwortung übernommen« – beiden Männern war sehr wohl bewußt, daß Brunetti das Wort »Schuld« vermied –, »das hat sie schon zu dem festnehmenden Polizisten gesagt. Mitri hätte sie also auf jede beliebige Summe verklagen können, und wahrscheinlich hätte er den Prozeß gewonnen.«

»Trotzdem hat er sich anders entschieden«, sagte Zambino.

»Was glauben Sie, warum?«

»Kann sein, daß er einfach keine Rachegelüste hatte.«

»Hatten Sie diesen Eindruck?«

Zambino überlegte. »Nein, eigentlich glaube ich, daß er die Rache sehr genossen hätte. Er war sehr, sehr wütend.« Bevor Brunetti dazu etwas sagen konnte, fuhr Zambino fort: »Und er war nicht nur wütend auf Ihre Frau, sondern auch auf den Geschäftsführer des Reisebüros, dem er ausdrücklich auferlegt hatte, diese Art von Tourismus um jeden Preis zu vermeiden.«

»Sextourismus?«

»Ja. Er hat mir die Durchschrift eines Briefes und des Vertrages gezeigt, den er vor drei Jahren an Signor Dorandi geschickt hat, und darin heißt es ausdrücklich, daß er sich auf so etwas nicht einlassen dürfe, andernfalls werde ihm die Pacht gekündigt. Ich bin mir nicht sicher, wie juristisch verbindlich dieser Vertrag gewesen wäre, wenn Dorandi ihn angefochten hätte – ich habe ihn nicht aufgesetzt –, aber ich glaube, man sieht daran, daß es Mitri ernst damit war.«

»Waren dafür nach Ihrem Eindruck moralische Gründe ausschlaggebend?«

Zambino ließ sich mit der Antwort lange Zeit, als müßte er erst abwägen, inwieweit er gegenüber einem Klienten, der jetzt tot war, noch eine Verpflichtung hatte. »Nein. Ich glaube, ihm war nur klar, daß es geschäftlich unklug gewesen wäre. In einer Stadt wie Venedig kann Aufsehen solcher Art für ein Reisebüro verheerend sein. Nein, meiner Ansicht nach war das für ihn keine Frage der Moral, es war eine rein geschäftliche Entscheidung.«

»Ist es für Sie eine Frage der Moral, Avvocato?«

»Ja«, antwortete der Anwalt kurz und bündig, ohne erst überlegen zu müssen.

Brunetti ließ das Thema auf sich beruhen und fragte: »Wissen Sie, was er in bezug auf Dorandi vorhatte?«

»Ich weiß, daß er ihm einen Brief geschrieben hat, in dem er ihn an den Vertrag erinnerte und eine Erklärung zu den Reisen forderte, gegen die Ihre Frau protestiert hat.«

»Hat er diesen Brief abgeschickt?«

»Er hat ihn an Signor Dorandi gefaxt und dann noch per Einschreiben an ihn abgeschickt.«

Brunetti ließ sich das durch den Kopf gehen. Wenn Paolas

Ideale als triftiger Grund für einen Mord gelten sollten, dann erst recht der drohende Verlust eines sehr lukrativen Geschäfts. »Es wundert mich noch immer, daß er sich an Sie gewandt hat, Avvocato.«

»Menschen tun seltsame Dinge, Commissario.« Der Anwalt lächelte. »Vor allem wenn sie sich genötigt sehen, sich mit der Justiz auseinanderzusetzen.«

»Nehmen Sie es bitte nicht persönlich, Avvocato, aber Geschäftsleute geben selten Geld für nichts und wieder nichts aus.« Und bevor Zambino es doch übelnehmen konnte, fügte Brunetti hinzu: »Denn in diesem Fall scheint mir ein Anwalt kaum vonnöten zu sein. Er brauchte dem Vice-Questore nur seine Bedingungen zu nennen, entweder telefonisch oder brieflich. Niemand hat den Bedingungen widersprochen. Trotzdem hat er sich einen Anwalt genommen.«

»Zu nicht unbeträchtlichen Kosten, wenn ich das hinzufügen darf«, sagte Zambino.

»Eben. Und verstehen Sie das?«

Zambino lehnte sich zurück und verschränkte die Hände hinter dem Kopf, wobei er einen stattlichen Bauch zur Schau stellte. »Ich halte das auch für *›overkill‹*, wie die Amerikaner es nennen«, meinte er. Und noch immer mit Blick zur Decke fuhr er fort: »Ich glaube, er wollte keinen Zweifel daran aufkommen lassen, daß auf seine Forderungen einzugehen war, daß Ihre Frau seine Bedingungen zu akzeptieren hatte und die Sache damit erledigt sein sollte.«

»Erledigt?«

»Ja.« Der Anwalt beugte sich wieder vor, legte die Arme auf den Schreibtisch und sagte: »Ich hatte das starke Gefühl, daß er die Sache ohne Ärger und öffentliches Aufsehen hinter sich bringen wollte. Letzteres war ihm vielleicht sogar das Wichtigere. Einmal habe ich ihn gefragt, was er denn tun wolle, wenn Ihre Frau, die ja offenbar aus Überzeugung gehandelt hat, es ablehne, den Schaden zu ersetzen; ob er dann eine Klage in Betracht ziehe. Er sagte, nein. Und in diesem Punkt ließ er auch nicht mit sich reden. Ich sagte ihm, er könne den Prozeß gar nicht verlieren, und trotzdem wollte er absolut nichts davon wissen.«

»Das heißt, wenn meine Frau sich zu zahlen geweigert hätte, wäre er nicht einmal gerichtlich gegen sie vorgegangen?«

»Genau das heißt es.«

»Und das sagen Sie mir, obwohl Sie wissen, daß sie es sich immer noch anders überlegen und die Zahlung verweigern kann?«

Zambino sah auf, und zum erstenmal wirkte er überrascht. »Natürlich.«

»Obwohl Sie wissen, daß ich es ihr weitererzählen und ihre Entscheidung damit beeinflussen könnte?«

Zambino lächelte wieder. »Commissario, ich stelle mir vor, daß Sie, bevor Sie hierherkamen, sehr viel Zeit aufgewendet haben, um über mich und meinen Ruf in der Stadt soviel wie möglich zu erfahren.« Ehe Brunetti das zugeben oder abstreiten konnte, fuhr der Anwalt fort: »Ich habe umgekehrt dasselbe getan, wie es jeder täte. Und was ich erfahren habe, sagt mir, daß ich Ihnen das alles beruhigt erzählen kann, weil keine Gefahr besteht, daß Sie es Ihrer Frau weitersagen oder aufgrund dieses Wissens versuchen könnten, sie in irgendeiner Weise zu beeinflussen.«

Verlegenheit hielt Brunetti davon ab, dies ausdrücklich zu bestätigen. Er nickte nur und fragte dann: »Haben Sie Mitri gefragt, warum es ihm so wichtig war, jedes öffentliche Aufsehen zu vermeiden?«

Zambino schüttelte den Kopf. »Ich gebe zu, es hätte mich interessiert, aber es gehörte nicht zu meinen Aufgaben, das herauszubekommen. Das Wissen hätte mir als seinem Anwalt nichts genützt, und als Anwalt hat er mich schließlich bezahlt.«

»Aber Sie haben sich Ihre Gedanken darüber gemacht?«

Wieder dieses Lächeln. »Natürlich, Commissario. Es schien so gar nicht zu dem Mann zu passen, wie ich ihn sah: reich, mit guten Beziehungen ausgestattet und, wenn Sie so wollen, mächtig. Solchen Leuten gelingt es für gewöhnlich, alles zu vertuschen, selbst die schlimmsten Sachen. Und hier war er ja nicht einmal selbst verantwortlich, oder?«

Brunetti schüttelte schweigend den Kopf und wartete, was der Anwalt noch zu sagen hatte.

»Es bedeutete also, daß er entweder aus ethischen Erwägungen die Umtriebe der Reiseagentur für unrecht hielt – und diese Möglichkeit hatte ich ja schon ausgeschlossen – oder daß es einen anderen Grund persönlicher oder geschäftlicher Art gab, warum er jedes negative Aufsehen und das damit verbundene nähere Hinsehen vermeiden wollte oder mußte.«

Diesen Schluß hatte Brunetti auch schon gezogen, und er war froh, ihn von jemandem bestätigt zu bekommen, der Mitri gekannt hatte. »Und haben Sie sich schon überlegt, was das sein könnte?«

Diesmal lachte Zambino aus vollem Hals. Das Spielchen begann ihm Spaß zu machen. »Wenn wir in einem anderen Jahrhundert lebten, würde ich sagen, er fürchtete für seinen guten Namen. Aber da sich den jetzt jeder auf dem freien Markt kaufen kann, sage ich, er fürchtete, daß bei solch genauerem Hinsehen etwas an den Tag kommen könnte, was er lieber versteckt halten wollte.«

Wieder waren die Gedanken des Anwalts mit denen Brunettis spiegelgleich. »Haben Sie eine Ahnung?«

Zambino zögerte lange, bevor er antwortete. »Ich fürchte, jetzt wird es für mich knifflig, Commissario. Obwohl der Mann tot ist, bin ich ihm als Anwalt nach wie vor verpflichtet und kann es mir nicht erlauben, die Polizei auf etwas aufmerksam zu machen, was ich weiß oder möglicherweise auch nur vermute.«

Brunetti spitzte sofort die Ohren. Er überlegte schon, was Zambino womöglich wußte und wie er es ihm entlocken könnte, aber bevor er sich auch nur die erste Frage zurechtlegen konnte, fuhr der andere schon fort: »Wenn ich Ihnen damit Zeit sparen kann, Commissario, sage ich Ihnen besser gleich – und zwar ganz unter uns –, daß ich keine Ahnung habe, was da in ihm vorgegangen sein könnte. Er hat mit mir über keine seiner anderen Angelegenheiten gesprochen, nur über diesen Fall. Ich weiß also gar nichts, aber ich wiederhole, selbst wenn ich etwas wüßte, würde ich Ihnen nichts davon sagen.«

Brunetti setzte sein offenherzigstes Lächeln auf, während er sich fragte, wieviel von dem, was er soeben gehört hatte, wohl der Wahrheit entsprach. Mit den Worten: »Sie haben mir sehr großzügig Ihre Zeit gewidmet, Avvocato, und ich will nicht noch mehr davon in Anspruch nehmen«, stand er auf und wandte sich zur Tür.

Zambino kam ihm nach. »Ich hoffe, Sie können den Fall aufklären, Commissario«, sagte er auf dem Weg nach draußen. Er streckte die Hand aus, und Brunetti nahm sie mit allen Anzeichen der Herzlichkeit, während er noch immer darüber nachgrübelte, ob dieser Anwalt einfach ein ehrlicher Mensch oder ein sehr geschickter Lügner war.

»Das hoffe ich auch, Avvocato«, sagte er abschließend und machte sich auf den Heimweg zu seiner Frau.

18

Schon den ganzen Tag spukte in Brunettis Hinterkopf das Wissen herum, daß er und Paola heute zum Abendessen eingeladen waren. Seit jenem Ereignis, das Brunetti um keinen Preis »ihre Festnahme« nennen wollte, hatten beide es vermieden, Einladungen anzunehmen oder auszusprechen, aber dieser Abend war schon vor Monaten verabredet worden, weil Paolas bester Freund und engster Verbündeter an der Universität, Giovanni Morosini, seinen fünfundzwanzigsten Hochzeitstag feierte, und sie konnten sich da nicht mit Anstand herausreden. Giovanni war derjenige gewesen, der zweimal Paolas Karriere gerettet hatte: einmal, indem er einen Brief von Paola an den Magnifico Rettore vernichtete, in dem sie ihn einen machthungrigen Nichtskönner genannt hatte, das zweite Mal, indem er sie überredete, ihren Kündigungsbrief an denselben Rektor nicht abzuschicken.

Giovanni lehrte an der Universität italienische Literatur, seine Frau Kunstgeschichte an der Accademia di Belle Arti, und die vier waren im Lauf der Jahre gute Freunde geworden. Da die anderen drei den größten Teil ihres Berufslebens mit Büchern verbrachten, fühlte Brunetti sich in ihrer Gesellschaft manchmal etwas unbehaglich, weil er überzeugt war, daß sie die Künste ernster nahmen als das Alltagsleben. Aber die Zuneigung der Morosinis zu Paola stand außer Frage, und so hatte Brunetti zugestimmt, die Einladung anzunehmen, zumal Clara noch anrief und klarstellte, daß sie nicht in ein Restaurant gehen, sondern zu Hause essen würden. In der Öffentlichkeit hielt Brunetti sich sowieso nicht gern auf, schon gar nicht, solange Paolas rechtliche Situation nicht geklärt war.

Paola sah keinen Grund, ihre Lehrveranstaltungen an der Universität abzusagen, also kam sie um fünf nach Hause. Damit hatte sie noch Zeit, das Essen für die Kinder vorzubereiten, ein Bad zu nehmen und sich fertigzumachen, bevor Brunetti kam.

»Du bist schon umgezogen?« fragte er, als er in die Wohnung trat und sie in einem kurzen Kleid sah, das auf ihn den Eindruck machte, als wäre es aus Blattgold. »Das habe ich ja noch nie gesehen«, fügte er hinzu, während er seinen Mantel aufhängte.

»Und?« fragte sie.

»Es gefällt mir«, meinte er, »besonders die Schürze.«

Sie blickte überrascht an sich hinunter, aber bevor sie sich darüber ärgern konnte, daß er sie gefoppt hatte, drehte er sich um und ging in ihrer beider Schlafzimmer. Sie ging wieder in die Küche und band sich dort wirklich eine Schürze um, während er im Schlafzimmer seinen dunkelblauen Anzug anlegte.

Während er noch seinen Hemdkragen unter dem Jackett geradezog, ging er in die Küche. »Wann sollen wir da sein?«

»Um acht.«

Brunetti schob seine Manschette hoch und sah auf die Uhr. »Aufbruch in zehn Minuten?« Paola, den Kopf über einen Topf gebeugt, brummelte nur etwas zur Antwort. Brunetti bedauerte, daß kaum mehr Zeit für ein Gläschen Wein blieb. »Weißt du, wer sonst noch kommt?« fragte er.

»Nein.«

»Hm«, machte Brunetti. Er öffnete die Kühlschranktür und nahm eine Flasche Pinot Grigio heraus, schenkte sich ein halbes Glas ein und trank.

Paola setzte den Deckel wieder auf den Topf und stellte die Gasflamme ab. »Das wäre soweit«, sagte sie. »Damit die beiden uns nicht verhungern.« Dann zu ihm: »Stört dich das?«

»Daß wir nicht wissen, wer sonst noch eingeladen ist?«

Statt darauf zu antworten, fragte sie zurück: »Erinnerst du dich an diese Amerikaner?«

Brunetti stellte seufzend sein Glas ins Spülbecken. Ihre Blikke trafen sich, und beide lachten. »Die Amerikaner« waren zwei Gastprofessoren aus Harvard gewesen, die Morosini vor zwei

Jahren einmal eingeladen hatte, Assyriologen, die den ganzen Abend nur miteinander gesprochen und sich dabei so betrunken hatten, daß man sie mit einem Taxi nach Hause schicken mußte. Die Rechnung dafür hatte am nächsten Morgen im Briefkasten der Morosinis gesteckt.

»Hast du überhaupt gefragt?« erkundigte sich Brunetti.

»Wer kommt?«

»Ja.«

»Konnte ich doch nicht«, antwortete Paola, und als sie sah, daß er nicht überzeugt war, fügte sie hinzu: »So was kann man nicht machen, Guido. Ich jedenfalls nicht. Und was hätte ich tun sollen, wenn es irgendwelche unmöglichen Leute gewesen wären? Sagen, ich sei krank?«

Er zuckte die Achseln und dachte an die Abende, die er schon als Gefangener der allumfassenden Toleranz und vielgestaltigen Freundschaften der Morosinis verbracht hatte.

Paola holte ihren Mantel und zog ihn an, bevor er ihr dabei helfen konnte. Zusammen verließen sie die Wohnung und schlugen die Richtung nach San Polo ein. Sie überquerten den *campo,* gingen über eine Brücke und bogen in eine schmale *calle* zur Rechten ein. Kurz dahinter gingen sie auf die rechte Seite hinüber und klingelten bei den Morosinis. Dic Tür klickte fast augenblicklich auf, und sie stiegen zum *piano nobile* hinauf, wo Giovanni Morosini schon in der offenen Tür zu seiner Wohnung stand, aus der ein Stimmengewirr herausdrang.

Morosini war groß und trug noch immer den Bart, den er sich als wilder 68er Student hatte wachsen lassen. Der Bart war im Lauf der Jahre grau geworden, und Morosini behauptete oft im Scherz, es sei ihm mit seinen Idealen und Prinzipien ebenso ergangen. Er war etwas größer und ein beachtliches Stück breiter als Brunetti, so daß er die ganze Türöffnung auszufüllen schien. Er begrüßte Paola mit Küßchen auf beide Wangen und schüttelte Brunetti herzlich die Hand.

»Willkommen, ihr beiden. Kommt herein und laßt euch etwas

zu trinken geben«, sagte er, wobei er ihnen die Mäntel abnahm und sie in einen Schrank neben der Tür hängte. »Clara ist in der Küche, aber ich möchte euch gern mit ein paar Leuten bekannt machen.« Wie immer staunte Brunetti über die Gegensätzlichkeit zwischen der Größe des Mannes und seiner leisen Stimme, die kaum mehr als ein Flüstern war, als fürchtete er ständig, belauscht zu werden.

Er machte Platz, damit sie eintreten konnten, und ging ihnen über den Flur voran in den großen *salotto,* von dem aus man in alle anderen Zimmer gelangte. In einer Ecke standen vier Leute, und Brunetti fiel sofort auf, wie sehr zwei von ihnen miteinander verheiratet wirkten und wie wenig die beiden anderen.

Alle drehten sich um, als sie die Neuankömmlinge hörten, und Brunetti sah die Augen der nicht verheiratet aussehenden Frau aufblitzen, als ihr Blick auf Paola fiel. Es war nicht schön anzusehen.

Morosini führte sie um eine niedrige Couch herum zu den anderen. »Paola und Guido Brunetti«, begann er. »Darf ich vorstellen, Dottor Klaus Rotgeiger, ein Freund, der auf der anderen Seite des *campo* wohnt, und seine Frau Bettina.« Die beiden, die nach Ehepaar aussahen, stellten ihre Gläser hinter sich auf den Tisch, drehten sich wieder um und streckten die Hände aus. Ihr Händedruck war ebenso herzlich wie vorhin der von Morosini. Sie äußerten die üblichen Nettigkeiten auf italienisch mit leichtem Akzent. Brunetti fiel auf, wie ähnlich sie einander im Körperbau waren, wie ähnlich auch ihr klarer Blick.

»Und«, fuhr Morosini fort, »Dottoressa Filomena Santa Lucia und ihr Mann Luigi Bernardi.« Die Angesprochenen stellten ihre Gläser neben die der anderen und streckten ebenfalls die Hände aus. Dieselben Nettigkeiten. Nur spürte Brunetti diesmal ein gewisses Zögern bei den beiden, ihre Hände allzulange mit denen der Fremden in Kontakt zu lassen. Er merkte auch, daß beide, obwohl sie mit ihm wie mit Paola sprachen, viel mehr Augen für Paola hatten. Die Frau hatte dunkle Augen und verriet mit ihrem ganzen Gehabe, daß sie zu denen gehörte, die sich für weitaus schöner halten, als sie sind. Der Mann sprach mit dem tonlosen R der Milanesen.

Von hinten rief Claras Stimme: »*A tavola, a tavola, ragazzi*«, und Giovanni führte sie ins angrenzende Zimmer, wo ein großer ovaler Tisch parallel zu einer Reihe hoher Fenster stand, aus denen man zu den Häusern auf der gegenüberliegenden Seite des *campo* blickte.

Jetzt kam Clara aus der Küche, den Kopf eingehüllt in eine Dampfwolke aus der Terrine, die sie vor sich hertrug wie eine Opfergabe. Brunetti roch Anchovis und Broccoli und merkte, daß er Hunger hatte.

Während der Vorspeise drehten die Gespräche sich um Allgemeines, ein vorsichtiges Abtasten, wie es immer stattfindet, wenn acht Leute, die ihre jeweiligen Vorlieben nicht kennen, herauszufinden versuchen, welche Themen auf Interesse stoßen. Brunetti fiel dabei wieder einmal auf, wie schon so oft in den letzten Jahren, daß nicht über Politik gesprochen wurde. Er wußte nicht recht, ob sich dafür niemand mehr interessierte oder ob sie einfach ein zu heißes Eisen war, um Fremde da heranzulassen. Aber aus welchem Grund auch immer, jedenfalls war die Politik der Religion in jenen Gulag gefolgt, in den sich hineinzubegeben niemand mehr wagte oder Lust hatte.

Dottor Rotgeiger erklärte gerade in einem Italienisch, das Brunetti recht gut fand, mit welchen Schwierigkeiten er beim Ufficio Stranieri zu kämpfen habe, wenn er seine Aufenthaltsgenehmigung für Venedig um ein Jahr verlängern wolle. Jedesmal werde er von selbsternannten »Agenten« angegangen, die sich zwischen den Wartenden herumtrieben und behaupteten, sie könnten helfen, den Papierkrieg abzukürzen.

Brunetti ließ sich eine zweite Portion Pasta auftun und schwieg.

Als der Fisch aufgetragen wurde – ein riesiger gedünsteter Seebarsch, der mindestens einen halben Meter lang gewesen sein mußte –, war die Gesprächsführung inzwischen auf Dottoressa Santa Lucia übergegangen, die als Kultur-Anthropologin gerade von einer Forschungsreise nach Indonesien zurückgekehrt war, wo sie ein Jahr lang familiäre Machtstrukturen studiert hatte.

Obwohl sie ihre Worte an alle um den Tisch richtete, merkte Brunetti, daß sie dabei die ganze Zeit Paola ansah. »Man muß verstehen«, sagte sie, nicht direkt lächelnd, aber mit dem selbstzufriedenen Gesicht derer, die in der Lage sind, die Feinheiten einer fremdartigen Kultur zu begreifen, »daß die ganze Familienstruktur auf die Bewahrung derselben ausgerichtet ist. Das heißt, es muß alles getan werden, um die Familie intakt zu halten, selbst wenn es bedeutet, daß ihre unbedeutendsten Mitglieder geopfert werden.«

»Und wer bestimmt das?« fragte Paola, während sie eine winzige Gräte aus ihrem Mund nahm und sie übertrieben vorsichtig auf den Tellerrand legte.

»Das ist eine sehr interessante Frage«, sagte Dottoressa Santa Lucia in genau dem Ton, in dem sie wahrscheinlich ihren Studenten zum hundertsten Mal dasselbe erklärte. »Aber ich glaube, dies ist einer der wenigen Fälle, in denen sich die gesellschaftlichen Vorstellungen dieser sehr komplexen und hochstehenden Kultur mit unserer eher vereinfachenden Sicht vertragen.« Sie legte eine kleine Pause ein und wartete, ob jemand um Erläuterung bat.

Bettina Rotgeiger tat ihr den Gefallen. »Inwiefern vertragen?«

»Insofern, als wir uns darüber einig sind, wer das ist, die unbedeutendsten Mitglieder der Gesellschaft.« Nach diesen Worten hielt die Dottoressa erneut inne, und als sie sah, daß ihr die ganze Tischgesellschaft zuhörte, nippte sie an ihrem Weinglas, während die anderen auf ihre Antwort warteten.

»Lassen Sie mich raten«, sprach Paola lächelnd dazwischen, das Kinn auf die Hand gestützt, den Fisch vergessend. »Die jungen Mädchen?«

Nach einer kurzen Pause sagte Dottoressa Santa Lucia: »Genau«, ohne sich anmerken zu lassen, ob sie sich darüber ärgerte, daß jemand ihr den Clou gestohlen hatte. »Finden Sie das vielleicht merkwürdig?«

»Nicht im mindesten«, antwortete Paola, lächelte noch einmal und wandte sich wieder ihrem Seebarsch zu.

»Ja«, fuhr die Anthropologin fort, »in gewissem Sinne und nach den vorhandenen gesellschaftlichen Normen sind sie entbehrlich, wenn man zum einen bedenkt, daß von ihnen mehr geboren werden, als die meisten Familien ernähren können, und daß zum anderen männlicher Nachwuchs viel wünschenswerter ist.« Sie warf einen Blick in die Runde, um zu sehen, wie das ankam, bevor sie mit deutlich zur Schau gestellter Sorge, sie könne womöglich irgend jemandes starre abendländische Empfindlichkeit verletzt haben, hastig hinzufügte: »Natürlich ganz aus ihrer Vorstellungswelt heraus. Wer anders soll schließlich für die alt gewordenen Eltern sorgen?«

Brunetti nahm die Flasche Chardonnay und beugte sich über den Tisch, um Paolas Glas nachzufüllen, dann goß er sich selbst ein. Ihre Blicke trafen sich; sie lächelte kaum merklich und nickte ihm noch unmerklicher zu.

»Ich halte es für unbedingt notwendig, daß wir diese Frage mit ihren Augen betrachten und versuchen, uns damit so auseinanderzusetzen wie sie, wenigstens soweit unsere eigenen kulturellen Vorurteile es uns gestatten«, verkündete Dottoressa Santa Lucia und erklärte dann in einem mehrminütigen Vortrag, wie wichtig es für uns sei, unsere Sichtweise so zu erweitern, daß wir kulturelle Unterschiede hinnehmen und ihnen den Respekt zollen könnten, den sie schon deshalb verdienten, weil sie sich in Jahrtausenden so entwickelt hätten, daß sie den speziellen Bedürfnissen der jeweiligen Gesellschaft gerecht würden.

Nach einer Weile – Brunetti schätzte, daß es ungefähr so lange dauerte, wie er brauchte, um sein frisch gefülltes Glas Wein auszutrinken und seine Portion Kartoffeln aufzuessen – kam sie zum Schluß und ergriff lächelnd ihr Glas, als wartete sie, daß ihre dankbaren Studenten ans Podium kamen, um ihr zu sagen, wie erhellend ihr Vortrag gewesen sei. Aber das Schweigen dehnte und dehnte sich, bis Paola es endlich brach, indem sie sagte: »Komm, Clara, ich helfe dir, das Geschirr abzuräumen.« Brunetti war nicht der einzige, der erleichtert aufseufzte.

Später auf dem Heimweg fragte Brunetti: »Warum hast du sie so davonkommen lassen?«

Paola zuckte die Achseln.

»Sag's mir doch. Warum?«

»Zu simpel«, meinte Paola wegwerfend. »Es war von Anfang an klar, daß sie mich nur dazu bringen wollte, darüber zu reden, warum ich es getan habe. Wozu hätte sie sonst diesen ganzen Unsinn über entbehrliche Mädchen aufs Tapet gebracht?«

Brunetti ging neben ihr, ihren Ellbogen fest in seiner Armbeuge. Er nickte. »Vielleicht glaubt sie ja daran.« Sie gingen ein paar Schritte weiter und dachten darüber beide nach, bis er sagte: »Ich kann solche Frauen nicht ausstehen.«

»Was für Frauen?«

»Die keine Frauen mögen.« Sie gingen wieder ein paar Schritte weiter. »Kannst du dir vorstellen, wie es in ihren Vorlesungen zugeht?« Bevor Paola darauf antworten konnte, fuhr er fort: »Sie ist von allem, was sie sagt, so überzeugt, so vollkommen sicher, daß sie die einzige Wahrheit gepachtet hat.« Er schwieg kurz. »Und stell dir vor, wie es ist, so jemanden in seinem Prüfungsausschuß zu haben. Du brauchst nur in einem Punkt anderer Meinung zu sein als sie, schon bist du durchgefallen.«

»Wer will sich schon in Kultur-Anthropologie prüfen lassen?« warf Paola ein.

Er lachte laut, ganz ihrer Meinung. Als sie in ihre *calle* einbogen, verlangsamte er seine Schritte, blieb dann stehen und drehte sie zu sich. »Danke, Paola«, sagte er.

»Wofür?« fragte sie mit Unschuldsmiene.

»Daß du die Schlacht vermieden hast.«

»Die hätte doch nur damit geendet, daß sie mich gefragt hätte, warum ich mich habe festnehmen lassen, und ich glaube nicht, daß sie zu denen gehört, mit denen ich darüber reden möchte.«

»Diese dumme Kuh«, brummelte Brunetti.

»Das war eine sexistische Äußerung«, bemerkte Paola.

»Ja, genau.«

19

Nach diesem Ausflug ins Gesellschaftsleben war beiden der Appetit auf dergleichen vergangen, und sie kehrten zu ihrer Strategie zurück, keinerlei Einladungen anzunehmen. Und wenn auch Paola und er darunter litten, Abend für Abend zu Hause bleiben zu müssen, und Raffi ihr ständiges Daheimsein schon mit ironischen Bemerkungen kommentierte, fand Chiara es einfach herrlich, sie allabendlich für sich zu haben, und ließ es sich nicht nehmen, sie zu Kartenspielen zu animieren, mit ihnen einen Tierfilm nach dem anderen im Fernsehen anzugucken und sogar ein Monopoly-Turnier zu veranstalten, das sich bis ins neue Jahr auszudehnen drohte.

Paola ging täglich in die Universität und Brunetti in die Questura. Zum erstenmal in ihrem Berufsleben waren beide froh über die Berge von Papierkram, mit denen der byzantinische Staat, für den sie beide arbeiteten, sie eindeckte.

Wegen Paolas Verwicklung in den Fall ging Brunetti nicht zu Mitris Beerdigung, was er normalerweise getan hätte. Zwei Tage danach nahm er sich noch einmal die Berichte des Labors und der Spurensicherung zu dem Fall sowie Rizzardis vierseitigen Autopsiebericht vor. Er brauchte dafür einen großen Teil des Vormittags und fragte sich am Ende, warum er eigentlich in seinem beruflichen wie privaten Leben soviel Zeit darauf verwandte, immer wieder dieselben Dinge durchzugehen. Während seines vorübergehenden Exils von der Questura hatte er Gibbon zu Ende gelesen und beschäftigte sich zur Zeit mit Herodot, und für die Zeit danach hatte er schon die Ilias bereitliegen. Alle diese Tode, alle diese gewaltsam verkürzten Leben.

Er nahm den Autopsiebericht und ging damit hinunter zu Signorina Elettra, die ihm wieder einmal als das reine Gegengift zu allem erschien, worüber er gerade nachgedacht hatte. Ihr Blazer war so rot, wie er noch keinen gesehen hatte, und an ihrer weißen Seidenbluse war der oberste Knopf offen. Sonderbarerweise tat sie gerade nichts, als er in ihr Zimmer kam, sondern saß nur an ihrem Schreibtisch, das Kinn auf die Hand gestützt, und starrte durchs Fenster zur Kirche San Lorenzo hinüber, von der man in der Ferne ein Eckchen sehen konnte.

»Ist alles in Ordnung, Signorina?« fragte er, als er sie so dasitzen sah.

Sie richtete sich auf und lächelte. »Natürlich, Commissario. Ich habe nur über ein Gemälde nachgedacht.«

»Ein Gemälde?«

»Mhm«, machte sie, stützte das Kinn wieder auf die Hand und sah erneut aus dem Fenster.

Brunetti drehte sich um und folgte ihrem Blick, als glaubte er, das fragliche Bild dort sehen zu können, doch er sah nur das Fenster und die Kirche dahinter. »Welches?« fragte er.

»Das im Museo Correr, die Kurtisanen mit ihren Hündchen.«

Er kannte das Bild, wußte aber nie, wer es gemalt hatte. Darauf saßen die Damen ebenso geistesabwesend und gelangweilt da wie Signorina Elettra bei seinem Eintreten und blickten zur Seite, als interessierten sie sich nicht für das Leben, das sie umfing.

»Und was ist damit?«

»Ich weiß nie so recht, ob es wirklich Kurtisanen oder nur reiche Damen aus jener Zeit sind, die es so langweilt, alles zu besitzen und tagein, tagaus nichts zu tun zu haben, daß sie nur dasitzen und in die Gegend stieren können.«

»Wie kommen Sie darauf?«

»Ach, ich weiß nicht«, antwortete sie achselzuckend.

»Langweilen Sie sich hier?« fragte er und deutete auf das kleine Büro und alles, was damit einherging. Er hoffte sehr auf ein Nein von ihr.

Sie wandte den Kopf und sah zu ihm auf. »Soll das ein Witz sein, Commissario?«

»Nein, keineswegs. Warum fragen Sie?«

Sie sah ihm eine ganze Weile ins Gesicht, bevor sie antwortete: »Nein, ich langweile mich hier überhaupt nicht. Ganz im Gegenteil.« Brunetti wunderte sich gar nicht darüber, wie froh ihn diese Antwort machte. Nach einer kleinen Pause fügte sie hinzu: »Obwohl ich nie so genau weiß, welche Stellung ich hier eigentlich habe.«

Brunetti verstand nicht, was sie damit meinte. Offiziell war sie die Sekretärin des Vice-Questore. Außerdem sollte sie zeitweise noch Brunetti und einem anderen Commissario als Sekretärin zur Verfügung stehen, aber sie hatte für beide noch nie einen Brief oder auch nur eine Aktennotiz geschrieben. »Sie meinen sicher Ihre wirkliche Stellung im Unterschied zu Ihrer offiziellen?« fragte er.

»Ja, natürlich.«

Brunetti hatte während dieses Gesprächs die Hand mit dem Bericht sinken lassen. Jetzt hob er sie wieder, streckte die Mappe ein Stückchen zu ihr hinüber und sagte: »Ich finde, daß Sie unsere Augen, unsere Nase und der lebendige Geist unserer Neugier sind, Signorina.«

Sie hob den Kopf und belohnte ihn mit ihrem strahlendsten Lächeln. »Wäre schön, so etwas in meiner Stellenbeschreibung zu lesen, Commissario.«

»Ich halte es für das beste«, antwortete Brunetti, wobei er mit der Mappe zu Pattas Tür deutete, »wir rühren nicht an Ihrer Stellenbeschreibung, wie sie geschrieben steht.«

»Aha«, war alles, was sie dazu sagte, aber ihr Lächeln wurde noch herzlicher.

»Und machen uns keine Gedanken darüber, als was wir die Hilfe bezeichnen, die Sie für uns sind.«

Signorina Elettra streckte die Hand nach der Mappe aus, und Brunetti gab sie ihr. »Ich habe überlegt, ob es nicht möglich wäre, einmal nachzuprüfen, ob diese Mordmethode schon früher angewandt wurde, und wenn ja, von wem und an wem.«

»Die Garrotte?«

»Ja.«

Sie schüttelte ein wenig unwirsch den Kopf. »Wenn ich nicht so damit beschäftigt gewesen wäre, mich selbst zu bedauern, hätte ich von mir aus darauf kommen müssen«, sagte sie. Dann fragte sie rasch: »In ganz Europa oder nur Italien, und wie weit zurück?«

»Fangen Sie mit Italien an, und wenn Sie da nichts finden, gehen Sie weiter, zuerst nach Süden.« In Brunettis Augen war das eine mediterrane Mordmethode. »Gehen Sie fünf Jahre zurück. Dann zehn, wenn Sie noch nichts gefunden haben.«

Sie drehte sich um und schaltete ihren Computer ein, und Brunetti wurde plötzlich klar, wie sehr das Gerät für ihn schon zu einer Verlängerung ihres Gehirns geworden war. Er lächelte und ging, und dabei fragte er sich, ob das nun wieder ein sexistisches Verhalten von ihm war oder ob es sie in seinen Augen herabsetzte, wenn er sie als eine Einheit mit ihrem Computer betrachtete. Auf der Treppe mußte er lachen, aus vollem Hals, als ihm bewußt wurde, was das Leben an der Seite einer Zelotin aus einem Mann machen konnte, und er sich gleichzeitig voll Freude klarwurde, daß es ihm völlig egal war.

Als er nach oben kam, stand Vianello vor seiner Tür und wartete offensichtlich auf ihn. »Kommen Sie rein, Sergente. Was gibt's?«

Der Sergente folgte ihm ins Zimmer. »Iacovantuono«, sagte er. Als Brunetti nicht reagierte, fuhr er fort: »Die in Treviso haben sich umgehört.«

»Wonach?« fragte Brunetti, wobei er Vianello zu einem Stuhl winkte.

»Nach seinen Freunden.«

»Und seiner Frau?« fragte Brunetti. Einen anderen Grund konnte Vianellos Besuch nicht haben.

Der Sergente nickte.

»Und?«

»Es scheint, daß die Frau, die bei uns angerufen hat, recht hatte, obwohl man sie noch nicht gefunden hat. Die beiden hatten viel Streit.« Brunetti hörte schweigend zu. Vianello fuhr fort: »Eine Frau aus dem Nachbarhaus sagt, er hat sie geschlagen, und einmal war sie sogar im Krankenhaus.«

»Stimmt das?«

»Ja. Sie war im Bad gestürzt – so hat sie es jedenfalls erzählt.« Beide hatten schon viele Frauen so etwas sagen hören.

»Wurden die Zeiten geprüft?« fragte er, ohne das näher erklären zu müssen.

»Der Mann hat sie um zwanzig vor zwölf auf der Treppe gefunden. Iacovantuono ist kurz nach elf zur Arbeit erschienen.« Bevor Brunetti etwas sagen konnte, fuhr Vianello fort: »Nein, keiner weiß, wie lange sie da schon gelegen hatte.«

»Wer hat die Fragen gestellt?«

»Der, mit dem wir gesprochen haben, als wir das erstemal dort waren. Negri. Als ich ihm von dem Anruf bei uns erzählte, sagte er mir, er hätte schon angefangen, die Nachbarn auszufragen. Das ist bei denen auch Routine. Ich habe ihm gesagt, daß wir diesen Anruf für fingiert halten.«

»Und?«

Vianello zuckte die Achseln. »Niemand hat ihn zur Arbeit gehen sehen. Keiner weiß genau, wann er dort angekommen ist. Keiner weiß, wie lange sie da schon lag.«

Obwohl viel passiert war, seit Brunetti den Mann zuletzt gesehen hatte, konnte er das Gesicht des *pizzaiolo* noch deutlich vor sich sehen, diese von Leid getrübten Augen. »Da können wir nichts machen«, meinte er schließlich.

»Ich weiß. Ich dachte nur, Sie wüßten gern Bescheid.«

Brunetti dankte mit einem Nicken, und Vianello ging wieder nach unten.

Eine halbe Stunde später klopfte Signorina Elettra an seine Tür. Sie kam herein, in der rechten Hand ein paar Blätter Papier.

»Bringen Sie mir, was ich vermute?« fragte er.

Sie nickte. »In den letzten sechs Jahren hat es drei ähnliche Morde gegeben. Zweimal war es die Mafia, oder es sah zumindest so aus.« Sie kam an seinen Schreibtisch, legte ihm die beiden ersten Blätter nebeneinander auf den Tisch und zeigte auf zwei Namen. »Einer in Palermo, einer in Reggio Calabria.«

Brunetti las die Namen und die Daten. Ein Mann war am Strand gefunden worden, der andere in seinem Auto. Beide waren mit einer dünnen Schnur erdrosselt worden, wahrscheinlich einem mit Plastik ummantelten Draht: Bei keinem der Opfer hatte man am Hals irgendwelche Fäden oder Textilfasern gefunden.

Sie legte noch ein Blatt neben die beiden anderen. Davide Narduzzi war vor einem Jahr in Padua umgebracht worden, und man hatte die Tat einem marokkanischen Straßenhändler zur Last gelegt. Aber bevor man ihn verhaften konnte, war er verschwunden. Brunetti las die Einzelheiten: Wie es aussah, war Narduzzi von hinten angegriffen und erdrosselt worden, bevor er sich wehren konnte. Dieselbe Hergangsbeschreibung traf auch auf die beiden anderen Morde zu. Und auf den an Mitri.

»Der Marokkaner?«

»Keine Spur.«

»Warum kommt mir der Name so bekannt vor?« fragte Brunetti.

»Narduzzi?«

»Ja.«

Signorina Elettra legte das letzte Blatt vor Brunetti. »›Rauschgift, bewaffneter Raubüberfall, Körperverletzung, Kontakte zur Mafia und Verdacht auf Erpressung‹«, las sie aus der Liste der Anzeigen vor, die Narduzzi sich im Lauf seines kurzen Lebens eingehandelt hatte. »Stellen Sie sich vor, was für Freunde so einer haben muß. Da wundert es nicht, daß der Marokkaner verschwunden ist.«

Brunetti hatte rasch den Rest durchgelesen. »Falls es ihn je gegeben hat.«

»Wie meinen Sie?«

»Sehen Sie mal her«, sagte er, den Finger auf einem der Namen. Zwei Jahre vorher war Narduzzi in eine Schlägerei mit Ruggiero Palmieri verwickelt gewesen, dem mutmaßlichen Mitglied einer der gewalttätigsten Verbrecherbanden in Norditalien. Palmieri war im Krankenhaus gelandet, hatte aber keine Anzeige erstatten wollen. Brunetti wußte genug über solche Leute, um sich darüber im klaren zu sein, daß sie derlei Angelegenheiten unter sich regelten.

»Palmieri?« fragte Signorina Elettra. »Den Namen kenne ich nicht.«

»Das ist auch besser so. Er hat nie hier gearbeitet – falls das der richtige Ausdruck ist. Gott sei Dank.«

»Kennen Sie ihn?«

»Ich bin ihm einmal begegnet, vor Jahren. Schlimm. Ein ganz schlimmer Mensch.«

»Würde er so etwas tun?« fragte sie und tippte mit dem Finger auf die beiden anderen Blätter.

»Ich glaube, das ist sein Beruf – Menschen aus dem Weg zu räumen«, antwortete Brunetti.

»Wie kommt es dann, daß dieser andere, Narduzzi, sich mit ihm angelegt hat?«

Brunetti schüttelte den Kopf. »Keine Ahnung.« Er las noch einmal die drei kurzen Berichte durch und stand auf. »Sehen wir mal, was Sie über Palmieri herausfinden können«, sagte er und begleitete sie hinunter in ihr Büro.

Es war leider nicht sehr viel. Palmieri war vor einem Jahr untergetaucht, nachdem man ihn als einen der drei Männer identifiziert hatte, die einen gepanzerten Geldtransport überfallen hatten. Zwei Wachmänner waren dabei verletzt worden, aber den Dieben war es nicht gelungen, an die gut acht Milliarden Lire heranzukommen, die in dem Wagen transportiert wurden.

Zwischen den Zeilen las Brunetti, daß die Polizei wohl keine großen Anstrengungen unternommen hatte, Palmieri zu finden:

Es hatte keine Toten gegeben, nichts war gestohlen worden. Aber jetzt ging es um Mord.

Brunetti dankte Signorina Elettra und ging zu Vianello. Der Sergente saß, die Stirn in die Handflächen gestützt, über einen Stapel Papiere gebeugt. Es war sonst niemand im Raum, also konnte Brunetti ihn ein Weilchen beobachten, bevor er an seinen Schreibtisch ging. Vianello hörte ihn kommen und sah auf.

»Ich glaube, ich möchte ein paar Gefälligkeiten einfordern«, sagte Brunetti ohne Einleitung.

»Von wem?«

»Von Leuten in Padua.«

»Guten oder bösen?«

»Sowohl als auch. Wie viele kennen wir?«

Wenn Vianello sich geschmeichelt fühlte, weil er durch den Plural miteinbezogen wurde, ließ er es sich nicht anmerken. Er dachte kurz nach und antwortete schließlich: »Einige. Von beiden Sorten. Was wollen wir sie fragen?«

»Ich interessiere mich für Ruggiero Palmieri.« Brunetti sah, daß Vianello mit dem Namen etwas anzufangen wußte, und wartete, während der Sergente sein Gedächtnis nach Leuten durchforstete, die ihnen etwas über den Mann sagen könnten.

»Welcher Art sind die Informationen, die Sie brauchen, Commissario?«

»Ich möchte wissen, wo er war, als diese Männer ums Leben kamen«, sagte Brunetti und legte ihm Signorina Elettras Computerausdrucke auf den Tisch. »Und dann möchte ich noch wissen, wo er an dem Abend war, als Mitri ermordet wurde.«

Vianello hob fragend das Kinn, und Brunetti erklärte: »Ich habe gehört, daß er ein bezahlter Killer ist. Er hatte vor ein paar Jahren Ärger mit einem gewissen Narduzzi.« Vianello zeigte mit einem Nicken, daß der Name ihm etwas sagte.

»Erinnern Sie sich, was aus ihm geworden ist?« fragte Brunetti.

»Er ist umgekommen, aber ich weiß nicht mehr, wie.«

»Erdrosselt, möglicherweise mit einem Elektrokabel.«

»Und diese beiden?« Vianello deutete mit einer Kopfbewegung zu den Papieren.

»Dasselbe.«

Vianello nahm die Blätter und las sie aufmerksam durch. »Ich habe noch von keinem dieser beiden gehört. Der Mord an Narduzzi war vor ungefähr einem Jahr, nicht wahr?«

»Ja. In Padua.« Die dortige Polizei war höchstwahrscheinlich froh, Narduzzi los zu sein. Jedenfalls haben die Ermittlungen sich nie bis nach Venedig erstreckt. »Fällt Ihnen jemand ein, der etwas wissen könnte.«

»Vielleicht der Kollege aus Padua, mit dem Sie mal zusammengearbeitet haben?«

»Della Corte«, sagte Brunetti. »Ja, an den hatte ich auch schon gedacht. Er kennt vermutlich ein paar dunkle Gestalten, die er mal fragen kann. Aber ich dachte, Sie kennen vielleicht jemanden.«

»Zwei«, antwortete Vianello, ohne das näher zu erläutern.

»Gut. Dann fragen Sie die mal.«

»Was kann ich ihnen im Gegenzug anbieten, Commissario?«

Darüber mußte Brunetti ein Weilchen nachdenken und genau abwägen, was er von Kollegen erbitten und wozu er sich selbst gefahrlos verpflichten konnte. Schließlich sagte er: »Ich bin dann ihnen einen Gefallen schuldig, und wenn ihnen in Padua etwas zustößt, steht della Corte dafür ein.«

»Nicht gerade viel«, meinte Vianello unverhohlen skeptisch.

»Mehr liegt nicht drin.«

20

Die nächste Stunde war ausgefüllt mit Anrufen nach und aus Padua. Brunetti rief bei Polizei und Carabinieri an und stürzte sich in das heikle Geschäft, Gefälligkeiten einzusammeln, die er sich im Lauf seiner Jahre bei der Polizei verdient hatte. Die meisten dieser Gespräche gingen von der Questura zu anderen Dienststellen. Della Corte erklärte sich bereit, in Padua herumzufragen, und machte sich Brunettis Vorschlag zu eigen, für eventuelle Tips entsprechende Gefälligkeiten in Aussicht zu stellen. Danach verließ Brunetti die Questura und ging zu den öffentlichen Telefonen an der Riva degli Schiavoni, wo er einen kleinen Stapel Telefonkarten zu je fünfzehntausend Lire aufbrauchte, um die Handys verschiedener kleiner und nicht ganz so kleiner Ganoven anzurufen, mit denen er in der Vergangenheit zu tun gehabt hatte.

Wie alle Italiener wußte er, daß viele dieser Anrufe von allen möglichen staatlichen Stellen abgehört und aufgezeichnet werden konnten, vielleicht in diesem Moment sogar wurden, darum nannte er nie seinen Namen und sprach immer nur in Andeutungen, sagte zum Beispiel, daß eine gewisse Person in Venedig sich für Ruggiero Palmieris momentanen Aufenthaltsort interessiere, aber diese Person wolle auf keinen Fall mit ihm Kontakt aufnehmen, und Signor Palmieri dürfe auch nicht erfahren, daß nach ihm gefragt werde. Sein sechster Anruf galt einem Drogenhändler, dessen Sohn Brunetti vor ein paar Jahren nicht festgenommen hatte, nachdem der Junge ihn am Tag nach der letzten Verurteilung seines Vaters tätlich angegriffen hatte. Der Mann sagte, er werde sehen, was er tun könne.

»Und Luigino?« fragte Brunetti, um zu zeigen, daß er nicht nachtragend war.

»Den habe ich nach Amerika geschickt. Um Betriebswirtschaft zu studieren«, sagte der Vater, bevor er auflegte. Das bedeutete wahrscheinlich, daß Brunetti ihn würde festnehmen müssen, wenn er ihm das nächstemal begegnete. Vielleicht würde er mit einem Diplom von einer angesehenen amerikanischen Universität aber auch solch schwindelerregende Höhen in der Organisation erklimmen, daß ein kleiner *commissario di polizia* aus Venedig gar nicht mehr an ihn herankam.

Mit der letzten Telefonkarte rief Brunetti bei Mitris Witwe an, deren Nummer er von einem Zettel ablas, und wie am Tag nach Mitris Tod bekam er nur eine Ansage des Anrufbeantworters zu hören, daß wegen des Trauerfalls niemand von der Familie zu sprechen sei. Er nahm den Hörer ans andere Ohr und wühlte in seiner Tasche, bis er einen weiteren Zettel mit der Nummer von Mitris Bruder fand, aber auch dort bekam er nur den Anrufbeantworter mit der gleichen Ansage. Kurzerhand beschloß er, zu Mitris Wohnung zu gehen und zu sehen, ob irgend jemand von der Familie zu Hause war.

Er nahm das 82er Boot nach San Marcuola und fand ohne weiteres den Weg zu dem Haus. Er klingelte, und gleich darauf hörte er eine Männerstimme aus der Sprechanlage, die fragte, wer da sei. Er sagte, er sei von der Polizei, nannte seinen Dienstgrad, aber nicht seinen Namen, hörte eine Zeitlang gar nichts und wurde schließlich zum Eintreten aufgefordert. Das Salz fraß immer noch an den Mauern, und wie zuvor lagen kleine Häufchen Putz und abgeblätterte Farbe auf den Treppenstufen.

Oben erwartete ihn ein Mann im dunklen Anzug an der offenen Tür. Er war groß und sehr schlank, hatte ein schmales Gesicht und dunkles, kurzgeschnittenes Haar, das an den Schläfen grau wurde. Als er Brunetti sah, machte er Platz, um ihn eintreten zu lassen, und streckte die Hand aus. »Ich bin Sandro Bonaventura«, sagte er, »Paolos Schwager.« Wie seine Schwester zog er es offenbar vor, Italienisch zu sprechen, nicht Veneziano, obwohl der Akzent deutlich hörbar war.

Brunetti nahm die Hand und trat in die Wohnung, ohne seinen Namen zu nennen. Bonaventura führte ihn in ein großes Zimmer am Ende des kurzen Flurs. Brunetti bemerkte, daß hier noch die ursprünglichen Eichendielen lagen, kein Parkett, und die Vorhänge an den Fenstern schienen echtes Fortuny-Tuch zu sein.

Bonaventura deutete auf einen Sessel, und als Brunetti saß, nahm er ihm gegenüber Platz. »Meine Schwester ist nicht da«, begann er. »Sie und ihre Enkelin sind für ein paar Tage zu meiner Frau gefahren.«

»Ich hatte gehofft, sie anzutreffen«, sagte Brunetti. »Wissen Sie, wann sie zurückkommt?«

Bonaventura schüttelte den Kopf. »Sie und meine Frau stehen sich sehr nahe, wie Schwestern, darum haben wir sie zu uns eingeladen, nachdem … das passiert war.« Er blickte auf seine Hände, schüttelte langsam den Kopf und sah dann wieder zu Brunetti auf. »Ich kann einfach nicht glauben, was da passiert ist, schon gar nicht bei Paolo. Es gab keinen Grund dafür, wirklich keinen.«

»Es gibt oft keinen Grund, wenn jemand einen Einbrecher überrascht, der daraufhin in Panik gerät …«

»Sie glauben, das war ein Einbruch? Und dieser Zettel?« fragte Bonaventura.

Brunetti ließ sich etwas Zeit, bevor er antwortete: »Es könnte sein, daß der Einbrecher ihn sich aufgrund des Aufsehens um das Reisebüro ausgesucht hat. Den Zettel hatte er womöglich bei sich, um ihn hinterher in der Wohnung liegen zu lassen.«

»Aber wozu diese Umstände?«

Brunetti hatte keine Ahnung und fand die Erklärung selbst lächerlich. »Um uns abzulenken, damit wir nicht nach einem professionellen Einbrecher suchen.«

»Völlig unmöglich«, erwiderte Bonaventura. »Paolo wurde von einem Fanatiker umgebracht, der ihn für irgendwelche Vorgänge verantwortlich machte, von denen Paolo gar keine Ahnung hatte. Das Leben meiner Schwester ist vernichtet. Es ist einfach irre. Erzählen Sie mir nichts von Einbrechern, die sich solche Zettel einstecken, und verschwenden Sie nicht Ihre Zeit mit der Suche nach ihnen. Suchen Sie lieber den Wahnsinnigen, der das getan hat.«

»Hatte Ihr Schwager Feinde?« fragte Brunetti.

»Nein, natürlich nicht.«

»Das finde ich aber merkwürdig«, sagte Brunetti.

»Was wollen Sie damit sagen?« brauste Bonaventura auf, wobei er sich weit zu Brunetti herüberbeugte.

»Fühlen Sie sich bitte nicht gekränkt, Signor Bonaventura.« Brunetti hob beschwichtigend die Hand. »Ich meine nur, daß Dottor Mitri Geschäftsmann war, ein erfolgreicher dazu. Ich bin überzeugt, daß er im Lauf der Jahre Entscheidungen treffen mußte, die anderen nicht gefallen haben und die ihm auch verübelt wurden.«

»Leute bringen sich nicht wegen schlechter Geschäfte gegenseitig um«, erklärte Bonaventura entschieden.

Brunetti, der wußte, wie oft das vorkam, sagte eine Weile nichts. Dann fragte er: »Fällt Ihnen jemand ein, mit dem er vielleicht Ärger hatte?«

»Nein«, antwortete Bonaventura prompt, und nach einigem Nachdenken fügte er hinzu: »Da ist niemand.«

»Aha. Sind Sie mit den Geschäften Ihres Schwagers vertraut? Haben Sie für ihn gearbeitet?«

»Nein. Ich leite unsere Fabrik in Castelfranco im Veneto. Interfar. Sie gehört mir, ist aber auf den Namen meiner Schwester eingetragen.« Als er sah, daß Brunetti damit nicht zufrieden war, fügte er hinzu: »Aus steuerlichen Gründen.«

Brunetti nickte verständnisvoll, geradezu priesterlich, wie er fand. Manchmal dachte er, daß einem Menschen in Italien jede Scheußlichkeit, jede Gemeinheit nachgesehen wurde, wenn er nur sagte, er habe es aus steuerlichen Gründen getan. Man konnte seine Familie auslöschen, seinen Hund erschießen, dem Nachbarn das Haus anzünden, und kein Richter und kein Geschworener würde einen verurteilen, solange man nur behauptete, man habe es aus steuerlichen Gründen getan. »War Dottor Mitri an dieser Fabrik in irgendeiner Weise beteiligt?«

»Nein, überhaupt nicht.«

»Was ist das für eine Fabrik, wenn ich fragen darf?«

Bonaventura empfand die Frage offenbar nicht als seltsam. »Natürlich dürfen Sie fragen. Pharmazeutische Produkte. Aspirin, Insulin, viele homöopathische Mittel.«

»Und Sie sind Pharmazeut und leiten das Ganze?«

Bonaventura zögerte, bevor er antwortete: »Nein. Ich bin nur Geschäftsmann. Ich rechne Zahlenreihen zusammen, höre den Wissenschaftlern zu, die das Zeug zusammenbrauen, und denke mir erfolgreiche Marktstrategien aus.«

»Man braucht also keine pharmakologische Ausbildung?« fragte Brunetti, denn er dachte an Mitri, der Pharmazeut gewesen war.

»Nein. Da geht es nur um geschäftliche Entscheidungen. Das Produkt ist nebensächlich: Schuhe, Schiffe, Siegelwachs …«

»Verstehe«, sagte Brunetti. »Ihr Schwager war aber Pharmazeut, nicht wahr?«

»Ich glaube, ja, ursprünglich, am Anfang seiner Karriere.«

»Aber dann nicht mehr?«

»Er hat seit Jahren nicht mehr in diesem Metier gearbeitet.«

»Was hat er denn dann in seinen Fabriken gemacht?« Brunetti fragte sich, ob Mitri wohl auch dem Glauben an Marktstrategien verfallen war.

Bonaventura stand auf. »Entschuldigen Sie, daß ich unhöflich sein muß, Commissario, aber ich habe hier noch zu tun, und das sind Fragen, die ich wirklich nicht beantworten kann. Ich denke, Sie sollten sich lieber mit den Direktoren von Paolos Fabriken in Verbindung setzen. Ich weiß wirklich nichts über seine Geschäfte oder wie er seine Firmen geführt hat. Tut mir leid.«

Brunetti stand ebenfalls auf. Es klang alles plausibel. Daß Mitri von Haus aus Pharmazeut war, mußte ja nicht unbedingt heißen, daß er den Alltagsbetrieb seiner Fabriken leitete. In der vielgesichtigen Geschäftswelt von heute brauchte niemand mehr etwas von dem zu verstehen, was seine Firma machte, um sie zu leiten. *Denk an Patta,* sagte er sich, *dann weißt du, wie wahr das ist.* »Ich danke Ihnen, daß Sie mir Ihre Zeit zur Verfügung gestellt haben«, sagte er und gab Bonaventura die Hand. Dieser begleitete ihn noch zur Tür, und Brunetti ging zur Questura zurück, wobei er den Weg durch die Gassen von Cannaregio wählte, für ihn das schönste Viertel der Stadt. Was wiederum für ihn gleichbedeutend war mit dem schönsten der Welt.

Als er ankam, waren die meisten Mitarbeiter der Questura schon in die Mittagspause gegangen, und er begnügte sich damit, eine Notiz auf Signorina Elettras Schreibtisch zu legen, in der er sie bat, soviel wie möglich über Alessandro Bonaventura herauszufinden, Mitris Schwager. Als er sich aufrichtete und sich die Freiheit nahm, die obere Schublade ihres Schreibtischs zu öffnen, um den Stift zurückzulegen, den er benutzt hatte, kam ihm der Gedanke, daß er ihr diese Nachricht gern als E-Mail hätte zukommen lassen. Er hatte keine Ahnung, wie das ging und was er dafür hätte tun müssen, trotzdem hätte er es gern getan, und sei es nur, um ihr zu zeigen, daß er auf technischem Gebiet nicht der Neandertaler war, für den sie ihn zu halten schien. Schließlich hatte Vianello es auch gelernt; er sah keinen Grund, warum er nicht computerkundig werden sollte. Immerhin hatte er ein abgeschlossenes Jurastudium; das mußte doch zu etwas gut sein.

Er betrachtete den Computer: kein Ton, keine fliegenden Toaster, der Bildschirm dunkel. Wie schwierig konnte das sein? Aber da kam ihm der rettende Gedanke: Vielleicht war er ja, wie Mitri, viel besser dafür geeignet, im Hintergrund die Fäden zusammenzuhalten als zu wissen, wie so eine Maschine funktionierte. Mit diesem Trostpflaster auf dem Gewissen ging er in die Bar bei der Brücke, um sich ein Tramezzino und ein Glas Wein zu genehmigen und darauf zu warten, daß die anderen vom Essen zurückkamen.

Das taten sie schließlich eher gegen vier als gegen drei Uhr, aber Brunetti machte sich über den Fleiß der Leute, mit denen er zusammenarbeitete, schon lange keine Illusionen mehr, und so störte es ihn auch nicht, eine gute Stunde still in seinem Zimmer zu sitzen und die Tageszeitung zu lesen, sogar sein Horoskop zu studieren, neugierig auf die blonde Fremde, der er demnächst begegnen sollte, und froh über die Mitteilung, daß er »bald eine gute Nachricht erhalten« werde. Die konnte er brauchen.

Kurz nach vier summte seine Gegensprechanlage, und er nahm ab. Er wußte gleich, daß es Patta war, und fand es interessant, wie rasch sich Dinge herumsprachen. Er war richtig neugierig darauf, was der Vice-Questore von ihm wollte.

»Können Sie bitte zu mir herunterkommen, Commissario?« fragte sein Vorgesetzter, worauf Brunetti höflich antwortete, er sei schon unterwegs.

Signorina Elettras Blazer hing über ihrer Stuhllehne, und auf ihrem Computerbildschirm stand eine Liste mit Namen und offenbar Zahlen in ordentlichen Reihen, aber von ihr selbst war nichts zu sehen. Er klopfte an Pattas Tür und trat ein, als er von drinnen dazu aufgefordert wurde.

Dort sah er Signorina Elettra vor Pattas Schreibtisch sitzen, die Knie züchtig zusammengedrückt, einen Notizblock auf dem Schoß und den Stift darüber, weil Pattas letztes Wort noch nachhallte. Da es aber nur das gebrüllte *»Avanti«* war, mit dem er Brunetti hereingerufen hatte, schrieb sie es nicht auf.

Patta nahm Brunettis Ankunft kaum zur Kenntnis, nickte ihm nur so knapp wie möglich zu und widmete sich wieder seinem Diktat. »Und sagen Sie ihnen, ich wünsche nicht ... Nein, schreiben Sie lieber: Ich dulde nicht ... Das klingt doch viel entschiedener, finden Sie nicht, Signorina?«

»Unbedingt, Vice-Questore«, sagte sie, den Blick auf ihren Notizen.

»Ich dulde nicht«, fuhr Patta fort, »daß Polizeiboote und -kraftfahrzeuge weiterhin für nicht genehmigte Fahrten benutzt werden. Wenn jemand von der Belegschaft ...« Hier unterbrach er sich und fuhr in zwangloserem Ton fort: »Würden Sie bitte nachsehen, welche Dienstgrade zur Benutzung der Boote und Autos befugt sind, und das noch einsetzen, Signorina?«

»Selbstverständlich, Vice-Questore.«

»Wenn jemand von der Belegschaft«, nahm er sein Diktat wieder auf, »ein polizeiliches Transportmittel benötigt, hat er ... ja, bitte, Signorina?« Patta unterbrach sich wieder, als er das verwirrte Gesicht sah, mit dem sie bei seinen letzten Worten zu ihm aufblickte.

»Vielleicht sollte es besser ›hat sie oder er‹ heißen«, riet sie ihm, »damit es nicht so klingt, als ob nur Männer berechtigt wären, ein Boot anzufordern.« Sie senkte den Kopf und blätterte auf eine neue Seite ihres Notizblocks um.

»Natürlich, natürlich, wenn Sie das für ratsam halten«, pflichtete Patta bei und fuhr fort: »... hat sie oder er die entsprechenden Formulare auszufüllen und von einer dazu befugten Person abzeichnen zu lassen.« Seine ganze Haltung veränderte sich, und sein Gesicht bekam einen weniger gebieterischen Ausdruck, als hätte er soeben seinem Kinn verboten, weiterhin wie das von Mussolini auszusehen. »Wenn Sie so freundlich wären, nachzusehen, wer dazu befugt ist, und diese Namen hinzuzufügen ...?«

»Natürlich, Vice-Questore«, sagte sie und schrieb noch ein paar Worte. Dann blickte sie lächelnd auf. »Ist das alles?«

»Ja, ja«, sagte Patta, und vor Brunettis ungläubigen Augen machte er im Sitzen eine regelrechte Verbeugung, als sie aufstand, fast als wollte er ihr damit ritterlich auf die Beine helfen.

An der Tür drehte sie sich um und lächelte ihnen beiden zu. »Ich werde das gleich morgen früh erledigen, Vice-Questore«, sagte sie.

»Geht es nicht früher?« fragte Patta.

»Leider nicht, Vice-Questore. Vorher muß ich noch unser Budget für den nächsten Monat berechnen.« Ihr Lächeln vereinte Bedauern mit Strenge.

»Ach so, ja.«

Sie ging ohne ein weiteres Wort und machte die Tür hinter sich zu.

»Brunetti«, sagte Patta ohne Einleitung, »was tut sich im Fall Mitri?«

»Ich habe heute mit seinem Schwager gesprochen«, begann Brunetti, innerlich gespannt, ob Patta schon davon gehört hatte. Dessen leeres Gesicht sagte ihm aber, daß dem nicht so war, weshalb er fortfuhr: »Und ich habe in Erfahrung gebracht, daß es in den letzten Jahren drei weitere Morde gegeben hat, bei denen irgendein mit Plastik ummantelter Draht verwendet wurde, vielleicht ein Elektrokabel. Und alle Opfer wurden anscheinend von hinten angegriffen, genau wie Mitri.«

»Was für Verbrechen waren das?« fragte Patta. »Solche wie dieses?«

»Nein, Vice-Questore. Da bestand eher der Verdacht, daß es Hinrichtungen waren, vermutlich durch die Mafia.«

»Dann«, tat Patta diese Möglichkeit von vornherein ab, »können sie mit unserem Fall nichts zu tun haben. Hier handelt es sich um die Tat eines Irren, irgendeines Fanatikers, zum Mord angestachelt durch ...« Entweder verlor Patta hier den Faden seines Arguments, oder ihm war wieder eingefallen, mit wem er sprach, denn er brach unvermittelt ab.

»Ich möchte weiter der Möglichkeit nachgehen, daß zwischen diesen Morden irgendeine Verbindung besteht«, erklärte Brunetti, als hätte Patta gar nichts gesagt.

»Wo haben diese Morde stattgefunden?«

»Einer in Palermo, einer in Reggio Calabria und der letzte in Padua.«

»Ah.« Patta seufzte hörbar auf. Und nach kurzem Nachdenken erklärte er: »Wenn es da eine Verbindung gibt, würde das doch heißen, daß wir gar nicht zuständig sind, oder? Ich meine, dann müßten die Polizeien dieser anderen Städte unseren Fall als Teil einer Serie in ihre Ermittlungen einbeziehen.«

»Das ist durchaus möglich, Vice-Questore.« Brunetti sparte sich den Hinweis, daß dies auch umgekehrt für die venezianische Polizei gelte, sie also die anderen Morde ebenfalls als Teil einer Serie in ihre Ermittlungen einbeziehen müßten.

»Also gut, dann sagen Sie denen allen Bescheid, was hier passiert ist, und lassen Sie mich ihre Antworten wissen.«

Es war eine geniale Lösung, das mußte Brunetti zugeben. Damit war die Arbeit ausgelagert, an die Polizeien der anderen Städte zurückgegeben, und Patta hatte ganz nach Vorschrift gehandelt: den Fall weitergereicht und damit seiner Pflicht genügt, äußerlich zumindest, was das Wichtigere war, sollte diese Entscheidung je in Frage gestellt werden. Brunetti stand auf. »Ja, Vice-Questore. Ich setze mich gleich mit ihnen in Verbindung.«

Patta senkte gnädig den Kopf, um zu zeigen, daß Brunetti hiermit entlassen war. Wie selten kam es doch vor, daß dieser schwierige, eigensinnige Brunetti sich so bereitwillig der Vernunft beugte!

21

Als Brunetti aus Pattas Zimmer kam, zog Signorina Elettra gerade ihren Blazer über. Auf dem Schreibtisch lagen ihre Handtasche und eine Einkaufstasche, daneben ihr Mantel. »Und das Budget?« fragte Brunetti.

»Das Budget«, antwortete sie in einem Ton, dem nicht viel zu einem amüsierten Prusten fehlte, »das ist doch jeden Monat gleich. Kostet mich fünf Minuten, es auszudrucken. Ich ändere nur den Monatsnamen.«

»Guckt sich das denn niemals einer genauer an?« fragte Brunetti, der an die vielen frischen Blumen dachte und gern gewußt hätte, was sie kosteten.

»Doch, der Vice-Questore, aber das ist schon eine Weile her«, sagte sie und griff nach ihrem Mantel.

Brunetti nahm ihn ihr ab und half ihr hinein. Beide sahen sich nicht veranlaßt, etwas darüber zu sagen, daß es bis Dienstschluß eigentlich noch drei Stunden waren. »Und was hat er gesagt?«

»Er wollte wissen, wie es kommt, daß wir jeden Monat mehr für Blumen als für Bürobedarf ausgeben.«

»Was haben Sie geantwortet?«

»Ich habe mich entschuldigt und gesagt, ich hätte offenbar die Spalten verwechselt, und es werde nicht wieder vorkommen.« Sie nahm ihre Handtasche und hängte sich den kräftigen Lederriemen über die Schulter.

»Und?« konnte Brunetti sich nicht zu fragen enthalten.

»Es ist nicht wieder vorgekommen. Das ist das erste, was ich jeden Monat mache, wenn ich die Abrechnung erstelle – ich tausche die Beträge für Blumen und Büromaterial gegeneinander aus. Jetzt ist er viel zufriedener.« Sie nahm ihre Einkaufstasche – Bottega Veneta, wie er sah – und ging zur Tür.

»Signorina –«, begann er stockend, denn es war ihm peinlich, jetzt danach zu fragen. »Diese Namen?«

»Morgen früh, Commissario. Ist schon in Arbeit.« Bei diesen Worten deutete sie mit dem Kinn zu ihrem Computer, weil sie in der einen Hand schon die Tasche hatte und sich mit der anderen gerade eine Locke aus der Stirn strich.

»Aber der ist ausgeschaltet«, sagte Brunetti.

Sie schloß nur ganz kurz die Augen, aber er sah es doch. »Glauben Sie mir, Commissario. Morgen früh.« Da er nicht gleich beruhigt zu sein schien, fügte sie hinzu: »Vergessen Sie nicht: Ich bin Ihre Augen und Nase. Alles, was es zu finden gibt, wird morgen früh vorliegen.«

Obwohl die Tür schon offen war, ging Brunetti hin und hielt sie ihr auf, als wollte er sicherstellen, daß sie gut hindurchkam. *»Arrivederci, Signorina. E grazie.«*

Mit einem Lächeln entschwand sie.

Brunetti stand noch eine Weile da und überlegte, was er mit dem Rest des Tages anfangen sollte. Da es ihm an Signorina Elettras lässiger Courage mangelte, ging er wieder hinauf in sein Dienstzimmer. Auf seinem Schreibtisch fand er eine Notiz, daß Conte Orazio Falier um seinen Anruf bitte.

»Hier ist Guido«, sagte er, als der Conte sich am anderen Ende meldete.

»Gut, daß du anrufst. Können wir reden?«

»Geht es um Paola?« fragte Brunetti.

»Nein, es geht um die andere Sache, um die ich mich auf deine Bitte hin kümmern sollte. Ich habe mit jemandem gesprochen, über den ich einiges an Bankgeschäften abwickle, und er hat mir gesagt, auf einem von Mitris Auslandskonten habe es bis vor einem Jahr große Bewegungen gegeben.« Bevor Brunetti etwas dazu sagen konnte, sprach der Conte weiter: »Es war von insgesamt fünf Millionen Franken die Rede.«

»Franken oder Francs?«

»Keine Francs«, sagte der Conte in einem Ton, der die französische Währung auf eine Stufe mit dem lettischen Lats stellte.

Brunetti fragte lieber nicht, wo oder wie sein Schwiegervater diese Information bekommen hatte, war aber klug genug, sich voll darauf zu verlassen. »Ist das sein einziges Konto?«

»Das einzige, über das ich etwas erfahren habe«, antwortete der Conte. »Aber ich habe noch ein paar Leute gefragt und kann dir im Lauf der Woche vielleicht mehr sagen.«

»Hat dein Informant gesagt, woher das Geld kam?«

»Die Einzahlungen kamen aus allerlei verschiedenen Ländern. Augenblick, ich sag's dir gleich; irgendwo habe ich sie mir doch notiert.« Der Telefonhörer wurde hingelegt, und Brunetti zog sich ein Blatt Papier heran. Er hörte Schritte sich entfernen, dann wiederkommen. »Hier sind sie«, begann der Conte. »Nigeria, Ägypten, Kenia, Bangladesh, Sri Lanka und Elfenbeinküste.« Es folgte eine längere Pause, nach der er fortfuhr: »Ich habe schon überlegt, was es bedeuten könnte: Drogen, Waffen, Frauen. Aber immer paßt es zu einem der Länder nicht.«

»Weil sie zum Beispiel zu arm sind«, meinte Brunetti.

»Genau. Aber von dort kam das Geld. Es gab auch noch Einzahlungen aus europäischen Ländern, viel kleinere Beträge, und ein paar aus Brasilien, aber die Masse kam aus den genannten Ländern. Das heißt, das Geld kam aus diesen Ländern in der jeweiligen Landeswährung, und ein Teil wurde dann dorthin zurücküberwiesen, aber in Dollar, immer in Dollar.«

»Aber in dieselben Länder?«

»Ja.«

»Wieviel ging denn zurück?«

»Das weiß ich nicht.« Bevor Brunetti nachhaken konnte, sagte der Conte: »Mehr wollte er mir nicht sagen. Mehr war er mir auch nicht schuldig.«

Brunetti verstand. Mehr gab es nicht zu holen, selbst wenn er noch so sehr nachhakte. »Danke«, sagte er.

»Was meinst du, was dahintersteckt?«

»Ich weiß es nicht. Darüber muß ich nachdenken.« Er beschloß, den Conte um weitere Hilfe zu bitten. »Ich muß noch jemanden ausfindig machen.«

»Wen?«

»Einen Mann namens Palmieri, einen Berufskiller; oder zumindest muß er so etwas Ähnliches sein.«

»Was hat das mit Paola zu tun?« wollte der Conte wissen.

»Er könnte mit dem Mord an Mitri zu tun haben.«

»Palmieri?«

»Ja, Ruggiero. Soviel ich weiß, kommt er ursprünglich aus Portogruaro. Aber nach unseren letzten Informationen könnte er sich in Padua aufhalten. Warum fragst du?«

»Ich kenne sehr viele Leute, Guido. Ich will mal sehen, was ich in Erfahrung bringen kann.«

Brunetti wollte dem Conte im ersten Moment schon sagen, er solle sich vorsehen, aber eine Stellung wie die des Conte erreichte niemand, der sich nicht Vorsicht zur Lebensgewohnheit gemacht hatte.

»Ich habe gestern mit Paola gesprochen«, sagte Falier. »Es scheint ihr ja gutzugehen.«

»Ja.« Brunetti merkte plötzlich, wie kleinlich das klang, und fügte rasch hinzu: »Wenn das stimmt, was ich allmählich vermute, hatte sie mit Mitris Tod überhaupt nichts zu tun.«

»Natürlich hatte sie nichts mit seinem Tod zu tun«, kam es sofort zurück. »Sie war an diesem Abend mit dir zusammen.«

Brunetti unterdrückte seine erste Reaktion und sagte ruhig: »Ich meine das in Paolas Sinne, nicht so, wie wir es verstehen – daß ihr Handeln jemanden zu diesem Mord angestachelt hat.«

»Selbst wenn es so wäre ...«, begann der Conte, dann verlor er aber plötzlich das Interesse an der Erörterung dieser hypothetischen Möglichkeit und sagte in seinem normalen Ton: »Ich würde an deiner Stelle herauszufinden versuchen, was er mit diesen Ländern zu tun hatte.«

»Das werde ich.« Brunetti verabschiedete sich höflich und legte auf.

Kenia, Ägypten und Sri Lanka hatten alle Probleme mit blutigen Unruhen, aber nach allem, was Brunetti gelesen hatte, konnte er da keinen gemeinsamen Nenner erkennen, denn alle diese Gruppen und Grüppchen hatten völlig gegensätzliche Ziele. Rohstoffe? Darüber wußte Brunetti nicht gut genug Bescheid, um beurteilen zu können, ob sie etwas hatten, worauf ein gefräßiger Westen erpicht war.

Er warf einen Blick auf die Uhr und sah, daß es schon nach sechs war; da würde ein ausgewachsener Commissario, zumal einer, der offiziell noch immer suspendiert war, doch wohl beruhigt nach Hause gehen können.

Unterwegs grübelte er weiter, blieb einmal sogar stehen und betrachtete erneut den Zettel mit den Ländern. Dann ging er ins Antico Dolo und genehmigte sich ein Glas Weißwein und zwei *calamaretti*, aber er war mit den Gedanken so sehr woanders, daß er kaum etwas davon schmeckte.

Es war kurz vor sieben, als er in die leere Wohnung kam. Er ging in Paolas Arbeitszimmer, nahm sich den Weltatlas, setzte sich auf das schäbige alte Sofa, den aufgeschlagenen Atlas auf dem Schoß, und betrachtete grübelnd die bunten Karten der jeweiligen Regionen. Schließlich machte er es sich etwas bequemer und legte den Kopf an die Rückenlehne.

So fand Paola ihn eine halbe Stunde später in tiefem Schlaf. Sie rief einmal seinen Namen, dann noch einmal, aber erst, als sie sich neben ihn setzte, wachte er auf.

Wenn er tagsüber schlief, wachte er immer ganz benommen und dösig auf und hatte einen komischen Geschmack im Mund.

»Was ist das?« fragte sie und zeigte, während sie ihn aufs Ohr küßte, auf den Atlas.

»Sri Lanka. Und hier sind noch Bangladesh, Ägypten, Kenia, die Elfenbeinküste und Nigeria«, sagte er umblätternd.

»Laß mich raten – die Route für unsere zweite Hochzeitsreise durch die Armutshauptstädte der Welt?« fragte sie lachend. Als sie ihn lächeln sah, fuhr sie fort: »Und ich darf die gute Fee spielen und immer die Taschen voller Kleingeld haben, das ich bei den Sehenswürdigkeiten unters Volk werfe?«

»Interessant«, sagte Brunetti. Er klappte den Atlas zu, behielt ihn aber auf dem Schoß. »Dir fällt dabei auch als erstes Armut ein.«

»Armut oder – in den meisten dieser Länder – Unruhen.« Sie dachte kurz nach und fügte dann hinzu: »Oder billiges Imodium.«

»Wie?«

»Weißt du noch, wie wir in Ägypten waren und ein Mittel gegen Durchfall brauchten?«

Brunetti erinnerte sich an ihre Ägyptenreise vor zehn Jahren, als sie beide schrecklichen Durchfall bekommen hatten und zwei Tage lang von Joghurt, Reis und Imodium leben mußten. »Ja«, sagte er. Aber so ganz genau wußte er es doch nicht mehr.

»Kein Rezept, keine Fragen, und billig, billig, billig. Wenn ich damals eine Liste mit den Sachen bei mir gehabt hätte, die meine neurotischen Freunde so nehmen, hätte ich für die nächsten fünf Jahre meine Weihnachtseinkäufe erledigen können.« Sie sah, daß er über den Witz nicht lachen konnte, und wandte ihre Aufmerksamkeit wieder dem Atlas zu. »Aber was ist mit diesen Ländern?«

»Mitri hat von dort Geld bekommen, große Summen. Oder seine Firmen, das weiß ich nicht so genau, weil alles in die Schweiz gegangen ist.«

»Geht dahin nicht letztlich alles Geld?« fragte sie mit einem müden Seufzer.

Er schüttelte den Gedanken an diese Länder ab und legte den Atlas neben sich aufs Sofa. »Wo sind die Kinder?« fragte er.

»Sie essen bei meinen Eltern zu Abend.«

»Dann könnten wir ja mal ausgehen?«

»Du willst mich wieder ausführen, dich mit mir sehen lassen?« fragte sie obenhin.

Brunetti wußte nicht recht, ob sie das scherzhaft gemeint hatte, darum antwortete er nur: »Ja.«

»Wohin?«

»Wohin du willst.«

Sie kuschelte sich an ihn und streckte die Beine neben den seinen aus, die länger waren. »Ich möchte nicht weit weg. Wie wär's mit einer Pizza bei Due Colonne?«

»Wann kommen denn die Kinder heim?« fragte er, wobei er seine Hand auf die ihre legte.

»Nicht vor zehn, denke ich«, antwortete sie mit einem Blick auf die Uhr.

»Fein«, sagte er und hob ihre Hand an seine Lippen.

22

Weder am nächsten noch am übernächsten Tag erfuhr Brunetti etwas über Palmieri. Im *Gazzettino* erschien ein Artikel, in dem es hieß, es gebe noch keine Fortschritte im Mordfall Mitri, Paola aber wurde darin nicht erwähnt, woraus Brunetti schloß, daß sein Schwiegervater in der Tat mit einigen Leuten gesprochen hatte, die er kannte. Die überregionale Presse hüllte sich ebenfalls in Schweigen; dann verbrannten elf Menschen in der Sauerstoffkammer eines Mailänder Krankenhauses, und die Geschichte um Mitris Tod mußte allgemeinen Beschimpfungen gegen das gesamte Gesundheitssystem weichen.

Signorina Elettra hielt Wort und übergab ihm drei Seiten mit Informationen über Sandro Bonaventura. Er hatte mit seiner Frau zwei Kinder, die beide schon studierten; außerdem besaßen sie ein Haus in Padua und eine Wohnung in Castelfranco. Die dortige Fabrik, Interfar, lief auf den Namen seiner Schwester, genau wie Bonaventura gesagt hatte. Der Kaufpreis dafür war vor anderthalb Jahren in bar entrichtet worden, einen Tag nachdem von Mitris Konto bei einer venezianischen Bank ein hoher Betrag abgehoben worden war.

Bonaventura hatte eine von Mitris Fabriken als Direktor geleitet, bevor er den Betrieb übernahm, der seiner Schwester gehörte. Und das war alles: das klassische Beispiel einer erfolgreichen mittelständischen Karriere.

Am dritten Tag wurde ein Mann bei einem Raubüberfall auf das Postamt am Campo San Polo gefaßt. Nach fünfstündigem Verhör gestand er den Überfall auf die Bank am Campo San Luca. Es war derselbe Mann, den Iacovantuono zuerst auf einem Foto identifiziert, nach dem Tod seiner Frau aber nicht mehr erkannt hatte. Während seines Verhörs ging Brunetti einmal nach unten und sah sich den Mann durch die Einwegscheibe des Vernehmungszimmers an. Er sah einen gedrungenen, robust gebauten Mann mit schütterem braunem Haar; der Mann, den Iacovantuono beim zweitenmal beschrieben hatte, war mindestens zwanzig Kilo leichter gewesen und hatte rote Haare gehabt.

Er ging wieder nach oben und rief Negri in Treviso an, der im Fall von Signora Iacovantuono ermittelte – dem Fall, der keiner war. Brunetti sagte ihm, daß sie jemanden im Zusammenhang mit dem Bankraub festgenommen hätten, dieser Mann aber nicht die mindeste Ähnlichkeit mit dem habe, den Iacovantuono ihnen beim zweitenmal beschrieben hatte.

Nachdem er diese Information weitergegeben hatte, fragte Brunetti: »Was macht er?«

»Er geht zur Arbeit, kommt nach Hause, versorgt seine Kinder und geht jeden zweiten Tag auf den Friedhof, um frische Blumen auf ihr Grab zu legen«, antwortete Negri.

»Gibt es eine andere Frau?«

»Noch nicht.«

»Wenn er es war, ist er ein guter Schauspieler«, bemerkte Brunetti.

»Ich fand ihn absolut überzeugend, als ich mit ihm sprach. Ich habe am Tag nach ihrem Tod sogar ein paar Mann zum Schutz der Familie abgestellt, die auch ein Auge auf das Haus haben sollten.«

»Ist ihnen etwas aufgefallen?«

»Nichts.«

»Geben Sie mir Bescheid, wenn sich etwas tut«, bat Brunetti.

»Zu rechnen ist damit wohl nicht, oder?«

»Nein.«

Gewöhnlich warnte ein Instinkt Brunetti, wenn jemand ihn anlog oder etwas zu verbergen versuchte, aber bei Iacovantuono hatte er ein solches Gefühl nicht gehabt, keinerlei Verdacht geschöpft. Unwillkürlich stellte Brunetti sich die Frage, was ihm eigentlich lieber wäre: daß er recht behielt oder daß der kleine Pizzabäcker sich als Mörder entpuppte?

Er hatte noch die Hand auf dem Hörer, als sein Telefon klingelte und ihn aus diesen müßigen Überlegungen riß.

»Guido, hier della Corte.«

Brunettis Gedanken waren sofort in Padua, dann bei Mitri und Palmieri. »Was gibt's?« fragte er, viel zu aufgeregt, um sich mit den üblichen Höflichkeitsfloskeln aufzuhalten. Iacovantuono war augenblicklich vergessen.

»Kann sein, daß wir ihn gefunden haben.«

»Wen, Palmieri?«

»Ja.«

»Wo?«

»Nördlich von hier. Wie es aussieht, fährt er einen Lieferwagen.«

»Einen Lieferwagen?« wiederholte Brunetti verdutzt. Das erschien ihm doch zu banal für einen Mann, der womöglich vier Menschen ermordet hatte.

»Er benutzt einen anderen Namen. Michele de Luca.«

»Wie seid ihr auf ihn gestoßen?«

»Ein Kollege vom Rauschgiftdezernat hat sich umgehört, und einer seiner Informanten hat es ihm gesagt. Er war sich nicht ganz sicher, darum haben wir jemanden hingeschickt, und der konnte ihn ziemlich zuverlässig identifizieren.«

»Könnte Palmieri etwas gemerkt haben?«

»Nein, unser Mann ist gut.« Eine kleine Weile sagten beide nichts, bis della Corte schließlich fragte: »Möchtest du, daß wir ihn kassieren?«

»Ich fürchte, das dürfte nicht ganz einfach sein.«

»Wir wissen, wo er wohnt. Wir können nachts hin.«

»Wo wohnt er denn?«

»In Castelfranco. Den Lieferwagen fährt er für eine pharmazeutische Fabrik namens Interfar.«

»Ich komme. Ich will ihn haben. Heute nacht.«

Um Palmieri mit der Polizei von Padua aus seiner Wohnung holen zu können, mußte Brunetti seine Frau belügen. Beim Mittagessen erzählte er ihr, die Polizei in Castelfranco habe einen Verdächtigen in Gewahrsam und wolle, daß Brunetti hinkomme und mit dem Mann rede. Als sie fragte, wieso er dazu die ganze Nacht fortbleiben müsse, erklärte er, der Mann könne erst spät vorgeführt werden und nach zehn gehe kein Zug mehr. Tatsächlich fuhr schon den ganzen Nachmittag im Veneto kein Zug mehr. Die Fluglotsen waren mittags in einen wilden Streik getreten und hatten den Flughafen lahmgelegt, so daß ankommende Maschinen nach Bologna oder Triest ausweichen mußten, und die Eisenbahnergewerkschaft hatte beschlossen, aus Sympathie mit den Forderungen der Lotsen ebenfalls zu streiken, worauf der gesamte Zugverkehr im Veneto zum Erliegen gekommen war.

»Dann nimm doch ein Auto.«

»Das tue ich ja, bis Padua. Mehr genehmigt Patta nicht.«

»Das heißt doch, er will nicht, daß du da hinfährst, oder?« fragte sie und sah ihn über die abgegessenen Teller hinweg an. Die Kinder waren schon in ihre Zimmer verschwunden, so daß sie offen reden konnten. »Oder weiß er gar nichts davon?«

»Das ist zum Teil der Grund«, sagte er. Er nahm sich einen Apfel aus dem Obstkorb und begann ihn zu schälen. »Gute Äpfel«, bemerkte er, nachdem er sich das erste Stück in den Mund gesteckt hatte.

»Weich mir nicht aus, Guido. Was ist der andere Grund?«

»Kann sein, daß ich ziemlich lange mit ihm reden muß. Ich weiß nicht, wann ich zurückkomme.«

»Die haben also diesen Mann festgenommen, nur damit du ihn in die Mangel nimmst?« fragte sie skeptisch.

»Ich muß ihn wegen Mitri ausfragen«, sagte Brunetti, was nicht die ganze Wahrheit, aber auch nicht direkt gelogen war.

»Ist er vielleicht der Täter?« erkundigte sie sich.

»Könnte sein. Er wurde im Zusammenhang mit noch drei anderen Morden gesucht.«

»Was heißt das, ›im Zusammenhang‹?«

Brunetti hatte die Akte gelesen und wußte daher, daß es einen Zeugen gab, der ihn mit dem zweiten Opfer am Abend vor dessen Tod gesehen hatte. Hinzu kam die Schlägerei mit Narduzzi. Und nun fuhr er Lieferwagen für eine pharmazeutische Fabrik. In Castelfranco. Für Bonaventuras Firma. »Er ist darin verwickelt.«

»Aha«, sagte sie, denn sie hörte an seinem Ton, daß er sich nicht genauer äußern wollte. »Dann kommst du also morgen vormittag zurück?«

»Ja.«

»Wann fährst du?« fragte sie, plötzlich einlenkend.

»Um acht.«

»Gehst du vorher noch mal in die Questura?«

»Ja.« Gerade wollte er noch hinzufügen, er müsse fragen, ob der Mann auch wirklich in Untersuchungshaft genommen worden sei, aber er sagte es nicht. Er haßte es zu lügen, aber es erschien ihm besser, als daß Paola sich Sorgen machte, weil er sich wissentlich in Gefahr begab. Wenn sie es wüßte, würde sie sagen, daß sowohl sein Alter als auch seine Stellung ihn eigentlich davon ausnehmen müßten.

Er hatte keine Ahnung, ob oder wo er in dieser Nacht zum Schlafen kommen würde, dennoch ging er ins Schlafzimmer und packte ein paar Sachen in eine kleine Tasche. Dann öffnete er die linke Tür des großen *armadio* aus Walnußholz, den Conte Orazio ihnen zur Hochzeit geschenkt hatte, und zog seinen Schlüsselbund aus der Tasche. Mit einem der Schlüssel schloß er eine Schublade auf, mit einem anderen eine rechteckige Metallkassette. Dieser entnahm er seine Pistole und das Holster, steckte beides in die Tasche und schloß Kassette und Schublade gewissenhaft wieder zu.

Er mußte dabei an die Ilias denken, an Achilles, wie er seine Rüstung anlegte, bevor er in den Zweikampf mit Hektor ging: schwerer Schild, Beinschienen, Speer, Schwert und Helm. Wie mickrig und unedel erschien dagegen dieses kleine Eisending an seiner Hüfte, die Pistole, die Paola immer als Taschenpenis bezeichnete. Und doch, wie schnell hatte die Erfindung des Schießpulvers mit aller Ritterlichkeit, allen von Achilles hergeleiteten Vorstellungen von Ruhm aufgeräumt! Er blieb noch einmal an der Tür stehen und ermahnte sich zur Vorsicht: Er fuhr dienstlich nach Castelfranco und mußte sich von seiner Frau verabschieden.

Er hatte della Corte schon Jahre nicht mehr gesehen, trotzdem erkannte er ihn sofort, als er in die Questura von Padua kam: dieselben dunklen Augen, derselbe ungebärdige Schnurrbart.

Brunetti rief seinen Namen, und della Corte drehte sich augenblicklich um. »Guido«, rief er und kam mit schnellen Schritten auf ihn zu. »Wie schön, dich wiederzusehen.«

Auf dem Weg zu della Cortes Dienstzimmer erzählten sie einander, was sie in den letzten Jahren so gemacht hatten, und dort angekommen, setzten sie diese Unterhaltung bei einer Tasse Kaffee fort, bevor sie anfingen, ihre Pläne für den Abend zu besprechen. Della Corte schlug vor, sie sollten erst nach zehn in Padua aufbrechen, dann wären sie gegen elf in Castelfranco, wo sie mit der dortigen Polizei zusammentreffen würden, die über Palmieri informiert worden war und unbedingt dabeisein wollte.

Als sie wenige Minuten vor elf in der Questura von Castelfranco ankamen, wurden sie von Commissario Bonino und zwei Beamten in Jeans und Lederjacken in Empfang genommen. Sie hatten eine Lageskizze von der Gegend um das Haus vorbereitet, in dem Palmieri wohnte. Darauf war jede Einzelheit eingezeichnet: die Stellplätze auf dem Parkplatz neben dem Haus, alle Türen des Gebäudes, sogar der Grundriß der Wohnung.

»Woher haben Sie das?« fragte Brunetti mit aufrichtiger Bewunderung.

Bonino nickte dem jüngeren der beiden Polizisten zu. »Das Haus ist erst ein paar Jahre alt«, erklärte dieser, »und ich wußte, daß die Baupläne im Katasteramt liegen mußten, da bin ich heute nachmittag hingegangen und habe mir einen Grundriß vom zweiten Stock geben lassen. Er wohnt im dritten, aber der Grundriß ist derselbe.« Er verstummte und blickte wieder auf den Plan, dem nun alle ihre Aufmerksamkeit widmeten.

Es sah ganz einfach aus: Eine Treppe führte zu einem Korridor hinauf, an dessen Ende Palmieris Wohnung lag. Sie brauchten nur zwei Mann unter seinen Fenstern zu postieren, einen am Fuß der Treppe, dann konnten zwei in die Wohnung gehen, während zwei weitere als Rückendeckung auf dem Korridor blieben. Brunetti wollte schon sagen, daß er sieben Mann ein bißchen übertrieben fand, aber da fiel ihm ein, daß Palmieri möglicherweise vier Menschen auf dem Gewissen hatte, und er sagte nichts.

Sie parkten die beiden Autos ein paar hundert Meter vom Haus entfernt, und alle stiegen aus. Die beiden jungen Männer in Jeans waren dazu bestimmt worden, mit Brunetti und della Corte zur Wohnung hinaufzugehen, und letztere sollten die eigentliche Festnahme vornehmen. Bonino sagte, er werde die Treppe bewachen, und die beiden Beamten aus Padua bezogen Posten unter den drei dicken Kiefern, die zwischen dem Haus und der Straße standen, einer mit Blick zum Vordereingang, der andere zum hinteren.

Brunetti, della Corte und die beiden jungen Polizisten gingen die Treppe hinauf. Oben trennten sie sich. Die jungen Männer blieben im Treppenhaus, und einer stellte den Fuß in die Korridortür, damit sie offenblieb.

Brunetti und della Corte gingen zu Palmieris Wohnungstür. Brunetti drückte leise die Klinke, aber die Tür war abgeschlossen. Della Corte klopfte zweimal, nicht laut. Stille. Er klopfte erneut, diesmal lauter. Dann rief er: »Ruggiero, ich bin's. Ich soll dich holen. Du mußt rauskommen. Die Polizei ist unterwegs.«

Drinnen fiel etwas um und zerbrach, wahrscheinlich eine

Lampe. Aber unter der Tür war kein Licht zu sehen. Della Corte hämmerte noch einmal dagegen. »Ruggiero, *per l'amor di Dio*, komm raus. Mach schon.«

Von drinnen waren wieder Geräusche zu hören; noch etwas fiel, diesmal etwas Schweres, ein Stuhl oder Tisch. Von unten ertönten Rufe, wohl von den anderen Polizisten. Daraufhin sprangen Brunetti und della Corte von der Tür zurück und drückten sich mit dem Rücken an die Wand.

Keinen Augenblick zu früh. Eine Kugel durchschlug das dicke Holz der Tür, dann noch zwei und noch einmal zwei. Brunetti fühlte ein Brennen im Gesicht, und als er an sich hinuntersah, entdeckte er zwei Blutstropfen auf seinem Mantel. Plötzlich knieten die beiden jungen Polizisten mit gezogenen Pistolen rechts und links der Tür. Der eine warf sich wendig wie ein Aal auf den Rücken, zog die Beine an und stieß die Füße wie eine Dampframme gegen die Tür, gleich neben dem Rahmen. Das Holz gab nach, und beim zweiten Tritt flog die Tür auf. Noch ehe sie drinnen gegen die Wand schlug, war der Mann, der auf dem Boden gelegen hatte, wie ein Kreisel in die Wohnung gewirbelt.

Brunetti hatte kaum seine Pistole gehoben, als er zwei Schüsse hörte, einen dritten. Dann Stille. Sekunden verrannen, dann rief eine Männerstimme: »Alles klar, Sie können reinkommen.«

Brunetti huschte hinein, dicht gefolgt von della Corte. Der Polizist kniete hinter einem umgekippten Sofa, die Waffe noch im Anschlag. Auf dem Boden lag mit dem Kopf in dem Lichtkegel, der vom Flur hereinfiel, ein Mann, in dem Brunetti sofort Ruggiero Palmieri erkannte. Ein Arm war nach vorn gereckt, die Finger zur Tür und der Freiheit, die einmal dahinter gelegen hatte; der andere lag verdreht unter ihm. Wo sein linkes Ohr hätte sein sollen, war nur ein rotes Loch zu sehen, die Austrittswunde von der zweiten Kugel aus der Waffe des Polizisten.

23

Brunetti war schon zu lange Polizist und hatte zu vieles schiefgehen sehen, um seine Zeit damit zu vertun, herausfinden zu wollen, was eigentlich passiert war, oder über einen anderen Plan nachzudenken, der vielleicht hätte klappen können. Aber die anderen waren jünger und hatten noch nicht die Erfahrung gemacht, daß man aus Mißerfolgen sehr wenig lernen konnte, darum hörte er ihnen eine Weile zu, nicht sehr aufmerksam, aber zu allem nickend, was sie sagten, während er auf die Leute von der Spurensicherung wartete.

Als dann der Polizist, der Palmieri erschossen hatte, sich auf den Boden legte, um zu zeigen, aus welchem Winkel er in die Wohnung gesprungen war, ging Brunetti ins Bad, feuchtete sein Taschentuch mit kaltem Wasser an und betupfte die kleine Wunde an seiner Wange, wo ein Holzsplitter von der zerschossenen Tür ihm ein hemdenknopfgroßes Stück Haut weggerissen hatte. Das Taschentuch noch an der Wange, öffnete er mit der anderen Hand das kleine Arzneischränkchen auf der Suche nach einem Stück Mull oder etwas Ähnlichem, womit er das Blut stillen konnte. Dabei stellte er fest, daß dieses Schränkchen voll war, aber nicht mit Verbandszeug.

Es hieß, daß Gäste gern in fremden Badezimmern im Arzneischrank stöberten; Brunetti hatte das noch nie getan. Er wunderte sich sehr über das, was er sah: drei Reihen mit allerlei Medikamenten, mindestens fünfzig Fläschchen und Schächtelchen unterschiedlichster Größe und Verpackung, alle jedoch mit dem Aufkleber und dem neunstelligen Zifferncode des Gesundheitsministeriums. Aber kein Verbandszeug. Er machte die Tür wieder zu und ging in das Zimmer zurück, in dem Palmieri lag.

Während Brunetti im Bad gewesen war, hatten sich auch die

anderen Polizisten eingefunden, und die jüngeren standen jetzt zusammen an der Tür und spielten den Schußwechsel noch einmal durch, wobei Brunetti bei ihnen angewidert dieselbe Begeisterung beobachtete, mit der sie sich vielleicht ein Action-Video angesehen hätten. Die älteren hatten sich im Zimmer verteilt und standen dort schweigend herum. Brunetti ging zu della Corte. »Können wir mit der Durchsuchung anfangen?«

»Erst wenn die Spurensicherung da war, denke ich.«

Brunetti nickte. Es spielte ja im Grunde keine Rolle. Höchstens zeitlich, aber sie hatten die ganze Nacht zur Verfügung. Er wünschte sich nur, die Leute kämen bald, damit sie die Leiche abtransportieren konnten. Er vermied es, hinzusehen, aber während die Minuten vergingen und die jungen Leute allmählich aufhörten, die Geschichte ein ums andere Mal durchzukauen, wurde das immer schwieriger. Brunetti war gerade ans Fenster gegangen, als er Schritte im Treppenhaus hörte. Er drehte sich um und sah die vertrauten Uniformen: Techniker, Fotografen – die Lakaien des gewaltsamen Todes.

Er ging wieder ans Fenster und sah hinunter auf die Autos, die auf dem Parkplatz standen, und die wenigen, die um diese späte Stunde noch vorbeifuhren. Er hätte gern Paola angerufen, aber da sie ihn wohlbehalten im Bett irgendeines kleinen Hotels glaubte, ließ er es. Er drehte sich nicht um, als das Blitzlicht des Fotografen wiederholt aufflammte, auch nicht, als noch jemand eintraf, wahrscheinlich der *medico legale*. Hier gab es keine Geheimnisse.

Erst als er die beiden weißbekittelten Männer vom Leichenschauhaus ächzen und den Griff ihrer Tragbahre gegen den Türrahmen stoßen hörte, drehte er sich um. Er ging zu Bonino, der sich mit della Corte unterhielt, und fragte: »Können wir anfangen?«

Bonino nickte. »Ja, natürlich. Das einzige, was er bei sich trug, war eine Brieftasche mit über zwölf Millionen Lire in den neuen Fünfhunderttausenderscheinen.« Und bevor Brunetti nachfragen konnte, fügte er hinzu: »Die sind schon auf dem Weg ins Labor und werden auf Fingerabdrücke untersucht.«

»Gut«, sagte Brunetti, dann wandte er sich an della Corte und fragte: »Nehmen wir uns das Schlafzimmer vor?«

Della Corte nickte stumm, und sie gingen zusammen in das angrenzende Zimmer. Die übrige Wohnung überließen sie den hiesigen Kollegen.

Sie hatten noch nie zusammen ein Zimmer durchsucht, aber als hätten sie es so vereinbart, ging della Corte zum Schrank und begann, die Taschen der dort hängenden Hosen und Jacken zu durchsuchen.

Brunetti fing bei der Kommode an, ohne sich erst Plastikhandschuhe überzuziehen, nachdem er überall die Pulverreste der Spurensicherung sah. Er zog die erste Schublade auf und fand darin Palmieris Sachen zu seiner Überraschung ordentlich zusammengelegt. Warum hatte er eigentlich angenommen, ein Mörder müsse unordentlich sein? Die Unterwäsche bildete zwei Stapel, die Socken waren zusammengerollt und anscheinend nach Farben sortiert.

In der nächsten Schublade waren Pullover und Sportkleidung, wie es aussah. Die unterste war leer. Er drückte sie mit dem Fuß wieder zu und drehte sich zu della Corte um. Im Schrank hingen nur wenige Sachen: ein wattierter Anorak, ein paar Jacketts und offenbar eine Hose, die noch in der Plastikhülle von der Reinigung steckte.

Auf der Kommode stand ein geschnitztes Holzkästchen, dessen Deckel die Techniker ungeöffnet gelassen hatten, denn ihr graues Pulver stob in einer Wolke davon auf, als Brunetti ihn hochklappte. In dem Kästchen lagen Papiere. Er nahm sie heraus und legte sie daneben.

Er begann sie gründlich durchzusehen und legte ein Blatt nach dem anderen auf die Seite, wenn er damit fertig war. Es waren Gas- und Stromrechnungen auf den Namen Michele de Luca –

keine Telefonrechnung, aber das erklärte sich durch das auf der Kommode liegende Handy.

Zuunterst fand er einen Umschlag, der an »R. P.« adressiert und am sauber aufgeschlitzten oberen Rand schon ganz grau vom vielen Anfassen war. Darin steckte ein hellblaues Blatt Papier, darauf unter einem Datum von vor über fünf Jahren ein kurzer Brief in sauberer Handschrift: »Wir sehen uns morgen um acht im Restaurant. Mein Herzschlag wird mir Zeugnis ablegen, wie langsam die Minuten vergehen.« Unterschrieben war er nur mit einem M. Maria? spekulierte Brunetti. Mariella? Monica?

Er faltete den Brief zusammen, schob ihn wieder in den Umschlag und legte ihn auf die Rechnungen. Sonst war nichts in dem Kästchen.

Brunetti sah sich zu della Corte um. »Etwas gefunden?«

»Nur die hier«, antwortete della Corte und hielt einen großen Schlüsselbund hoch. »Zwei gehören zu einem Auto.«

»Einem Lieferwagen vielleicht?« meinte Brunetti.

Della Corte nickte. »Wir können ja mal rausgehen und nachsehen, was draußen so steht.«

Das Wohnzimmer war leer, allerdings sah Brunetti zwei Männer in der Kochnische, wo der Kühlschrank und alle Schränke offenstanden. Aus dem Bad drangen Licht und Geräusche, aber Brunetti glaubte nicht, daß sie dort etwas finden würden.

Er und della Corte begaben sich nach unten und gingen auf den Parkplatz. Bei einem Blick zurück sahen sie, daß im Haus viele Lichter brannten. Jemand öffnete jetzt in der Wohnung über Palmieri das Fenster und rief zu ihnen herunter: »Was ist denn los?«

»Polizei«, rief della Corte zurück. »Alles in Ordnung.«

Zuerst dachte Brunetti, der Mann da oben würde jetzt weitere Fragen stellen, eine Erklärung für die Schüsse verlangen, aber die italienische Angst vor der Obrigkeit gewann die Oberhand, er zog den Kopf zurück und schloß das Fenster.

Hinter dem Haus standen sieben Fahrzeuge, fünf Personen-

und zwei Lieferwagen. Della Corte ging zum ersten, einem grauen Kastenwagen mit dem Firmennamen eines Spielzeuggeschäfts auf der Seite. Unter dem Namen ritt ein Teddybär auf einem Steckenpferd nach links davon. Keiner der Schlüssel paßte. Zwei Plätze weiter stand noch ein grauer Kastenwagen, ein Iveco ohne Firmennamen. Die Schlüssel paßten weder dazu noch zu einem der anderen Autos.

Als sie schon kehrtmachen und wieder ins Haus gehen wollten, sahen sie auf der anderen Seite des Parkplatzes eine Reihe von Garagentoren. Es dauerte eine Weile, bis sie alle Schlüssel an den ersten drei Toren ausprobiert hatten, aber am vierten ließ sich endlich einer ins Schloß stecken.

Della Corte öffnete das Tor, und als sie den weißen Kastenwagen sahen, sagte er: »Ich glaube, wir rufen lieber die Jungs von der Spurensicherung zurück.«

Brunetti warf einen Blick auf seine Uhr und sah, daß es schon weit nach zwei war. Della Corte verstand. Er probierte den ersten Schlüssel an der Fahrertür. Sie ließ sich ohne weiteres aufschließen, und er öffnete die Tür. Er nahm einen Kugelschreiber aus der Jackentasche und knipste damit das Licht über dem Fahrersitz an. Brunetti nahm ihm die Schlüssel aus der Hand und ging damit zur Beifahrertür. Er öffnete sie, suchte sich einen kleineren Schlüssel heraus und schloß damit das Handschuhfach auf. In einer durchsichtigen Plastikhülle schienen sich nur die Fahrzeugpapiere zu befinden. Brunetti nahm ebenfalls einen Kugelschreiber aus der Tasche und zog damit die Hülle ins Licht, um besser lesen zu können. Der Wagen war auf »Interfar« zugelassen.

Er schob die Papiere mit der Spitze des Kugelschreibers zurück und klappte das Handschuhfach zu, dann die Tür. Er schloß wieder ab und ging zum Wagenheck. Der erste Schlüssel paßte. Der Laderaum war fast bis unters Dach mit großen Kartons gefüllt, auf denen Brunetti das Logo von Interfar zu erkennen glaubte: die Buchstaben I und F in Schwarz beiderseits eines roten Äskulapstabs. Auf den Kartons waren Aufkleber, und darüber stand in Rot: *»Air Freight«*.

Alle waren mit Klebestreifen verschlossen, und Brunetti wollte sie nicht aufschneiden: Das sollte die Spurensicherung machen. Er stellte einen Fuß auf die Stoßstange und beugte sich weit genug nach drinnen, um die Aufschrift auf dem ersten Karton zu lesen.

»TransLanka« stand da und eine Adresse in Colombo.

Brunetti stieg wieder hinunter und verschloß die Tür. Dann ging er mit della Corte in die Wohnung zurück.

Die Polizisten, die drinnen herumstanden, hatten offenbar alles durchsucht. Als die beiden hereinkamen, schüttelte einer der Männer den Kopf, und Bonino sagte: »Nichts. Weder an seinem Körper noch in der Wohnung. Das ist mir noch nie vorgekommen.«

»Haben Sie eine Ahnung, wie lange er schon hier wohnt?« fragte Brunetti.

Der größere der beiden Polizisten – der nicht geschossen hatte – antwortete: »Ich habe mit den Leuten nebenan gesprochen. Sie meinen, er wäre vor etwa vier Monaten eingezogen. Er hat mit niemandem Ärger gehabt, keinen Lärm gemacht.«

»Bis heute nacht«, witzelte sein Partner, aber keiner reagierte darauf.

»Also«, sagte Bonino. »Dann können wir jetzt wohl nach Hause gehen.«

Sie verließen die Wohnung und gingen die Treppe hinunter. Unten blieb della Corte stehen und fragte Brunetti: »Was hast du jetzt vor? Sollen wir dich auf dem Rückweg nach Venedig bringen?«

Das war sehr großzügig von ihm, denn der Umweg zum Piazzale Roma und zurück nach Padua würde sie sicher eine Stunde kosten. »Danke, nein«, sagte Brunetti. »Ich will mit den Leuten in der Fabrik reden, da wäre es wenig sinnvoll, mit euch zurückzufahren, weil ich nur wieder herkommen müßte.«

»Wo willst du übernachten?«

»In der Questura haben sie sicher ein Bett für mich«, antwortete er und ging zu Bonino, um ihn zu fragen.

Als er dann in diesem Bett lag und glaubte, er wäre zu müde zum Einschlafen, versuchte er sich zu erinnern, wann er das letzte Mal ohne Paola neben sich eingeschlafen war, aber ihm fiel nur die Nacht ein, in der er ohne sie aufgewacht war – die Nacht, in der diese ganze Geschichte mit einem Knall begonnen hatte. Und schon war er eingeschlafen.

Am nächsten Morgen stellte Bonino ihm einen Wagen mit Fahrer zur Verfügung, und um halb zehn war er bei Interfar, einem großen, flachen Fabrikbau mitten in einem Industriegebiet an einer der vielen Schnellstraßen, die von Castelfranco strahlenförmig in alle Richtungen führten. Die Gebäude standen ohne das mindeste Zugeständnis an Schönheit etwa hundert Meter von der Straße zurückversetzt, ringsum von den Autos der dort Beschäftigten belagert wie ein Stück totes Fleisch von Ameisen.

Brunetti ließ den Fahrer an einer Bar anhalten und spendierte ihm einen Kaffee. Er hatte zwar tief geschlafen, aber lange nicht genug, und fühlte sich dumpf im Kopf und reizbar. Eine zweite Tasse schien zu helfen; entweder das Koffein oder der Zucker würde ihn über die nächsten Stunden bringen.

Kurz nach zehn betrat er das Verwaltungsgebäude von Interfar und fragte nach Signor Bonaventura. Auf Nachfrage nannte er seinen Namen und wartete dann am Empfang, während die Sekretärin telefonierte. Wie auch immer die Antwort lautete, sie kam sehr prompt, denn die Sekretärin hängte sofort ein, sprang auf und führte Brunetti durch eine Tür in einen mit hellgrauem Teppichboden belegten Flur.

An der zweiten Tür rechts blieb sie stehen, klopfte, öffnete und machte einen Schritt zur Seite, um Brunetti vorbeizulassen. Bonaventura saß hinter einem mit Schriftstücken, Prospekten und Broschüren bedeckten Schreibtisch. Er erhob sich bei Brunettis Eintreten, blieb aber hinter seinem Schreibtisch und beugte sich nur lächelnd darüber, um ihm die Hand zu geben. Beide setzten sich.

»Sie sind fern der Heimat«, sagte Bonaventura freundlich.

»Ja. Ich bin dienstlich hier.«

»In Polizeiangelegenheiten, nehme ich an?«

»Ja.«

»Betreffen diese Angelegenheiten auch mich?«

»Ich denke, ja.«

»Wenn, dann ist es das größte Wunder, von dem ich je gehört habe.«

»Ich weiß nicht, wie ich das verstehen soll«, sagte Brunetti.

»Ich habe erst vor ein paar Minuten mit meinem Werkmeister gesprochen und wollte gerade die Carabinieri anrufen.« Bonaventura sah auf die Uhr. »Das ist noch keine fünf Minuten her, und schon stehen Sie, ein Polizist, auf meiner Schwelle, als ob Sie meine Gedanken gelesen hätten.«

»Darf ich fragen, weswegen Sie die Carabinieri anrufen wollten?«

»Um einen Diebstahl zu melden.«

»Oh, und was wurde gestohlen?« fragte Brunetti, obwohl er es ziemlich genau zu wissen glaubte.

»Einer unserer Lieferwagen ist verschwunden und der Fahrer nicht zur Arbeit erschienen.«

»Ist das alles?«

»Nein, mein Werkmeister sagt, daß offenbar auch eine große Menge Waren fehlt.«

»Etwa eine Wagenladung?« fragte Brunetti, ohne sich etwas anmerken zu lassen.

»Wenn ein Wagen und der Fahrer verschwunden sind, käme das hin, meinen Sie?« Er war noch nicht verärgert, aber Brunetti hatte viel Zeit, ihn soweit zu bringen.

»Wer ist der Fahrer?«

»Michele de Luca.«

»Wie lange arbeitet er schon hier?«

»Ich weiß es nicht, ein halbes Jahr vielleicht. Um solche Dinge kümmere ich mich nicht. Ich weiß nur, daß ich ihn schon seit Monaten immer wieder hier sehe. Heute morgen sagte mir nun der Werkmeister, daß sein Lieferwagen nicht da steht, wo er stehen sollte, und daß der Fahrer nicht erschienen ist.«

»Und die fehlende Ware?«

»De Luca ist gestern voll beladen hier abgefahren und sollte den Wagen zurückbringen, bevor er nach Hause ging; dann sollte er heute früh um sieben wieder hier sein und eine weitere Ladung übernehmen. Er ist aber nicht gekommen, und der Lieferwagen steht nicht an seinem Platz. Der Werkmeister hat ihn anzurufen versucht, aber es meldet sich keiner. Daraufhin wollte ich die Carabinieri rufen.«

Das fand Brunetti nun etwas übertrieben, wo es sich möglicherweise doch nur um die Verspätung eines Angestellten handelte, aber dann sagte er sich, daß Bonaventura die Carabinieri ja noch gar nicht wirklich angerufen hatte, und er behielt sein Erstaunen für sich und wartete erst einmal ab, wie dieses Spiel weitergehen sollte. »Ja, das kann ich verstehen«, sagte er. »Woraus bestand denn die Ladung?«

»Aus Medikamenten natürlich. Die stellen wir hier ja her.«

»Und wohin sollten sie gebracht werden?«

»Das weiß ich nicht.« Bonaventura blickte auf den Papierwust auf seinem Schreibtisch. »Ich habe die Frachtpapiere hier irgendwo.«

»Könnten Sie mir die heraussuchen?« fragte Brunetti, wobei er mit dem Kopf auf die Unterlagen deutete.

»Was spielt es denn für eine Rolle, wohin sie geliefert werden sollten?« wollte Bonaventura wissen. »Wichtig ist doch nur, daß der Mann gefunden und die Ladung zurückgebracht wird.«

»Über den Mann brauchen Sie sich keine Gedanken mehr zu machen«, sagte Brunetti, der bezweifelte, daß Bonaventura wirklich die Ladung wiederhaben wollte.

»Was heißt das?«

»Er wurde vergangene Nacht von der Polizei erschossen.«

»Erschossen?« wiederholte Bonaventura, und das klang nun ehrlich überrascht.

»Die Polizei wollte ihn vernehmen, und er hat das Feuer auf die Beamten eröffnet. Er wurde erschossen, als sie in seine Wohnung drangen.« Dann wechselte Brunetti rasch das Thema und fragte: »Wohin sollte er die Ladung bringen?«

Aus dem Konzept gebracht durch den plötzlichen Themenwechsel, zögerte Bonaventura zuerst, bevor er schließlich antwortete: »Zum Flughafen.«

»Der Flughafen war gestern geschlossen. Die Fluglotsen haben gestreikt«, sagte Brunetti, aber er sah Bonaventuras Gesicht an, daß er dies schon wußte. »Welche Anweisungen hatte er denn für den Fall, daß er die Ware nicht abliefern konnte?«

»Dieselbe wie alle anderen Fahrer auch: den Wagen zurückbringen und in die Garage stellen.«

»Könnte er ihn in seine eigene Garage gestellt haben?«

»Woher soll ich wissen, was er getan haben könnte?« brauste Bonaventura auf. »Der Wagen ist weg, und wie Sie sagen, ist der Fahrer tot.«

»Der Wagen ist nicht weg«, erwiderte Brunetti leise und beobachtete dabei Bonaventuras Gesicht. Er sah, wie der Mann seinen Schrecken zu verbergen versuchte und dann rasch Erleichterung mimte, was ihm allerdings nur zur Karikatur geriet.

»Wo ist er denn?« fragte Bonaventura.

»Inzwischen steht er bei der Polizei.« Er wartete, was Bonaventura fragen würde, und als dieser schwieg, fuhr er fort: »Die Kartons waren im Laderaum.«

Bonaventura versuchte wieder seinen Schrecken zu verbergen, doch es gelang ihm nicht.

»Sie wurden auch nicht nach Sri Lanka verfrachtet«, sagte Brunetti, und dann: »Könnten Sie mir jetzt vielleicht diese Frachtpapiere besorgen, Signor Bonaventura?«

»Gewiß.« Bonaventura beugte sich über seinen Schreibtisch. Plan- und ziellos schob er Papiere von einer Seite zur anderen, legte endlich alle auf einen Stapel und sah sie einzeln durch. »Das ist ja merkwürdig«, sagte er, als er fertig war, und sah zu Brunetti auf. »Ich finde sie hier nicht.« Er stand auf. »Wenn Sie einen Augenblick warten wollen, bitte ich meine Sekretärin, sie zu holen.«

Bevor er den ersten Schritt zur Tür machen konnte, war Brunetti ebenfalls aufgestanden. »Sie könnten sie vielleicht anrufen«, schlug er vor.

Bonaventura verzog den Mund zu einem Lächeln. »Genauer gesagt sollte der Werkmeister sie haben, und der ist hinten an der Laderampe.«

Er wollte rasch vorbei, aber Brunetti legte ihm die Hand auf den Arm. »Ich komme mit, Signor Bonaventura.«

»Das ist wirklich nicht nötig, Commissario«, meinte dieser, wieder mit verzogenem Mund.

»Ich glaube, doch«, sagte Brunetti darauf nur. Er hatte keine Ahnung, wie seine rechtliche Position war, welche Befugnis er hatte, Bonaventura aufzuhalten oder ihm zu folgen. Er war hier nicht in Venedig, nicht einmal mehr in der Provinz Venetien, und gegen Bonaventura lag nichts Konkretes vor. Noch nicht. Aber das war ihm egal. Er trat zur Seite, ließ Bonaventura die Tür öffnen und folgte ihm über den Korridor in den hinteren Teil des Gebäudes.

Dort führte eine Tür zu einer langen betonierten Laderampe. Zwei große Lieferwagen waren rückwärts herangefahren, die Hecktüren offen, und vier Männer kamen mit Rollkarren voller Kartons aus anderen, weiter hinten gelegenen Türen und schoben sie über die Rampe auf die Ladeflächen der Wagen. Sie blickten auf, als sie die beiden Männer kommen sahen, wandten sich dann aber wieder ihrer Arbeit zu. Unter ihnen standen zwischen den Lieferwagen zwei Männer und unterhielten sich, die Hände in den Jackentaschen.

Bonaventura ging an die Kante der Laderampe. Als die beiden Männer aufblickten, rief er einem von ihnen zu: »De Lucas Wagen ist gefunden worden. Die Ware ist noch drin. Dieser Polizeibeamte möchte die Frachtpapiere sehen.«

Kaum war das Wort »Polizei« gefallen, sprang der größere der Männer zur Seite und griff in seine Jacke. Die Hand kam mit einer Pistole wieder zum Vorschein, aber Brunetti war, als er seine Bewegung sah, durch die noch offene Tür gesprungen und zog seine eigene Waffe aus dem Holster.

Nichts geschah. Kein Lärm, kein Schuß, kein Brüllen. Er hörte Schritte, das Zuschlagen einer Autotür, dann einer weiteren; gleich darauf sprang ein starker Motor an. Statt wieder auf die Laderampe hinauszugehen, um zu sehen, was vor sich ging, rannte Brunetti über den Korridor zurück zum Vordereingang des Gebäudes, wo sein Fahrer im Wagen wartete, bei laufendem Motor, um das Auto warm zu halten, und in *Il Gazzettino dello Sport* las.

Brunetti riß die Seitentür auf und sprang auf den Beifahrersitz. Er sah aus dem Augenwinkel, wie der Schrecken aus dem Gesicht des Mannes wich, als er ihn erkannte. »Ein Lieferwagen, er fährt durchs hintere Tor hinaus. Wenden Sie, und dann ihm nach«, keuchte Brunetti. Und bevor er noch nach dem Autotelefon greifen konnte, hatte der Fahrer schon die Zeitung auf den Rücksitz geworfen, wendete und fuhr um das Gebäude herum. Als sie um die Ecke bogen, riß der Fahrer das Lenkrad nach links, um den Karton nicht zu überfahren, der aus dem offenen Lieferwagen gefallen war. Aber dem nächsten konnte er nicht ausweichen, und sie fuhren mit den linken Rädern darüber, so daß er aufplatzte und lauter kleine Fläschchen durch die Gegend flogen. Kurz hinter dem Tor sah Brunetti den Lieferwagen mit hin und her schlagenden Hecktüren auf die Schnellstraße nach Padua einbiegen.

Der Rest war ebenso vorhersehbar wie tragisch. Kurz hinter Resana hatten Carabinieri zwei Fahrzeuge quergestellt, um den

Verkehr aufzuhalten. Bei dem Versuch, rechts vorbeizukommen, geriet der Fahrer des Lieferwagens auf das erhöhte Bankett. Im selben Moment verlangsamte ein kleiner Fiat, dessen Fahrerin auf dem Weg zum Kindergarten war, um ihre Tochter abzuholen, angesichts der Straßensperre seine Fahrt. Der Lieferwagen schleuderte auf die Gegenfahrbahn, krachte dem Fiat voll in die Seite und tötete die Frau auf der Stelle. Die beiden Männer, Bonaventura und der Fahrer, waren angeschnallt gewesen und unverletzt geblieben, obwohl der Zusammenprall sie kräftig durchgeschüttelt hatte.

Ehe sie sich aus ihren Sicherheitsgurten befreien konnten, waren sie von Carabinieri eingekreist, die sie aus dem Wagen zogen und mit dem Gesicht an die Türen stellten. Schnell kamen noch vier mit Maschinenpistolen bewaffnete Carabinieri hinzu und umringten sie, während zwei andere zu dem Fiat rannten, aber mit einem Blick sahen, daß nichts mehr zu machen war.

Brunettis Wagen hielt, und er stieg aus. Eine unnatürliche Stille lag über der Szene. Er hörte seine eigenen Schritte, als er auf die beiden Männer zuging, die schwer atmend dastanden. Irgendwo neben dem Lieferwagen fiel etwas Metallenes zu Boden.

Brunetti wandte sich an den Sergente: »In den Wagen mit ihnen«, sagte er nur.

24

Es wurde hin und her diskutiert, wohin die Männer zum Verhör zu bringen seien: nach Castelfranco, in dessen Zuständigkeitsbereich der Ort und die Festnahme lagen, oder nach Venedig, von wo die Ermittlungen ausgegangen waren? Brunetti hörte sich das eine Weile an, dann unterbrach er die Männer mit eherner Stimme: »Ich habe gesagt, bringen Sie die Männer ins Auto. Wir bringen sie nach Castelfranco zurück.« Die anderen Polizisten warfen einander verstohlene Blicke zu, aber keiner widersprach, also geschah es so.

In Boninos Dienstzimmer wurde Bonaventura darüber belehrt, daß er seinen Anwalt verständigen dürfe, und als der andere sich als Roberto Sandi, Werkleiter der Fabrik, zu erkennen gab, sagte man ihm dasselbe. Bonaventura nannte einen Anwalt mit großer Strafrechtspraxis und bat um die Erlaubnis, ihn anzurufen. Sandi beachtete er überhaupt nicht.

»Und was ist mit mir?« fragte Sandi, an Bonaventura gewandt.

Bonaventura gab ihm keine Antwort.

»Was ist mit mir?« wiederholte Sandi.

Bonaventura schwieg.

Sandi, der mit einem deutlich piemontesischen Akzent sprach, drehte sich zu dem Uniformierten neben ihm um und sagte: »Wo ist Ihr Chef? Ich will Ihren Chef sprechen.«

Bevor dieser antworten konnte, trat Brunetti vor und sagte: »Ich leite die Ermittlungen«, obwohl er sich dessen gar nicht sicher war.

»Dann will ich mit Ihnen reden«, erklärte Sandi und sah ihn mit bösartig schillernden Augen an.

»Aber, aber, Roberto«, mischte Bonaventura sich plötzlich ein, wobei er Sandi eine Hand auf den Arm legte. »Du weißt doch, daß du meinen Anwalt haben kannst. Sobald er hier ist, reden wir mit ihm.«

Sandi schüttelte die Hand mit einem leisen Fluch von sich ab. »Keinen Anwalt. Schon gar nicht deinen. Ich will mit dem Polizisten reden.« Und an Brunetti gewandt: »Also, wo können wir uns unterhalten?«

»Roberto«, sagte Bonaventura in einem Ton, der drohend klingen sollte, »du wirst doch nicht wirklich mit ihm reden wollen.«

»Du sagst mir nicht mehr, was ich zu tun habe«, zischte Sandi.

Brunetti drehte sich um, machte die Tür auf und ging mit Sandi auf den Korridor hinaus. Einer der Uniformierten folgte ihnen nach draußen und führte sie zu einem kleinen Verhörzimmer, öffnete die Tür und sagte: »Hier, Commissario«, dann wartete er, bis sie hineingegangen waren.

Brunetti sah einen kleinen Tisch und vier Stühle. Er setzte sich und wartete auf Sandi. Als dieser ebenfalls saß, warf Brunetti einen Blick zu ihm hinüber und fragte: »Nun?«

»Nun was?« fragte Sandi zurück. Man hörte ihm noch immer die Wut an, die Bonaventura heraufbeschworen hatte.

»Was wollten Sie mir über diese Lieferungen sagen?«

»Was wissen Sie denn schon?« erkundigte sich Sandi.

Brunetti tat, als habe er die Frage nicht gehört, und hakte nach: »Wie viele von Ihnen sind daran beteiligt?«

»Woran?«

Statt zu antworten, stützte Brunetti die Ellbogen auf den Tisch, faltete die Hände und legte den Mund auf seine Fingerknöchel. So blieb er fast eine Minute sitzen und starrte zu Sandi hinüber, dann wiederholte er: »Wie viele sind daran beteiligt?«

»Woran?« fragte Sandi erneut zurück, wobei er sich diesmal ein winziges Lächeln gestattete, etwa wie ein Kind, wenn es eine Frage stellt, mit der es den Lehrer in Verlegenheit zu bringen hofft.

Brunetti hob den Kopf, legte die Hände auf den Tisch und stemmte sich hoch. Ohne ein Wort ging er zur Tür und klopfte. Hinter dem Maschendraht der Sprechöffnung erschien ein

Gesicht. Dann ging die Tür auf, und Brunetti verließ den Raum und machte die Tür hinter sich zu. Er bedeutete der Wache dazubleiben und ging über den Korridor zurück. Er spähte in das Zimmer, in dem man Bonaventura festgehalten hatte, und sah, daß er noch da war, wenn auch allein. Brunetti blieb zehn Minuten vor der Einwegscheibe stehen und beobachtete den Mann dahinter. Bonaventura saß seitlich zur Tür, offenbar bemüht, nicht hinzusehen und auch nicht auf die Schritte der draußen Vorbeigehenden zu reagieren.

Schließlich öffnete Brunetti die Tür, ohne anzuklopfen, und ging hinein. Bonaventuras Kopf flog zu ihm herum. »Was wollen Sie?« fragte er, als er Brunetti sah.

»Ich will mit Ihnen über die Lieferungen sprechen.«

»Was für Lieferungen?«

»Arzneimittel. Nach Sri Lanka. Und Kenia. Und Bangladesh.«

»Was soll damit sein? Die sind vollkommen legal. Wir haben alle erforderlichen Dokumente dafür im Büro.«

Daran zweifelte Brunetti nicht. Er blieb vor der Tür stehen, mit dem Rücken daran gelehnt und einen Fuß dagegen gestemmt, die Arme vor der Brust gekreuzt. »Signor Bonaventura, wollen Sie mit mir darüber reden, oder soll ich wieder zu Ihrem Werkmeister gehen und noch einmal mit ihm sprechen?« Brunetti ließ seine Stimme sehr müde klingen, fast gelangweilt.

»Was hat er gesagt?« fragte Bonaventura, bevor er es sich anders überlegen konnte.

Brunetti stand da und sah ihn eine Weile an, dann sagte er noch einmal: »Ich will mit Ihnen über diese Lieferungen sprechen.«

Bonaventura traf einen Entschluß. Er verschränkte die Arme vor der Brust, genau wie Brunetti. »Ich sage nichts, bevor mein Anwalt da ist.«

Brunetti ließ ihn allein und ging wieder zu dem anderen Zimmer, vor dem noch derselbe Polizist stand. Als dieser den Commissario kommen sah, trat er zurück und öffnete ihm die Tür.

Sandi blickte auf, als Brunetti eintrat. Dann sagte er ohne Einleitung: »Also gut, was wollen Sie wissen?«

»Die Lieferungen, Signor Sandi«, fragte Brunetti – den Namen sprach er eigens für die in der Decke versteckten Mikrophone – und setzte sich ihm gegenüber, »wohin gehen die?«

»Nach Sri Lanka, wie die von gestern abend. Und nach Kenia und Nigeria. In alle möglichen Länder.«

»Immer Medikamente?«

»Ja, wie die in dem Lieferwagen, die Sie gesehen haben.«

»Was sind das für Medikamente?«

»Vieles ist gegen erhöhten Blutdruck. Etwas Hustensaft. Und Stimmungsaufheller. Die sind sehr beliebt in der dritten Welt. Ich glaube, man kriegt sie dort ohne Rezept. Und Antibiotika.«

»Wie viele davon sind in Ordnung?«

Sandi zuckte die Achseln; solche Einzelheiten interessierten ihn nicht. »Keine Ahnung. Die meisten sind abgelaufen oder werden nicht mehr hergestellt. Sachen, die wir in Europa nicht mehr verkaufen können, jedenfalls nicht im Westen.«

»Was machen Sie damit? Tauschen Sie die Etiketts aus?«

»Das weiß ich nicht genau. Davon hat mir niemand etwas gesagt. Ich habe sie nur versandfertig gemacht.« Sandis Ton hatte die ruhige Sicherheit des geübten Lügners.

»Aber Sie haben doch wohl eine gewisse Vorstellung«, drängte Brunetti mit sanfter Stimme, als wollte er sagen, daß ein so kluger Mann wie Sandi das bestimmt schon herausbekommen hatte. Als Sandi nicht darauf einging, wurde Brunettis Stimme weniger sanft. »Signor Sandi, ich glaube, es wird Zeit, daß Sie uns die Wahrheit sagen.«

Sandi überlegte, den Blick starr auf einen unerbittlichen Brunetti gerichtet. »Ich nehme an, so machen die das«, sagte er endlich, dabei deutete er mit dem Kopf in Richtung des Zimmers, in dem Bonaventura saß, um dann fortzufahren: »Ihm gehört auch eine Firma, die abgelaufene Medikamente von den Apotheken einsammelt. Zur Entsorgung oder Vernichtung. Sie sollen eigentlich verbrannt werden.«

»Und?«

»Es werden Schachteln verbrannt.«

»Schachteln womit?«

»Mit altem Papier. Manche sind auch einfach leer. Gerade schwer genug, damit das Gewicht stimmt. Niemand interessiert sich für den Inhalt, solange das Gewicht stimmt.«

»Hat nicht jemand zu kontrollieren, was da gemacht wird?«

Sandi nickte. »Da ist einer vom Gesundheitsministerium.«

»Und?«

»Für den ist gesorgt.«

»Dann werden diese Sachen, die Medikamente, die nicht verbrannt werden, also zum Flughafen gebracht und in die dritte Welt geschickt?«

Sandi nickte.

»Sie werden verschickt?« wiederholte Brunetti, der eine protokollfähige Antwort von Sandi brauchte.

»Ja.«

»Und bezahlt?«

»Natürlich.«

»Obwohl sie abgelaufen sind?«

Sandi schien ob dieser Frage gekränkt. »Viele von diesen Sachen sind viel länger haltbar, als das Gesundheitsministerium sagt. Ein großer Teil ist noch gut. Das Zeug hält wahrscheinlich länger, als auf der Packung angegeben ist.«

»Was wird noch verschickt?«

Sandi beobachtete ihn mit schlauem Blick, sagte aber nichts.

»Je mehr Sie mir sagen, desto besser wird es für Sie sein.«

»Besser inwiefern?«

»Die Richter werden erfahren, daß Sie uns bereitwillig geholfen haben, und das wird zu Ihren Gunsten ausschlagen.«

»Wer garantiert mir das?«

Brunetti zuckte die Achseln.

Lange sprachen beide nicht, dann fragte Brunetti: »Was haben Sie noch verschickt?«

»Werden Sie dem Richter sagen, daß ich Ihnen geholfen habe?« beharrte Sandi, nicht zufrieden, solange er nichts für sich herausschlagen konnte.

»Ja.«

»Und wer garantiert mir das?«

Brunetti zuckte wieder die Achseln.

Sandi senkte kurz den Kopf, malte mit dem Finger eine Figur auf die Tischplatte und sah dann wieder auf. »Einiges in diesen Sendungen ist nutzlos. Es ist nichts. Mehl, Zucker oder was sie sonst nehmen, wenn sie Placebos machen. Und gefärbtes Wasser oder Öl in den Ampullen.«

»Verstehe«, sagte Brunetti. »Wo wird das alles gemacht?«

»Da.« Sandi hob die Hand und zeigte in die Ferne, wo sich vielleicht, vielleicht auch nicht, Bonaventuras Fabrik befand. »Da kommt eine Nachtschicht, die stellt das Zeug her und beschriftet und verpackt es. Dann wird es zum Flughafen gebracht.«

»Warum?« fragte Brunetti, und als er sah, daß Sandi die Frage nicht verstand, fügte er hinzu: »Warum Placebos und keine richtigen Medikamente?«

»Dieses Mittel gegen Bluthochdruck – besonders das – ist sehr teuer. Die Rohstoffe oder Chemikalien, oder was man dazu braucht. Auch einige von den Sachen gegen Diabetes, glaube ich wenigstens. Da machen sie eben Placebos, um Kosten zu sparen. Fragen Sie doch ihn danach«, sagte er und zeigte in die Richtung, wo er Bonaventura zuletzt gesehen hatte.

»Und auf dem Flughafen?«

»Nichts weiter. Läuft alles, wie es sich gehört. Wir laden die Sachen ins Flugzeug, und am anderen Ende werden sie ausgeliefert. Hat nie Probleme gegeben. Dafür ist vorgesorgt.«

»Ist das alles kommerziell?« fragte Brunetti, dem ein neuer Gedanke gekommen war. »Oder wird auch einiges davon gespendet?«

»Wir verkaufen viel an Hilfsorganisationen, falls Sie das meinen. Vereinte Nationen und so. Wir geben ihnen einen Rabatt und setzen den Rest von der Steuer ab. Als Spende.«

Brunetti hütete sich, eine Reaktion auf das Gehörte zu zeigen. Er hatte den Eindruck, daß Sandi weit mehr verstand, als einen Lieferwagen zum Flughafen zu fahren. »Prüft einer von der UN den Inhalt?«

Sandi schnaubte ungläubig. »Die haben doch nichts anderes im Sinn, als sich dabei fotografieren zu lassen, wie sie das Zeug in den Flüchtlingslagern verteilen.«

»Schicken Sie in diese Lager die gleichen Sachen wie in den regulären Sendungen?«

»Nein, da ist das meiste gegen Durchfall und Amöbenruhr. Und jede Menge Hustensaft. Die sind so mager, die haben hauptsächlich mit so was zu tun.«

»Aha«, sagte Brunetti. »Wie lange machen Sie das schon?«

»Ein Jahr.«

»Als was?«

»Als Werkmeister. Ich habe früher für Mitri gearbeitet, in seiner Fabrik. Aber dann bin ich hierhergekommen.« Er verzog bei diesen Worten das Gesicht, als bereitete die Erinnerung ihm Schmerz oder Kummer.

»Hat Mitri dasselbe gemacht?«

Sandi nickte. »Ja, bis er die Fabrik verkaufte.«

»Warum hat er sie verkauft?«

Sandi zuckte die Achseln. »Ich habe gehört, er hat ein Angebot bekommen, das er nicht ausschlagen konnte. Das heißt, es wäre nicht ungefährlich gewesen, es auszuschlagen. Es waren große Tiere, die kaufen wollten.«

Brunetti verstand sehr wohl, was er meinte, und war nur überrascht, daß Sandi sogar hier Angst hatte, die Organisation beim Namen zu nennen, die diese »großen Tiere« vertraten. »Er hat also verkauft?«

Sandi nickte. »Aber er hat mich seinem Schwager empfohlen.« Der Gedanke an Bonaventura riß ihn aus dem Reich der

Erinnerungen zurück. »Und ich verfluche den Tag, an dem ich angefangen habe, für ihn zu arbeiten.«

»Deswegen?« fragte Brunetti mit einer Handbewegung, die das öde, sterile Zimmer, in dem sie saßen, und alle seine weiteren Bedeutungen umschrieb.

Sandi nickte wieder.

»Und Mitri?« fragte Brunetti.

Sandi zog in gespielter Verwirrung die Augenbrauen hoch.

»Hatte er mit der Fabrik etwas zu tun?«

»Mit welcher?«

Brunetti hob die Hand und ließ seine Faust unmittelbar vor Sandi auf den Tisch sausen. Der schrak zusammen, als hätte Brunetti ihn geschlagen. »Stehlen Sie mir nicht die Zeit, Signor Sandi«, schrie Brunetti. »Stehlen Sie mir nicht die Zeit mit dämlichen Fragen.« Als Sandi nicht antwortete, beugte er sich über den Tisch und fragte drohend: »Haben Sie mich verstanden?«

Sandi nickte.

»Na also«, sagte Brunetti. »Was war nun mit der Fabrik? Hatte Mitri die Finger drin?«

»Muß er wohl.«

»Wieso?«

»Manchmal ist er hergekommen, um irgendeine Mixtur zusammenzustellen oder seinem Schwager zu erklären, wie etwas auszusehen hat. Er mußte wohl dafür sorgen, daß die Sachen, die verpackt wurden, richtig aussahen.« Sandi blickte zu Brunetti auf und fügte hinzu: »Ich habe das nicht alles verstanden, aber ich glaube, deswegen ist er immer gekommen.«

»Wie oft?«

»Vielleicht einmal im Monat, manchmal auch öfter.«

»Wie kamen die beiden miteinander zurecht?« fragte Brunetti, und damit Sandi nicht erst fragte, wer, fügte er gleich hinzu: »Ich meine Bonaventura und Mitri.«

Sandi dachte eine Weile nach, bevor er antwortete: »Nicht gut. Mitri war mit der Schwester von Bonaventura verheiratet, also mußten sie irgendwie klarkommen, aber ich glaube, gefallen hat ihnen das beiden nicht.«

»Und der Mord an Mitri? Was wissen Sie darüber?«

Sandi schüttelte wiederholt den Kopf. »Nichts. Gar nichts.«

Brunetti ließ sich lange Zeit, bevor er fragte: »Und hier in der Fabrik, gab's da Gerede?«

»Gerede gibt's immer.«

»Über den Mord, Signor Sandi. Gab's da Gerede?«

Sandi schwieg, entweder weil er sich zu erinnern versuchte oder weil er verschiedene Möglichkeiten abwägte. Schließlich brummelte er: »Es gab Gerüchte, daß Mitri die Fabrik übernehmen wollte.«

»Warum?«

»Warum es Gerüchte gab, oder warum er die Fabrik übernehmen wollte?«

Brunetti holte tief Luft und sprach ganz ruhig. »Warum wollte er sie übernehmen?«

»Weil er viel besser war als Bonaventura. Mit dem als Chef, das war eine Katastrophe. Nie hat einer pünktlich sein Geld gekriegt. Die Organisation war miserabel. Ich wußte nie, wann die Sachen versandfertig sein würden.« Brunetti sah ihn mißmutig den Kopf schütteln, das Bild des gewissenhaften Buchhalters, den fiskalische Verantwortungslosigkeit in die Verzweiflung trieb.

»Sie sagen, Sie sind der Werkmeister der Fabrik, Signor Sandi.« Sandi nickte. »Es klingt für mich so, als ob Sie mehr vom Betrieb verstanden hätten als der Besitzer.«

Sandi nickte wieder, als hörte er gar nicht ungern, daß jemand das einmal begriff.

Plötzlich klopfte es, und als die Tür einen Spaltbreit aufging, sah Brunetti auf dem Gang della Corte stehen und ihm Zeichen machen, er solle herauskommen. Sowie Brunetti draußen war, sagte della Corte: »Seine Frau ist hier.«

»Bonaventuras?«

»Nein, Mitris.«

25

Wie ist sie hierhergekommen?« fragte Brunetti, und als er sah, in welche Verwirrung er della Corte mit dieser Frage stürzte, fügte er erklärend hinzu: »Ich meine, woher wußte sie Bescheid?«

»Sie sagt, sie war bei seiner Frau – Bonaventuras – und ist hergekommen, als sie von seiner Festnahme hörte.«

Brunettis Zeitgefühl war durch die Ereignisse des Vormittags durcheinandergeraten, und er war überrascht, als er auf seine Uhr sah und feststellte, daß es schon fast zwei war; es waren Stunden vergangen, seit sie die beiden Männer in die Questura gebracht hatten, er hatte es nur im Eifer des Gefechts nicht gemerkt. Plötzlich überkam ihn Hunger, und sein ganzer Körper schien zu vibrieren wie unter Strom.

Am liebsten hätte er gleich mit ihr gesprochen, wußte aber, daß dabei nichts Gutes herauskommen würde, bevor er etwas gegessen oder irgendwie sonst dieses Zittern in seinem Körper niedergekämpft hatte. Kam das vom Alter oder vom Streß, oder mußte er Sorge haben, daß womöglich eine bedrohliche Krankheit dahintersteckte? »Ich muß etwas essen«, sagte er zu della Corte, der darüber zu verblüfft war, um es sich nicht anmerken zu lassen.

»Unten an der Ecke ist eine Bar, da kriegst du sicher was.« Er ging mit Brunetti zur Eingangstür und zeigte hinüber, dann drehte er sich mit der Erklärung, er müsse in Padua anrufen, um und ging zurück.

Brunetti begab sich in die Bar, wo er ein Sandwich bestellte, von dem er nichts schmeckte, und zwei Gläser Mineralwasser trank, die seinen Durst nicht löschten. Wenigstens war aber dieses Zittern weg, und er fühlte sich wieder Herr seiner selbst, obwohl es ihn noch immer beunruhigte, daß sein

Körper derart stark auf die Ereignisse des Vormittags reagiert hatte.

Er ging zur Questura zurück und ließ sich die Nummer von Palmieris Handy geben. Nachdem er sie hatte, rief er Signorina Elettra an und bat sie, alles andere liegenzulassen und eine Liste aller Anrufe zu besorgen, die in den beiden letzten Wochen von diesem Apparat aus geführt worden oder darauf angekommen waren, ebenso für die Privat- und Firmenanschlüsse von Mitri und Bonaventura. Dann bat er sie, einen Augenblick zu warten, und fragte den Beamten, dessen Telefon er benutzte, wo Palmieris Leiche jetzt sei. In der Leichenhalle des örtlichen Krankenhauses, antwortete dieser ihm, worauf er Signorina Elettra anwies, Rizzardi Bescheid zu sagen, damit dieser unverzüglich jemanden schicken konnte, der Gewebeproben nahm. Sie sollten mit denen verglichen werden, die sie unter Mitris Fingernägeln gefunden hatten.

Als das erledigt war, ließ er sich zu Signora Mitri führen. Nach jenem einen Gespräch mit ihr hatte Brunetti den Eindruck gehabt, daß sie über den Tod ihres Mannes nichts Näheres wußte, weshalb er sie nicht noch einmal ins Verhör genommen hatte. Daß sie nun aber hier aufgetaucht war, ließ ihn seine Entscheidung anzweifeln.

Ein Uniformierter kam ihn holen und führte ihn über den Korridor. Er blieb vor der Tür des Zimmers neben dem stehen, wo Bonaventura festgehalten wurde. »Sein Anwalt ist bei ihm«, sagte der Beamte zu Brunetti. Dann zeigte er auf die andere Tür und fügte hinzu: »Die Frau ist da drin.«

»Sind sie zusammen gekommen?« fragte Brunetti.

»Nein. Er ist erst kurz nach ihr angekommen, und offenbar kennen sie sich nicht.«

Brunetti dankte ihm und ging an die Einwegscheibe, um einen Blick hindurchzuwerfen. Bonaventura gegenüber saß ein Mann, von dem Brunetti nur den Hinterkopf und die Schultern sehen konnte.

Er ging weiter, zu der anderen Tür, und betrachtete ein paar Augenblicke die Frau, die dahinter saß.

Wieder überraschte es ihn, wie stämmig sie gebaut war. Heute trug sie ein Wollkostüm mit kastenförmig geschnittenem Rock, der keinerlei Zugeständnisse an Mode oder Stil machte. Solche Kostüme trugen Frauen ihrer Größe, ihres Alters und ihrer Klasse schon seit Jahrzehnten und würden sie wohl auch in künftigen Jahrzehnten noch tragen. Sie hatte kaum Make-up aufgelegt, und was sie an Lippenstift aufgetragen haben mochte, hatte sie im Lauf des Tages abgekaut. Ihre Wangen waren so rund, als hätte sie einem Kind eine komische Grimasse schneiden wollen und sie eigens dafür aufgeblasen.

Sie hielt die Hände im Schoß gefaltet und saß mit fest aneinandergepreßten Knien da. Ihr Blick war auf das Fenster im oberen Teil der Tür geheftet. Sie wirkte älter als beim letzten Mal, aber Brunetti wußte nicht, warum. Ihre Blicke begegneten sich, und Brunetti hatte das beunruhigende Gefühl, daß sie ihn geradewegs ansah, obwohl er ganz genau wußte, daß sie nur eine scheinbar schwarze Scheibe sehen konnte. Dennoch fixierten ihre Augen ihn so starr, daß er als erster den Blick abwandte.

Er öffnete die Tür und trat ein. »Guten Tag, Signora.« Er ging auf sie zu und streckte die Hand aus.

Sie sah ihn mit unbewegtem Gesicht, aber wachen Augen an. Sie stand nicht auf, nahm jedoch seine Hand und drückte sie, weder leicht noch schlaff.

Brunetti setzte sich ihr gegenüber. »Sie sind gekommen, um Ihren Bruder zu sehen, Signora?«

Ihre Augen wirkten kindlich, und es stand eine Ratlosigkeit darin, die Brunetti für echt hielt. Sie öffnete den Mund, und ihre Zunge schoß nervös hervor, fuhr einmal über die Lippen und verschwand wieder. »Ich wollte ihn fragen …«, begann sie, vollendete den Satz aber nicht.

»Was wollten Sie ihn fragen, Signora?« half Brunetti nach.

»Ich weiß nicht, ob ich das einem Polizisten sagen sollte.«

»Warum nicht?« Brunetti beugte sich ein wenig vor.

»Weil ...«, begann sie, hielt aber wieder inne. Dann, als hätte sie ihm etwas erklärt und er es verstanden, sagte sie: »Ich muß es wissen.«

»Was müssen Sie wissen, Signora?« drängte Brunetti sanft.

Sie preßte die Lippen zusammen, und vor Brunettis Augen verwandelte sie sich in eine zahnlose alte Frau. »Ich muß wissen, ob er es war«, sagte sie endlich. Und nachdem sie kurz über andere Möglichkeiten nachgedacht hatte, fügte sie hinzu: »Oder ob er den Auftrag gegeben hat.«

»Sprechen Sie vom Tod Ihres Mannes, Signora?«

Sie nickte.

Für die versteckten Mikrophone, die alles aufnahmen, was in diesem Raum gesprochen wurde, fragte Brunetti noch einmal nach: »Glauben Sie, Bonaventura könnte für den Tod Ihres Mannes verantwortlich sein?«

»Ich glaube nicht ...«, begann sie, änderte dann aber ihre Meinung und flüsterte: »Ja«, aber vielleicht zu leise für die Mikrophone.

»Warum glauben Sie, daß er damit zu tun hatte?« fragte Brunetti.

Sie rutschte verlegen auf ihrem Stuhl herum, und er sah sie eine Bewegung machen, die er schon seit vier Jahrzehnten immer wieder bei Frauen beobachtete: Sie erhob sich halb und zog ihren Rock unter sich glatt, damit er nicht knitterte. Dann setzte sie sich wieder hin und preßte Knie und Knöchel zusammen.

Einen Augenblick schien es, als hoffte sie, die Geste werde als Antwort genügen, darum wiederholte Brunetti: »Warum glauben Sie, daß er damit zu tun hatte?«

»Sie hatten Streit«, rückte sie zögernd heraus.

»Worüber?«

»Geschäftliches.«

»Könnten Sie das bitte genauer erklären, Signora? Um was für Geschäfte ging es?«

Sie schüttelte mehrmals hintereinander den Kopf, um ihre Unwissenheit zu beteuern. Schließlich sagte sie: »Mein Mann hat mir nie etwas über seine Geschäfte erzählt. Er hat gesagt, das brauchte ich nicht zu wissen.«

Wieder mußte Brunetti sich fragen, wie oft er das wohl schon gehört hatte und wie oft diese Antwort nur dazu gedient hatte, Schuld zu verschleiern. Aber er glaubte, daß diese plumpe Frau ihm die Wahrheit sagte, fand es durchaus glaubhaft, daß ihr Mann sich nicht veranlaßt gesehen hatte, sie an seinem Berufsleben teilhaben zu lassen. Er sah den Mann wieder vor sich, den er in Pattas Amtszimmer kennengelernt hatte: vornehm, sprachgewandt, man konnte sogar sagen: aalglatt. Wie sonderbar, sich ihn an der Seite dieser kleinen Frau mit dem gefärbten Haar und dem strengen Kostüm vorzustellen. Er blickte kurz auf ihre Füße und sah, daß sie Schuhe mit kräftigen Absätzen trug, aber vorn so spitz zulaufend, daß es schon beim Ansehen weh tat. An ihrem linken Fuß hatte sich ein Überbein ins Leder gedrückt und stand vor wie die Kuppe von einem Ei. War die Ehe das letzte aller Geheimnisse?

»Wann haben sie gestritten, Signora?«

»Immerzu. Besonders im letzten Monat. Ich glaube, es war etwas passiert, was Paolo wütend machte. Sie waren nie so richtig gut miteinander ausgekommen, aber der Familie und dem Geschäft zuliebe haben sie es mehr schlecht als recht miteinander ausgehalten.«

»Hat sich im letzten Monat etwas Bestimmtes ereignet?« fragte er.

»Ich glaube, es gab wieder eine Auseinandersetzung«, sagte sie so leise, daß Brunetti erneut an die Leute dachte, die das Band hinterher abhören sollten.

»Eine Auseinandersetzung zwischen den beiden, Ihrem Mann und Ihrem Bruder?«

»Ja.« Sie nickte wiederholt.

»Warum glauben Sie das, Signora?«

»Paolo und er hatten sich in unserer Wohnung getroffen. Das war zwei Abende vorher.«

»Vor was, Signora?«

»Bevor mein Mann ... umgebracht wurde.«

»Aha. Und warum glauben Sie, daß es eine Auseinandersetzung gab? Haben Sie etwas davon gehört?«

»O nein«, sagte sie rasch und sah zu ihm auf, als wunderte sie sich über den bloßen Gedanken, daß es im Hause Mitri jemals hätte laut zugehen können. »Ich habe es daran gemerkt, wie Paolo sich verhielt, als er nach ihrem Gespräch heraufkam.«

»Hat er da etwas gesagt?«

»Nur, daß er unfähig sei.«

»Sprach er da von Ihrem Bruder?«

»Ja.«

»Noch etwas?«

»Er sagte, Sandro wäre auf dem besten Weg, die Fabrik zu ruinieren, das ganze Geschäft zu ruinieren.«

»Wissen Sie, von welcher Fabrik er da sprach, Signora?«

»Ich dachte, er meinte die Fabrik hier, in Castelfranco.«

»Und wieso sollte Ihr Mann sich dafür interessieren?«

»Es steckte Geld darin.«

»Sein Geld?«

Sie schüttelte den Kopf. »Nein.«

»Wessen Geld, Signora?«

Sie antwortete nicht sofort, sondern überlegte, wie sie es am besten erklären sollte. »Es war mein Geld«, sagte sie schließlich.

»Ihres, Signora?«

»Ja. Ich habe viel Geld mit in die Ehe gebracht. Aber es ging alles auf meinen Namen, verstehen Sie. Das Testament unseres Vaters«, fügte sie mit einer unbestimmten Bewegung der rechten Hand hinzu. »Paolo hat mir immer bei den Entscheidungen geholfen, was ich damit machen sollte. Und als Sandro sagte, er wolle die Fabrik kaufen, haben mir beide geraten, darein zu investieren. Das war vor einem Jahr, vielleicht auch vor zweien.«

Sie unterbrach sich, als sie sah, wie Brunetti auf diese ungenauen Angaben reagierte. »Es tut mir leid, aber ich kümmere mich nicht so sehr um diese Sachen. Paolo hat gesagt, ich soll irgendwelche Papiere unterschreiben, und der Mann bei der Bank hat mir erklärt, worum es ging. Aber ich habe wohl nie genau verstanden, wofür das Geld sein sollte.« Sie verstummte und strich sich über den Rock. »Es floß in Sandros Fabrik, aber da es mein Geld war, hat Paolo es immer auch als seines angesehen.«

»Haben Sie eine Vorstellung, wieviel Sie in diese Fabrik investiert haben, Signora?« Sie sah Brunetti an wie ein Schulmädchen, das gleich in Tränen ausbrechen würde, weil ihm die Hauptstadt von Kanada nicht mehr einfiel, darum ergänzte er: »Ich meine, nur eine ungefähre Vorstellung. Wir brauchen die genaue Summe nicht zu wissen.« Das stimmte; man würde das alles später feststellen.

»Ich glaube, so an die drei- bis vierhundert Millionen Lire«, antwortete sie.

»Danke, das genügt«, sagte Brunetti, dann fragte er: »Hat Ihr Mann an diesem Abend noch etwas gesagt, nach dem Gespräch mit Ihrem Bruder?«

»Nun ...« Sie verstummte, und Brunetti hatte den Eindruck, daß sie sich zu erinnern versuchte. »Er hat gesagt, die Fabrik mache Verlust. So wie er redete, hatte ich das Gefühl, er hätte heimlich auch selbst Geld hineingesteckt.«

»Außer dem Ihren?«

»Ja. Nur mit einer entsprechenden Notiz von Paolo. Nichts Offizielles.« Als Brunetti nichts sagte, fuhr sie fort: »Ich glaube, Paolo wollte mehr darüber mitreden, wie dort gearbeitet wurde.«

»Konnten Sie den Worten Ihres Mannes entnehmen, was er zu tun gedachte?«

»O nein.« Sie war sichtlich erstaunt über diese Frage. »Er hat mir so etwas nie gesagt.« Brunetti fragte sich, was er ihr wohl überhaupt je gesagt hatte, hielt es aber für besser, nicht danach zu fragen. »Anschließend ist er in sein Zimmer gegangen, und am Tag darauf hat er nicht mehr davon gesprochen, so daß ich dachte, oder hoffte, er und Sandro hätten sich geeinigt.«

Brunetti sprang sofort auf ›sein Zimmer‹ an – sicher nicht der Stoff, aus dem glückliche Ehen sind. Er bemühte sich um einen sanften Ton. »Bitte verzeihen Sie mir die Frage, Signora, aber würden Sie mir sagen, wie die Beziehung zwischen Ihnen und Ihrem Mann war?«

»Unsere Beziehung?«

»Sie sagten, er sei in ›sein Zimmer‹ gegangen, Signora«, antwortete Brunetti nachsichtig.

»Ah«, entfuhr es ihr ganz unwillkürlich.

Brunetti wartete. Schließlich sagte er: »Signora, er ist nicht mehr, ich finde also, Sie können es mir ruhig sagen.«

Sie blickte zu ihm herüber, und er sah Tränen in ihre Augen steigen. »Er hatte andere Frauen«, flüsterte sie. »Seit Jahren immer wieder andere Frauen. Einmal bin ich ihm nachgegangen und habe vor ihrem Haus gewartet, im Regen, bis er herauskam.« Jetzt liefen ihr die Tränen übers Gesicht, aber sie achtete nicht darauf. Sie tropften langsam auf ihre Bluse und hinterließen lange ovale Flecken darauf. »Einmal habe ich ihn auch von einem Detektiv beobachten lassen. Und ich habe angefangen, seine Telefongespräche zu belauschen. Manchmal habe ich das Band zurückgespult, um ihn mit anderen Frauen reden zu hören. Dieselben Worte, die er früher zu mir gesagt hatte.« Die Tränen erstickten ihre Stimme, und sie schwieg lange, aber Brunetti zwang sich, nichts zu sagen. Endlich sprach sie weiter: »Ich habe ihn von ganzem Herzen geliebt. Von dem Tag an, als ich ihn zum erstenmal sah. Wenn Sandro das getan hat ...« Ihre Augen füllten sich wieder mit Tränen, aber diesmal wischte sie sich mit beiden Händen darüber. »Dann will ich, daß Sie es erfahren, und ich will, daß er bestraft wird. Darum wollte ich mit Sandro sprechen.« Sie verstummte wieder und senkte den Blick. »Werden Sie kommen und mir berichten, was er zu Ihnen gesagt hat?« fragte sie, den Blick noch immer auf ihren Händen, die jetzt still in ihrem Schoß lagen.

»Ich glaube, das kann ich erst, wenn alles vorbei ist, Signora. Aber dann komme ich.«

»Danke«, sagte sie und sah kurz zu ihm her, dann wieder nach unten. Plötzlich stand sie auf und ging zur Tür. Brunetti war vor ihr da und öffnete sie. Er trat zur Seite, um ihr den Vortritt zu lassen. »Dann fahre ich jetzt nach Hause«, sagte sie, und bevor er etwas darauf antworten konnte, war sie zur Tür hinaus und ging den Korridor hinunter zum Ausgang der Questura.

26

Brunetti ging wieder zum Platz des Beamten, dessen Telefon er schon einmal benutzt hatte, und ohne diesmal erst um Erlaubnis zu fragen, rief er noch einmal Signorina Elettra an. Kaum vernahm sie seine Stimme, sagte sie ihm, der Laborant sei schon unterwegs zur Leichenhalle von Castelfranco, um die Gewebeproben zu holen. Dann bat sie ihn, ihr eine Faxnummer zu nennen. Er legte den Hörer hin und ging zur Anmeldung, wo er sich von dem diensthabenden Sergente die Nummer aufschreiben ließ. Nachdem er sie an Signorina Elettra durchgegeben hatte, fiel ihm ein, daß er Paola heute vormittag nicht angerufen hatte, und er wählte seine eigene Nummer. Als sich niemand meldete, sprach er auf den Anrufbeantworter, daß er in Castelfranco aufgehalten werde, aber am späten Nachmittag zurückkomme.

Anschließend setzte er sich und legte den Kopf in die Hände. Etwas später hörte er jemanden sagen: »Entschuldigung, Commissario, aber das hier ist eben für Sie gekommen.«

Er blickte auf und sah einen jungen Polizisten vor dem Schreibtisch stehen, den er in Beschlag genommen hatte. In der linken Hand hielt er unverkennbar die gerollten Blätter einer Faxmitteilung, und es waren nicht wenige.

Brunetti versuchte zu lächeln und streckte die Hand nach den Papieren aus, legte sie vor sich auf den Tisch und glättete sie mit der Handkante, so gut es ging. Er überflog die Spalten und war froh, daß Signorina Elettra die Gespräche, die zwischen den jeweiligen Anschlüssen geführt worden waren, immer mit einem Sternchen gekennzeichnet hatte. Dann sortierte er die Blätter auf drei verschiedene Stapel: Palmieri, Bonaventura, Mitri.

In den letzten zehn Tagen vor dem Mord an Mitri hatte es wiederholt Gespräche zwischen Palmieris Handy und dem Anschluß von Interfar gegeben, eines von sieben Minuten Dauer. Am Tag vor dem Verbrechen war um 21.27 Uhr von Bonaventuras Privatnummer auf Mitris Privatnummer angerufen worden. Das Gespräch hatte zwei Minuten gedauert. Am Abend des Mordes war fast genau um dieselbe Zeit ein fünfzehn Sekunden langer Anruf von Mitris zu Bonaventuras Privatnummer erfolgt. Danach waren noch drei Gespräche von der Fabrik zu Palmieris Handy und einige zwischen Bonaventuras und Mitris Privatanschlüssen verzeichnet.

Brunetti schob die Blätter zusammen und ging auf den Korridor. Als er in das kleine Zimmer gelassen wurde, in dem er zuletzt mit Bonaventura gesprochen hatte, sah er ihn einem dunkelhaarigen Mann gegenübersitzen, der neben sich auf dem Tisch eine dünne lederne Aktentasche liegen hatte, vor sich aufgeschlagen ein dazu passendes Notizbuch. Der Mann drehte sich um, und Brunetti erkannte Piero Candiani, einen Strafverteidiger aus Padua. Candiani trug eine randlose Brille; in den dunklen Augen dahinter fand Brunetti auf eine – besonders bei einem Anwalt – verblüffende Weise Intelligenz und Direktheit vereint.

Candiani erhob sich und gab ihm die Hand. »Commissario Brunetti«, sagte er nur knapp.

»Avvocato.« Brunetti nickte zu Bonaventura hinüber, der sich nicht die Mühe gemacht hatte aufzustehen.

Candiani zog den übrigen Stuhl unter dem Tisch hervor und blieb stehen, bis Brunetti Platz genommen hatte. Dann sagte er ohne Einleitung und mit einer lässigen Gebärde zur Decke hin: »Ich nehme an, daß unser Gespräch von jetzt an aufgezeichnet wird.«

»Ja«, bestätigte Brunetti, dann nannte er, um Zeit zu sparen, laut und deutlich Datum und Uhrzeit sowie alle drei Namen.

»Wie ich höre, haben Sie schon mit meinem Mandanten gesprochen«, begann Candiani.

»Richtig. Ich habe ihn nach bestimmten Arzneimittellieferungen gefragt, die von Interfar in andere Länder gegangen sind.«

»Geht es da um EU-Bestimmungen?« fragte Candiani.

»Nein.«

»Worum dann?«

Brunetti warf einen Blick zu Bonaventura hinüber, der jetzt mit übereinandergeschlagenen Beinen dasaß, einen Arm über der Stuhllehne.

»Es geht um Sendungen in Länder der dritten Welt.«

Candiani schrieb etwas in sein Notizbuch. Ohne den Kopf zu heben, fragte er: »Und welches Interesse hat die Polizei an diesen Sendungen?«

»Wie es aussieht, enthielten viele von ihnen Medikamente, die nicht mehr gut waren. Das heißt, ihre Verfallsdaten waren überschritten, in anderen Fällen waren wirkungslose Inhaltsstoffe darin, die so manipuliert waren, daß sie aussahen wie die echten Medikamente.«

»Ich verstehe.« Candiani blätterte eine Seite um. »Und auf was für Beweise stützen Sie diese Vorwürfe?«

»Auf einen Komplizen.«

»Einen Komplizen?« fragte Candiani mit kaum verhohlener Skepsis. »Und darf ich fragen, wer dieser Komplize ist?« Beim zweiten Mal betonte er das Wort so, daß seine Zweifel noch weniger zu überhören waren.

»Der Werkmeister der Fabrik.«

Candiani warf einen Blick zu seinem Mandanten, und Bonaventura zuckte die Achseln, was Ratlosigkeit oder Unwissenheit bedeuten sollte. Er preßte die Lippen zusammen und tat die Möglichkeit mit einem kurzen Augenzwinkern ab. »Und dazu möchten Sie Signor Bonaventura befragen?«

»Ja.«

»Das ist alles?« Candiani sah von seinen Notizen auf.

»Nein. Ich möchte Signor Bonaventura auch fragen, was er über den Mord an seinem Schwager weiß.«

Bei diesen Worten geruhte Bonaventura, so etwas wie ein erstauntes Gesicht zu machen, aber er schwieg nach wie vor.

»Warum das?« Candianis Kopf war wieder über sein Notizbuch gebeugt.

»Weil wir inzwischen die Möglichkeit untersuchen, daß er etwas mit Signor Mitris Tod zu tun haben könnte.«

»Damit zu tun, inwiefern?«

»Genau das möchte ich gern von Signor Bonaventura hören«, sagte Brunetti.

Candiani sah zu seinem Mandanten hinüber. »Möchten Sie die Fragen des Commissario beantworten?«

»Ich wüßte nicht, wie ich das könnte«, sagte Bonaventura, »aber natürlich bin ich bereit, ihm zu helfen, soweit es mir möglich ist.«

Candiani drehte sich zu Brunetti um. »Wenn Sie also meinen Mandanten befragen wollen, Commissario, schlage ich vor, Sie fangen damit an.«

»Ich möchte wissen«, begann Brunetti, jetzt unmittelbar an Bonaventura gewandt, »was Sie mit Ruggiero Palmieri zu tun hatten, beziehungsweise Michele de Luca, wie er sich nannte, während er für Ihre Firma arbeitete.«

»Der Fahrer?«

»Ja.«

»Wie ich schon sagte, Commissario, ich habe ihn gelegentlich in der Fabrik herumlaufen sehen. Aber er war nur ein Fahrer. Vielleicht habe ich das eine oder andere Mal ein paar Worte mit ihm gewechselt, aber weiter nichts.« Bonaventura erkundigte sich nicht, warum Brunetti das fragte.

»Sie hatten also nichts mit ihm zu tun außer gelegentlichen Begegnungen auf dem Betriebsgelände?«

»Nein«, antwortete Bonaventura. »Wie gesagt: Er war ein Fahrer.«

»Sie haben ihm nie Geld gegeben?« fragte Brunetti, der hoffte, daß man Bonaventuras Fingerabdrücke auf den Geldscheinen aus Palmieris Brieftasche finden würde.

»Natürlich nicht.«

»Dann haben Sie ihn also, außer in Ihrer Fabrik, nie gesehen oder mit ihm gesprochen?«

»Das habe ich Ihnen doch eben gesagt.« Bonaventura machte aus seiner Verärgerung kein Hehl.

Brunetti wandte sich an Candiani. »Ich glaube, das ist alles, was ich im Moment von Ihrem Mandanten wissen will.«

Beide Männer waren davon offensichtlich überrascht, aber Candiani reagierte als erster. Er stand auf und klappte sein Notizbuch zu. »Dann können wir also gehen?« fragte er, wobei er über den Tisch griff und seine Aktentasche nahm. Gucci, wie Brunetti bemerkte.

»Das glaube ich nicht.«

»Wie bitte?« fragte Candiani und legte alles in jahrzehntelanger Gerichtspraxis eingeübte Erstaunen in seine Stimme. »Und warum nicht?«

»Ich denke, die Polizei von Castelfranco hat gegen Signor Bonaventura einige Straftatbestände vorzubringen.«

»Und die wären?« wollte Candiani wissen.

»Widerstand gegen die Staatsgewalt, Behinderung polizeilicher Ermittlungen, Verkehrsgefährdung mit Todesfolge, um nur einige zu nennen.«

»Ich war nicht am Steuer«, sprach Bonaventura wütend dazwischen.

Brunetti, der gerade Candiani angesehen hatte, als der andere sprach, sah ein kaum merkliches Zucken um die Augen des Anwalts, entweder vor Überraschung oder etwas Unerfreulicherem, das konnte er nicht feststellen.

Candiani steckte sein Notizbuch in die Aktentasche und machte sie zu. »Ich würde mich gern vergewissern, daß dies eine Entscheidung der Polizei von Castelfranco ist, Commissario«, sagte er. Und wie um jedes Mißtrauen, das aus diesen Worten gesprochen haben könnte, abzuschwächen, fügte er hinzu: »Eine bloße Formalität, versteht sich.«

»Versteht sich«, wiederholte Brunetti und stand ebenfalls auf.

Brunetti klopfte an die Scheibe, um die Wache auf dem Korridor zu rufen. Bonaventura blieb da, und die beiden anderen gingen zu Bonino, der Brunettis Behauptung bestätigte, daß die Polizei von Castelfranco in der Tat einige schwerwiegende Anschuldigungen gegen Bonaventura erhob.

Ein Uniformierter begleitete Candiani zurück zum Verhörzimmer, damit der seinem Mandanten Bescheid sagen und sich von ihm verabschieden konnte. Brunetti blieb bei Bonino.

»Haben Sie alles mitbekommen?« fragte Brunetti.

Bonino nickte. »Unsere Abhöranlage ist ganz neu. Sie nimmt noch das leiseste Flüstern auf, sogar schweres Atmen. Ja, wir haben alles.«

»Auch bevor ich dazukam?«

»Nein. Wir dürfen die Anlage nur einschalten, wenn ein Polizeibeamter mit im Raum ist. Anwaltsprivileg.«

»Ist das wahr?« fragte Brunetti, ohne sein Erstaunen kaschieren zu können.

»Ja«, sagte Bonino. »Letztes Jahr haben wir einen Prozeß verloren, weil die Verteidigung beweisen konnte, daß wir mitgehört hatten, was der Verdächtige mit seinem Anwalt besprach. Daraufhin hat der Questore angeordnet, daß es keine Ausnahmen geben darf. Nichts wird eingeschaltet, solange kein Polizist dabei ist.«

Brunetti nickte, dann fragte er: »Können Sie seine Fingerabdrücke nehmen, wenn sein Anwalt fort ist?«

»Wegen der Geldscheine?«

Brunetti nickte stumm.

»Schon geschehen«, sagte Bonino mit einem leichten Lächeln. »Ganz inoffiziell. Er hat sich heute vormittag ein Glas Mineralwasser bringen lassen, und wir haben drei gute Abdrücke davon nehmen können.«

»Und?« fragte Brunetti.

»Unser Mann im Labor sagt, sie passen. Mindestens zwei der

Abdrücke sind auf einigen der Geldscheine aus Palmieris Brieftasche.«

»Ich werde mich auch bei seiner Bank erkundigen«, sagte Brunetti. »Diese Fünfhunderttausend-Lire-Scheine sind noch nicht lange im Umlauf. Die meisten Leute nehmen sie gar nicht, weil sie so schwer zu wechseln sind. Ich weiß nicht, ob die Nummern registriert sind, aber wenn ...«

»Er hat Candiani, vergessen Sie das nicht«, sagte Bonino.

»Kennen Sie ihn?«

»Jeder im Veneto kennt ihn.«

»Aber wir haben die Telefonate mit einem Mann, den er angeblich nicht kennt, und wir haben die Fingerabdrücke«, beharrte Brunetti.

»Trotzdem, er hat Candiani.«

27

Und nie hatte eine Prophezeiung sich als wahrer erwiesen. Die Bank in Venedig hatte eine Liste mit den Nummern der Fünfhunderttausend-Lire-Scheine, die an dem Tag ausgegeben worden waren, an dem Bonaventura fünfzehn Millionen in bar abhob, und die Nummern der Scheine, die sie in Palmieris Brieftasche gefunden hatten, waren dabei. Jeglicher Zweifel daran, daß es sich um dieselben Banknoten handelte, wurde durch das Vorhandensein von Bonaventuras Fingerabdrücken ausgeräumt.

Candiani erklärte in Bonaventuras Namen, daß daran gar nichts merkwürdig sei. Sein Mandant habe das Geld abgehoben, um seinem Schwager Paolo Mitri ein persönliches Darlehen zurückzuzahlen, und er habe Mitri das Geld am Tag nach der Abhebung in bar übergeben, dem Tag von dessen Ermordung. Die von Palmieri stammenden Hautpartikel unter Mitris Fingernägeln sorgten für völlige Klarheit: Palmieri habe Mitri ausgeraubt und zuvor diesen Zettel geschrieben, um jeden Verdacht von sich abzulenken. Bei diesem Raub habe er Mitri entweder versehentlich oder vorsätzlich umgebracht.

Mit den Anrufen machte Candiani kurzen Prozeß, indem er darauf hinwies, daß die Firma Interfar einen Zentralanschluß habe, so daß alle Gespräche, die von einer der Nebenstellen aus geführt wurden, unter ebendieser Nummer registriert worden seien. Es könne also jeder Mitarbeiter von jedem beliebigen Apparat aus bei Palmieri angerufen haben, und umgekehrt habe dieser in der Fabrik anrufen können, um beispielsweise die Verzögerung einer Auslieferung zu melden.

Bonaventura, auf den Anruf angesprochen, der am Mordabend von Mitris Privatanschluß aus an ihn zu Hause gegangen war, erinnerte sich, daß Mitri ihn an diesem Abend angerufen habe, um ihn und seine Frau für die darauffolgende Woche zum

Abendessen einzuladen. Darauf hingewiesen, daß dieses Gespräch nur fünfzehn Sekunden gedauert hatte, erinnerte Bonaventura sich weiter, daß Mitri gesagt habe, er müsse sich kurz fassen, weil es an seiner Wohnungstür geläutet habe. Er drückte sein Entsetzen darüber aus, daß es sich dabei wohl um Mitris Mörder gehandelt haben müsse.

Sowohl Bonaventura als auch Sandi hatten Zeit genug gehabt, sich eine Erklärung für ihren Fluchtversuch aus der Fabrik auszudenken. Sandi behauptete, er habe Bonaventuras Warnung, daß die Polizei da sei, als Aufforderung zur Flucht verstanden, und Bonaventura sei selbst als erster in den Wagen gesprungen. Bonaventura wiederum behauptete, von Sandi mit vorgehaltener Pistole zum Einsteigen gezwungen worden zu sein. Der dritte Mann wollte nichts gesehen haben.

In der Frage der Arzneimittellieferungen tat Candiani sich weit schwerer damit, die Unterstellungen der Strafverfolgungsbehörden zurückzuweisen. Sandi wiederholte seine Aussage und erweiterte sie mit den Namen und Adressen der Nachtschichtarbeiter, die eigens kamen, um die gefälschten Medikamente abzufüllen und zu verpacken. Da diese Leute ihren Lohn in bar erhielten, gab es dafür keine Bankbelege, aber Sandi legte ihre Arbeitszeitkarten mit Namen und Unterschriften vor. Außerdem übergab er der Polizei eine ausführliche Aufstellung früherer Sendungen mit Datum, Inhalt und Bestimmungsorten.

An diesem Punkt griff das Gesundheitsministerium ein. Die Firma Interfar wurde geschlossen, ihre Gebäude wurden versiegelt, und Inspektoren öffneten und untersuchten die Schächtelchen, Fläschchen und Tuben. Alle im Hauptgebäude der Fabrik befindlichen Medikamente entpuppten sich als genau das, was auf den Packungen stand, aber in einem Nebenlager fanden sich kistenweise Sachen, die sich bei der Untersuchung als medizinisch wertlos erwiesen. Drei Kisten waren mit Plastikfläschchen gefüllt, die als Hustenmittel deklariert waren. Doch bei der Analyse zeigte sich, daß sie ein Gemisch aus Zucker, Wasser und Frostschutzmittel enthielten, ein Gebräu, das jeden, der es einnahm, krank machen oder gar töten konnte.

Andere Kisten enthielten Hunderte von Packungen mit Medikamenten, deren Verfallsdatum längst abgelaufen war; in wieder anderen befanden sich Verbandsmull und chirurgisches Nahtmaterial, deren Verpackungen bei Berührung zerfielen, so lange hatten sie unbenutzt in irgendwelchen Lagern herumgelegen. Sandi legte die Lieferscheine und Frachtpapiere für diese Kisten vor, die für Länder bestimmt waren, in denen Hunger, Krieg und Pest hausten, sowie Preisverzeichnisse für die internationalen Hilfsorganisationen, die das Zeug so bereitwillig an die notleidenden Armen verteilten.

Brunetti, von dem Fall abgezogen durch einen ausdrücklichen Befehl Pattas, der seinerseits einem Befehl aus dem Gesundheitsministerium gehorchte, verfolgte die weiteren Ermittlungen in der Zeitung. Bonaventura gestand eine gewisse Beteiligung am Verkauf gefälschter Medikamente, behauptete aber, dieser sei von Mitri geplant und er von seinem Schwager dazu angestiftet worden. Beim Kauf von Interfar habe er einen großen Teil der Mitarbeiter jener Fabrik übernommen, die Mitri habe verkaufen müssen, und diese hätten Verderbtheit und Korruption mitgebracht. Er, Bonaventura, habe sich nicht imstande gesehen, dem Einhalt zu gebieten. Er habe bei Mitri protestiert, doch da habe sein Schwager gedroht, sein Privatdarlehen und das Geld seiner Frau aus dem Unternehmen zu ziehen, und das wäre mit Sicherheit Bonaventuras finanzieller Ruin gewesen. Opfer seiner eigenen Schwäche und hilflos angesichts Mitris größerer Finanzkraft, habe Bonaventura keine andere Wahl gehabt, als mit Produktion und Verkauf der gefälschten Medikamente weiterzumachen. Jede Gegenwehr hätte Bankrott und Schande bedeutet.

Aus allem, was er gelesen hatte, schloß Brunetti, daß Bonaventura, sollte sein Fall überhaupt je vor Gericht kommen, höchstens zu einer Geldstrafe verurteilt würde, und nicht einmal zu einer besonders hohen, da an den Aufklebern des Gesundheitsministeriums nie direkt manipuliert worden war. Brunetti hatte keine Ahnung, gegen welches Gesetz der Verkauf abgelaufener Medikamente verstieß, vor allem wenn sie in einem anderen Land verkauft wurden. Klarer war das Gesetz im Hinblick auf die Fälschung von Arzneimitteln, aber auch hier wurde die Sache dadurch kompliziert, daß die Sachen nicht in Italien verkauft oder in Umlauf gebracht worden waren. Doch das alles schob er als sinnlose Spekulation beiseite. Bonaventuras Verbrechen hieß Mord, nicht Manipulation an Medikamentenpakkungen: Mord an Mitri und Mord an allen, die an den von ihm verkauften Arzneimitteln gestorben waren.

Mit dieser Meinung stand Brunetti allein. Die Zeitungen waren jetzt voll davon überzeugt, daß Palmieri den Mord an Mitri begangen hatte, allerdings wurde nirgendwo die ursprüngliche These widerrufen, daß der Mörder ein Fanatiker gewesen sei, der durch Paolas Aktionen aufgehetzt und zum Mord angestachelt worden war. Der Untersuchungsrichter hatte inzwischen entschieden, keine Anklage gegen Paola zu erheben, und der Fall wurde in den staatlichen Archiven abgelegt.

Ein paar Tage nachdem Bonaventura aus der Untersuchungshaft entlassen und unter Hausarrest gestellt worden war, saß Brunetti in seinem Wohnzimmer, ganz vertieft in Arrians Bericht über Alexanders Feldzüge, als das Telefon klingelte. Er hob den Kopf und lauschte, ob Paola in ihrem Arbeitszimmer abnahm. Als es nach dem dritten Klingeln aufhörte, widmete er sich wieder seinem Buch und Alexanders Bedürfnis, seine Freunde vor sich auf dem Bauch kriechen zu sehen, als wäre er ein Gott. Der Zauber seiner Lektüre entführte ihn schnell wieder an jene fernen Orte in jener fernen Zeit.

»Es ist für dich«, hörte er Paolas Stimme von hinten. »Eine Frau.«

»Hm?« machte Brunetti und sah auf, aber so ganz war er noch nicht wieder im Wohnzimmer oder überhaupt in der Gegenwart.

»Eine Frau«, wiederholte Paola von der Tür her.

»Wer?« fragte Brunetti, er steckte einen alten Bootsfahrschein als Lesezeichen in das Buch und legte es neben sich.

Gerade wollte er aufstehen, als Paola antwortete: »Keine Ahnung. Ich belausche doch deine Gespräche nicht.«

Brunetti erstarrte in der Bewegung, vornübergebeugt wie ein alter Mann mit Rückenbeschwerden. *»Madre di Dio«,* entfuhr es ihm. Er stand auf und starrte Paola an, die an der Tür stehenblieb und ihn befremdet musterte.

»Was ist los, Guido? Hast du Rückenschmerzen?«

»Nein, nein. Es geht mir gut. Aber ich glaube, ich hab's. Ich habe ihn.« Er ging zum Garderobenschrank und nahm seinen Mantel heraus.

»Was hast du vor?« fragte Paola, als sie das sah.

»Ich muß fort«, antwortete er ohne nähere Erklärung.

»Und was soll ich dieser Frau sagen?«

»Sag ihr, ich bin nicht zu Hause«, antwortete er, und eine Sekunde später stimmte das auch.

Signora Mitri öffnete ihm die Tür. Sie trug kein Make-up, und an ihrem Scheitel sah man den grauen Haaransatz. Sie hatte ein unvorteilhaftes braunes Kleid an und schien, seit er sie zuletzt gesehen hatte, noch korpulenter geworden zu sein. Als er auf sie zuging und ihr die Hand gab, roch er etwas Süßliches in ihrem Atem – Wermut oder Marsala.

»Sind Sie gekommen, um es mir zu sagen?« fragte sie, als sie sich im Wohnzimmer an einem niedrigen Tischchen gegenübersaßen, auf dem drei benutzte Gläser und eine leere Wermutflasche standen.

»Nein, Signora, ich kann Ihnen leider nichts sagen.«

Sie schloß enttäuscht die Augen und krampfte die Hände ineinander. Nach ein paar Sekunden sah sie wieder zu ihm herüber und sagte leise: »Ich hatte gehofft ...«

»Haben Sie die Zeitungen gelesen, Signora?«

Sie brauchte nicht zu fragen, was er meinte. Stumm schüttelte sie den Kopf.

»Ich muß etwas von Ihnen wissen, Signora«, sagte Brunetti. »Sie müssen mir etwas erklären.«

»Was?« fragte sie ohne großes Interesse.

»Bei unserem letzten Gespräch sagten Sie mir, Sie hätten die Telefongespräche Ihres Mannes belauscht.« Als sie nicht zu erkennen gab, daß sie ihn überhaupt gehört hatte, fügte er hinzu: »Seine Gespräche mit anderen Frauen.«

Wie er schon befürchtet hatte, flossen wieder die Tränen. Sie tropften ihr von den Wangen hinunter auf den dicken Stoff ihres Kleides. Sie nickte.

»Signora, würden Sie mir sagen, wie Sie das gemacht haben?«

Sie blickte auf, die Augen verständnislos zusammengekniffen.

»Wie haben Sie seine Gespräche belauscht?«

Sie schüttelte den Kopf.

»Wie haben Sie es gemacht, Signora?« Sie antwortete noch immer nicht, und Brunetti sprach weiter. »Es ist wichtig, Signora. Ich muß das wissen.«

Er sah ihr Gesicht vor Verlegenheit rot anlaufen. Er hatte schon allzu vielen Leuten gesagt, sie könnten mit ihm reden wie mit einem Priester, ihre Geheimnisse seien bei ihm sicher aufgehoben, aber er wußte selbst, wie wenig das stimmte, darum versuchte er gar nicht erst, sie davon zu überzeugen. Vielmehr wartete er nur.

Schließlich sagte sie: »Der Detektiv. Er hat etwas an das Telefon in meinem Zimmer angeschlossen.«

»Einen Kassettenrecorder?« fragte Brunetti.

Sie nickte, und ihr Gesicht wurde noch röter.

»Ist er noch da?«

Sie nickte wieder.

»Könnten Sie ihn mir holen, Signora?« Sie schien ihn nicht gehört zu haben, also wiederholte er: »Könnten Sie ihn mir holen? Oder mir sagen, wo ich ihn finde?«

Sie legte eine Hand über ihre Augen, aber die Tränen quollen weiter darunter hervor.

Brunetti wartete. Endlich zeigte sie mit der anderen Hand über ihre Schulter in den hinteren Teil der Wohnung. Schnell, bevor sie es sich noch anders überlegen konnte, stand Brunetti auf und verließ das Zimmer. Er ging über den Flur, vorbei an einer Küche auf der einen und einem Eßzimmer auf der anderen Seite. Ganz hinten blickte er durch eine offene Tür in ein Zimmer und sah den Stummen Diener eines Mannes an der Wand stehen. Er öffnete die Tür gegenüber und fand sich im Traumzimmer eines jungen Mädchens wieder: Weiße Chiffonrüschen säumten das Bett und den Frisiertisch, eine Wand bestand ganz aus Spiegeln.

Neben dem Bett stand ein kunstvoller Telefonapparat aus Messing, dessen Hörer auf einem großen, eckigen Kasten lag; die Wählscheibe erinnerte an vergangene Zeiten. Er ging hin, kniete sich auf den Boden und schob die Chiffonwolken beiseite. Zwei Kabel führten von dem Kasten weg, eines zur Telefondose in der Wand, das andere zu einem kleinen schwarzen Kassettenrecorder, der kaum größer war als ein Walkman. Brunetti kannte dieses Gerät, denn er hatte es schon selbst benutzt, wenn er mit Verdächtigen sprach: stimmaktiviert und von einer Tonqualität, die bei so einem kleinen Ding erstaunlich war.

Er löste den Anschluß und ging mit dem Gerät ins Wohnzimmer zurück. Als er dort wieder eintrat, hatte sie noch immer die Hand vor den Augen, aber sie sah auf, als sie ihn hörte.

Er stellte den Recorder vor sie auf den Tisch. »Ist das der Kassettenrecorder, Signora?« fragte er.

Sie nickte.

»Darf ich mir anhören, was darauf ist?«

Im Fernsehen hatte er einmal eine Sendung darüber gesehen, wie Schlangen ihr Opfer buchstäblich hypnotisieren konnten.

Während sie jetzt langsam den Kopf hin und her bewegte und genau verfolgte, wie er sich über das Gerät beugte, mußte er daran denken, und ihm wurde unbehaglich.

Sie nickte zustimmend, und wieder folgte ihr Kopf seinen Bewegungen, als er zuerst die Rückspultaste und dann, nachdem das Band zurückgelaufen war, auf Start drückte.

Gemeinsam hörten sie zu, wie jetzt andere Stimmen, darunter die eines Toten, den Raum füllten. Mitri sprach mit einem alten Schulfreund und verabredete sich mit ihm zum Essen; Signora Mitri bestellte neue Vorhänge; Signor Mitri rief eine Frau an und sagte ihr, wie sehr er darauf brenne, sie wiederzusehen. Dabei wandte Signora Mitri schamhaft das Gesicht ab, und wieder kamen die Tränen.

Es folgten Minuten mit immer der gleichen Art von Gesprächen, eines banaler und belangloser als das andere. Und nichts erschien, nun, da er in den Armen des Todes lag, von geringerer Bedeutung zu sein als Signor Mitris in Worte gefaßte Leidenschaft. Dann hörten sie Bonaventuras Stimme; er fragte Mitri, ob er sich am nächsten Abend die Zeit nehmen könne, ein paar Unterlagen durchzusehen. Als Mitri bejahte, sagte Bonaventura, dann werde er gegen neun vorbeikommen oder vielleicht einen der Fahrer mit den Papieren schicken. Und dann kam er, der Anruf, den er sich so sehnlich erhofft hatte. Das Telefon klingelte zweimal, und Bonaventura meldete sich mit einem nervösen *Sì?*. Dann tönte die Stimme eines anderen Toten durchs Zimmer: »Ich bin's. Es ist erledigt.«

»Bestimmt?«

»Ja. Ich bin noch hier.«

Die Stille, die darauf folgte, war Ausdruck von Bonaventuras Schrecken über solche Unbesonnenheit. »Verschwinde. Sofort.«

»Wann sehen wir uns?«

»Morgen. In meinem Büro. Dann gebe ich dir den Rest.« Darauf hörten beide nur noch, wie aufgelegt wurde.

Brunetti drückte auf Stop. Als er zu Signora Mitri hinübersah, war alles Gefühl aus ihrer Miene gewichen, die Tränen vergessen. »Ihr Bruder?«

Gleich einem Bombenopfer konnte sie nichts weiter tun als stumm und mit weitaufgerissenen Augen nicken.

Brunetti erhob sich, nahm den Recorder an sich und steckte ihn in die Tasche. »Ich finde keine Worte, um Ihnen zu sagen, wie leid mir das alles tut, Signora«, sagte er.

28

Brunetti ging nach Hause. Der kleine Kassettenrecorder wog schwerer in seiner Tasche als jede Pistole oder irgendein anderes Instrument des Todes, das er je getragen hatte. Er zog ihn körperlich nach unten, und die Nachrichten, die darauf waren, lasteten auf seinem Gemüt. Wie leicht hatte Bonaventura den Tod seines Schwagers betreiben können! Nur ein Anruf und die Mitteilung, ein Fahrer werde vorbeikommen und ihm irgendwelche Papiere bringen, die Mitri lesen solle. Und der ahnungslose Mitri hatte seinen Mörder eingelassen, ihm vielleicht die Papiere aus der Hand genommen und sich umgedreht, um sie auf einen Tisch zu legen. Damit hatte er Palmieri die Gelegenheit gegeben, die er brauchte, um den todbringenden Draht über Mitris Kopf zu werfen und ihn um seinen Hals zusammenzuziehen.

Für einen Mann von Palmieris Kraft und Übung mußte das eine Sache von Sekunden gewesen sein, dann hatte er vielleicht noch eine Minute gebraucht, um die Enden festzuziehen und so zu halten, bis Mitri sein Leben ausgehaucht hatte. Die Hautfetzen unter Mitris Fingernägeln waren ein Zeichen von Gegenwehr, aber das war aussichtslos gewesen von dem Augenblick an, als Bonaventura ihn angerufen hatte, um ihm die Zustellung der Unterlagen anzukündigen, oder schon von dem Augenblick an, als Bonaventura, wann und aus welchen Gründen auch immer, beschlossen hatte, sich den Mann vom Hals zu schaffen, der seine Fabrik und ihre schmutzigen Geschäfte in Gefahr brachte.

Brunetti wußte selbst nicht mehr, wie oft er schon gesagt hatte, daß es wenige menschliche Schlechtigkeiten gebe, die ihn noch überraschen könnten, und doch taten sie es jedesmal wieder, wenn sie ihm vor die Augen kamen. Er hatte erlebt, daß

Menschen für ein paar tausend Lire oder für ein paar Millionen Dollar umgebracht wurden, aber unabhängig von der Höhe der Summe konnte er das nie begreifen, denn es setzte einen Preis für Menschenleben fest und erklärte den Erwerb von Reichtum zu einem höheren Gut – eine Grundannahme, die ihm nie einleuchtete. Und er konnte, wie er sich jetzt wieder sagen mußte, auch nie verstehen, wie jemand so etwas fertigbrachte. Er konnte noch relativ leicht verstehen, warum es einer tat – die Motive lagen auf der Hand und waren so klar wie vielgestaltig: Habsucht, Begierde, Eifersucht. Aber wie brachte einer es über sich, so etwas wirklich zu tun? Da verließ ihn seine Vorstellungskraft; ein solches Tun war zu abgründig, seine Folgen gingen über alles hinaus, was er noch nachempfinden konnte.

In diesem Zustand der Verstörung kam er zu Hause an. Als Paola ihn hörte, kam sie aus ihrem Zimmer, und als sie auf ihn zuging, sah sie den Ausdruck in seinem Gesicht und sagte nur: »Ich mache uns einen Tee.«

Er hängte seinen Mantel fort, ging ins Bad und wusch sich Gesicht und Hände. Dabei betrachtete er sich im Spiegel und fragte sich, wie er solches Wissen in sich herumtragen konnte, ohne daß es sich in seinem Gesicht zeigte. Ein Gedicht fiel ihm ein, das Paola ihm einmal vorgelesen hatte, etwas darüber, wie die Welt auf Katastrophen blickte und nicht davon erschüttert wurde. Die Hunde gingen, wie der Dichter seiner Erinnerung nach geschrieben hatte, weiter ihren hündischen Geschäften nach. Und er den seinen.

In der Küche stand mitten auf dem Tisch die Teekanne seiner Großmutter auf einem Bastuntersetzer, daneben zwei große Becher und links davon ein Honigtopf. Er setzte sich, und Paola goß den aromatischen Tee ein.

»Ist Lindenblüte recht?« fragte sie, während sie den Deckel vom Honig nahm und einen großen Löffel davon in seinen Becher tat. Er nickte, und sie schob ihm den Becher, noch mit dem Löffel darin, über den Tisch. Er rührte lange in seinem Tee, angetan von dem Duft und dem Dampf, der ihm in die Nase stieg.

Ohne Überleitung sagte er: »Er hat jemanden geschickt, ihn umzubringen, und nach der Tat hat der Mörder ihn von Mitris Wohnung aus angerufen.« Paola sagte nichts, sondern vollführte dasselbe Ritual mit dem Honig – für sie nur etwas weniger – bei ihrem Teebecher. Während sie rührte, fuhr Brunetti fort: »Seine – Mitris – Frau hat seine Telefongespräche mit anderen Frauen aufgezeichnet.« Er blies auf seinen Tee und trank einen kleinen Schluck. Nachdem er den Becher wieder abgesetzt hatte, sprach er weiter: »Der Anruf ist auch auf dem Band; der von dem Mörder zu Bonaventura. Der sagt darauf, er wolle ihm am nächsten Tag das restliche Geld geben.«

Paola rührte weiter, als hätte sie ganz vergessen, daß sie trinken wollte. Als sie merkte, daß Brunetti nichts weiter zu sagen hatte, fragte sie: »Reicht das? Um ihn zu verurteilen?«

Brunetti nickte. »Ich hoffe es. Ich glaube es. Man müßte von dem Tonband einen Stimmabdruck nehmen können. Es ist ein hochmodernes Gerät.«

»Und das Gespräch?«

»Ist unmißverständlich.«

»Das hoffe ich«, sagte sie, immer noch ihren Tee umrührend.

Brunetti fragte sich, wer von ihnen es wohl zuerst sagen würde. Er blickte zu ihr hinüber, sah ihr Haar wie zwei helle Flügel ihr Gesicht umrahmen, und gerührt von dem Anblick sagte er: »Du hattest also nichts damit zu tun.«

Sie schwieg.

»Gar nichts«, wiederholte er.

Diesmal hob sie die Schultern, sprach aber noch immer nicht.

Er griff über den Tisch und nahm ihr sanft den Löffel aus der Hand, legte ihn auf die Bastmatte und nahm ihre Hand in die seine. Als sie noch immer nicht reagierte, sagte er in beschwörendem Ton: »Paola, du hattest nicht das allermindeste mit der Sache zu tun. Er hätte ihn so oder so umgebracht.«

»Aber ich habe ihm eine Möglichkeit verschafft, es leichter tun zu können.«

»Du meinst den Zettel?«

»Ja.«

»Er hätte sich etwas anderes zunutze gemacht, etwas anderes getan.«

»Aber nun hat er es so gemacht.« Ihre Stimme war fest. »Wenn ich ihnen nicht diese Möglichkeit eröffnet hätte, wäre er womöglich noch am Leben.«

»Das weißt du nicht.«

»Nein, und ich werde es auch nie wissen. Genau das halte ich nicht aus, daß ich es nie wissen werde. Und darum werde ich mich immer schuldig fühlen.«

Er schwieg lange, bevor er den Mut fand, sie zu fragen: »Würdest du es immer noch tun?« Da sie nicht antwortete, er es aber wissen mußte, ergänzte er: »Würdest du immer noch den Stein werfen?«

Sie dachte lange darüber nach, während ihre Hand reglos in der seinen ruhte. Schließlich sagte sie: »Wenn ich nur wüßte, was ich damals wußte, ja, dann würde ich es immer noch tun.«

Als er keine Antwort gab, drehte sie ihre Hand in der seinen um und drückte sie fragend. Er senkte den Blick, dann sah er zu ihr auf.

Seine Stimme klang ganz ruhig, als er fragte: »Brauchst du meine Billigung?«

Sie schüttelte den Kopf.

»Die kann ich dir nämlich nicht geben«, sagte er, nicht ohne eine Spur von Traurigkeit. »Aber ich kann dir sagen, daß du an dem, was mit ihm passiert ist, nicht schuldig bist.«

Sie dachte eine Zeitlang darüber nach. »Ach, Guido, du willst so gern alle Mühsal von der Welt nehmen, nicht wahr?«

Er nahm mit seiner freien Hand den Teebecher und trank noch einen Schluck. »Das kann ich nicht.«

»Aber du willst es, ja?«

Darüber dachte nun er lange nach, und schließlich sagte er, als müßte er eine Schwäche eingestehen: »Ja.«

Da lächelte sie und drückte noch einmal seine Hand. »Das Wollen ist genug, glaube ich.«